KB166235

을 유 세 계 문 학 전 집 · 2

마의산
(하)

마의 산

DER ZAUBERBERG

(하)

토마스 만 지음 · 홍성광 옮김

❀ 을유문화사

옮긴이 홍성광

삼척에서 태어나 부산고를 졸업했다. 서울대학교 독어독문학과를 졸업하고 동 대학원에서 토마스 만의 장편 소설 『마의 산』 연구로 박사 학위를 받았다. 논문으로는 「토마스 만의 소설 '마의 산'의 형이상학적 성격」, 「하이네 시의 이로니 연구」, 「토마스 만과 하이네 비교 연구」, 「토마스 만과 김승옥 비교 연구」, 「토마스 만의 괴테 수용」 등이 있고, 역서로는 토마스 만의 『부덴브로크 가의 사람들』, 『베네치아에서의 죽음』, 카프카의 『변신』, 헤르만 헤세의 『싯다르타』, 미카엘 엔데의 『마법의 술』, 하이네의 『독일. 겨울동화』, 레마르크의 『서부 전선 이상 없다』 등이 있다.

을유세계문학전집 2
마의 산(하)

발행일·2008년 6월 20일 초판 1쇄 | 2022년 11월 10일 초판 12쇄
지은이·토마스 만 | 옮긴이·홍성광
펴낸이·정무영, 정상준 | 펴낸곳·(주)을유문화사
창립일·1945년 12월 1일 | 주소·서울시 마포구 서교동 469-48
전화·02-733-8153 | FAX·02-732-9154 | 홈페이지·www.eulyoo.co.kr
ISBN 978-89-324-0332-8 04850 978-89-324-0330-4(세트)

차례

상권

제6장

변화들

시간이란 무엇인가? 시간이란 불가사의한 것이다. 실체가 없으면서 전능한 것이다. 현상계(現象界)의 하나의 조건으로 공간 속에 존재하는 물체와 그것의 운동과 결부되고 혼합된 하나의 운동이다. 그러면 운동이 없으면 시간도 없는 걸까? 뭐든 물어 보라! 시간은 공간이 행하는 기능의 하나인가? 또는 그 반대일까? 또는 두 개가 동일한 것일까? 얼마든지 물어 보라! 시간은 활동적이고, 동사적인 속성을 갖고 있어, 그것은 '낳는' 힘을 지닌다. 그럼 시간은 무엇을 낳을까? 변화를 낳는 것이다! 지금이 당시가 아니고, 이곳이 저곳이 아닌 것은, 이 두 개 사이에 운동이 있기 때문이다. 하지만 우리가 시간을 재는 운동은 순환적이고, 자체적으로 완결되어 있으므로 이러한 운동과 변화는 거의 정지와 정체라고 불러도 좋을 것이다. 당시는 부단히 현재 속에, 저곳은 이곳 속에 쉬지 않고 되풀이되기 때문이다. 너욱이 유한한 시간과 한정된 공간이라는 개념은 아무리 필사적인 노력을 해도 상상할 수 없는 것이기에 우리는 시간과 공간이 영원하고 무한하다고 '생각' 하기로 결정을 보았다. 분명 이게 사리에 맞을 거라는 믿음에서, 딱히 옳다고는 할 수 없을지라도 그렇게 생각하는 것이 좀 더 나을 거라는 믿음에서이다. 하지만 영원한 것과 무한한 것을 확실하게 정한다는 것은 한정된 것과 유한한 것을 논리적으로나 수학적으로 부정하고, 상대적으로 그것을 영(零)으로 환원시키는 것이 아닐까? 영원한 것 속에 전후가, 무한한 것 속에 좌우가 있을 수 있을까? 거리, 운동, 변화 같은 개념들이나, 또는 우주 속의 한정된 물체라는 존재가 영원한 것과 무한한 것이라는 임시적인 가정과 어떻게 조화를 이룰 수 있을까? 좌우간 얼마든지 물어 보라!

한스 카스토르프는 머릿속에서 이런 것을, 이와 유사한 것을 물어 보았다. 그의 머리는 이 위에 도착하자마자 이렇게 엉뚱한 생각을 하고 꼬치꼬치 캐묻는 것에 적합한 본성을 드러냈다. 그 후로 점잖지 못하지만 강력한 욕구를 충족하고 난 후 어쩌면 특히 이런 것에 예민해지고, 이것저것 따지는 데 대담해졌을지도 모른다. 그는 이러한 질문을 자기 자신과 선량한 요아힘에게 했고, 아득히 먼 옛날부터 눈에 잔뜩 뒤덮여 있는 골짜기에게도 했지만, 그 어느 것으로부터도 그럴듯한 대답을 기대할 수 없었다. 어느 것에 대답을 가장 기대할 수 없었는지는 말하기 어려웠다. 그러한 질문을 한 것 자체가 자신이 그에 대한 대답을 알지 못했기 때문이다.

요아힘은 그런 데 거의 관심을 두지 않았다. 한스 카스토르프가 어느 날 밤에 프랑스어로 말한 적이 있었듯이, 그는 오로지 평지에 내려가 군인이 되겠다는 생각밖에 없었다. 그리고 때로는 그러한 희망이 가까워지는 것 같다가 곧 다시 놀리듯이 저 멀리 사라지는 바람에 마침내 그는 마음속으로 치열한 전투를 벌이게 되었다. 최근 들어서는 이러한 전투를 과감한 행동으로 끝내려는 경향을 보이기도 하였다. 그렇다, 선량하고 인내심이 강한데다가 성실하며, 오로지 군 복무와 규율만을 생각하는 요아힘도 반항적인 기분에 굴복하고 '가프키 진단법'에 격렬하게 반기를 들었다. 가프키 진단법이란 흔히 '실험'이라고 부르는 검진 방법의 일종으로, 지하 실험실에서 환자가 보유하고 있는 세균의 수를 조사하여 그것을 표시하는 방법이었다. 즉 담(痰)의 샘플을 분석하여 그 속에 세균이 아주 드문드문 존재하는지, 아니면 무수히 많이 대량으로 존재하는지를 정해 주는 게 가프키 번호의 수치이므로 사실 이 수치가 문제의 관건이었다. 그 수치가 환자의 회복 가능성을 확실하게 나타내 주었기 때문이다. 그것에 따라 환자가 이곳에 더 머물러야 할 월수, 연수를 반년 정도의 단기 체재에서 시작하여 '종신' 선고에 이르기까지 간단히 정할 수 있었다. 그리고 종신 선고라 해도 시간적으로 보면 실은 그 기간이 극히 짧은 경우도 얼마든지 있었다. 그런데 요아힘은 이 가프키 진단법에 반기를 들고, 그것의 권위 자체를 공공연하게 무시하였다. 그는 아주 공공연하게 요양원의 간부들에게 대놓고 무시한 것은 아니지만, 그래도 자신의 사촌에게는 심지어 식사 중에 반대 의사를 피력하기도 했다.

"나는 이제 신물이 나. 나는 바보가 되고 싶지 않아." 그가 이렇게 언성을 높여 큰 소리로 말하자, 짙게 그을린 그의 얼굴이 벌겋게 상기되었다. "2주일 전만 해도 가프키 번호가 2로 증상이 가벼워 예후가 아주 좋다고 했는데, 오늘은 번호가 9로 그야말로 세균이 우글거려 평지에 돌아간다는 것은 말도 안 된다는 거야. 그래서 앞으로 어떻게 될지는 귀신도 모를 일이라니 도저히 참을 수 있어야지. 저 위의 샤츠알프 요양원에 그리스 출신의 농부가 한 명 누워 있는데, 아르카디아에서 이쪽으로 보내졌어. 어떤 대리인이 보낸 거지. 분마성(奔馬性) 결핵으로 오늘 내일 하는 상태였다고 그래. 그는 언제 죽을지 모르는 최악의 상태였는데, 이곳에 온 후로는 담에서 세균이 검출된 적이 없다는 거야. 이와 반대로 내가 이곳에 왔을 때 건강해져 퇴원한 벨기에 출신의 뚱뚱한 대위는 가프키 번호 10으로 몸에 세균이 우글거렸다고 그래. 그렇지만 실은 아주 조그만 공동(空洞) 하나만 있었다는 거야. 가프키 번호 같은 건 나에게 아무래도 상관없어! 이제 이런 지긋지긋한 생활에 종지부를 찍고 집으로 가야겠어. 그러다가 설령 죽는 한이 있더라도 말이야!" 언제나 온화하고 침착한 젊은이가 이렇게 흥분하여 말하는 것을 보고 다들 비통한 심정으로 당황해했다. 한스 카스토르프는 요아힘이 모든 것을 포기하고 평지로 내려가겠다고 위협하는 말을 듣고, 사육제 날 밤에 제삼자로부터 프랑스어로 들었던 표현을 생각하지 않을 수 없었다. 하지만 그는 아무 말도 하지 않았다. 그는 슈퇴어 부인이 말했듯이 사촌에게 자신의 참을성을 본보기로 삼으라고 말해야 한단 말인가? 그녀는 정말로 그렇게 꼴사납게 덤비지 말고 겸손한 자세로 나의 성실한 자세를 본받으라고 요아힘에게 훈계했다. 카롤리네 슈퇴어 자신은 이 위에서 참고 버티며, 언젠가 완전무결하게 나은 아내의 몸으로 남편 품으로 되돌아가기 위해 칸슈타트의 고향에서 주부로 살아가는 것을 완강히 거부하고 있다는 것이다. 하지만 한스 카스토르프로서는 도저히 그렇게 말할 수 없었다. 특히 그는 사육제 날 밤을 보낸 후로 사촌에게 양심의 가책을 느끼고 있었기 때문에 더욱 그러했다. 즉 그는 요아힘에게 그날 밤 일을 이야기하지는 않았지만 사촌은 그때 무슨 일이 일어났는지 알고 있는 것이 분명했다. 그것도 하루에 다섯 번이나 둥근 갈색의 두 눈, 별 이유 없이 짓는 웃음과 오렌지 향수 냄새에 자극을 받으면서도 엄격하고도 단정하게 두 눈을 내리깔고 접시를 바라보는 사촌이 자신의 행위를 배신, 탈영 및 부정한 일로 생각할 거라고 그의 양심이 속삭였던 것이다. 그렇다, 자신의 '시간'에 대한 사변(思辨)과 견해를 듣고 말없이 못마땅해하는 요아힘의 태도에도 한스 카스토르프는 자신의 양심을 비난하는 그의 군인다운 도덕심 같은 것을 느꼈다. 한스 카스토르프는 훌륭한 접이식 침대에 누워 골짜기, 눈에 잔뜩 덮인 겨울 골짜기에게도 마찬가지로 초감각적인 질문을 던졌다. 산의 뾰족하고 둥근 봉우리, 절벽, 그리고 갈색과 녹색과 담홍색으로 물든 숲은 조용히 흘러가는 지상의 시간에 휩싸인 채 아무 말 없이 시간의 흐름 속에 서 있었다. 이것들은 때로는 짙푸른 하늘 아래서 빛났고, 때로는 자욱한 안개에 휩싸였으며, 때로는 저물어 가는 석양을 받아 불그스름하게 물들었고, 또 때로는 매혹적인 달밤에 다

이아몬드처럼 차갑게 빛났다. 후딱 지나가기는 했지만 아득히 길게 느껴지는 6개월 동안 골짜기는 언제나 눈에 덮여 있었다. 손님들은 여름에도 눈이라면 지긋지긋하게 보았으므로 다들 이제는 더 이상 눈을 보지 않는다고 말했다. 날이면 날마다 보는 게 덮인 눈이고 쌓인 눈이며 눈 쿠션이자 눈 비탈이라 인간의 힘으로는 도저히 감당할 수 없어, 정신과 마음이 질식할 지경이라고 불평들을 했다. 그래서 손님들은 녹색, 황색 또는 붉은색의 선글라스를 꼈지만 이는 눈을 보호하기 위해서라기보다는 자신의 마음을 보호하기 위해서였다.

눈에 덮인 골짜기와 산을 본 지 벌써 6개월이 되었다고? 아니 벌써 7개월이 되었다니! 우리들이 이야기하는 동안에도 시간은 쉬지 않고 흐르고 있다. 우리가 이 이야기에 바치고 있는 우리의 시간, 저 위 눈 속에 갇혀 있는 한스 카스토르프와 그와 같은 운명에 처한 동료들이 보내는 시간도 계속 흐르고 있어, 변화를 낳고 있다. 한스 카스토르프가 사육제 날 플라츠로 산보를 갔다가 돌아오면서 세템브리니 앞에서 마구 수다를 늘어놓다가 그의 분노를 산 적이 있는데, 모든 것이 당시 한스 카스토르프가 말한 대로 이루어지고 있었다. 그렇다고 해서 하지가 바로 눈앞에 다가온 것은 아니었지만, 부활절은 어느새 흰 골짜기를 통과해 지나갔고, 4월이 성큼 다가와 성령강림절이 코앞에 바짝 다가와 있었다. 얼마 안 있으면 봄이 시작되어 눈이 녹겠지만, 그렇다고 모든 눈이 다 녹지는 않을 것이다. 여름에 내리는 눈이야 쌓이지 않으니까 문제될 게 없지만, 남쪽으로 솟아 있는 주봉들과 북쪽으로 이어진 레티콘 연봉의 협곡에는 사시사철 눈이 그대로 남아 있었다. 하지만 머지않아 한 해의 전환기인 봄이 어떻게든 결정적인 변화를 가져다줄 것임을 예고하고 있었다. 한스 카스토르프가 쇼샤 부인한테서 연필을 빌렸다가 나중에 다시 돌려주고, 그 대신 어떤 다른 것, 즉 기념품을 하나 달라 하여 그걸 주머니에 넣고 다니게 된 그 사육제 날 밤 이후로 어언 6주일이 흘러가 버렸다. 그러니까 한스 카스토르프가 애당초 이곳에 머무르려고 했던 날수의 두 배가 훌쩍 흘러가 버린 셈이었다.

한스 카스토르프가 쇼샤 부인을 알게 되어, 요양 근무에 충실한 요아힘이 방으로 돌아간 후에도 오랫동안 그녀와 같이 있다가 자기 방으로 돌아간 그날 밤으로부터 어언 6주일이 흘렀다. 그러니까 그 다음날 쇼샤 부인이 요양원을 떠나, 이번에는 아주 멀리 동쪽으로, 코카서스 산맥 저 너머에 있는 다게스탄으로 잠시 여행을 떠난 지 6주가 흘렀다. 이번 여행이 완전히 떠난 것이 아니라 잠시 동안의 여행이라는 것, 쇼샤 부인이 다시 돌아올 생각이라는 것, 언제인지는 확실치 않지만 그녀가 언젠가 돌아올 예정이거나 돌아와야 한다는 것을 한스 카스토르프는 직접 그녀의 입으로 단단히 다짐을 받았다. 이러한 다짐은 우리에게 전달된 프랑스어 대화로 이루어진 것이 아니라, 그에 이어서 우리가 볼 때 대화가 없었던 막간에 이루어진 것이다. 그 시간 동안 우리는 시간과 결부된 우리 이야기의 흐름을 중단시키고, 그 시간을 오로지 순수한 시간으로만 흘러가게 했다. 어쨌거나 한스 카스토르프 청년은 34호실로 돌아가기 전에 이러한 다짐과 위로의 말을 들었던 것이다.

다음날 그는 쇼샤 부인과 더는 대화를 나누지 않았고, 그녀를 거의 보지도 못했으며, 멀찍이서 겨우 두 번 정도 보았다. 한 번은 그녀가 푸른색 모직 스커트에 흰색 털 재킷을 입고, 유리문을 쾅 닫고는 사랑스러운 모습으로 살금살금 또다시 자신의 자리로 걸어가던 점심 식사 때였다. 그때 그의 심장은 목까지 고동치면서 터져 버릴 것 같았는데, 엥겔하르트 양이 따가운 시선으로 그를 주시하지 않았더라면 그는 두 손으로 얼굴을 감쌌을지도 모른다. 그리고 또 한 번은 그녀가 요양원을 떠나갈 때로, 그는 사실 그 자리에 나가지 않고 복도 창문에서 그녀의 출발 장면을 지켜보았던 것이다.

출발 과정은 한스 카스토르프가 이 위에 체재하면서 이미 여러 번 지켜보았던 장면과 똑같이 일어났다. 썰매나 마차가 현관 앞 차도에 대기해 있고, 마부와 문지기가 트렁크들을 묶고 실었다. 요양객들, 즉 완쾌되었든 아니든, 살기 위해서든 죽기 위해서든, 평지로 되돌아가는 자의 친구들, 또는 이런 일에 자극을 받으려고 요양 근무를 빼먹고 나온 환자들이 현관 앞에 모여 있었고, 프록 코트를 입은 사무실 직원이나 경우에 따라서는 의사들도 가끔 모습을 드러낼 때가 있었다. 그리고 출발하려는 당사자가 걸어 나왔다. 당사자는 호기심에 찬 표정으로 주위에 서 있는 사람들과 뒤에 남은 사람들에게 대체로 환한 얼굴로 상냥하게 인사하고는 모험의 순간을 생각하며 몹시 들떠 있었다. 그런데 이번에 걸어 나온 사람은 쇼샤 부인이라는 사실이 다른 때와 달랐다. 그녀는 모피가 달린 길고 거친 천의 여행용 외투에다 커다란 모자를 쓰고 팔에 꽃을 한 아름 가득 안은 채 미소 지으며 나타났다. 그녀의 뒤에는 어느 정도의 거리를 그녀와 동행할, 가슴이 쑥 들어간 러시아인 불리긴 씨가 따라왔다. 의사의 허락을 받고 떠나든, 또는 단지 이곳에 있는 게 신물이 나서 자포자기하는 심정으로 떠나든 간에, 이와는 전혀 무관하게 이들은 스스로 위험을 무릅쓰고 양심의 가책을 받으며 이곳에 머무는 것을 중단하는데, 이곳을 떠나는 사람이면 누구나 그렇듯이, 그녀도 생활이 바뀐다는 사실만으로도 마냥 기뻐하며 흥분해 있는 것 같았다. 그녀의 볼은 발그레하게 상기되어 있었고, 사람들이 털가죽 덮개로 그녀의 무릎을 감싸주는 중에도 그녀는 쉬지 않고, 아마 러시아어로 뭐라고 떠들고 있었다. 쇼샤 부인과 같은 나라 사람들인 식탁 동료들뿐만 아니라 다른 손님들의 모습도 눈에 많이 띄었고, 크로코프스키 박사도 활기차게 미소 지으며 콧수염 아래로 누런 이빨을 드러내고 있었다. 이때도 사람들은 적지 않은 꽃들을 그녀에게 안겨 주었고, 과자를 늘 '까자'라고 부르곤 하는 왕고모는 러시아식 잼을 선사했다. 여선생이 그곳에 서 있었고, 만하임 출신의 남자는 약간 떨어진 곳에서 슬픈 표정으로 엿보고 있었다. 그 남자는 비통한 시선으로 건물을 훑으며 쳐다보다가 한스 카스토르프가 창밖으로 내려다보는 것을 알고, 슬픈 표정을 지으며 한동안 그에게서 눈길을 뗄 줄 몰랐다. 베렌스 고문관의 모습은 보이지 않았는데, 분명히 그는 다른 기회에 사적으로 그녀와 작별 인사를 했을 것이다. 이윽고 주위에 선 사람들이 손을 흔들고 환호성을 지르는 가운데 말들이 서서히 마차 썰매를 끌기 시작했다. 그리고 마차가 앞으로 움직일 때의 반동으로 쇼샤 부인의 상체가 쿠션 쪽으로 젖혀지는 동안, 그녀는 한번 미소를 지으며 비스듬한 눈으로 요양원 건물의 정면을 쭉 훑어보다가 비록 짧은 순간이나마 한스 카스토르프에게 눈길을 고정시키는 것이었다. 뒤에 남게 된 청년은 창백한 얼굴로 득달같이 방을 지나 자신의 발코니로 나가서는, 방울 소리 울리며 도르프를 향해 차도를 미끄러져 내려가는 썰매를 다시 한번 물끄러미 지켜보았다. 그런 다음 의자에 털썩 주저앉아 안주머니에서 기념품, 즉 담보물을 끄집어냈다. 이번에는 연필을 깎은 적갈색의 부스러기가 아니라 얇게 테를 두른 작은 판이었다. 유리판으로 된 이것은 불빛에 비추어야 상을 볼 수 있었다. 이것은 클라브디아의 내부 초상으로 얼굴 모습은 없었지만, 살의 부드러운 형태에 어른어른 유령처럼 둘러싸인 상반신의 섬세한 골격을 흉강(胸腔)의 기관과 함께 알아볼 수 있었다.

쇼샤 부인이 떠난 후로 시간이 흘러가면서 변화를 낳는 동안에 그는 얼마나 자주 그것을 바라보면서 입술에 대어 보았던가! 가령 클라브디아 쇼샤가 공간적으로 멀리 떠나간 후 이 위의 생활에 적응한 것, 그것도 생각할 수 없을 정도로 신속하게 적응한 것도 시간이 낳은 변화였다. 비록 적응이 안 되는 것에 적응한다는 의미에서이긴 할지라도 이곳의 시간은 특히 그러기에 적합한 성질을 지녔고, 게다가 그러한 목적으로 구성되어 있었다. 다섯 번에 걸쳐 엄청나게 푸짐한 식사가 시작될 때 쾅 하는 문 닫는 소리도 이제 더는 기대할 수 없게 되었고, 더 이상 들리지 않았다. 쇼샤 부인은 이제 까마득히 멀리 어디 다른 곳에 가서 문을 쾅 하고 닫을 것이다. 이는 시간이 공간 속의 물체와 섞이고 결부되어 있듯이 그녀의 존재가, 그녀의 병과 이와 유사한 방법으로 섞이고 결부되어 있는 어떤 본질의 표출일 것이다. 어쩌면 다름 아닌 바로이것이 그녀의 병이었을지도 모른다. 그러나 그녀가 비록 눈에 보이지 않고 이곳에 없긴 하지만 한스 카스토르프의 의식에는 함께하고 있어서, 그녀는 이곳의 수호신이었다. 평지의 평화로운 소가곡에는 어울리는 않는 시간에, 괴롭고도 지나치리만큼 감미로운 시간에 그는 이 수호신을 알아보고 자기 것으로 만들었으며, 9개월 전부터 격렬하게 요동치는 자신의 가슴에 그것의 내부 그림자를 고이 간직했다.

그 사육제 날 밤에 그는 떨리는 입술로 외국어와 모국어를 섞어가며 반쯤은 무의식적으로 반쯤은 숨 넘어가는 소리로 무모하기짝이 없는 제안을 그녀에게 더듬거리며 내놓았다. 이러한 제안, 터무니없는 계획과 굳은 결의에 그녀는 당연히 일언지하에 거부의사를 밝혔다. 가령 그는 수호신을 따라 코카서스 산맥 저편까지쫓아가서는, 그녀가 내키는 대로 다음 거주지로 고른 장소에서 기다리면서 다시는 그녀와 헤어지지 않겠다는 등 다른 더 많은 무책임한 말들을 쏟아 냈던 것이다. 이 평범한 청년이 깊은 모험을 한시간에 얻어낸 것은 사실 몸속의 그림자에 지나지 않는 담보물밖에 없었고, 그녀에게 자유를 부여해 주는 병세 여하에 따라 쇼샤부인이 조만간 네 번째의 체류를 위해 이곳에 되돌아올 거라는 사실은 제법 확률이 높지만 막연한 가능성밖에 없었다. 하지만 조만간이 언제가 되든 간에, 한스 카스토르프는 헤어질 때도, 그녀가 다시 돌아올 때면 자신은 분명 '진작 멀리 다른 데'가 있을 거라고 예언했다. 그리고 어떤 일이 그대로 일어나게 예언하는 것이 아니라, 흡사 주술적 의미처럼, 그런 일이 일어나지 않도록 예언한다고 생각하지 않았더라면 그는 아마 더 견디기 어려웠을지도 모른다. 이런 점에서 볼 때 그의 예언은 별 의미가 없어 백안시(白眼視)해도 되는 것이었다. 이런 종류의 예언가들은 미래가 정말 예언대로 되는 것을 부끄럽게 생각하도록 미래에게 장차 어떻게 될 것인가를 말하면서 미래를 비웃는 것이다. 게다가 수호신은 앞에서 전한 대화나 그 밖의 다른 기회에 한스 카스토르프를 '약간 침윤된 얼룩이 있는 귀여운 시민'이라고 불렀는데, 이는 '인생의 걱정거리 자식'이라는 세템브리니의 말투를 자기 식으로 약간 바꾼 것에 불과했다. 그런데 사실 여기서 문제가 되는 것은 '시민'과 '걱정거리'라는 이 두 가지 본질적 복합 요소 중에서 어느 쪽이 더 강한 것으로 입증되느냐 하는 점이다. 또한 수호신은 자신이 이곳을 여러 번 떠났다가 되돌아왔다는 사실과, 한스 카스토르프가 적당한 순간에 다시 돌아올 수 있으리라는 사실을 고려하지 않았다. 물론 한스 카스토르프는 이곳에 되돌아올 필요가 없게 하기 위해, 이곳에 계속 죽치고 있었다. 그 밖에 많은 이유가 있겠지만 그것이 그가 이곳에 체류하는 확실한 이유였다.

사육제 날 밤에 쇼샤 부인이 했던 조롱 섞인 예언 하나가 보기 좋게 적중했다. 한스 카스토르프의 체온 곡선이 좋지 않았던 것이다. 당시에 체온이 톱니 모양으로 가파르게 올라가 그는 들뜬 기분으로 이를 기록했다. 그러고는 체온이 약간 떨어져 고원처럼 평평한 모양으로 계속 진행되면서 가볍게 물결무늬를 그리기만 할 뿐 지금까지의 수준을 그대로 유지하고 있었다. 이것이야말로 이상 체온으로, 베렌스의 말에 따르면 이런 수치로 계속되는 것은 환부 상태와 제대로 일치하지 않는 것이라고 했다. "이보게나, 당신은 보기와는 달리 독이 많은 사람이군." 그가 말했다. "주사를 한번 맞아 봅시다! 그럼 효과가 있을 겁니다. 처방을 내린 사람의 생각대로 된다면 서너 달 만에 물 만난 물고기처럼 될 겁니다." 이리하여 한스 카스토르프는 이제 일주일에 두 번 수요일과 목요일 아침에 가벼운 산보를 마치자마자 지하의 '실험실'에 내려가 주사를 맞게 되었다.

두 의사가 번갈아 가며 약을 주사로 놓아 주었다. 고문관은 대가답게 찌르는 순간 약을 주입하면서 순식간에 주사를 놓아 버렸다. 그런데다가 그는 찌르는 부위가 어디든 개의치 않았기 때문에 때로는 말도 못하게 아팠고, 맞은 자리가 오랫동안 따끔거리면서 몽우리가 서기도 했다. 더구나 주사는 전체 유기체에 강력한 영향을 미쳤고, 심한 운동을 한 뒤처럼 신경 계통을 마구 뒤흔들어 놓았다. 그리고 이것은 주사에 내재해 있는 힘을 나타내 주는 것으로, 주사를 맞은 후 당장 체온이 잠시 올라가는 것으로도 그 효력을 여실히 보여 주었다. 고문관이 예언한 것이 그대로 일어나기도 했기 때문에, 그런 결과에 대해 뭐라고 이의를 제기할 여지가 없었다. 일단 차례가 돌아오기만 하면 주사 맞는 일은 금방 끝났다. 순식간에 허벅지나 팔의 피부 아래에 해독제를 놓았다. 고문관의 기분이 괜찮고 담배를 피워 울적하지 않을 때면 주사를 놓으면서

서너 번 짧은 대화를 나누기도 했는데, 가령 이때 두 사람 사이에는 이런 대화가 오고 갔다.

"나는 아직도 당신 집에서 느긋하게 커피를 마시던 때가 자꾸 생각납니다, 고문관님. 작년 가을이었지요. 어쩌다가 그런 일이 일어났지요. 바로 어제던가, 아니면 혹시 그 전인지는 잘 모르겠습니다만, 사촌과 그때의 일을 이야기했습니다."

"가프키 번호 7입니다." 고문관이 말했다. "이게 최근 결과입니다. 그 젊은이는 아무리 해도 이제는 좀체 독이 빠지지 않아요. 그러면서도 그는 이곳을 떠나 기병용 군도를 차고 싶어서 전에 없이 나를 괴롭히며 못살게 굽니다. 꼭 덜떨어진 애 같다니까요. 석 달의 다섯 배 남짓 있는 걸 가지고 마치 이곳에 영원히 있는 것처럼 난리를 피워 댑니다. 어떻게든 이곳을 나가겠다고 그러는데, 당신한테도 그런 말을 하던가요? 당신이 좀 그의 양심에 호소해 주십시오, 당신 생각인 것처럼, 강력하게 말입니다! 지도 위쪽 오른편의 당신 고향에서 그 대장부가 너무 일찍 정감어린 안개를 들이마셨다가는 곧 불귀의 객이 되고 맙니다. 그처럼 허풍을 떠는 자는 머리가 그렇게 좋을 필요가 없겠지만 그가 어리석은 일을 저지르기 전에, 좀 더 사려분별 있고 민간인이며 시민적 교양을 지닌 당신이 그에게 제정신이 좀 들게 해 주셔야겠습니다."

"그러도록 하겠습니다, 고문관님." 이렇게 대답하면서 한스 카스토르프는 이야기의 주도권을 빼앗았다. "그가 그렇게 뻗댄다면 계속 타일러 보겠습니다. 그도 생각이 있다면 내 말을 듣겠지요. 하지만 눈에 보이는 예들이 늘 바람직한 현상은 아니라서, 그게 해약을 끼치고 있습니다. 사람들이 계속 떠나고 있습니다. 평지로 말입니다. 제멋대로 진정한 자격도 없이 떠나면서도 마치 병이 다 나아 퇴원하는 것처럼 요란하게 떠납니다. 그렇기 때문에 마음이 약한 사람은 유혹을 받기 쉽지요. 최근에도 그런 예가 있었지요. 얼마 전에도 떠난 사람이 있었는데 누구였지요? 일류 러시아인 석의 어떤 부인이었는데, 아, 맞아요, 쇼샤 부인이었지요. 들리는 소문에 의하면 다게스탄으로 떠났다지요. 그곳 다게스탄의 기후 는 잘 모르지만, 북쪽의 항도인 함부르크보다야 더 나쁘지 않겠지 요. 지리적으로 보면 그곳이 산악 지방일지도 모르지만 우리가 볼 때는 저지이지요. 나는 그곳 사정을 잘 알지는 못합니다만, 다 낫 지도 않은 몸으로 그런 곳에서 어떻게 살겠다는 건지 모르겠습니 다. 근본개념이 결여되어 있고, 이 위의 질서를 아는 사람이 아무 도 없는 데서 말입니다. 안정 요양과 검온을 어떻게 하는지도 제 대로 모르는 데서 말입니다. 게다가 그녀는 그러잖아도 다시 돌아 올 거라고 어떤 기회에 말했습니다. 그런데 어떻게 하다가 그녀 이야기가 나왔지요? 아, 그렇습니다, 우리는 그때 정원에서 만났 더랬지요. 고문관님. 기억나는지 모르겠습니다. 우리가 벤치에 앉 아 있을 때 다가오셨지요. 어떤 벤치인지도 아직 기억이 생생합니 다. 우리가 앉아서 담배를 피우던 벤치를 정확히 지적해 말할 수 있습니다. 말하자면 나 혼자만 담배를 피우고 있었지요. 내 사촌 은 웬일인지 이해할 수 없지만 담배를 안 피우거든요. 당신은 그 때 마침 담배를 피우고 있어서 우리는 서로 시가를 교환하기까지 했지요. 사실 지금도 생각이 납니다만, 그때 당신이 준 브라질 산

시가는 정말 맛이 기막혔습니다. 하지만 그런 건 어린 말을 다루듯 해야 할 겁니다. 그렇지 않으면 당신이 그때 두 개의 조그만 수입품을 연거푸 피웠을 때처럼 곤욕을 치를지도 모릅니다. 그때 당신은 가슴을 실룩실룩 떨고 너울너울 춤추며 저세상으로 갈 뻔했지요. 아무튼 일이 잘 해결되어 지금 이렇게 웃으며 말할 수 있습니다. 그건 그렇고 얼마 전에 또 한 번 마리아 만치니 2, 3백 개를 브레멘에 주문해 받았습니다. 나는 그 제품이라면 사족을 못 쓰거든요. 어느 면으로 보아도 내 마음에 꼭 들어서요. 물론 관세와 우송료가 꽤 비싸 그게 좀 흠이긴 합니다만. 그래서 다음 번 진찰 때 내가 상당한 기간을 선고받는다면, 고문관님, 나도 어쩔 수 없이 이곳 시가로 바꾸어야 할 모양입니다. 당신 집에 가서 진열장에 든 아주 멋진 물건들을 보았지요. 그런 다음에 우리는 당신이 그린 그림들을 보았는데, 그때 일이 지금도 눈에 선합니다. 그리고 그 그림들을 보고 나는 말할 수 없는 감동을 받았습니다. 당신이 남에게 알려질 위험을 무릅쓰고 그린 유화 그림을 보고 나는 넋이 다 나갈 지경이었습니다. 나는 감히 그런 일을 하지 못할 겁니다! 그때 우리는 정말 세밀하게 피부를 묘사한 쇼샤 부인의 초상화도 보았지요. 나는 정말 감격했다고 말할 수 있습니다. 당시에 나는 그 초상화의 모델을 잘 알지 못했고, 얼굴이며 이름만 겨우 아는 정도였지요. 그러다가 이번에 그녀가 떠나기 직전에야 나는 그녀를 개인적으로도 알게 되었습니다."

"무슨 말을 하는 거요!" 고문관이 대꾸했다. 예전으로 거슬러 올라가 말한다면 한스 카스토르프가 처음으로 진찰에 앞서 자신에게 열이 좀 있다고 말했을 때도 그가 그렇게 대꾸한 적이 있었다. 고문관은 더 이상 아무 말이 없었다.

"아니, 정말, 그렇게 되었습니다." 한스 카스토르프는 확인하듯 말했다. "경험으로 볼 때 이 위에서 누구와 친하게 지낸다는 것이 결코 쉬운 일은 아닙니다만, 쇼샤 부인과 나는 마지막 순간에 정말로 그런 사이가 되었습니다. 우리는 서로 대화를 나누면서……" 한스 카스토르프는 이빨 사이로 공기를 들이마셨다. 주사를 맞던 것이다. "어휴!" 그는 뒤로 물러서며 말했다. "아주 중요한 신경을 건드린 모양입니다, 고문관님. 아, 네네, 말도 못하게 아픈데요. 됐습니다, 좀 문지르면 나아지겠지요. 우리는 서로 대화를 나누면서 좀 더 가까워졌습니다."

"그랬군요! 어땠어요?" 고문관이 물었다. 그는 큰 칭찬을 기대하는 사람의 표정으로, 동시에 자신의 경험상 칭찬을 확신한다는 표정으로 고개를 끄덕이며 물었다.

"나는 내 프랑스어가 별로 신통치 못하다는 것을 인정합니다." 한스 카스토르프는 질문을 회피하며 말했다. "어떻게 제대로 의사 표현을 할 수 있어야지요. 하지만 막상 닥치니까 몇 마디나마 언뜻 생각나더군요. 그래서 의사소통은 제법 그럭저럭 되었습니다."

"그랬겠지요. 어땠어요?" 고문관은 같은 말로 대답을 독촉했다. 그러면서 스스로 덧붙여 말했다. "좋았겠지요, 안 그래요?"

한스 카스토르프는 셔츠 칼라의 단추를 채우고, 다리와 팔꿈치를 쭉 뻗으며 천장을 쳐다보았다.

"결국 새로울 게 없는 일입니다." 그가 말했다. "어떤 요양지에서 두 사람이나 또는 두 가족이 몇 주 동안 같은 지붕 밑에서 따로 지냅니다. 그러던 어느 날 이들은 사귀게 되고, 서로 무척 끌리게 됩니다. 그러다가 한쪽이 떠나려고 하는 것을 상대방이 알게 됩니다. 살다 보면 이런 서운한 일이 자주 발생하겠지요. 그리고 살아가면서 적어도 계속 연락을 하며, 가령 편지를 통해 서로의 소식을 듣고 싶어 하는 게 인지상정입니다. 그런데 쇼샤 부인은……"

"하기야, 그녀는 그런 걸 원하지 않았겠지요?" 고문관은 느긋하게 웃으며 말했다.

"그래요, 그녀는 그런 데 도통 관심이 없었어요. 그녀가 여기저기 머무는 곳에 대해 당신에게도 알려 주지 않던가요?"

"원, 천만에요." 베렌스가 대답했다. "그런 생각을 할 여자가 아니지요. 첫째로는 게을러서 그렇고, 둘째로는 대체 어떻게 글을 쓴단 말입니까? 나는 러시아어를 읽을 줄 모릅니다. 정 부득이할 경우에는 엉터리로 어떻게 해 낼 수는 있겠지만, 러시아 말은 전혀 읽을 줄 모릅니다. 하지만 당신도 마찬가지겠지요. 그리고 그 새끼 고양이는 프랑스어나 표준 독일어도 귀엽게 야옹야옹할 수는 있겠지요. 하지만 막상 글로 쓰려고 하면 당황해 어쩔 줄 몰라 하겠지요. 그 정서법이라는 게, 이보시오! 그래요, 그러니 우리 서로를 위로하도록 합시다. 젊은이! 그녀는 늘 잊을 만하면 다시 돌아옵니다. 이미 말했듯이 그건 기법의 문제이자 기질의 문제입니다! 어떤 사람은 걸핏하면 떠났다가 다시 돌아오고, 또 어떤 사람은 다시 돌아오지 않도록 처음부터 장기간 머물지요. 당신의 사촌이 지금 떠나려고 한다면 그가 다시 장엄하게 입성하는 것을 당신이 여기서 체험하기 쉬울 거라고 그에게 좀 말해 주십시오."

"그러면 고문관님, 나는 이곳에 얼마만큼 더 있어야 하는지요?"

"당신 말이오? 지금은 그 사람 말을 하는 중이오! 그는 이 위에 있었던 만큼 저 아래에 머물지 못할 거요. 이것이 나의 솔직한 의견이오. 그리고 내 간곡한 부탁은 이런 말을 그에게 좀 전해 달라는 겁니다."

이렇게 한스 카스토르프가 대화를 요령 있게 주도해 가는 것처럼 보였지만 그 결과는 아무것도 없거나 애매한 것에 불과했다. 완쾌되기 전에 훌쩍 떠나가 버린 사람이 다시 돌아올 날을 기다리기 위해 그가 얼마나 오래 이곳에 머물러야 하는지가 애매했고, 홀연히 사라진 여자 쪽에서도 감감무소식이었다. 공간과 시간의 불가사의한 속성이 이들을 떼어놓는 한 한스 카스토르프는 그녀에게서 아무런 소식도 듣지 못할 것이다. 그녀는 편지를 쓰지 않을 것이며, 그로서도 편지를 쓰고 싶어도 방법이 없다. 하지만 곰곰 생각해 보면 이런 상태가 사실 정상이 아니겠는가? 이들이 서로 편지를 주고받아야 한다고 생각하는 것 자체가 어쩌면 시민적이고 옹졸한 생각이 아니었을까? 사실 예전에는 둘이 대화를 나누는 것조차도 불필요하고 그리 바람직하지 않다고 그는 느끼지 않았던가? 그리고 그가 사육제 날 밤에 그녀 곁에서 정말 교양 있는 유럽인답게 그녀와 대화를 나누었던가? 아니 오히려 별로 문명인답지 않게 꿈속에서처럼 외국어로 말하지 않았던가? 그러면 대체 무엇 때문에 지금 새삼스럽게 편지나 그림엽서에 편지를 써야 한단 말인가? 진찰 결과의 변동 사항을 보고하기 위해 그가 저지의 고향에 가끔 편지를 보내듯이 말이다. 병으로 인해 자유를 얻은 클라브디아가 편지를 써야 할 의무를 느끼지 않는 것은 당연한 일이 아닐까? 말하기와 쓰기는 사실 극히 인문주의적이고 공화제적인 사항으로, 미덕과 악덕에 관한 책을 쓰고, 피렌체 사람들에게 세련된 예의범절과 화술을 가르치며, 피렌체 공화국을 정치의 원칙에 따라 통치하는 기술을 가르친 브루네토 라티니 씨의 관심 사항일 뿐이다.

그리하여 한스 카스토르프의 생각은 자연히 로도비코 세템브리니에게 미치게 되었는데, 그 순간 언젠가 그 문필가가 뜻밖에 자신의 병실에 들어와 갑자기 불을 켰을 때 그랬던 것처럼 얼굴이 붉어졌다. 지상에서의 삶의 이해관계를 해결하려고 노력하는 이 인문주의자에게서도 역시 한스 카스토르프의 초감각적인 수수께끼와 관련된 질문에 대한 해답을 기대할 수 없는 노릇이었다. 그저 도전하고 불평한다는 의미에서는 그런 질문을 던질 수 있을지 모르지만 말이다. 그런데 사육제 날 모임에서 세템브리니가 흥분하여 피아노실에서 나가 버린 후로 한스 카스토르프와 이탈리아인의 관계는 소원해졌다. 이는 한쪽의 양심의 가책과 다른 쪽의 교육적인 언짢음에서 비롯된 것으로, 이들은 서로를 피하면서 몇 주일 동안 한 마디도 대화를 나누지 않았다. 세템브리니의 눈에는 한스 카스토르프가 여전히 '인생의 걱정거리 자식'이었을까? 그렇다, 이성과 미덕에서 도덕을 찾는 인문주의자의 눈에는 그가 아마 가망이 없는 인물로 비쳤을지도 모른다. 그리고 한스 카스토르프는 세템브리니에게 완강한 태도를 취했다. 두 사람이 마주치면 그는 미간을 찌푸리고 입술을 뿌루퉁하게 내밀었으며, 반면에 세템브리니는 검은 눈을 번득이며 그에게 무언의 비난을 보냈다. 그럼에도 앞서 말했듯이 몇 주 후에 처음으로, 비록 이를 이해하기 위해서는 서구적인 교양이 필요한 신화적인 암시의 형식이긴 했지만, 문사가 스쳐 지나치면서 그에게 다시 말을 걸어 온 순간 그의 이러한 완강한 태도는 봄눈 녹듯 사라져 버렸다. 점심 식사 후에 이들은 더 이상 쾅 하고 닫히지 않는 유리문에서 마주쳤다. 세템브리니는 청년을 앞질러 가면서 애당초부터 그에게서 금방 떨어지려는 생각으로 말했다.

"어이, 엔지니어 양반, 석류*의 맛은 어땠나요?"

한스 카스토르프는 기쁘기도 하고 당황도 하면서 미소 지었다.

"그 말은…… 무슨 뜻이지요, 세템브리니 씨? 석류 말인가요? 식사 때 석류가 나왔던가요? 나는 아직 한 번도 먹어 본 적이…… 아니, 꼭 한 번 석류 즙을 소다수에 타서 마신 적이 있었습니다. 아주 달콤한 맛이 나더군요."

그 이탈리아인은 벌써 옆을 지나가면서 머리를 뒤로 돌리며 말 하나하나에 힘주어 말했다. "신들과 인간들은 가끔 저승을 찾아 갔다가 되돌아올 수 있었습니다. 하지만 저승 사람들은, 저승의 과일을 맛본 자는 다시는 저승을 빠져나가지 못한다고 알고 있습니다."

눈이 오나 비가 오나 한결같이 밝은 체크무늬 바지만 입는 그는 이런 말을 불쑥 던지고는 한스 카스토르프를 앞질러 횡하니 가 버렸다. 한스 카스토르프는 여러 가지 뜻을 내포한 이런 의미심장한 표현에 '한 내 얻어맞은' 셈이 되었고, 실제로도 어느 정도는 그러했다. 한스 카스토르프는 세템브리니의 억지 주장에 화가 나기도 하고, 한편으로는 우습기도 해서 혼잣말로 이렇게 중얼거렸다.

"라티니, 카르두치, 라치 마우지 팔리*, 나를 좀 가만히 내버려 두시오!"

하지만 그는 세템브리니가 처음으로 말을 걸어 온 데 대해 무척 감격해했다. 그는 예의 전리품, 쇼샤 부인에게서 정표로 받은 으스스한 선물을 안쪽 호주머니에 고이 간직하고 있었지만, 여전히 세템브리니에게 애착을 품고 있었고, 그가 옆에 있어 주는 것만도 대단히 중요하게 생각했다. 그리고 그에게서 완전히, 그리고 영원히 버림받는다는 생각은 알빈 씨의 경우처럼 학교에서 더 이상 고려의 대상이 되지 않고 불명예의 특전을 마음껏 누리는 소년의 기분보다 더욱 괴롭고 끔찍한 것이었을지도 모른다. 그렇지만 그는 감히 자기가 먼저 사부에게 말을 걸 용기가 없었기 때문에, 몇 주를 그냥 흘려 보내고 나서야 사부가 골칫거리 제자에게 다시 한번 접근하게 되었다.

두 번째의 접근은 영원히 단조로운 리듬 속에서 몰려오는 시간의 물결을 타고 부활절 무렵에 일어났다. 베르크호프에서는 명절이란 명절은 모조리 그냥 지나치는 법이 없었는데 이는 나날이 똑같은 단조로움을 피하기 위해서였다. 부활절의 첫 번째 아침 식사 때 식탁의 모든 좌석의 식기 옆에는 오랑캐꽃 다발이 놓여 있었고, 두 번째 아침 식사 때는 다들 물들인 달걀을 하나씩 받았다. 그리고 성대한 점심 식탁은 설탕과 초콜릿으로 만든 조그만 토끼로 장식되었다.

"당신은 선박 여행을 해 본 적이 있습니까, 소위님, 아니면 엔지니어 당신은요?" 세템브리니가 식사를 마치고 입에 이쑤시개를 문 채 사촌들의 식탁으로 다가오면서 물었다. 오늘 이들은 대부분의 손님들처럼 정오의 안정 요양을 15분쯤 줄이고 코냑을 탄 커피를 마시려고 자리에 그냥 앉아 있었다. "나는 이 토끼와 물들인 달걀을 보고 커다란 기선에서 생활하던 때가 생각났습니다. 몇 주 동안 소금물의 황야에서 광막한 수평선을 바라보며 이리저리 떠다니면서, 사정에 따라서는 완전하고 편리한 시설도 바다의 광대무변함을 다만 피상적으로만 잊게 해 줄 뿐, 마음 깊은 곳에서 은밀한 공포가 의식을 야금야금 갉아먹던 때가 생각났습니다. 나는 그런 방주에서 뭍의 축제를 경건히 떠올리려 했던 정신을 여기서 다시 볼 수 있습니다. 그것은 현세의 바깥에 있는 자들의 회상이며, 달력의 날짜에 따르는 감상적인 추억입니다. 오늘 육지에서는 부활절이겠지요? 육지에서는 오늘 왕의 부활을 축하하고 있습니다. 그리고 우리도 나름대로 할 수 있는 만큼 축하하고 있습니다. 우리도 인간들이니까요. 그렇지 않습니까?"

사촌들은 맞장구를 치면서 그의 말에 동의했다. 한스 카스토르프는 말을 걸어 준 데 감격하고, 양심의 가책에 자극받아 그의 표현이 재기발랄하고 탁월하며 문필가답다고 생각하면서 목소리를 높여 그의 말을 칭찬했다. 그리고 온 힘을 다해 세템브리니의 말에 맞장구를 쳤다. 세템브리니가 그토록 조형적으로 말한 것처럼, 확실히 대양 기선에서의 안락한 생활도 주변 상황과 두려운 기분을 다만 피상적으로 잊게 해 주는 것에 불과하리라. 그리고 자신의 견해를 첨가한다면 이런 안락한 시설 자체가 심지어 외설적이고 도발적으로 느껴지며, 그런 데서 옛날 사람들이 오만이라고 불렀던 것과 (심지어 그는 환심을 사려고 옛날 사람들의 말까지 인용했다) 유사하거나 "나는 바빌론의 왕이니라!"라고 소리친 것과 같은 그런 종류의 기분, 요컨대 오만함이 느껴진다는 것이다. 그러나 다른 한편으로 선상에서의 사치스러운 생활은 인간 정신과 인간의 자존심의 위대한 승리를 내포하고 (내포하다니!) 있다. 인간은 이런 사치스럽고 안락한 생활을 소금물의 거품 위에까지 확대하여 거기서 이런 대담한 생활을 영위하면서, 그들은 말하자면 자연력, 자연의 맹렬한 힘을 정복한다. 그리고 자신이 이러한 표현을 사용해도 된다면 이는 혼돈에 대한 인간적인 문명의 승리를 내포한다는 것이다.

세템브리니는 두 발을 포개고 팔짱을 낀 채 그의 말을 주의 깊게 경청했다. 그러면서 그는 거드름을 피우며 치켜 올라간 콧수염을 이쑤시개로 쓰다듬고 있었다.

"이는 특기할 만한 현상입니다." 세템브리니가 입을 열었다. "인간은 누군가 어느 정도 일반적인 성향의 종합적인 표현을 하면, 무의식적으로 모든 자아를 거기에 담아 자기 삶의 근본 주제와 문제를 어떻게든 비유적으로 표현하여 자신을 완전히 드러내려 하는 것 같습니다. 방금 당신이 바로 그러했습니다, 엔지니어 양반. 당신이 방금 한 말은 당신의 인격의 밑바탕에서 우러나온 겁니다. 그리고 당신의 인격의 현재 상황도 시적으로 표현된 겁니다. 그것은 여전히 실험 상태에 있습니다."

"실험 채택(Placet experiri)이지요!" 한스 카스토르프는 고개를 끄덕이고 웃으면서 c를 이탈리아어로 발음했다.

"그렇습니다. 이때 그러한 실험 정신이 존경할 만한 열정에서 우러나와야 방종한 기분에서 비롯되어서는 안 됩니다. 당신은 '오만'에 관해 말했고, 이러한 표현을 이용했습니다. 하지만 자연의 어두운 힘에 맞서는 인간의 오만은 지고한 인간성의 표현입니다. 그것 때문에 질투심이 강한 신들의 복수를 초래하여 호사스러운 방주가 좌초하여 바닷물 저 밑으로 곧장 가라앉는다 하더라도 그것은 오히려 명예로운 파멸입니다. 프로메테우스의 행위도 오만한 행동이었으며, 스키타이의 암벽 위에서 그가 당한 고난도 우리는 극히 신성한 순교라고 간주하는 겁니다. 반면에 인류에 맞서는 반이성적이고 적대적인 힘을 사용해 음탕한 실험을 하다가 파멸하는 다른 종류의 오만은 어떠할까요? 그것은 명예로운 걸까요? 거기에 명예가 있을 수 있을까요? 절대 그렇지 않습니다!"

한스 카스토르프는 괜히 아무것도 든 것 없는 빈 커피 잔만 휘휘 젓고 있었다.

"엔지니어, 엔지니어 양반." 세템브리니는 고개를 끄덕이며 말했다. 그리고 그의 검은 두 눈은 생각에 잠긴 듯 한 곳을 '골똘히 응시'하고 있었다. "당신은 쾌락을 위해 이성을 희생시킨 불경한 육욕의 죄인들을 끓는 물에 튀기고 소테로 만드는 단테의 『신곡』 「지옥」 편의 회오리바람이 두렵지 않습니까? 오, 신이여, 당신이 위아래로 곤두박질치며 흩날리는 모습을 생각하면 안쓰러워 시신이 쓰러지듯 넘어지고 싶은 심정입니다."

그가 농담을 시적으로 말했기 때문에 이들은 즐거워하며 웃음을 터뜨렸다. 그러자 세템브리니는 덧붙여 말했다.

"사육제 날 밤에 포도주를 마실 때 일어난 일이, 기억나지요, 엔지니어 양반. 당신은 나에게 작별을 고하듯이 말했지요. 어쨌든, 뭐 그와 비슷한 일이 일어났지요. 그런데 이제, 오늘은 내가 작별을 고할 차례입니다. 당신들이 이렇게 보시듯이, 여러분, 나는 여러분에게 작별 인사를 할 참입니다. 나는 이 요양원을 떠납니다."

두 사촌은 이 말을 듣고 깜짝 놀랐다.

"그럴 리가요! 그냥 농담이겠지요!" 한스 카스토르프가 소리쳤다. 그는 다른 때, 즉 쇼샤 부인이 떠난다고 할 때도 이렇게 소리친 적이 있었는데, 그는 거의 그때와 마찬가지로 몹시 놀랐다. 하지만 세템브리니는 이렇게 대꾸했다.

"절대 농담이 아닙니다. 지금 말한 그대로입니다. 그리고 이 소식을 지금 처음 전하는 것이 아닙니다. 가까운 장래에 내가 일할 희망이 없는 것으로 드러난다면 곧장 이곳에서 텐트를 걷고 어디 다른 데 가서 죽 살아갈 생각이라는 것을 당신에게 설명한 적이 있습니다. 이제 그 순간이 찾아왔습니다. 몸이 나을 가망이 없다는 게 분명해졌습니다. 이렇게 목숨을 근근이 이어 갈 수는 있지만 이곳을 벗어나서는 안 됩니다. 판결, 최종적인 판결은 종신형이라고 합니다. 예의 쾌활한 표정으로 베렌스 고문관은 나에게 형량을 선고했습니다. 좋습니다, 나는 그 판결에 따라 행동하는 겁니다. 숙소도 빌렸고, 나의 보잘것없는 지상의 소지품과 문학 작업을 하기 위한 도구를 그곳으로 옮겨 갈 참입니다. 여기서 그리 멀지 않은 도르프에 있으니, 서로 만나게 되겠지요. 분명코, 나는 앞으로도 당신을 계속 지켜보겠지만, 동숙인으로서 영광스럽게도 당신과 작별 인사를 하는 바입니다."

세템브리니가 이렇게 털어놓은 날은 부활절 일요일이었다. 사촌들은 그의 말을 듣고 전에 없이 찡한 기분을 느꼈다. 그러고도 한참 동안, 계속하여 두 사촌은 문사의 결심에 대해 그와 이야기를 주고받았다. 이제 그가 혼자 어떻게 요양 근무를 할 것인가에 대해, 더구나 그가 맡은 방대한 백과사전 작업을 새 거처에서도 계속하는 것, 고통의 충돌과 그것을 해소하려는 관점에서 모든 문학적 걸작을 조감하는 문제에 대해 대화를 나누었다. 마지막으로 세템브리니는 '향료 가게'라고 부른 자신의 새 숙소에 대해서도 말해 주었다. 그의 말에 따르면 향료 가게 주인은 자신의 집 2층을 보헤미아 출신의 부인복 재단사에게 세를 주었는데, 그가 다시 자신을 하숙인으로 두게 되었다고 한다. 그런데 이 대화도 이제 과거지사가 되었다. 시간은 계속 흐르면서, 이미 여러 가지 변화를 낳았다. 정말로 세템브리니가 국제 요양원 베르크호프를 떠나 부인복 재단사 루카체크의 가게에서 살게 된 지 벌써 몇 주가 되었다. 그는 썰매를 타고 요양원을 떠난 것이 아니라, 깃과 소매에 털가죽이 약간 달린 짧고 누런 재킷을 입고 걸어서 떠났다. 그는 현관 앞에서 두 손가락으로 식당 아가씨의 볼을 살짝 꼬집어 준 다음, 한 사내로 하여금 문필가의 문학 서적과 지상의 짐을 손수레로 끌게 하고는 지팡이를 흔들면서 유유히 걸어갔다. 앞서 말했듯이 4월도 훌쩍 흘러가, 이미 4분의 3이나 과거의 그림자 속에 묻히게 되었지만, 아직 날씨는 한겨울과 다름없었다. 아침에 실내 온도는 빠듯하게 영상 6도를 가리켰고, 실외는 영하 8도를 가리키고 있었다. 그래서 잉크병에 잉크를 넣어 발코니에 놓아두면 밤새 얼어붙어 석탄 같은 얼음 덩어리로 변하는 것이었다. 그래도 어김없이 봄이 가까워 온다는 것을 알 수 있었다. 해가 비치는 낮에는 가끔씩 이미 공기 중에 아련하고 부드러운 봄의 촉감을 느낄 수 있어서, 해빙기가 목전에 다가왔음을 알 수 있었다. 베르크호프에서 쉬지 않고 일어나는 변화는 해빙기와 관계가 있었다. 방과 식당에서, 검진을 하거나 회진을 할 때마다, 식사 때마다 해빙기에 대한 일반적인 편견을 없애려고 고문관이 권위를 갖고 아무리 열을 내며 역설해도 그런 변화를 막을 수 없었다.

고문관은 자신이 돌보는 사람들이 겨울 운동선수들인지 아니면 병자들이나 환자들인지를 물었다. 도대체 눈이, 꽁꽁 얼어붙은 눈이 환자들에게 무엇 때문에 필요하단 말인가? 해빙기가 좋지 않은 시기라고? 천만에, 그때가 가장 좋은 시기라고 한다! 해빙기 무렵은 일년 중 어느 때보다도 골짜기 어디서나 침대에 누워 지내는 환자의 수가 적다는 게 통계적으로 입증된 사실이 아닌가! 이 시기의 바로 이 골짜기의 기상 조건은 세계 어디보다도 결핵 환자에게 좋다! 조금이라도 분별이 있는 자라면 이곳에서 참고 버티며 이곳 기후가 몸을 단련시켜 주는 것을 이용할 수 있다. 그리하여 이곳에서 단련되면 베이든지 찔리든지 까딱없으며, 세계의 어떤 기후에도 견뎌 낼 수 있다. 그런데 그러기 위해서는 그 전제 조건으로 병이 완전히 다 나을 때까지 이곳에서 기다려야 한다고 그는 역설했다. 하지만 고문관이 아무리 강하게 주장해도 해빙기에 대한 사람들의 편견은 머릿속 깊이 뿌리박혀 있어서 요양지는 썰렁해지기 시작했다. 다가오는 봄기운이 사람들의 몸을 들썩거리게 하고, 붙박이 환자들마저 불안하게 하여 변화를 추구하게 만드는 것은 어쩌면 이해할 수 있는 일이었다. 좌우간 베르크호프에서도 '무모하고', '그릇되게' 요양원을 떠나는 사람들의 수가 걱정스러울 정도로 늘어났다. 예컨대 암스테르담 출신의 잘로몬 부인은 진찰이 가져다주는 즐거움과 진찰하는 중에 레이스 달린 고급 속옷을 선보이는 즐거움마저 버리고 완전히 무모하고도 그릇되게 떠나 버렸다. 더구나 상태가 더 나아진 것이 아니라 점점 더 악화일로를 걷고 있었기 때문에, 허락을 받고 퇴원한 것도 아니었다. 그녀는 한스 카스토르프보다 훨씬 일찍 이 위에 왔고, 이곳에서 지낸 지도 어언 일년이 넘었다. 그런데 처음에는 증세가 아주 가벼워 3개월을 선고받았다. 4개월 후에 그녀는 '한 달만 있으면 확실히 건강해진다'는 말을 들었지만 6주 후에는 몸이 낫는다는 것은 차마 입에 담을 수 없는 상태가 되고 말았다. 그녀는 적어도 4개월은 더 있어야 한다는 말을 들었다고 한다. 이렇게 차일피일 미루다가 오늘에 이르게 된 것이다. 그렇다고 해서 이곳이 감옥이나 시베리아 광산도 아니므로, 잘로몬 부인은 계속 머무르면서 고급 속옷을 선보이고 있었다. 그런데 해빙기를 눈앞에 둔 최근의 진찰에서 왼쪽 상부에서 들리는 피리 소리와 왼쪽 겨드랑이 밑에서 분명히 들리는 탁음 때문에 다시 5개월이 추가되자, 그녀는 도저히 더는 참을 수 없게 되었다. 그녀는 도르프와 플라츠에 대해, 유명한 공기와 국제 요양원 베르크호프에 대해, 의사들에 대해 악담을 퍼붓고 항의하면서 이곳을 떠나 바람 센 고향 암스테르담으로 갔다.

그녀는 현명하게 행동했을까? 베렌스 고문관은 어깨를 으쓱하고 두 팔을 치켜들었다가 다시 허벅지에 철썩 소리를 내며 내려놓았다. 그는 잘로몬 부인이 늦어도 가을까지는 이곳에 다시 돌아오겠지만 그때는 종신형을 받을 거라고 말했다. 과연 그의 말이 적중할 것인가? 우리는 이 유원지에 한참은 더 있을 거니까 그 결과를 알 수 있을 것이다. 하지만 잘로몬 부인과 같은 경우는 비일비재했다. 시간은 변화를 낳았고, 언제나 그래 왔지만 아주 느린 속도로 눈에 띄지 않게 변화를 일으켰다. 식당에는 일곱 식탁마다 빈자리가 눈에 띄었다. 일류 러시아인 석이나 이류 러시아인 석에도, 세로로 또는 가로로 놓은 식탁에도 빈자리가 생겼다. 그렇다고 해서 요양객 수가 현저히 줄어든 것은 아니었다. 언제나 그렇듯이 새로 들어오는 환자들도 있었기 때문이다. 방들은 다 차 있는 모양이었는데, 이는 사실 거주 이전의 제약을 받는 말기 환자들 때문이었다. 방금 말했듯이 식당에는 아직 자유롭게 퇴원할 수 있는 사람들 덕택으로 몇 개의 빈자리가 생겼다. 하지만 몇몇 자리는 저세상 사람이 된 블루멘콜 박사처럼 심각하고 허허로운 이유 때문에 빈자리가 되기도 했다. 그는 맛없는 음식을 씹는 듯한 표정을 점점 더 강하게 짓더니, 얼마 후 오랜 침대 생활을 하다가 끝내 죽고 만 것이다. 그가 정확히 언제 죽었는지 아는 사람은 아무도 없었다. 으레 그렇듯이 이 사안도 조심스럽게 비밀리에 처리되었기 때문이다. 아무튼 이렇게 하여 빈자리가 하나 늘었다. 그 빈자리 옆에 슈퇴어 부인이 앉았는데, 그녀는 그 빈자리를 기분 나빠했다. 그래서 그녀는 침센 청년의 반대편 자리, 즉 병이 다 나아 퇴원한 로빈슨 양의 자리로 옮겨 가, 한스 카스토르프의 옆에서 자신의 자리를 굳게 지키고 있는 여선생의 맞은편에 앉았다. 여선생은 현재 다른 세 자리가 비어 있는 쪽 식탁에 혼자 앉아 있었다. 대학생인 라스무센은 하루가 다르게 여위어 가고 기력이 떨어지더니, 급기야는 침대 생활로 들어가 위독한 환자로 간주되고 말았다. 그리고 왕고모는 질녀와 가슴이 풍만한 마루샤를 데리고 어디론가 여행을 떠났다. 우리는 다들 '여행을 떠났다'고 말했는데, 이는 이들이 가까운 장래에 다시 돌아올 것이 확실했기 때문이다. 이들은 가을이면 다시 돌아올 텐데, 이것도 출발이라고 말할 수 있는 걸까? 코앞에 다가온 성령강림절이 일단 지나면 하지는 금방이 아닌가? 그리고 낮이 가장 긴 하지가 지나가면 곧장 겨울로 후닥닥 넘어가게 될 것이다. 요컨대 왕고모와 마루샤는 곧 다시 돌아올 테니 이미 와 있는 거나 마찬가지였다. 실없이 웃기 잘하는 마루샤가 병이 다 나은 것도, 병독이 제거된 것도 아니므로 그러길 잘한 일이었다. 여교사의 말에 따르면 갈색 눈의 마루샤는 탐스러운 가슴에 결핵성 궤양이 있어서 이미 여러 번 수술을 받았다고 한다. 여교사가 이 말을 했을 때 한스 카스토르프가 요아힘의 얼굴을 흘끗 쳐다보니, 그는 얼룩이 생긴 얼굴을 자신의 접시 쪽으로 숙이고 있었다.

활발한 왕고모는 같은 식탁의 동료들, 즉 사촌들, 여선생, 슈퇴어 부인에게 식당에서 철갑상어 알젓, 샴페인 및 리큐어 술같이 맛있는 음식으로 특별히 작별 만찬을 베풀어 주었다. 그런데 식사하는 동안 요아힘은 잠자코 침묵을 지키다가 가끔씩 힘이 하나도 없는 목소리로 몇 마디 할 뿐이었다. 그러자 인정 많은 왕고모는 그에게 용기를 북돋워 주는 말을 했으며, 심지어는 문명 사회의 예법을 버리고 그에게 말을 놓기도 했다. "별것도 아닌 일인데 그렇게 노심초사하지 말고, 먹고 마시고 대화하고 그래요. 우리는 곧 다시 돌아올 거니까! 자, 다들 먹고 마시고 떠들어요. 슬픔, 슬픔일랑 다 잊어버리고. 눈 깜짝할 사이에 다시 가을이 올 텐데, 상심할 이유가 뭐가 있어요!" 다음날 아침 그녀는 식당에 온 거의 모든 손님들에게 기념으로 '작은 과자'가 담긴 알록달록한 조그만 상자를 돌리고는, 두 아가씨와 함께 잠시 여행을 떠났다.

그러면 요아힘의 상태는 어떠했을까? 그는 마루샤가 떠난 후로 한결 자유로워지고 홀가분하게 느꼈을까, 아니면 비어 있는 옆 식탁을 바라보며 채울 수 없는 공허감을 느꼈을까? 요즘 들어 그답지 않게 반항하며 초조해하고, 더 이상 놀려 대면 그만 떠나가 버리겠다고 위협하는 것은 마루샤가 떠난 것과 연관이 있을까? 아니면 그가 아직 이곳을 떠나지 않고 오히려 해빙기를 예찬하는 고문관의 말에 솔깃해하는 것은, 가슴이 풍만한 마루샤가 아주 떠난 것이 아니라 한동안 여행을 간 것에 불과하고, 다섯 달만 지나면 다시 이곳으로 돌아올 것이라는 사실과 관계가 있을까? 아, 이 모든 일은 다 사실이라 할 수 있었다. 한스 카스토르프는 이 문제에 대해 요아힘과 직접 대화하지 않더라도 충분히 미루어 짐작할 수 있었다. 요아힘이 떠나가 버린 어떤 여자의 이름을 거론하는 것을 극력 피하듯이, 그도 마찬가지로 이를 엄격하게 자제했기 때문이다.

그러면 지금까지 이탈리아인 세템브리니가 앉아 있던 자리에는 누가 앉게 되었을까? 세템브리니가 그 틈에 끼여 있던 네덜란드 손님들은 식욕이 정말 엄청나서, 하루 다섯 번의 식사 때마다 다들 미처 수프가 나오기도 전에 달걀 프라이를 시켜 먹었다. 세템브리니의 자리에는 바로 그 남자, 흥막 쇼크로 지옥에 다녀온 끔찍한 모험을 한 안톤 카를로비치 페르게가 앉게 되었다! 그렇다, 페르게 씨는 침대를 떠날 수 있게 되었고, 기흉 요법을 하지 않아도 상태가 썩 좋아져서 하루의 대부분을 평상복을 입은 채 움직이며 지냈다. 그리고 그는 선량한 인상을 주는 텁수룩한 콧수염과 역시 선량해 보이는 큰 목을 드러내며 함께 식사에 참가했다. 사촌들은 식당이나 홀에서 가끔 그와 잡담을 나누기도 했고, 때때로 형편이 맞으면 그와 함께 규정된 산보를 하기도 했다. 사촌들은 고상한 문제에 대해서는 아무것도 이해할 줄 모른다고 미리 밝히는 인내의 미덕을 지닌 이 순박한 남자에게 마음속으로 애착을 느꼈다. 안개 속에서 눈 녹은 물이 저벅거리는 길을 걸으며 그는 사촌들에게 고무신 제조와 러시아의 벽지인 사마라와 그루지야에 관한 이야기를 아주 편안한 마음으로 들려주었다.

눈이 완전히 녹아 질척거리는 바람에 이제 정말 거의 걸을 수 없을 정도였고, 안개가 자욱하게 끼었다. 고문관은 그것이 안개가 아니라 구름이라고 했지만, 한스 카스토르프의 판단으로는 그 말은 궤변에 지나지 않았다. 봄이 오기는 했지만 엄동설한의 날씨로 수도 없이 후퇴하면서 6월에 이르기까지 몇 개월에 걸쳐 악전고투를 거듭하면서 찾아왔다. 3월에도 해가 비칠 때 발코니에 나가 접이식 침대에 누워 있으면 아무리 얇은 옷을 입고 파라솔을 펴놓아도 더워서 견딜 수 없을 정도였다. 그리고 그때 벌써 어떤 부인들은 첫 번째 아침 식사 때 여름용 모슬린 옷을 입고 나타나기도 했다. 사계절의 날씨를 마구 뒤섞어 놓은 듯 혼란을 조장하는 이곳 기후의 특수한 성질을 감안하면 이들을 어느 정도 봐줄 만했지만, 이런 지나친 행동은 이들의 짧은 생각과 상상력의 부족, 앞으로 다시 상황이 변할 수도 있음을 알지 못하는 찰나주의자들의 어리석음 때문이기도 했다. 이 외에 무엇보다도 기분 전환을 원하는 마음과 시간을 집어삼키려는 초조한 마음이 복합적으로 작용한 결과였다. 때는 3월이라 봄인데, 날씨는 여름과 다름없어 사람들은 가을로 접어들기 전에 모슬린 옷을 입은 자신의 모습을 보이려는 것이었다. 그리고 어느 정도는 가을 날씨와 비슷하기도 했다. 4월에 접어들자 흐릿하고 습하고 추운 날씨가 계속되면서 연일 비가 내리더니 다시 맹렬하게 눈이 휘몰아쳤다. 발코니에 있으면 추위에 손가락이 곱았고, 두 장의 낙타털 담요를 다시 사용하기 시작했으며, 하마터면 슬리핑백까지 나올 판이었다. 그러자 하는 수 없이 관리실에서는 스팀을 넣기로 결정했다. 그래서 사람들은 저마다 봄을 빼앗겼다며 투덜댔다. 4월 말경에는 삼라만상이 온통 두툼한 눈옷을 입고 있었다. 하지만 그런 뒤에는 슈퇴어 부인이나 상앗빛 얼굴의 레비 양과 헤센펠트 미망인처럼 경험 있고 민감한 손님들이 미리 감지하고 예상한 대로 산 너머에서 따스한 바람이 불어왔다. 남쪽의 화강암 산봉우리에 아직 구름 한 점 없는데도 이들은 이구동성으로 벌써 따스한 바람을 느낀다고 했다. 헤센펠트 부인은 곧장 울컥하며 울음을 터뜨렸고, 레비 양은 침대 생활에 들어갔으며, 고집스럽게 토끼 같은 이빨을 드러내 보이는 슈퇴어 부인은 매 시간마다 피를 토할지도 모른다는 미신 같은 두려움을 털어놓았다. 남풍은 피를 토하게 하고 이를 조장한다는 말이 나돌았기 때문이다. 믿기지 않을 정도로 따뜻한 날이 계속되자 다시 스팀이 들어오지 않았으며, 사람들은 밤새 발코니 문을 열어놓았다. 그런데도 아침에 실내 온도가 영상 11도를 가리켰다. 이러니 눈이 금방 녹아 얼음 같은 색이 되었고, 벌집처럼 구멍이 숭숭 뚫렸으며, 잔뜩 쌓여 있던 눈이 녹아 내려 땅 속으로 기어 들어간 것 같았다. 사방에서 물이 스며들고, 방울져 떨어지며, 졸졸 소리를 내며 흐르고 있었고, 숲 속에서는 물방울이 똑똑 떨어지는 소리, 물이 콸콸 흐르는 소리가 들렸다. 길 양쪽에 삽으로 치워 놓은 눈 더미와 풀밭을 뒤덮은 창백한 눈의 융단도 사라져 버렸고, 군데군데 제법 보이던 눈 덩어리들도 봄눈 녹듯 사라지고 없었다. 그리하여 골짜기의 산책길에는 일찍이 보지 못한 동화처럼 기묘한 현상, 봄의 경이로움이 펼쳐졌다. 눈앞에는 드넓은 초원이 펼쳐져 있었다. 그 너머에는 아직 눈을 잔뜩 이고 있는 슈바르츠호른의 원뿔형 봉우리들이 우뚝 솟아 있었고, 오른쪽에는 스칼레타 빙하가 역시 두꺼운 눈에 덮여 있었다. 여기저기 건초 더미가 쌓인 들판도 아직 눈에 덮여 있었지만, 눈옷은 벌써 얇고 가벼워져서 군데군데 황량한 땅이 시커멓게 드러나 보였고, 메마른 풀이 사방에 돋아 나와 있었다. 산책객들이 본 바로는 이러한 풀밭에 눈이 어디나 일정하게 온 것은 아니었다. 멀리 숲의 비탈 쪽에는 눈이 두껍게 쌓여 있었지만, 관찰자들이 보고 있는 앞쪽은 아직 겨울처럼 메마르고 색 바랜 풀에 눈이 꽃마냥 점점이 흩뿌려져 있을 뿐이었다. 사촌들이 점점 가까이 다가가서 실상을 알고는 깜짝 놀라 무릎을 굽히고 살펴보니, 그것은 눈이 아니라 진짜 꽃으로, 눈의 꽃이자 꽃의 눈이었다. 줄기가 짧은 조그만 꽃받침, 흰색과 청담색의 꽃, 이것은 틀림없이 크로커스였다. 그 꽃들은 눈 녹은 물이 스며든 풀밭에 하도 촘촘히 밀집해 있어서 눈으로 잘못 보았다 해도 전혀 이상하지 않을 정도였다. 그리고 거리가 멀어질수록 더욱 눈과 구별할 수 없었다.

두 사촌은 자신들의 착각에 웃었고, 눈앞에 펼쳐진 봄의 경이로움, 모든 것에 앞서 용감하게 머리를 들어올린 유기 생명체가 이처럼 사랑스러운 모습으로 겁을 내면서도 주위에 적응하는 것이 흐뭇해 웃었다. 이들은 그 꽃을 꺾어서 섬세한 술잔 모양을 찬찬히 살피고 조사하고는 단춧구멍에 끼워 장식했다. 그리고 그것을 집으로 가져와서 물컵에다 꽂아 놓았다. 비록 골짜기가 비유기적으로 죽은 듯이 얼어붙은 상태가 지루한 것은 아닐지라도 너무 오래 지속되었기 때문이다.

그런데 꽃눈이 진짜 눈으로 덮여 버려 크로커스 다음에 핀 푸른 앵초와 노랗고 붉은 앵초도 같은 운명을 맞이하게 되었다. 그렇다, 봄은 이곳의 겨울을 제압하고 뚫고 나아가기 위해 얼마나 악전고투를 했던가! 봄은 이곳에 확고하게 뿌리를 내리기 위해 수도 없이 후퇴를 거듭해야 했다. 그러다가 하얀 눈보라와 살을 에는 추위 그리고 난방 장치와 함께 다시 겨울이 찾아오는 것이다. 5월 초(우리가 눈꽃에 대해 이야기하는 동안 벌써 어느덧 5월이 되었다), 이때만 해도 발코니에서 평지의 고향에 보낼 엽서를 쓰는 일은 말도 못하게 고통스러웠고, 11월의 습한 강추위 때처럼 손가락이 얼어붙었다. 그리고 이 지역의 얼마 안 되는 활엽수들은 평지에 자라는 1월의 나무들처럼 벌거벗은 모습이었다. 연일 비가 내렸고, 일주일이나 계속 쏟아졌다. 이곳과 같은 편안한 접이식 침대가 없었더라면 자옥한 구름 속에서 축축하고 굳은 얼굴로 여러 시간 동안 야외에서 안정 요양을 한다는 것은 여간 고된 일이 아니었을 것이다. 그래도 밖에서 소리 없이 내리는 비는 봄비가 분명해서, 비가 오랫동안 계속해서 내릴수록 그러한 사실을 좀 더 분명하게 깨달을 수 있었다. 이 봄비에 거의 모든 눈이 봄눈 녹듯 사라져, 흰눈은 이제 어디서도 더 이상 보이지 않았다. 다만 군데군데 회색으로 더럽혀져 얼음이 된 눈이 있을 뿐, 이제야말로 정말 풀밭이 녹색으로 변하기 시작했다!

만날 흰눈만 보다가 녹색의 풀밭을 보니 눈이 얼마나 즐거웠던가! 그리고 이것은 또 다른 종류의 녹색이었고, 섬세함과 사랑스러운 부드러움이라는 면에서 새로운 녹색이 풀밭을 뒤덮고 있었다. 그것은 낙엽송의 어린 침엽수였다. 한스 카스토르프는 규정된 산책을 하는 도중에 그것을 손으로 어루만지고 볼에 문지르지 않을 수 없을 정도로 그것의 부드러움과 신선함이 더할 나위 없이 사랑스러웠다. "식물학자가 되어도 좋겠어." 젊은이는 자신의 길동무에게 말했다. "이 산 위에서 겨울이 지나고 만물이 소생하는 즐거움을 만끽하다 보니 식물학을 공부하고 싶은 마음이 굴뚝같아. 이봐, 저기 산비탈에 보이는 저것은 용담이야. 그리고 여기 이것은 작고 노란 제비꽃의 일종인데 나도 처음 보는 거야. 이것은 미나리아재비인데 평지에서 보는 것과 별로 다르지 않아. 미나리아재비과에 속하는 이것은 꽃잎이 여러 겹으로 겹쳐 피는 것이 주목할 만해. 이것은 특히 매력적인 식물로, 게다가 자웅동체야. 여기에 많은 화분 주머니와 몇 개의 씨방이 보이지. 내가 알기로는 그게 수술과 암술일 거야. 이런저런 식물학과 관련된 흥미로운 책을 사서 생명 분야와 이런 학문 분야에 좀 더 관심을 가져야겠어. 그래, 이제 온 세상이 그야말로 울긋불긋해졌어!"

"6월이 되면 더 좋아질 거야. 이곳에 피는 꽃은 유명하다지. 하지만 나는 그때까지 남아 있지 않을 생각이야. 네가 식물학을 연구하고 싶어 하는 것은 아마 크로코프스키 때문이겠지?" 요아힘이 말했다.

크로코프스키 때문이라니? 그가 왜 이런 생각을 했을까? 아, 그렇다, 얼마 전에 크로코프스키가 식물학자처럼 강연했기 때문이다. 시간이 낳는 변화의 일환으로 크로코프스키 박사의 강연도 끝났으리라 생각하는 것은 물론 큰 오산이다! 그는 여전히 2주마다 프록코트를 입고 강연했다. 샌들은 여름에만 신기 때문에 지금은 신지 않았지만 머지않아 신게 될 것이다. 한스 카스토르프가 이곳에 처음 와서 코피로 더러워진 채 강연에 늦었을 때와 마찬가지로 그는 격주로 월요일마다 강연을 했다. 그 후로 그 분석가는 9개월 동안이나 사랑과 병에 대해 말했다. 그는 한꺼번에 많은 이야기를 하지 않고 조금씩 30분에서 45분간 잡담식으로 자신의 학문과 사상의 보고를 펼쳐 보였는데, 사람들은 누구나 그가 이를 중단하지 않고 영원히 계속할 것 같은 인상을 받았다. 그것은 반달마다 한 번씩 돌아오는 '천일야화' 같은 것으로, 호기심 많은 왕을 흡족하게 해서 포악한 짓을 못하게 하려는 셰헤레자드의 천일야화처럼 매 회마다 적당하게 새로운 이야기로 들어갔다. 그리고 그것이 끝없이 막막하다는 점에서 크로코프스키 박사의 테마는 세템브리니가 참가하고 있는 고통의 백과사전 편찬 작업과 일맥상통하는 점이 있었다. 그리고 그것이 얼마나 변화무쌍한 주제인가는 강연자가 최근 들어 심지어 식물학, 좀 더 정확히 말하면 버섯에 관해서 이야기한 것으로도 충분히 미루어 짐작할 수 있겠다. 그러다가 그는 주제를 약간 바꾼 듯 이제는 오히려 사랑과 죽음에 관해 말하고 있었다. 이 주제는 때로는 섬세하고 시적인 고찰을, 때로는 아주 가차없이 과학적 특징을 띤 이런저런 고찰을 하도록 하는 계기를 마련해 주었다. 이와 관련하여 그 학자는 동방식으로 길게 끄는 말투로, 설음 r를 한 번만 입천장에 치는 발음으로 식물학에 관해, 말하자면 버섯에 관해 말했던 것이다. 육감적인 성질을 지니고 동물계와 아주 가까우며, 탐스럽고 환상적인 그림자 같은 존재인 이 유기 생명체는 동물적인 신진대사의 산물로 조직 속에 단백질, 글리코겐 및 동물성 전문을 지니고 있다는 것이다. 크로코프스키 박사는 고대에서부터 그것의 형태와 그 속에 있다고 믿어지는 효능 때문에 유명해진 어떤 버섯에 관해 말했다. 그것은 그물우산버섯으로 라틴어로는 '음란한(impudicus)'이라는 뜻을 담고 있는데, 그 생긴 모양은 사랑을, 그것의 냄새는 죽음을 생각나게 했다. 그 외설스러운 버섯에 달린 종 모양의 삿갓에서, 그 삿갓을 뒤덮고 있고 포자를 지닌 녹색의 끈적끈적한 점액이 떨어질 때면 시체 썩는 냄새가 진동했기 때문이다. 그리고 오늘날에도 무지한 사람들 사이에는 그 버섯이 사랑의 미약(媚藥)으로 통한다고 했다.

아니, 이것은 부인들에게는 좀 심한 말이 아닌가 하고 파라반트 검사가 비평했다. 그는 고문관의 선전을 도덕적인 근거로 삼고 해빙기에도 이곳에 머무르고 있었다. 그리고 역시 고집스럽게 버티며 그냥 떠나 버릴까 하는 모든 유혹에 완강하게 저항하던 슈퇴어 부인도 식사 중에 크로코프스키가 오늘 말한 고전적인 버섯 이야기는 너무 '수상하다'는 견해를 밝혔다. 이 꺼림칙한 여자는 '외설적인(obszön)'이라고 말해야 할 것을 '수상하다(obskur)'고 말하면서, 차마 눈뜨고 봐줄 수 없는 교양의 부족을 드러내며 자신의 병을 욕되게 했다. 하지만 한스 카스토르프가 의아하게 생각한 것은 요아힘이 크로코프스키 박사와 그의 식물학에 관해 넌지시 입에 올렸다는 사실이다. 사실 두 사람은 클라브디아 쇼샤나 마루샤를 입에 담지 않는 것과 마찬가지로 그 분석가에 대해서도 언급하지 않고 있었기 때문이다. 이들은 그를 화제의 대상으로 삼지 않았고, 그의 존재와 활동에 대해 오히려 침묵하며 묵살했다. 그러던 요아힘이 이제 몹시 언짢다는 어조로 그 조수의 이름을 입에 올렸던 것이다. 게다가 풀밭에 꽃이 만발할 때까지 이곳에 있지 않겠다는 그의 말투에도 상당히 언짢은 기분이 담겨 있었다. 그 선량한 요아힘이 점차 마음의 평정을 잃어 가는 듯했다. 말할 때의 목소리는 화가 나 떨렸고, 온순하고 사려 깊던 그가 이제 완전히 딴 사람이 되어 있었다. 마루샤의 오렌지 향기를 맡지 못해서 그러는 걸까? 가프키 번호가 자신을 우롱하는 바람에 자포자기 상태에 빠진 것일까? 가을까지 이곳에서 기다릴 것인가, 아니면 허락받지 않고 퇴원할 것인가를 스스로도 아직 정하지 못해 그러는 걸까?

얼마 전에 있었던 크로코프스키의 식물학 강의를 요아힘이 화가 나 떨리는 목소리로 거의 조롱하는 투로 언급한 것은 사실 다른 데 이유가 있었다. 이 이유에 대해 한스 카스토르프가 까맣게 몰랐거나, 또는 오히려 요아힘이 그 일에 관해 알고 있다는 사실을 그가 모르고 있었다. 인생과 교육학의 걱성거리 사식인 모험가 자신이 이에 대해 매우 잘 알고 있었기 때문이다. 한마디로 말해 요아힘은 사촌이 모종의 책략을 쓰는 것을 알게 되었다. 그는 사촌이 사육제인 화요일에 범한 것과 유사한 배신 행위를 저지르는 것을 우연히 목격했던 것이다. 그리고 요아힘은 한스 카스토르프가 이러한 새로운 부정 행위를 지속적으로 저지르고 있는 게 틀림없다고 생각하고 이를 더욱 괘씸하게 여겼다.

시간의 흐름의 영원히 단조로운 리듬, 서로 혼동되고 혼란스러울 정도로 언제나 똑같은 나날, 그런 나날이 어떻게 변화를 낳을까 생각될 정도로 정지하고 있는 영원이나 다름없는 매일매일이 짧고 확실하게 나누어진 일과, 다들 생각나겠지만 그러므로 크로 코프스키 박사가 오후 세 시 반과 네 시 사이에 각 방을 돌아다니 며 하는 회진도 깨질 수 없는 일상의 일과에 속했다. 그것은 발코 니를 통하여 접이식 침대에서 접이식 침대로 돌아다니는 회진이 었다. 한스 카스토르프가 수평 생활에 들어갔을 때 그 조수가 그 를 고려의 대상으로 삼지 않고 피해 다니자 그가 분개했던 당시부 터 베르크호프의 평일은 몇 번이나 똑같은 모습으로 되풀이되었 던가! 그가 당시 손님에서 이제 동지가 된 지도 오랜 시일이 흘렀 다. 크로코프스키 박사는 환자의 용태를 둘러보러 왔을 때 그를 자주 '동지(Kamerad)'라고 불렀다. 그가 이국적으로 입천장을 혀끝으로 한 번 살짝 치면서 r발음을 하는 이 군대식 용어는, 한스 카스토르프가 요아힘에게 말했듯이, 그에게는 끔찍하게 어울리지 않았다. 그렇지만 그것이 그의 억세고 남성적이며 활달한 태도, 유쾌한 표정으로 신뢰를 촉구하는 그의 태도에 딱히 어울리지 않 는 것도 아니었다. 물론 이런 태도는 다시 그의 시커먼 콧수염과 창백한 얼굴로 인해 어딘지 모르게 가식처럼 느껴져, 매번 무언가 미심쩍은 느낌이 드는 것을 지울 수 없었다.

"자, 동지, 어때요, 용태가?" 크로코프스키 박사가 야만적인 러 시아인 부부의 발코니를 건너 한스 카스토르프의 접이식 침대 머 리맡으로 다가오며 물었다. 그러면 이렇게 싱그러운 말을 들은 당 사자는 가슴에 두 손을 모으고, 이렇게 끔찍하게 말을 거는 것에 대해 매일 변함없이 곤혹스러우나 친절하게 미소 지었다. 그러면 서 그는 시커먼 콧수염 사이로 보이는 누런 이빨을 바라보았다.

"푹 쉬었나요?" 크로코프스키 박사는 계속 말을 이어 갔다. "곡선은 내려갑니까? 오늘은 올라갑니까? 자, 아무 문제 없어요. 결혼식 때까지는 정상이 될 겁니다. 그러면 또 봐요." 그런데 '봐요' 라는 발음도 이상하게 들려 역시 끔찍한 느낌을 주었다. 이제 그는 요아힘의 발코니로 건너갔다. 정상인가 아닌가를 둘러보는 짧은 회진이었으므로 더 이상의 일은 없었다.

물론 크로코프스키 박사는 가끔씩은 "또 봐요" 하고 가 버리기전에, 좀 오래 머무르며 떡 벌어진 어깨를 하고 서서 언제나 남자답게 미소 지으며 동지와 이런저런 대화를 나눌 때도 있었다. 즉그는 날씨, 떠난 사람과 새로 온 사람, 환자의 심기, 환자의 좋거나 나쁜 기분, 또한 환자의 개인적인 신상, 환자의 출신과 예후에대해 이야기를 하기도 했다. 그러면 한스 카스토르프는 기분 전환을 위해 두 손을 뒷머리에 깍지 끼고 역시 미소를 지으며 이 모든질문에 일일이 대답했다. 물론 온몸에 끔찍한 기분이 몰려오는 것은 어찌할 수 없었지만, 그래도 그에게 대답했다. 그들은 목소리를 낮추어 대화했다. 유리 칸막이 벽이 발코니를 완전히 분리해놓은 것은 아니었지만 요아힘은 옆 발코니에서 나누는 대화를 알아들을 수 없었고, 게다가 이들의 말을 엿들으려고 하지도 않았다. 그렇지만 사촌이 접이식 침대에서 일어나 크로코프스키 박사와 함께 방 안으로 들어가는 소리는 들을 수 있었다. 아마 의사에게 체온표를 보여 주려는 모양이구나 하고 그는 추측했다. 조수가안쪽 복도로 나와 요아힘 앞에 모습을 나타내기까지 시간이 한참걸린 것으로 보아 방 안에서도 둘은 제법 오랫동안 대화를 나눈 모양이었다.

동지들은 무슨 대화를 나누었을까? 요아힘은 이에 대해 이러쿵 저러쿵 묻지 않았지만, 우리 가운데 요아힘을 모범으로 삼지 않고 질문을 던지는 사람이 있다면 그에게 이런 일반적인 사항을 이야 기해 주고 싶다. 근본 성향이 이상주의적인 두 남자이자 동지 사이에는 정신적인 대화를 나누기 위한 재료와 계기가 얼마나 많겠는가? 교양의 도상에 있는 한 사람은 물질을 정신의 타락으로, 정신을 자극하여 생겨난 악성 조직의 증식으로 보는 단계에 이르러 있었고, 반면에 의사인 다른 한 사람은 유기체의 질병이 갖는 부차적인 속성을 설파해 온 사람이었다. 비물질이 납득할 수 없을 정도로 나쁘게 변한 것이 물질이고, 물질이 갖는 음란한 속성이 생명이며, 생명의 음란한 형태가 바로 질병이란 사실에 대해 서로 상세하게 토론하고 대화를 나누지 않았겠는가! 우리의 생각은 이러하다. 현재 진행 중인 강연과 관련지어 질병을 일으키는 힘으로 작용하는 사랑, 형질의 초감각적인 본질, '옛' 환부와 '새' 환부, 가용성 독소와 사랑의 미약, 무의식의 규명, 정신 분석의 효능, 징후의 환원, 이런 것에 관해 대화를 나누었을 것이다. 그리고 우리가 어떻게 알겠는가. 두 사람 사이에 어떤 대화가 오갔는지 묻는다면 우리는 그저 이런 식으로 생각하고 추측할 뿐이다.

이들은 이제 더 이상 이야기를 주고받지 않았다. 이들이 대화를 나눈 것은 오래전의 일이고, 그것도 잠깐 동안, 2, 3주 동안 그런 일이 있은 것에 불과했다. 최근 들어서는 크로코프스키 박사는 한스 카스토르프의 방에도 다른 환자들의 방과 마찬가지로 그리 오래 머무르지 않았다. 다시 대체로 전과 마찬가지로 "자, 동지는?" 과 "또 봐요"로 줄어들었다. 그 대신 요아힘은 다른 사실을 발견하게 되었는데, 사실 그는 이것을 한스 카스토르프의 배신 행위로 느꼈던 것이다. 그런데 군인답게 솔직담백한 그가 염탐 행위 같은 것을 할 리 만무하기 때문에, 그가 전혀 뜻하지 않게 그런 사실을 발견하게 되었다는 것은 믿어도 좋다. 그는 수요일 아침 마사지사한테 마사지를 받고 첫 안정 요양을 하는 중에 지하실로 오라는 호출을 받고 내려가다가 그 장면을 목격했다. 그는 진찰실 문이 내려다보이는 계단, 깔끔하게 리놀륨이 깔린 계단을 내려가고 있었다. 진찰실의 양쪽에는 두 개의 투시실이 있었는데, 왼쪽은 유기체를 투시하는 뢴트겐실이었고, 오른쪽 구석에는 한 계단 더 내려가서 크로코프스키 박사의 명함이 문에 꽂혀 있는 정신 분석실이 있었다. 계단을 내려가다가 요아힘은 한가운데서 발을 멈추고 말았다. 바로 이때 한스 카스토르프가 주사를 맞고 진찰실에서 나오는 것이었다. 그는 바쁜 걸음으로 나와 두 손으로 문을 닫고는 주위를 둘러보지도 않고 핀으로 명함이 꽂혀 있는 오른쪽 문으로 향하는 것이었다. 그는 몸을 약간 앞으로 숙이고 소리 없이 몇 발짝 걸어서 문 앞에 다다랐다. 그는 똑똑 문을 두드리면서 몸을 숙여 귀를 갖다 대었다. 그리고 방 안의 주인한테서 이국적으로 입천장을 혀끝으로 치며 r를 발음하고, 복모음 ei를 일그러뜨리면서 "들어오시오!"라는 바리톤 음성이 들려오자, 사촌이 크로코프스키 박사의 어스름한 분석실로 사라지는 모습을 요아힘이 보았던 것이다.

또 한 사람

낮이 긴 날, 일년 중에서 낮이 가장 긴 날들이 계속되었다. 객관적으로 말하면 이는 일조 시간이 길다는 뜻에서 하는 말이다. 개별적인 하루하루나 그것의 단조로운 흐름에 비추어 볼 때 천문학적인 길이와는 관계없이 나날이 짧게만 느껴졌다. 춘분이 지나간 지 거의 3개월이 되었고, 이제 하지가 되었다. 하지만 이 위에서는 자연적인 실제 계절이 달력상의 계절보다 늦게 찾아오므로, 이제야 겨우 봄이 되었다고 할 수 있었다. 무겁게 짓누르는 여름의 모습은 찾아볼 수 없이, 향기롭고 상쾌하며 가벼운 봄기운이 완연했고, 푸른 하늘은 은색으로 빛났으며, 초원에는 알록달록한 꽃들이 만발해 있었다.

한스 카스토르프는 비탈에 피어 있는 꽃들을 다시 발견했다. 그가 작년에 이곳에 처음 왔을 때 요아힘이 친절하게도 환영의 의미로 몇 송이 꺾어 그의 방에 장식해 둔 톱풀꽃과 방울꽃이었다. 이것은 그때로부터 일년이 흘렀다는 신호이기도 했다. 골짜기의 산비탈과 초지에 자라는 어린 에메랄드 빛 풀에서는 별, 술잔, 종 모양, 또는 모양이 일정치 않은 유기 생명체가 햇살이 내리쬐는 대기에 건조한 향기를 채우며 그 모습을 드러내고 있었다. 끈끈이패랭이꽃, 군락을 지어 자라는 야생 삼색 제비꽃, 데이지, 노랗고 붉은 앵초, 이 모든 것은 한스 카스토르프가 저 아래에서 눈여겨보았던 한에서는 평지의 것보다 훨씬 더 크고 아름다웠다. 게다가 이 지방의 특산물로, 푸른색, 보라색, 장미색을 띤 앵초과의 솔다

넬라가 섬모가 붙은 작은 종 모양의 꽃을 피우며 고개를 까딱거리고 있었다.

그는 이러한 귀여운 꽃들을 꺾어 다발을 만들어서 가져왔다. 그것으로 방 치장을 하기 위해서보다는 엄정한 과학적 작업을 하기 위한 진지한 목적에서였다. 그는 식물학 개론서 한 권, 식물 채집을 위한 휴대용 작은 삽, 식물 표본 한 권, 도수 높은 확대경 등 식물학 관련 도구를 몇 점 구비하고는 발코니에서 자신의 연구를 시작하였다. 그는 작년에 이곳에 올 때 가져온 여름옷을 입고 작업했는데 이것도 그사이에 일년이 흘렀다는 사실을 말해 주었다.

그는 싱싱한 꽃들을 여러 개의 물컵에 담아 침실의 가구들 위와, 그의 훌륭한 접이식 침대 옆의 스탠드용 탁자에 올려 두었다. 반쯤은 시들고 이미 힘이 없지만 수분이 남아 있는 꽃들은 발코니의 난간과 바닥에 군데군데 흩어 놓았다. 다른 꽃들은 잘 펴서 수분을 빨아들이는 입지에 끼워서 돌로 눌러 두었다. 그것들을 잘 말린 다음 납작한 표본으로 만들어 끈적끈적한 종이테이프로 자신의 앨범에 붙이기 위해서였다. 그는 무릎을 치켜 올리고 두 다리를 포개고는 접이식 침대에 누웠다. 그리고 입문서를 펴서 책등이 위로 가게 지붕 모양으로 가슴에 올려놓고는, 확대경의 둥글고 두꺼운 렌즈를 그의 단순한 푸른 눈과 꽃 사이에 대었다. 꽃 기둥을 좀 더 잘 연구하기 위해 꽃의 화관을 주머니칼로 부분적으로 잘라 내고, 도수 높은 렌즈로 들여다보면 꽃 모양이 무척 두꺼운 모습으로 확대되어 보였다. 꽃줄기 끝에 달려 있는 꽃가루 주머니에서는 노란 꽃가루를 떨어뜨리고 있었고, 씨방에서는 암술대가 나와 있었다. 그 암술대를 칼로 자르면 가느다란 노관이 눈에 보였고, 그 도관을 통해 꽃가루 알갱이와 꽃가루관 들이 당질의 분비물에 의해 배낭(胚囊) 속으로 흘러 들어가고 있었다. 한스 카스토르프는 수를 헤아리고 검토하고 비교했다. 그는 꽃받침과 꽃잎, 암수의 생식 기관의 구조와 위치를 조사하고, 자신이 관찰한 것이 도형이나 사진과 일치하는지 살펴보고는 자신이 알고 있는 식물의 구조가 과학적으로 옳은 것을 확인하고 만족감을 느꼈다. 그리고 이름을 알 수 없는 꽃들은 린네의 식물 분류법에 따라 유(類)·군(群)·과(科)·종(種)·족(族)·속(屬)으로 나누는 작업에 착수했다. 그는 시간이 넉넉했으므로 비교 형태학에 의거하여 식물 계통학을 어느 정도 이해할 수 있게 되었다. 앨범의 잘 마른 식물 표본 아래에 인문주의적 학문이 우아하게 부여하는 라틴어 학명을 달필로 적어 넣고, 그것의 특성을 덧붙인 후 선량한 요아힘에게 보여 주자, 그는 놀라움을 금치 못했다.

밤에는 그는 별들을 관찰했다. 자체적으로 돌아오는 해(年)에 강한 흥미를 느꼈기 때문이다. 그가 지상에 사는 동안 벌써 지구가 20회 이상 태양 주위를 공전했지만, 그는 그런 것에 관심을 가진 적이 한 번도 없었다. 우리가 '춘분'이라는 표현을 아무 생각 없이 불쑥불쑥 사용했다면 이는 한스 카스토르프의 정신 속에서 일어난 일이며, 그의 현재 상황과 관련하여 나온 말이었다. 그가 최근 들어 이런 종류의 전문 용어를 즐겨 사용하고 다녔기 때문이다. 그리고 그는 이 방면에도 전문 지식을 드러내어 요아힘을 깜짝 놀라게 만들었다.

"지금 태양이 게자리 궁으로 들어가려고 하고 있어." 그는 어느 날 산책길에서 이런 이야기를 늘어놓기 시작했다. "너는 그것을 알고 있니? 황도 12궁 가운데서 최초의 여름 궁이야, 알겠어? 이 제 태양은 사자자리와 처녀자리를 지나서, 낮과 밤의 길이가 같아 지는 추분점으로 향하고 있어. 그래서 얼마 전 3월에 태양이 양자 리에 들어섰을 때처럼, 9월 말경이 되면 태양이 천구의 적도에 위 치하게 되는 거야."

"내가 그런 것까지 어떻게 알겠어." 요아힘은 뚱한 표정으로 말 했다. "어떻게 그런 표현이 술술 잘도 나오지? 양자리? 황도 12 궁?"

"물론이지, 황도 12궁이야. 태고 적부터 변함없는 별자리지. 전 갈자리, 궁수자리, 염소자리, 물병자리, 이런 것에 어떻게 흥미를 갖지 않을 수 있겠어! 궁이 열두 개 있고, 계절마다 세 개의 궁이 있다는 것쯤은 알겠지. 올라가는 자리와 내려가는 자리로 나뉘어 있으며, 태양이 그 주위를 돌아가는 성좌의 궤도이지. 내 생각으 로는 실로 웅대한 거야! 이집트의 어느 사원의 천장에 이것이 그 려진 그림이 발견되었다는 것을 생각해 봐. 테베에서 그리 멀지 않은 곳에 있는 아프로디테를 모신 사원에서 말이야. 칼데아인들 도 그런 것을 벌써 알고 있었다고 그래. 태고 적의 불가사의한 민 족으로 점성술과 예언에 조예가 깊었던 아라비아계와 셈계의 칼 데아인 말이야. 이들도 벌써 행성이 그 속에서 돌아가는 황도를 연구하여 12궁으로 나누었는데, 그것이 바로 우리에게까지 전해 진 도데카테모리아야. 실로 웅대하지. 이게 인류라는 거야!"

"이제 너도 세넴브리니처럼 '인류'라는 말을 쓰는군."

"그래, 그 사람처럼, 또는 다른 의미일 수도 있지. 우리는 인류를 있는 그대로 평가해야겠지만, 그래도 정말 대단한 일이야. 내가 이렇게 누워 칼데아인들도 이미 알고 있던 행성을 바라보노라면 그들이 자꾸 생각나면서 공감하게 돼. 이들이 총명한 민족이기는 했지만 그렇다고 모든 행성을 다 알고 있지는 못했기 때문이야. 하지만 그들이 알지 못한 것은 나도 볼 수 없어. 천왕성은 얼마 전에, 120년 전에야 비로소 망원경으로 발견되었지."

"그게 얼마 전이라고?"

"그래, 괜찮다면 '얼마 전'이라고 부르겠어. 그것이 발견되기까지 무려 3천 년이 걸린 것에 비하면 말이야. 하지만 이렇게 접이식 침대에 누워 행성들을 바라보고 있노라면 3천 년 전의 일도 최근 일처럼 생각되는 거야. 그리고 마찬가지로 행성을 바라보면서 그런 것을 알아낸 칼데아인이 무척 친밀하게 생각돼. 이게 인류라는 거야."

"그래, 좋아. 너는 머릿속에서 웅대한 구상을 하고 있군 그래."

"너는 '웅대'하다고 말하지만, 나는 '친밀'하다고 부르겠어. 이제 어느 쪽으로 불러도 매한가지겠지만 말이야. 이제 약 석 달 후에 태양이 천칭자리에 들어오면 낮이 다시 줄어들어 낮과 밤이 같아지는 거야. 그러다가 크리스마스 때까지 계속 낮이 짧아지는 것은 너도 알고 있겠지. 그럼, 자, 생각해 보라고, 태양이 겨울의 궁들인 염소자리, 물병자리, 물고기자리를 지나는 동안 또다시 낮이 길어지기 시작하는 거야! 그런 다음 얼마 전에 맞이했듯이 춘분이 돌아오는데, 칼데아인 때부터 3천 번이나 계속된 일이지. 그리고 여름이 다시 시작되면 해가 바뀔 때까지 낮이 계속 길어지는 거야."

"물론이고말고."

"아니야, 그것은 일종의 장난이야! 실은 겨울에 낮이 길어지는 거야. 낮이 가장 긴 6월 21일이 오면 다시 내리막길을 걷기 시작해, 낮이 다시 짧아지며 겨울을 향하는 거야. 너는 이를 당연하다고 말하지만, 그것을 당연하다고 생각하지 않는다면 순간적이긴 하지만 불안하고 겁이 날 수도 있어. 그래서 필사적으로 무언가에 매달리고 싶어지는 거지. 이는 오일렌슈피겔*이 겨울 초에 봄이 시작되고, 여름 초에 가을이 시작되는 것처럼 꾸민 것과 마찬가지지. 그러니까 코를 잡고 어느 한 점을 향해 빙빙 돌게 되면, 그 점이 바로 회전점이 되는 거야. 원주상의 회전점 말이야. 원주란 순전히 연장(延長)이 없는 회전점으로 이루어져 있으니까. 곡선에는 방향이 같은 순간이 한 순간도 없어 잴 수 없는 거야. 그리고 영원이란 '똑바로, 똑바로'가 아니라 회전목마처럼 '빙빙' 도는 거야."

"됐어, 그만 해!"

"하지의 횃불 축제!" 한스 카스토르프가 말했다. "하지! 산불과 손을 맞잡고 횃불 주위를 돌며 추는 춤! 직접 본 적은 없지만 자연인들은 그런 식으로 춤을 춘다고 그래. 가을이 시작되는 여름의 첫날밤을 그렇게 축하하는 거지. 한 해의 정오이자 절정인 이때부터 내리막길이 시작되는 거야. 이들은 춤추고 돌며 환호성을 지르지. 자연 상태의 이들이 무엇 때문에 환호성을 지르는지 알아? 무엇 때문에 이들은 기뻐서 어쩔 줄 몰라 하는 걸까? 이제 어둠 속으로 내리막길을 걷기 때문일까, 아니면 계속 올라가다가 드디어 전환점이자 더는 지탱할 수 없는 회전점이며 한여름 밤의 절정이 흥겨움 가운데 슬픔을 안고 왔기 때문일까? 나는 있는 그대로를 생각나는 대로 말할 뿐이야. 원시인들이 환호성을 지르며 불 주위를 춤추는 것은 우수가 담긴 흥겨움이자 흥겨움이 담긴 우수 때문이며, 양성(陽性)의 절망 때문이지. 너는 원의 장난과 같은, 방향이 한 순간도 지속되지 않고 모든 것이 다시 돌아오는 영원의 장난을 기려서 그런다고 말하고 싶겠지."

"나는 그렇게 말하고 싶지 않아." 요아힘이 중얼거리듯 말했다. "제발, 나한테 그런 일을 떠밀지 말아 줘. 네가 밤에 누워서 생각하는 것은 너무 광대한 일이야."

"그래, 너처럼 러시아어 문법을 공부하는 게 유익한 일이라는 걸 부인하지 않겠어. 얼마 후면 러시아 말을 유창하게 할 수 있겠지. 전쟁이 있어서는 절대 안 되겠지만 전쟁이라도 일어나면 물론 너에게 대단히 이득이 되겠지."

"전쟁은 절대 안 된다고? 너는 민간인처럼 말하지만, 전쟁은 불가피해. 전쟁이 없다면 세상은 곧장 썩고 말 거라고, 몰트케가 말했지."

"그래, 이 세상은 그럴 가능성이 다분해. 그 점은 나도 인정하겠어." 한스 카스토르프는 이렇게 말을 시작하면서 다시 화제를 칼데아인에게 돌리려고 했다. 이들은 셈족으로 거의 유대인이라 할 수 있지만 역시 전쟁을 일으켜 바빌로니아를 정복했다. 이때 바로 앞을 걸어가던 두 신사가 머리를 뒤로 돌리고 이들의 대화에 관심을 기울이는 것을 둘이 동시에 눈치 챘으며, 그러자 대화를 방해받은 한스 카스토르프는 입을 다물었다.

그곳은 다보스 도르프로 돌아가는 귀로에 해당하는, 요양 호텔과 벨베데레 호텔 사이의 번화가였다. 골짜기는 부드럽고 밝으며 환한 색으로 화사한 나들이옷을 입고 있었고, 공기는 상쾌했다. 맑고 건조하며 청명한 대기에는 풀밭에 핀 꽃에서 나는 그윽한 향기가 가득했다.

이들은 한 낯선 사람의 옆에서 걸어가는 로도비코 세템브리니를 발견했다. 하지만 그쪽에서는 이들을 보지 못했거나, 또는 이들과 만나는 것을 원하지 않는 듯해 보였다. 세템브리니는 급히 얼굴을 돌리고는 제스처를 써 가며 동행인과의 대화에 열중하면서 심지어는 앞으로 더 서둘러 걸어가려고 했다. 물론 사촌들이 그의 오른쪽 옆으로 지나가며 명랑하게 허리를 굽히고 인사하자, 그는 반가워하면서도 의외라는 듯 깜짝 놀란 표정을 지으며 "아이쿠, 이런! 이런 데서 또 만나다니!" 했다. 하지만 이번에는 다시 발걸음을 늦추며, 사촌들이 자신의 옆을 지나 앞질러 가게 하는 것이었다. 둘은 그가 이러는 것을 도저히 이해할 수 없었다. 즉 그가 무슨 까닭에 자신들을 피하려고 하는지 알 수 없었다. 이들은 오히려 오랜만에 다시 만난 그가 솔직히 반가워서, 발걸음을 멈추고 그의 안부를 묻고는 악수를 나누었다. 그러면서 이들은 동행인을 소개해 주기를 은근히 기대하고 그 사람을 슬쩍 쳐다보며, 내키지 않은 게 분명한 일을 하도록 그에게 압박을 가했다. 즉 이들에게는 자신들과 그를 서로 소개시키는 것이 의당 자연스럽고 당연한 일로 생각되었기 때문이다. 그리하여 이들은 걸어가며 엉거주춤하게 반쯤 선 자세로 그를 소개받았다. 세템브리니는 재미있게 말을 하면서 손짓으로 서로를 연결해 주고는 자신의 가슴 앞에서 세 사람이 손을 맞잡게 했다.

그 낯선 남자는 세템브리니와 비슷한 연배로 둘이 같은 집에 살고 있었다. 두 사촌이 알게 된 바로는, 그의 이름은 나프타이며, 부인복 재단사 루카체크의 집에 세 들어 살고 있었다. 말끔히 면도를 한 작고 여윈 그 남자는 인상이 날카로워 보였고, 말하자면 얼굴이 너무 보기 흉하게 생겨 사촌들이 움칠 놀랄 정도였다. 그의 이목구비는 죄다 날카로운 인상을 주었다. 얼굴에 우뚝 솟아 있는 매부리코, 굳게 다문 조그만 입, 연한 회색 눈, 가벼운 테안의 두꺼운 안경알에다, 침묵하고 있지만 일단 입을 열면 날카롭고 논리정연한 말이 튀어나올 것 같았다. 누구나 그렇듯이 모자는 쓰지 않았고 외투도 입지 않았지만 그래도 무척 잘 차려입고 있었다. 사촌들이 세속적인 시선으로 꼼꼼하게 살펴본 바에 따르면 흰 줄무늬의 암청색 플란넬 양복은 고상하고 점잖으면서도 유행을 따르고 있었다. 그들뿐만 아니라 작은 나프타 쪽에서도 좀 더 날카로운 시선으로 사촌들을 흘낏 훑어보았다. 올이 굵은 나사로 만든 상의와 체크무늬 바지를 입은 세템브리니는 만약 옷을 우아하고 품위 있게 입을 줄 몰랐다면, 세련된 동반자와 나란히 섰을 때 꽤나 볼품이 없었을 것이다. 그러나 체크무늬 바지는 말끔히 다림질을 했기 때문에 얼핏 보면 마치 새 옷으로 생각될 정도여서 그리 흉해 보이지는 않았다. 젊은이들이 얼핏 생각해보건대 이는 하숙집 주인의 다림질 솜씨가 틀림없었다. 못생긴 나프타는 옷차림이 우아하고 세련된 점에서는 하숙집 동료보다 사촌들에게 더 가까웠지만, 청년들에 비해 나이가 지긋하다는 점과 그 밖의 다른 점에서는 분명 세템브리니와 더 가까웠다. 이는 어쩌면 양쪽의 안색이 서로 다르다고 설명하는 것이 가장 설득력 있을 듯하다. 즉 청년들 쪽은 혈색이 갈색과 벌겋게 그을린 색인 반면, 나이가 든 다른 쪽은 창백했던 것이다. 요아힘의 얼굴은 겨울을 거치면서 청동색이 한결 짙어졌고, 한스 카스토르프의 얼굴은 금발 아래에서 장밋빛을 띠며 윤기가 돌았다. 그에 반해 검은 콧수염이 무척 고상해 보이는 세템브리니의 이탈리아인다운 창백한 얼굴은 햇볕을 받아도 아무런 영향을 받지 않는 듯했다. 그리고 그의 동료의 얼굴빛 역시 갈색 종족의 멀건 우윳빛을 하고 있었고, 그도 금발이었지만 회색을 띠어 금속같이 광택이 나지 않았고, 머리칼은 툭 튀어나온 이마 너머로 매끈하게 빗어 넘겼다. 이들 네 사람 중에서 지팡이를 들고 있는 사람은 한스 카스토르프와 세템브리니 둘뿐이었다. 요아힘은 군인이라는 이유로 그런 것을 가지고 다니지 않았고, 나프타는 지팡이가 없는지 소개가 끝나자 곧장 뒷짐을 지는 것이었다. 그의 손도 두 발과 마찬가지로 작고 아담해서, 그의 체구와 잘 어울렸다. 그는 감기에 걸렸는지 약하고 힘없이 기침을 하긴 했지만 그리 심한 것 같지는 않았다.

젊은이들을 만나자 당황하고 언짢은 기색을 보인 세템브리니는 곧바로 이런 기분을 우아하게 떨쳐 버렸다. 그는 아주 기분 좋은 표정으로 농담을 섞어 가며 세 사람을 소개시켰던 것이다. 이를테면 그는 나프타를 '스콜라 학파의 우두머리(Princeps cholasticorum)'라고 소개했다. 그는 아레티노*의 말을 인용해 "내 가슴의 넓은 방에는 화려한 기쁨의 궁전이 있습니다"라고 말했다. 그리고 이는 봄의 공적, 그가 찬양해 마지않는 봄의 공적이라고 했다. 여러분도 알다시피, 그는 이 위의 세상에 할 말이 많은 사람이라, 이미 기회 있을 때마다 여러 번 울분을 토해 왔다. 그렇지만 고산 지대의 봄만큼은 찬미한다는 것이다! 그는 봄 때문에 이곳의 온갖 추악한 현실과 잠시나마 화해할 수 있다는 것이다! 이곳의 봄은 평지의 봄과는 달리 조금도 혼란스럽게 하거나 도발하지 않는다. 깊은 곳에서 무언가 끓어오르게 하지 않는 봄! 축축한 냄새도 없고, 후텁지근한 증기도 없는 봄! 맑음, 건조함, 명랑함과 오로지 우아함만이 가득한 봄! 그것이 그가 소망하는 봄이며, 최상의 봄이다!

이들 네 사람은 일정하게 열을 짓지는 않았지만 되도록 옆에서 나란히 걸어갔다. 그러나 맞은편에서 누가 다가올 때는 때로는 맨 오른쪽에서 걷던 세템브리니가 차도로 비켜서야 했고, 때로는 왼쪽의 나프타나, 또는 인문주의자와 요아힘 사이에서 걸어가던 한스 카스토르프가 뒤로 빠졌다가 다시 돌아오곤 하여 열이 잠시 흩어지기도 했다. 나프타는 코감기 때문에 탁한 목소리로 짧게 웃었고, 말할 때는 금이 간 접시를 손가락 관절로 두드리는 소리가 났다. 그는 턱으로 옆의 이탈리아인을 가리키며 질질 끄는 억양으로 말했다.

"여러분, 볼테르주의자이자 합리주의자의 말을 들어 보십시오. 그는 번식 능력이 가장 왕성한 시기에도 자연이 신비한 증기로 우리를 혼란에 빠뜨리지 않고 고전적인 건조함을 유지하기 때문에 자연을 찬미합니다. 그런데 습기를 라틴어로 뭐라고 하지요?"

"유머(Humor)입니다." 세템브리니가 왼쪽 어깨 너머로 말했다. "우리 교수의 자연관에서 볼 때 유머의 본질은 그가 빨간 앵초를 볼 때면 시에나*의 성스러운 수녀처럼 그리스도의 상처를 생각한다는 데에 있습니다."

그러자 나프타가 대꾸했다.

"그건 유머라기보다는 위트라고 해야겠군요. 어쨌든 그 말은 정신을 자연에 담는다는 뜻이니까요. 자연은 그런 걸 필요로 합니다."

세템브리니는 목소리를 낮추어 이번에는 어깨 너머로 바라보지 않고 어깨를 내려다보며 말했다. "자연은 당신의 정신을 절대 필요로 하지 않습니다. 자연 그 자체가 정신이니까요."

"당신은 그런 일원론이 지겹지도 않습니까?"

"아, 그렇다면 당신은 세계를 적대적인 두 부분으로 갈라서, 신과 자연을 서로 분리해 생각하는 것이 지적 유희에 지나지 않는다는 것을 인정하는군요!"

"내가 열정과 정신이라는 의미로 말하는 것을 지적 유희로 부르다니 흥미로운 일이군요."

"그런 음란한 욕구에 그런 거창한 말을 갖다 붙이는 당신이 나를 가끔 웅변가라고 부르는 것은 좀 문제가 있습니다!"

"그렇다면 당신은 정신을 음란하다고 보는군요. 하지만 정신이 원래부터 이원적이라는 점에는 이론의 여지가 없습니다. 이원론, 반대 명제, 그것이야말로 감동적이고 열정적이며, 변증법적이고 재기발랄한 원칙입니다. 세계를 적대적인 두 부분으로 나누어 놓고 생각하는 것이 정신입니다. 일원론은 모두 지루합니다. 그래서 아리스토텔레스도 언제나 투쟁을 좋아했습니다."

"아리스토텔레스 말인가요? 그는 보편적 이념의 현실성을 개체에 부여했습니다. 그건 범신론입니다." 세템브리니가 말했다.

"틀렸습니다. 토마스 아퀴나스와 보나벤투라가 아리스토텔레스 학파의 입장에서 그렇게 한 것처럼, 당신이 개체의 실제적인 성격을 인정하고, 사물의 본질이 보편적인 것에서 빠져나와 개별 현상으로 들어간다고 생각한다면, 세계는 지고한 이념과의 일체감을 죄다 상실하고, 세계는 신과 유리되며 신은 초월적인 존재가 되고 맙니다. 그것이 바로 고전적인 중세입니다."

"고전적 중세란 말은 정말 묘한 언어의 배합이군요."

"용서하십시오, 하지만 나는 고전적이라는 개념이 적합하다고 생각하는 경우에는, 말하자면 어떤 이념이 정점에 달했을 경우에는 그런 표현을 씁니다. 고대라고 해서 늘 고전적인 것은 아니었습니다. 당신은 범주의 자유성과 절대성에 대해 반감을 갖고 있군요. 당신은 절대 정신도 원하지 않습니다. 당신은 정신이 민주적 진보이기를 바라고 있습니다."

"나는 정신이 아무리 절대적이라 하더라도 정신이 반동을 옹호해서는 안 된다고 굳게 믿는다는 점에서 우리의 견해가 일치하기를 바랍니다."

"하지만 정신은 늘 자유를 옹호합니다!"

"하지만이라고요? 자유는 인간애의 법칙이지 허무주의나 사악함이 아닙니다."

"당신은 분명 그런 것들을 두려워하고 있군요."

세템브리니는 머리 위로 팔을 휘젓는 동작을 하였다. 치열한 언쟁이 끝난 것이다. 한스 카스토르프가 눈썹을 치켜뜨며 자신의 발밑을 내려다보는 동안 요아힘은 놀란 눈으로 두 사람을 번갈아 쳐다보았다. 나프타는 좀 더 넓은 의미의 자유를 옹호하면서도 날카롭고 반박할 수 없게끔 말했다. 특히 "틀렸습니다!" 하면서 반박하는 그의 태도, 그럴 때 '습'이라는 단어를 발음하면서 입술을 앞으로 쭉 내밀었다가 입을 꾹 다무는 태도는 그리 보기가 좋지 않았다. 반면에 세템브리니의 어조는 명랑했고, 가령 두 사람의 근본 입장이 일치하기를 촉구하는 대목에서는 그의 말에 사뭇 따뜻함도 배어 있었다. 그러다가 나프타가 침묵하자 세템브리니는 자신과 열띤 논쟁을 벌인 그 낯선 남자에 대해 사촌들이 궁금해하는 점이 많으리라 여겼는지 이것저것 설명해 주기 시작했다. 그래도 나프타는 그런 것은 아무래도 상관없다는 듯이 그냥 내버려 두었다. 세템브리니가 설명하기를 그는 '프리드리히 대왕 학교'의 상급반을 맡고 있는 고대어 교수라고 했다. 그러면서 그는 이탈리아인답게 자신이 소개하는 사람의 신분을 되도록 화려하고 돋보이게 하려고 했다. 그의 운명은 세템브리니 자신의 운명과 유사하다고 했다. 건강상의 이유로 5년 전에 이곳에 올라왔는데, 장기 체류가 필요하다는 사실을 알고 요양원을 떠나 부인복 재단사인 루카체크의 집에 하숙을 하게 되었다고 한다. 무슨 이름의 고등학교인지는 확실히 몰라도, 어떤 수도원 부속학교 졸업생인 이 탁월한 라틴어 학자를 이 지역의 한 고등학교가 이런 분을 모시는 게 자랑이라며 현명하게도 강사로 초빙했다는 것이다. 요컨대 세템브리니는 방금 전에 자신과 추상적인 논쟁을 벌였고, 조금 있다 다시 싸움을 방불케 하는 언쟁을 벌일지도 모르는 이 볼품없는 나프타를 적잖이 치켜세워 주었다.

그런 다음 세템브리니는 나프타에게 사촌들에 대해서도 설명해 주었다. 말하는 품으로 보아 이미 이전에 사촌들 이야기를 한 적이 있는 것 같았다. 이쪽은 3주 예정으로 이곳에 왔다가 베렌스 고문관에게 침윤된 곳을 발견당한 젊은 엔지니어라고 말했고, 그리고 여기 이쪽은 프로이센 군대 조직의 희망인 침센 소위라고 설명했다. 그리고 그는 요아힘의 반항 정신과 그의 출발 계획을 말한 다음, 이 엔지니어도 마찬가지로 일의 세계로 되돌아가기 위해 초조하게 기다리지 않는다고 말한다면 그에게 실례가 될 거라고 덧붙였다.

그러자 나프타가 얼굴을 찌푸리며 말했다.

"두 분에게 이런 웅변가 후견인이 있었군요. 세템브리니 씨가 두 분의 생각과 소망을 제대로 전달했으리라고 믿어 의심치 않습니다. 일, 일, 일이라는 말을 소리 높이 외치면서 소기의 효과를 거둘 수 없었던 시대, 그의 이상과 반대되는 것이 비교할 수 없이 높은 명예를 누렸던 시대를 감히 기억에 떠올린다면 그는 아마 나를 인류의 공적이라고 질책할 겁니다. 클레르보의 베르나르*는 완전에 이르는 어떤 단계적인 발전을 가르쳤는데, 이는 로도비코 씨가 꿈꾼 것과는 다른 종류의 발전 단계였습니다. 그게 뭔지 알고 싶으세요? 그가 말하는 가장 낮은 단계는 '제분소'이고 두 번째 단계는 '밭'이며, 칭찬할 만한 마지막 단계는―세템브리니 씨는 듣지 마십시오―'침대 위'입니다. 여기서 제분소는 세속 생활의 상징으로 그리 나쁘지 않은 비유입니다. 그다음 밭은 세속적인 인간의 영혼을 의미하는데, 목사와 종교적 스승이 그 밭을 갈아야 합니다. 이 단계는 좀 더 가치가 있습니다. 하지만 침대 위는……"

"됐습니다! 우리는 알고 있습니다!" 세템브리니가 소리쳤다. "여러분, 이제 저 사람은 당신들에게 방탕한 침대의 목적과 사용법을 상세히 설명할 겁니다."

"로도비코 씨, 나는 당신이 그렇게 점잔뺄 줄은 몰랐습니다. 아가씨들만 보면 추파를 던지면서 말입니다. 이교도다운 공평무사한 정신은 어디다 두었습니까? 그러니까 침대란 사랑하는 사람들이 동침하는 잠자리이며, 인간이 신과 동침하기 위해 세계와 피조물로부터 명상적으로 은둔하는 상태를 상징하고 있습니다."

"제발, 그만, 그만두시오!" 이탈리아인이 거의 울상이 되어 그의 말을 가로막자 다들 웃음을 터뜨렸다. 세템브리니는 위엄을 갖추어 말을 계속했다.

"아, 좋습니다, 나는 유럽인이자 서양인입니다. 당신이 말하는 서열은 순전히 동양적인 것입니다. 동양은 행동을 싫어합니다. 노자는 무위(無爲)가 천지간에 어떤 것보다 더 유익하다고 가르쳤습니다. 모든 사람들이 행동을 그만둘 때 지구상에 완전한 평화와 행복이 깃들인다고 했습니다. 거기에 당신이 말하는 동침이 있습니다."

"말도 안 되는 소립니다. 그럼 서양의 신비주의는요? 페넬롱을 그 유파의 한 사람이라고 볼 수 있는 정적주의는요? 그는 일체의 행동을 잘못된 것이라고 가르쳤고, 그는 신만이 행동을 원하기에 인간이 행동하려고 하면 신을 모욕하는 것이라고 가르쳤습니다. 나는 몰리나의 명제를 인용하고 있습니다. 정적에서 구원을 얻으려는 정신적인 경향은 어디서나 볼 수 있는 인류의 보편적인 생각입니다."

이때 한스 카스토르프가 끼어들었다. 그는 단순한 자의 용기로 논쟁에 개입하여 허공을 바라보며 자신의 견해를 피력했다.

"명상과 은둔, 이는 그 자체로 무언가 의미 있으며, 들어 둘 만한 점이 있습니다. 우리는 사실 이 위에서 꽤 심도 있게 은둔 생활을 한다고 말할 수 있습니다. 우리는 5천 피트의 고지에서 아주 안락한 접이식 침대에 누워 저 아래 세상과 피조물을 내려다보면서 이런저런 생각을 하고 있습니다. 사실 곰곰 생각해 보면 내가 누워 있는 안락의자는 불과 10개월 사이에 몇십 년 동안 평지에서 해 준 것 이상으로 나를 발전시켰고, 나에게 더 많은 생각을 하게 해 주었다는 것, 이 점은 부인할 수 없습니다."

세템브리니는 슬픈 빛을 띠는 검은 눈으로 그를 바라보았다.

"엔지니어 양반." 그는 목소리를 낮추어 말했다. 그리고 그는 한스 카스토르프의 팔을 잡고, 흡사 다른 사람들의 등 뒤에서 몰래 타이르려는 것처럼 뒤로 약간 끌어당겼다.

"내가 몇 번이나 말했습니까? 인간이란 자신의 본분을 알고 자신에게 걸맞은 생각을 해야 한다고 말입니다! 아무리 온갖 명제가 있더라도 유럽인의 정신은 이성과 분석, 행동 및 진보이지 수도사의 게으른 침대가 아닙니다."

나프타는 이 말을 듣고 있다가 뒤를 향해 이렇게 말했다.

"수도사라고요? 유럽 문화의 지반은 수도사 덕택입니다. 독일, 프랑스, 이탈리아가 원시림이나 원시 상태의 늪으로 덮여 있지 않고, 우리에게 곡식과 과일, 포도주를 제공하게 된 것은 그들 덕택입니다. 이보시오, 수도사들은 일을 아주 잘했으며……"

"아니, 그래서 어쨌다는 거요!"

"좀 들어 보시오. 종교인에게 일은 그 자체가 목적이 아니었습니다. 즉 그건 마취제가 아니었고, 그것의 의의는 세계를 발전시키거나 경제적인 이득을 취하는 데 있지 않았습니다. 종교인의 일은 순수한 금욕적인 훈련이고 속죄 행위의 일환이자 구원의 수단이었습니다. 이들의 일은 육욕으로부터 자신을 지키는 것이며, 욕정을 없애는 데 기여했습니다. 이런 단정적인 말을 하면 어떨지 모르지만, 그것은 완전히 비사회적인 성격을 띠고 있었습니다. 그것은 극히 순수한 종교적인 이기주의였습니다."

"이렇게 깨우쳐 주신 것을 감사하고, 일의 축복이 인간의 의지에 반해서도 이루어진다는 것을 알게 되어 기쁩니다."

"그렇습니다, 인간의 의도에 반하는 거지요. 우리는 거기서 다름 아닌 유용성과 인간성 사이의 차이점을 목도하게 됩니다."

"나는 당신이 세계를 다시 두 부분으로 나누려고 하는 것이 무엇보다도 불만입니다."

"불만스럽다니 유감이군요. 하지만 우리는 사물을 구분하고 정리하여 신의 자식이라는 이념을 불순한 요소로부터 지켜야 합니다. 당신네 이탈리아인은 환전업과 은행을 고안해 냈습니다. 신이 그런 당신네들을 용서하기 바랍니다. 하지만 영국인들은 경제주의적인 사회학을 고안해 냈습니다. 인간의 수호신이 이것은 결코 용서하지 않을 겁니다!"

"아, 인류의 수호신이 저 섬나라의 위대한 사상가들의 가슴에도 살아 있었군요! 무슨 할 말이 있나요, 엔지니어 양반?"

한스 카스토르프는 이를 부인했지만 그래도 말하기 시작했다. 세템브리니뿐만 아니라 나프타도 약간 긴장하여 그의 말에 귀 기울였다.

"나프타 씨, 그렇다면 당신은 내 사촌의 직업에 공감하겠군요. 그리고 그 직업에 종사하고 싶어 초조해하는 것도 이해하겠군요. 내가 철두철미한 민간인이라고, 사촌은 종종 나를 타박합니다. 나는 군 복무를 한 적이 한 번도 없으므로 평화의 자식이라고 자신 있게 말할 수 있습니다. 나는 심지어 성직자가 되었어도 좋았을 거라고 종종 생각하기도 했습니다. 사촌에게 물어 봐 주세요, 나는 그런 말을 여러 차례 한 적이 있습니다. 하지만 나의 개인적인 성향을 떠나서 생각해 볼 때—엄밀히 말하면 뭐 딱히 그럴 필요도 없습니다만―나는 군인 신분에 대해 상당한 정도의 이해와 호감을 갖고 있습니다. 군인 신분은 대단히 진지한 특성, 당신이 원하는 표현으로는 '금욕적인' 특성을 지니고 있습니다. 당신은 아까 어딘가에서 그런 표현을 쓴 적이 있었지요. 그리고 군인은 언제라도 죽음에 직면할 수 있다는 사실을 항시 염두에 두어야 합니다. 결국 다름 아닌 성직자의 신분도 죽음과 관계가 있습니다. 이 때문에 군인 신분은 단정, 복종, 서열 및 이런 말을 해도 된다면 스페인식의 명예를 존중합니다. 한쪽이 제복에 빳빳한 칼라를 하고, 다른 쪽이 풀 먹인 깃을 하고 다니는 것은 거의 같은 것입니다. 아까 당신이 아주 탁월하게 표현했듯이 어느 쪽이나 '금욕적'이라는 점에서는 똑같습니다. 내가 생각하고 있는 바를 당신에게 제대로 전달했는지 모르겠습니다."

"그럼요, 그럼요." 나프타가 이렇게 말하며 세템브리니에게 시선을 던지니, 그는 지팡이를 돌리며 하늘을 쳐다보고 있었다.

한스 카스토르프가 말을 계속했다. "그러니 내 생각으로는 당신이 말하는 것으로 볼 때 나의 사촌의 성향에 당신이 분명 공감할 것으로 생각됩니다. 그렇다고 해서 내가 '왕위와 제단'이며 그러한 결합을 염두에 둔 것은 아닙니다. 몇몇 사람들, 오로지 질서를 사랑하고 단순히 그저 호의적인 사람들이 때때로 양자의 일체성을 정당화하고 있기는 합니다만 말입니다. 내가 생각하는 것은, 군인 신분의 일, 즉 근무는―이런 경우에는 군 복무라고 합니다만―상업적인 이득 때문에 행해지는 게 아니며, 또는 당신이 말하는 '경제적 사회학'과는 아무런 관계가 없습니다. 그 때문에 영국인들은 군대를 별로 보유하고 있지 않은데, 인도에 극소수의 병력과 본국에는 사열을 위한 병력만을 갖고 있습니다."

"엔지니어 양반, 아무리 말해 보았자 소용이 없습니다." 세템브리니가 그의 말을 가로막았다. "군인이라는 존재는—소위님의 심기를 불편하게 하려고 하는 말은 아닙니다만—정신적으로 왈가왈부할 대상이 아닙니다. 그것은 순전히 형식적인 존재이고, 그 자체로는 내용이 없으니까요. 군인의 원형은 이런저런 목적을 위해 모집한 용병입니다. 요컨대 스페인의 반(反)종교 개혁을 위한 군인, 혁명군의 군인, 나폴레옹의 군인, 가리발디의 군인, 그리고 프로이센의 군인이 있습니다. 그 군인이 무엇을 위해 싸우는지 알아야 군인에 대해 뭐라고 말할 수 있습니다."

나프타가 그 말을 받아서 말했다. "군인이 싸우는 것은 좌우간 군인의 분명한 특성이라 할 수 있는데, 그 이야기는 이 정도로 족하다고 생각합니다. 당신이 말하는 의미에서 군인을 '정신적으로 왈가왈부' 할 여지가 있다고 하기에는 그 특성이 충분하지 않겠지만, 그것은 시민적인 낙천주의로는 통찰할 수 없는 영역으로 군인을 높여 줍니다."

"당신이 시민적 낙천주의라고 운운하는 것은 이성과 윤리의 이념을 위해, 그 이념이 동요하는 젊은 영혼에 올바른 영향을 주기 위해 어떤 형태로든 늘 싸워 나갈 자세가 되어 있을 겁니다." 세템브리니는 치켜 올려진 콧수염 아래의 입 언저리를 옆으로 팽팽하게 벌리고, 목을 칼라 위로 아주 독특하게 비스듬히 쳐들고는 입술의 앞부분을 움직이며 대꾸했다.

한순간 침묵이 흘렀다. 청년들은 당황해서 앞을 바라보았다. 몇 걸음 옮긴 후에 세템브리니는 머리와 목을 다시 자연스러운 자세로 하고 말했다.

"놀랄 것 없습니다. 이분과 나는 가끔 이런 식으로 언쟁을 벌이지만, 아주 우호적인 분위기에서 몇 가지는 서로 양해를 한 바탕에서 그러는 거니까요."

이는 듣던 중 반가운 말이었다. 이것이 세템브리니의 기사답고 인간적인 태도였다. 하지만 요아힘 역시 선의에서 나온 말이고, 대화를 악의 없이 계속하려는 생각에서 하는 말이었지만, 무언가 압박과 강요를 받는 듯 흡사 자신의 의도와 달라 보이는 말을 했다.

"사촌과 나는 어쩌다가 전쟁 이야기를 하게 되었습니다. 아까 당신 뒤에서 걸어갈 때 말입니다."

"다 들었습니다. 그 말을 듣고 뒤를 돌아본 것이지요. 정치 문제를 논했습니까? 세계 정세를 상세하게 논했습니까?" 나프타가 말했다.

"아, 아닙니다." 한스 카스토르프가 웃으며 말했다. "우리가 어떻게 그런 이야기를 하겠습니까! 나의 사촌은 직업상 정치를 논하기에는 사실 부적절할 거고, 나는 정치 이야기라면 자진해서 두 손을 듭니다. 그런 것에 대해 통 아는 것이 있어야지요. 내가 이곳에 온 후로 신문 한 장도 손에 쥔 적이 없는걸요."

세템브리니는 벌써 전에도 한번 그랬듯이 그것은 비난받을 만하다고 생각했다. 그는 즉각 세계 정세에 정통한 모습을 보이며 제반 정세가 문명의 길에 유리하게 진행되고 있다고 호의적으로 평가했다. 유럽의 선체 기상도는 평화 사상과 군축안으로 가득 채워져 있다고 한다. 민주 이념이 진군을 계속하고 있다. 그러면서 그는 터키 청년당이 민주적 체제로 전복하기 위한 준비를 막 마쳤다는 비밀 정보를 입수했다고 설명했다. 터키가 민족 국가이자 입헌국으로 바뀐다는 것은 인간성의 승리가 아니겠는가!

"이슬람의 자유화라니." 나프타가 빈정거리듯 말했다. "정말 대단한 일입니다. 계몽된 광신주의라, 대단히 좋은 일이지요. 아닌 게 아니라 그것은 당신과도 관련이 있지요." 그는 요아힘에게 몸을 돌리고 말했다. "만약 압둘 하미드가 실각하면 터키에 대한 당신 나라의 영향력은 끝나고, 대신 영국이 터키의 보호자로 나설 겁니다. 그러니 당신은 우리 세템브리니의 연줄과 정보를 아주 진지하게 생각해야 합니다." 그는 두 사촌에게 말했다. 그런데 그는 사촌들이 세템브리니의 말을 진지하게 받아들이지 않는다고 생각했기 때문에 이것도 무례한 충고로 들렸다. "세템브리니 씨는 각국의 민족 혁명에 대해 소상히 알고 있습니다. 그의 고국 사람들은 영국의 발칸 위원회와 긴밀한 관계를 맺고 있습니다. 그건 그렇고, 로도비코 씨, 터키의 진보주의자들이 성공하면 레발 협정은 어떻게 되는 겁니까? 에드워드 7세는 러시아인에게 다르다넬스 해협 통행권을 더 이상 승인할 수 없을 겁니다. 그런데도 오스트리아가 적극적인 발칸 정책을 펴 나간다면……"

"또 파국적 예언이군요!" 세템브리니가 나프타의 말을 가로막았다. "러시아의 니콜라이는 평화를 사랑합니다. 최고급의 도덕적 산물인 헤이그 평화 회의는 그의 노력으로 성사되었습니다."

"에이, 러시아는 동양에서 약간 불행한 일을 당했기 때문에 휴식이 좀 필요했던 겁니다!"

"아니, 무슨 말씀을, 당신은 이상 사회를 건설하려는 인류의 동경을 비웃어서는 안 됩니다. 그러한 노력을 방해하는 민족은 의심의 여지 없이 도덕적인 추방을 면키 어려울 겁니다."

"정치란 것도 도덕적으로 창피를 당할 기회를 서로에게 주자는 것이 아니고 무엇입니까?"

"당신은 범게르만주의를 신봉하는 겁니까?"

나프타는 균형이 잘 맞지 않는 어깨를 으쓱했다. 그는 볼품이 없는데다가 자세도 약간 비뚤어져 있었다. 그가 대답을 거절하자 세템브리니가 비판적인 말을 했다.

"어쨌든 당신이 하는 말은 냉소적입니다. 전 세계에서 요원(燎原)의 불길처럼 번지는 고매한 민주주의의 노력을 당신은 정치적인 술수로밖에 보지 않다니요."

"당신은 나더러 그런 데서 이상주의나 경건함을 보라고 요구하는 겁니까? 그건 이미 내동댕이쳐진 세계관을 토대로 하는 자기 보존 본능의 잔재가 마지막으로 약하게 발버둥치는 것에 불과합니다. 파국이 올 것이며, 반드시 오고야 말 겁니다. 모든 길을 통해 온갖 수단으로 파국이 올 겁니다. 영국의 국가 정책을 생각해보십시오. 인도를 확보하려는 영국의 노력은 정당합니다. 하지만 그 결과는 어떻습니까? 당신이나 나와 마찬가지로 에드워드도 잘 알고 있습니다. 페테르부르크의 권력자들이 만주에서 겪은 치욕적인 실패를 씻어야 하고, 국민의 시선을 혁명으로부터 다른 데로 돌리는 것이 일용할 양식처럼 필요하냐는 사실을 말입니다. 그럼에도 그는 러시아의 팽창욕을 유럽으로 돌리고—어쩌면 그렇게 하지 않을 수 없을지 모릅니다만—페테르부르크와 빈 사이의 잠들어 있는 라이벌 의식을 일깨우고 있습니다."

"아, 빈이라니요! 당신은 이러한 세계적 장애물을 걱정하고 있군요. 추측컨대 당신은 썩어 문드러진 제국의 우두머리 격인 빈을 독일 신성 로마 제국의 미라라고 생각하기 때문이지요!"

"그렇다면 당신은 친러주의자군요. 추측컨대 정교(政敎) 합일주의에 대한 인문주의적 공감 때문에 말입니다!"

"이보시오, 민주주의는 빈의 궁정보다 크렘린에 더 많은 희망을 걸고 있습니다. 그런데 이는 루터와 구텐베르크를 배출한 나라로서는 치욕적인 일입니다."

"게다가 그것은 어리석은 일일지도 모릅니다. 하지만 이러한 어리석음도 숙명의 도구입니다."

"아, 숙명 같은 말은 집어치우시오! 인간의 이성은 숙명보다 더 강해지기를 원하기만 하면 됩니다. 그리고 이성은 사실 그러합니다!"

"운명만을 언제나 원할 수 있는 겁니다. 그러니 자본주의적 유럽은 자신의 운명을 원하는 겁니다."

"전쟁을 충분히 혐오하지 않는 사람은 전쟁이 일어날 거라고 믿는 자입니다!"

"전쟁에 대한 혐오는 당신이 국가 자체를 혐오하지 않는 한 논리적으로 말이 안 됩니다."

"이 세상의 원칙인 민족 국가를 당신은 악마의 전유물인 양 말하는군요. 하지만 민족들을 자유롭고 평등하게 하고, 작고 힘없는 자들을 억압으로부터 지켜 주며, 정의와 민족 간의 경계선을 확립해 보십시오."

"브레너* 경계선을 말하는군요. 나도 알고 있습니다. 오스트리아의 해체 말입니다. 전쟁 없이 어떻게 그게 가능하다는 말입니까!"

"내가 언제 민족 간의 전쟁까지 저주했는지 알고 싶습니다."

"나에게도 들을 귀는 있습니다."

"아닙니다. 그 점은 세템브리니 씨를 위해 내가 확인해 주어야겠습니다." 한스 카스토르프가 논쟁에 끼어들었다. 그는 걸으면서 논쟁을 좇아가며 머리를 비스듬히 하고는 그때그때 말하는 사람에게 주의를 기울였다. "사촌과 나는 이런 문제나 이와 유사한 문제에 대해 세템브리니 씨와 가끔 대화를 나눈 적이 있습니다. 물론 그가 자신의 견해를 개진하고 모든 것을 명쾌하게 설명하면 우리는 주로 그의 말을 듣는 쪽이었지요. 그 점은 분명하게 증언할 수 있습니다. 그리고 여기 내 사촌도 세템브리니 씨가 운동이며 반항이며 세계 개선의 원칙에 관해 아주 감격해서 누차 말한 것이 기억날 겁니다. 그 원칙 자체가 그리 평화적이라고는 생각되지 않습니다. 그리고 이 원칙이 세계 어디서나 승리를 거두어 보편적이고 행복한 세계 공화국이 건설되려면 아직 숱한 노력이 필요하다고 말했습니다. 물론 그가 한 말이 내가 한 말보다 훨씬 더 조형적이고 문필가답기는 했지만, 그야 두말할 필요가 없겠지요.

이세 산전수전 다 겪은 민간인인 내가 그 말을 듣고 뒤통수를 한 대 얻어맞은 듯 깜짝 놀랐기 때문에 단어 하나 틀리지 않고 그대로 기억하고 있습니다. '그날은 비둘기의 발로 오는 게 아니라 독수리의 날개를 타고 온다'고(내 기억으로는 '독수리의 날개를 타고 온다'는 말에 깜짝 놀란 것 같습니다) 그가 말했습니다. 그리고 행복의 길에 들어서기 위해서는 빈의 뒤통수를 갈겨야 한다는 겁니다. 그러므로 세템브리니 씨가 전쟁을 무조건 배격한다고는 말할 수 없습니다. 내 말이 맞습니까, 세템브리니 씨?"

"대체로 맞습니다." 그 이탈리아인은 얼굴을 돌리고 지팡이를 흔들면서 짧게 말했다.

"안된 일이군요." 나프타는 보기 흉하게 미소 지으며 말했다. "당신 제자한테 호전적인 경향을 확인받은 셈이군요. '독수리의 날개를 타고 오라'."

"볼테르 자신도 문명 전쟁을 긍정했으며, 프리드리히 2세도 터키와의 전쟁을 권했습니다."

"하지만 그는 터키와 전쟁하는 대신 동맹을 맺었지요, 헤헤. 그리고 세계 공화국이라니요! 행복과 통일이 실현되면 운동과 반항의 원칙이 어떻게 될지는 묻지 않겠습니다. 그 순간 반항은 범죄가 될 테지요."

"아주 잘 알고 계시는군요. 그리고 이 젊은이들도 요원하리라 생각되던 진보가 중요한 문제임을 알고 있습니다."

"하지만 모든 운동은 원형으로 움직입니다." 한스 카스토르프가 말했다. "공간과 시간 속에서, 질량 보존의 법칙과 주기율의 법칙이 이를 가르쳐 주고 있습니다. 사촌과 나는 조금 전에 이런 점에 관해 대화를 나누었습니다. 대체 지속적인 방향이 없이 폐쇄적인 운동을 하는 경우 진보가 운위될 수 있겠습니까? 나는 밤이면 눈에 절반밖에 보이지 않는 황도대를 관측하면서 고대의 현명한 민족들을 생각하곤 합니다."

"당신은 골똘히 생각하며 공상에 빠져서는 안 됩니다, 엔지니어 양반." 세템브리니가 그의 말을 끊고 말했다. "그러지 말고 당신을 행동으로 몰아가는 당신 연령이나 당신네 종족의 본능에 자신을 단호히 맡기십시오. 당신의 자연과학적 교양에 따라 진보의 이념에 충실하십시오. 당신은 한없이 오랜 세월을 거쳐 생명이 섬모충에서 인간으로 진화, 발전된 것을 알고 있습니다. 또한 인간에게 무한한 발전 가능성이 열려 있음도 알고 있을 겁니다. 하지만 당신이 수학을 고집한다면 당신의 순환 운동을 철저하게 파고들고, 인간이 원래 선하고 행복하며 완전했는데 사회적 결함 때문에 왜곡되고 타락했으니, 사회 제도를 비판하고 개선함으로써 인간이 다시 선하고 행복하며 완전하게 되도록 해야 한다는 18세기의 학설에서 새로운 힘을 얻으십시오."

"세템브리니 씨는 덧붙여야 할 말을 소홀히 하고 있습니다." 나프타가 그의 말에 끼어들었다. "루소의 목가적인 가르침은 교회 교리의 궤변과도 같은 개악에 지나지 않습니다. 인간이 예전에 국가도 없고 죄악도 모르던 상태, 즉 원래 그대로 신과 직접 대면하고 순진무구한 상태로 돌아가야 한다는 교리 말입니다. 하지만 지상에서 모든 국가 형태가 해체된 후 신의 나라의 재건은 지상과

천국, 감각적인 것과 초감각적인 것이 서로 맞닿는 곳에서 이루어
집니다. 구원은 초월적인 것입니다. 그리고 당신이 말하는 자본주
의적인 세계 공화국에 관해 말하면, 선생, 당신이 그런 걸 말하면
서 '본능'에 관해 말하는 것은 어쩌 좀 이상하게 느껴집니다. 본
능이란 전적으로 민족적인 것의 측면에만 있는 겁니다. 그리고 신
이 직접 인간들에게 이러한 본능을 부여하여 여러 민족들을 낳게
하였고, 여러 국가로 나누어지게 하였습니다. 전쟁이……"

세템브리니가 그 말을 받아 소리쳤다. "전쟁이, 전쟁 자체가 벌
써 진보에 기여한 측면이 있었습니다. 당신이 좋아하는 시기에 일
어난 어떤 사건들을 상기한다면 내 말을 인정할 겁니다. 말하자면
십자군 원정을 상기한다면 말입니다! 이 문명 전쟁은 경제 교류
와 무역 및 정치 교류라는 점에서 제 민족의 관계를 아주 좋게 만
들어 주었으며, 서양의 제 민족을 하나의 이념의 기치 아래 통합
하였습니다."

"당신은 그 이념에 대해서는 무척 관대하군요. 그런 만큼 더욱
더 당신의 생각을 고쳐 주고자 합니다. 십자군 원정과 그로 인해
교류가 활발해짐에 따라 여러 국가가 비슷하게 평준화된 것이 아
니라, 이와는 반대로 서로가 다르다는 것을 자각하게 되었습니다.
그래서 민족적 국가 이념의 형성이 강력하게 촉진되었습니다."

"지당한 말씀입니다. 성직자 계급에 대한 제 민족의 관계가 문
제되는 한에서는 말입니다. 그렇습니다! 교회 권력의 전횡에 맞
서 국가적, 민족적 자각이 생겨나기 시작했고……"

"그런데 당신이 교회 권력의 전횡이라 일컫는 것은 정신의 기치

아래 인류가 통합되는 것과 다를 바 없습니다!"

"사람들은 그 정신을 알고 있지만, 이젠 지긋지긋해하고 있습니다." 세템브리니가 말했다.

"당신의 민족적 광기는 세계를 극복하려는 교회의 사해동포주의를 혐오하는 게 분명합니다. 당신이 전쟁에 대한 혐오감을 사해동포주의에 대한 공포감과 어떻게 조화시키려는 생각인지 그게 궁금하기 짝이 없습니다. 고대 취향인 당신의 국가 숭배는 당신을 실증적인 법해석의 옹호자로 만들 수밖에 없습니다. 그리고 그런 입장에서……"

"이제는 법 이야기입니까? 국제법에는 자연법의 사상과 보편적 인간 이성의 사상이 공존하고 있습니다."

"쳇! 당신의 국제법은 또다시 자연과 이성과는 관계가 없고, 계시에 의거한 신권(神權)의 루소적인 개악에 지나지 않습니다."

"우리 명칭을 갖고 다투지는 맙시다, 교수님! 내가 자연법과 국제법으로 숭배하는 것을 신권이라 불러도 좋습니다. 민족 국가의 실증법 위에 상위의 보편타당한 법이 있으며, 국가 간에 충돌하는 이해관계의 조정은 중재 재판으로 가능하다는 사실이 중요합니다."

"중재 재판이라니요! 그게 말이 되는 소립니까! 생활 문제를 판정하는 시민적인 중재 재판으로 신의 뜻을 규명하고 역사를 규정하다니! 좋습니다, 비둘기의 발로 오는 한에는 말입니다. 그런데 독수리의 날개는 어디다 두었습니까?"

"시민적인 미풍양속은……"

"에이, 시민적인 미풍양속은 자신이 무얼 원하는지 알지 못한다니까요! 이들은 출산율이 떨어지는 문제를 해결해야 한다고 소리치고, 자녀 양육비와 직업 훈련비를 줄여 달라고 요구합니다. 그리고 가는 데마다 사람들이 북적거려 질식할 것 같고, 직장마다 사람이 넘쳐서 생존 투쟁이 옛날의 전쟁에 대한 공포를 무색하게 할 정도입니다. 공터와 전원 도시! 종족의 체질 향상! 하지만 문명과 진보가 더 이상 전쟁을 원하지 않는다면 어떻게 체질 향상이 가능하겠습니까? 전쟁이란 모든 것을 막으면서도, 모든 것을 가능하게 해 주는 수단일지도 모릅니다. 전쟁은 체질 향상을 가능하게 해 주면서도, 심지어 출산율이 떨어지는 것을 막아 주거든요."

"농담하고 계시는군요. 그건 더 이상 진지한 이야기가 아닙니다. 마침 알맞은 순간에 대화가 끝나게 되었군요. 이제 다 왔습니다." 세템브리니는 이렇게 말하고 사촌들에게 담장 뒤의 작은 집을 지팡이로 가리켰다. 그것은 도르프 입구에서 멀지 않은 길가에 위치해 있었고, 집과 거리 사이에 조그만 정원이 있는 수수한 집이었다. 뿌리까지 훤히 드러난 포도 넝쿨이 집의 대문을 휘감고 있었고, 구불구불한 가지는 담벼락을 따라 기어오르다가 오른쪽 조그만 가게의 1층 진열창 쪽을 향하고 있었다. 1층에서는 가게 주인이 산다고 세템브리니가 설명했다. 나프타의 거처는 양복점 2층이고, 자신은 다락방에서 기거하는데, 조용하고 아늑한 서재라고 했다.

나프타는 놀랄 정도로 친절한 태도를 보이며 앞으로도 이런 만남을 계속 갖고 싶다는 희망을 피력했다. "우리를 찾아와 주시오.

여기 세템브리니 박사가 여러분의 우정에 더 오랜 권리를 갖고 있지 않다면 나를 찾아오라고 말하고 싶습니다. 이런저런 대화를 나누고 싶으면 언제라도 오시오. 나는 젊은이와 이야기 나누는 것을 좋아합니다. 나에게도 교육자적 자질이 아주 없는 것은 아니거든요. 우리의 지부장이 (그는 턱으로 세템브리니 쪽을 가리켰다) 교육자적 소질과 천직이 시민적 인문주의의 몫이라고 주장한다면 그에게 항의해야겠습니다. 그럼 또 만납시다!"

세템브리니는 이에 대해 난색을 표했다. 그는 그럴 만한 이유가 있노라고 말했다. 소위가 이 위에 있을 날도 얼마 남지 않았으며, 엔지니어도 그를 따라 속히 평지로 돌아가기 위해 요양 근무에 열성을 다하고 있기 때문이라고 말했다.

젊은이들은 두 사람의 말에 차례로 동의하는 몸짓을 보였다. 나프타의 초대에는 허리를 굽히며 받아들였고, 다음 순간에는 세템브리니의 우려에 대해서도 머리와 어깨를 움직이며 맞는 말이라고 인정했다. 이리하여 모든 문제가 미해결 상태로 남게 되었다.

"그 사람이 세템브리니를 뭐라고 불렀지?" 두 사람이 베르크호프로 향하는 비탈길을 올라갈 때 요아힘이 물었다.

"나는 '지부장' 이라고 알아들었는데." 한스 카스토르프가 말했다. "그리고 나도 방금 그 생각을 하는 중이었어. 어쩌면 그냥 위트 있는 표현일지도 몰라. 이들은 서로 상대방을 이상한 이름으로 부르니까. 세템브리니는 나프타를 '스콜라 학파의 우두머리' 라고 불렀는데, 그것도 나쁘지는 않아. 스콜라 학파 사람들, 이들이야말로 어쩌면 중세의 신학자들이자 독단적인 철학자들이었을지도 모르니까 말이야. 음, 그래서인지 중세에 대해 여러 가지로 화제에 올랐어. 그러니까 세템브리니가 내가 여기에 처음 온 날 한 말이 생각나는군. 이 위에는 중세적인 분위기가 많이 난다고 말이야. 아드리아티카 폰 밀렌동크라는 이름 때문에 그런 말을 꺼내게 되었지. 그건 그렇고 그 사람 어때, 마음에 들었어?"

"그 키 작은 사람 말이야? 별로야. 마음에 드는 말도 가끔 하기는 했지만 말이야. 중재 재판은 정말 위선이야. 하지만 그 사람 자체는 별로 마음에 들지 않았어. 그러니 아무리 좋은 말을 많이 해도 사람 자체가 미심쩍으면 그게 무슨 소용이 있겠어. 그리고 그에게 미심쩍은 구석이 있다는 것은 너도 부정할 수 없을 거야. '동침하는 잠자리'라는 말만 해도 확실히 문제가 있다니까. 그리고 너도 보았다시피 그 매부리코는 어떻고! 작은 체구로 보아 셈족이 분명해. 그 남자를 정말 찾아갈 거야?"

"물론 그를 찾아갈 거야!" 한스 카스토르프가 설명했다. "체구가 작은 것은 말이야, 네가 군인이기 때문에 이러쿵저러쿵 탓하는 거야. 칼데아인들도 그런 코를 가졌지만 비학(秘學)뿐만 아니라 여러 방면에 뛰어난 재주를 가졌지. 나프타도 비학에 대해 조예가 깊은데, 그런 점에 내가 적잖이 끌리고 있어. 오늘 그를 만나고 당장 그를 다 알았다고 주장하려는 것은 아니지만, 자주 만나다 보면 그를 잘 알게 되겠지. 그리고 그러다 보면 우리가 더 똑똑해질지 누가 알겠어."

"아, 이봐, 너는 이 위에 와서 생물학이니 식물학이니 한시도 지속되지 않는 전환점이니 하면서 자꾸 더 똑똑해지고 있어. 그리고 네가 이곳에 온 첫날부터 '시간'에 관심을 가졌지. 하지만 우리가 이곳에 있는 것은 더 영리해지기 위해서가 아니라 더 건강해지기 위해서야. 차츰 건강을 회복해서는 완전히 건강해져, 그들이 결국 우리를 자유의 몸으로 놓아 주고, 우리는 다 나은 몸으로 평지로 돌아가기 위해서란 말이야."

"산 위에 자유가 있나니!" 한스 카스토르프는 마음이 들떠 노래하듯 흥얼거렸다. "자유가 뭔지 나에게 좀 말해 봐." 그는 말을 계속했다. "나프타와 세템브리니도 아까 그 문제를 놓고 언쟁을 벌였지만 의견일치를 보지 못했지. 세템브리니는 '자유란 인간애의 법칙이다'라고 말했지. 그리고 그 말은 자신의 조상인 카르보나리의 말로 들려. 하지만 카르보나리가 아무리 용감했다 하더라도, 그리고 우리의 세템브리니가 아무리 용감하다 하더라도……"

"그래, 그는 개인적인 용기라는 말이 나오자 기분이 좋지 않은 기색이었어."

"그는 키 작은 나프타가 두려워하지 않는 것을 두려워한다는 인상이 들어. 무슨 말인지 알겠지. 그가 말하는 자유와 용기는 다 헛소리가 아닐까 하는 생각이 들어. 너는 세템브리니에게 자신의 목숨을 초개와 같이 버릴 용기가 있다고 생각해?"

"왜 프랑스어로 말하는 거야?"

"별 이유는 없어. 이곳의 분위기가 워낙 국제적이잖아. 둘 중에 누가 더 이런 분위기를 좋아할지 모르겠어. 시민적 세계 공화국을 주장하는 세템브리니인지, 또는 교권적 사해동포주의를 주장하는 나프타인지 말이야. 너도 보았듯이 나는 두 사람의 말을 아주 주의 깊게 들었지만, 머릿속이 깨끗이 정리되는 게 아니라 그 반대로 두 사람의 말을 들은 결과 혼란만 가중되었어."

"언제나 그런 거야. 말과 의견을 들으면 혼란만 생긴다는 것쯤은 너도 익히 알고 있을 텐데 말이야. 내 말은 모름지기 어떤 사람의 견해가 어떠한가가 중요한 것이 아니라, 그가 제대로 된 사람인가의 여부가 중요하다는 거야. 가장 좋은 것은 아무런 견해도 갖지 말고 묵묵히 요양에 매진하는 거야."

"그래, 너야 그렇게 말할 수 있겠지. 너야 용병이자 순전히 형식적인 존재니까 말이야. 나는 이와는 사정이 달라. 민간인으로 어느 정도 책임을 느낀단 말이야. 나는 그런 혼란을 보면 마음이 흥분돼. 한 사람은 시민적 세계 공화국을 역설하고, 원칙적으로 전쟁을 혐오하면서도 지독히 애국적이라서 막무가내로 브레너 경계선을 요구하고, 이를 위해서는 문명 전쟁도 불사하겠다는 거야. 그리고 다른 한 사람은 국가를 악마의 소산이라 간주하고 보편적 통합을 외치다가도, 다음 순간에는 자연스러운 본능의 권리를 옹호하고 평화 회의를 비웃는단 말이야. 우리는 이런 혼란에서 벗어나기 위해서라도 그를 반드시 찾아가야 해. 우리가 이곳에 있는 것은 더 똑똑해지기 위해서가 아니라 더 건강해지기 위해서라고 너는 말하지만, 이것은 하나로 통합돼야 해. 그렇게 생각하지 않는다면 너는 세계의 분할을 추구하는 거야. 그리고 또다시 말해두지만 그건 언제나 커다란 잘못이야."

신정(神政) 국가와 꺼림칙한 구원에 관해

한스 카스토르프는 자신의 발코니에서 식물 분류를 하고 있었다. 천문학상의 여름이 시작되어 낮이 짧아지기 시작한 지금 여러 군데서 무성하게 자라고 있는 미나리아재비과의 매발톱꽃, 일명 아퀼레지아도 높이 자란 줄기와 채소처럼 넓적한 이파리에 푸른색, 보라색, 적갈색의 꽃을 피우고 있었다. 이 식물은 여기저기에 자라고 있었지만, 약 일년 전에 그가 발견한 조용하고 외진 골짜기에 특히 떼 지어 자라고 있었다. 일년 전에 그가 섣불리 의욕을 앞세워 무리한 산책을 하다가 그만두게 된 장소로, 작은 다리와 휴식용 벤치가 있으며 급한 물살이 쏴쏴 소리를 내며 흘러가는 계곡에 그는 그 후에도 가끔 찾아가곤 했다.

당시에는 그가 의욕을 앞세우다가 그런 불상사가 일어났지만 사실 그곳까지 그리 먼 거리는 아니었다. 도르프의 썰매 경주 코스의 결승점에서 비탈길을 약간 올라가서, 밑으로 샤츠알프에서 내려오는 봅슬레이가 통과하는 나무다리를 건너, 둘러서 간다든지 오페라를 부른다든지 또는 힘들어서 쉬지 않는다면 20분 정도면 도달할 수 있는 그림처럼 아름다운 장소가 숲길에 나타났다. 날씨가 좋은데도 요아힘이 검진을 하고 내부 사진을 찍고 피검사를 하며 주사를 맞거나 몸무게를 재는 등 하루의 정규 스케줄이 빽빽해서 요양원을 떠날 수 없을 때는 그는 두 번째 아침 식사를 마치고, 때로는 첫 번째 아침 식사 후에도 그곳으로 산보를 갔다. 그리고 오후에 차 마시는 시간과 저녁 식사 사이에도 그가 좋아하는 장소에 찾아가서 일년 전에 심하게 코피를 쏟아 쉬었던 벤치에 앉기도 했다. 그는 고개를 비스듬히 하고 빠르게 흐르는 물소리에 귀를 기울이며, 잘 짜인 주변 풍경과 올해에도 어김없이 핀 매발톱꽃을 바라보았다.

그가 단지 이 때문에 이곳을 찾아온 것일까? 그렇지 않았다, 혼자 그곳에 앉아 기억을 떠올리기 위해, 수개월 동안 자신이 겪은 인상과 모험을 돌아보고 이런저런 생각을 하기 위해 그곳에 와 앉았던 것이다. 그런 인상과 모험은 수가 많고 종류가 다양해서 일일이 정리하기가 쉽지 않았다. 그것들이 서로 엉키고 뒤섞여 있어, 실제로 일어난 일을 단지 생각해 보고 꿈꾸고 상상한 것으로부터 가려 내기가 쉽지 않았기 때문이다. 이 모든 것은 모험적인 성격을 띤 것들이었다. 이 위에 오던 첫날부터 두근거리기 시작하여 멈출 줄 모르던 그의 심장이 이런 것들을 생각하면 가슴이 멎는 듯하다가 마구 고동치는 것이었다. 혹은 일년 전에 코피를 많이 흘려 몸의 활력이 떨어졌을 때 프리비슬라프 히페의 모습이 눈앞에 생생하게 나타났던 이곳에 아퀼레지아가 여전히 그대로 피어 있는 게 아니라 일년 후에 새로 피었다는 사실과, '3주' 예정으로 이곳에 온 지 만 일년이 다 되었다는 사실에 모험으로 두근거리던 그의 가슴이 이렇게 소스라치게 놀라는 것인가?

물론 이제는 급류 옆의 벤치에 앉아도 코피를 흘린다든가 하는 일은 더 이상 없었고, 그것은 과거의 일이 되었다. 이곳의 기후에 적응하는 것이 얼마나 어려운가는 그가 도착한 직후 요아힘의 설명으로 잘 알고 있었고, 그 자신도 적응하기가 무척 힘들었지만,

점차 나아져서 11개월이 지난 지금은 완전히 적응했다고 할 수 있었다. 그래서 이런 방면으로는 더 이상 기대할 게 거의 없을 정도였다. 위의 소화 기능도 정상으로 돌아왔고, 마리아 만치니의 맛도 제대로 나기 시작했는데, 건조한 코 점막의 신경이 진작부터 이 값진 제조품의 진가를 다시 예전처럼 느낄 수 있게 되었다. 이곳 국제 요양지의 진열창에서도 그런대로 괜찮은 제품을 구할 수 있었지만, 마리아 만치니가 떨어지면 그는 일종의 경건한 심정으로 브레멘으로 그것을 주문하곤 했다. 그는 마리아를 세상을 등진 자신과 옛 고향인 평지를 이어 주는 매개체로 생각한 것은 아니었을까? 가령 마리아는 저 아래 숙부들에게 때때로 보내곤 하는 엽서보다 더 효과적으로 그와 같은 관계를 유지하고 지탱해 준 것이 아니었을까? 그가 이곳의 시간 개념을 받아들이고 작은 단위의 시간에는 신경을 쓰지 않게 되자 이들에게 엽서를 보내는 횟수가 점점 더 뜸해졌다. 그는 호의를 보이기 위해 대체로 눈 덮인 골짜기가 그려진 멋진 그림이나 여름 풍경을 담은 엽서들을 사용했다. 그는 최근에 들은 의사의 소견을 알리고, 매달 받는 진단 결과와 종합 검진 결과를 친척들에게 보고했다. 가령 청진 결과와 뢴트겐 사진 결과로 보면 병세가 호전되고 있는 게 분명하지만, 병독이 완전히 제거되었다고는 볼 수 없으며, 아직 조그만 환부가 남아 있어 미열이 사라지지 않지만, 조금만 참고 견디면 틀림없이 완치되어 다시는 이곳에 돌아올 필요가 없으리라는 내용을 엽서의 넓은 여백에 빽빽이 채워 넣었던 것이다. 그에게 이보다 더 자세한 내용의 편지를 요구하고 기대한다는 것은 분명 무리였다. 엽서를 받는 사람들 또한 인문주의직으로 웅변가가 아니었고, 그가 받은 답장들 역시 내용이 그리 장황하지 않았다. 답장이 올 때는 대체로 아버지의 유산에서 나오는 이자로 보내 주는 생활비가 함께 왔다. 그 돈을 이곳의 화폐로 바꾸면 액수가 상당해서 다음에 돈을 보내 줄 때까지 생활비가 동이 나는 일은 결코 없었다. 타이프로 친 여러 행의 편지에는 야메스 티나펠의 서명이 있었고, 종조부의 안부와 쾌유를 비는 글이 있었으며, 가끔은 배를 타는 페터의 글도 덧붙여져 있었다.

최근에는 고문관이 자신에게 주사 놓는 일을 중단했다고 한스 카스토르프는 집에 알렸다. 이 젊은이에게는 주사가 영 맞지 않는지, 그에게 두통, 식욕 부진, 체중 감소 및 피곤을 초래했으며, '체온'이 일단 올라갔다가 다시는 내려가지 않았던 것이다. 그것은 건성 열의 형태로서 장밋빛 같은 얼굴을 후끈후끈 달아오르게 하는 구체적인 증세로 나타났다. 이것은 저지의 습한 기상 조건에서 태어난 청년에게 적응되지 않는 것에 적응해 가는 과정에서 주로 나타난 주의 사항이나 마찬가지였다. 아닌 게 아니라 라다만토스 자신도 이곳 기후에 적응되지 않아 언제나 푸르죽죽한 얼굴을 하고 다녔다. 요아힘은 사촌이 이곳에 온 직후 "몇몇은 결코 적응이 되지 않는다"고 말했는데, 한스 카스토르프가 바로 그런 경우에 속하는 모양이었다. 그가 이 위에 도착한 직후부터 그를 성가시게 한 목 떨리는 현상도 좀체 사라지려고 하지 않았고, 걸어갈 때나 말할 때, 푸른 꽃이 피어 있는 명상의 장소에서 갖가지 모험을 되새겨 볼 때도 그런 현상은 어김없이 다시 나타나곤 했다. 그래서 한스 로렌츠 카스토르프 할아버지처럼 턱을 위엄 있게 끌어당기는 버릇이 벌써 거의 고정된 습관처럼 되어 버렸다. 한스 카스토르프는 머리가 떨리는 현상을 막기 위해 턱을 끌어당기고, 할아버지의 높다란 칼라, 주름 장식이 된 예복을 입은 모습, 담황색의 둥근 세례반, '증, 증' 하는 경건한 음, 그리고 이와 유사한 일들을 남몰래 상기하면서 자신이 처한 야릇한 운명을 곰곰 되새겨 보지 않을 수 없었다.

11개월 전처럼 다시는 프리비슬라프 히페의 모습이 생생하게 나타나지 않았다. 그의 적응은 완벽해졌고, 더 이상 환영도 나타나지 않았다. 벤치에 조용히 누워 있어도 영혼이 멀리 떨어진 곳에 머무는 일은 없었고, 다시는 그런 우연한 일이 일어나지 않았다. 이러한 추억의 상이 주마등처럼 뇌리를 스쳐 가도 그것이 비정상적으로 선명하거나 생생하지 않았으며, 정상적인 범주를 넘어서지도 않았다. 그리고 이러한 추억에 잠길 때마다 그는 어쩌면 안주머니에서 유리로 된 기념물을 꺼내 보았을지도 모른다. 그는 그것을 이중 봉투에 넣어 안주머니에 고이 간직하고 있었다. 그것을 평평한 바닥에 놓고 보면 거무스름하게 빛을 반사하는 불투명한 유리판에 불과했지만, 햇빛에 비추어 보면 환해지면서 인체의 상이 나타나는 것이었다. 인체의 투명한 상, 갈비뼈 구조, 심장의 모습, 활 모양의 횡격막, 풀무 같은 폐, 게다가 쇄골과 팔 위의 뼈, 이 모든 것이 희미하고 어렴풋한 외피, 그가 사육제 날 밤에 이성을 거역하고 맛본 살에 에워싸여 있었다. 휴식용 벤치의 수수하게 만들어진 등받이에 몸을 기대고 팔짱을 낀 채, 머리를 어깨 쪽으로 기울이고 콸콸 쏟아지는 물소리에 귀 기울이며 푸르게 피어 있는 매발톱꽃 앞에서 이 기념품을 들여다보면서 '이 모든 일'을 되새기고 생각해 보면, 그의 심장이 멎는 듯하다가 다시 맹렬하게 고동치는 일이 과연 이상하다고 할 수 있을까?

별이 총총히 빛나던 추운 밤에 학구적인 연구를 하던 때처럼 유기 생명체의 고귀한 상, 인체가 그의 눈앞에 아른거렸다. 그리고 그것의 내부 모습을 관찰하면서 한스 카스토르프 청년은 이런저런 의문을 품으며 그 차이점들을 분석했다. 선량한 요아힘은 그런 문제에 상관할 의무를 지지 않았지만, 민간인인 한스 카스토르프는 책임 의식을 느끼기 시작했다. 그도 저 아래 평지에서는 이런 것을 결코 의식하지 않았고, 추측컨대 결코 의식하는 일은 일어나지 않았을 것이다. 그런데 5천 피트 높이의 관조적인 은둔지에서 세상과 피조물을 내려다보면서 명상을 하는 여기서는 그것이 절실한 문제로 다가왔던 것이다. 아마 이것은 가용성 독소에 의해 비롯되어 건성의 열로 얼굴이 벌겋게 달아오른 육체의 고양 현상 탓도 있을 것이다. 한스 카스토르프는 이러한 관조를 할 때마다 교육적인 손풍금장이인 세템브리니를 생각했다. 헬라스*에서 태어난 그의 아버지는 고귀한 인간의 상에 대한 사랑을 정치, 반항 및 웅변으로 설명한 반면, 세템브리니 자신은 시민의 창을 인류의 제단에 헌납하려고 했다. 또한 한스 카스토르프는 동지인 크로코프스키도 생각하고, 얼마 전부터 작고 어두컴컴한 밀실에서 그와 함께한 일을 생각하면서, 분석의 이중적 본질에 대해 곰곰 생각해 보았다. 그리고 분석이 행동과 진보에 얼마나 도움이 되는지, 분

94

석이 무덤과 그것의 역겨운 분해와 얼마나 친근한지 생각해 보았다. 그는 서로 다른 이유에서 검은 옷을 입고 다닌 두 할아버지, 반항적이고 충실한 두 할아버지의 모습을 나란히 세우고 서로 비교하며 이들의 위엄을 음미해 보았다. 더 나아가서 형식과 자유, 정신과 육체, 명예와 치욕, 시간과 영원이라는 광범위한 개념 쌍에 대해서도 골똘히 생각해 보았다. 그리고 매발톱꽃이 다시 피어난 것을 보고 어느새 일년이 훌쩍 흐른 것을 생각하고는 잠시긴 하지만 격심한 현기증에 사로잡혔다.

그는 그림과 같은 자신의 은둔 장소에서 이처럼 책임 있는 명상을 하는 것에 색다른 명칭을 가지고 있었다. 그는 이러한 명상을 '술래잡기'라고 불렀다. 이 놀이를 하면 두려움과 현기증, 심장이 멎었다가 터질 것 같은 각종 증상이 나타나고 얼굴이 지나치게 달아오르기도 했지만, 그는 이러한 놀이를 무척 좋아하여 사내아이들의 놀이 용어, 어린이들 표현을 사용했다. 그는 명상과는 어울리지 않는 자세였지만 이러한 행동을 할 때는 힘이 들어 턱을 아래로 끌어당기지 않을 수 없었다. '술래잡기' 놀이로 고귀한 상이 눈앞에 아른거릴 때 그의 마음속에서 생겨나는 위엄과 이러한 자세가 어쩌면 잘 맞았기 때문인지도 모른다.

볼품없게 생긴 나프타는 영국의 사회 이론에 맞서 인간의 고귀한 상을 옹호하면서 이를 '신의 자식'이라고 불렀다. 한스 카스토르프가 문화인으로서의 자신의 책임감과 술래잡기에 대한 흥미 때문에 요아힘과 함께 키 작은 그를 찾아갈 생각을 하는 게 뭐가 이상한 일이겠는가? 세템브리니는 이런 행위를 달가워하지 않았

나. 한스 카스토르프는 이런 것을 뚜렷이 느낄 정도로 영리하고 예민했다. 나프타와 처음 만날 때부터 세템브리니는 언짢게 생각해서, 어떻게 해서든 이들이 서로 마주치지 못하도록 안간힘을 썼다. 그리고 비록 그 자신은 나프타와 교류하고 토론을 하면서도 젊은이들은, 말하자면 바로 한스 카스토르프는—그 약삭빠른 걱정거리 녀석 말이다—나프타의 교육적인 영향을 받지 않게 하려고 했다. 교육자란 이런 식이다. 자기들은 충분히 '감당' 할 수 있다면서 그런 흥미로운 것을 가까이하면서, 젊은이는 그런 대상을 '감당' 할 만큼 성숙하지 않았다고 주장하며 못하게 금한다. 한스 카스토르프 청년에게 그런 것을 금하는 손풍금장이의 태도가 그리 진지하지 않았고, 그런 것을 가까이하지 못하게 막지 않았다는 점은 그나마 다행스러운 일이었다. 골칫거리 제자는 그저 무신경한 것처럼 하면서 짐짓 순진함을 가장하기만 하면 되었으므로, 키 작은 나프타의 초대를 냉정하게 물리칠 이유가 없었다. 그리하여 결국 그는 자신의 계획을 실행에 옮기게 되었다. 나프타를 처음 만나고 나서 며칠이 지난 어느 일요일 오후, 한스 카스토르프는 정오의 안정 요양을 끝내고 좋든 싫든 어쩔 수 없이 따라가게 된 요아힘과 함께 그를 찾아갔다.

베르크호프의 차도를 따라 몇 분쯤 내려가자 대문에 포도 넝쿨이 감겨 있는 조그만 집이 나타났다. 이들은 안으로 들어가서 가게로 통하는 오른쪽 입구로 가지 않고, 좁은 계단을 올라가니 2층의 문 입구가 나왔다. 문의 초인종 옆에는 '부인복 재단사 루카체크' 라는 명패만 붙어 있을 뿐이었다. 초인종을 누르자 하인 제복을 입은 어린 소년이 문을 열어 주었다. 줄무늬 재킷에 각반을 하고 짧게 깎은 머리에 볼이 발그레한 사환이었다. 이들은 그에게 나프타 교수님이 있는지 물어 보고, 둘 다 명함이 없었으므로 자신들의 이름을 여러 번 말해 그의 뇌리에 인식시킨 후에야, 사환은 나프타 씨를—그는 교수님이라는 명칭을 사용하지 않았다— 부르러 안으로 들어갔다. 입구의 맞은편 방문이 열려 있어 재단사의 작업실이 눈에 들어왔다. 그날은 안식일이었는데도 루카체크는 다리를 꼬고 작업대 앞에 앉아 재봉질을 하고 있었다. 그의 얼굴은 창백했고 머리는 다 벗어져 있었다. 덩그러니 높은 매부리코로부터 시커먼 콧수염이 시무룩한 표정으로 입술 옆으로 드리워져 있었다.

"안녕하세요!" 한스 카스토르프가 인사를 했다.

"어서 오시오." 재단사는 자신의 이름이나 외모와 어울리지 않는 약간 이상하게 들리는 스위스 사투리로 말했다.

"열심히 일하시네요?" 한스 카스토르프는 고개를 끄덕이며 계속 말했다. "그런데 오늘은 일요일이잖아요."

"급한 일이라서." 루카체크는 짧게 대꾸하고는 재봉 일에 몰두했다.

"아주 고급 옷 같은데요. 무도회 같은 데서 급히 필요한 옷인 모양이군요." 한스 카스토르프는 추측의 말을 했다.

재단사는 이 질문에는 한참 동안 아무런 대답을 하지 않다가, 실을 이빨로 물어 끊고 새로운 실을 바늘에 꿴 다음에야 고개를 끄덕였다.

"예쁜 옷이 되겠군요. 소매도 다나요?" 한스 카스토르프는 또 물었다.

"그럼요, 소매도 달지요. 노부인의 옷이거든요." 루카체크는 심한 보헤미아 억양으로 대답했다. 사환이 돌아오자 문을 통해 나누던 대화가 중단되었다. 소년은 나프타 씨가 들어오라고 한다고 알리고, 두 젊은이에게 두세 걸음 거리에 있는 문을 열고는 커튼을 들어올려 안으로 들어가게 해 주었다. 나프타는 가죽 슬리퍼를 신고 이끼 같은 녹색 융단 위에 서서 들어오는 두 사람을 맞아 주었다.

두 사촌이 안내받은 서재는 유리창이 두 개에다 매우 호화스러워, 그러니까 눈부실 정도로 호화스러워 이들은 깜짝 놀랐다. 조그만 집과 계단의 옹색한 모양이나 보잘것없는 복도로 볼 때 이렇게 호화로운 방이 있으리라고는 상상도 하지 못했다. 집의 분위기와 서재의 우아한 장식이 대조되어 마치 동화 같은 느낌이 들었다. 서재 그 자체만 가지고는 아마 이런 동화적인 분위기가 나지 않았을 것이고, 한스 카스토르프와 요아힘의 눈에도 그런 느낌이 들지 않았을 것이다. 좌우간 그 방은 우아하고 호화찬란했으며, 더욱이 책상과 책장이 있긴 했지만 남자의 방이라는 느낌이 전혀 들지 않았다. 방은 온통 자홍색과 보라색의 비단으로 가득했다. 허름한 문을 가리는 커튼도 비단이었고, 유리창 커튼과 가구 세트에 씌워 놓은 커버도 비단으로 되어 있었다. 그 가구 세트는 두 번째 문의 맞은편으로 방의 좁은 쪽에 놓여 있었고, 그 뒤에는 고블랭직의 벽걸이가 거의 벽 전체를 둘러치고 있었다. 금속 장식이 된 둥그런 탁자 주위에는 팔걸이에 조그만 쿠션이 달린 바로크식 팔걸이의자가 놓였고, 그 탁자 뒤에는 같은 바로크 양식의 비단 플러시 천을 넣은 소파가 놓여 있었다. 책장은 두 개의 문 사이의 벽 부분에 위치했다. 마호가니제로 된 이 책장에는 유리문이 달려 있고, 유리문 뒤에는 녹색 비단이 쳐져 있었다. 두 창문 사이에 자리 잡은 책상, 둥근 모양의 접이식 뚜껑과 책꽂이가 달린 책상도 마호가니제였다. 그리고 소파 세트의 왼쪽 구석에는 붉은 천으로 덮인 받침대가 있었고, 그 위에는 일종의 예술품, 즉 채색한 목각 조형물이 있었다. 그것은 주체할 수 없는 슬픔에 잠긴 성모 마리아 상 '피에타'였다. 단조로운 모양으로 만들어진 그것은 그로테스크한 인상마저 불러일으켰다. 베일을 쓴 성모 마리아는 눈썹을 찡그리고 고통에 일그러진 표정으로 입을 비스듬히 벌린 채 그리스도의 시신을 무릎에 안고 있었다. 이 상은 전체적으로 균형이 맞지 않고 해부학적으로 과장이 심한 것으로 보아, 해부학을 전혀 모르는 사람이 만든 작품 같았다. 아래로 숙인 그리스도의 머리에는 가시 면류관이 얹혀 있었고, 얼굴과 사지에는 피가 묻었으며, 옆구리와 손발의 못 박은 곳에서 흘러나온 피가 포도송이처럼 엉겨붙어 있었다. 이러한 조각품이 비단으로 장식한 방에 특별한 분위기를 심어 주었다. 책장 위와 유리창 좌우 벽의 벽지도 지금의 방주인이 바른 것이 분명해 보였다. 녹색의 세로무늬 벽지는 바닥에 깔린 부드러운 융단의 붉은색과 잘 어울렸다. 하지만 낮은 천장만은 어떻게 손쓸 수가 없었는지 아무것도 바르지 않은 원래 상태 그대로 금이 가 있었다. 그래도 베니스풍의 조그만 샹들리에가 천장에 드리워져 있었으며, 창문에는 바닥까지 내려오는 크림색 커튼이 달려 있었다.

"이야기를 나누고 싶어 이렇게 찾아왔습니다!" 한스 카스토르프는 놀랄 정도로 화려한 방의 주인보다 구석에 있는 경건하고 섬뜩한 조각상에 눈길을 보내며 말했다. 나프타는 사촌들이 약속을 지켜 고맙다고 말하고, 조그만 오른손을 들어 친절한 동작으로 움직이며 비단 의자에 앉으라고 권했다. 하지만 한스 카스토르프는 곧장 무엇에 이끌린 듯 구석의 조각상 앞으로 가서 손을 허리춤에 댄 채 머리를 비스듬하게 기울이고 서 있었다.

"어떻게 이런 것을 다 갖고 계십니까!" 그가 나지막하게 말했다. "굉장히 좋은데요. 이런 고뇌에 찬 모습을 본 사람이 있었을까요? 물론 상당히 오래된 것이겠지요?"

"14세기 겁니다." 나프타가 대답했다. "아마 라인 강 유역에서 만들어진 것으로 짐작됩니다. 감명 받았나요?"

"굉장히요. 이런 작품을 보고 감명 받지 않을 사람이 누가 있겠습니까? 보기 흉하면서도—죄송합니다—이렇게 아름다울 수 있다는 걸 꿈에도 생각지 못했습니다." 한스 카스토르프가 말했다.

"영혼의 세계와 표현의 세계의 산물은 늘 아름답기 때문에 추한 것이며, 추하기 때문에 아름다운 겁니다. 그게 법칙입니다. 중요한 것은 정신의 아름다움이지, 우둔하기 짝이 없는 육체의 아름다움이 아닙니다. 게다가 육체의 아름다움은 추상적이기도 합니다." 나프타는 이렇게 덧붙였다. "육체의 아름다움은 추상적입니다. 현실에는 내면적 아름다움, 종교적 표현의 아름다움만이 있을 뿐입니다."

"고마울 정도로 명쾌하게 구분하고 분류해 주셨습니다." 한스 카스토르프가 말했다. "14세기라고 그러셨지요?" 그는 스스로 확인하는 말을 했다. "그럼 1천3백 몇 년인가요? 네, 그럼 책에 쓰인 대로 중세군요. 내가 최근에 중세에 대해 품었던 생각이 이것으로 어느 정도 재인식되는군요. 나는 사실 중세에 대해서는 문외한이었습니다. 나 같은 사람도 문제가 되는 한에서는 기술적 진보의 남자니까요. 하지만 이 위에서는 중세에 대한 생각이 여러 가지 면에서 친근해졌습니다. 당시에는 경제주의적 사회학 같은 건 아직 없었다는 게 분명합니다. 이걸 만든 예술가는 누군가요?"

나프타는 어깨를 으쓱하며 말했다.

"그런 것이 뭐가 중요한가요? 우리는 그런 걸 물어서는 안 됩니다. 그걸 만든 당시에도 묻지 않았을 테니까요. 이것은 특정 예술가의 작품이 아니라 익명의 공동 작품입니다. 게다가 이 작품은 중세 후기의 고딕 양식으로, 금욕의 상징입니다. 이 작품에서는 로마네스크 시대에 십자가에 못 박힌 자를 나타내기 위해 소중히 하고 미화한 것, 즉 왕관이며 세계와 순교에 대한 당당한 승리는 더 이상 찾아볼 수 없습니다. 모든 것은 고통과 육체의 약함을 지나치게 드러내고 있습니다. 고딕식 취향이야말로 뭐니 뭐니 해도 비관적이고 금욕적이라 할 수 있습니다. 당신은 이노센트 3세의 저서인 『인간 조건의 비참함에 관해』를 잘 모를 겁니다. 아주 기지가 넘치는 책이지요. 12세기 말 무렵의 책인데, 이 조각품이 비로소 그 책의 삽화로 등장했습니다."

한스 카스토르프는 한숨을 내쉬며 말했다. "나프타 씨, 당신이 하는 말은 다 흥미롭습니다. '금욕의 상징'이라고 말씀하셨지요? 그 말을 명심하겠습니다. 아까 당신이 익명의 공동 작품이라고 했는데 그것도 생각해 볼 만한 가치가 있어 보입니다. 아마 교황으로 짐작되는 이노센트 3세에 관해서는 당신의 추측대로 유감스럽게도 아는 바가 없습니다. 그 책이 금욕적이면서도 기지가 넘친다고 이해했는데 맞는 말인가요? 솔직히 나는 그런 게 조화를 이룰 수 있으리라고는 아직 생각해 본 일이 없는데, 잘 생각해 보면 그럴 수 있을 것 같기도 하군요. 물론 인간의 비참함을 다룬 논문은 육체를 희생시켜 재치 있는 발언에 기회를 제공하고 있습니다. 그 책을 구할 수 있나요? 나의 라틴어 실력을 총동원하면 그럭저럭 읽을 수 있을지도 모르겠습니다."

"나한테 그 책이 있습니다." 나프타는 머리를 책장 쪽으로 향하며 대답했다. "원한다면 빌려 드릴 수 있습니다. 그런데 좀 앉을까요? 피에타는 소파에 앉아서도 감상할 수 있거든요. 차와 간식이라도 들면서요."

아까 그 사환이 차와 귀여운 바구니에 여러 조각으로 자른 뾰족탑 모양의 케이크를 가지고 왔다. 이때 열린 문을 통해 "이게 웬일인가요! 뜻밖인데요!" 하면서 힘찬 발걸음으로 우아한 미소를 지으며 들어오는 사람이 누구였을까? 그는 바로 위층에 살고 있는 세템브리니였다. 그는 손님들의 상대가 되어 주려고 내려온 것이었다. 그는 창문을 통해 사촌들이 오는 걸 보고는 집필 중인 백과사전의 한 페이지를 펜으로 급히 다 써 놓고 역시 손님의 한 사람으로 이곳에 내려왔다고 말했다. 그가 온 것은 하등 이상할 게 없었다. 그는 베르크호프의 주민들과는 오래전부터 잘 아는 사이이고, 나프타와도 심각한 의견 차이는 있으나 왕래와 교제를 활발하게 하고 있었다. 그러니 주인도 별로 놀라는 기색 없이 그를 손님의 일원으로 흔쾌히 맞아들였다. 그를 본 순간 한스 카스토르프의 머리에는 두 가지 분명한 생각이 스쳐 지나갔다. 첫째로 그가 느끼기로는 세템브리니 씨가 이곳에 나타난 목적은 두 사람이, 엄밀히 말하면 자신이 못생기고 키 작은 나프타와 단 둘이 있지 못하게 하고, 나프타에 맞서 자신의 존재로 교육적인 균형을 맞추기 위해서였다. 그리고 둘째로는 그가 이런 기회를 반대하지 않고 잘 활용하여, 자신의 다락방에서 벗어나 비단이 깔린 나프타의 우아한 방에서 잠시 기분 전환을 하며 맛있는 차를 대접받으려는 속셈도 다분히 깔려 있었다. 그는 유난히 새끼손가락의 등에만 털이 무성한 두 손을 비비더니 음식에 손을 댔다. 그리고 뾰족탑 모양의 케이크에서 조그맣고 휘어진 초콜릿 조각을 집어 들면서 맛이 변함없이 기가 막히다고 칭찬의 말을 늘어놓았다.

이들은 한스 카스토르프가 처음부터 주의 깊게 쳐다보고 유난히 관심을 보인 피에타에 관해 대화를 계속했다. 한스 카스토르프는 마치 이 예술품에 비판적인 소견을 말해 달라는 듯이 세템브리니에게 얼굴을 돌렸다. 그런데 이 인문주의자가 이런 조각품을 얼마나 혐오하는지는 그것을 뒤돌아보는 그의 표정에서 확연하게 읽을 수 있었다. 그는 그쪽을 등지고 앉아 있었기 때문이다. 그는 예의 바르게 자신의 생각을 다 말하지는 않고 그냥 균형과 신체

형태상의 결함을 지적할 뿐이었다. 그 조각품이 자연적 사실성을 위반한 것은 아직 이른 시기라 능력이 없어서가 아니라 어떤 악의, 근본적으로 적대적인 원칙에서 비롯하는 것이기 때문에 자신은 그것에 조금도 감동을 받을 수 없다고 했다. 이에 대해 나프타는 능글맞은 표정으로 동의한다고 말했다. 물론 기술적인 결함은 조금도 문제되지 않는다고 했다. 여기서 중요한 것은 정신이 자연으로부터 의식적으로 해방되는 것이며, 이 조각품은 자연에 굴종하는 것을 거부함으로써 자연의 경멸스러운 점을 종교적으로 나타내고 있다고 했다. 여기에 대해 세템브리니는 자연과 자연 연구를 무시하는 태도는 인간적으로 정도를 벗어난 것이라 선언하고, 중세와 중세를 모방한 시대에 탐닉한 불합리한 무형식을 반대한다고 말했다. 이에 반해 그리스와 로마의 유산, 고전주의, 형식과 아름다움, 이성 및 자연을 경건하게 대하는 명랑성, 이런 것만이 인간의 사명을 촉진하도록 부름받았다며 통통 튀는 말로 역설하기 시작했다. 그러자 한스 카스토르프가 끼어들어 사정이 그렇다면 자신의 육체를 몹시 부끄러워한 플로티노스는 어떻게 된 거냐고 물었다. 그리고 리스본에서 일어난 끔찍한 지진에 맞서 이성의 이름으로 반기를 든 볼테르는 어떻게 된 거냐고 물었다. 이것도 불합리한 것이란 말인가? 불합리한 것이라 치자, 하지만 모든 것을 곰곰 생각해 보면 불합리한 것이야말로 정신적으로 명예로운 것이라 지칭할 수 있다. 그리고 고딕 예술의 불합리한 자연 적대성도 결국 플로티노스나 볼테르의 태도와 마찬가지로 명예로운 것이다. 이는 그 속에 운명과 현실로부터의 해방이 표현되어 있고, 어리석은 힘인 자연에 굴복하기를 거부하는 당당한 자존심이 표현되어 있기 때문이다.

나프타는 앞서 말했듯이 금이 간 접시를 두드리는 듯한 소리로 웃다가 기침으로 끝나고 말았다. 세템브리니는 우아한 목소리로 말문을 열었다.

"그렇게 기지 넘치는 말을 하면 우리 주인에게 실례가 되고, 이렇게 맛있는 다과를 대접받은 것에 대해 감사할 줄 모르는 격이 됩니다. 당신은 대체 감사할 줄 아는 사람인가요? 물론 감사하다는 것은 선물로 받은 물건을 유용하게 잘 쓰는 것이라고 생각하지만요."

이 말을 듣고 한스 카스토르프가 겸연쩍어하자 세템브리니는 상냥한 태도로 덧붙였다.

"당신이 장난꾸러기라는 것은 알고 있습니다, 엔지니어 양반. 훌륭한 대상을 호의를 갖고 놀리는 당신의 방식은 그것을 사랑하기 때문이라는 것을 조금도 의심치 않습니다. 자연적인 것에 대한 정신의 반항도 인간의 존엄성과 아름다움을 염두에 둘 때에만 명예롭다고 지칭할 수 있음을 당신은 물론 잘 알고 있을 겁니다. 그러한 반항이 인간을 모욕하고 멸시하는 것을 목적으로 하지 않는다 하더라도 어쨌든 그런 결과를 초래한다면 바람직한 반항이라 할 수 없습니다. 내 뒤에 있는 예술품을 낳은 시대가 얼마나 비인간적이고 잔인한 시대인지, 얼마나 살기등등하고 관대하지 못한 시대인지도 당신은 알고 있을 겁니다. 나는 끔찍한 유형의 종교재판관, 가령 콘라트 폰 마르부르크라는 피비린내 나는 인물을 당신에게 상기시키기만 하면 됩니다. 그는 초자연적인 것의 지배에 맞서려고 하는 것이면 죄다 처단해 버리는 악명 높은 광신적인 사제였습니다. 당신도 칼과 화형을 인간애의 도구로 인정하지는 않겠지요."

나프타가 자신의 견해를 피력했다. "그렇지만 이들의 직무에서 종교 회의는 나쁜 시민으로부터 세계를 정화하려는 수단으로 그런 도구를 사용했습니다. 교회에서 내리는 온갖 형벌들, 화형이나 파문도 영혼을 영원한 저주로부터 구원하기 위해 내려졌습니다. 이는 자코뱅 당원들의 살육을 위한 살육과는 차원이 다릅니다. 내세에 대한 믿음에서 비롯되지 않은 단죄와 피의 재판은 금수와 같으며 무의미하다는 것을 지적하고 싶습니다. 그리고 인간을 능멸하는 역사는 시민 정신의 역사와 정확히 일치합니다. 르네상스, 계몽주의, 자연과학 및 19세기의 경제주의는 이러한 인간에 대한 능멸을 촉진하는 데 조금이라도 쓸모 있다고 생각되는 것에는 이러한 시민 정신을 가르쳐 왔던 것입니다. 우선 새로운 천문학으로 이런 일을 시작했지요. 그것은 신과 악마가 서로 수중에 넣으려고 하는 피조물인 인간을 사이에 두고 양자가 혈투를 벌이는 존귀한 무대이자 우주의 중심인 지구를 한낱 왜소한 유성으로 전락시키고, 점성술의 기반으로 삼는 인간의 위대한 우주적 지위에 당분간 종지부를 찍고 만 것입니다."

"당분간이라고요?" 세템브리니는 진술자가 심문에 걸려들어 자진해서 죄를 달게 받겠다고 말하기를 기다리는 종교 재판관 혹은 심문관 같은 표정으로 반문했다.

"물론입니다. 한 2, 3백 년간은 말입니다." 나프타는 냉정한 표정으로 단언했다.

"내 생각이 틀리지 않다면, 이러한 사정을 보더라도 스콜라 학파의 명예를 회복할 때가 가까워지고 있습니다. 아니, 벌써 아주 잘 되어 가고 있습니다. 코페르니쿠스*가 프톨레마이오스*에게 패배하고 말 겁니다. 태양 중심설은 점차 정신적 반격에 부딪힐 거고, 이러한 반격 시도는 필경 목적을 달성하고야 말 겁니다. 그렇게 되면 과학은 교회의 교리가 이 지구를 유지시키려 했던 모든 영광된 지위를 어쩔 수 없이 철학적으로 인정할 수밖에 없을 겁니다."

"뭐라고요? 어쨌다고요? 정신적 반격이라고요? 철학적으로 인정할 수밖에 없을 거라고요? 목적을 달성한다고요? 그건 또 무슨 학설입니까? 그럼 전제를 달지 않은 연구는요? 순수 인식은요? 이보세요, 자유와 내적으로 밀접한 관계를 맺는 진리는요? 그리고 당신이 지구를 비방하는 사람이라고 몰아붙이는 진리의 순교자들이 오히려 이 별의 영원한 자랑거리가 아닌가요?"

세템브리니가 따지듯이 물었다. 그는 몸을 치켜세우고 앉아 자신의 명예로운 말을 키 작은 나프타에게 퍼부어 대다가, 결국은 언성을 높이고 말았다. 그의 말은 상대방이 부끄러운 나머지 침묵할 수밖에 없으리라고 확신하는 듯 들렸다. 그는 말하는 동안 뾰족한 탑 모양의 케이크를 손가락 사이에 들고 있다가, 이렇게 따진 후에 먹고 싶은 생각이 없어졌는지 도로 쟁반에 내려놓고 말았다.

나프타는 기분 나쁠 정도로 침착하게 대꾸했다.

"이보시오, 순수 인식은 존재하지 않습니다. 아우구스티누스*의

'니는 인식하기 위해 믿는다'는 명제에 요약되어 있는 교회 철학의 정당성은 전혀 논란의 여지가 없습니다. 믿음은 인식의 기관이며, 지성은 부차적입니다. 당신이 말하는 전제가 없는 과학은 신화일 뿐입니다. 하나의 믿음, 세계관, 이념, 요컨대 하나의 의지는 언제나 존재하는 것이며, 이성이 하는 일은 그것을 상세히 논하고 입증하는 것입니다. 언제나, 어떤 경우든 '무엇을 증명하려고 했는가'로 귀결됩니다. 심리학적으로 볼 때 벌써 증명이라는 개념에는 주의주의(主意主義)*적 요소가 듬뿍 들어 있습니다. 12세기와 13세기의 위대한 스콜라 학파의 학자들은 신학적으로 그릇된 것이 철학에서 참일 수 없다고 다들 확신했습니다. 원하신다면 철학은 제쳐 놓기로 합시다. 하지만 철학적으로 그릇된 것은 자연과학에서도 참일 수 없다는 것을 인정하지 않는 인문주의는 인문주의가 아닙니다. 갈릴레이에 대한 종교 재판의 논증은 그의 명제가 불합리하다는 것이었습니다. 이보다 더 설득력 있는 논증은 없을 겁니다."

"아, 그렇지 않아요, 우리의 불쌍하고 위대한 갈릴레이의 논증은 확고한 것으로 입증되었습니다! 아니, 좀 더 진지하게 말씀해 보세요, 선생! 이렇게 열심히 듣는 두 젊은이에게 대답해 주세요. 당신은 진리, 객관적이고 과학적인 진리, 모든 도덕 법칙이 추구하는 진리가 있다고 믿습니까? 권위에 대한 진리의 승리가 인간 정신의 영광스러운 역사를 이루고 있는 그 진리 말입니다?!"

한스 카스토르프와 요아힘은 동시에 시선을 세템브리니에게서 나프타에게로 돌렸는데, 한스 카스토르프가 사촌보다 더 신속하게 돌렸다. 나프타는 이렇게 대답했다.

"당신이 말하는 승리는 불가능합니다. 왜냐하면 권위는 인간 자신이며, 인간의 이해, 인간의 존엄성, 인간의 구원이 권위이기 때문입니다. 그리고 권위와 진리 사이에 충돌 같은 것은 있을 수 없습니다. 양자는 일치합니다."

"그러면 진리란 도대체……"

"진리란 말입니다, 인간에게 도움이 되는 것이 참입니다. 자연은 인간 속에 함축되어 있고, 모든 자연 가운데서 인간만이 창조되었으며, 모든 자연은 오직 인간을 위해 존재할 뿐입니다. 인간은 만물의 척도이며, 인간의 구원이야말로 진리의 기준입니다. 인간의 구원이라는 이념과 실제로 관련이 없는 이론적 인식은 아무런 흥미도 끌지 못하는 것이라서, 진리로서의 가치를 인정할 수 없으며, 용납할 수도 없습니다. 기독교가 득세한 세기들은 자연과학이 인간에게 무용지물이라는 데 완전히 견해를 같이했습니다. 콘스탄티누스 대제*가 자신의 아들의 스승으로 선택한 락탄티우스에게 솔직하게 물었습니다. 나일 강이 어디서 발원하는지, 또는 물리학자들이 하늘에 대해 무슨 헛소리를 하는지 알고 있다고 해서 대체 무슨 축복을 받겠느냐고 말입니다. 그것에 대해 한번 답변해 보십시오! 사람들이 다른 어떤 철학보다 플라톤 철학을 좋아하는 이유는 그것이 자연 인식이 아니라 신의 인식을 문제 삼고 있기 때문입니다. 나는 현재 인류가 이러한 관점으로 되돌아가려한다는 것을 장담할 수 있습니다. 그리고 참된 과학의 임무는 구원이 없는 인식을 좇는 것이 아니라 해로운 것이나 이념적으로 중요하지 않은 것을 원칙적으로 배격하는 것임을 인류가 통찰하고 있습니다. 한마디로 말해 본능, 절도 및 선택을 가르치는 데 과학의 임무가 있음을 통찰하고 있습니다. 교회가 광명에 대항해 암흑을 옹호한다고 생각하는 것은 유치한 일입니다. 교회가 아무런 '전제 없이' 사물을 인식하려고 노력하는 것을 처벌해야 한다고 선언한 것은 백번 잘한 일입니다. 정신적인 것과 구원을 얻으려는 목적을 고려하지 않는 그런 노력을 처벌해야 한다고 선언한 것 말입니다. 그리고 오히려 아무런 전제가 없는 자연과학, 비철학적인 자연과학이야말로 인간을 암흑의 세계로 이끌었으며, 앞으로도 점점 더 깊이 이끌 것입니다."

"이제 보니 당신은 실용주의를 부르짖고 있군요." 세템브리니가 대꾸했다. "그러한 실용주의를 정치적인 것에 도입해 보면 얼마나 막대한 폐해를 낳는지 금방 알 수 있을 겁니다. 좋습니다, 국가에 도움이 되는 것이 참이고 정당한 거라고 합시다. 국가의 행복, 국가의 존엄성, 국가의 힘이 도덕적인 것의 기준이라 합시다. 좋습니다! 이리하여 온갖 범죄의 문이 활짝 열리게 되고, 그러면 인간의 진리, 개인의 공정성, 민주주의, 이런 것들은 과연 어떻게 되겠습니까?"

"좀 더 논리적으로 말씀해 주십시오." 나프타가 응수했다. "프톨레마이오스와 스콜라 철학이 옳은 것이라고 한다면 세계는 시간적으로나 공간적으로 유한한 것이 됩니다. 그러면 신성은 초월적인 것이 되고, 신과 세계의 대립이 엄연히 존재하게 되며, 인간도 이원론적 존재가 됩니다. 인간의 영혼의 문제는 그 본질이 감각적인 것과 초감각적인 것의 대립에 있으며, 모든 사회적인 문제는 부차적인 것이 됩니다. 이러한 개인주의만을 나는 일관성이 있다고 인정합니다. 하지만 당신의 르네상스 천문학자들이 발견한 진리로 보면 우주는 무한한 것입니다. 그렇다면 초감각적인 세계와 이원론은 존재하지 않습니다. 내세는 현세 속에 포함되고, 신과 자연의 대립은 사라지고 말 겁니다. 그리고 이러한 경우 인간의 인격은 두 개의 적대적인 원칙이 대립하는 싸움터가 아니라 조화롭고 통일적인 것이 됩니다. 이리하여 인간의 내면적 갈등은 오로지 개인적 이해관계와 전체적인 이해관계의 갈등에만 기인하게 되고, 국가의 목표가 도덕 법칙이 되어, 이교도적인 도덕관에 도달하게 됩니다. 그리하여 이것이냐, 또는 저것이냐 중에 하나를 선택해야만 할 겁니다."

"항의합니다!" 세템브리니는 찻잔을 든 팔을 주인에게 내밀면서 외쳤다. "나는 근대 국가가 개인의 끔찍한 노예 상태를 의미한다는 억지 주장에 항의합니다! 당혹스럽게도 우리에게 프로이센주의와 고딕적인 반동 중에서 양자택일을 하라는 당신의 말에 세 번째로 항의합니다! 민주주의의 의의는 국가 지상주의에 개인주의적인 수정을 하는 데 있습니다. 진리와 정의는 개인적 도덕의 정화이며, 국가의 이해관계와 상충하는 경우에는 이것들이 심지어 국가에 적대적인 힘의 모습을 띨지도 모르지만, 반면에 사실은 국가의 좀 더 고상한 복지, 말하자면 국가의 초지상적인 복지를 염두에 두는 것입니다. 르네상스가 국가 신격화의 근원이라니요! 그런 궤변이 어디 있습니까! 획득물, 어원적으로 강조해서 하는 밭입니다만, 르네상스와 계몽주의가 싸워서 얻은 획득물은, 이보시오, 다름 아닌 인격, 인권 및 자유입니다!"

세템브리니의 열정적인 항변을 숨죽이고 듣고 있던 두 사촌은 그의 말이 끝나자 참았던 숨을 내쉬었다. 심지어 한스 카스토르프는 조심스럽기는 하지만 손으로 탁자의 가장자리를 치지 않을 수 없었다. "정말 훌륭합니다!" 그는 이빨 사이로 말했다. 그리고 프로이센주의에 반대하는 말이 나오긴 했지만 요아힘도 대단히 흡족한 모습을 보였다. 그리고 두 사람은 방금 공박당한 상대방에게 시선을 돌렸다. 한스 카스토르프는 열중한 나머지, 마치 돼지 그림을 그릴 때처럼 팔꿈치를 탁자에 대고 주먹으로 턱을 괴고는, 나프타 바로 옆에서 흥미진진한 표정으로 그의 얼굴을 바라보았다.

나프타는 마른 두 손을 무릎에 얹고는 조용하고도 날카로운 표정으로 앉아 있었다.

"나는 우리의 대화를 논리적으로 이끌어 가려고 했습니다만, 당신은 고결한 웅변으로 답하는군요. 르네상스가 소위 자유주의, 개인주의 및 인문주의적 시민성이라 일컫는 이 모든 것을 세상에 가져다주었다는 것은 나도 어지간히 알고 있습니다만, 당신이 말하는 '어원적인 강조'에 대해서는 별로 흥미가 없습니다. 당신이 이상이라고 강조하는 진리와 정의가 국가의 이해관계와 '싸우는', 영웅적인 시기는 진작 지나가 버렸고, 이러한 이상은 죽어 버렸으며, 적어도 오늘날 빈사 상태에 있습니다. 그리고 이러한 이상에 최후의 일격을 가할 사람들의 발이 벌써 문 앞에 성큼 다가왔습니다. 내가 잘못 생각한 것이 아니라면 당신은 자신을 혁명가라고 생각하고 있습니다. 하지만 장차 일어날 혁명의 산물이 자유라고 생각한다면 당신은 크게 착각하고 있는 겁니다. 자유의 원칙은 지난 500년 동안 실현되어 오면서 시대에 뒤떨어졌습니다. 오늘날에도 계몽주의의 후예라 자처하면서, 비평, 해방, 자아의 육성 및 절대시되어 온 생활 형식의 폐지를 부르짖는 교육학, 그러한 교육학은 미사여구에 의해 일시적으로는 성공할지 몰라도, 식자들이 볼 때 그것의 후진성은 의심의 여지가 없습니다. 진정한 교육적 단체들은 죄다 자고 이래로 교육학에서 정말 중요한 것이 무엇인지 잘 알고 있었습니다. 말하자면 중요한 문제는 절대 명령, 철저한 구속, 규율, 희생, 자아의 부정 및 인격의 억압이었습니다. 더구나 청년들이 자유를 갈망한다고 생각한다면 그것은 청년을 제대로 이해하는 것이 아닙니다. 청년이 마음 깊은 곳에서 갈망하는 것은 바로 복종입니다."

이 말을 듣자 요아힘은 앉은 자세를 가다듬었고, 한스 카스토르프는 얼굴을 붉혔다. 세템브리니는 흥분한 나머지 자신의 멋진 콧수염을 손으로 배배 꼬았다.

나프타가 말을 계속했다. "그렇습니다! 시대의 비밀과 계율은 자아의 해방과 발전이 아닙니다. 시대가 필요로 하고, 요구하며, 실현시키려고 하는 것, 그것은 바로 테러입니다."

나프타는 이 마지막 말을 앞에 한 모든 말보다 목소리를 낮추어 부동자세로 했다. 이때 그의 안경알만이 번쩍 하고 빛났을 뿐이다. 그의 말을 듣고 있던 세 사람은 움찔 놀라지 않을 수 없었다. 세템브리니도 처음에는 깜짝 놀랐지만 이내 평정을 되찾고 미소를 띠기까지 했다.

"그럼 질문을 해도 좋겠습니까?" 세템브리니가 물었다. "당신도 알다시피 나는 온통 질문투성이라서 어떻게 물어야 할지조차 모르겠습니다만, 누가, 또는 무엇이 이러한, 이 말을 되풀이하는 것조차 내키지 않습니다만, 이러한 테러의 담당자라고 생각하십니까?"

나프타는 안경알을 번득이며 조용하고도 날카로운 표정으로 앉아 있었다. 이윽고 그는 말문을 열었다.

"그럼 대답해 드리겠습니다. 나는 인류의 이상적인 원시 상태, 국가도 폭력도 없던 상태, 인간이 신의 직접적인 자식이던 상태, 즉 지배도 예속도 없고, 법률도 처벌도 없으며, 불의도 육신의 결합도 없고, 계급의 차이도 없고, 노동도 재산도 없으며, 평등과 우애와 윤리적 완전성만이 존재하던 상태를 가정하는 점에서는 당신과 견해를 같이한다고 생각해도 틀리지 않을 겁니다."

"아주 좋습니다. 찬성입니다." 세템브리니가 선언했다. "어느 시대에나 일어났음에 틀림없는 육신의 결합만은 제외하면 찬성입니다. 인간이란 고도로 발전한 척추동물이자, 다른 존재와 다를 바 없기 때문에……"

"그 점은 아무래도 좋습니다. 나는 우리의 원칙적인 견해가 일치한다는 것만 확인하면 됩니다. 원시 낙원의 무법 상태, 신과 직접 만나던 상태에 관해서 말입니다. 인간의 타락으로 이런 상태를 잃어버리고 말았지요. 나는 우리가 어느 정도는 나란히 앞으로 나아갈 수 있다고 생각합니다. 말하자면 국가의 기원은 죄를 지을 것을 감안하고 불의를 방지하기 위해 체결된 사회 계약에 근거를 둔 것으로서, 지배 권력의 근원이 국가에 있다는 점에 의견 일치를 보고 있습니다."

"명언입니다." 세템브리니가 소리쳤다. "사회 계약, 그것이 계몽주의이고, 그것이 루소입니다. 나는 그런 걸 꿈에도 생각 못했습니다."

"좀 고정하십시오. 여기서부터 우리의 길이 갈라집니다. 모든 지배와 권력이 원래는 민중의 것이었다는 사실, 입법에 대한 이러한 권리와 모든 권력을 국가와 군주에게 위탁했다는 사실에서 당신의 학파는 무엇보다도 군주에 대한 민중의 혁명권을 결론짓고 있습니다. 반면에 우리는……"

'우리라고?' 한스 카스토르프는 잔뜩 긴장해서 생각했다. '우리란 누구를 말하는 거지? 우리가 누구를 말하는 건지 나중에 세템브리니에게 꼭 물어 봐야지.'

"우리 쪽도 말입니다." 나프타가 말했다. "어쩌면 당신네 못지 않게 혁명적일지도 모릅니다. 우리는 옛날부터 무엇보다도 교회가 세속적인 국가보다 우위에 있다고 결론지어 왔습니다. 국가가 자신의 세속적 성질을 적나라하게 드러내지 않는다 하더라도, 국가란 본래 민중의 의사에 기반을 둔 것이지, 신의 뜻에 근거를 둔 것이 아니라는 역사적 사실로 미루어 볼 때, 국가가 비록 사악한 단체는 아니라 할지라도 어쨌거나 임시 변통적이며 죄악에 빠지기 쉬운 불완전한 단체임을 증명하기에 충분하기 때문입니다."

"국가란, 이보시오."

"나는 당신이 민족 국가에 대해 어떻게 생각하는지 알고 있습니다. '조국애와 명예욕이 모든 것에 우선한다.' 이것은 베르길리우스의 말입니다. 국가를 자유주의적 개인주의로 약간 수정하면 그것이 민주주의가 됩니다. 하지만 그렇다고 해서 국가에 대한 당신의 원칙적인 관계는 조금도 변하지 않을 겁니다. 국가의 영혼이 돈이란 사실을 당신은 분명 반박하지 못할 겁니다. 혹은 그것에 이의가 있습니까? 고대는 국가를 중요시하기 때문에 자본주의적입니다. 기독교적 중세는 세속적 국가에 내재한 자본주의적 속성을 분명히 인식했습니다. '돈이 황제가 될 것이다'라는 11세기의 예언이 있었습니다. 이 예언이 그대로 적중하여 삶이 극도로 황폐하게 된 것을 당신은 부정하겠습니까?"

"이보시오, 그대로 계속하시오. 위대한 미지의 주인공인 공포의 담당자를 알고 싶어 견딜 수 없습니다."

"세상을 파멸로 몰고 간 자유의 담당자이자 한 사회 계층의 대변자인 당신이 그런 대담한 호기심을 갖고 계시다니요. 정 그렇다면 당신의 항변을 듣지 않을 수도 있습니다. 나는 시민 계층의 정치 이데올로기를 잘 알고 있으니까요. 당신의 목표는 민주주의 제국이며, 민족 국가의 원칙을 보편적인 것으로 끌어올린 세계 국가입니다. 나는 이 제국의 황제가 누구인지 알고 있습니다. 당신의 유토피아는 소름끼칩니다. 하지만 우리는 이런 점에서 다시 견해가 근접하고 있습니다. 당신의 자본주의적 세계 공화국은 초월적인 속성을 갖고 있기 때문입니다. 사실 세계 국가는 세속적인 국가의 초월적인 존재입니다. 그리고 우리는 지평선 저 너머에 있는 완전한 궁극적인 상태가 인류의 완전한 원시 상태와 일치해야 한다고 생각하는 점에서 견해가 같습니다. 신정 국가의 창시자인 그레고리우스 교황 시절부터 교회는 인간을 다시 신의 지도 아래 두는 것을 과제로 삼았습니다. 교황의 통치권 요구는 통치권 그 자체를 위해서가 아니었고, 교황이 신의 대리자로 행사한 독재권은 인류의 구원을 위한 수단과 방법이었으며, 이교도적인 국가에서 하늘나라로 가기 위한 과도기적 형태였습니다. 당신은 여기서 배우고 있는 두 사람에게 교회의 살육 행위와 관대하지 못한 처벌에 관해 말씀하셨는데, 이는 어리석기 짝이 없는 말입니다. 신의 열성이 평화적일 수 없다는 것은 자명하기 때문입니다. 그리고 그레고리우스 교황도 '검에 피를 묻히기를 꺼려하는 자는 저주받을지어다'라고 말했습니다. 권력이 악하다는 것을 우리는 알고 있습니다. 하지만 하늘나라가 오게 하려면 선과 악, 내세와 현세, 정신과 권력의 이원론은 금욕과 지배의 원칙에 의해 잠시 지양되어야 합니다. 이 때문에 나는 테러가 필요하다고 말하는 겁니다."

"그 주체는! 그 주체는 누구란 말입니까!"

"그걸 알고 싶으신가요? 당신들 자유무역주의자는 경제주의의 인간적 자기 극복을 의미하는 사회학의 존재를 모르고 계셨나요? 기독교적인 신의 국가와 원칙과 목표를 하나로 하는 사회학의 존재를 말입니다. 교회의 장로들은 '나의 것', '너의 것'이라는 말을 몹쓸 말이라고 일컬었고, 사유 재산을 약탈이자 절도라고 칭했습니다. 이들은 토지의 사유를 비난했습니다. 신의 자연법에 따르면 땅은 만인의 공동 소유물이며, 공동으로 사용함으로써 땅에서 나는 곡식의 결실을 가져오게 하는 것이기 때문입니다. 이들은 타락의 결과인 탐욕만이 소유권을 옹호하고, 사유 재산제를 만들어 냈다고 가르쳤습니다. 이들은 경제 활동을 무릇 영혼의 구원에, 즉 인간성에 위험하다고 부를 만큼 인간적이었고, 상업 활동에 극력 반대하는 입장이었습니다. 이들은 돈과 금융업을 증오했고, 자본주의적인 부를 지옥불의 연료라고 불렀습니다. 가격이 수요와 공급 관계의 결과인 경제 원칙을 뼛속 깊이 경멸하여, 경기를 이용하는 행위를 이웃의 곤궁을 냉소적으로 착취하는 것이라고 저주했습니다. 이들이 볼 때 이것보다 더 야비한 착취가 있었습니다. 시간의 착취, 단지 시간이 흘러가는 대가로 프리미엄, 즉 이자를 지불하게 하는 말도 안 되는 행태가 그것이었습니다. 그리고 만인 공동의 신성한 제도인 시간을 가지고 이런 식으로 누구는 사리를 취하고 누구는 손해를 보게끔 악용하는 행태가 그것이었습니다."

"명언입니다!" 한스 카스토르프는 흥분한 나머지 세템브리니가 맞장구칠 때 쓰는 말투를 흉내 내면서 소리쳤다. "시간이…… 만인 공동의 신성한 제도라고…… 이것은 매우 중요한 사실입니다!"

"물론입니다!" 나프타는 말을 계속했다. "이러한 인간적인 영혼을 가진 장로들은 돈이 자동으로 늘어나는 것을 혐오했고, 모든 이자 거래와 투기적인 거래를 고리대금업이라고 뭉뚱그려, 부자는 죄다 도둑이거나 도둑의 상속인이라고 선언했습니다. 이들은 여기에서 한 걸음 더 나아갔습니다. 이들은 토마스 아퀴나스처럼 상행위, 경제적 재화를 가공하거나 개선하지 않고 이윤을 남길 목적으로 물건을 사고파는 순수한 상거래를 수치스러운 거래라고 불렀습니다. 이들은 일 그 자체를 높이 평가하지 않는 경향이었습니다. 일이란 윤리적인 문제이지 종교적인 문제가 아니며, 생활을 위한 것이지 신을 위한 것이 아니기 때문입니다. 그리고 이들은 생활과 경제가 중요한 문제로 부각될 때는 생산적인 직업인가의 여부가 경제적인 이익의 조건이 되고 존경의 기준이 되어야 한다고 주장했습니다. 이들에게 명예로운 직업은 농민과 수공업자이지 상공업자가 아니었습니다. 이들은 수요에 따르는 생산을 원했지 대량 생산은 혐오했기 때문입니다. 이제 이런 모든 경제 원칙과 기준은 수 세기 동안 빛을 보지 못하고 파묻혀 있다가 근대 공산주의 운동에서 다시 살아나고 있습니다. 오늘날 인도주의와 신정 국가의 기준으로 시민적, 자본주의적 부패에 맞서려는 세계의 프롤레타리아 계층인 국제 노동 계층이 국제 상인 계층과 투기 세력에 대항하여 내걸고 있는 지배권 요구의 의미에 이르기까지 양자의 주장은 완전히 일치하고 있습니다. 시대가 요구하는 이러한 정치, 경제적 구원의 요구인 프롤레타리아 독재는 영원히 지배하는 것 자체를 목적으로 하는 것이 아니라 십자가의 기치 아래 정신과 권력 간의 대립의 일시적인 지양이라는 의미, 세계 지배라는 수단에 의한 세계 극복이라는 의미, 과도성과 초월성, 즉 신의 나라라는 의미를 지니고 있습니다. 프롤레타리아 계급은 그레고리우스의 과업을 이어받았고, 그의 신에 대한 열성은 프롤레타리아 속에 불타고 있어, 교황과 마찬가지로 프롤레타리아 계급도 손에 피를 묻히는 것을 두려워해서는 안 됩니다. 프롤레타리아 계급의 임무는 세계의 구원을 위해, 구원의 목표를 달성하고 국가도 계급도 없는 신의 자식 상태를 이룩하기 위해 공포 정치를 행하는 데 있습니다."

나프타는 이처럼 날카로운 열변을 토했다. 그의 말을 듣고 있던 세 사람은 꿀 먹은 벙어리처럼 아무 말이 없었다. 젊은이들은 세템브리니를 쳐다보았다. 이제 그가 뭐라고 응수할 차례였다. 그는 말했다.

"놀라운 일입니다. 충격을 받았음을 솔직히 고백하는 바입니다. 이런 말을 할 줄은 꿈에도 생각하지 못했습니다. '로마는 말했노라!' 이 말은 어떤 뜻이겠습니까. 그는 우리 눈앞에서 성직자적인 곡예를 해 보였습니다. 곡예에 '성직자적인'이라는 형용사가 붙는 게 모순이긴 하지만 그는 이러한 모순을 '잠시 지양'했습니다, 아, 그래요! 거듭 말하지만 놀라운 일입니다. 이의를 제기해도 되겠습니까, 교수님. 단지 일관성의 관점에서 말입니다. 당신은 아까 신과 세계의 이원론에 입각한 기독교적인 개인주의를 우리에게 이해시키려고 하면서, 그 개인주의가 정치적인 색채를 띤 모든 윤리성에 우선한다는 점을 입증하려고 했습니다. 몇 분 후에는 사회주의를 거론하다가 독재와 공포 정치까지 찬미하고 있습니다. 이 두 가지가 어떻게 조화를 이룰 수 있다는 겁니까?"

"대립되는 것들은 서로 조화를 이루는 법입니다. 어중간하고 평범한 것만이 조화를 이루지 못할 뿐입니다. 내가 벌써 눈치 챈 바로는 당신의 개인주의는 어중간하고 타협적입니다. 그것은 당신의 이교도적인 국가 도덕을 약간의 기독교 정신, 약간의 '개인의 권리', 소위 말하는 약간의 자유로 수정한 것에 불과하며, 그게 다입니다. 이와는 달리 개별 영혼의 우주적이고 점성술적인 중요성에서 출발하는 개인주의는 사회적인 개인주의가 아니고 종교적인 개인주의입니다. 이러한 개인주의는 인간적인 것을 자아와 사회의 대립으로가 아니라 자아와 신, 육체와 정신의 대립으로 체험합니다. 그러한 본격적인 개인주의는 아무리 구속이 많은 공동체와도 조화를 이룰 수 있습니다." 나프타가 말했다.

"그게 익명이고 공동적인 거군요." 한스 카스토르프가 말했다.

세템브리니는 두 눈을 둥그렇게 뜨고 그를 쳐다보았다.

"잠자코 좀 계십시오, 엔지니어 양반!" 그는 짐짓 신경질적이고 긴장한 어조로 엄숙하게 명령했다. "당신은 배우려고 해야지, 의견을 내세우려고 하지 마십시오! 그것도 하나의 답이 될 수 있겠습니다." 그는 다시 나프타를 향해 말했다. "그것도 하나의 답이긴 하지만 나에게는 별로 위로가 되지 않습니다. 그럼 그 답에서 결론을 이끌어 내어 봅시다. 기독교적 공산주의는 공업을 부정함으로써 기술, 기계 및 진보를 부정합니다. 그것은 상인 계급이라고 부르는 것, 즉 돈과 고대에는 농업이나 수공업보다 훨씬 더 높이 평가되었던 금융업을 부정함으로써 자유를 부정합니다. 상업을 부정함으로써 중세 때 그랬듯이 사적이고 공적인 모든 관계가, 그러니까—사실 이런 말을 입 밖에 내기가 무척 어렵습니다만—인격도 땅과 토지에 얽매이게 된다는 것은 자명한 사실이기 때문입니다. 토지만이 인간을 먹여살릴 수 있다면 토지만이 자유를 부여할 수 있다는 말이 됩니다. 농부와 수공업자는 아무리 인격이 훌륭하다 하더라도 토지가 없다면 토지를 소유한 자에게 예속되고 믿습니다. 사실 중세 말기에 이르기까지 도시 주민의 대부분은 농노였습니다. 당신은 대화를 나누는 중에 인간의 존엄성에 관해 이런저런 말을 했지요. 그런 당신이 이제는 인격의 자유와 존엄성을 말살하는 경제 도덕을 옹호하고 있습니다."

나프타가 응수했다. "존엄성과 존엄성의 상실에 관해서는 여러 가지로 할 말이 있을 겁니다. 현재로서는 이러한 관계들이 자유를 멋진 몸짓으로 파악한다기보다는 어떤 문제로 파악하기 위한 계기를 당신에게 마련해 준다면 그것으로 만족하겠습니다. 당신은 기독교적 경제 도덕이 아름답고 인간적인데도 불구하고 부자유를 낳는다고 확신하고 있습니다. 나는 거기에 반대해서, 자유의 문제, 좀 더 구체적으로 말하면 도시의 문제라고 할 수 있는데, 이 문제는 아무리 윤리적이라고 해도 경제 도덕의 가장 비인간적인 타락, 근대적인 상인 계층과 투기 세력의 온갖 만행, 돈과 금융업의 악마적 지배와 역사적으로 관련이 있다고 주장합니다."

"나는 당신이 의심과 이율배반을 내세우지 말고 분명하고도 확실하게 고루하기 짝이 없는 반동을 신봉하고 있음을 밝힐 것을 주장합니다!"

"참된 자유와 인간성에 도달하기 위해서는 먼저 '반동'이라는 개념에 지레 부들부들 떨며 겁을 먹어서는 안 됩니다."

"이제, 이것으로 충분합니다." 이미 비어 있는 찻잔과 쟁반을 물리면서 세템브리니는 약간 떨리는 목소리로 말하며 소파에서 일어났다. "오늘은 이것으로 충분합니다. 하루치로는 이것으로 충분합니다. 교수님, 이렇게 맛있는 것을 대접해 주시고, 참으로 정신적인 대화를 나눈 데 대해 감사합니다. 여기 베르크호프의 내 친구들은 요양을 하러 가야 합니다. 그리고 이들이 가기 전에 저 위의 내 골방을 보여 줄 작정입니다. 자, 여러분, 갑시다! 안녕히 계십시오, 신부님!"

세템브리니는 나프타를 이제는 '신부'라고 불렀다! 한스 카스토르프는 눈썹을 치켜세우며 이 말을 마음에 새겨 두었다. 세템브리니는 이처럼 산회를 선언하며, 사촌들 의향은 물어 보지도 않고, 나프타도 혹시 같이 가고 싶은지에 대해서도 아랑곳하지 않았다. 젊은이들도 감사의 말을 전하며 작별 인사를 하자, 나프타는 다시 찾아오라고 격려의 말을 해 주었다. 이들이 세템브리니와 함께 나갈 때, 한스 카스토르프는 낡고 두꺼운 장정으로 된 『인간 조건의 비참함에 관해』라는 책을 빌리는 것을 잊지 않았다. 이들이 다락방으로 통하는 홉사 사다리 같은 계단으로 가기 위해 열린 문을 지나치면서 보니 콧수염을 한 시무룩한 루카체크는 여전히 작업대에 앉아 노부인의 소맷부리를 재봉질하고 있었다. 다 올라가 자세히 보니 다락층이라고는 할 수 없었고, 그냥 다락방에 불과했다. 지붕의 안쪽에 댄 널빤지 아래에 들보가 드러나 있었고, 공기는 여름의 창고 안처럼 후텁지근했으며, 따뜻한 나무 냄새가 났다. 그런데 공화제를 부르짖는 자본주의자는 방이 두 개인 이 다락방에 살고 있었다. 이 방들이 백과사전 『고통의 사회학』의 문학 부문 담당자인 세템브리니의 서재와 침실로 쓰였다. 그는 젊은이들에게 명랑한 표정으로 방을 보여 주면서, 두 사람이 방에 대해 칭찬할 적절한 말을 알려 주기 위하여 방이 외지고 아늑하다고 말했다. 그러자 사촌들도 그렇다고 맞장구를 쳤다. 두 사람은 아주 매력적으로 생각한다면서, 그가 말한 그대로 외지고 아늑하다고 말했다. 이들은 구석에 놓인 좁고 짧은 침대 앞에 기운 자국이 있는 조그만 융단이 깔린 침실을 슬쩍 훑어본 다음 서재로 눈길을 돌렸는데, 침실 못지않게 옹색하기는 마찬가지였다. 하지만 방은 어느 정도 깔끔하게 정리가 잘 되어 있어 싸늘한 느낌마저 주었다. 짚으로 엮어 만든 어설프고 고풍스러운 네 개의 의자가 문 양쪽에 대칭으로 배치되어 있었고, 긴 의자도 벽 쪽으로 밀어 놓아서 녹색 커버의 둥근 탁자가 방 한가운데에 덩그러니 놓여 있었다. 탁자에는 장식용인지 아니면 마시기 위해서인지는 몰라도 물컵을 거꾸로 엎은 물병이 하나 놓여 있었는데, 이것도 아무튼 썰렁한 느낌을 주었다. 작은 책장에는 제본된 책과 가제본된 책 들이 비스듬히 세워져 있었고, 열린 창 옆에는 다리가 길고 간소한 접이식 사면(斜面) 책상이 높이 솟아 있었으며, 그 앞에는 한 사람이 설 수 있을 정도의 크기인 펠트로 된 조그맣고 두꺼운 바닥깔개가 놓여 있었다. 한스 카스토르프는 시험 삼아 잠시 책상 앞에 ─그러니까 그는 인간의 고통을 제거하려는 목적으로 문학 부문의 백과사전 작업을 하는 세템브리니의 작업장에 서 보았다─ 서서 팔꿈치를 비스듬한 책상에 대어 보고는, 이곳이 정말 외지고 아늑하다는 사실을 실감했다. 그는 로도비코의 아버지도 옛날 파도바에서 길고 우아한 코를 하고 자신의 책상 옆에 서 있었을 거라는 생각이 들었다. 그런데 정말로 자신이 앞에 서 있는 책상이 고인이 된 그 학자가 사용하던 것임을 알게 되었다. 짚으로 만든

의자며 둥근 탁자며 물병까지도 아버지에게서 물려받은 것이었다. 더욱이 짚으로 만든 의자는 이미 할아버지 카르보나리가 쓰던 것이었는데, 밀라노에서 변호사를 하던 시절에 그의 사무실 벽을 장식하고 있던 물건이었다. 이러한 사실은 이들에게 감명을 주었다. 이 의자에서 젊은이들은 어떤 정치적인 선동성을 느끼게 되었다. 무심코 다리를 꼬고 그 의자에 앉아 있던 요아힘은 벌떡 일어나 의혹에 찬 시선으로 그것을 바라보더니 다시는 그 의자에 앉지 않았다. 하지만 한스 카스토르프는 세템브리니의 아버지가 사용했다는 높은 책상 옆에 서서 이제는 그의 아들이 작업하는 모습을 머리에 그려 보면서, 아버지의 인문주의와 할아버지의 정치를 문학과 결부시켜 보았다. 이윽고 세 사람은 다락방에서 나왔다. 문필가가 사촌들을 배웅해 주겠다고 제의한 것이다.

세 사람은 한동안 아무 말 없이 걷기만 했지만, 다들 마음속으로 나프타를 생각하고 있었다. 한스 카스토르프는 세템브리니가 분명히 자신의 동료 하숙인 이야기를 꺼낼 것이며, 그가 그런 목적으로 자신들을 배웅하고 있다고 생각하고 잠자코 기다렸다. 그의 예상은 빗나가지 않았다. 그는 마치 스타트를 끊을 때처럼 길게 숨을 들이쉬고는 말을 시작했다.

"여러분, 나는 경고하고자 합니다."

그러나 이 말을 하고 그가 잠시 뜸을 들였기 때문에 한스 카스토르프는 짐짓 놀란 표정을 하며 자연스럽게 물었다. "무엇을 말인가요?" 그는 적어도 '누구를 말인가요?'라고 물을 수 있었지만, 심지어 요아힘도 뻔히 알고 있는데, 마치 전혀 영문을 모르겠다는 듯이 사람을 지칭하지 않는 대명사로 물었다.

"우리들이 방금 방문한 그 인물에 대해서 말입니다." 세템브리니가 대답했다. "그리고 내가 본의 아니게 할 수 없이 여러분에게 소개한 그 인물 말입니다. 여러분도 알다시피 우연히 그렇게 되는 바람에 나도 어쩔 수 없었습니다. 하지만 나는 그에 대해 책임감, 무거운 책임감을 느낍니다. 젊은 여러분에게 적어도 이 남자와 교제할 때 초래될 정신적인 위험을 지적해 주는 것이 나의 의무이고, 게다가 이 사람과 현명한 경계선 안에서 교제할 것을 촉구하는 것이 나의 임무입니다. 그의 형식은 논리지만, 본질은 혼돈입니다."

"아닌 게 아니라 그 말을 듣고 보니 왠지 섬뜩한 느낌이 드는군요." 한스 카스토르프가 말했다. "딱히 나프타가 그런 것은 아니더라도, 가끔 그의 말에 좀 이상한 기분이 들곤 했습니다. 정말로 태양이 지구 주위를 돈다고 인정하는 것처럼 들렸거든요. 하지만 그렇다고 해서 당신의 친구인 나프타와 사회적인 교제를 하는 것이 어떻게 바람직하지 않다고 할 수 있겠습니까? 당신의 소개로 그를 알게 되었고, 당신과 함께 그를 만나지 않았습니까? 당신은 그와 산책을 하고, 차를 마시러 스스럼없이 그의 방으로 내려오는 것으로 보아, 그것은 즉……"

"그렇습니다, 엔지니어 양반, 물론 그렇긴 합니다." 세템브리니는 체념한 듯한 부드러운 목소리로 말했지만, 그래도 가볍게 떨리고 있었다. "당신이 그런 식으로 나오니 대답하지 않을 수 없군요. 그러니 당신도 나에게 대답해 주세요. 좋습니다, 기꺼이 해명을 해 드리지요. 이 양반과 한지붕 밑에서 살다 보니 마주치지 않을 수 없지요. 한번 대화를 나누다 보니 자꾸 계속되어 사귀게 되는 겁니다. 나프타 씨는 머리가 비상한 사람입니다. 보기 드문 경우지요. 나도 그렇습니다만 그는 논쟁을 좋아하는 사람입니다. 나를 비난해도 어쩔 수 없지만 나는 어쨌든 대등한 논적과 이념의 칼을 겨누는 기회를 활용하고 있습니다. 그럴 만한 사람이 이 일대에 아무도 없거든요. 요컨대 우리가 서로 왕래하는 것은 사실이고, 같이 산책도 하며 논쟁을 합니다. 우리는 거의 날이면 날마다 피 튀기게 논쟁을 벌입니다만, 솔직히 고백하면 그의 생각이 나와 대립되고 적대적이기 때문에 더욱 그와 만나고 싶어집니다. 나에게는 마찰이 필요하거든요. 사상적 신념은 논쟁할 기회가 있어야 군건해지거든요. 그래서 나의 신념은 논쟁으로 인해 더욱 굳건해졌습니다. 소위님과 엔지니어 양반, 당신들도 자신에게 나와 같은 주장을 할 수 있나요? 당신들은 지적인 속임수에 대해 무방비 상태에 있으며, 반쯤은 광신적이고 반쯤은 교활한 궤변의 영향으로 정신과 영혼에 해를 입을 위험에 처해 있습니다."

"네, 그렇습니다. 나나 사촌이나 어쩌면 위험에 처해 있다는 말이 사실일지도 모르겠습니다. 인생의 걱정거리 자식이라는 말이 이해가 됩니다. 하지만 당신도 알다시피 거기에 대해서는 페트라르카의 표어를 인용할 수 있겠습니다. 어쨌든 나프타가 하는 말은 경청할 만한 가치가 있습니다. 시간이 흐르는 걸로 이득을 취해서는 안 된다는 공산주의적인 입장에서의 시간 개념은 탁월한 발언이라고 인정하지 않을 수 없습니다. 그리고 교육학에 관한 그의 넋 가지 발언도 무척 흥미로웠습니다. 이런 이야기는 나프타에게서가 아니면 어디서도 들을 수 없는 내용이었습니다." 한스 카스토르프가 말했다.

세템브리니는 입술을 꽉 다물었다. 그래서 한스 카스토르프는 자기로서는 물론 어느 편을 들거나 어떤 입장을 밝히는 것을 삼가고 있으며, 다만 나프타가 청년이 갈망하는 것에 대해 한 말은 사실 경청할 가치가 있다고 느꼈을 뿐이라고 서둘러 덧붙였다. "그건 그렇고 이제 한 가지만 좀 설명해 주십시오!" 그는 계속해서 말했다. "나프타 씨 말입니다. 내가 그를 굳이 나프타 '씨'라고 부르는 것은, 내가 그에게 무조건 호감을 가지는 것이 아니라 반대로 마음속으로 아주 조심스러운 태도를 취하고 있음을 지적하기 위해서입니다."

"그건 잘하는 일입니다!" 세템브리니는 기쁜 듯이 외쳤다.

"그런데 그는 자신이 국가의 영혼이라고 표현하는 돈에 대해 잔뜩 악담을 퍼부었고, 사유 재산에 대해서도 절도 행위라고 비난했습니다. 요컨대 그는 자본주의적인 부를 지옥불의 연료라고 말했습니다. 내 기억이 틀리지 않는다면 그는 대충 이런 말을 늘어놓았습니다. 그러면서 중세의 이자 금지 조치에 대해서는 극찬을 아끼지 않더군요. 그런데 정작 그 자신은, 이런 말을 하기 뭣합니다만, 그 자신은…… 그의 방에 발을 들여놓으면 놀라 눈이 휘둥그레질 정도입니다. 온통 비단으로 치장해서……"

"하긴, 그렇습니다." 세템브리니가 미소 지으며 말했다. "그것이 그의 특성을 잘 나타내 주는 취향입니다."

한스 카스토르프는 생각나는 대로 입에 담았다. "멋지고 고풍스러운 가구들, 14세기의 피에타, 베니스제 샹들리에, 제복을 입은 어린 사환, 그리고 초콜릿이 든 뾰족탑 모양의 케이크도 실컷 먹을 만큼 나왔습니다. 하지만 그는 개인적으로는……"

"나프타 씨는 개인적으로는 나와 마찬가지로 자본가가 아닙니다." 세템브리니가 대답했다.

"하지만요? 이제는 당신의 입에서 하지만이라는 단어가 나올 때가 되었는데요, 세템브리니 씨." 한스 카스토르프가 물었다.

"그런데, 그곳의 그들은 자신들의 동지를 굶어죽게 내버려 두지 않습니다."

"그곳의 그들이란 누구를 말하는데요?"

"장로들 말입니다."

"장로들? 장로들이라고요?"

"그렇습니다, 엔지니어 양반, 예수회의 수도사들 말입니다!"

한동안 침묵이 흘렀다. 사촌들은 완전히 경악하고 말았다. 한스 카스토르프는 크게 소리쳤다.

"원, 세상에, 이럴 수가, 젠장 빌어먹을, 그 남자가 예수회 수도사라고요?!"

"제대로 알아맞혔습니다." 세템브리니가 세련되게 말했다.

"아니 그럴 수가, 나는 꿈에도 그가…… 누가 그런 걸 꿈에라도 생각했겠습니까? 그럼 그래서 아까 그를 신부라는 호칭으로 불렀나요?"

"그건 예의상 조금 과장해서 한 말이었습니다." 세템브리니가 대수했다. "나프타 씨는 신부는 아닙니다. 그는 몸이 아파 당분간은 신부가 될 수 없습니다. 그는 수련기를 마치고 최초의 서원을 하는 중이었습니다. 그는 병 때문에 신학 공부를 중단하지 않을 수 없었지요. 하지만 병을 앓으면서도 그는 몇 년간 수도회 학교에서 학생감으로 일했습니다. 즉 어린 하급생들을 감독하고 가르치며 훈육하는 일을 맡았던 겁니다. 이 일은 그의 교육자적 성향에 꼭 맞았습니다. 이곳에 와서도 그는 프리드리히 대왕 학교에서 라틴어를 가르치면서 계속 자신의 취향대로 살고 있습니다. 이곳에 온지 어언 5년이 됩니다만, 그가 이곳을 과연 떠날 수 있을지, 떠난다면 언제가 될지 묘연하기만 합니다. 하지만 이제 관계가 좀 느슨해졌는지는 모르지만 그는 예수회 회원이라서, 어디 가든 생활에는 지장이 없을 겁니다. 나는 아까 당신들에게 그가 개인적으로는 가난하고 지닌 게 없다고 말했지요. 물론 예수회 규정이 그렇습니다. 하지만 예수회 자체는 엄청난 부를 소유하고 있어서, 당신들도 보다시피 회원의 생계는 보장해 줍니다."

"아니, 이럴 수가!" 한스 카스토르프가 중얼거렸다. "그런 게 진짜 세상에 있을 줄은 몰랐고, 꿈에도 생각하지 않았습니다! 예수회 회원이라, 네, 그렇군요. 하지만 한 가지 궁금한 게 있습니다. 그가 그쪽으로부터 그렇게 풍족한 생활을 보장받고 있다면 왜 그가 대체 그런 곳에서…… 물론 당신의 거처를 나쁘다고 말하는 것은 아닙니다만, 세템브리니 씨. 루카체크 가게의 당신네 거처는 아주 훌륭합니다, 호젓하게 외진 곳에 있는데다 무엇보다 아늑합니다. 하지만 흔히 하는 말로 그가 그렇게 주머니가 넉넉하다면 왜 다른 집에 살지 않습니까? 좀 더 으리으리하고, 제대로 된 계단과 커다란 방이 있으며, 우아한 집에서 살지 않습니까? 저렇게 비단으로 치장하고서 소굴 같은 집에서 사는 걸 보면 뭔가 말 못할 비밀 같은 게 있는 모양입니다."

세템브리니는 어깨를 으쓱하며 말했다.

"그가 그러는 것은 섬세한 배려와 취향 때문일 겁니다. 초라한 집에 살며, 생활 방식으로 그것을 보상하면서 자신의 반자본주의적인 양심을 바로잡고 있습니다. 거기에 신중한 태도도 담겨 있겠지요. 악마가 뒤를 봐주고 있다고 까발리고 다니는 사람은 아무도 없기 때문이지요. 정문은 보잘것없게 해 놓고 뒤로는 비단으로 성직자적인 취향을 발휘하는 겁니다."

"정말 알다가도 모를 일이군요! 솔직히 말하면 나는 듣도 보도 못한 이야기이고, 아주 충격적인 이야기입니다. 아니, 정말 감사합니다, 세템브리니 씨, 그런 사람을 알게 해 준 것을 말입니다. 우리는 이제 가끔 생각날 때마다 그곳으로 가서 그를 방문할 생각인데 어떻게 생각하십니까? 이건 기정사실입니다. 이런 교제를 하면 뜻하지 않게 시야가 넓어지고, 이런 세계가 있었나 생각할 정도로 세상을 보는 눈이 달라집니다. 진짜 예수회 수도사라니! 그리고 내가 진짜라는 표현을 쓴 것은 나의 뇌리를 섬광처럼 스치는 생각이 있어서 그것을 꼭 밝히고 싶어서입니다. 나의 의문점은 그가 과연 진짜일까 하는 것입니다. 뒤로 악마의 도움을 받는 자가 진짜일 수 없다고 당신이 말하는 것은 잘 이해가 됩니다. 하지만 내가 하는 말은 이러한 차원을 넘어서는 의문점입니다. 그가 예수회 수도사로서 진짜일까 하는 생각이 자꾸 머릿속을 맴돕니다. 그는 여러 가지 견해를 밝혔습니다. 내가 무엇을 말하는지 잘 아실 겁니다. 근대 공산주의와 손에 피를 묻히는 것을 꺼려하지 않는 프롤레타리아의 신적인 열성에 대해서 말입니다. 요컨대 그가 한 말들을 지금 새삼스레 들먹일 필요는 없겠습니다. 하지만 그에 비하면 시민의 창을 든 당신의 할아버지는 순수한 어린 양에 불과합니다. 이렇게 표현하는 것을 용서해 주십시오. 도대체 그는 이래도 좋다는 말입니까? 그는 상관의 승인을 받고 그런 말을 하는 걸까요? 내가 알기로는 예수회는 전 세계에 퍼져 로마 가톨릭 교회를 위해 술책을 꾸미고 있다는데 그의 견해와 어울리는 걸까요? 그것은 뭐랄까, 이단적이고 탈선적이며 불순한 것이 아닐까요? 나는 나프타 씨에 대해 이런 생각을 하고 있는데, 당신의 고견은 어떻습니까?" 한스 카스토르프가 말했다.

세템브리니는 미소를 지었다.

"아주 간단합니다. 첫 번째로 나프타 씨는 무엇보다도 예수회 수도사입니다. 그것은 분명하고도 확실합니다. 두 번째로 그는 머리가 비상한 사람입니다. 그렇지 않다면 나는 그와 교제하지 않았을 겁니다. 그리고 그렇게 뛰어난 머리로 그는 이념의 새로운 결합, 연결, 적응 및 시대에 맞는 변화를 모색하고 있습니다. 당신도 보았다시피 나 자신도 그의 이론에 깜짝 놀랐습니다. 아직까지 그렇게 광범위하게 자신의 이론을 드러낸 적이 없었거든요. 당신들이 경청하고 있다는 사실에 그가 흥분하는 것을 이용하여 어떤 면에서는 그가 결정적인 말을 하도록 자극한 셈이지요. 그 말은 실소를 자아내게 하고 소름끼치는 것이었습니다."

"네, 네, 하지만 그는 왜 신부가 되지 않았습니까? 벌써 그럴 만한 나이가 된 것 같은데요."

"아까 말했듯이 병 때문에 당분간 신부가 될 수 없었습니다."

"좋습니다, 하지만 이렇게 생각해 볼 수 있지 않습니까? 첫째 그가 예수회 수도사이고, 둘째 그가 머리가 비상한지라 이념의 결합을 좋아하는 사람이라면, 이 추가된 두 번째는 병과 관련이 있는 게 아닐까요?"

"그건 또 무슨 말입니까?"

"아니, 아무것도 아닙니다, 세템브리니 씨. 내 말은 그저 그에게 침윤된 부위가 있어서 신부가 되지 못했다는 뜻입니다. 또 그가 이념의 결합을 좋아하기 때문에도 신부가 될 수 없었을 겁니다. 그런 한에서는 어느 정도 결합 능력과 침윤된 부위가 같은 속성을 지니고 있다고 생각합니다. 그도 그 나름대로 인생의 걱정거리 자식으로, 약간 침윤된 부위가 있는 희한한 예수회 수도사인 것입니다."

이윽고 세 사람은 요양원에 도착했다. 이들은 헤어지기 전에 조그맣게 무리를 지어 현관 앞에서 이야기를 좀 더 나누었다. 그러는 동안 현관 앞을 왔다갔다하던 몇 명의 환자들이 이들이 대화하는 것을 지켜보았다. 세템브리니가 말했다.

"거듭해서 말하지만, 나는 젊은 두 분에게 경고합니다. 일단 알게 된 이상 여러분이 호기심을 발동하여 그와 교제한다면 나는 이를 금할 수는 없습니다. 하지만 사귀더라도 불신의 눈초리로 마음과 정신을 무장하도록 하고, 결코 비판적 저항을 소홀히 하지 마십시오. 한마디로 이 남자의 특징을 말한다면 그는 호색한입니다."

이 말을 듣고 사촌들은 미간을 찌푸렸다. 이윽고 한스 카스토르프가 물었다.

"아니, 어떻다고요? 하지만 그는 수도회 회원입니다. 거기서는 일정한 서약을 해야 하는 것으로 알고 있는데요. 게다가 그는 꾀죄죄하고 몸이 허약하지 않습니까?"

"그건 어리석은 말입니다, 엔지니어 양반." 세템브리니가 대답했다. "그것은 몸이 허약한 것과는 아무 관계가 없습니다. 그리고 서약을 한다 하더라도 예외가 있는 법입니다. 하지만 당신도 차츰 이해하리라고 생각되는, 좀 더 광범위하고 정신적인 의미에서 말했습니다. 내가 언젠가 당신 방에 불쑥 찾아갔을 때의 일이 기억날 겁니다. 오래전, 끔찍할 정도로 오래전의 일이지요. 환자로 받아들여지고 나서 침대 생활을 막 끝마쳤을 때였지요."

"물론 기억하고말고요! 당신이 어스름한 무렵에 내 방에 들어와서는 다짜고짜로 불을 켜던 일이 마치 어제 일처럼 기억에 생생합니다."

"맞습니다, 우리는 그때 다행히도 좀 더 고상한 문제에 대해 종종 대화를 나누었지요. 죽음이 삶의 조건이자 부속물인 한에서 죽음과 삶, 죽음의 존엄성에 대해 이야기를 나누었던 것 같습니다. 그리고 정신적 원칙으로서 죽음을 고립시키는 우를 범하면 죽음이 볼썽사나워진다는 이야기를 나누었지요. 여러분!" 세템브리니는 두 사람 앞으로 바짝 다가가면서 이야기를 계속했다. 그는 마치 이들을 주목시키기 위해 그러는 듯이 왼손 엄지와 가운데손가락을 포크 모양으로 벌리고, 오른손 집게손가락을 경고하듯이 세우는 것이었다. "정신이 주권자이며, 정신의 의지는 자유롭다는 것을 명심하십시오. 정신이 윤리적인 세계를 규정합니다. 정신이 이원론적으로 죽음을 고립시키면 바로 그 죽음은 정신의 이러한 의지로 말미암아 실제 현실이 됩니다. 그리고 실제로 죽음은 삶에 대립되는 독자적인 힘, 적대적인 원칙, 커다란 유혹이 됩니다. 내 말 이해하시겠지요. 죽음은 음란한 욕망의 나라입니다. 왜 음란한 욕망의 나라인지 묻고 싶겠지요? 죽음은 분해되어 해체되기 때문이며, 죽음은 해방이기 때문이라고 대답하겠습니다. 하지만 죽음은 사악한 것으로부터의 해방이 아니라 사악한 해방입니다. 죽음은 윤리와 도덕을 해체하고, 기율과 절도로부터 해방하여 음란한 욕망을 품게 하는 자유를 줍니다. 내가 내키지 않게 소개를 하고 말았지만 이 남자에 대해 경고하고, 그와 교제하고 대화를 나눌 때 비판 정신을 갖고 이중삼중으로 경계심을 늦추지 말라고 촉구하는 것도 그의 사상이 죄다 음란한 속성을 갖고 있기 때문입니다. 왜냐하면 그의 사상들은 내가 당시에 말했듯이 방종하기 그지없는 힘인 죽음의 보호를 받고 있기 때문입니다, 엔지니어 양반. 나는 그때 내가 한 말이 기억에 생생합니다. 내가 기회를 엿보아 얘기한 타당하고 적절한 표현이 늘 기억에 고스란히 남아 있습니다. 죽음은 미풍, 진보, 일 및 삶에 배치되는 힘으로, 그러한 악마의 입김으로부터 젊은이의 영혼을 지키는 것이 교육자의 가장 고상한 의무입니다."

세템브리니보다 더 훌륭하고, 명쾌하며, 완벽하게 말할 사람이 과연 있을까. 한스 카스토르프와 요아힘 침센은 그가 들려준 말에 진심으로 감사의 뜻을 표하고, 작별 인사를 하고는 베르크호프의 현관으로 들어갔다. 세템브리니는 비단으로 장식한 나프타의 방보다 한 층 위에 있는 자신의 인문주의자의 책상으로 되돌아갔다.

　이것이 두 사촌이 나프타의 방을 처음 방문했을 때 일어난 일의 경위였다. 그 후로 이들은 두세 번 더 그를 방문했는데, 한 번은 세템브리니가 없을 때였다. 그리고 한스 카스토르프가 신의 자식이라 불리는 고귀한 인간상을 눈앞에 떠올리며 푸른 꽃이 만발한 은둔 장소에 앉아 '술래잡기'를 할 때, 이러한 방문들도 그의 명상의 재료가 되었다.

진노(震怒) 그리고 또 다른 아주 곤혹스러운 일

　어느덧 8월이 왔고, 그리고 다행히도 우리의 주인공이 이 위에 도착한 지 일년이 되는 기념일은 어느새 슬쩍 지나가 버렸다. 그날이 지나가 버렸다는 것은 참으로 다행스러운 일이었다. 한스 카스토르프 청년은 그날을 뭔가 좀 탐탁찮게 여겼기 때문이다. 사실 다들 그러했다. 자기가 이곳에 도착한 날을 즐거운 마음으로 기억하는 사람은 없었으며, 일년이나 일년 이상 있은 사람들 중에도 그날을 생각하는 사람은 아무도 없었다. 하지만 평소에는 축제나 축배를 들 핑곗거리를 하나도 빼놓지 않고 챙겼으며, 일년이라는 리듬과 맥박을 타고 돌아오는 일반적이고 커다란 행사들 말고도 사적이고 불규칙한 일들이 사이에 끼어들었다. 생일, 종합 검진, 떠날 날이 임박한 자포자기의 퇴원이나 완쾌해서 나가는 퇴원, 그 밖에 이와 유사한 계기로 식당에서 푸짐한 요리를 시켜 놓고 샴페인을 터뜨리며 축하했다. 그런데 도착 기념일만은 침묵을 지키며 보냈고, 그날이 후딱 지나가도록 했으며, 그날을 정말로 잊은 채 흘려보내기도 했다. 그리고 본인 외에 다른 사람들은 그날을 그렇게 분명하게 기억하고 있지 않음이 분명했다. 사람들은 나누어진 시간의 단락에는 신경을 쓰고 있어서, 달력이며 주기며 외적으로 다시 돌아오는 축일은 주의해서 살피고 있었다. 하지만 개개인에게 이 위의 공간과 결부된 시간, 그러므로 이 시간을 개인적이고 사적으로 따지고 헤아리는 것은 단기 체류자와 신참들이나 하는 일이었다. 이런 점에서 붙박이 정주자들은 일일이 따질 수 없이 무심결에 지나가 버리는 영원의 시간, 언제나 하루같이 똑같은 나날을 좋아했고, 다른 사람들도 자신과 똑같은 심정일 거라고 사려 깊게 이해해 주었다. 자신이 이곳에 온 지 3년째 된다고 누구에게 말하는 것은 말할 수 없이 서투르고 잔인한 처사로 간주될지도 모르지만, 어쨌든 이곳에서 그런 일은 결코 일어나지 않았다. 다른 일에는 실수를 연발하는 슈퇴어 부인조차도 이 일에만큼은 빈틈이 없고 세련되어, 그런 우를 범하는 일은 결코 없었다. 그녀가 병을 앓고 있으며, 그녀의 몸에서 나는 열이 그녀의 무교양과 관련이 있다는 점은 확실했지만 말이다. 얼마 전만 해도 그녀는 식사할 때 폐첨(肺尖)의 '침윤'을 '침식'이라 말했고, 역사 이야기가 화제에 올랐을 때는 연대 문제가 자신의 '폴리크라테스의 반지'*

라고 호들갑을 떠는 바람에, 역시 주위에 앉은 사람들의 눈살을 찌푸리게 했다. 하지만 이러한 그녀도 가령 2월에 이곳에 도착한 요아힘에게 그의 기념일을 상기시키는 것은 도저히 생각할 수 없는 일이었을지도 모른다. 비록 그녀가 그날을 생각한 것은 분명해 보이지만 말이다. 저주받은 그녀의 머리에는 그런 쓸데없는 날짜와 일들로 가득 차 있었기 때문이다. 그래서 그녀는 다른 사람들에게 그런 날짜를 계산해 주는 일을 도맡아 했지만, 그런 그녀도 이런 풍습에 억눌려 입을 꾹 다물고 있었다.

한스 카스토르프의 기념일에 관해서도 마찬가지였다. 식사 중에 그녀는 그에게 의미심장한 눈길을 보내려고 했지만 그가 그런 신호에 무표정한 얼굴로 대응했기 때문에 그녀는 얼른 눈길을 거두어들여 버렸다. 요아힘도 사촌에 대해 아무 말도 하지 않았지만 그가 자신을 문병 온 사촌을 마중하러 도르프 역으로 나가던 날짜는 아마 또렷하게 기억하고 있을 것이다. 하지만 천성적으로 말이 별로 없는 요아힘은 적어도 이 위에 와서는 말이 많아진 한스 카스토르프와는 비교가 되지 않았고, 하물며 이들이 사귄 인문주의자나 궤변가와는 비교할 것도 없었다. 이런 요아힘이 요즘 들어 더욱 눈에 띄게 말수가 줄어들었고, 말을 하더라도 겨우 한두 마디가 고작이었으며, 그의 표정에는 무언가를 골똘히 생각하는 빛이 담겨 있었다. 그에게는 도르프 역이 마중과 도착이라는 것 말고 다른 생각과 연결되어 있음이 분명했다. 그는 평지와 부지런히 편지를 교환하고 있었다. 그의 마음속에서는 무언가 결단이 무르익어 가고 있었고, 그가 준비하는 일은 거의 마무리 단계에 있었다.

7월에 들어서는 따뜻하고 청명한 날씨가 계속되었다. 하지만 8월에 접어들자 날씨가 나빠지기 시작하여, 우중충하고 습한 날씨가 계속되면서 눈 섞인 비가 오기도 하다가 영락없는 눈이 내리기도 했다. 그리고 간간이 화창한 여름날이 끼어들기는 했지만 8월 말에서 9월 초까지 궂은 날이 계속되었다. 처음에는 여름 같은 날씨가 며칠간 계속된 덕택으로 방 안이 아직 따뜻하여, 실내 온도가 10도 정도 되어서 그럭저럭 포근하게 지낼 수 있었다. 하지만 날씨가 급격하게 추워지기 시작했고, 사람들은 계곡을 뒤덮은 눈을 보고 기뻐했다. 이런 광경을 보아야 관리실에서는 스팀을 넣을 생각을 했고, 날씨가 추운 것만으로는 꿈쩍도 하지 않았기 때문이다. 처음에는 식당에만 스팀이 들어왔고, 다음에는 방에도 스팀이 들어왔다. 그래서 환자들은 두 장의 담요를 두르고 안정 요양을 하다가 발코니에서 방으로 들어와서는 축축하게 곱은 두 손을 스팀관에 대고 녹일 수 있었다. 물론 공기가 건조해진 바람에 볼이 발갛게 상기되는 현상은 더욱 심해졌다.

벌써 겨울이 왔단 말인가? 피부로 느끼기로는 그런 인상을 떨쳐 버릴 수 없었다. 환자들은 자연적이고 인위적인 환경의 영향을 받아 내적으로나 외적으로 시간을 마구 낭비하여 스스로에게 여름을 사기쳐 놓고는 여름을 '사기당했다'고 불평들을 해 댔다. 그러면서도 내심 화창한 가을날이 잇달아 올 거라고 기대하고 있었다. 태양의 고도가 이미 낮아졌고, 어느새 일몰 시간이 빨라진 것을 고려하지 않는다면, 어쩌면 여름이라 불러도 그리 과찬이 아닐 따뜻하고 화창한 날이 잇달아 계속될지도 모른다. 하지만 이러한 부질없는 위로보나 바깥의 겨울 풍경이 가슴에 미치는 영향이 훨씬 컸다. 환자들 중에 닫힌 발코니 문 옆에 서서 하염없이 휘몰아치는 눈보라를 바라보며 진저리를 치는 사람이 있었는데, 바로 요아힘이었다. 그는 착 가라앉은 목소리로 이렇게 되뇌었다.

"젠장, 또 시작이군!"

방 안에 있던 한스 카스토르프는 그의 등 뒤에 서서 대꾸했다.

"좀 이른 감이 있어. 여름의 문이 완전히 닫힌 것은 아니겠지. 그렇지만 물론 몸서리쳐질 정도로 결정적인 광경을 보이고 있어. 어두컴컴함, 눈 그리고 추위가 겨울의 속성이라면 다시 겨울이 온 것을 부정할 수 없겠지. 그런데 겨울이 얼마 전에야 겨우 끝났고, 해동이 된 지 얼마 안 된 것 같은데 말이야. 아무튼 얼마 전까지만 해도 봄이었던 것처럼 생각돼. 그렇지 않아? 이런 생각을 하면 순간 기분이 안 좋아질 수 있다는 것은 나도 인정해. 이건 인간의 생명욕을 갉아먹는 거야. 왜 내가 그렇게 생각하는지 상세히 설명하도록 하지. 나는 이 세계가 보통 인간의 욕구에 부합하도록, 생명욕에 걸맞도록 만들어져 있다고 생각해. 이 점은 인정해야 할 거야. 그렇지만 자연의 질서, 이를테면 지구의 크기, 지구가 자전하고 태양 주위를 공전하는 시간, 하루의 때와 계절이 바뀌는 현상, 말하자면 우주의 질서 같은 것이 우리의 욕구에 맞도록 되어 있다고 말하려는 것은 아니야. 그건 어쩌면 뻔뻔스럽고 단조로워서, 그것이 철학자들이 말하는 목적론일지도 몰라. 하지만 우리의 욕구와 일반적이고 근본적인 자연 현상이 서로 조화를 이루고 있는 것은 퍽이나 다행스러운 일이야. 그래야 정말로 신을 찬미할 수 있을 테니 다행스럽다는 거지. 그런데 평지에서는 여름과 겨울이 오면, 이전의 여름과 겨울이 지나간 지 꽤 오래되었으므로 새삼 새롭게 느껴져 환영받는 거야. 그리고 인간의 생명욕은 바로 이 때문에 생기는 거지. 그런데 이 위의 우리에게는 이러한 질서와 조화가 깨어져 있어. 첫째로 너도 언젠가 말했듯이 이곳에는 사실 계절다운 계절이 없고, 그저 여름 같은 날과 겨울 같은 날이 뒤죽박죽으로 뒤섞여 있을 뿐이야. 게다가 이곳에서는 도무지 시간이라는 게 흘러가지 않기 때문에 겨울이 새로 와도 전혀 새롭지 않고, 그게 다시 낡은 겨울이 되고 마는 거야. 네가 창밖을 바라보며 언짢은 기분이 드는 것은 이렇게 설명할 수 있어."

"고마워. 그런데 너는 그렇게 설명했다는 사실에 만족한 나머지 무엇보다도 그 사실 자체에 만족하고 있는 것 같군. 그렇지만 사실은…… 아니야!" 요아힘은 말을 끊었다가 다시 이었다. "이제 끝났어! 이건 비열한 짓이야. 이 모든 게 구역질나고 말할 수 없이 비열한 짓이야. 그리고 너야 너 나름대로…… 난……" 그는 빠른 걸음으로 방을 나가서는 문을 화난 듯이 닫았다. 그리고 잘못 본 것이 아니라면 그의 선하고 부드러운 눈망울에 눈물이 맺혀 있었다.

뒤에 남은 한스 카스토르프는 어쩔 줄 모르고 우두커니 서 있었다. 한스 카스토르프는 요아힘이 자신의 의중을 큰 소리로 통고하는 한에서는 사촌의 결심을 그리 심각하게 받아들이지 않았다. 하지만 이제 요아힘이 말없이 표정으로 자신의 결심을 나타내면서 방금과 같은 태도로 나오자 한스 카스토르프는 새파랗게 실릴 정도로 삼싹 놀랐다. 이 군인이 실행에 옮길 남자라는 것을 알고 있었기 때문이다. 그것도 두 사람, 자신과 그를 생각하고 깜짝 놀랐던 것이다. "그는 아마 죽고 말 거예요." 쇼샤 부인이 한 말이 생각났다. 물론 그녀도 제삼자에게서 들은 정보였겠지만 한시도 멎은 적이 없는 고통스러운 의혹이 또다시 그의 가슴에 밀려들었다. 이와 동시에 그는 사촌이 나를 이 위에 혼자 남겨 두고 떠난다는 게 말이 되는 소리일까 하고 생각했다. 자신을 문병하러 찾아온 나를 남겨 두고 말이야?! 하지만 그것은 터무니없고 끔찍한 짓이라고 자신에게 타일렀다. 그런 일은 얼굴이 새파래지고 심장이 사정없이 뛰는 것을 스스로 느낄 정도로 터무니없고 끔찍한 짓이야. 내가 혼자 이 위에 남게 되면, 그가 떠나가 버리면 나는 그렇게 되는 거다. 내가 그와 함께 떠난다는 것은 절대 상상할 수 없는 일이야. 그렇게 되면, 아, 생각만 해도 숨이 멎을 것 같아. 그렇게 되면 나는 천년만년 영원히 이곳을 빠져나가지 못하게 될 거야. 혼자서는 결코 다시는 평지로 돌아가는 길을 알지 못할 것이기 때문에……

한스 카스토르프는 두려움에 떨면서 이런저런 생각을 했다. 바로 그날 오후에 그는 사태의 전말을 소상히 접하게 되었다. 주사위는 던져졌고, 확고한 결심이 섰음을 요아힘이 천명했던 것이다.

차를 마신 후 이들은 매달 받는 검진을 위해 밝은 지하실로 내려갔다. 때는 9월 초였다. 건조한 기운이 감도는 진료실에 들어서자 크로코프스키 박사가 사무용 책상에 앉아 있었고, 새파란 얼굴을 한 고문관은 팔짱을 끼고 벽에 몸을 기댄 채 한 손에 청진기를 들고는 자신의 어깨를 톡톡 두드리고 있었다. 그는 천장을 바라보며 하품을 했다. "식사는 잘 하셨나요, 여러분!" 그는 맥 빠진 소리로 말했고, 더구나 몸이 나른하고 기분이 우울해 보여 매사에 흥미를 잃은 듯이 보였다. 아마 담배를 심하게 피운 모양이었다. 하긴 사촌들도 이미 들어서 알고 있었지만 실제로 불쾌한 일도 있었다. 요양원에서는 질리도록 흔히 일어나는 종류의 일이었다. 아미 닐팅이라는 아가씨가 재작년 가을에 이곳에 들어왔다가 9개월이 지난 작년 8월에 건강한 몸이 되어 퇴원했는데, 집에 가 보니 '기분이 좋지 않다'는 이유로 9월이 가기 전에 다시 이곳에 올라왔던 것이다. 2월에 전혀 잡음이 들리지 않는다는 진단을 받고 집으로 돌아갔는데, 7월 중순부터 다시 일티스 부인의 식탁에 모습을 드러내고 있었다. 이 여자가 밤 한 시에 폴리프락시오스라는 그리스 환자와 자신의 방에 있다가 현장에서 들켰던 것이다. 그는 사육제 날 밤에 날씬한 각선미로 자못 센세이션을 불러일으킨 젊은 화학자로, 그의 아버지는 피레우스에서 염료 공장을 경영하고 있었다. 폴리프락시오스와 같은 길을 따라, 즉 발코니를 거쳐 그녀의 방에 온 아미의 여자친구, 질투심에 제정신을 잃은 여자친구에 의해 들통이 났던 것이다. 이 장면을 목격하고 고통과 분노에 일그러진 그녀가 온 병동이 떠나갈 정도로 악을 바락바락 쓰는 바람에 이러한 추문이 백일하에 드러났다. 그래서 고문관은 이 세 사람, 즉 아테네 남자, 닐팅 그리고 질투에 눈이 멀어 체면이고 뭐고 헌신짝처럼 내동댕이친 그녀의 여자친구에게 할 수 없이 추방 명령을 내리지 않을 수 없었다. 그런데 사실 아미의 행각을 폭로

한 여자친구뿐만 아니라 아미도 크로코프스키 박사에게 사적으로 정신 분석 치료를 받고 있었기 때문에, 베렌스는 지금 내키지 않는 그 문제에 대해 자신의 조수와 상의를 하는 중이었다. 베렌스는 사촌들을 진찰하는 도중에도 우울과 체념이 담긴 어조로 계속 그 일에 대해 뭐라고 말을 했다. 그는 사람의 몸속에서 나는 소리를 엿듣는 중에도 다른 이야기를 하면서 조수에게는 청진한 내용을 받아쓰게 할 정도로 청진에는 달인의 경지에 있었다.

"네네, 신사분들, 정말 못 말리는 리비도*입니다! 당신들은 물론 이런 일이 재미있겠지요. 눈이 번쩍 뜨일 겁니다. 폐포음. 하지만 원장 입장으로는 이런 일은 딱 질색입니다. 탁음. 정말입니다. 결핵에 걸리면 욕정이 불끈 솟는다는데 그걸 내가 어쩌겠습니까. 가벼운 수포음. 나도 모르는 사이에 마치 포주가 된 기분입니다. 여기 왼쪽 어깨 밑의 단축음. 여기서는 정신 분석을 하고 있으니 무엇이든 입 밖에 내도 됩니다. 식사는 잘 하셨습니까! 저 수포음 패거리들은 자신의 마음을 털어 놓을수록 더욱 색을 밝히게 됩니다. 나는 수학을 설교하고자 합니다. 여기는 더 좋아졌고, 잡음이 사라졌습니다. 말하자면 수학 공부가 성욕을 해소하는 데 최고입니다. 그 때문에 심한 괴롭힘을 당한 파라반트 검사는 수학에 덤벼들어, 지금은 원의 구적법을 공부하면서 증상이 많이 가벼워졌습니다. 하지만 대부분의 환자들은 매우 어리석고 게을러서 연민을 자아내게 합니다. 폐포음. 이보시오, 나는 이곳의 젊은이들이 자칫하면 타락하여 신세를 망치기 십상이라는 사실을 아주 잘 알고 있습니다. 전에 나는 풍기문란을 단속하려고 몇 번 시도해 본

적이 있었습니다. 하지만 그러다가 오빠든, 신랑이든 당신하고 무슨 상관이 있느냐고 나한테 대놓고 따지는 일이 발생했습니다. 그후부터는 그냥 의사의 직분에만 충실하고 있습니다. 오른쪽 위쪽에 수포음."

고문관은 요아힘을 진찰하고 나서 청진기를 수술복 주머니에 집어넣고는 거대한 왼손으로 두 눈을 비볐다. 그는 몸의 '기능'이 떨어져서 우울해질 때면 으레 그런 행동을 보이곤 했다. 그는 기분이 울적해서 연방 하품을 해 대더니 반기계적으로 예의 판에 박힌 문구를 늘어놓았다.

"자, 침센 군, 힘을 내세요. 아직은 모든 상태가 생리학 책에 쓰여 있는 대로라고는 할 수 없고, 군데군데서 잡음이 들리고 있습니다. 그리고 가프키와의 관계도 아직 남김없이 정리된 것이 아니고, 게다가 최근에는 번호가 한 단계 올라가기도 했습니다. 이번에는 번호 6입니다. 그렇다고 해서 시름에 잠겨 있어서는 안 됩니다. 당신이 이곳에 왔을 때는 지금보다 상태가 더 나빴습니다. 그것은 서류상으로 보여 드릴 수 있습니다. 앞으로 대여섯 달 더 있으면…… 예전에는 달을 '모나트'라고 하지 않고 '마노트'라고 한 것을 아시나요? 사실 그게 훨씬 더 듣기가 좋았습니다. 그래서 나는 이제 마노트라고 말할 작정입니다."

"고문관님." 요아힘이 말을 시작했다. 그는 상체를 드러낸 채 가슴을 펴고 구두 뒤꿈치를 모으고는 부동자세로 서 있었다. 그리고 햇볕에 많이 탄 얼굴이 핏기를 잃으면 저렇게 되는구나 하고 한스 카스토르프가 어떤 특정한 기회에 처음으로 알아챘을 때처럼 그의 얼굴은 푸르죽죽해져 있었다.

고문관은 여세를 몰아 계속 말했다. "당신이 앞으로 반년만 이곳에서 엄격하게 요양 근무를 하면 성공한 남자가 되어 콘스탄티노플을 점령할 수 있을 겁니다. 그렇게 되면 당신의 용맹성을 인정받아 국경 지대의 사령관이 될 수 있습니다."

요아힘의 흔들림 없는 자세, 무언가 용기 있게 말을 하겠다는 그의 확고한 의지가 고문관을 어리둥절하게 만들지 않았다면 자신의 우울한 기분을 달래기 위해 그가 또 무슨 말을 늘어놓았을지 모른다.

젊은이가 말했다. "고문관님, 송구스럽지만 드릴 말씀이 있어서요. 나는 고향으로 돌아가기로 마음을 굳혔습니다."

"아니, 뭐라고요? 떠나겠다고요? 나는 나중에 언젠가 건강한 몸으로 군인이 될 거라고 생각했는데요?"

"아닙니다, 지금 떠나야 합니다, 고문관님, 일주일 내로요."

"내가 잘못 들은 게 아닌가요? 총을 내던지고 몰래 도망치겠다는 건가요? 그건 탈주라는 걸 아십니까?"

"아닙니다, 나는 그렇게 생각하지 않습니다. 나는 이제 연대로 원대 복귀해야 합니다."

"6개월만 있으면 틀림없이 떠날 수 있다는데, 6개월이 되기 전에는 떠날 수 없다는데도 말입니까?"

요아힘의 태도는 한층 더 군대식으로 변해 갔다. 그는 배를 집어넣고 서서 짤막하고도 누르는 듯한 목소리로 말했다.

"이곳에 온 지 일년 반이 넘었습니다, 고문관님. 더는 기다릴 수 없습니다. 처음에는 3개월이라고 말하지 않았습니까. 그러다가 나의 요양 기간은 3개월, 6개월 이런 식으로 자꾸 연장되었습니다. 그런데도 나는 여전히 건강하지 않습니다."

"그게 내 잘못인가요?"

"아닙니다, 고문관님. 하지만 더는 기다릴 수 없습니다. 여기서 병이 다 나을 때까지 기다리다가는 영영 군인이 되는 길을 놓치고 말 겁니다. 지금 저 아래로 가야만 합니다. 장비를 갖추고 다른 준비를 하려면 시간이 좀 필요합니다."

"가족과는 이야기가 되었습니까?"

"어머니가 양해해 주셨습니다. 모든 것이 결정된 일입니다. 나는 10월 1일에 사관후보생으로 제76연대에 입대합니다."

"어떤 위험도 무릅쓰고 말인가요?" 베렌스는 이렇게 물으면서 충혈된 눈으로 그를 쳐다보았다.

"명령대로 할 겁니다, 고문관님." 요아힘은 입술을 떨면서 대답했다.

"뭐, 그렇다면 할 수 없지요, 침센 군." 고문관은 얼굴 표정이 바뀌었고, 태도도 누그러졌으며, 몸과 마음의 긴장이 풀렸다. "좋아요, 침센 군. 떠나도록 하세요! 무사히 여행하길 빕니다. 당신은 자신이 하는 일이 무엇을 의미하는지 잘 아는 것 같습니다. 당신이 모든 일을 책임지고 행동하세요. 그리고 당신이 모든 책임을 떠맡는 순간부터 그건 당신의 문제이지 내 문제가 아니란 건 분명합니다. 자립해야만 모름지기 사내대장부입니다. 당신은 보증 없이 여행해야 하는데, 나는 거기에 아무런 책임이 없습니다.

하시만 설마하니 아무 일도 없겠지요. 당신의 직업은 야외에서 하는 일이니까요. 그것이 당신에게 도움이 되어 용케 역경을 이겨 낼 수 있을지도 모르지요."

"저도 그렇게 생각합니다, 고문관님."

"자, 그럼, 민간인 구경꾼 출신인 젊은이는 어떻게 할 건가요? 같이 갈 건가요?"

이번에는 한스 카스토르프가 대답해야 할 차례였다. 그는 일년 전에 진찰을 받고 요양원에 발을 들여놓게 되었을 때처럼 창백한 얼굴로 그곳에 서 있었다. 그때처럼 얼굴에는 푸르죽죽한 얼룩이 생겼다. 그리고 이번에도 심장의 고동이 갈비뼈에까지 울리는 것을 또렷이 느낄 수 있었다. 그는 이렇게 말했다.

"나는 당신의 판정에 맡길 작정입니다, 고문관님."

"내가 판정하는 대로요? 좋습니다!" 그러고는 그는 청년의 팔을 잡아끌더니 청진하고 타진했다. 그는 결과를 받아 적게 하지 않았다. 일은 꽤 신속하게 진행되었다.

"당신은 떠나도 좋습니다."

그러자 한스 카스토르프가 더듬거리며 말했다.

"그렇다면…… 대체 무슨 말씀인가요? 내가 건강하다는 말인가요?"

"그렇습니다, 당신은 건강합니다. 왼쪽 위의 환부는 이제 문제가 되지 않습니다. 당신의 열이 그 환부 때문인 것 같지는 않습니다. 그렇지만 무엇 때문에 열이 생기는지는 알 수 없습니다. 그다지 대수롭지 않은 열인 것 같습니다. 내 생각으로는 떠나도 좋겠습니다."

"그렇지만 고문관님, 지금 그 말은 진심으로 하는 말씀이 아니겠지요?"

"진심이 아니라고요? 대체 무슨 말입니까? 어떻게 그런 생각을 할 수 있다는 말입니까? 나를 대체 어떻게 생각하는 거요? 당신은 나를 뭘로 보는 거요? 포주쯤으로 생각한단 말인가요?!"

그것은 진노였다. 푸르죽죽한 고문관의 얼굴은 끓어오르는 분노 때문에 보라색으로 짙어졌고, 콧수염을 기른 입술의 한쪽 끝이 더욱 심하게 치켜 올라간 바람에 옆으로 윗니가 드러났다. 그는 황소처럼 머리를 들이밀고 있었고, 눈물에 젖은 두 눈에는 핏발이 섰다.

"그런 식으로 말하지 마십시오!" 그는 고래고래 소리를 질러 댔다. "첫째 나는 경영자가 아닙니다. 나는 이곳의 고용인일 뿐입니다! 나는 의사입니다! 한낱 의사일 뿐이란 말입니다, 내 말 알아듣겠어요?! 나는 뚱쟁이 영감이 아닙니다! 아름다운 나폴리의 톨레도에 사는 색골은 더욱 아닙니다, 내 말 이해하겠어요? 나는 고통을 겪고 있는 인류의 종복입니다! 그리고 나를 그렇지 않은 사람으로 생각했다면 둘 다 사라지든 꺼지든 파멸하든 멋대로 하십시오! 무사히 여행하십시오!"

고문관은 뢴트겐실의 대기실로 통하는 문으로 성큼성큼 걸어가서 문을 쾅 닫고는 나가 버렸다.

두 사촌은 구원의 눈길로 크로코프스키 박사를 쳐다보았지만 그는 서류만 들여다보며 열심히 읽는 체했다. 둘은 서둘러 옷을 입었다. 계단에서 한스 카스토르프는 이렇게 말했다.

"정말 끔찍했어. 저런 모습을 본 적 있었나?"

"아니, 저렇게 화낸 적은 없었어. 저런 게 바로 상관의 발작이라는 거야. 저럴 땐 두말없이 그냥 가만히 놓아두는 게 상책이야. 물론 폴리프락시오스와 뇔팅의 일로 화난 거지. 하지만 너도 보았지?" 요아힘은 말을 계속했는데, 목적을 달성했다는 기쁨에 겨워 가슴이 북받쳐 오르는 모양이었다. "너도 보았지? 나의 결심이 확고하다는 것을 알고 그가 강경하게 나오지 못하고 두 손 든 것 말이야. 칼을 빼들고 맹렬하게 덤벼들어야 하는 거야. 이제 말하자면 허락을 받은 거야. 내가 용케 역경을 이겨 낼 수 있을지 모르겠다고 그 자신도 말했지. 이제 일주일만 있으면 떠날 거야. 3주 안으로 연대에 편입될 거야." 그는 한스 카스토르프의 일은 건드리지 않고, 기쁨에 들떠 떨리는 목소리로 자신의 문제에 한정해서 말했다.

한스 카스토르프는 아무 말이 없었다. 그는 요아힘이 '허락' 받은 것에 대해서, 또한 자신이 허락받은 것에 대해서 뭐라고 말할 수도 있을 텐데 이에 대해 일언반구도 없었다. 그는 안정 요양을 위한 준비를 하고, 체온계를 입에 물고는 두 장의 낙타털 담요를 간단하고도 안정된 솜씨로 몸에 감았다. 평지에서는 아무도 상상할 수 없는 완벽한 기량과 우러러볼 만한 솜씨였다. 그러고는 초가을 오후의 축축하고 차가운 날씨에 누에고치처럼 꼼짝 않고 훌륭한 접이식 침대에 누워 있었다.

비구름이 낮게 드리워졌고, 저 아래의 환상적인 깃발은 걷어들

여겼다. 전나무의 젖은 가지 위에는 잔설이 얹혀 있었다. 바로 일
년 전에 알빈 씨의 목소리가 그의 귀청을 때리던 저 아래 안정 홀
에서 안정 요양을 하고 있는 청년의 귀에 소곤거리는 소리가 들려
왔다. 청년의 손가락과 얼굴은 축축하고 차가운 날씨에 금방 굳어
버렸다. 그는 이런 것에 익숙해져 있어서, 이제 진작부터 이곳에
서 유일하게 생각할 수 있는 생활 방식이 되었다. 그는 누구의 간
섭도 받지 않고 조용히 누워서 이것저것 생각할 수 있는 것을 은
총으로 알고 감사하게 생각했다.

　요아힘이 떠난다는 것은 확고부동한 사실이었다. 라다만토스가
그를 석방한 것이다. 건강한 몸으로서 정식으로 석방한 것이 아니
라, 사실 요아힘의 완강한 태도를 인정하고 이를 이유로 마지못해
석방한 것이다. 그는 협궤 열차를 타고 저 아래 란트크바르트로
가서 로만스호른에 도착한 다음, 전설에 따르면 기사가 말을 타고
건너갔다는 넓고 깊은 호수*를 지나 독일을 횡단하여 집으로 돌아
간 것이다. 저 아래 평지의 어떻게 살아야 하는지 아무것도 모르
는 사람들 틈에서, 체온, 담요를 감는 법, 슬리핑백, 하루 세 번 하
는 산책에 대해 아무것도 모르는 사람들 틈에서 그는 살아갈 것이
다. 저 아래 사람들이 전혀 모르는 사항에 대해 하나하나 열거하
며 입 밖에 내는 것은 쉬운 일이 아니었다. 하지만 이 위에서 일년
반 이상 지낸 요아힘이 아무것도 모르는 사람들 사이에서 살아가
야 한다는 생각—이러한 생각은 요아힘에게만 해당되고, 한스
카스토르프에게는 다만 멀리서 시험적으로만 관계될 뿐이었다—
에 머리가 혼란스러워진 한스 카스토르프는 두 눈을 꼭 감고 손으

로 생각을 뿌리치는 듯한 동작을 했다. "말도 안 돼, 말도 안 되는 일이야." 그는 혼잣말로 중얼거렸다.

하지만 그게 말도 안 되는 일이라고 요아힘 없이 혼자 이 위에서 계속 살아갈 것인가? 그렇다. 얼마나 오랫동안? 베렌스가 다 나았다며 그를 석방할 때까지 있을 것이다. 그것도 오늘처럼 석방되는 것이 아니라 진심으로 석방시켜 줄 때까지. 하지만 첫째로 언젠가 요아힘이 허공에 대고 알 수 없다는 동작을 해 보였듯이, 석방 시기가 언제가 될지는 알 수 없었다. 그리고 둘째로 그때가 된다고 해서 불가능한 일이 가능한 일로 바뀔까? 아니, 오히려 그 반대가 될지도 모른다. 그리고 불가능한 일이 나중에 어쩌면 더욱 불가능한 일이 되기 전에 지금 그에게 구원의 손길이 뻗쳤다고 인정하는 것이 공정한 판단이었다. 요아힘의 무모한 출발이 한스 카스토르프에게는 자기 혼자의 힘으로는 영원히 알지 못할 평지로 돌아가는 길을 인도해 주는 버팀목이 되었다. 인문주의적 교육자가 이런 기회를 알았다면 구원의 손길을 붙잡고 인도해 주는 길을 따르도록 얼마나 독촉할 것인가! 하지만 세템브리니는 들을 만한 가치가 있는 사물과 정신들 중에서 하나의 대변자에 지나지 않았고, 그가 유일하고 절대적인 대변자는 아니었다. 그리고 요아힘에 대해서도 사정은 마찬가지였다. 그는 말할 것도 없이 군인이었다. 그는 가슴이 풍만한 마루샤가 돌아올 즈음 떠나는 것이었다(모두 아는 바에 따르면 그녀는 10월 1일에 돌아온다고 했다). 반면에 민간인인 한스 카스토르프는 언제 돌아올지 아무도 모르는 쇼샤 부인을 기다려야 하기 때문에 언제 출발할지 꼭 집어서 일목요연하게 말할 수 없었다. "나는 그렇게 생각하지 않습니다." 라다만 토스가 탈주라고 말하자 요아힘이 그렇게 말했다. 요아힘이 볼 때 탈주라는 말은 의심의 여지 없이 우울증에 걸려 있는 고문관의 헛소리에 불과했다. 하지만 민간인인 자신에게는 사정이 다를 수밖에 없었다. 그에게는(그렇다, 의심의 여지 없이 탈주가 분명했다! 그가 오늘 이렇게 축축하고 차가운 발코니에 누워 있는 것은 이런 결정적인 생각을 얻기 위해서였다), 그에게는 기회를 붙잡아 평지로 무모한, 또는 무모에 가까운 출발을 감행하는 것이 정말 탈주였을지도 모른다. 신의 자식이라는 고귀한 인간의 상을 바라보면서 이 위에서 생겨난 광범위한 책임으로부터의 탈주인 것이며, 그가 여기 발코니와 푸른 꽃이 만발해 있는 장소에서 몰두하는, 힘들지만 얼굴을 화끈거리게 하는 술래잡기 의무, 즉 자신의 자연스러운 힘을 넘어서지만 그래도 모험적인 행복감을 안겨 주는 술래잡기 의무에 대한 배신인 것이다.

한스 카스토르프는 입에 문 체온계를 뺐다. 옛날 수간호사에게서 그 사랑스러운 물건을 사서 처음으로 체온을 쟀을 때처럼 거칠게 빼서는 그때처럼 호기심어린 눈길로 눈금을 들여다보았다. 수은주는 껑충 올라가 37.7도, 8도 내지는 거의 9도까지 올라가 있었다.

한스 카스토르프는 담요를 걷어차고 벌떡 일어나 방으로 달려가서 복도로 향한 문으로 갔다가 되돌아왔다. 그런 다음 다시 수평 상태로 누워 나지막한 소리로 요아힘을 부르고는, 그의 체온을 물었다.

"니는 이제 체온을 재지 않아." 요아힘이 내답했다.

"어이, 나는 템푸스*가 있는걸." 한스 카스토르프는 슈퇴어 부인이 샴페인을 '샴푸스'라고 말한 것을 흉내 내어 템페라투어*라 하지 않고 템푸스라고 말했다. 그렇지만 유리 칸막이 저쪽에서는 아무런 응답이 없었다.

한스 카스토르프는 나중에도, 즉 그날과 다음날에도 아무런 말이 없었고, 사촌의 계획과 결심에 대해 입도 뻥긋하지 않았다. 물론 남은 시일이 빠듯하기 때문에 자신이 행동을 하느냐 안하느냐에 따라 요아힘의 계획과 결심이 자연히 드러나게 마련이었다. 사실은 행동하지 않을 것이 확실했지만 말이다. 한스 카스토르프는 신만이 행동하기를 원하기 때문에 인간이 행동하는 것은 신을 모독하는 일이라는 정적주의를 신봉하는 모양이었다. 좌우간 한스 카스토르프가 요 며칠 동안 행동한 것이라고는 베렌스를 찾아간 일밖에 없었다. 요아힘은 그때 오고 간 이야기에 대해서 알고 있었고, 대화가 어떤 식으로 진행되고 결과가 어떻게 되었는지는 불을 보듯 빤했다. 한스 카스토르프는 고문관이 화가 나서 내키지 않은 말을 한 것을 귀담아듣지 않고, 두 번 다시 이곳에 돌아올 필요가 없도록 병을 철저히 고친 다음 나가라고 이전에 기회 있을 때마다 여러 번 충고한 그의 말을 따르기로 했다고 자신의 입장을 밝혔다. 현재 체온이 37.8도나 되기 때문에 정식으로 석방된 것으로 느낄 수 없다고 했다. 그리고 자신은 그럴 만한 일을 한 적이 없기 때문에 고문관이 며칠 전에 한 말을 퇴학 처분이라고 생각하지 않는다고 했다. 그래서 자기는 차분하게 심사숙고한 결과 요아힘 침셴의 경우와는 달리 이곳에 더 남아 병독이 완전히 제거될 때까지 기다리기로 결정했다는 것이다. 이에 대해 고문관은 거의 똑같은 대답을 되풀이했다. "좋아요, 잘한 일입니다! 요전에 화낸 것을 나쁘게 생각하지 말아요!" 그러면서 그는 한스 카스토르프를 분별력 있는 청년이라고 칭찬했다. 그리고 그는 저 무모하고 저돌적인 무사보다 한스 카스토르프에게 환자의 자질이 더 많은 것을 처음부터 알아보았다는 등의 말을 늘어놓았다.

요아힘이 얼추 사실과 가깝게 추측한 바에 따르면 둘의 대화는 이런 식으로 진행되었다. 하지만 그는 아무 말도 하지 않았고, 한스 카스토르프가 자신처럼 출발 준비를 하지 않는다는 것을 말없이 확인했을 뿐이다. 하지만 선량한 요아힘은 자신의 일만으로도 얼마나 눈코 뜰 새 없이 바빴는지 모른다! 요아힘은 사실 사촌의 운명이며 그가 계속 머무르는 사실에 대해 걱정이고 뭐고 할 겨를이 없었다. 그의 가슴은 폭풍에 뒤흔들리듯 콩닥콩닥 뛰었다. 이는 충분히 상상할 수 있는 일이었다. 그의 말로는 체온계를 무심코 바닥에 떨어뜨려 깨지는 바람에 다시는 체온을 재지 않게 되었는데, 이는 어쩌면 차라리 잘된 일인지도 모르겠다고 했다. 요아힘이 지금처럼 말할 수 없이 흥분한 상태에서, 기쁘고 긴장한 나머지 얼굴이 붉으락푸르락하는 가운데 체온을 쟀다가는 걷잡을 수 없는 결과를 낳을 수 있기 때문이다. 한스 카스토르프가 들은 바에 따르면, 그는 도저히 차분하게 침대에 누워 있을 수 없어 하루 종일, 하루에 네 번 하는 베르크호프의 수평 안정 요양 시간 내내 방 안을 이리저리 왔다갔다했다. 이곳에 있은 지 어언 일 년 반이나 되었나! 비록 애매하게 허락받은 것에 불과하지만 그러다가 이제 저 아래로, 평지로, 집으로, 정말 연대에 들어가는 것이다! 이는 어떤 의미에서 보든 결코 예사로운 일이 아니었다. 한스 카스토르프는 안절부절못하며 서성대는 사촌의 모습에서 그러한 점을 확연히 느낄 수 있었다. 18개월, 다시 말해서 꼬박 일년 하고도 6개월을 이 위에서 지내는 동안 이곳의 생활 기준, 이곳의 신성한 생활양식에 완전히 익숙해지고 숙달되었다. 즉 7일을 70번 곱한 세월 동안 이곳 생활에 흠뻑 젖어 있다가 이윽고 집으로, 낯선 세상으로, 아무것도 모르는 사람들 곁으로 돌아가는 것이다! 저 아래 생활에 다시 적응하려면 얼마나 많은 어려움이 있을까? 요아힘이 흥분해 어쩔 줄 모르는 것은 기뻐서 그러기도 하겠지만, 완전히 익숙해진 생활을 떠난다는 두려움과 슬픔 때문에 방 안을 서성거린다 해서 누가 이상하게 생각하겠는가? 하물며 마루샤를 이곳에 두고 떠난다는 사실은 문제 삼지 않더라도 말이다.

그러나 두렵고 불안한 마음보다 기쁜 마음이 훨씬 컸다. 선량한 요아힘은 마음에 가득한 것을 입에 담지 않을 수 없어, 자신에 관해 말하기 시작했고, 사촌의 장래에 관해서는 이제 아랑곳하지 않았다. 그는 모든 것, 즉 삶, 그 자신, 하루하루와 매 시간이 얼마나 새롭고 신선해질지에 대해 말했다. 그는 다시 충실한 시간을 보내게 될 것이고, 청춘 시절을 점차 보람 있게 보낼 거라고 했다. 그는 자신의 어머니이자, 한스 카스토르프의 이복 이모 침센 미망인에 관해 말했다. 부인도 침센처럼 부드럽고 까만 눈을 갖고 있었다. 아들이 집으로 가는 것을 차일피일 미루었듯이 부인도 한 달

두 달, 반년 일년 미루면서 아들을 찾아갈 결심을 하지 못하는 바람에 요아힘은 이 산에 있는 동안 어머니를 한 번도 본 적이 없었다. 그는 감격한 듯 미소를 지으며 얼마 안 있으면 하게 될 입대선서에 관해 말했다. 장엄한 의식에 따라 군기 앞에서, 바로 연대기 앞에서 선서를 한다고 했다. "뭐라고? 그게 정말이야? 막대기 앞에서? 작은 천 조각 앞에서?" 한스 카스토르프가 반문했다. "암, 물론이지. 포병대는 대포 앞에서 한다네. 상징적인 의미에서 말이야." "거참, 열광적인 풍습이군. 감상적이고 광신적인 풍습이라 할 수 있겠어." 민간인이 말했다. 이 말에 대해 요아힘은 자랑스럽고도 행복하게 머리를 끄덕였다.

요아힘은 출발 준비에 들어가 관리실에서 마지막 돈 계산을 마쳤으며, 자신이 정한 출발 날짜가 되기 며칠 전부터 이미 짐을 꾸리기 시작했다. 그는 여름옷과 겨울옷을 꾸려 넣었고, 요양원 인부에게 부탁하여 슬리핑백과 낙타털 담요를 삼베 자루에 넣어 꿰매게 했다. 어쩌면 기동 연습 때 이런 것들을 또 한 번 사용할 일이 있을지 모르기 때문이었다. 그리고 그는 혼자 세템브리니와 나프타를 찾아가 작별 인사를 했다. 한스 카스토르프가 동행하지 않았기 때문이다. 그는 세템브리니가 요아힘의 출발과 자신의 체류에 대해 어떻게 생각하며, 무슨 말을 했는지 묻지도 않았다. 세템브리니가 "그래, 그래요"라고 했든지, "좋아, 좋아요"라고 했든지, 아니면 두 가지 다 말했든지, 또는 "불쌍한 사람"이라고 했든지 간에, 이제 그런 것은 그에게 아무래도 상관없었다.

드디어 출발 전야가 되었다. 그날 요아힘은 모든 것, 즉 식사며 안정 요양이며 산보 등을 마지막으로 끝마치고 의사와 수간호사에게 작별 인사를 했다. 그리고 출발 당일 아침이 밝았다. 그는 밤새 잠을 이루지 못한 까닭에 충혈 된 눈과 찬 손을 하고 아침 식사에 나타났다. 그는 음식을 거의 입에 대지 않았고, 짐을 마차에 모두 실었다는 난쟁이 아가씨의 말을 듣자 급히 자리에서 일어나 식탁 동료들에게 작별 인사를 했다. 슈퇴어 부인은 잘 가라고 인사를 하면서 눈물을 흘렸지만, 그것은 교양 없는 여자의 헤프고 무미건조한 눈물이었다. 그리고 눈물이 채 마르기도 전에 요아힘의 등 뒤로 여선생에게 머리를 흔들고는, 손가락을 쭉 펴서 이쪽저쪽으로 돌리면서, 요아힘의 출발 자격과 건강 여부에 대해 심히 의심스럽다는 듯이 야비하고도 천박한 표정을 지어 보였다. 한스 카스토르프는 사촌을 따라가기 위해 선 채로 커피를 마시다가 이 장면을 보게 되었다. 요아힘은 수고한 사람들에게 팁을 주었고, 현관에서 관리실 대표자의 공식 작별 인사말에 답했다. 언제나 그렇듯이 떠나가는 사람을 지켜보기 위해 현관에는 환자들이 죽 늘어서 있었다. 키가 작은 일티스 부인, 상앗빛 피부를 가진 레비 양, 품행이 단정치 못한 포포브와 그의 아내의 얼굴이 보였다. 뒷바퀴에 제동을 걸면서, 마차가 질질 끄는 소리를 내며 차도를 미끄러져 내려가는 동안 사람들은 손수건을 흔들었다. 요아힘은 선물로 받은 장미꽃을 가슴에 안고 머리에는 모자를 쓰고 있었지만, 한스 카스토르프는 모자를 쓰지 않았다.

화창한 아침이었고, 오랫동안 흐린 날씨가 계속되다가 처음으로 햇살이 내리쬐는 날이었다. 시아호른, 녹색의 탑들, 도르프베르크의 둥근 봉우리들이 푸른 하늘을 배경으로 변함없이 상징처럼 우뚝 솟아 있었고, 요아힘의 시선은 줄곧 이런 산봉우리들에가 있었다.

"출발하는 날에 이렇게 날씨가 좋아지니 자못 유감이군. 고약한일이야, 혹독하고 궂은 날씨라야 헤어지기 쉬운 법인데 말이야." 한스 카스토르프가 말했다. 이에 대해 요아힘이 말했다. "헤어지기 어려워도 상관없어. 훈련하기 딱 좋은 날씬걸. 저 아래에서는 이런 날씨가 필요해." 이것 말고는 둘은 별로 말이 없었다. 현재의상황으로 보아서 어느 쪽이든, 둘 다 특별히 할 말이 없었던 것이다. 게다가 마차 앞의 마부석에는 마부와 나란히 요양원의 절름발이 문지기가 앉아 있었다.

한 필의 말이 끄는 이륜마차의 딱딱한 쿠션 위에 똑바로 앉은이들은 이리저리 흔들리며 개울을 건너고 협궤 철도를 지나, 철도와 나란히 달리는 폭이 일정하지 않은 길을 달려서는, 헛간과 별다를 바 없는 도르프 역의 돌투성이 광장에 도착해 마차에서 내렸다. 한스 카스토르프는 놀라운 심정으로 이 모든 것을 다시 바라보았다. 13개월 전에 황혼이 질 무렵 여기에 처음 도착한 후로 그는 한 번도 이곳에 와 본 적이 없었다.

"내가 도착한 곳이 바로 여기였지." 한스 카스토르프는 하나마나한 뻔한 말을 했다. 그러자 요아힘은 그냥 이렇게 대답할 뿐이었다. "그래, 여기였어." 그리고 그는 마부에게 사례금을 지불했다.

동작이 민첩한 절름발이는 차표며 짐이며 모든 것을 잘 챙겨 주었다. 좌석 등받이에 회색 덮개를 씌운 작은 객실에 요아힘이 외투와 무릎덮개, 장미를 올려놓은 후, 둘은 소형 열차 옆의 승강대에 나란히 섰다. "자, 이제 너는 열광적인 선서를 하게 되겠군." 한스 카스토르프가 말했다. "그렇게 되겠지." 요아힘이 대답했다. 이것 말고 또 다른 무슨 할 말이 있겠는가? 마지막으로 이들은 작별 인사를 나누고, 저 아래 사람들과 이 위의 사람들에게 안부를 전해 달라고 서로 부탁했다. 그러고 난 뒤 한스 카스토르프는 자신의 지팡이로 아스팔트 위에 무언가를 마냥 그리기만 할 뿐이었다. 열차에 올라타라는 소리가 들리자 그는 화들짝 놀라 고개를 들고는 요아힘의 얼굴을 바라보았고, 요아힘도 그의 얼굴을 바라보았다. 둘은 서로의 손을 꼭 잡았다. 한스 카스토르프는 무언가 알 수 없는 미소를 지었고, 요아힘의 진지한 두 눈에서는 슬픔에 금방이라도 눈물이 왈칵 쏟아질 것 같았다. "한스!" 그가 나직이 소리 내어 외쳤다. 아니, 세상에 이럴 수가! 이렇게 곤혹스러운 일이 세상에 또 있을까? 그는 한스 카스토르프의 이름을 불렀던 것이다! 평소에 하던 대로 '너'나 '이봐'로 부르지 않고, 예의범절을 완전히 무시한 채 이루 말할 수 없이 곤혹스러울 정도의 열광적인 방식으로 "한스!" 하고 이름을 불렀던 것이다! 요아힘은 "한스!"라고 말하고는 자못 불안한 표정으로 사촌의 손을 잡았다. 그때 한스 카스토르프는 밤새 한숨도 못 자고 여행 기분에 들뜬 채 충격에 빠져 있는 사촌이, 자신이 술래잡기할 때처럼 목을 바르르 떠는 것을 눈치 챌 수 있었다. "한스! 곧 따라와야 해!" 그는 간절한 어조로 말했다. 그러고는 열차의 발판으로 훌쩍 뛰어 올라갔다. 문이 닫히고 기적이 울리자 바퀴들이 움직이기 시작했다. 작은 기관차가 앞에서 끌기 시작하자, 열차가 스르르 미끄러지며 앞으로 나아갔다. 여행객은 창밖으로 연방 모자를 흔들었고, 뒤에 남은 자는 마구 손을 흔들었다. 속이 온통 헤집어진 한스 카스토르프는 아픈 가슴을 안고 오랫동안 그렇게 하염없이 서 있었다. 그리고 그는 일 년 전에 요아힘이 자신을 데리고 왔던 길을 따라 느릿느릿 발걸음을 옮겼다.

물리친 공격

시간의 수레바퀴는 덜컹거리며 굴러갔고, 시계바늘은 쉬지 않고 돌아갔다. 야생란과 매발톱꽃은 시들기 시작했고, 야생 패랭이꽃도 마찬가지의 운명을 맞이했다. 별 모양을 한 짙푸른 용담과 독성을 띤 창백한 크로커스는 축축한 풀밭에 다시 모습을 드러냈고, 숲은 불그스름한 빛을 띠었다. 추분이 지나가고, 만령절이 코앞에 다가왔으며, 시간을 보내는 데는 선수들인 이곳 사람들에게는 어쩌면 강림절 첫 주일, 동지 및 크리스마스도 목전에 다가와 있는 거나 마찬가지였을 것이다. 하지만 아직은 사촌들이 고문관의 유화를 보았던 때와 마찬가지로 화창한 10월의 날씨가 계속되고 있었다.

요아힘이 떠나간 뒤로 한스 카스토르프는 더 이상 슈퇴어 부인의 식탁에 앉지 않았다. 이미 저세상으로 간 블루멘콜 박사가 앉았던 식탁, 까닭 없이 헤실헤실 웃으며 오렌지 향내 나는 손수건을 입에 대던 마루샤가 앉았던 식탁에는 더 이상 앉지 않았다. 이제 그 식탁에는 전혀 모르는 새로운 손님들이 앉아 있었다. 일년하고도 벌써 2개월 반을 이곳에서 보낸 우리의 친구에게 관리실에서는 다른 자리를 배정해 주었다. 그래서 그는 지금까지 앉았던 식탁 앞의 비스듬한 방향에 있는 이웃 식탁, 왼쪽 베란다 문 쪽으로, 일류 러시아인 석과 자신의 옛날 식탁 사이의 식탁, 요컨대 세템브리니의 식탁에 앉았다. 그렇다, 이제는 빈자리가 된 인문주의자의 자리에 한스 카스토르프가 앉게 된 것이다. 고문관과 그의 조수가 식사할 때를 대비해 일곱 식탁마다 비워 둔 좌석의 맞은편으로 이번에도 끝자리에 앉게 되었다.

빈자리 왼쪽에는 멕시코 출신으로 꼽추인 아마추어 사진사가 방석을 여러 개 포개 놓고 덩그러니 웅크리고 앉아 있었는데, 그는 이곳에서 오가는 언어를 하나도 알아듣지 못해 마치 벙어리와 다름없는 표정을 하고 있었다. 그리고 빈자리 오른쪽에는 지벤뷔르겐 출신의 노처녀가 앉았는데, 언젠가 세템브리니가 하소연했듯이 그녀는 아무도 알지 못하고, 알고 싶어 하지도 않는 자신의 형부 이야기를 아무에게나 늘어놓는 것이었다. 그녀는 규정된 산책을 할 때는 은제 손잡이가 달린 툴라 산 T자형 지팡이를 짚고 다녔는데, 사람들은 매일 일정한 시간이 되면 그 지팡이를 목에 비스듬히 걸치고 자신의 발코니 난간에서 폐 정화를 위한 심호흡 운동을 하기 위해 접시처럼 납작한 가슴을 펴는 그녀의 모습을 볼 수 있었다. 그녀의 맞은편에는 체코인이 앉아 있었는데, 아무도 그의 성을 발음할 수 없어 그냥 벤첼 씨라고 불렀다. 세템브리니가 베르크호프에 있을 때 까다로운 자음으로 구성된 이 이름을 발음해 보려고 가끔 애쓴 적이 있었다. 물론 진짜 발음이 되는지 보려고 한 것이 아니라 자신의 우아한 라틴어가 거친 음의 밀림에 얼마나 속수무책인가를 흥거운 마음으로 시험해 보기 위해서였다. 오소리처럼 살이 오동통하게 찌고, 이 위의 사람들 중에서도 놀라울 정도로 두드러진 식욕을 보이는 이 보헤미안 남자는 4년 전부터 자신이 죽을 거라고 입버릇처럼 말해 왔다. 밤의 모임 때는 가끔 서툰 솜씨로 리본으로 장식한 만돌린을 켜면서 자신의 고향 노래를 불렀으며, 온통 예쁜 아가씨들만 일한다는 자신의 사탕무 재배 농장 이야기를 들려주었다. 그다음으로 한스 카스토르프의 자리 가까이에는 할레 출신의 양조가인 마그누스 씨 부부가 식탁 양쪽에 앉았다. 마그누스는 당분을, 부인은 단백질을, 두 사람 다 생명에 중요한 신진대사의 산물을 잃고 있었기 때문에 이 부부에게는 어딘지 모르게 우울한 분위기가 감돌았다. 말하자면 창백한 부인의 마음에는 희망이라고는 눈곱만치도 섞여 있지 않은 듯했다. 그녀에게서는 지하실의 눅눅한 공기처럼 정신적인 황폐함이 발산되고 있어서, 그녀는 예의 병과 우둔함의 결합을 교양 없는 슈퇴어 부인보다 더욱 노골적으로 드러내었다. 언젠가 한스 카스토르프는 이 두 가지가 결합된 것을 보면 정신적으로 불쾌한 기분이 든다고 말했다가 세템브리니한테 된통 야단맞은 적이 있었다. 반면에 마그누스 씨는 부인보다는 활기가 있었고, 말하기를 좋아했다. 비록 예전에 그가 문학이 어디에 쓸 데가 있느냐는 투로 물어 세템브리니의 심기를 건드린 적이 있기는 하지만 말이다.

또한 마그누스 씨는 벌컥 성을 내는 버릇이 있있고, 정치적이기나 그 밖의 이유로 벤첼 씨와 가끔 충돌을 빚기도 했다. 금주 운동을 지지하고 양조업에 대해 도덕적으로 비난하는 발언을 한 그 보헤미아인의 국수주의적인 사고 방식이 마그누스 씨를 격분하게 만들었기 때문이다. 마그누스 씨는 얼굴을 붉혀 가며 자신의 이해와 밀접한 관련이 있는 술이 위생상 아무런 해가 없음을 극력 옹호했다. 이럴 경우 전에는 세템브리니가 유머러스하게 중재 역할을 맡았지만 한스 카스토르프는 그럴 만한 역량이 없었고, 세템브리니를 대신할 만한 충분한 권위를 인정받지도 못했다.

그는 자신의 식탁 동료들 중에서 두 사람하고만 개인적으로 비교적 가깝게 지냈다. 한 사람은 그의 왼쪽 옆에 앉은 페테르부르크 출신의 안톤 카를로비치 페르게였다. 적갈색 콧수염이 무성하고 인상이 선한 이 인내자는 고무신 제조, 벽지, 북극권, 노르웨이 북단에 있는 노르카프의 영원한 겨울에 대해 이야기했다. 한스 카스토르프는 가끔 이 남자와 규정된 산보를 하기도 했다. 다른 또한 사람은 둘이 산보할 때 우연히 마주치면 같이 합류하는 자로, 꼽추인 멕시코인 맞은편으로 위쪽 식탁의 끝에 앉는 페르디난트 베잘이라는 남자였다. 만하임 출신의 상인인 그는 머리숱이 성기고 이빨이 좋지 않았다. 쇼샤 부인의 요염한 모습을 언제나 욕정이 담긴 슬픈 눈초리로 바라보곤 하던 그는 사육제 날 밤 이후로 한스 카스토르프와 친교를 맺고 싶어 했다.

그는 아래에서 우러러보는 것같이 헌신적인 자세로 집요하고도 겸손하게 친구가 되어 주기를 희망했다. 한스 카스토르프로서는 그런 태도의 복잡한 의미를 간파하고 있었기 때문에 적잖게 역겹고 오싹한 느낌이 들긴 했지만, 그래도 그에게 계속 인간적으로 대해 주었다. 조금만 눈살을 찌푸려도 그 가련한 사나이가 절절매며 놀라 펄쩍 뛴다는 것을 알았기 때문에 그는 비굴한 존재인 베잘을 차분히 지켜보며 참고 견뎠다. 그 사나이는 기회만 있으면 한스 카스토르프 앞에서 굽실거리고 알랑거렸다. 심지어 한스 카스토르프는 규정된 산보를 할 때 그가 자신의 외투를 들어 주는 것을 참았고—그는 경건한 마음으로 한스 카스토르프의 외투를 팔에 걸고 따라왔다—급기야는 그가 자신의 슬픈 넋두리를 늘어놓는 것도 참고 들어 주었다. 그는 집요하게 질문들을 해 댔다. 이쪽에서는 사랑하고 있지만 그쪽에서는 거들떠보지도 않는 여성에게 자신의 사랑을 고백하는 게 의미 있고 분별력 있는 일인가 하는 질문들 말이다. 이렇게 전혀 성사될 가망이 없는 사랑의 고백에 대해 여러분은 어떻게 생각하는가 하고 물었다. 그 자신은 그것을 지고한 것으로 생각하며, 그 일로 무한한 행복을 느낀다고 했다. 말하자면 고백하는 행위가 혐오감을 일으키고 적잖게 굴욕적이지만 그는 그 순간 애정의 대상에게 가까이 다가가 자신의 심중을 밝히고 열정을 털어놓을 수 있다는 것이다. 물론 이로 인해 만사가 끝장난다 하더라도 한순간의 절망적인 환희는 영원한 상실을 보상하고도 남는다. 고백은 폭력을 뜻하므로, 상대방이 혐오감을 품고 저항할수록 쾌감이 커지기 때문이다. 이에 대해 한스 카스토르프는 눈살을 찌푸려 베잘이 흠칫 놀라 움츠러들게 만들었다. 하지만 우리의 주인공이 그런 표정을 지은 것은 도학자 같은 완고함 때문이 아니라, 좀 고상하고 까다로운 문세는 전혀 알지 못한다고 여러 번이나 강조한 선량한 페르게의 면전이라는 것을 고려해서였다. 우리는 한스 카스토르프를 실제보다 더 좋거나 더 나쁘게 보일 생각은 추호도 없으므로 다음 이야기를 전달하고자 한다. 어느 날 밤 불쌍한 베잘이 얼굴이 하얗게 질린 채 떨리는 목소리로 사육제 모임이 끝난 후의 경험과 체험에 대해 좀 더 자세히 들려달라고 한스 카스토르프에게 은밀히 졸라 대자 그는 선의를 갖고 차분히 그의 소원을 들어 주었다. 독자도 그렇게 생각하겠지만 목소리를 낮추어 대화한 이 장면에서 저급하고 천박한 분위기는 조금도 찾아볼 수 없었다. 그렇지만 우리는 여러 가지 이유에서 독자와 우리 자신에게는 그 이야기를 굳이 들려주지 않기로 하겠다. 그런데 그런 다음부터 베잘이 더욱 헌신적으로 한스 카스토르프의 외투를 들어 주었다는 점만은 분명히 덧붙이기로 하겠다.

한스의 새로운 식탁 동료들에 관해서는 이 정도로 해 두기로 하겠다. 비어 있던 그의 오른쪽 자리는 잠시, 불과 며칠간만 누가 앉았다가 다시 공석이 되었다. 자신이 전에 그랬듯이 그 자리에는 청강생, 친척의 한 사람, 평지에서 올라온 손님, 말하자면 평지의 사자(使者), 다시 말하면 한스의 삼촌 야메스 티나펠이 잠시 앉았다.

고향의 대변자이자 사자가 느닷없이 그의 옆에 앉게 된 것은 가슴을 울렁거리게 하는 모험적인 사건이었다. 그는 옛날 세계, 깊이 잠겨 버린 세계, 이전의 삶의 분위기, 멀리 저 아래에 가라앉아 있는 '지상 세계'의 분위기를 신선하게 풍기면서 영국제 양복을 입고 앉아 있었다. 하지만 이것은 언젠가 오고야 말 일이었다. 진작부터 한스 카스토르프는 평지에서 그러한 강력한 공격이 있을 것을 남몰래 각오하고 있었다. 그리고 정찰 임무를 띠고 정말 이 위에 모습을 드러낸 인물에 대해서도 정확하게 예상하고 있었다. 이러한 예상은 사실 그리 어려운 일이 아니었다. 바다에 나가 있는 페터가 이곳에 온다는 것은 거의 생각할 수 없었고, 이 지역의 기압 사정을 무서워하는 종조부 티나펠 자신은 말 열 필이 끌어 준다 해도 이곳에 올라올 수 없음이 확실했다. 그렇다, 고향 사람을 대표하여 고향을 이탈한 자를 살피러 올 사람은 바로 야메스 삼촌밖에 없었던 것이다. 한스는 벌써 이전부터 그가 올 것을 예상하고 있었다. 그리하여 요아힘이 혼자 고향에 돌아가서, 친척 어른들에게 이곳의 실상을 보고한 후 조만간 공격이 있을 것으로 예상하고 이제나저제나 하고 기다리던 터였다. 그래서 요아힘이 떠나고 2주일 만에 문지기한테서 전보 한 통을 받고, 기대에 차서 열어 본 후 야메스 티나펠이 단기간 이곳을 방문한다는 사실을 알고서도 한스 카스토르프는 조금도 놀라지 않았다. 그는 스위스에 볼일이 있어 왔다가 겸사 겸사로 한스가 있는 고지를 둘러볼 결심을 했다는 것이다. 그는 모레 이곳에 올 예정이었다.

'좋아. 잘된 일이야.' 한스 카스토르프는 생각했다. 그리고 심지어 마음속으로는 '어서 오십시오!'라는 말도 덧붙였다. '삼촌도 알 것은 알아야지!' 그는 찾아오는 사람에게 마음속으로 이렇게 말했다. 요컨대 그는 전보를 차분하게 읽고 그 내용을 베렌스 고문관과 관리실에 알려, 방을 하나 준비하게 해 두었다. 마침 요아힘의 방이 아직 비어 있었다. 그리고 그 나음나음 날 그는 자신이 도착한 시각, 그러니까 저녁 여덟 시가 되어 벌써 어두컴컴한 가운데 요아힘과 함께 타고 간 바로 그 딱딱한 마차를 타고, 자신을 정탐하러 오는 평지의 사자를 마중하기 위해 도르프 역으로 향했다.

한스 카스토르프는 모자를 쓰지 않고 외투도 걸치지 않은 양복 차림으로, 얼굴이 빨갛게 상기된 채 플랫폼 끝에 서 있었다. 조그만 열차가 들어오자 그는 친척이 앉아 있는 창 아래에 가서, 이제 다 왔으니 어서 내리라고 독촉했다. 티나펠 영사는—그는 부영사였고, 명예직이긴 하지만 그래도 노영사의 부담을 크게 덜어 주고 있었다—겨울 외투로 몸을 감싼 채 오들오들 떨고 있었다. 정말이지 10월의 밤인데도 몸서리쳐질 정도로 추웠다. 그야말로 매서운 추위여서, 새벽녘이면 확실히 꽁꽁 얼어붙을지도 모를 일이었다. 깜짝 놀란 마음을 명랑한 표정으로 숨긴 채 객실에서 내린 그는 독일 북서부 지역의 우아한 신사다운 다소 가냘프지만 아주 세련된 면모를 보여 주었다. 그는 사촌 같은 조카의 아주 건강한 모습을 보고 몹시 흡족해하며 인사를 나누고는, 절름발이가 짐을 잘 챙겨서 위로 보내 준다는 말을 듣고 한스 카스토르프와 함께 마차의 높고 딱딱한 좌석으로 올라갔다. 두 사람은 별이 총총히 빛나는 밤하늘 아래로 마차를 타고 달렸다. 한스 카스토르프는 머리를 뒤로 젖히고 집게손가락을 들어 밤하늘의 장관에 대해 설명해 주었고, 말과 몸짓으로 여기저기 반짝이는 별자리를 가리켰으며, 행성들의 이름을 말해 주었다. 하지만 야메스 삼촌은 우주에 관한 일보다는 옆자리의 조카에게 더욱 관심을 쏟으며, 지금 여기서 이런 별자리 이야기를 하는 게 있을 수 있는 일이고 딱히 정신 나간 짓이라고는 할 수 없지만 이것 말고도 다른 할 이야기가 얼마든지 많을 텐데 하고 마음속으로 중얼거렸다. 그는 도대체 이 위에서 언제부터 하늘에 대해 그렇게 정통하게 되었느냐고 한스 카스토르프에게 물었다. 한스 카스토르프는 이곳에서 춘하추동 할 것 없이 사시사철 밤마다 발코니에 누워 안정 요양을 하다가 알게 되었노라고 대답했다. "뭐라고? 밤에 발코니에 누워 지낸다고?" 삼촌이 놀라서 물었다. "네, 그렇다니까요. 영사님도 그렇게 하게 될 거고, 그러지 않고는 달리 도리가 없을 겁니다."

"물론이지, 여부가 있겠나." 그는 쾌히 승낙하면서도 다소 겁먹은 듯이 말했다. 그가 동생처럼 돌보아 준 조카는 차분하고도 단조로운 음성으로 말했다. 가을밤의 매서운 추위에 모자도 쓰지 않고 외투도 걸치지 않은 채 조카는 그의 옆에 앉아 있었다. "너는 하나도 춥지 않은 모양이지?" 야메스가 그에게 물었다. 자신은 아주 두꺼운 외투를 걸치고도 추워서 사시나무 떨듯 덜덜 떨었기 때문이다. 그래서 이빨이 자꾸 맞부딪치는 바람에 그는 마음만 급했지 말을 하려고 해도 혀가 제대로 움직여 주지 않는 모양이었다. "우리는 춥지 않아요." 한스 카스토르프는 침착하고도 짧게 대답했다.

영사는 조카의 얼굴을 옆에서 한동안 뚫어져라 바라보았다. 한스 카스토르프는 고향의 친척들과 친지들의 안부를 일절 물어 보지 않았다. 야메스가 그곳의 안부를 전해도, 이미 연대에 들어가 행복과 사부심에 넘친나는 요아힘의 안부를 전해도 그냥 고맙다고만 할 뿐 고향의 근황에 대해 더 이상 알려고 하지 않았다. 야메스는 뭐라고 말할 수 없는 막연한 불안을 느끼고, 그 원인이 조카에게 있는지, 또는 가령 여행객의 몸 상태로 말미암아 자신에게 있는지 알 수 없어 주위를 둘러보았지만, 고산 지대의 골짜기 풍경에서 이렇다할 단서를 얻어 낼 수는 없었다. 그는 숨을 깊이 들이쉬었다가 내쉬면서 경치가 기막히다고 말했다. "그래요, 이곳이 이렇게 유명한 것은 다 이유가 있지요." 한스 카스토르프가 대답했다. "이곳 공기는 대단한 특성을 지니고 있습니다. 전신의 연소 작용을 촉진시키지만 몸에 단백질이 붙게 하지요. 그것은 누구에게나 잠재되어 있는 질병을 고쳐 주는 힘도 지니지만, 처음에는 일단 병을 강하게 촉진시키고 전반적으로 유기체를 자극하고 앙양시켜, 말하자면 화려하게 병이 터져 나오게 하지요." "화려하게라고?" "물론입니다. 삼촌은 병이 터져 나올 때 무언가 화려한 기분, 몸의 쾌감 같은 것을 느낀 적이 한 번도 없었나요?" "당연하지, 물론이고말고." 삼촌은 아래턱을 덜덜 떨면서 서둘러 말했다. 그러면서 자기는 일주일, 그러니까 7일, 어쩌면 6일간만 이 위에 있을 거라고 했다. 그리고 아까도 말했지만 예상 외로 길어진 요양 덕분에 한스 카스토르프의 모습이 아주 좋고 건강해 보이니 그때 자신과 함께 저 아래 집으로 돌아갈 수 있겠다고 말했다.

"아니, 뭐라고요? 오시자마자 그런 무리한 요구는 하지 마세요." 한스 카스토르프가 말했다. 야메스 삼촌의 말은 저 아래 사람들이 하는 말이다. 이 위의 우리들이 사는 모습을 일단 둘러보고 적응한 다음에는 틀림없이 생각이 바뀔 것이다. 중요한 것은 몸을 철저하게 치유하는 일이고, 이러한 철저함이야말로 결정적으로 중요하다. 그리고 베렌스는 얼마 전에도 자신에게 반년을 언도했다. 이 말을 듣고 삼촌은 조카를 "애야" 하고 부르며, 대체 정신이 어떻게 된 거 아니냐고 물었다. "애야, 정신이 나간 거 아니냐? 잠깐 요양한다는 게 어느새 일년하고 3개월이 되었는데, 또 반년이라니! 우리에게는 그렇게 많은 시간이 있는 게 아니야!" 그러자 한스 카스토르프는 별 하늘을 쳐다보며 차분하고도 짧게 웃었다. "그래요, 시간 말입니다! 이 시간, 인간의 시간으로 말하면, 이 위에서 그것에 대해 왈가왈부하려면 무엇보다도 먼저 저 아래에서 가지고 온 시간 개념부터 버리셔야 합니다." 야메스 티나펠은 내일 당장 한스의 문제에 대해 고문관과 상의하겠다고 약속했다. "좋습니다! 그는 삼촌 마음에 들 겁니다. 재미있는 성격의 소유자로, 활발한 동시에 우울하거든요." 한스 카스토르프가 말했다. 그런 다음 그는 샤츠알프 요양원의 불빛들을 손으로 가리켜 보이면서, 내친 김에 쌍 썰매에 묶여 저 아래로 실려 내려가는 시체 이야기도 들려주었다.

한스 카스토르프는 손님을 요아힘의 방에 안내하여 쉬게 한 다음, 두 신사는 베르크호프의 식당에서 같이 식사를 했다. 한스 카스토르프는 그 방을 H_2CO로 소독했다고 일러주었다. 자포자기 식으로 떠난 것이 아니라 전혀 다른 방식으로 떠났을 때, 즉 탈출 (Exodus)이 아니라 퇴출(Exitus)을 했을 때도 마찬가지로 철저하게 소독을 한다고 귀띔해 주었다. 삼촌이 '퇴출'의 뜻이 무엇인가

하고 묻자 한스 카스토르프는 이렇게 대답했다. "은어입니다! 우리는 그런 표현을 쓰지요! 요아힘의 경우는 탈주입니다. 군기 아래로 말입니다. 그런 경우도 있습니다. 그건 그렇고 이제 따뜻한 음식을 먹으러 갑시다!"

이렇게 하여 두 사람은 따뜻하게 난방된 식당의 비교적 높은 자리에 마주 앉았다. 난쟁이 아가씨가 민첩하게 이들의 시중을 들어 주었다. 야메스가 부르고뉴 산 포도주를 한 병 주문하자 이를 바구니에 담아 탁자에 올려 두었다. 두 사람은 잔을 부딪치며 건배를 했고, 술기운이 온몸에 은근히 퍼져 나갔다. 나이가 더 어린 한스 카스토르프는 사계절의 변화에 따른 이 위에서의 생활, 식탁 동료들 개개인에 대한 이야기를 했다. 예를 들어 선량한 페르게의 기흉에 대해 이야기했으며, 기흉 수술 중에 생길 수도 있는 흉막 쇼크의 끔찍한 실상, 페르게 씨가 녹색, 갈색, 자주색의 세 가지 색으로 겪었다는 3색 기절, 쇼크 중에 느꼈다는 후각상의 환각, 실신할 때 터져 나오는 발작적인 웃음에 대해 들려주었다. 그는 혼자 대화의 부담을 떠맡았다. 야메스는 평소대로 한없이 먹고 마셨다. 게다가 여행과 기분 전환 탓으로 식욕이 더욱 왕성해진 이유도 있었다. 그럼에도 그는 때때로 영양 섭취를 중단하기도 했다. 한입 가득 넣은 음식을 씹는 것도 잊은 채 나이프와 포크를 접시 위의 뭉툭한 구석에 조용히 세워 두고 한스 카스토르프를 물끄러미 바라보았던 것이다. 하지만 한스 카스토르프는 얼핏 보아 이에 아랑곳하지 않는 것 같았고, 야메스도 그것에 대해 계속 민감한 모습을 보이지는 않았다. 티나펠 영사의 드문드문한 금발에 덮인 관자놀이에는 혈관이 부풀어 올라 있었다.

　개인적인 가정 이야기, 도시 이야기, 사업 이야기 같은 고향 이야기는 일절 화제에 오르지 않았고, 조선소와 기계 제작 및 보일러 제조를 하는 툰더 운트 빌름스 회사 이야기도 화제에 오르지 않았다. 그 회사는 아직 젊은 견습 사원의 입사를 기다리고 있었지만 물론 기다리는 것만이 능사는 아니었으므로 언제까지나 기다려 줄지는 의문이었다. 야메스 티나펠은 마차를 타고 가면서도, 그 뒤에도 이런 이야기를 입에 올렸지만, 그것들은 한스 카스토르프의 차분하고도 단호하며 꾸밈없는 냉담한 태도에 부딪혀 땅에 떨어져서는 그대로 묻히고 말았다. 이러한 초연하고도 불사신 같은 태도는 가을밤의 추위에 무감각한 것이라든지, "우리는 춥지 않아요" 같은 그의 말을 생각나게 했다. 그리고 아마 이 때문에 삼촌이 그를 가끔씩 물끄러미 바라보았는지도 모른다. 수간호사와 의사들 이야기도 나왔고, 크로코프스키 박사의 강연 이야기도 나왔다. 야메스가 이곳에 일주일간 머무르면 한 번은 그 강연을 경험할 수 있을 거라고 했다. 삼촌이 강연에 참가할 거라고 누가 조카에게 말하기라도 했단 말인가? 아무도 그런 말을 하지 않았다. 하지만 그는 이런 일을 가정하고, 차분하고도 단호하게 그것을 기정사실로 전제하고 있었던 것이다. 그래서 삼촌은 거기에 참가하지 않을 수도 있다는 생각조차도 부자연스럽게 느껴져, 잠시라도 불가능한 생각을 했다는 괜한 의심을 사지 않으려고 서둘러 "물론이지, 그렇고말고"라고 말하지 않을 수 없었다. 사실 티나펠 씨는 막연하지만 강요하는 듯한 이러한 힘을 느끼고 자신도 모르게 사촌 같은 소카를 쳐다보게 되었다. 게다가 이번에는 입을 벌린 채 그를 쳐다보았다. 자신이 볼 때 코감기에 걸린 것도 아닌데 숨을 쉬는 코의 통로가 막혀 있었던 것이다. 그는 조카가 이곳에 사는 모든 사람들의 공동 관심 사항인 병과 그 병을 수용하는 체질에 대해 말하는 것을 들었다. 그는 한스 카스토르프 자신의 대단하지는 않지만 오래 끄는 증상, 기관지의 갈라진 가지와 폐엽의 세포 조직이 세균에 감염되었을 때의 자극, 결핵 형성과 가용성의 도취성 독소의 생성, 세포의 붕괴와 치즈화 과정에 대해 들었다. 이때 치즈화가 석회화와 결체 조직의 유착에 의해 무사히 정지하게 되든지, 또는 좀 더 커다란 연화 병소를 만들어 가며 구멍이 번지게 하여 기관을 파괴하는지가 문제라는 것이다. 그리고 그는 이러한 파괴 과정이 격심하게 진행되는 분마성(奔馬性) 형태에 대해 들었고, 그러한 형태가 몇 달 만에, 그러니까 몇 주 만에 퇴출에 이르게 한다는 이야기를 들었다. 또한 고문관이 대가다운 솜씨로 진행하는 기흉술과 이곳에 새로 도착한 스코틀랜드 출신의 중증의 여자 환자가 내일이나 모레에 수술하기로 되어 있다는 폐 절개 수술에 대해 들었다. 원래는 꽤 매력적이었을 그녀는 폐회저 (肺懷疽)에 걸려 몸속에 암녹색의 병독이 가득하기 때문에, 구역질로 인해 정신을 잃지 않으려고 하루 종일 석탄산 용액을 분무기로 들이마신다고 했다. 이때 느닷없이 영사가 자신도 모르게 웃음을 터뜨리는 바람에 겸연쩍어 어쩔 줄 몰라 했다. 웃음보를 터뜨리고 말았지만 그는 정신을 가다듬고, 물론 곧 깜짝 놀라 웃음을 참고는 기침을 하면서, 온갖 수단을 동원해 터무니없이 발생한 이 일을 얼버무리려고 애썼다. 하지만 한스 카스토르프가 이러한 돌발 사건을 모를 리 없는데도 이에 전혀 개의치 않고, 오히려 무관심하게 넘겨 버리는 것을 보고 그는 적이 안심이 되었지만, 그의 가슴에는 새로운 불안감이 똬리를 틀게 되었다. 조카의 그러한 무관심은 가령 섬세한 감정, 배려 및 예의바름에서 나온 것이 아니라 순전한 무관심, 오불관언(吾不關焉), 무서울 정도의 참을성으로 볼 수 있었다. 마치 그는 이러한 무례한 행위에 불쾌함을 느끼는 것조차 진작 잊어버린 모양이었다. 하지만 영사는 웃음보를 터뜨린 것에 대해 나중에라도 그럴듯한 이유와 의미를 부여하려는 건지, 또는 그 밖의 어떤 이유에서인지는 몰라도 뜬금없이 남자들이 클럽에서 주고받는 이야기를 끄집어냈다. 그는 관자놀이의 부풀어 오른 혈관을 드러내면서 소위 유행가 가수인 '어떤 샹송 여가수', 지금 상 파울리*에서 잘 나가고 있는 어떤 끝내주는 여자에 관해 이야기하기 시작했다. 그는 그녀의 정열적인 매력을 사촌 같은 조카에게 묘사하면서, 고향 자유도시의 남정네들이 그녀 때문에 숨을 죽이고 있다고 말했다. 이런 이야기를 할 때 그의 혀가 잘 돌아가지 않았지만, 조카가 이런 현상에 대해서도 전혀 언짢게 생각하지 않고 참을성을 보였기 때문에 그는 이에 관해 구태여 신경을 쓸 필요가 없었다. 어쨌든 힘든 여행을 하느라 아직 여독이 풀리지 않은 그는 열 시 반쯤에 벌써 대화를 마치자고 제안하면서, 그가 여러 번 들은 적이 있는 크로코프스키 박사를 홀에서 만나는 것에 대해서도 내심 그리 달가워하지 않는 것 같았다. 한스 카스토르프는 한 살롱의 문 옆에서 신문을 읽다가 자신들을 만나

러 온 크로코프스키 박사를 삼촌에게 소개했다. 힘차고 명랑한 박
사의 말에 삼촌은 "당연하지요. 물론이고말고요"라는 말밖에는
거의 할 줄 몰랐다. 조카가 내일 아침 여덟 시 아침 식사 때 데리
러 오겠다는 말을 남기고 요아힘의 소독된 방에서 발코니를 따라
자신의 방으로 돌아간 후, 자기 전에 늘 피우는 담배를 입에 물고
군기 아래로 탈주한 요아힘의 침대에 몸을 뉘었을 때에야 비로소
그는 안도의 한숨을 쉴 수 있었다. 빨갛게 타오르는 향긋한 담배
를 입에 문 채 두 번이나 잠에 곯아떨어지는 바람에 그는 하마터
면 화재를 낼 뻔하기도 했다.

　한스 카스토르프가 '야메스 삼촌'이라고 부르기도 하고, 때로
는 그냥 '야메스'라고만 부르는 야메스 티나펠은 40세가량의 다
리가 늘씬한 신사로, 영국제 천으로 만든 양복에다 새하얀 셔츠
를 입고 있었다. 밝은 노란색의 숱이 성긴 머리카락에다 푸른 두
눈은 가까이 붙어 있었고, 반쯤 면도한 짚 같은 콧수염은 잘 다듬
어져 있었으며, 두 손은 손질이 아주 잘되어 있었다. 그는 가정을
꾸리고 자식을 낳은 지 몇 년이 되었지만, 그렇다고 해서 하르베
스테후더 거리에 있는 아버지 노영사의 널찍한 저택을 굳이 떠날
필요는 없었다. 자신과 같은 계층 출신인 그의 아내도 마찬가지
로 세련되고 우아했으며, 그 자신처럼 나지막하고 빠르고 신랄하
면서도 예의 바른 말투를 지닌 여자였다. 야메스는 집에서는 정
력적이고 사려 깊은 가장이었고, 밖에서는 아주 우아하면서도 차
가울 정도로 실제적인 사업가였다. 그러나 풍습이 다른 지역으
로, 즉 남쪽으로 여행할 때는 다소 어쩔 줄 몰라 하면서도 상대방

의 입장을 받아들이려는 자세를 보였다. 이처럼 자신을 주장하지 않고 남의 입장을 선뜻 받아들이려는 자세는 그가 자라난 문화에 자신감이 없어서가 아니라, 이와 반대로 그 문화의 굳건한 가치를 의식하고 있기 때문이었다. 이것 말고도 자신의 귀족적인 편협함을 바로잡고, 자신으로서는 도저히 믿기지 않는 생활 형식에 대해서조차도 의아하게 생각한다는 인상을 주지 않기 위해서였다. "물론입니다. 당연하지요. 물론이고말고요." 그는 자신이 우아하지만 융통성 없는 인물로 비치지 않도록 서둘러 이렇게 말했다. 그가 이 위에 올 때는 물론 실제적인 사명을 띠고 올라왔다. 즉 잠시 휴가를 떠났다가 영영 돌아오지 않는 젊은 조카의 동태를 살피면서, 자신이 마음속으로 한 표현에 따르면 그를 '얼음 구덩이에서 빼내', 다시 고향에 데려다주기 위한 임무와 의도를 지니고 이 위에 온 것이었다. 하지만 막상 올라와 보고는 이곳이 별천지라는 것을 깨닫지 않을 수 없었다. 그는 자신이 손님으로 방문한 세계와 그 세계의 풍습이 굳건한 자신감에 있어서는 자신의 세계에 지지 않을 뿐만 아니라 심지어 그것을 월등히 능가하고 있음을 벌써 첫눈에 절실히 느끼지 않을 수 없었다. 그리하여 자신의 사업가적인 정력과 교양인으로서의 좋은 행실 사이의 갈등을, 그것도 아주 심각한 갈등을 일으키게 될 것임을 절감하지 않을 수 없었다. 그를 맞이한 세계의 자신감이 그야말로 압도적인 것으로 증명되었기 때문이다.

한스 카스토르프가 영사의 전보를 받고 마음속으로 차분하게 '어서 오십시오!' 하고 중얼거릴 때 예상한 것도 바로 이것이었다. 하지만 그가 자신의 삼촌을 상대로 이 위 세계의 강한 성격을 의식적으로 이용했다고 생각해서는 안 된다. 그러기에는 그는 진작부터 이 위 세계의 일원이었던 것이다. 그러므로 그가 공격자에 대항해 이 세계를 이용한 게 아니라, 이와는 반대로 조카의 태도로 보아 영사가 자신의 계획이 성사될 것 같지 않다고 처음에 막연히 예감한 순간부터, 한스 카스토르프가 우울한 미소를 보내지 않을 수 없었던 결말과 종말에 이르기까지 모든 일이 객관적으로 아주 간단명료하게 완수되었던 것이다.

다음날 아침 식사를 마친 후 붙박이 거주자는 청강생을 식탁 동료들에게 소개했다. 검은 콧수염과 창백한 얼굴의 조수를 대동한 큰 키에 푸르죽죽한 얼굴의 베렌스 고문관으로부터, 노 젓듯이 팔을 휘저으며 식당에 들어와서는 예의 수사학적인 아침 인사인 "잘 주무셨나요?"를 연발하며 잠시 식당을 누비고 다닌 고문관으로부터 티나펠은 이런 말을 들었다. 말하자면 티나펠이 이 위에서 고독하게 살고 있는 조카의 말동무가 되어 주기 위해 이곳을 방문한 것은 말할 수 없이 멋진 생각이었고 그도 언뜻 보아 빈혈이 분명하기 때문에 그 자신의 이해관계를 위해서라도 무척 잘한 일이라는 것이다. "빈혈이라고요, 내가, 티나펠이 말입니까?" "네, 물론입니다!" 베렌스는 이렇게 말하며 집게손가락으로 야메스의 아래 눈꺼풀을 뒤집어 보았다. "심한 빈혈입니다! 삼촌께서 여기 발코니에 몇 주 동안 편히 누워, 모든 면에서 조카를 모범으로 삼아 노력하면 가히 빈틈없는 행동이라 할 수 있을 겁니다. 삼촌 같은 상태에서는 뭐니 뭐니 해도 가벼운 폐결핵에 걸렸다 생각하고 한

동안 생활하시는 게 가장 상책이라 할 수 있습니다. 게다가 언제라도 폐결핵이 나타날 징후가 엿보이니까요." "당연하지요, 물론이고말고요!" 영사는 급히 이렇게 말하고는, 노 젓듯이 팔을 흔들며 유유히 떠나가는 고문관의 뒷모습을 입을 벌린 채 물끄러미 한참을 바라보았다. 그러는 동안 조카는 아무렇지 않다는 듯 태연하고도 무관심한 표정으로 그의 옆에 서 있었다. 그러고는 둘은 개울가 벤치까지 가는 규정된 산책에 나섰다. 산책에서 돌아온 후 그는 자신이 가지고 온 무릎덮개와 조카에게서 빌린 낙타털 담요 한 장을 가지고 ― 한스 카스토르프는 화창한 가을 날씨에는 한 장의 담요로도 충분했기 때문이다 ― 한스 카스토르프의 지도를 받으며 처음으로 안정 요양 시간을 가졌다. 한스 카스토르프는 자신이 배운 대로 삼촌에게 담요를 몸에 감는 기술을 차근차근 충실히 가르쳐 주었다. 그렇다, 그는 영사를 미라처럼 둥글게 말고 총마무리한 다음 감은 것을 또다시 죄다 풀어헤쳐서는, 자신은 조금씩 거들기만 하면서 영사가 혼자의 힘으로 모든 순서를 되풀이하도록 시켰다. 그리고 아마포 차양을 의자에 고정하고, 그것을 햇빛의 위치에 따라 조종하는 방법을 그에게 가르쳐 주었다.

영사는 농담을 했다. 평지의 정신이 아직 그의 머릿속에 가득 들어 있었던 것이다. 그리고 그는 아까 아침 식사 후에 끝마친 규정된 산책에 대해 농담을 했듯이, 방금 배운 담요 두르는 것에 대해서도 농담을 했다. 하지만 조카가 자신의 농담에도 차분히 알 수 없는 미소를 짓는 것을 보고, 그리고 이 미소에 결코 얕볼 수 없는 이 세계의 자신감이 배어 있는 것을 보고 그는 적이 불안해

셨다. 그는 자신의 실무자로서의 에너지가 고갈되는 것이 두려워, 평지에서 가져온 자의식과 힘이 그나마 남아 있을 때, 오늘 오후에라도 당장 고문관과 조카의 문제를 담판 짓기로 서둘러 결정했다. 그는 이러한 자의식과 힘들이 점차 사라지는 것을 느꼈고, 이곳의 정신이 자신의 예의 바른 행실과 함께 평지의 자의식과 힘에 대항해 위험한 공수동맹을 맺는 것을 느꼈기 때문이다.

더구나 야메스는 빈혈을 이유로 그에게 여기 환자들의 생활 습관을 따르라고 한 고문관의 권고가 군이 할 필요가 없는 말로 느껴졌다. 당연히 그래야 하므로 달리 생각할 필요가 없다는 것을 알았기 때문이다. 그리고 그것이 어느 정도까지는 한스 카스토르프의 차분함과 범접할 수 없는 자신감 때문이었는지, 아니면 실제적이고 절대적이어서 다른 것은 가능하지도 않고 생각할 수도 없는 일인지에 대해, 행실 바른 신사인 야메스로서는 애당초부터 분간할 능력이 없었다. 첫 번째 안정 요양이 끝나고 두 번째의 푸짐한 아침 식사를 마친 후 저 아래 플라츠까지 필수적으로 산책을 했는데, 세상에 이것보다 더 자연스러운 일은 없었다. 그런 후에 한스 카스토르프는 다시 삼촌의 몸을 담요로 감았다. 그리고 가을 햇발이 비치는 가운데 안락하기 그지없고, 더할 나위 없이 훌륭한 접이식 침대에 삼촌을 눕게 하고 자신도 역시 침대에 누웠다. 그러다가 얼마 안 있으면 환자들에게 점심 식사를 알리는 종소리가 요란하게 울려 퍼지는 것이었다. 점심 식사는 최상이며 아주 멋지고 푸짐하기 짝이 없어서, 다음에 이어지는 정오의 안정 요양은 외적인 관습이라기보다는 내적인 필요에서, 지극히 개인적인 확신 때문에 행해지는 것이었다. 이렇게 하여 양이 엄청난 저녁 식사 때까지 이어지는데, 만찬이 끝나면 광학 기술을 응용한 오락 기구가 갖추어진 살롱에서 밤의 모임을 갖는 것이었다. 이렇게 굳이 기억해 둘 필요가 없을 정도로 자명한 순서로 부드럽게 이어지는 일과에 대해서는 불평의 여지가 있을 수 없었고, 그리고 몸 상태로 인해 영사의 비판력이 떨어졌다 하더라도 그 일과에 대해 왈가왈부할 수는 없는 형편이었다. 그는 딱히 자신의 몸이 좋지 않다고 말하고 싶지는 않았지만, 여독과 흥분 때문에 성가시게도 몸에서 열이 나는 동시에 오한이 일어나는 느낌을 받았던 것이다.

그는 베렌스 고문관과의 상담을 불안한 마음으로 고대하며 이를 실현하기 위해 정식 절차를 밟았다. 한스 카스토르프가 마사지사에게 이러한 제안을 했고, 그가 다시 수간호사에게 전달해, 이러한 연유로 티나펠 영사는 그녀와 이상한 대면을 하게 되었다. 이리하여 그녀는 영사가 누워 있는 발코니에 나타나서, 누에고치처럼 담요를 몸에 감고 있는 영사에게 말을 걸어 오는 바람에 예절 바른 그는 이런 낯선 풍습에 어쩔 줄 몰라 했다. 그녀는 영사를 존경하는 분이라 칭하며, 고문관이 수술이며 종합 검진으로 눈코 뜰 새 없이 바쁘니 2, 3일만 참아 달라고 말했다. 기독교적인 원칙에 따라 병으로 신음하는 사람을 먼저 치료한다는 것이다. 그리고 영사는 건강해 보여서 이곳에서는 우선순위가 아니니 뒤로 물러나 기다려야 한다는 것이다. 하지만 어떤 다른 용무가 있다면 ─ 가령 진찰을 받겠다고 한다면 ─ 이야기가 달라졌을 것이다. 그렇다고 해도 아드리아티카 자신은 별로 놀라지 않았을 거라고 했다.

그녀는 영사에게 자기 눈을 똑바로 한번 쳐다봐 달라고 하면서 그
의 눈이 흐릿하며 열이 있다고 했다. 그리고 그가 이렇게 누워 있
는 모양이 모든 게 완전 정상으로는 보이지 않으며, 모든 게 아주
완전히 깨끗해 보이지도 않는다는 자신의 말을 제대로 이해해 주
기 바란다고 했다. 그러면서 그가 바라는 게 진찰인지, 아니면 사
적인 대화인지 분명히 해 달라고 했다. 이에 대해 누워 있던 영사
는 물론 후자라고, 사적인 대화라고 단호하게 말했다. 고문관은
사적인 대화를 위해 내줄 시간이 거의 없으니 그럼 통지가 있을
때까지 기다려 달라고 그녀가 말했다.

요컨대 모든 것이 야메스가 예상한 것과는 완전히 다르게 진행
되었다. 그리고 수간호사와의 대화는 마음의 평정에 지우기 어려
운 충격을 안겨 주었다. 범접할 수 없는 조카의 침착한 태도로 보
아 이 위에서 일어나는 현상에 완전히 동화되어 있는 그에게, 문
명사회의 예법을 중시하는 자신이 수간호사를 얼마나 끔찍하다고
생각했는지 말하는 것은 무례한 일로 비칠 염려가 있었다. 그래서
그는 수간호사가 좀 독특한 여자가 아닌가 하고 물으면서 조카의
의중을 조심스럽게 타진해 보았다. 그러자 한스 카스토르프는 무
언가 잠시 생각하는 듯 허공을 쳐다보더니 밀렌동크가 체온계를
강매했느냐고 반문했다. 이것은 영사의 질문에 반은 그렇다고 인
정한 것이 되었다. "아니, 나에게? 그녀가 그런 일도 한단 말인
가?" 영사가 물었다. 하지만 조카가 물어 본 일이 설령 그대로 일
어난다 해도 그다지 놀라지 않을 거라는 표정이 얼굴에 역력히
나타나 있어 야메스는 영 기분이 좋지 않았다. "우리는 춥지 않아

요.” 조카의 표정에는 이런 글이 쓰여 있는 것 같았다. 하지만 영사는 추웠고, 머리에서는 열이 났지만 몸은 계속 추웠다. 그래서 그는 수간호사가 정말 자신에게 체온계를 사라고 권했다면 이를 분명 물리치지 못했을 거고, 거절하는 것은 결국 올바른 행동이 아닐 거라고 생각했다. 남의 체온계, 예를 들어 조카의 체온계를 사용하는 것은 문명사회의 풍습으로는 있을 수 없는 일이기 때문이었다.

이렇게 4, 5일이 흘러갔다. 평지에서 온 심부름꾼은 궤도에 따라, 사람들이 그에게 정해 준 궤도에 따라 생활해 갔다. 그리고 궤도를 이탈해 생활한다는 것은 도저히 생각할 수 없는 일로 보였다. 영사는 여러 가지 체험을 했고, 나름대로 인상을 받았지만, 우리는 그의 생활을 더 이상 엿듣지 않기로 하겠다. 그는 어느 날 한스 카스토르프의 방에서 작고 검은 유리판을 집어 들었다. 그것은 방 주인이 자신의 깔끔한 거처를 장식하고 있는 여러 가지 소지품들 중의 하나로, 깎아서 만든 소형 사진틀에 끼워 장롱에 올려 둔 물건이었다. 그것을 빛에 비추어 보면 사진 원판이 나타났다. “이건 대체 뭐지?” 삼촌이 사진을 찬찬히 들여다보며 물었다. 그렇게 물어 보는 것은 당연한 일이었다! 머리 부분이 없는 사진에는 사람의 상반신 해골이 어렴풋이 보이는 살에 에워싸여 있었다. 게다가 여성의 상반신이라는 것을 알 수 있었다. “그거요? 기념품입니다.” 한스 카스토르프가 대답했다. “이거 실례했군!” 삼촌은 이렇게 말하고는 사진을 사진틀에 도로 꽂아 넣고 얼른 그곳을 떠났다. 이것은 야메스가 4, 5일 동안에 겪은 경험과 받은 인상 중에서 하나의 예로 든 것에 불과했다. 크로코프스키 박사의 강연에 빠지는 것도 상상할 수 없는 일이기에 거기에도 참가했다. 그리고 그가 고대한 베렌스 고문관과의 사적인 상담은 6일째 되는 날에 성사되었다. 호출을 받은 그는 아침 식사 후에 조카의 문제와 그의 시간 낭비에 대해 단단히 따지겠다고 벼르며 지하실로 내려갔다.

하지만 다시 지상으로 올라온 그는 소리 죽여 이렇게 물었다.

"이런 말을 들어 본 적이 있나?!"

하지만 한스 카스토르프도 벌써 그런 말을 들었을 것이 분명하고, 그런 말을 한다 해도 얼어붙지 않을 것이 분명했다. 그래서 그는 입을 다물고는, 조카가 시큰둥하게 반문하자 이렇게 말할 뿐이었다. "아니, 아무것도 아니야." 하지만 이때부터 그에게는 새로운 버릇이 생겼다. 즉 눈썹을 찡그리고 입술을 뾰족하게 내밀고는 어딘가를 비스듬하게 쳐다보다가, 갑자기 고개를 돌려 이번에는 반대 방향을 똑같은 눈초리로 쳐다보는 것이었다. 베렌스와의 상담도 영사가 생각한 것과 다른 방향으로 진행되었던 걸까? 이야기를 나누는 중에 한스 카스토르프뿐만 아니라 야메스 티나펠 자신도 화제의 대상이 되어, 상담이 그만 사적인 대화의 성격을 잃어버리게 된 것이었을까? 영사의 태도로 보아 그런 것 같았다. 영사는 아주 기분이 좋아진 듯 말이 많았고, 실없이 웃었으며, 주먹으로 조카의 옆구리를 치면서 "어이, 선배!" 하고 외치기도 했다. 그러는 중에 그는 이쪽을 보다가, 갑자기 저쪽을 바라보는 눈초리로 바뀌었다. 하지만 그의 두 눈은 식사 때나 규정된 산책 때도, 그리고 밤의 모임 때도 늘 일정한 방향만을 향하고 있었다.

영사는 현재 부재중인 잘로몬 부인과 둥근 안경을 쓴 대식가 학생의 식탁에 앉은 폴란드 공업가의 아내인 레디슈 부인에게 처음에는 이렇다할 주의를 기울이지 않았다. 그리고 사실 그녀는 안정 요양 홀의 다른 부인과 마찬가지로 한 평범한 부인에 지나지 않았다. 게다가 땅딸막하고 몸이 온통 까무잡잡한 여자로 이제는 그리 젊지도 않고 벌써 머리가 약간 희끗희끗해지고 있었지만, 귀여운 이중 턱에 갈색 눈에는 생기가 넘쳤다. 그녀는 세련된 점에서는 저 아래 평지의 티나펠 영사 부인과 도저히 비교가 되지 않았다. 하지만 일요일 저녁 식사가 끝난 후 영사는 레디슈 부인이 입고 있는 단추 장식이 달린 검은 옷이 어깨와 가슴을 훤히 드러낸 덕택으로 그녀가 풍만한 유방을 지니고 있음을 발견했다. 단단히 조여 맨 우윳빛의 하얀 젖무덤 사이로 가슴 골이 꽤 선명히 드러나 보였다. 한창 나이의 우아한 영사에게 이러한 모습은 마치 생각지도 들어 보지도 못한 완전히 새로운 발견인 것처럼 혼이 쏙 빠질 정도의 충격과 감동을 주었다. 그는 레디슈 부인에게 접근하여 그녀와 알게 되었으며, 처음에는 서서, 그다음에는 앉아서 그녀와 오랫동안 대화를 나누다가, 노래를 흥얼거리며 자러 갔다. 다음날 레디슈 부인은 단추 장식이 달린 검은 옷을 입지 않아서 어깨와 가슴이 드러나지 않았지만, 영사는 어제 본 영상이 눈앞에 아른거려 그러한 인상을 마음의 눈으로 좇았다. 규정된 산책을 할 때는 그녀를 기다리다가 합류하여 잡담을 나누고 기회를 엿보아 특별하고도 매력적인 모습으로 그녀에게 머리를 돌리고 몸을 기울이며 그녀 옆에서 움직이려고 했다. 식탁에서는 그녀를 향해 건배했고, 그러면 그녀는 금니 몇 개를 번쩍거리며 미소를 띠고 같이 건배를 했다. 영사는 조카와 대화를 나누면서 그녀를 '여신 같은 부인'이라고 칭하고는 노래를 흥얼거리기 시작했다. 이 모든 것에 대해 한스 카스토르프는 지극히 당연하다는 듯 차분히 참으며 기꺼이 받아들이고 있었다. 하지만 이러한 행동은 연장자인 삼촌의 권위를 높여 주는 일이 아니었고, 이 위에 온 영사의 사명과도 전연 맞지 않았다.

식사 시간에 그는 생선 스튜와 그다음에 셔벗이 나왔을 때, 그러니까 두 번이나 레디슈 부인에게 술잔을 들며 건배했다. 이때 마침 베렌스 고문관이 한스 카스토르프와 방문객의 식탁에서 식사를 하고 있었다. 고문관은 일곱 식탁을 돌아다니며 청강하고 있었고, 어디에나 상석에 그의 식기 도구가 마련되어 있었다. 고문관은 접시 앞에 커다란 두 손을 모으고 콧수염을 한쪽으로 치켜 올리곤 베잘 씨와 멕시코인 꼽추 사이에 앉아 스페인어로 대화를 나누었다. 그는 온갖 언어를 다 할 줄 알아 터키어와 헝가리어로도 말했다. 그는 붉게 충혈 되고 푸르죽죽하게 퉁퉁 부은 눈으로 티나펠 영사가 레디슈 부인에게 보르도 산 포도주 잔을 들어 건배하는 것을 지켜보았다. 잠시 후 고문관은 야메스가 인간이 부패하면 어떻게 되느냐고 질문한 것에 자극받아 식사 중에 즉흥적으로 식탁 전체를 상대로 짧게 일장 연설을 했다. 고문관은 인체를 전공했고, 인체가 자기 전공 분야이니 굳이 말하면 일종의 인체의 군주라고 할 수 있었다. 그러니 인체가 분해되면 어떻게 되는지 말해 달라고 부탁한 것이다.

"무엇보다도 당신의 복부가 터져 버립니다." 고문관은 두 손을 모으고 팔꿈치를 식탁에 댄 채 몸을 숙이며 대꾸했다. "당신이 톱밥과 대팻밥 속에 누워 있다고 칩시다. 그러면 가스가, 아시겠습니까, 당신의 복부를 부풀게 하여, 못된 개구쟁이들이 개구리의 배에 바람을 집어넣을 때처럼 배가 팽팽하게 부풀어 오릅니다. 그러다가 결국 풍선처럼 부풀어 오른 당신의 뱃가죽은 더는 고압을 견디지 못하고 그만 터져 버립니다. 펑 하고 터지고 나면 당신은 눈에 띄게 홀가분해집니다. 가롯 유다가 나뭇가지에서 떨어졌을 때처럼 몸속의 모든 것을 털어 내게 되지요. 그런 뒤에야 당신은 엄밀히 말하면 다시 세상 사람들 사이에 모습을 드러낼 수 있게 됩니다. 저 세계에서 휴가를 받아 이곳 사람들을 다시 찾아와도 이들에게 불쾌한 기분을 안겨 주지 않을 겁니다. 우리는 이를 가리켜 가스를 방출했다고 말합니다. 그 뒤에 다시 이 세상의 공기를 만나도 옛날처럼 우아한 사람이 됩니다. 포르타 누오바 근처 카푸친 수도원 지하실에 달려 있는 팔레르모 시민들의 미라처럼 됩니다. 이 미라들은 마르고 우아한 모습으로 천장에 매달려 뭇사람들의 존경을 받고 있습니다. 이때 문제의 핵심은 단지 가스를 방출했다는 사실뿐입니다."

"물론이고말고요! 대단히 고맙습니다!" 영사가 말했다. 그리고 다음날 아침에 그는 바람처럼 사라져 버렸다.

그는 새벽 일찍 첫 차를 타고 저 아래 평지로 떠나가 버렸다. 물론 자신의 용무를 다 처리하고 떠난 것은 두말할 필요도 없다. 누가 다른 생각을 할 수 있겠는가! 그는 자신의 계산을 다 치르고,

싱딤하다가 진철빋은 것에 대해서도 사례금을 지붙하고는, 조카에게는 아무 말도 없이 남몰래 두 개의 트렁크를 꾸렸던 것이다. 필경 밤이나 새벽에 모두 잠들어 있을 동안에 말이다. 이리하여 한스 카스토르프가 첫 번째 아침 식사 때 삼촌 방에 들어가 보니 이미 텅 비어 있었다.

그는 두 팔을 허리에 대고 "그랬군, 그랬어" 하고 말했다. 이때 그의 얼굴에 우울한 미소가 번졌다. "아, 그랬구나." 그는 고개를 끄덕이며 말했다. 그는 줄행랑을 친 것이다. 허둥지둥 말없이 서둘러, 순간적으로 결단력을 발휘해, 이 순간을 놓치지 않고 짐을 트렁크에 집어넣고는 내뺀 것이다. 둘이 아니라 혼자서, 자신의 명예로운 사명을 완수하지 않고, 혼자 도망치는 것만으로도 한숨을 돌리며 우직한 속인이자 탈주자인 야메스 티나펠은 평지의 군기 아래로 도망쳐 버렸다. 자, 그럼, 무사한 여행이 되기를!

한스 카스토르프는 이 위에 찾아온 삼촌이 막 여행길에 오른 사실을 자신이 까맣게 몰랐다는 것을 아무도 눈치 채지 못하게 했다. 특히 영사를 역까지 바래다준 절름발이가 이러한 사실을 눈치 채지 못하게 했다. 그는 보덴 호수에서 보내 온 엽서를 받았다. 사업상의 문제로 당장 평지로 내려오라는 전보를 받고 야메스 삼촌이 부랴부랴 떠났다는 내용이었다. 조카에게 폐를 끼칠까 봐 그랬다는데, 이는 의례적인 거짓말에 불과했다. "앞으로도 계속 즐겁게 지내도록!" 이것은 조롱하는 뜻이었을까? 그렇다면 꽤 가식적인 조롱이라고 그는 생각했다. 황급히 떠난 삼촌에게는 분명히 조소나 농담을 할 정신적 여유가 없었을 것이며, 일주일간 이 위에서 지내다가 이제 평지에 돌아가면, 아침 식사 후에 규정된 산책이 있는 것도 아니고, 격식에 따라 담요를 몸에 둘둘 말고 바깥에서 수평 생활에 들어가는 것도 아니며, 대신 그에게는 사무실에 출근하는 일이 저 아래에서 한동안은 그릇되고 부자연스러우며 해서는 안 될 일로 여겨지리란 것을 마음속으로 상상하고 예감하고는 얼굴이 새파랗게 질리도록 깜짝 놀랐을 것이다. 그리고 이러한 경악할 만한 예감이 그가 도망친 직접적인 이유였다.

이렇게 하여 한번 떠나서는 영영 다시 돌아올 줄 모르는 한스 카스토르프를 고향으로 데리고 가려던 평지의 시도는 실패로 끝나고 말았다. 평지의 공격이 완전한 실패로 돌아갈 것을 미리부터 예상하고 있던 한스 카스토르프는 이 일로 인해 저 아래 사람들과 자신의 관계가 결정적으로 중요한 전기를 맞게 되었음을 굳이 숨기려 하지 않았다. 이러한 실패는 평지 사람들로서는 어깨를 으쓱하며 최종적으로 그를 포기하게 되었음을 의미했지만, 한스 카스토르프에게는 이제 완전한 자유의 몸이 되었음을 의미했다. 이러한 완전한 자유를 얻자 그의 가슴은 마침내 더 이상 두근거리지 않게 되었다.

정신적 수련

레오 나프타는 폴란드 남부의 갈리시아와 우크라이나 북서부의 볼리니아 국경선 근처에 위치한 한 작은 마을에서 태어났다. 그의 아버지는 그곳에서 도축업자로 일했다. 분명 삼성석인 민에서, 어느덧 자신의 본래적인 세계에 대해 호의적으로 판단할 수 있을 만큼 충분히 성장하자 그는 자신의 아버지를 존경한다고 말했다. 그리고 유대교에서 이 직업은 수공업자이자 상인인 기독교의 백정과는 판이하게 다른 직업이었다. 레오의 아버지 역시 수공업자나 상인이 아니었다. 그는 공무원이었고, 그것도 종교적인 성질을 띤 공무원이었다. 엘리아 나프타는 모세의 율법에 의해 도살할 수 있는 가축을 탈무드의 규정에 따라 죽이도록 하는 경건한 기능 시험*을 랍비에게서 치르고, 그에 의해 도살권을 부여받았다. 아들의 묘사에 따르면 아버지는 별빛을 닮은 푸른 눈을 하고 있었고, 조용한 영성(靈性)에 가득 차 있었다. 그의 본성에는 사제 같은 면이 담겨 있었고, 그것의 장엄한 느낌은 원시 시대에는 사실 도살이 사제의 일이었음을 상기시켜 주었다. 어린 시절 라이프라 불린 레오는 아버지가 운동선수처럼 체격이 좋은 유대인 하인의 도움으로 앞뜰에서 제의적인 업무를 수행하는 것을 지켜보도록 허락받았다. 체격이 빈약하고 금발 수염을 둥글게 깎은 엘리아는 하인 옆에 서면 더욱 아담하고 가냘프게 보였다. 온몸이 꽁꽁 묶이고 입에 재갈이 물려 있지만, 아직 죽지 않은 가축을 향해 그가 커다란 도살용 칼을 휘두르며 목 줄기 부분을 깊고도 정확하게 찌르는 동안, 하인은 김을 내며 뿜어져 나오는 붉은 피를 재빨리 사발에 담았다. 어린 레오는 감각적인 것을 통해 본질적인 것을 캐묻는 어린이다운 시선과, 별 같은 눈을 지닌 아버지의 아들답게 특별히 타고난 예의 어린이다운 시선으로 이러한 광경을 지켜보았다. 기독교 국가의 백정은 가축을 죽이기 전에 곤봉이나 손도끼로 내리쳐서 일격에 기절시킨다는 것을 그는 알고 있었다. 그리고 이러한 규정은 동물 학대와 잔혹함을 피하기 위해 마련된 것임도 그는 알았다. 그의 아버지는 그러한 무뢰한보다 훨씬 더 섬세하고 현명하며, 게다가 그들과는 달리 별 같은 눈을 갖고 있었지만, 모세의 율법에 따라 행동하며 아직 의식이 있는 동물을 칼로 찔러 피를 흘리게 함으로써 결국 쓰러지게 만들었다. 어린 라이프는 기독교 국가의 어설픈 도축 방법이 너그럽고 세속적인 선량함에 바탕을 두고 있다고 느꼈다. 그리고 그렇게 선량한 마음으로는 신성한 것에 제대로 경의를 표할 수 없으며, 아버지가 사용하는 엄숙하고 무자비한 방법을 보아야 신성한 것에 경의를 표할 수 있다고 느꼈다. 이리하여 그의 상상 속에서는 피가 분출하는 광경과 피 냄새가 신성한 것과 정신적인 것의 이념과 연결되었듯이, 경건함의 관념이 잔인함의 그것과 연결되었다. 레오는 아버지가 그런 피비린내 나는 직업을 택한 것이 기독교 국가의 억센 백정이나 자신의 하인처럼 잔인한 취향 때문이 아니라, 정신적인 의미에서, 그리고 섬세한 체질을 바탕으로 별 같은 눈의 의미에서 택했다는 것을 잘 알고 있었다.

사실 엘리아 나프타는 명상가이자 사상가였고, 모세 오경*의 연구자였을 뿐만 아니라 율법서의 비평가이기도 해서, 율법서의 내용에 대해 랍비와 토론하다가 논쟁으로 번지는 일도 드물지 않았다. 그 근방에서, 그는 유대교를 믿는 사람들뿐만 아니라 기독교 신자들 사이에서도 무언가 특수한 사람, 다른 사람들보다 더 많이 알고 있는 사람으로 통했다. 한편으로는 경건하다는 의미에서, 다른 한편으로는 아주 무시무시하다고는 할 수 없지만 어쨌든 범상치 않다는 의미에서 그랬다. 그에게는 종파적으로 특이한 교파의 분위기, 신과 친밀한 자, 태양신 숭배자 및 점성술사의 분위기가 풍겼다. 그리고 그가 사실 언젠가 한 부인의 악성 부스럼을, 또 한 번은 어떤 소년의 경련을, 그것도 피와 주문으로 치유해 준 적이 있었기 때문에 그는 기적을 일으키는 사람으로 통했다. 하지만 사실 이러한 대담한 종교적인 분위기가 내는 후광에 그의 직업상의 피 냄새가 곁들여져 그는 파멸을 맞게 되었다. 기독교도의 두 아이가 영문을 알 수 없이 죽게 된 일로 민중 운동과 폭동이 일어났을 때 엘리아는 끔찍한 방법으로 죽음을 당했다. 그는 불붙는 자기 집 대문에 못 박힌 채 매달려 죽었던 것이다. 그러자 폐를 앓으며 병상에 누워 있던 그의 아내는 어린 라이프와 네 자녀를 데리고 두 팔을 높이 들어 통곡하고 울부짖으며 고향을 떠났던 것이다.

불행한 일을 당한 이 가족은 엘리아가 그 동안 모아 둔 돈이 좀 있어 완전히 빈털터리가 되지는 않은 채 오스트리아의 포라를베르크 지방의 한 작은 도시에 정착하게 되었다. 나프타 부인은 그곳의 방적 공장에 일자리를 얻어, 체력이 닿는 한 열심히 일하면서 아이들을 차례로 초등학교에 보낼 수 있었다. 하지만 이 학교가 제공하는 교육 내용은 레오의 형제자매들의 소질과 욕구에는 충분했을지 모르지만 장남인 그 자신에게는 턱없이 모자랐다. 레오는 어머니한테는 폐병의 싹을, 아버지한테는 섬세한 체격 외에 뛰어난 오성과 정신적 재능을 물려받았다. 이리하여 그는 일찍부터 오만한 본능, 드높은 공명심, 좀 더 고상한 생활 방식에 대한 열렬한 동경에 사로잡혀 열정적으로 자신의 출신 계급의 영역을 벗어나려는 노력을 하게 되었다. 14, 15세 때 레오는 학교에서 배우는 것 말고도 어렵게 구한 책들을 읽으며 무질서하고도 성급하게 정신을 향상시켜 가며 자신의 오성에 영양분을 공급해 주었다. 그는 계속 병들어 가는 어머니가 머리를 비스듬히 어깨 사이에 기울이고 여윈 두 손을 공중으로 활짝 벌리고 개탄하는 모습을 보며 그 원인에 대해 생각하고 말했다. 그는 종교 시간에 보인 태도며 대답을 통해 경건하고 학식 있는 그 지방의 랍비의 주의를 끌게 되어, 랍비가 그를 제자로 삼았다. 랍비는 그에게 히브리어와 고전 어학을 가르쳐서 형식적 충동을, 또 수학을 가르쳐서 논리적 충동을 충족시켜 주었다. 하지만 그 선량한 학자는 은혜를 베푼 것에 아무런 보답을 받지 못하고, 가슴속에 뱀을 키웠다는 사실이 점점 더 확연히 드러나게 되었다. 일찍이 아버지 엘리아 나프타와 랍비 사이에 일어났던 일이 아들에게도 일어난 것이다. 서로의 의견이 맞지 않았고, 스승과 제자 사이에 종교적이고 철학적인 마찰이 일어나 날이 갈수록 점점 더 격렬해졌다. 그리고 성실한 그 율법학자는 젊은 레오의 정신적인 반항, 비평 벽과 회의 벽, 반항심, 날카로운 변증법에 말할 수 없는 고통을 겪어야 했다. 게다가 레오의 궤변과 선동적인 정신에는 새로이 혁명적인 색채가 더해졌다. 오스트리아 사회 민주당 국회의원 아들과 친해져 그의 아버지를 알게 된 것을 계기로 그의 정신은 정치적인 것에 관심을 갖게 되어, 그의 논리적 열성에 사회 비판적 경향을 띠게 했다. 그는 성실성을 중시하는 선량한 탈무드 학자를 소름끼치게 했고, 스승과 제자 간의 좋은 관계에 최종적 일격을 가하는 언사를 늘어놓았다. 요컨대 나프타는 스승에게 배척당하고 그의 서재에서 영원히 쫓겨나는 신세가 되었는데, 이때가 바로 그의 어머니 라헬 나프타가 임종을 맞이하던 무렵이었다.

어머니가 세상을 뜨고 얼마 안 있어 레오는 운터페르팅거 신부를 알게 되었다. 16세의 레오는 일 강에 면한 도시의 서쪽으로 언덕배기에 위치한 소위 마르가레테카프 공원에서 멀리 라인 강의 계곡이 한눈에 내려다보이는 벤치에 홀로 앉아 있었다. 그가 그곳에 우두커니 앉아 자신의 운명과 장래를 생각하며 우울하고 암담한 기분에 잠겨 있을 때, 예수회의 '샛별 학교'라는 기숙학교 교수가 산책을 나왔다가 레오의 옆자리에 앉게 되었다. 그는 모자를 벗어 옆에 놓고, 교구 사제복 차림으로 다리를 포개어 앉고는, 자신의 성무 일과서*를 조금 읽은 후에 레오와 대화를 시작하게 되었는데, 이 이야기가 아주 활발하게 진행되어 레오의 운명에 결정적인 전기가 마련되었다. 교양을 갖춘 활발한 남자이자 열정적인 교육자이며, 세상 인심을 알고 사람을 볼 줄 아는 그 예수회 신부는 행색이 초라한 유대인 소년이 자신의 질문에 조소적이지만 또록또록하게 대답하는 것을 처음부터 유심히 귀 기울여 들었다. 신부는 소년의 말투에 예리하지만 고통스러운 정신성이 담겨 있는 것을 느꼈고, 대화가 계속 진행됨에 따라 깊은 지식과 사상의 신랄한 우아함을 접하면서, 이러한 것이 소년의 초라한 행색과 대비되어 그에게 더욱 놀라움을 안겨 주었다. 마르크스가 화제에 오르면 레오 나프타는 보급판으로 읽은 그의 『자본론』에 대해 일가견을 폈고, 화제가 마르크스에서 헤겔로 옮겨지자, 이 철학자와 그의 저서에 대해서도 줄줄 꿰고 있었으므로 그에 대해 몇 마디 탁월한 견해를 표명할 수 있었다. 그의 타고난 역설적인 성향 때문인지, 또는 상대방에 대한 예의 때문인지는 몰라도 그는 헤겔을 '가톨릭적인' 사상가라고 불렀다. 이에 대해 신부는 미소를 지으며 프로이센의 국가 철학자인 헤겔은 사실 본질적으로 신교도라고 볼 수 있는데 어떻게 그 말의 근거를 댈 수 있느냐고 물었다. 그러자 레오는 '국가 철학자'라는 사실이야말로 물론 교회적이고 교리적인 의미에서는 아니지만 종교적인 의미에서는 헤겔이 가톨릭적인 사상가라는 자신의 주장을 입증하는 거라고 대답했다. 왜냐하면(레오는 이 접속사를 무척 좋아했다. 이 말을 입에 담을 때마다 그는 의기양양하고 가차없는 표정을 지었고, 안경알 뒤의 두 눈은 번득거렸다), 왜냐하면 정치적이라는 개념은 가톨릭적이라는 개념과 심리적으로 연결되어 있어, 이 두 가지는 모든 객관적인 것, 실제적인 것, 활동적인 것, 실현하는 것을 외적으로 작용하도록 통합하는 하나의 범주를 이루고 있기 때문이다. 여기에 대립되는 것이 신비주의에서 비롯하는 경건주의적인 신교의 세계이다. 예수회의 정신에는 가톨릭의 정치적이고 교육적인 본질이 여실히 드러난다고 레오는 덧붙였다. 예수회는 정치와 교육을 언제나 자신의 전문 영역으로 간주해 왔다는 것이다. 그러면서 그는 괴테를 들먹이며, 괴테는 경건주의에 뿌리를 박고 있어 신교도가 분명하지만 그의 객관주의와 행동주의에 비추어 보면 가톨릭적인 면을 강하게 지니고 있다고 했다. 그가 비밀 고해성사를 옹호했으며, 교육자로서는 거의 예수회 회원이나 다름없었다는 것이다.

나프타가 이런 말을 한 것이 그걸 믿어서였는지, 그것을 기지에 찬 것이라 생각해서였는지, 또는 신부의 말에 맞장구를 치기 위해서였는지, 가난한 소년인 그가 자기에게 유리하고 불리한 것을 잘 따져 알랑거리기 위해서였는지는 몰라도, 하여튼 신부는 그의 말의 옳고 그름을 따지기보다는 그것의 전반적인 총명성을 중요하게 생각했다. 이야기는 꼬리에 꼬리를 물고 한없이 계속되었고, 신부는 소년의 개인적인 사정도 이내 알게 되었다. 그리고 이러한 만남은 운터페르팅거 신부가 레오 소년에게 자기 학교를 찾아와 달라고 부탁하는 말로 끝나게 되었다.

이리하여 레오 나프타는 학문적으로나 사회적으로 수준이 높아서 진작부터 마음속으로 동경해 마지않던 '샛별 학교'의 문턱에 발을 들여놓게 되었다. 그리고 더구나 이렇게 인생의 전환점을 맞으면서 그는 예전의 스승보다 자신의 본질을 훨씬 더 잘 평가하고 촉진시켜 주는 새로운 선생님이자 후원자를 얻는 행운을 누리게 되었다. 새로운 선한 스승은 천성은 차가웠지만 세상 물정에 밝은 사람이라, 레오는 그의 생활 영역으로 들어가고 싶은 강한 욕구를 느꼈다. 두뇌가 명석한 유대인들이 흔히 그렇듯이 나프타는 본성적으로 혁명가인 동시에 귀족주의자였다. 그러니까 그는 사회주의자인 동시에 당당하고 고상하며, 배타적이고 율법적인 존재 형식에 참가하고 싶은 꿈에 사로잡혀 있었다. 가톨릭 신학자와 대면

해서 그가 처음 한 말은 순전히 분석하고 비교하는 성질의 것이었지만, 이는 로마 교회에 대한 사랑의 표현이었다. 그는 로마 가톨릭 교회를 고상한 동시에 정신적인 권력, 즉 반(反)유물적이고 반현실적, 반세속적인, 그러므로 혁명적인 권력으로 느꼈던 것이다. 그리고 이러한 구애는 진정한 것으로, 그의 본성의 한가운데에서 우러나온 것이었다. 그 자신도 주장한 것처럼 유대교는 현세적이고 즉물적인 경향, 사회주의, 정치적 영성을 바탕으로 하고 있어서 가톨릭 세계에 훨씬 더 가까웠고, 침잠하는 경향과 신비주의적 주관성을 특징으로 하는 프로테스탄트보다 가톨릭과 훨씬 더 유사한 점이 많았다. 그러므로 유대인이 로마 가톨릭으로 개종하는 것이 프로테스탄트가 가톨릭으로 개종하는 것보다 종교적으로 훨씬 더 무리가 없는 과정임을 의미하기도 했다.

최초의 신앙 공동체의 스승과 사이가 틀어지고, 고아가 되어 의지할 데 없게 된 나프타는 자신의 재능으로 충분히 누릴 수 있는 좀 더 깨끗한 생활 환경과 존재 형식을 강하게 동경하는 가운데 어느새 법적으로 성년에 도달해 있었다. 그는 가톨릭으로 개종하는 것을 학수고대했기 때문에 그를 '발견'한 스승은 이 영혼, 또는 이 비범한 두뇌의 소유자를 자신의 종교 세계로 끌어들이려고 조금도 애쓸 필요가 없었다. 세례도 받기 전부터 레오는 신부의 노력으로 샛별 학교에 임시로 묵으면서, 신체적으로나 정신적으로 도움을 받았다. 이리하여 그는 정신적인 귀족주의자답게 눈 하나 깜빡하지 않고 태연하고도 냉담하게, 어린 동생들을 자신들의 부족한 재능에 맞게 빈민 구제소에 맡겨 버리고 자신은 그 학교에 옮겨 가 살았다.

　그 학교의 대지와 부지는 광활할 정도로 넓었고, 건물은 400명 정도의 학생을 수용할 정도로 컸다. 교내에는 여러 개의 숲과 방목지가 있었고, 여섯 개의 운동장, 농장용 건물, 수백 마리의 소를 키울 수 있는 축사가 있었다. 그 학교는 기숙 학교이자 모범 농장이며 체육 학교이자 학자 양성소인데다가 시신(詩神)의 사원*이기도 했다. 시신의 사원이라고 한 것은 수시로 연극과 음악회가 열렸기 때문이다. 이곳의 생활은 귀족적이고 은둔적이었다. 학교의 기율과 우아함, 명랑한 온화함, 영성과 세련성, 변화가 많은 일과의 정확성이 레오의 심오한 본성과 잘 맞았다. 그는 행복하기 그지없었다. 그는 널찍한 식당에서 훌륭한 식사를 했으며, 거기에서는 복도에서와 마찬가지로 침묵을 지켜야 했다. 그리고 식당 한가운데서는 젊은 학생감이 높은 연단에 앉아 책을 낭독하여 식사하는 사람들을 즐겁게 해 주었다. 그는 수업 시간에 대단한 열성을 보였고, 가슴이 약하긴 했지만 오후에 놀이와 운동을 할 때 남에게 뒤지지 않으려고 온 힘을 기울였다. 매일 새벽 미사에 참석하고 일요일에는 장엄미사에 헌신적으로 참여하자 신부들과 교육자들은 흐뭇한 마음을 감출 수 없었다. 그의 사교적 태도도 이들을 적지 않게 흡족하게 했다. 그는 축제일에는 케이크와 포도주를 맛있게 먹고 마신 후, 오후에는 높은 칼라와 줄무늬 바지의 회색과 녹색의 유니폼을 입고 둥근 모자를 쓴 채 다른 학생들과 열을 지어 산책을 했다.

　자신의 출신, 개종한 지 얼마 안 되는 시점, 개인적인 사정에도 불구하고 수도원 학교에서 자신을 따뜻이 맞아들이자 그는 고맙고 기쁘기 한량없었다. 그가 이 학교에 무료로 다닌다는 사실을 아무도 모르는 것 같았다. 학교 규칙상 그에게 연고와 고향이 없다는 사실을 동료들에게 알리지 않도록 되어 있었다. 생필품과 과자류가 든 소포를 받는 것은 일반적으로 금지되어 있었지만, 그래도 오는 것은 서로 나누어 가졌기 때문에, 레오도 그런 것을 받았다. 학교 기풍이 사해동포주의라서 레오의 민족적 특성이 유난히 눈에 띌 염려는 없었다. 그곳에는 레오보다 더 '유대적'으로 보이는 젊은 이국인들, 포르투갈계 남미 학생들이 있었기 때문에, 이곳에 유대적이라는 개념은 존재하지 않았다. 나프타와 같은 시기에 이 학교에 들어온 에티오피아의 왕자는 심지어 고수머리 무어인*이었지만 아주 고상한 외모를 지니고 있었다.

수사학을 배우는 학년으로 올라갔을 때 레오는 신학을 전공하고 싶으며, 어느 정도 자격이 있다고 인정되면 언젠가 예수회 회원이 되고 싶다는 소망을 피력했다. 그 결과 그는 식사와 생활 기준이 좀 더 검소한 '제2기숙사' 급비생에서 '제1기숙사' 급비생으로 신분이 바뀌게 되었다. 이제는 식사할 때 하인이 시중을 들어 주었고, 슐레지엔의 폰 하르부팔 운트 사마레 백작과 모데나 출신의 디 랑고니 산타크로체 후작 사이의 침실을 쓰게 되었다. 뛰어난 성적으로 학교를 졸업한 그는 자신이 결심한 대로 학창 생활을 끝맺고, 인근에 있는 티지스 수도원의 수련생으로 들어가 경건하게 봉사하고 말없이 복종하며 종교적으로 단련하는 생활을 하면서, 이전에 광적인 사상으로 얻었던 것과 같은 의미의 정신적인 즐거움을 맛보았다.

하지만 그러는 동안 그는 건강을 해치게 되었다. 그것도 직접적으로 육체적인 건강에 도움이 된 엄격한 수련 생활 때문이라기보다는 내면 생활 때문이었다. 그가 받은 교육 내용은 현명하고 예리하다는 점에서 그의 개인적 자질과 부합되었고, 동시에 이를 계발해 주었다. 밤낮으로 부단히 온갖 양심의 탐구, 관조, 사색 및 명상 같은 정신적 수련을 하는 가운데, 악의적인 불평에 찬 열정으로 수많은 난관과 모순과 논쟁에 빠져들었다. 그는 변증법적인 열정이 지나치고 생각이 단순하지 않아 날이면 날마다 자신의 묵상 지도 신부를 불안에 빠뜨리고 절망하게 했는데, 이는 또한 커다란 희망이기도 했다. "이건 어떻게 생각하십니까?" 그는 안경알을 번득이며 물었다. 그러면 궁지에 몰린 수도 신부는 영혼의 안식을 얻도록 기도하라고 타이르는 수밖에 다른 도리가 없었다. 하지만 이렇게 하여 '안식'을 얻었다고 할 때 그것의 본질은 자신의 생활을 전적으로 무기력하게 만들고, 단순한 도구로 전락시키는 것이며, 무덤에서의 정신적인 평화에 지나지 않았다. 수도사 나프타는 이러한 평화의 무시무시한 외적인 특질을 주변 사람들의 얼굴에 나타나는 공허한 눈초리에서 찾아볼 수 있었고, 자기로서는 육체적인 파멸을 당하지 않고는 이러한 평화에 이르지 못할 것 같았다.

이러한 이의 제기와 불평불만에도 불구하고 윗사람들이 그에게서 신망을 거두지 않은 것은 이들의 높은 정신적 수준을 말해 주었다. 2년간의 수련기가 끝나자 관구장이 직접 그를 자기 방으로 불러 대화를 나누고는 그를 예수회 회원으로 받아들이겠다고 말했다. 이리하여 젊은 스콜라 철학자는 네 개의 하급 서품, 즉 문지기, 복사(服師), 독사(讀師), 구마사(驅魔師)의 자격을 취득했고, 또한 '간단한' 서원을 마친 후 정식으로 예수회에 소속되었다. 그러고는 신학 공부를 계속하기 위해 네덜란드의 팔켄부르크 신학원으로 떠났다.

당시 그의 나이는 20세였지만, 그로부터 3년 후 그의 체질에 위험한 북구의 기후와 정신적 과로로 인해 어머니에게서 물려받은 폐병이 도지게 되어 그곳에 계속 있다가는 목숨까지 잃을 판이었다. 그가 피를 토하자 윗사람들은 크게 놀랐다. 그리고 그가 몇 주 동안 생사의 기로를 헤맨 후에 얼마쯤 회복되자 이들은 그를 자신의 출발점으로 돌려보냈다. 그리하여 그는 자신이 학생으로 있던 샛별 학교로 돌아와 학생감 겸 기숙사 사감이자 고전 문학 및 철학 교사로 활동하게 되었다. 그렇지 않아도 이렇게 잠시 근무하는 것은 원래 규정에도 있었고, 일반적으로 2, 3년간 이런 근무를 하다가 신학원으로 되돌아가 7년간 신학 공부를 계속하여 끝마치는 것이었다. 수도사 나프타는 계속 시름시름 앓았기 때문에 이 일을 할 수 없었다. 의사와 수도원장은 학생들과 함께 공기 좋은 이곳에 근무하면서 농사일을 하는 게 한동안 그에게 더 나을 거라고 판단했다. 그는 상급 서품을 받아, 일요일 장엄미사에서 서간을 낭송하는 직무를 맡았다. 하지만 그에게는 음악적 재능이 전혀 없는데다가, 목소리가 병적으로 갈라져 노래에 적합하지 않았기 때문에 실제로 그 직무를 수행할 수는 없었다. 그는 차부제(次副祭)

이상으로는 승진하지 못했고, 부제가 되시 못했으며, 너구나 사세 서품도 받지 못했다. 그리고 각혈이 계속되었고, 열도 사라지지 않았기 때문에, 예수회가 대주는 비용으로 장기 요양을 하기 위해 이곳에 온 것이었다. 그러다가 6년째 이곳에 묵게 되었는데, 이제 는 요양이라기보다는 공기가 희박한 고산 지대에서 환자들을 위 한 고등학교의 라틴어 교사로 얼렁뚱땅 지내는 것이 이미 어느덧 절대적인 생활 조건이 되어 버렸다.

이렇게 추가된 좀 더 자세한 이야기들은 한스 카스토르프가 나 프타와 직접 대화를 나누면서 알게 된 것들이었다. 한스 카스토르 프가 혼자 또는 자신의 식탁 동료인 페르게나 베잘과 함께 비단으 로 꾸민 나프타의 방을 찾아갔을 때, 또는 산책길에서 그를 만나 함께 도르프로 되돌아가면서 기회 있을 때마다 단편적으로 주위 들어 연속 시리즈물의 형태로 알게 되었다. 그리고 이런 일들로 해서 나프타라는 인물이 그에게 아주 색다르게 비쳐졌을 뿐만 아 니라 페르게와 베잘에게도 자신과 똑같이 생각하도록 촉구하여, 이들도 그와 같은 생각을 하게 되었다. 물론 페르게는 자신으로서 는 고상한 것은 죄다 이해할 수 없다고 토를 달기는 했지만 말이 다(지금까지 그에게 인간적으로 아주 단순한 것을 넘어서는 것으 로는 오로지 흉막 쇼크의 경험밖에 없었기 때문이다). 반면에 베 잘은 한때 곤경에 처해 있던 나프타가 출세가도를 달리다가, 모든 일에는 한계가 있다는 것을 알려 주려고 그랬는지 이제 난관에 부 닥치고 남들처럼 육체의 병에 걸리면서 그의 앞길이 흐지부지된 것 같아 퍽 마음에 든다고 했다.

한스 카스토르프는 명예를 존중하는 요아힘을 자랑스러워하면서도 걱정스럽게 생각했다. 요아힘은 라다만토스의 질긴 요설의 그물을 영웅적인 힘을 발휘하여 끊어 버리고 자신의 군기 아래로 탈주했다. 한스 카스토르프는 그가 이제 깃대를 붙잡고 오른손 세 손가락을 치켜들고 충성의 맹세를 했을 거라고 상상했다. 나프타도 그러한 깃발에 충성을 맹세했고, 그 아래에 받아들여졌던 것이다. 그는 한스 카스토르프에게 자신의 예수회의 본질에 대해 설명하면서 직접 그런 표현을 했다. 하지만 그는 옆길로 빠지거나 이념의 결합을 통해 요아힘만큼 자신의 깃발에 충성을 다하지 않은 것이 분명했다. 물론 민간인이자 평화의 아들인 한스 카스토르프로서는 이전의 또는 미래의 예수회 회원의 이야기에 귀를 기울이며 요아힘과 나프타가 서로의 직업과 신분에 호의를 느껴 서로를 친근하게 생각할 거라는 확신을 하게 되었다. 왜냐하면 양쪽 다 군대적인 위계질서를 바탕으로 하고 있기 때문이다. 그것도 모든 점에서, '금욕'이라는 의미에서뿐만 아니라, 서열, 복종 및 스페인적인 명예심이라는 의미에서 그러했다. 말하자면 스페인적인 명예심은 역시 스페인에서 유래한 나프타의 예수회에서 아주 중요한 의미를 지니고 있었다. 예수회의 종교적인 수련 교본은 뒷날 프로이센의 프리드리히 대왕이 보병을 위해 편찬한 보병 훈련 교본에 대응하는 일종의 짝을 이루고 있는데다, 그것이 원래 스페인어로 작성되었기 때문에, 나프타가 이야기하거나 설명할 때 종종 스페인어가 입 밖에 튀어나오곤 했다. 가령 지옥의 군대와 성직자의 군대가 일대 격선을 벌이기 위해 각기 그 수위로 집결한 '누 깃발'을 그는 '도스 반데라스(dos banderas)'라고 했고, 예루살렘 근방에 진을 친 성직자의 군대는 모든 선한 사람들의 '총 대장 (capitan general)'인 그리스도가 지휘했으며, 바빌론 평원에 진을 친 지옥의 군대는 사탄이 '수령(caudillo)'이었다고 설명했다.

생도들을 여러 '사단'으로 나누어 종교적이고 군대적인 예절을 본분으로 지키도록 가르친 샛별 학교가 바로 사관학교가 아니고 무엇이겠는가? 이것이야말로 말하자면 군인의 '딱딱한 칼라'와 스페인식 장식 깃의 결합이 아니고 무엇이겠는가? 요아힘의 신분에서 아주 중요한 것으로 생각되는 명예와 출중함이라는 이념은 나프타가 유감스럽게도 병 때문에 높이 오르지 못한 신분에서도 얼마나 중요한 역할을 하고 있는가! 한스 카스토르프는 이렇게 생각했다. 나프타의 말에 따르면 예수회는 오로지 공명심으로 똘똘 뭉친 사관생도들의 집합소였다. 이들의 머릿속에는 근무 시에 남들보다 뛰어나야겠다는 일념밖에 없었다(라틴어로는 이를 '인시그네스 에세(insignes esse)'라고 했다). 예수회의 창시자이자 초대 총 대장인 스페인의 로욜라의 가르침과 규정에 따라 이들은 건전한 분별력으로만 행동하는 일반인들보다 더 많은 훌륭한 일을 수행했다. 오히려 이들은 자신의 직무를 '필요 이상으로 지나치게(ex superogatione)' 수행했고, 즉 이들은 사실 평균적으로 건전한 분별력을 지닌 인간도 어느 정도 그러하듯이 '육체의 반란(rebellioni carnis)'에 저항할 뿐만 아니라, 일반적으로 허용되어 있는 일들인 관능, 이기심 및 세속적 집착의 경향에 대해서도 처음부터 공세적으로 나갔던 것이다. '적에게 공세적으로 나가는(agere contra)' 것, 즉 공격하는 것은 '방어하는(resistere)' 것보다 더 중요하고 명예로운 일이었기 때문이다. 야전 근무 규범에도 '적을 약화시키고 분쇄하라!'라는 수칙이 있듯이, 그 저자인 스페인의 로욜라는 그 점에서도 요아힘의 총 대장인 프로이센의 프리드리히 대왕의 전쟁 수칙인 '돌격! 돌격!', '적을 끝까지 물고늘어져라!'와 같은 정신을 지니고 있었다.

하지만 무엇보다도 나프타의 세계와 요아힘의 세계의 공통점은 피에 대한 관계로서, 손에 피를 묻히는 것을 두려워하지 않는다는 원칙이었다. 특히 이러한 점에서 두 세계, 예수회와 군대는 정확히 일치했다. 평화의 아들인 한스 카스토르프는 나프타가 중세의 호전적인 수도사 유형에 관해 이야기하는 것을 무척 흥미 있게 들었다. 이들은 기진맥진할 때까지 버틸 정도로 금욕적이었고, 그러면서 종교적인 권세욕에 충만하여 신정 국가, 초자연적인 것의 세계 지배를 실현하기 위해 피를 흘리는 것을 사양하지 않았다. 신전 기사 수도회*는 침대에서 죽는 것보다 신앙이 없는 사람들과 싸우다가 죽는 것을 더 칭찬할 만하다고 평가했고, 그리스도를 위해 죽이고 죽는 것은 범죄가 아니라 최고로 명예로운 일이라 생각했다. 세템브리니가 이 말을 듣지 않은 것은 천만다행이었다! 그가 그 자리에 있었다면 늘 하던 대로 손풍금장이 역할을 맡아 이를 방해하면서 평화를 주창했을 것이다! 그럼에도 세템브리니는 빈(Wien)을 타도하려는 신성한 민족 전쟁과 문명 전쟁에는 반대하지 않아, 물론 이러한 열정과 약점 때문에 나프타의 조롱과 멸시를 받아야 했

나. 어쨌든 그 이탈리아인이 민속적 감정에 사로잡혀 있는 한에는 나프타는 기독교적 사해동포주의를 들고 나와, 어떤 나라도 조국이라 부르려 하지 않고, 니켈이라는 예수회 총 대장의 말을 인용해 '조국애는 페스트 같은 것으로, 기독교적 사랑의 가장 확실한 죽음이다'라고 단호하게 되풀이하는 것이었다.

나프타의 금욕주의적 세계관으로 볼 때 그가 조국애를 페스트로 부른 것은 자명한 일이었다. 그가 볼 때 이런 이름으로 불리지 않는 것은 하나도 없었고, 금욕주의와 신정 국가라는 그의 견해에 거슬리지 않는 것은 하나도 없었다! 가족과 고향에 애착을 갖는 것이 그러했고, 건강과 삶에 애착을 갖는 것 또한 그러했다. 세템브리니가 평화와 행복을 예찬하면, 나프타는 사실 건강과 삶에 애착을 갖는 거라고 인문주의자를 힐난했다. 그는 이를 육신에 대한 사랑, 육체적인 안락함에 대한 사랑이라고 공격했으며, 건강과 삶을 조금이라도 인정하는 것은 골수 시민적인 비종교성이라고 공박했다.

크리스마스가 바로 코앞에 다가온 어느 날, 눈길을 산책하면서 플라츠로 갔다가 되돌아오는 도중에 서로 의견 충돌이 생겨 건강과 병에 대한 일대 논쟁이 벌어졌다. 이 자리에는 세템브리니, 나프타, 한스 카스토르프 말고 페르게와 베잘도 있었다. 다들 미열이 있는데다, 고원의 추위 속에서 걷고 말하느라 몸이 마비되고 흥분되었으며, 모두 예외 없이 오들오들 떨고 있었다. 세템브리니와 나프타처럼 적극적으로 토론에 임하는 두 사람 외의 다른 세 사람도 대체로 대화를 듣는 편이기는 했지만 간혹 짤막한 소견을 말하면서 다들 토론에 열중하고 있었다. 이들은 선 채로 종종 자신을 잊고 토론에 깊이 빠져들어 서로 뒤엉켜 손짓을 하며 말을 주고받기도 했다. 그래서 이들이 무리를 지어 길을 가로막는 바람에 통행인들은 이들 주위를 빙 둘러 지나가거나, 그들과 마찬가지로 서서 귀를 대고 이들의 상궤를 벗어난 토론을 듣고는 눈을 둥그렇게 뜨기도 했지만, 낯선 사람들이 뭐라 떠들든 이들은 전혀 개의치 않았다.

사실 이러한 토론의 발단은 카렌 카르슈테트 때문이었다. 손가락 끝이 벌어지는 괴저(壞疽)에 걸려 있던 불쌍한 카렌은 얼마 전에 저세상으로 갔다. 한스 카스토르프는 그녀의 병이 갑작스레 악화되어 퇴출된 사실을 까맣게 모르고 있었다. 만약 그녀가 죽은 걸 알았더라면 동료의 정으로 그녀의 장례식에 기꺼이 참석했을 것이다. 게다가 장례식에 참석하는 것을 무엇보다 좋아한다고 고백까지 한 그가 아니던가. 하지만 이곳의 관습인 비밀주의 때문에 그는 그녀가 죽은 것을 너무 늦게 알았으며, 그때는 이미 눈 모자를 비스듬히 쓴 수호신인 동자상이 서 있는 공동묘지에서 영원한 수평 상태에 들어간 뒤였다. 영원한 안식이 있을지어다. 한스 카스토르프는 그녀를 추억하면서 몇 마디 자비로운 말을 바쳤다. 이 말을 들은 세템브리니는 한스의 자선 활동을 비웃었다. 라일라 게른그로스, 장삿속이 밝은 로트바인, 가스를 너무 많이 넣은 침머만 부인, 호언장담을 잘하는 '둘 다', 고통에 잠긴 나탈리에 폰 말린크로트 부인을 방문한 것을 조롱조로 말했고, 그리고 그 후에도 엔지니어가 이러한 아무런 희망도 없고 우스꽝스러운 무리들에게

값비싼 꽃을 사들고 가 헌신적으로 대한 것을 비웃었다. 이에 대해 한스 카스토르프는 자신이 주의를 기울인 당사자들 중에서 현재로서는 폰 말린크로트 부인과 테디 소년을 제외하고는 정말 모두 사망하지 않았느냐고 지적하자, 세템브리니는 그렇게 한들 그들이 조금이라도 더 존경할 만하게 되었느냐고 반문했다. 하지만 한스 카스토르프는 그러한 비참한 상황에 대해 기독교적인 경의라고 부를 만한 무언가가 있다고 응수했다. 그러자 나프타는 세템브리니가 그를 질책하기 전에 상궤를 벗어난 경건한 사랑의 행위에 대해 말하기 시작했다. 이는 중세에 광신적이고 열광적으로 환자를 간호하던 놀랄 만한 경우였다. 공주들이 나병환자의 악취 나는 환부에 입을 맞추고, 고의로 나병에 걸려서는 이로 인해 생긴 곪은 종기를 장미라고 불렀으며, 이 고름을 씻은 물을 마시고는 이렇게 맛있는 물은 마셔 본 적이 없다고 했다는 것이다.

세템브리니는 이 말을 듣자 토할 듯한 표정을 지었다. 그는 이러한 광경을 떠올리고 생리적으로 구역질이 난다기보다는, 오히려 적극적인 인간애를 그런 식으로 표현하는 기괴한 광기에 속이 뒤집힌다고 말했다. 그리고 그는 몸을 일으키고는 다시 명랑하고 품위 있는 태도로 돌아가 근대의 진보된 박애 행위의 여러 형태와 전염병을 퇴치한 빛나는 업적에 대해 말하고, 중세의 끔찍한 행위와 대비하여 근대의 의학 지식의 향상과 더불어 위생학과 사회 개혁에 관해 역설했다.

나프타는 이러한 시민적인 의미에서 존경할 만한 현상들이 자신이 방금 예로 든 중세에는 별 도움이 되지 않았을 거라고 대답했다. 그것도 양쪽에게 모두, 병들고 비참한 사람들에게나 동정심보다는 자신의 영혼 구원을 위해 이들에게 자비롭게 대했던 건강하고 행복한 사람들에게도 별 도움이 되지 않았을 거라고 했다. 사회 개혁이 성공함으로써 건강하고 행복한 자들은 자신을 정당화하는 가장 중요한 수단들을 잃어버리게 될 거고, 병들고 비참한 자들은 보살핌을 받을 자신의 신성한 신분을 박탈당하게 될 것이다. 이 때문에 가난과 병이 계속 존속하는 것이 양쪽의 이해관계와 맞아떨어지며, 이러한 견해는 순전히 종교적인 관점을 견지할 수 있는 한에는 계속 유효하다는 것이다.

이에 대해 세템브리니는 추악한 관점이라며, 이런 어처구니없는 견해는 공박할 가치마저 없다고 선언했다. '신성한 신분'이라는 이념과 엔지니어가 '비참에 대한 기독교적 경의'라고 덩달아 표현한 이념은 착각, 그릇된 감정이입, 심리적으로 잘못된 생각에 근거를 둔 속임수라는 것이다. 건강한 자가 병든 자에게 품는 동정심, 자기가 그러한 고통을 당하면 어떻게 견딜지 도저히 생각할 수 없기 때문에 경외감으로까지 치닫는 동정심 ― 이러한 동정심은 지나치게 과도한 것이고, 병자에게는 전혀 걸맞지 않으며, 그런 한에서는 사고력과 상상력의 오류에서 빚어진 것이다. 말하자면 그럴 경우 건강한 자는 나름대로 환자의 입장에서 체험하고, 환자는 흡사 환자의 고통을 짊어져야 하는 건강한 자처럼 생각한다는 것이다. 아픈 사람은 사실 본래 그렇게 태어난 동시에 여러 가지 일을 겪어서 아프게 되었다. 병은 아픈 사람이 이내 그것에 그럭저럭 적응하며 살아가게 만든다. 이때 감각 능력의 감퇴 현상, 세상에서 탈락했다는 감정, 고마운 마취 현상, 정신적으로나 도덕적으로 자연스럽게 순응하고 안도감을 품는 현상이 일어나는데, 건강한 자는 순진하게도 이러한 현상을 고려하는 것을 잊어버린다. 그 가장 좋은 예는 이 위에서 폐를 앓으면서 경솔함, 우둔함 및 방종함을 여지없이 드러내며 건강해지려는 의지가 박약해진 부류들이다. 요컨대 동정심에 사로잡혀 병을 숭배하던 건강인 자신이 병에 걸려 더 이상 건강하지 않게 되면, 병에 걸려 있다는 것이 그 자체적으로 하나의 상태에 불과하고, 결코 명예로운 상태가 아니며, 자신이 그러한 상태를 너무 심각하게 생각했음을 곧 깨닫게 될 거라고 했다.

여기서 안톤 카를로비치 페르게는 화를 발칵 내며, 병을 비방하고 모욕한 데 대해 흉막 쇼크를 옹호했다. "아니, 뭐라고요, 흉막 쇼크를 너무 심각하게 생각했다고요? 당치도 않은 말입니다!" 그는 커다란 후두와 선량한 인상을 주는 콧수염을 위아래로 움직이며, 자신이 당시에 겪은 경험을 절대로 무시당할 수 없다고 대들었다. 자신은 보험 회사의 영업 사원으로 단순한 사람에 불과하여, 모든 고상한 것과는 거리가 멀기 때문에, 이러한 대화 자체도 벌써 자신의 수준을 훨씬 넘어서는 것이라고, 하지만 세템브리니 씨가 가령 예를 들어 흉막 쇼크를, 즉 유황의 악취와 3색 기절을 동반하는 이러한 미칠 듯한 간지러움을 그가 말한 것에 포함시킨다면 그건 당치도 않은 말이라고 했다. 거기서는 감각의 감퇴 현상이나 고마운 마취 현상 및 상상력의 오류 같은 것은 조금도 없었고, 그것은 태양 아래에서 가장 견딜 수 없는 비열한 경험이었으며, 자기처럼 그런 것을 경험하지 못한 사람은 그러한 비열한 것에 대해 결코 왈가왈부할 자격이 없다는 것이다.

"아무렴, 그렇지요, 네, 그렇고말고요!" 세템브리니가 이렇게 달래며 말했다. 페르게의 허탈감은 시일이 흐를수록 점점 더 대단한 경험이 되어, 나중에는 후광처럼 머리 주위를 둘러싸게 되었다. 그러나 세템브리니 자신은 눈을 둥그렇게 뜨고 자기를 경탄해 주기를 바라는 병자들을 별로 존경하지 않는다고 했다. 자신도 가볍다고 할 수 없는 병을 앓고 있지만, 그걸 뻐긴다기보다는 오히려 부끄럽게 생각하는 편이라고 했다. 더군다나 자신은 개인적 차원에서 말하는 것이 아니라 철학적인 의미에서 말한다는 것이다. "내가 병자와 건강인의 본질과 체험의 종류의 차이에 대해 지적한 말은 충분한 근거가 있습니다. 여러분, 예를 들어 정신병과 환각에 대해 한번 생각해 보십시오. 이곳에 있는 사람들 중에 어느 한 사람, 가령 엔지니어 양반이나 베잘 씨가 오늘 밤 어둑어둑한 방구석에 돌아가신 아버지가 나타나 자신을 바라보며 말을 거는 모습을 본다면 당사자로서는 얼마나 소름끼치고 충격적이며 황당한 경험이겠습니까? 그러면 그는 자신의 감각과 이성이 헷갈려 곧장 방을 뛰쳐나가서는 신경 치료를 받으러 달려갈 겁니다. 그렇지 않겠습니까? 하지만 여러분은 정신적으로 건강해서 결코 그런 일이 일어나지 않을 것이니 이런 이야기는 한낱 농담거리에 불과합니다. 그러나 만약 그런 일이 여러분에게 일어난다면 여러분은 건강하지 않고 병에 걸려 있는 겁니다. 즉 건강한 사람처럼 깜짝 놀라거나 뛰쳐나오는 반응을 보이지 않고 그런 현상이 아주 정상인 듯 받아들이며 일종의 환각에 사로잡힌 것처럼 그자와 대화를 나누게 됩니다. 그리고 그러한 사람이 건강한 사람처럼 환각을 보고 공포를 느낄 거라고 생각한다면 이것이야말로 건강한 사람이 범하기 쉬운 상상의 오류입니다."

세템브리니는 방구석에 나타난 아버지의 환상에 대해 매우 익살스럽고도 조형적으로 말했다. 모두들, 지옥 같은 자신의 끔찍한 모험을 무시당해 감정이 상해 있던 페르게마저도 웃지 않을 수 없었다. 나름대로 인문주의자는 이러한 들뜬 기분을 이용하여, 환각증 환자와 무릇 정신병 환자는 일고의 존경할 가치도 없다고 설명하고 단호하게 주장했다. "우리는 이런 인간들이 말도 안 되는 짓을 해도 너그러이 봐줍니다. 그리고 내가 어떤 기회에 정신병원을 방문해서 보았듯이, 이들은 종종 마음만 먹으면 그런 미친 짓거리를 하지 않을 수도 있습니다. 의사나 낯선 사람이 문지방에 나타나면 환각증 환자는 얼굴을 찡그리고 혼잣말을 하며 엉뚱한 짓을 하던 것을 멈추고 얌전한 행동을 합니다. 그러다가 아무도 자기를 보지 않는다고 생각하면 다시 이상한 행동을 계속하는 겁니다. 제멋대로 하는 행동은 의심의 여지 없이 많은 경우에 바보 같은 행동을 의미하기 때문입니다. 이러한 행동은 커다란 걱정으로부터 도피하는 것이고, 마음이 약한 사람이 제정신으로는 도저히 감당할 수 없을 정도로 과중하게 운명의 타격을 받았을 때 자신을 방어하는 수단인 것입니다. 하지만 이럴 때는 나 자신을 비롯하여, 어느 누구라도 정신 나간 자를 그냥 노려보면서, 그의 허튼 짓거리에 대해 가차없는 이성적 태도를 보이는 것만으로도, 적어도 잠시나마 그를 정상으로 되돌려 놓을 수 있습니다."

이 말에 나프타는 비웃듯이 웃었지만, 한스 카스토르프는 세템브리니의 말에 전적으로 동의한다고 단언했다. 그는 이 인문주의자가 콧수염 아래에서 미소를 지으며 가차없는 이성적인 태도로 머리가 이상한 사람을 쏘아보는 장면을 상상하면 그 불쌍한 녀석이 마음을 가다듬고 제정신을 차리지 않을 수 없으리라는 게 이해가 되었다. 물론 그가 세템브리니의 출현을 극히 못마땅하고 귀찮게 여기긴 하겠지만 말이다. 하지만 나프타도 정신병원을 방문한 적이 있어, 그러한 '특별 병동'에서 있었던 일을 생각해 냈다. 그런데 그때 본 장면과 광경은, 오, 맙소사, 세템브리니의 이성적인 눈초리와 준엄한 태도로도 도저히 어찌할 수 없었을 거라고 했다. 이는 단테의 『신곡』에 묘사되어 있는 장면과 같은, 공포와 고통으로 일그러진 그로테스크한 광경이었다. 미친 자들이 벌거벗은 채 목욕탕에 한없이 웅크리고 앉아 불안과 공포에 싸인 온갖 포즈를 취하면서, 어떤 자는 큰 소리로 애처롭게 울부짖고, 또 다른 자는 팔을 치켜들고 입을 크게 벌린 채 폭소를 터뜨리는 것이었다. 여기에는 지옥을 구성하는 모든 요소들이 고스란히 담겨 있었다.

"아하, 그렇군요!" 페르게는 흉막 쇼크를 당할 때 자신도 모르게 터뜨린 폭소를 상기해 달라고 말했다.

"요컨대 세템브리니 씨의 가차없는 교육학도 특별 병동의 처절한 광경 앞에서는 완전히 두 손을 들 수밖에 없었을 겁니다. 이에 대해서는 종교적인 외경심을 품고 전율하는 것이 좀 더 인간적인 반응이었을지도 모릅니다. 우리의 찬란하기 그지없는 태양의 기사이사 솔로몬의 대리자가 광기에 대항하여 내놓기 좋아하는 예의 오만한 이성의 도덕 나부랭이보다도 말입니다."

한스 카스토르프는 나프타가 다시 세템브리니에게 수여한 칭호들을 되돌아볼 겨를이 없었다. 그는 기회가 닿는 대로 그 일을 따져 보리라 얼핏 마음먹었지만, 지금 순간에는 현재 진행되는 대화에 온통 주의를 기울였다. 원칙적으로 건강에 모든 명예를 부여하고, 될 수 있는 한 병을 천시하며 무가치하게 보는 인문주의자의 일반적인 경향을 나프타가 날카롭게 공박했기 때문이다. 나프타는 세템브리니 씨도 병자임을 감안하면 그의 태도에는 물론 특기할 만하고 자못 칭찬할 만한 자포자기적인 태도가 엿보인다고 말했다. 하지만 그의 태도가 아무리 훌륭하다 하더라도 그릇된 태도임에는 조금도 변함이 없다. 그것은 육체를 존경하고 숭배하려는 태도에서 나온 것이겠지만, 육체가 지금처럼 굴욕적인 상태에 있지 않고 신이 만들어 준 상태 그대로일 경우에만 그러한 태도가 정당화될 수 있다. 애초에 불사의 생명을 부여받은 육체는 원죄로 인해 성질이 점점 나빠지다가 타락하여 혐오스러운 것으로 변하면서, 죽음과 부패의 운명을 면할 수 없게 되었다. 그리하여 육체는 영혼의 감옥이자 뇌옥(牢獄)이라고밖에는 달리 생각할 수 없게 되었으며, 성 이그나티우스가 말한 대로 치욕과 혼란의 감정만 불러일으키는 데 알맞을 뿐이다.

"다들 아시는 바와 같이 인문주의자 플로티노스도 이런 감정에 대해 말한 적이 있었습니다!" 한스 카스토르프가 외치듯 말했다. 그러자 세템브리니는 손을 어깨에서 머리 위로 쳐들면서, 관점이

다른 견해를 섞지 말고 잠자코 듣기나 하라고 요구했다.

그러는 동안 나프타는 기독교적 중세가 육체의 비참에 대해 외경심을 품은 이유를, 육체적 참상을 보고 느끼는 종교적 만족감 때문이라고 설명했다. 육체의 곪은 종기는 육체의 쇠락을 극명하게 보여 줄 뿐만 아니라 교화적이고 종교적인 만족감을 일깨워 주는 방식으로 영혼의 부패 타락과도 상응하기 때문이었다. 반면에 건강한 육체는 양심을 모욕하는 기만적인 현상인데, 병고에 시달리는 육체에 대해 깊은 굴욕을 느끼도록 하면서 이런 현상을 부정하는 것이 가장 바람직하다. '누가 나를 죽음의 육체에서 해방시켜 줄 것인가?' 이는 정신의 목소리였으며, 영원히 참된 인간성의 목소리였다.

"아닙니다, 그건 밤의 목소리입니다." 세템브리니가 떨리는 목소리로 자신의 견해를 밝혔다. 그것은 아직 이성과 인간성의 태양을 보지 못한 세계의 목소리이다. 그렇다, 육체는 병고에 시달리면서도 자신의 정신을 건강하고도 온전하게 유지한다고 세템브리니는 말하며, 사제 같은 나프타에게 육체의 문제에 관해 멋지게 응수하며 그가 말하는 영혼을 조롱했다. 세템브리니는 인체를 신이 머무는 참된 신전이라고까지 찬미하기에 이르렀다. 이에 대해 나프타는 이러한 신체 조직이란 우리와 영원 사이에 쳐져 있는 커튼에 불과하다고 설명했다. 그러자 세템브리니는 다시 나프타에게 '인간성'이라는 단어를 절대 사용하지 말라고 강경하게 주장하는 식으로 논쟁이 끝없이 계속되었다.

꽁꽁 얼어붙은 얼굴에 모자도 쓰지 않고 고무 덧신을 신은 채,

보도에 높이 쌓인 재가 뿌려진 눈을 뽀드득 소리를 내며 밟기도 하고, 때로는 차도에 쌓인 푸석한 눈 더미를 밟고 지나가면서, 이들 두 사람은 열띤 논쟁을 벌였다. 세템브리니는 해리(海狸) 털가죽으로 된 옷깃과 소매의 털이 다 빠져 마치 부스럼이 생긴 것 같은 겨울 재킷을 그런대로 우아하게 차려입고 있었고, 나프타는 털가죽으로 안을 댔지만 밖에서는 아무것도 보이지 않는, 다리까지 내려오고 목까지 덮는 기다란 검은 코트를 입은 채, 둘은 지극히 개인적인 관심사인 육체와 영혼의 문제를 둘러싸고 열띤 논쟁을 벌였다. 그런데 둘은 서로 마주 보는 게 아니라 한스 카스토르프를 향하고는 상대방은 턱과 엄지손가락으로만 가리키면서, 자신의 견해를 밝히고 반론을 제시하기도 했다. 두 사람 사이에 끼인 한스 카스토르프는 고개를 이쪽저쪽으로 돌리며, 때로는 세템브리니의 말에, 때로는 나프타의 말에 동의하기도 했다. 또 그는 선 채로 상체를 비스듬히 뒤로 젖히고 염소 가죽 장갑을 낀 손으로 제스처를 쓰면서 물론 형편없는 내용이긴 하지만 자신의 견해를 주장하기도 했다. 페르게와 베잘은 세 사람 주위를 돌면서, 이들을 앞서거니 뒤서거니 하거나, 또는 이들과 일렬로 나란히 걷기도 하다가 사람이 지나가면 다시 열을 풀기도 했다.

두 사람의 토론을 듣기만 하던 세 사람이 가끔씩 던지는 말이 계기가 되어 논쟁은 더욱 구체적인 주제로 옮아갔다. 화장, 태형, 고문 및 사형 제도의 문제가 잇달아 등장하여 다섯 사람 모두가 첨예한 관심을 보였다. 태형의 문제를 먼저 화제에 올린 사람은 페르디난트 베잘이었는데, 이는 한스 카스토르프가 생각하기에 그가 끄집어낼 만한 화제였다. 세템브리니가 언성을 높여 인간의 존엄성을 들먹이며 교육학의 관점에서뿐만 아니라 이제는 사법상의 관점에서도 이러한 형벌에 반대한 것은 그리 놀라운 일이 아니었다. 반면에 나프타가 태형을 옹호하는 발언을 한 것도 역시 하등 놀랄 일이 아니었지만, 그의 말투가 어딘지 모르게 음울하고 뻔뻔스러워 다들 어안이 벙벙했다. 우리의 진정한 존엄성은 정신에 있지, 육체에 있는 것이 아니기 때문에 그는 태형의 문제를 가지고 인간의 존엄성을 운운하는 것은 어리석은 일이라고 했다. 그리고 인간의 영혼은 삶의 모든 향락을 육신에서 얻으려고 하기 때문에, 육체에 고통을 가하는 것은 영혼이 감각적인 것에서 쾌락을 얻으려고 하는 일에 찬물을 끼얹어, 말하자면 육체에서가 아니라 정신에서 다시 즐거움을 얻도록 하여, 정신이 다시 육체의 지배자가 되도록 하는 매우 권장할 만한 수단이라는 것이다. 태형을 특별히 수치스러운 형벌로 간주하는 것은 말도 안 되는 어리석은 비난이다. 성 엘리자베트도 자신의 고해 신부인 콘라트 폰 마르부르크에게 피가 나도록 태형을 당했지만, 이로 인해 '그녀의 영혼은 제3급의 천사에까지 이르렀다'고 성담에 기록되어 있다. 그리고 성녀 자신도 졸린 나머지 고해를 하지 못하는 어떤 불쌍한 노파에게 매질을 가하기도 했다. 일반적으로 진지한 사람들뿐만 아니라 어떤 수도회와 종파에 속하는 사람들이 정신적인 것의 원칙을 좀 더 깊이 가슴속에 새겨 두기 위해 자기 몸에 채찍질을 가하는 것을 누가 감히 진심으로 야만적이고 비인간적이라 부를 수 있겠는가? 고상하다고 자부하는 나라들이 태형을 법적으로 금지하고는 진정한 신보라고 떠들면서 이를 확고부동하게 믿으니 이것보다 더 우스꽝스러운 생각이 어디 있겠는가.

"그야 물론이지요. 육체와 정신이 대립하는 한에서는 육체가 사악하고 악마적인 원칙을 구현한다는 것은, 하하하, 절대로 부정할 수 없습니다. 물론 육체가 자연에 속해 있는 한에서는 말입니다. 물론 자연이 나쁜 것도 아닙니다! 또한 정신이나 이성과 대립하는 자연이 분명 사악하고, 신비로울 정도로 사악한 한에서는 자신의 교양과 지식을 토대로 약간 모험을 건다면 그렇게 말할 수 있습니다. 이러한 관점을 고수한다면 육체를 그에 상응하게 다루는 것, 즉 육체에 매질을 가하는 것은 논리적으로 모순이 아니라고 할 수 있습니다. 또 한 번 모험을 건다면 이것도 역시 신비로울 정도로 사악하다고 지칭할 수 있습니다. 당시 세템브리니 씨가 몸이 좋지 않아 바르셀로나에서 열린 진보 촉진 회의에 참석하지 못했을 때 성 엘리자베트가 옆에 있다가 채찍으로……" 한스 카스토르프가 말했다.

이 말에 다들 웃음을 터뜨렸다. 그런데 인문주의자가 발끈 화를 내려고 해서 한스 카스토르프는 얼른 자신이 언젠가 매 맞은 경험담을 늘어놓았다. 그가 다닌 김나지움의 저학년에는 아직 부분적으로 체벌이 남아 있어서 승마용 채찍이 늘 준비되어 있었다. 선생님들은 그의 사회적 신분을 배려하여 손을 대지 않았지만, 그는 자신의 동급생으로 자기보다 힘이 세고 키가 큰 어떤 녀석에게 허벅지와 양말만 신은 종아리를 나긋나긋한 채찍으로 맞은 적이 있었다. 맞아 보니 말할 수 없이 아픈데다가 치욕적이고 도저히 잊을 수 없어서, 거의 신비적이라고 할 수 있었다. 수치감을 참지 못하고 마음속으로 흐느끼는 가운데 분노와 명예를 잃은 '슬픔'에 눈물이 왈칵 터져 나왔다 — 베잘 씨는 부디 이 말을 용서해 주기 바랍니다* — 그리고 한스 카스토르프는 감옥에서 태형을 가하면 아무리 흉악무도한 강도 살인범이라도 어린아이처럼 엉엉 운다는 글을 어디선가 읽은 적이 있다고 말했다.

세템브리니가 다 닳아 해진 가죽 장갑을 긴 두 손으로 얼굴을 가리고 있는 동안, 나프타는 정치가처럼 냉담하게 고문대와 채찍 없이 어떻게 반항적인 범죄인을 다스릴 수 있겠느냐고 반문했다. 게다가 그런 도구는 감옥에 양식상으로 아주 적합한 것으로, 인도적인 감옥이란 미학적으로 어중간하고 타협적이다. 세템브리니가 비록 말은 번드르르하게 잘하지만 요컨대 아름다움에 대해서는 아무것도 아는 게 없다고 했다. 하물며 교육학에 관해서는, 나프타의 말에 따르면 태형을 추방하려는 사람들이 인간의 존엄성에 품고 있는 개념은 시민적 인문주의 시대의 자유주의적 개인주의에, 계몽된 자아의 절대성에 뿌리박고 있으나 그런 개념은 이미 빈사 상태에 빠져 있으며, 새로 대두하고 있는 좀 더 남성적인 사회 이념, 즉 속박과 굴복, 강제와 복종이라는 이념에 자리를 내주고 있다. 이러한 이념을 실현하기 위해서는 신성한 잔인성이 불가피하며, 그런 이념이 실현되면 썩은 고기에 매질하는 것도 지금과는 다른 눈으로 보게 될 것이다.

"그래서 썩은 고기의 복종, 즉 절대 복종이라 부르는군요." 세템브리니가 비웃으며 말했다. 이에 대해 나프타는 신은 원죄의 벌로 육체에 부패라는 소름끼치는 치욕을 안겨 주고 있기 때문에, 그런 육체에 태형을 가한다 하더라도 결국 불경죄라고는 할 수 없다고 했다. 이리하여 화제는 순식간에 화장(火葬)으로 넘어갔다.

세템브리니는 화장을 찬미했다. 나프타가 말하는 육체가 부패하는 치욕을 화장에 의해 씻을 수 있을 거라고 그는 기쁜 듯이 말했다. 인류는 이념적인 동기에서뿐만 아니라 실용적인 이유에서도 부패의 치욕을 씻으려고 한다. 그리고 자신이 국제 화장회의 준비 위원이라고 밝히고, 그것의 개최지는 아마 스웨덴이 될 거라고 했다. 그 회의에서는 납골당과 더불어 지금까지의 온갖 경험을 살려 설계된 모범적인 화장터의 전람회를 열 계획인데, 이 전람회가 화장이 더욱 더 널리 퍼져 가는 데 자극을 주고 용기를 북돋워 줄 걸로 기대한다. 근대적인 온갖 상황을 고려할 때 매장이란 얼마나 전근대적이고 시대에 뒤떨어진 방법인가! 도시의 팽창! 장소가 없어 소위 묘지는 나날이 교외로 밀려나고 있지 않은가! 치솟는 땅값! 근대적 교통 기관을 적절히 이용한 매장 과정의 간소화! 세템브리니는 이 모든 일에 대해 냉정하게 적절한 말을 개진할 줄 알았다. 그는 사랑하는 아내와 대화를 나누기 위해 날이면 날마다 그녀가 잠든 무덤에 찾아가는 시름에 잠긴 홀아비의 모습을 유머러스하게 묘사했다. 그러한 목가적인 인물은 무엇보다도 귀중하기 그지없는 삶의 보화인 시간을 이상하리만큼 많이 가지고 있음에 틀림없는데, 아닌 게 아니라 근대적 중앙 공동묘지의 대규모화는 그에게서 시대착오적인 행복감을 앗아가 버릴지도 모른다. 화염을 통한 시체의 소각, 이는 하등 생물체에 의해 분해되고 동화되는 매장에 비하면 얼마나 깨끗하고 위생적이며 품위 있는, 즉 영웅적인 생각이란 말인가! 그렇다. 이러한 처리법은 영원을 희구하는 인간의 정서에도 잘 맞을 것이다! 화염에 싸여 사라져 가는 것은 이미 살아 있을 때 신진대사에 의해 변화를 겪던 육체의 구성 성분이었다. 반면에 이러한 신진대사에 전혀 영향을 받지 않고 일생 동안 거의 변화하지 않는 구성 성분은 불속에서도 소멸하지 않고 재로 남아, 유족들은 고인의 이러한 불멸의 부분을 수습하여 품에 안게 되는 것이다.

"그것 참 훌륭한 말입니다. 아, 정말 훌륭한 말입니다. 인간의 불멸의 부분이 재가 되다니." 나프타가 비웃듯이 말했다.

"아, 물론이고말고요. 나프타 씨는 생물학적 사실에 대해 인류가 비합리적 입장을 고수하도록 하고 있습니다. 죽음이 공포의 대상이었던 단계, 신비스러울 정도로 두려운 마음에 사로잡혀 이러한 현상에 이성의 눈길을 보내는 것이 금지되었던 원시적인 종교의 단계를 주장했습니다. 이는 얼마나 야만적인 생각입니까! 죽음에 대한 공포는 문화 수준이 턱없이 낮고, 횡사가 다반사였던 시대의 유물입니다. 그리고 사실 이러한 횡사와 관련된 끔찍한 인상이 인간 감정에 오랫동안 죽음에 대한 생각과 연결되었던 겁니다. 그러나 위생 관념이 높아지고 개인의 안전이 확보됨에 따라 점점 더 자연사가 일반화되었습니다. 그리고 근대의 노동자에게는 가지고 있는 힘을 적절하게 다 쓰고 영원한 안식에 들어간다는 생각이 조금도 두렵지 않고 오히려 자연스럽고 바람직하다는 생각이 들게 되었습니다. 그렇습니다, 죽음은 두렵거나 신비스러운

것이 아니라, 명백하고 이성적이며 생리적으로 필연적인 환영할
만한 현상입니다. 그러므로 필요 이상으로 죽음에 대한 생각에 몰
두하는 것은 삶을 침해하는 것일지도 모릅니다. 그 때문에 아까
말한 모범적인 화장터나 납골당인 '죽음의 전당' 말고도 '삶의 전
당'도 세울 계획을 하고 있습니다. 거기서는 건축, 회화, 음악 및
문학이 서로 힘을 합쳐 유족의 마음을 죽음의 체험이나 무익한 비
애며 무기력한 탄식으로부터 이 세상의 삶의 환희로 돌리려는 겁
니다." 세템브리니가 말했다.

"그렇다면 급히 서둘러야 되겠습니다! 유족이 불필요하게 죽음
에 정성을 바치지 않도록, 그러니까 죽음이라는 단순한 사실을 너
무 숭배하지 않도록 말입니다. 그러나 물론 죽음이 없다면 건축,
회화, 조각, 음악 및 문학도 존재하지 않을지도 모릅니다." 나프타
가 조롱하듯 말했다.

"유족이 군기 밑으로 탈주하는 거군요." 한스 카스토르프가 꿈
꾸듯이 말했다.

"그런 알쏭달쏭한 말은, 엔지니어 양반, 비난받아 마땅합니다.
죽음의 체험은 결국 삶의 체험이 되어야지, 그렇지 않으면 단지
불길한 환상에 불과하게 됩니다." 세템브리니가 말했다.

"삶의 전당에는 고대의 많은 석관에서 볼 수 있듯이 음란한 상
징물로 장식할 겁니까?" 한스 카스토르프가 진지하게 물었다.

"좌우간 걸쭉한 눈요기들은 있을 겁니다. 부패되는 신세를 면한
이 육체, 죄악의 육체는 의고전주의적 취향에 따라 대리석과 유화
로 화려하게 표현될 겁니다. 이는 하등 이상할 게 없습니다. 사랑

스러운 나머지 다시는 그 육체에 매질하고 싶은 생각이 나지 않을 테니 말입니다." 나프타가 단언하듯 말했다.

여기서 베잘은 고문을 화제로 삼았는데, 이것도 그에게는 잘 어울리는 주제였다. "고통을 가해 신문하는 것, 여러분은 이것을 어떻게 생각하십니까? 나, 페르디난트 베잘은 출장 다니는 기회를 이용해 여러 곳의 고대 문화 유적지를 구경했습니다. 한때 이러한 고문으로 양심을 탐색하던 곳을 말입니다. 이리하여 나는 뉘른베르크, 레겐스부르크의 고문실을 알게 되었고, 교양을 얻기 위해 그런 곳을 좀 더 자세히 둘러보았습니다. 물론 거기서는 영혼의 구원을 위해 육체에 교묘한 방법으로 온갖 참혹한 고문을 가했습니다. 그렇지만 비명소리 하나 들리지 않았답니다. 그 유명한 배를, 맛이라고는 눈곱만큼도 없는 배를 입에 틀어넣었기 때문에 말입니다. 그리하여 온갖 고문을 가해도 찍소리 없이 정적만이 감돌았던 겁니다."

"포르체리아(추잡한 이야기군)." 세템브리니가 이탈리아어로 중얼거렸다.

페르게는 배를 입에 물고 정적이 흐르는 가운데 고문을 가한 것에 경의를 표한다고 말했다. 하지만 당시에도 흉막을 더듬는 것보다 더 비열한 짓은 아무도 생각해 내지 못했을 거라고 했다.

"그건 그의 영혼을 구원하기 위해서였을 겁니다!" 나프타가 말했다.

"영혼에 개전의 정이 없거나, 정의가 손상당한 경우에는 일시적으로 무자비한 행위가 정당화될 수 있습니다. 두 번째로 고문은 합리적인 진보의 결과였습니다."

"나프타 씨는 완전히 제정신이 아닌 것 같군요!" 세템브리니가
소리쳤다.

"아니오, 나는 제정신으로 말했습니다. 세템브리니 씨는 문학가
라서 중세의 사법 역사가 한눈에 떠오르지 않을 겁니다. 중세의
사법 역사는 사실 합리화가 진행되는 과정이었습니다. 그것도 이
성적인 생각을 토대로 하여 서서히 신을 사법에서 배제하는 과정
이었습니다. 신에 의한 심판에서 강자는 비록 잘못했다 하더라도
늘 승소한다는 것을 사람들이 깨달았기 때문에 그러한 심판이 사
라지게 되었습니다. 세템브리니 씨 같은 회의론자이자 비판가 들
이 이런 사실을 알아차리고, 고대의 순진한 재판 대신에 신문 재
판을 도입하는 데 성공했습니다. 이러한 재판은 진실을 판가름하
는 데 더는 신을 끌어들이지 않고 피고의 자백을 통해 진실에 접
근하려고 했습니다. 자백 없이는 유죄 판결이 없다—이러한 원
칙은 오늘날에도 일반 사람들에게 물어 보기만 하면 금방 알 수
있을 겁니다. 이러한 본능이 깊이 뿌리박고 있어서, 아무리 증거
가 완벽해도 자백이 없으면 유죄 판결이 부당한 것으로 생각되었
습니다. 그러면 어떤 방법으로 자백을 이끌어 낸단 말인가요? 단
지 예감이나 혐의에 머물지 않고 어떻게 진실을 규명할 수 있을까
요? 진실을 숨기고 진실을 밝히기를 거부하는 인간의 마음과 머
릿속을 어떻게 들여다볼 수 있을까요? 정신이 악의를 품고 말을
듣지 않는다면 어떻게 해 볼 수 있는 육체에게 물어 볼 수밖에 없
는 겁니다. 필수불가결한 자백을 이끌어 내는 수단인 고문은 이성

의 요구에 의한 것입니다. 하지만 자백에 의한 재판을 요구하고 도입한 자는 세템브리니 씨 같은 자였습니다. 그러므로 그가 고문의 원조라고 할 수 있습니다."

인문주의자는 나머지 사람들에게 그 말을 곧이곧대로 믿지 말라고 부탁했다. "그건 악질적인 농담입니다. 모든 것이 나프타가 설파한 그대로였다면, 이성이 정말 끔찍한 고문의 창안자였다면, 이는 이성이 늘 얼마나 혹독하게 지지와 계몽을 필요로 하는지를 증명해 줄 따름이고, 자연적 본능을 숭배하는 자들은 이성이 지상에서 너무 판을 치게 될까 봐 두려워할 필요가 없다는 것을 증명해 줄 따름입니다! 하지만 앞서 말한 사람은 길을 확실히 잘못 들었습니다. 심문 중에 고문하는 저러한 만행은 원래 지옥을 믿는 데서 비롯한 것이지 이성 때문이라고는 할 수 없습니다. 박물관과 고문실에 가서 한번 둘러보면 알게 될 겁니다. 그러한 죄고 당기며 비틀고 지지는 모든 도구는 순진하게 현혹된 환상에서 생겨난 것이 분명하고, 영원한 고통만 있는 저세상의 장면을 경건하게 모방하려는 소망에서 비롯된 것이 분명합니다. 게다가 고문으로 범죄자를 도와주려고 했다는 겁니다. 범죄자 자신의 영혼은 자백을 하려고 애쓰는데, 다만 악의 원칙인 육체가 자신의 더 나은 의지에 맞서고 있다고 생각한 겁니다. 그리하여 고문을 통해 범죄자의 육체를 굴복시킴으로써 그에게 사랑의 봉사를 베푸는 거라고 생각했던 겁니다. 금욕적인 망상이라고나 할까요."

"고대 로마인도 그런 망상에 사로잡혀 있지 않았던가요?" 나프타가 반문했다.

"로마인이오? 천만의 말씀입니다."

"로마인도 재판의 수단으로 고문을 알고 있지 않았던가요?"

이리하여 토론은 논리적으로 뒤죽박죽이 되어 버렸다. 그러자 한스 카스토르프는 자기 멋대로 토론의 사회자라도 되는 양 사형 문제를 끄집어내면서 이런 상황을 타개하려고 했다. "오늘날에도 예심 판사는 피고의 전의를 꺾기 위해 여전히 술책을 부리고 있지만 고문은 하지 않습니다. 그러나 사형 제도는 없어서는 안 되는 것처럼 사라지지 않고 있습니다. 문명이 가장 발달한 국가들도 사형 제도를 고수하고 있습니다. 프랑스인들은 그 대신에 국외 추방을 했다가 톡톡히 그 대가를 치렀습니다. 인간의 탈을 쓴 짐승은 목을 댕강 자르지 않고는 정말 어떻게 해 볼 도리가 없거든요."

"그런 자들이라 해서 인간의 탈을 쓴 짐승은 아닙니다." 세템브리니가 그의 말을 바로잡아 주었다. "그런 사람도 엔지니어 양반이나 나 같은 인간입니다. 단지 의지가 약해서 결함 있는 사회의 희생자가 된 것뿐입니다." 그리고 그는 여러 번 살인을 저지른 어떤 중범죄자에 관한 이야기를 했다. "그는 검사의 논고에서 '금수 같은 인간', '인간의 탈을 쓴 짐승'이라고 불리곤 하는 유형의 사람이었습니다. 이 남자는 자신이 수감된 감방의 벽에 온통 시를 적어 놓았는데, 그 시들은 결코 조악하지 않았고, 검사들이 어쩌다가 끼적거렸을지도 모르는 시 나부랭이보다 훨씬 나은 것이었습니다."

"그것은 예술의 독특한 측면을 보여 주는 겁니다." 나프타가 대꾸했다. "하지만 그것 말고는 어느 면으로나 주목할 가치가 없습니다."

한스 카스토르프는 나프타 씨가 사형 제도의 존속을 주장할 것으로 기대한다고 말했다. 그는 나프타 씨가 어쩌면 세템브리니 씨와 마찬가지로 혁명적일지도 모르지만, 보수적인 의미에서의 혁명가, 보수의 혁명가라고 말했다.

이에 대해 세템브리니는 자신만만하게 미소 지으며 말했다. "세계는 비인간적인 반동의 혁명을 지나서 본궤도에 들어서고 있습니다. 나프타 씨는 예술이 아무리 사악한 사람이라도 인간다운 사람으로 변모하게 해 주는 것을 인정하지 않고 예술을 부정적으로 보고 있습니다. 그러한 광신주의로는 광명을 찾는 젊은이들의 마음을 사로잡을 수 없습니다. 얼마 안 있으면 모든 문명국에서 사형 제도의 법적인 철폐를 목표로 하는 국제 연맹이 창설될 겁니다. 명예롭게도 나도 그 회원입니다. 첫 회의의 개최지가 곧 결정되겠지만, 거기서 연설할 연사들이 사형 제도에 대한 반대 논거로 무장하고 있다고 믿을 만한 근거가 있습니다!" 그리고 그는 그러한 반대 논거를 들면서, 오심으로 인해 억울한 사람을 사형시킬 가능성이 늘 있다는 것과, 범죄자가 개심할 수 있다는 희망을 결코 버려서는 안 된다는 것을 예로 들었다. 심지어 그는 "원수는 내가 갚으리라"*라는 성경 구절까지 인용했다. 또한 그는 국가의 본분이 교화에 있지 폭력에 있는 것이 아니라면 악을 악으로 갚아서는 안 된다고 역설했다. 그리고 과학적 결정론의 입장에서 '죄'의 개념을 배격한 후에 '벌'의 개념을 부정했다.

이어서 '빛을 구하는 젊은이'들은 나프타가 세템브리니의 논거에 조복조복 반론을 펴는 것을 지켜보아야 했다. 그는 박애주의자인 세템브리니가 피를 두려워하고 삶을 숭배하는 것을 비웃으면서, 이렇게 개별적인 삶을 숭배하는 것이 따분하기 짝이 없는 시민적인 무사안일주의 시대의 산물에 지나지 않는다고 주장했다. "하지만 어지간히 열정적인 상황에서는 '안전'의 이념을 넘어서는 어떤 유일한 이념, 가령 무언가 초인격적이고 초개인적인 이념이 등장하자마자 언제나 개인의 삶은 좀 더 높은 사상 때문에 거리낌없이 희생될 뿐만 아니라 개인 스스로도 자발적으로 스스럼없이 목숨을 버릴 겁니다. 이것이야말로 유독 인간에게 어울리고, 따라서 좀 더 높은 의미에서 정상적인 상태라는 세템브리니 씨의 박애주의는 삶에서 모든 중대하고 아주 진지한 요소를 제거하려고 하고 있습니다. 그것은 삶의 거세를 목표로 하고 있고, 또한 소위 과학의 결정론도 마찬가지입니다. 하지만 사실인즉 죄의 개념은 결정론에 의해 제거되지 않을뿐더러 심지어 그로 인해 무게와 전율이 더해 갈 뿐입니다."

"그것은 괜찮은 말입니다. 가령 나프타 씨는 사회의 불행한 희생자가 진심으로 자신의 죄를 자각해서 확신을 갖고 단두대에 오르기를 요구하는 겁니까?"

"물론이지요. 범죄자는 자기 자신뿐만 아니라 자신의 죄에 대해서도 확신하고 있습니다. 그는 있는 그대로의 그이며, 달리는 될 수도 없고 되려고도 하지 않기 때문입니다. 그리고 바로 이것이 그의 죄입니다." 이리하여 나프타는 죄와 공적을 경험적 차원에서 형이상학적 차원으로 옮겨 버리고 이렇게 덧붙였다. "행동과 행위에는 물론 결정론이 지배하고 있어서, 거기에는 자유란 게 없지만, 어쩌면 그의 존재 속에는 자유가 있을지도 모릅니다. 그 인간은 자신이 존재하려는 대로 존재하며, 자신이 죽을 때까지 존재하려는 것을 그만두지 않을 겁니다. 범죄자는 사실 '자신의 목숨을 걸고' 살인했기 때문에, 따라서 자신의 생명으로 그 대가를 치른다 해도 그리 지나치지는 않을 겁니다. 그는 깊디깊은 쾌락을 맛보았으니 죽어도 좋은 겁니다."

"깊디깊은 쾌락이라고요?"

"그렇습니다."

다들 입을 꽉 다물었다. 한스 카스토르프는 헛기침을 했고, 베잘은 아래턱을 비스듬히 일그러뜨렸으며, 페르게는 한숨을 지었다. 세템브리니는 우아하게 자신의 소견을 피력했다.

"대상에 개인적인 색채를 가미하고서 그걸 일반화하려고 하는군요. 당신은 살인하고 싶은가 보지요?"

"그건 당신하고는 아무 관계가 없습니다. 하지만 내가 살인을 했다면 자연적인 수명을 다할 때까지 나에게 콩밥을 먹이려고 하는 인도주의적인 무지를 비웃어 줄 겁니다. 살인자가 살해당한 자보다 오래 산다는 것은 말도 안 됩니다. 두 사람은 아무도 모르는 둘만의 비밀로 결부되어, 이와 비슷한 경우처럼 한 사람은 수동적으로, 다른 사람은 능동적으로 결부되어 둘이 일체를 이루는 겁니다."

이에 대해 세템브리니는 자신은 이러한 죽음과 살인의 신비주의를 이해할 수 없으며, 또 그러고 싶지도 않다고 냉담하게 잘라 말했다. 나프타 씨의 종교적 재능에 대해서는 아무런 이의가 없으며, 그 재능이 자신의 재능을 능가하리라는 것은 의심치 않지만, 분명히 말하면 그것이 결코 부럽지 않다는 것이다. 아까 말했듯이 실험을 즐기는 청년의 비참에 대한 존경이 신체적인 관계뿐만 아니라 정신적인 관계도 지배하는 영역, 즉 덕, 이성, 그리고 건강이 하잘것없는 것으로 치부되고, 반면에 악덕과 병이 이상하게도 명예를 누리는 영역에는 자신의 극복할 수 없는 결벽증 때문에 가까이할 수 없다는 것이다.

"덕이나 건강이 사실 종교적 상태는 아닙니다." 나프타가 단호하게 말했다. "종교가 이성이나 도덕과 아무런 관계가 없다는 것이 확실하다면 그것으로 족합니다. 왜냐하면 종교가 삶과는 아무런 관계가 없기 때문입니다. 삶이란 일부는 인식론에, 일부는 도덕의 영역에 속하는 조건과 토대를 기반으로 하기 때문입니다. 인식론에 속하는 것은 시간, 공간 및 인과율이라 불리고, 도덕의 영역에 속하는 것은 윤리와 이성이라 불립니다. 이 모든 것은 종교적 본질과 소원하고 무관할뿐더러 심지어 그것과 적대적 관계에 있습니다. 이것들이 사실 삶을, 소위 말하는 건강을, 즉 속물적이고 시민적인 것을 이루는 요소들이기 때문입니다. 사실 종교적인 세계는 건강과 절대적인 반대, 절대적으로 독창적인 정반대로 규정될 수 있습니다. 그렇다고 해서 나, 나프타가 삶의 영역에 천재의 가능성을 완전히 배제하려는 것은 아닙니다. 논란의 여지 없이 기념비적으로 우직한 삶의 시민성이 존재하기 때문입니다. 그리고 뒷짐 지고 가슴을 내밀며 두 발을 떡 벌린 채 거만하고 위엄 있게 서 있는 모습의 시민적인 삶이 비종교적인 화신을 의미한다고 집요하게 생각하는 한, 숭배할 만하다고 여길 수 있는 속물적 존엄성이 존재하기 때문입니다."

한스 카스토르프는 학교에서처럼 집게손가락을 들고 말했다. "나는 두 분 중 어느 쪽 기분도 상하게 하고 싶지 않습니다. 하지만 여기서 분명히 문제가 되고 있는 것은 진보, 인류의 진보입니다. 그러므로 어느 정도는 정치와 웅변적 공화제, 교양 있는 서구의 문명이 문제가 되기도 합니다. 이 점에 관하여 삶과 종교의 차이점, 굳이 나프타 씨가 삶과 종교의 대립이라고 말씀하신다면, 궁극에 가서는 시간과 영원의 대립이 될 것입니다. 왜냐하면 진보는 시간 속에서만 존재하지, 영원 속에서는 진보도, 정치도 웅변도 존재하지 않기 때문입니다. 영원 속에서는 말하자면 신에게 머리를 기대고 눈을 감고 있는 겁니다. 그리고 두서없이 말했습니다만, 이것이 도덕과 종교의 차이점입니다."

"표현 방식의 순진함보다 더 염려스러운 것은 남의 심기를 건드릴까 봐 두려워하는 태도와 악마와 타협하려는 경향입니다." 세템브리니가 말했다.

"아닙니다. 그 악마에 대해서라면 꼭 일 년 전에도 세템브리니 씨와 토론한 적이 있습니다." 한스 카스토르프는 지지 않고 응수했다. "그때 세템브리니 씨는 '오, 악마여, 오, 반란자여!' 라고 말씀하셨는데, 대체 지금 어떤 악마와 타협을 하고 있다는 말입니까? 반란과 일, 비판의 악마를 말하는 건가요, 아니면 다른 악마를 말하는 건가요? 정말 목숨이 위태위태하군요. 오른쪽에, 왼쪽에도 악마가 있다면 당최 어떻게 빠져나가라는 말인가요?"

"이런 식으로는 세템브리니 씨가 보고 싶어 하는 실상을 올바로 특징지을 수 없습니다. 그의 세계상의 결정적인 특징은 그가 신과 악마를 별개의 인격체나 원칙으로 삼아, 게다가 엄격하게 중세의 모범에 따라 '삶'을 두 원칙 사이의 쟁점으로 만든다는 겁니다. 하지만 사실 신과 악마는 하나로, 서로 결합하여 종교적 원칙을 나타내면서 삶, 삶의 시민성, 윤리, 이성 및 덕과 대립하고 있습니다." 나프타가 말했다.

"정말 구역질나는 혼합이군요. 정말 가슴이 미어터질 지경입니다!" 세템브리니가 소리쳤다. "선과 악, 신성함과 악행, 이 모든 것을 한데 섞어 버리다니! 판단력도 의지도 없이 말입니다! 무엇을 배격하고, 무엇이 배격되어야 하는지 판단할 능력도 없이 말입니다! 나프타 씨는 청년들의 면전에다 신과 악마를 뒤범벅으로 만들어 놓고, 이러한 두 개를 하나라고 우기면서 윤리적 원칙을 부정하는 게 무엇을 부인하는지 대체 알고 있기라도 하는 겁니까! 가치, 입에 담기도 혐오스럽지만 가치 판단을 부정하고 있는 겁니다. 좋습니다, 그럼 선과 악이라는 게 없고 윤리적 질서가 없는 세계만 존재한다고 칩시다! 그러면 비판적 존엄성을 지닌 개개인도 존재하지 않고 모든 것을 집어삼켜 평준화하는 공동체만 있게 되어, 개인은 그 안에서 신비스럽게 흔적도 없이 사라지게 될 겁니다! 개인이란……"

"세템브리니 씨가 또다시 개인주의자라고 자처하다니 재미있는 일입니다! 그러기 위해서는 도덕과 종교적 행복의 차이를 알아야 하는데, 계명 결사 회원(Illuminat)이자 일원론자인 세템브리니 씨는 전혀 그런 것 같지 않습니다. 삶이 어리석게도 자신을 목적이라고 간주하고 그걸 넘어서는 의미와 목적을 따지지 않을 때는 종족 윤리와 사회적 윤리, 척추동물의 도덕성만 있을 뿐 참된 개인주의는 존재하지 않는 겁니다. 참된 개인주의란 오로지 종교적인 것과 신비적인 것의 영역에, 소위 말하는 '윤리적 질서가 없는 세계'에만 존재합니다. 세템브리니 씨의 도덕이란 대체 어떤 것이며, 무엇을 원하는 겁니까! 그것은 삶에 결부되어 있어 유용하다는 것 말고는 아무것도 아니며, 가련하다 할 정도로 영웅적이 아닙니다. 그의 도덕은 나이를 먹고 행복해지며, 부자가 되고 건강해지기 위한 것으로, 그것으로 끝입니다! 이러한 속물적 이성과 일을 그는 윤리로 간주하는 겁니다. 그렇지만 나로 말할 것 같으면 거듭 말하지만 그러한 것을 초라한 삶의 시민성이라 칭하고 싶습니다."

이에 세템브리니는 감정을 억제하라고 정중하게 부탁했지만, 그 자신의 목소리도 흥분하여 떨리고 있었다. 그는 나프타가 대체 왜 그러는지는 모르겠지만, 계속 '삶의 시민성'에 대해 경멸하는 듯한 귀족적인 어조로 말하는 것에 참을 수 없었기 때문이다. 그러면서 삶에 반대되는 것이 무엇인지 다들 잘 알고 있는데, 그 반대의 것이 더 고상하다고 말하는 것에 참을 수 없었다.

이리하여 새로운 슬로건이자 표어가 등장하게 되었다! 이제는 고귀성과 귀족성이 문제가 된 것이다! 추위와 화제의 불확실성 때문에 흥분되고 피로에 지친 한스 카스토르프는 자신의 말이 남이 이해할 만한 내용인지, 또는 열에 들떠 중구난방으로 떠든 것인지도 제대로 판단하지 못하고 몽롱한 상태에서 추위에 마비되어 잘 돌아가지 않는 입술로 자신의 견해를 늘어놓았다. "나는 예전부터 죽음을 풀 먹인 스페인식 깃과 결부시켜 생각해 왔습니다. 어쨌든 높고 딱딱한 칼라가 있는 약식 정장과 결부시켜서 말입니다. 반면에 삶은 근대의 낮은 보통 칼라와 결부시켜 생각해 왔습니다." 그러나 그는 자신의 말이 취한 듯, 꿈꾸는 듯하고, 남에게 전혀 통하지 않는다는 것을 알아차리고 흠칫 놀라, 원래는 이런 말을 하려던 것이 아니었다고 발뺌했다. "그러나 이 세상에는 너무나 야비해서 죽을 거라고는 도저히 상상이 안 되는 유형의 인간들이 있습니다! 다시 말하면 생활력이 무척 강해서 결코 죽지 않으리라 생각되는 인간, 죽음의 장엄함을 누릴 가치도 없는 인간들이 있습니다."

"엔지니어 양반이 그런 말을 하는 것은 반박을 받고 싶어서 그러는 듯한데 내 생각이 틀리지 않기를 바라겠습니다. 당신이 그러한 유혹에 정신적으로 저항할 때는 언제든지 도움을 아끼지 않겠습니다. 아까 '생활력이 강하다'고 했던가요? 그리고 이 말을 업신여기는 천박한 의미에서 사용한 건가요? 그 대신에 '살 만한 가치가 있다'고 표현해야 하지 않을까요? 그래야 여러 개념들이 좀 더 잘 조화되고 융화될 겁니다. '살 만한 가치가 있다'는 말에서 즉각 '사랑할 만한 가치가 있다'는 이념이 아주 쉽고도 자연스럽게 연상됩니다. 이 두 가지 이념은 내적으로 매우 밀접하여 진정으로 살 만한 가치가 있는 것만이 진정으로 사랑할 가치가 있다고도 말할 수 있습니다. 즉 양자가 결합되면 우리가 고상하다고 일컬을 수 있는 것이 됩니다."

"참으로 매력적이고 들을 만한 이야기입니다. 나는 세템브리니 씨의 조형적인 이론에 완전히 사로잡혔습니다. 하지만 굳이 말한다면 몇 가지 이견을 말할 수는 있겠습니다. 예를 들어 병은 고양된 삶의 상태이므로, 거기엔 무언가 축제다운 데가 있기 때문입니다. 그런 한에는 병은 육체적인 것을 지나치게 강조한 것을 의미하고, 인간을 전적으로 육체적인 존재로 되돌리고 되던져 버려, 인간의 존엄성을 완전히 무시하게 되는 것이 확실합니다. 즉 병이 인간을 단순한 육체로 전락시켜 버림으로써 말입니다. 그러므로 병이란 비인간적입니다."

한스 카스토르프의 이 말에 나프타가 즉각 반박했다. "병은 지극히 인간적입니다. 인간이란 병을 앓는 존재이기 때문입니다. 사실 병에 걸려야 인간이 인간답게 됩니다. 그리고 인간을 건강하게 만들고, 자연과 강화를 맺어 '자연으로 돌아가자'고 주장하는 자는, 그러므로 이런 종류의 루소주의는 인간의 비인간화와 동물화를 추구하는 것에 다름 아닙니다. 오늘날 재생주의자, 생식주의자, 옥외 생활 예찬자 및 일광욕주의자 들이 예언자인 양 이런 것을 떠들어 대고 있습니다만, 인간은 지금까지 자연이었던 적이 한 번도 없었습니다. 인간성과 고귀성 말인가요? 인간을, 자연으로부터 완전히 떨어져 나와 자신이 자연과 전혀 반대되는 존재라고 느끼는 인간을 다른 모든 유기 생명체보다 두드러지게 해 주는 것이 바로 정신입니다. 정신 속에, 그러므로 병 속에 인간의 존엄성과 고귀성이 깃들어 있는 겁니다. 한마디로 말해 인간은 병을 앓을수록 더욱 인간적이 되며, 병의 수호신은 건강의 수호신보다 더욱 인간적입니다. 박애주의자로 자처하는 자가 인간성의 그러한 근본 진리를 외면하니 의아한 생각이 듭니다. 세템브리니 씨는 말 끝마다 진보를 입에 올리는데, 진보라는 게 존재한다면 이는 오로지 병, 즉 천재의 은덕입니다. 천재란 바로 병 외의 아무것도 아니지요! 건강한 사람들은 언제나 병이 이룩한 성과물로 살아왔던 것입니다! 인류가 깨달음을 얻게끔 일부러 병에 걸리고 광기에 빠진 사람들이 있습니다. 광기를 통해 이러한 인식을 얻은 후에는 그것이 건전한 깨달음이 되었지요. 이들이 영웅적으로 희생 행위를 한 후에 인류가 소유하고 이익을 취한 인식은 진작부터 병과 광기의 흔적을 남기지 않게 되었습니다. 그것이야말로 진정한 십자가의 죽음인 것입니다."

'아하, 그렇구나!' 하고 한스 카스토르프는 생각했다. '이념의 조합을 좋아하여 십자가의 죽음마저 저렇게 해석하는 부당한 예수회 회원이야! 왜 당신이 신부가 되지 못했는지 알겠어. 침윤된 부분이 있는 귀여운 예수회 수도사! 자, 으르렁거려라, 사자야!' 하고 이번에는 마음속으로 세템브리니 씨에게 향했다. 세템브리니는 나프타가 방금 주장한 것을 속임수이자 궤변이며 뒤죽박죽이라고 말하면서 '으르렁거렸다'. "분명히 말씀하십시오!" 그는 자신의 논적에게 소리쳤다. "교육자로서 책임감을 가지고 말씀하십시오. 교화되기 쉬운 청년들의 귀에다 정신이 병이라고 솔직하게 말씀하십시오! 그러면 당신은 이들이 정신에 봉사하도록 용기를 북돋우고, 이들이 정신을 신봉하도록 만들 수 있을 겁니다! 다른 한편으로 병과 죽음은 고상하며, 건강과 삶은 비천하다고 설명하십시오! 그리고 이것이야말로 제자가 인류에 봉사하도록 독려하는 가장 확실한 방법입니다! 정말 범죄적인 일입니다!" 그리고 그는 자연이 부여해 주는, 정신을 겁낼 필요가 없는 건강과 삶의 고상함을 기사처럼 옹호했다. 그는 "형태!"라고 말했고, 나프타는 "로고스!"라고 큰소리쳤다. 하지만 로고스에 대해서 아무것도 알고 싶어 하지 않는 세템브리니는 "이성!"이라고 말한 반면, 로고스의 남자는 "열정!"을 옹호했다. 논쟁은 뒤죽박죽이 되었다. 한쪽은 "객체!"라고 말하고, 다른 한쪽은 "자아!"를 외쳤다. 급기야 한쪽은 "예술!"을 언급하고, 다른 한쪽은 "비판!"을 입에 올렸다. 좌우간 계속 "자연!"과 "정신!"을 문제 삼으며, 어떤 것이 더 고상한가에 관해, 즉 '귀족성의 문제'에 관해 논쟁을 벌였다. 하지만 토론에는 질서도 명쾌함도 없었고, 이원론적이고 전투적인 명쾌함조차도 없었다. 모든 것이 사사건건 대립되었을 뿐만 아니라 뒤죽박죽이 되었고, 논쟁자들은 서로 의견이 충돌했을 뿐만 아니라 자가당착에 빠지기도 했기 때문이다. 세템브리니는 '비판'에 대해 종종 웅변조로 만세를 외치면서도, 이와 반대되는 '예술'을 귀족적인 원칙이라고 역설하기도 했다. 그리고 나프타가 '자연적인 본능'의 옹호자로 자처하면, 세템브리니는 자연을 '어리석은 힘'이며, 단순한 사실이자 숙명에 지나지 않는다고 격하했다. 이성과 인간의 자존심은 자연의 어리석은 힘에 굴복해서는 안 된다는 것이다. 이번에는 나프타가 정신과 '병' 쪽에 서서 고상함과 인간성은 그곳에만 있다고 주상하자, 해방을 부르짖던 세템브리니는 이를 까맣게 잊어버리고 자연과 건강의 고상함을 옹호하는 자로 변신했다. '객체'와 '주체'의 문제도 이에 못지않게 혼란스러웠고, 언제나 똑같은 혼란만이 있을 뿐이었다. 심지어 여기서는 치유할 수 없는 상태에까지 이르러 문자 그대로 누가 경건한 자이고, 사실 누가 자유사상가인지 더는 알 수 없을 정도가 되었다. 나프타는 세템브리니가 '개인주의자'로 자처하는 것을 준엄하게 질타하며 못하게 했다. 세템브리니가 신과 자연의 대립을 부인하고, 인간의 문제와 인간 내면의 갈등을 오로지 개인의 이해관계와 전체의 이해관계의 충돌로 보기 때문이라고 했다. 그리하여 그가 삶을 자기 목적으로 간주하는 도덕, 삶과 결부된 시민적 도덕을 광적으로 옹호하고, 비영웅적으로 실리만을 노리며, 도덕 법칙을 국가의 목적으로 보기 때문이라는 것이다. 반면에 나프타 자신은 인간 내면의 문제는 오히려 감각적인 것과 초감각적인 것의 대립 때문에 생긴다는 것을 잘 알고 있어, 참되고 신비적인 개인주의를 대변하고 있으며, 꽤 진정한 의미에서 자유와 주체의 옹호자라는 것이다. 하지만 그렇다면 '익명과 공동성'은 어떻게 되는가 하고 한스 카스토르프는 생각했다. 지금 당장 모순되는 일례를 든다면 말이다. 더구나 전에 운터페르팅거 신부와 대화를 나눌 때 국가 철학자 헤겔의 '가톨릭성', '정치적'과 '가톨릭적'이라는 두 개념의 내적 연관성, 이 두 개념이 공동으로 이루는 객관성의 범주에 대해 그가 피력한 인상적인 견해는 어떻게 되는 것인가? 정치와 교육은 언제나 나프타가 속해 있는 교단의 특수한 활동 영역이 아니었던가? 그리고 어떤 교육이었을까! 확실히 세템브리니가 열성적인 교육자, 방해가 되고 성가실 정도로 열성적인 교육자이긴 했지만, 그의 교육 원칙은 금욕적이고 자아를 부정하는 객관성이라는 면에서 나프타의 교육 원칙과 도저히 대적할 수 없었다. 절대 명령! 철저한 구속! 억압! 복종! 테러! 이것도 나름대로 훌륭한 점이 있을지는 모르나 개인의 비판적인 존엄성은 조금도 고려하지 않았다. 이것은 프로이센의 프리드리히 대왕과 스페인의 로욜라의 피비린내 날 정도로 경건하고 엄격한 훈련 수칙이었지만, 여기에는 한 가지 의문시되는 점이 있었다. 그가 순수 인식, 전제 조건 없는 탐구, 요컨대 진리, 객관적이고 학문적인 진리를 믿지 않는다고 공언하면서도 왜 피비린내 나는 절대성만은 신봉하게 되었느냐 하는 점이었다. 반면에 로도비코 세템브리니는 객관적인 진리를 추구하는 것을 인간의 온갖 도덕의 최고 법칙이라고 간주하고 있었다. 세템브리니의 이러한 견해는 경건하고 엄격한 반면에, 진리를 인간에 관계시키고 인간을 이롭게 하는 것이 진리라고 설명하는 나프타의 견해는 느슨하고 방종했다! 진리를 그런 식으로 인간의 이해관계에 종속시키는 것이야말로 삶의 시민성이자 속물적인 유용성이 아니던가? 이는 엄밀히 말하면 철저한 객관성이 아니었고, 거기에는 레오 나프타가 인정하려는 것 이상으로 자유와 주관성이 내포되어 있었다. 물론 이것은 '자유란 인간애의 법칙이다' 라는 세템브리니의 교훈적인 발언과 아주 유사하게 '정치' 이기는 했지만 말이다. 이는 분명 나프타가 진리를 인간에게 결부시켰듯이, 자유를 인간에게 결부시키는 말이었다. 이 말은 자유롭다기보다는 분명히 경건한 표현이었고, 이런 식으로 규정하면 차이점이 없어져 버릴 위험성이 다분히 있었다. 아, 세템브리니! 그가 아무런 까닭 없이 문필가, 즉 정치가의 손자이자 인문주의자의 아들이 아니었다. 그는 비판과 멋진 해방을 품위 있게 가슴에 품고 있으면서도 거리에서는 아가씨에게 콧노래를 흥얼거리는 반면에, 날카롭고 키 작은 나프타는 가혹한 서약에 묶여 있는 것이다. 이 나프타는 그의 자유 사상 때문에 흡사 호색한에 가까운 반면, 세템브리니는 말하자면 도덕적 얼간이라 할 수 있었다. 세템브리니는 '절대 정신'을 두려워하면서, 무슨 일이 있어도 정신을 민주적 진보에 결부시키려 했다. 군인적인 나프타가 신과 악마, 신성과 악행, 천재와 병을 뒤범벅으로 만들어 가치 설정이나 이성적 판단을 하지 않고 아무런 의지도 보이지 않는 종교적인 방종에 세템브리니는 경악하고 있었다. 도대체 누가 자유롭고, 누가 경건하단 말이며, 인간의 참된 입장과 본분을 이루는 것은 무엇이란 말인가. 모든 것을 집어삼키고 평준화해 버리는 공동체, 방종한 동시에 금욕적인 공동체 속에 침몰하는 것인가, 또는 허풍과 시민적인 엄격한 덕목이 서로의 영역 다툼을 하는 '비판적 주체'란 말인가? 아, 원칙과 견해는 계속 서로의 영역을 침해했고, 내적으로 모순에 빠져 있었다. 문명인으로 책임을 느끼는 자에게는 대립되는 원칙과 견해 사이의 어느 한쪽을 선택하는 것뿐만 아니라, 그것을 표본으로 분류하고 정리하는 것도 이루 말할 수 없이 힘든 일이어서, 도리어 나프타의 '윤리적으로 무질서한 세계'에 뛰어들고 싶은 유혹을 느끼지 않을 수 없었다. 모든 것이 얽히고설켜 논쟁이 일대 혼란에 빠졌다. 그래서 논쟁하는 두 사람이 다투는 가운데 자신들의 영혼이 짓눌리지 않았다면 이들이 그토록 격분하지 않았을 거라고 한스 카스토르프는 생각했다.

다섯 사람은 함께 베르크호프까지 올라갔다. 그런 다음 그곳에서 사는 세 사람이 외부에서 사는 두 사람을 그들의 하숙집까지 바래다주었다. 그리고 나프타와 세템브리니가 광명을 찾는 젊은이를 교화하려는 목적으로, 한스 카스토르프도 잘 알고 있었듯이, 교육적인 목적으로 서로 논쟁을 벌이는 동안 이들은 눈 속에 오랫동안 서 있었다. 이러한 논쟁은 페르게가 여러 번 주지시켰듯이 그에게는 수준이 너무 높았고, 베잘은 태형과 고문이 더 이상 화제에 오르지 않자 별로 흥미를 보이지 않았다. 한스 카스토르프는 머리를 숙이고 지팡이로 눈을 휘저으며 일대 혼란에 빠진 논쟁에 대해 생각해 보았다.

드디어 이들은 작별 인사를 했다. 언제까지나 그러고 서 있을 수는 없는 노릇이었고, 아무리 계속해도 논쟁이 끝날 것 같지 않았기 때문이다. 베르크호프에 사는 세 사람은 요양원 쪽으로 발길을 돌렸고, 두 사람의 교육적 경쟁자는 집으로 들어가, 한 사람은 비단으로 꾸며진 자신의 방으로, 또 한 사람은 사면(斜面) 책상과 물병이 있는 인문주의자의 방으로 돌아가지 않을 수 없었다. 그리고 한스 카스토르프는 자신의 발코니로 돌아갔지만, 예루살렘과 바빌론에서 진격한 양군이 각각의 군기 아래에서 일대 접전을 벌이며 내는 아우성과 무기 소리가 아직도 귓전에 쟁쟁했다.

눈

일곱 개의 식탁에서는 올해의 겨울 날씨가 못마땅하다고 하루 다섯 번 이구동성으로 사람들이 불만을 털어놓았다. 올 겨울은 고산 지대의 겨울로서의 의무를 제대로 이행하지 않았다. 안내서에 나와 있고, 장기 체류자가 매년 보아 왔으며, 신참이 마음에 그린 것처럼 명성에 걸맞고 요양하기에 적합한 기상 상태가 아니었다. 해가 비치는 일수가 절대적으로 부족했다. 병이 나으려면 일조량이 중요한데 그것의 도움이 없으면 회복되는 데 시일이 많이 걸렸다. 병이 나아 '고향'에서 평지로 되돌아가는 것을 요양객들이 정말 원하는지에 대한 세템브리니의 판단은 차치하고서라도 좌우간이들은 자신들의 권리를 요구했다. 어쨌든 이들은 자신들의 부모와 남편이 부담하는 비용을 생각해, 식사할 때나 승강기 안, 혹은홀에서 불평을 늘어놓았다. 관리실에서도 도움을 주고 보상 대책을 세우는 모습을 보여 주었다. 고산 지대의 태양 광선을 인위적으로 보충하는 '선 램프'도 현재 있는 두 대로는 전기로 몸을 태우려는 사람들의 수요를 충족시킬 수 없어서 새로 한 대를 더 장만했다. 이런 식의 일광욕은 아가씨와 부인 들에게 잘 맞았고, 수평 상태로 누워 지내는 남자들에게도 운동선수 같고 정복자 같은구릿빛 피부를 갖게 해 주었다. 그렇다, 이러한 겉모습은 실제적인 결실을 맺게 해 주었다. 부인들은 이러한 남성다운 모습이 기계와 미용술에 의한 것임을 잘 알면서도 어리석어서인지 또는 약삭빨라서인지는 몰라도 망상에 사로잡혀 여성으로서의 마음을 빼앗기고 말았다. "어머, 멋져!" 머리카락과 눈이 붉은 베를린 출신의 여자 환자 쇤펠트 부인이 어느 날 밤 홀에서 다리가 길고 가슴이 움푹 들어간 기사에게 말했다. 그 사나이는 명함에 '면허 비행사, 독일 해군 소위'란 글귀를 프랑스어로 박아서 갖고 다녔다. 기흥을 지니고 있는 그는 점심 식사 때는 남성 야회복 차림으로 나타났다가, 저녁에는 그것을 다시 벗었는데, 해군에서는 그게 규칙이라고 주장했다. "어머나! 선 램프로 멋지게도 태웠군요! 독수리 사냥꾼처럼 보여요, 이 난봉꾼!" 쇤펠트 부인은 해군 소위를 탐욕스러운 시선으로 바라보며 말했다. "기다리겠어요, 물의 요정님!" 그가 승강기에서 그녀의 귀에 대고 속삭여 그녀의 살갗에 소름이 돋게 했다. "당신은 뇌쇄적인 추파를 던진 대가를 치러야 해요!" 그러고는 난봉꾼이자 독수리 사냥꾼은 발코니와 유리 칸막이를 지나 물의 요정 방으로 들어갔다.

그렇지만 인공 선 램프도 올해의 햇빛 부족을 충분히 보충해 주지는 못하는 듯했다. 한 달에 2, 3일 정도의 쾌청한 날씨는—물론 그런 날에는 사방을 짙게 에워싼 잿빛 안개가 점점 걷혀 가는 가운데, 금강석처럼 반짝이는 햇빛이 특히 찬란하게 비쳐 사람들의 얼굴과 목덜미를 알맞게 구릿빛으로 태워 주었고, 흰 봉우리 뒤로 벨벳 같은 짙푸른 하늘이 나타났다—처해 있는 운명상 위안거리를 많이 필요로 하는 환자들에게 몇 주일에 2, 3일 반짝 그런 날씨가 나타나는 것으로는 턱없이 부족했다. 이들은 평지 사람이 겪는 기쁨과 슬픔을 포기하는 대가로 활기는 없지만 아주 홀가분하고도 쾌적한 생활을, 시간을 잊을 수 있을 정도로 아무런 걱징이 없고 선혀 싫증이 나지 않는 생활을 보장해 주기를 내심 요구하고 있었다. 고문관은 이곳 날씨가 이렇기는 해도 베르크호프에서의 생활이 감옥이나 시베리아 탄광 생활과는 비교할 수 없으며, 이곳의 공기가 희박하고 가벼워서 우주의 공허한 에테르와 거의 다름없다고 타일렀다. 그리고 좋든 나쁘든 지상의 갖가지 불순물이 담겨 있지 않아서 해가 비치지 않더라도 여전히 평지의 안개나 증기에 비하면 많은 장점이 있다고 상기시켰지만 그다지 효과가 없었다. 우울한 분위기와 항의가 날이 갈수록 더해 갔고, 무모하게 퇴원하겠다고 협박하는 사례가 비일비재했다. 최근에 잘로몬 부인이 슬프게도 요양원으로 되돌아오는 예를 보면서도 무모한 출발을 감행하는 사람들이 속출했다. 그녀의 병은 비록 만성이긴 해도 중한 병은 아니었지만 요양원을 제멋대로 탈출하여 축축하고 바람 센 암스테르담에 머물다가 불치의 병이 되고 말았다.

하지만 햇빛 대신에 눈이 있었다. 한스 카스토르프가 지금까지 본 적이 없을 정도로 엄청난 양의 눈이 있었다. 지난해에도 눈이 적게 온 것은 아니었지만 올해 내린 눈의 양과 비교하면 그야말로 조족지혈(鳥足之血)이었다. 올해에는 하늘에 구멍이라도 뚫린 듯 엄청나게 눈이 내렸고, 사람들의 마음이 이 지역이 모험적이고 이상야릇하다는 생각으로 충만케 했다. 날이면 날마다, 낮과 밤의 구별 없이 눈이 내렸고, 때로는 가볍게 흩날리기도 하고, 때로는 짙게 눈보라가 치기도 했지만 어쨌든 하염없이 눈이 내렸다. 사람들이 다닐 수 있게 치워진 길은 오목하게 파였고, 길 양쪽에는 사람 키보다 높은 눈의 벽이 서 있었다. 석고처럼 흰 눈의 벽면은 오톨도톨하게 수정처럼 반짝여 보는 사람의 기분을 흐뭇하게 해 주었다. 고원의 손님들은 벽면에 글씨를 쓰거나 그림을 그려, 각종 소식을 전달하고 농담을 하며 빈정거리는 데 활용했다. 양쪽으로 높다랗게 눈을 쌓아 올렸지만 통로에는 아직 푸석푸석한 부분이나 구멍이 나 있어서, 뜻하지 않게 푹 들어가 무릎 부분까지 잠기는 경우도 더러 있었다. 그래서 자칫하다 다리를 다치지 않도록 주의를 기울이는 게 필요했다. 휴식용 벤치도 눈에 덮여 모습을 감추었고, 때로는 팔걸이의 일부만 흰눈으로부터 조금 삐져 나왔을 뿐이었다. 아랫마을에서는 거리가 이상하게 바뀌어 일층의 가게는 지하실처럼 변해, 보도에서 가게로 가려면 눈 계단을 이용해 내려가야 했다.

눈이 이렇게 쌓여 있는데도 날이면 날마다 쉬지 않고 눈이 내렸고, 적당히 추운 가운데 소리 없이 내려 쌓였다. 기온이 영하 10도에서 15도 정도여서 뼛속까지 파고드는 추위라고는 할 수 없었다. 사람들은 혹독한 추위를 거의 느낄 수 없어, 영하 2도나 5도 정도의 추위밖에 되지 않는다고 생각했다. 바람도 없고 공기도 건조하여 사실 살을 에는 추위는 아니었다. 아침인데도 어두컴컴했다. 아침에는 재미있는 무늬를 넣은 둥근 천장 아래 인위적으로 달처럼 만든 샹들리에 불빛을 받으며 식사를 했다. 회백색의 눈송이가 유리창에 휘몰아치고 눈보라와 안개에 짙게 싸인 바깥 세상은 음울한 허무가 지배하고 있었다. 산의 모습은 보이지 않았고, 가장 가까운 침엽수 숲도 가끔 희미하게 보일 뿐이었다. 좌우간 눈에 뒤덮인 숲은 눈보라 속에 어느새 모습을 감추었다. 눈을 잔뜩 뒤집어쓴 가문비나무에서는 이따금씩 눈송이가 떨어지며 회색의 대기 속으로 나부꼈다. 열 시쯤 어렴풋이 빛나는 안개 같은 태양이 희미한 유령처럼 산 위로 떠올라 무(無)와 같고 분간하기 어려운 풍경에 관능적인 빛을 흐릿하게 비추어 주었다. 하지만 모든 것은 유령 같은 부드러움과 창백함에 녹아 버려 눈으로 확실히 뒤쫓을 수 있는 선은 어디에도 보이지 않았다. 산봉우리의 윤곽도 뿌연 안개와 연기 속에 사라져 버렸다. 창백하게 빛나는 눈의 사면(斜面)을 더듬으며 산정으로 눈길을 보내면 시선은 어느새 실체가 없는 공허함 속으로 빠져드는 것이었다. 하늘에는 햇빛을 받은 한 조각 구름이 모습을 바꾸지 않고 연기처럼 기다랗게 암벽 앞에 둥실 떠 있었다.

정오경에 태양이 힘을 내어 반쯤 구름을 헤치면서 안개 사이로 푸른 하늘을 드러내려 했다. 태양의 노력은 별반 성공을 거두지 못했지만 푸른 하늘이 언뜻언뜻 보이기 시작했다. 그리고 얼마 안 되는 빛으로도 사방의 눈 때문에 이상하게 변형된 너른 풍경이 멀리까지 다이아몬드처럼 빛나게 하는 데 충분했다. 마치 그 동안 이룩한 성과를 훑어보려는 듯 대개 정오경이면 눈이 멈추었다. 그러니까 가끔 눈보라가 멈추고 하늘의 직사광선이 무어라 말할 수 없이 순수한 새로 내린 눈의 표면을 녹이려 하는 쾌청한 날이 며칠간 계속되는 것도 이러한 목적 때문인 듯했다. 주위 풍경은 마치 동화 같고 순진무구했으며 우스꽝스러웠다. 나뭇가지에 누군가가 뿌린 듯한 두껍게 쌓인 보송보송한 눈의 쿠션, 키 작은 나무나 튀어나온 바위가 눈에 덮여 볼록한 지면, 웅크린 듯이 푹 꺼져 익살맞은 모습으로 변장한 풍경, 이 모든 것은 동화책에 나오는 난쟁이 세계를 생각나게 하는 우스꽝스러운 모습이었다. 힘들게 걷는 사람들의 눈에 가까운 경치가 환상적이고 익살맞은 기분이 들게 했다면, 좀 더 멀리 보이는 배경, 눈에 덮인 알프스의 우뚝 솟은 입상들은 고상하고 신성한 기분을 자아냈다.

오후 두 시에서 네 시 사이에 한스 카스토르프는 몸을 담요로 따뜻하게 감싸고 발코니에 누워, 훌륭한 접이식 침대의 등받이를 너무 높지도 낮지도 않게 조정하고는 눈이 수북하게 쌓인 난간 너머로 숲과 산을 바라보았다. 눈을 뒤집어쓴 암녹색 전나무 숲이 완만한 경사면에 펼쳐져 있었고, 나무와 나무 사이에는 어디에나 눈이 쿠션처럼 수북이 쌓여 있었다. 숲 위로는 바위산이 잿빛 하늘에 우뚝 솟아 있었고, 엄청난 눈으로 덮인 땅에는 군데군데 시커먼 바위가 튀어나와 있었으며, 능선은 안개로 뿌옇게 흐려 보였다. 소리 없이 눈이 내리고 있었고, 온 세상이 점점 시야에서 희미하게 사라져 갔다. 솜 같은 허무 속을 응시하던 시선은 깜빡 잠에 빠져 꾸벅꾸벅 졸기 시작했다. 잠에 빠져드는 순간 그는 한기를 느꼈지만, 여기서 이렇게 차가운 공기 속에 잠드는 것보다 더 순수한 잠은 없었다. 공허하고 무(無)와 같으며 습기가 없는 공기를 맡으면 숨을 쉬지 않는 망자처럼 유기체에 힘이 들지 않기 때문에, 자면서도 꿈을 꾸지 않으면 유기 생물체가 무의식적으로 느끼는 삶의 부담감을 주지 않았다. 잠에서 깨어나 보니 산은 눈의 안개 속에 완전히 자취를 감추었고, 그 중에 둥근 봉우리 하나, 뾰족솟은 바위 하나가 2, 3분간 교대로 모습을 드러냈다가 다시 홀연히 모습을 감추어 버렸다. 이러한 유령의 가벼운 장난은 마냥 즐거움을 안겨 주었다. 안개의 베일이 은밀히 벌이는 요술 같은 변화를 제대로 맛보려면 정신을 바짝 차리고 있어야 했다. 봉우리와 산기슭은 보이지 않은 채 안개 사이로 바위산의 일부분이 거칠고도 커다랗게 불쑥 나타났다. 하지만 1분만 거기서 눈을 떼고 있어도 어느덧 사라져 버리고 말았다.

이윽고 눈보라가 마구 휘몰아치면서 흰눈이 바닥이며 침대를 두껍게 뒤덮는 바람에 발코니에 누워 있을 수 없게 되었다. 그렇다, 고원의 평화로운 골짜기에도 눈보라가 쳤다. 무와 같은 대기가 혼란에 빠졌고, 사방에 눈송이가 휘날리는 바람에 거의 한 치 앞도 내다볼 수 없게 되었다. 숨 막힐 정도로 거센 돌풍이 눈보라를 사납게 휘몰아쳐, 그것이 아래에서 위로, 골짜기 바닥에서 공중으로 회오리치게 했으며, 미친 듯이 서로 뒤섞여 소용돌이치게 했다. 이는 더는 눈이 내리는 것이 아니라 하얀 암흑의 혼돈이었고, 아수라장이었으며, 상궤를 벗어난 세계의 놀랄 만한 일탈이었다. 이때 갑자기 나타난 눈방울새들만이 이곳이 자신들의 고향인 양 떼 지어 날아다녔다.

하지만 한스 카스토르프는 눈 속의 생활을 사랑했다. 그는 눈속의 생활이 여러 가지 면에서 해변의 생활과 유사하다고 생각했다. 자연의 모습의 원시적 단조로움이 두 세계의 공통점이었다. 이 위의 눈, 깊고 푸석푸석한 순백의 눈가루가 해변의 황백색 모래와 똑같은 역할을 했다. 어느 쪽이나 감촉이 깨끗했으며, 저 아래 해저의 돌멩이와 조개가 바스러져서 된 먼지 하나 없는 모래처럼, 추위로 얼어붙은 백설은 신발이나 옷에서 털어 내면 조금도 흔적이 남지 않았다. 눈의 표면이 낮에 태양열로 녹았다가 밤에 꽁꽁 얼어붙는 경우가 아니라면, 눈 속을 걸어가는 것은 바닷가의 모래사장을 거니는 것만큼이나 힘들었다. 땅이 얼어붙으면 마루 위를 걷는 것보다 더 수월하고 기분 좋았고, 바닷가의 매끄럽고 단단하고 젖어서 폭신폭신한 모래사장을 걷는 것만큼이나 사뿐하게, 기분 좋게 걸을 수 있었다.

하지만 올해에는 유례없이 눈이 많이 내리고 쌓여, 스키 타는 사람을 제외하고는 누구나 바깥에 마음대로 나다닐 수 없었다. 제설차가 부지런히 눈을 치웠지만, 모두가 이용하는 오솔길과 요양지 중심가의 눈을 치우는 데도 힘에 부쳤다. 눈이 치워지긴 했지만 얼마 안 가 더 이상 다닐 수 없게 된 몇몇 길에는 건강한 사람들과 환자들, 이곳에 사는 사람들과 호텔에 묵는 각 나라 손님들로 붐볐다. 때로는 1인용 썰매를 탄 사람들이 보행자들 곁을 요리조리 지나다니기도 했다. 조그만 썰매를 탄 이들 남녀들은 몸을 뒤로 젖힌 채, 발을 앞으로 내밀고 경고의 소리를 내면서 흔들리면서 기우뚱거리며 비탈길을 쏜살같이 내려갔다. 경고의 외침 소리로 보아 이들은 자신들이 하는 일을 아주 중요하게 생각하는 모양이었다. 아래에 도착해서는 유행하는 그 장난감을 줄에 묶고는 다시 산 위로 끌고 올라갔다.

한스 카스토르프는 이런 산책에 싫증이 났다. 그는 두 가지 소망을 품고 있었다. 그 중에 좀 더 강한 소망은 홀로 명상을 하며 '술래잡기'를 하는 것이었는데, 이는 어설프게나마 발코니에서

할 수 있었다. 신책과 관련이 있는 두 번째 소망은 그가 관심을 갖게 된 눈으로 황폐화된 산과 내적으로 좀 더 자유롭고 빈번하게 접촉하는 것이었다. 그런데 장비도 없고 날개도 없는 보행자로서는 이러한 소망은 한낱 꿈에 불과한 것이었다. 제설된 길은 어느 곳으로 가든 이내 막다른 길에 다다랐고, 그곳을 벗어나면 금방 눈에 가슴까지 빠지기 때문이었다.

그래서 한스 카스토르프는 이 위에서 두 번째 겨울을 맞이하게 된 어느 날 스키를 사서 그것을 타는 데 필요한 실제적인 사용법을 익히기로 마음먹었다. 그는 스포츠맨이 아니었다. 그는 타고난 체격이 별로여서 스포츠맨인 적이 없었고, 이곳의 정신과 유행을 좇아 요란한 옷차림을 하는 베르크호프의 몇몇 손님들처럼 스포츠맨인 양 우쭐거린 적도 없었다. 가령 헤르미네 클레펠트 같은 여자들이 특히 그러했다. 그녀는 호흡이 곤란하여 코끝과 입술이 늘 푸르죽죽했는데도, 걸핏하면 모직 반바지 차림으로 점심 식사에 나타나서는 식사 후에는 홀의 나뭇가지로 엮은 의자에 보기 흉하게 다리를 쩍 벌리고 앉아 있었다. 한스 카스토르프가 만약 상궤를 벗어난 자신의 계획을 고문관에게 말하고 허락해 달라고 했다면 분명 보기 좋게 퇴짜 맞았을 것이다. 이 위의 베르크호프 같은 시설에 사는 사람들에게는 스포츠 활동이 엄격히 금지되어 있었다. 더구나 이 위의 공기는 쉽게 들이마실 수 있을 것 같지만 심장 근육에 커다란 부담을 주었기 때문이다. 그리고 한스 카스토르프로 말할 것 같으면 '적응되지 않는 것에 적응한다'는 말이 여전히 효력을 발휘하고 있었고, 라다만토스가 침윤된 부위 때문이라고 말하는 발열 현상도 좀처럼 없어지려고 하지 않았다. 그게 없어졌다면 그가 이 위에서 찾을 게 뭐가 있겠는가? 이처럼 그의 소망과 계획은 모순되고 부적당한 것이었다. 하지만 여기서 그를 올바로 이해하는 게 필요하다. 그에게는 그저 유행이라면 숨 막히는 실내에서 하는 카드놀이에도 열중해 마지않는, 야외 산책을 하는 멋쟁이 남자들이나 세련된 스포츠맨들과 겨루어 보겠다는 야심 같은 것은 없었다. 그는 관광객과는 달리 좀 더 구속된 환자의 일원임을 강하게 느끼고 있었고, 그리고 또 다른 새로운 견지에서도 세상 사람들로부터 그를 떼어 놓는 위엄과 그리 강하지는 않은 책임감으로 말미암아, 저들처럼 이 위를 강아지처럼 마구 돌아다니거나 미친 사람처럼 눈 위를 뒹구는 것은 자신의 본분이 아니라고 느끼고 있었다. 그는 모험적인 일을 벌일 생각이 없었고, 분수를 지키고자 했으므로, 그가 계획한 일을 라다만토스가 허락해도 아무 문제가 없었을 것이다.

기회를 보아 그는 세템브리니에게 자신의 계획을 털어놓았다. 그 말을 듣자 세템브리니는 기뻐 어쩔 줄 몰라 하며 그를 거의 껴안다시피 했다. "좋습니다, 아주 좋아요, 엔지니어 양반, 꼭 해 보세요! 해도 되는지 아무에게도 물어 보지 말고 하세요. 당신의 수호신이 귀에 속삭여 준 것입니다! 생각이 바뀌기 전에 퍼뜩 실행하십시오! 나도 당신을 따라 가게에 함께 가도록 하겠습니다. 당장 이 축복받은 도구를 구입하도록 합시다! 나도 메르쿠리우스*처럼 날개 달린 신발을 신고 당신과 함께 산에도 가고 싶지만, 안타깝게도 갈 수 없는 몸입니다. 아니, 단지 허락되어 있지 않은 것

뿐이리면 그 일을 하겠습니다만, 나는 그럴 수 없고, 이제 가망이 없는 몸입니다. 반면에 당신은…… 분별을 지키고 무리하지만 않는다면 당신에게는 아무런 해가 없을 겁니다. 아, 그리고 약간 해가 있더라도 당신의 착한 수호신이 언제나 지켜 줄 겁니다. 더 이상은 아무 말도 하지 않겠어요. 얼마나 멋진 계획입니까! 이곳에 2년이나 있었어도 여전히 그런 기발한 생각을 하다니요. 아, 그래요, 당신은 속이 실하니, 당신에 대해 절망할 이유가 없습니다. 브라보, 브라보! 당신은 여기 염라대왕의 눈을 속이고 스키를 사서는 그것을 나나 루카체크한테 보내거나 우리 집 아래의 향료 가게에 맡기십시오. 그걸 신고 연습해서는 쭉쭉 미끄러지며 내달리는 겁니다."

세템브리니가 말한 대로 일이 진행되었다. 스포츠에 문외한이면서 그럴듯한 전문가임을 자처하는 세템브리니가 지켜보는 가운데 한스 카스토르프는 중심가의 전문점에서 멋진 스키를 한 벌 구입했다. 담갈색으로 래커 칠이 되어 있고, 멋진 가죽 끈이 달렸으며, 앞이 위쪽으로 뾰족하게 굽어진 질 좋은 물푸레나무로 된 스키에다가 끝에 쇠가 박히고 고리가 달린 스틱도 샀다. 그는 직접 어깨에 둘러메고 세템브리니의 숙소까지 가서, 곧장 향료 가게에 매일 맡겨 두어도 좋다는 허락을 받았다. 스키 타는 법은 여러 번 관찰해서 익히 알고 있었기 때문에, 사람들이 붐비는 연습 장소에서 멀리 떨어진, 베르크호프 요양원의 뒤쪽에서 멀지 않은 거의 나무 한 그루 없는 비탈면에서, 날이면 날마다 비트적거리며 혼자 힘으로 스키를 타기 시작했다. 때로는 세템브리니도 그곳에 나타나 지팡이에 몸을 기댄 채 두 발을 맵시 있게 모으고는 그리 멀지 않은 곳에서 한스 카스토르프가 연습하는 장면을 지켜보기도 했다. 그는 한스 카스토르프의 실력이 쑥쑥 늘어가자 브라보를 외치며 좋아했다. 하루는 한스 카스토르프가 연습을 마치고 스키를 향료 가게에 맡기려고, 눈을 치운 커브길을 따라 도르프로 내려가다가 고문관과 마주친 적이 있었지만, 아무 일 없이 무사히 지나갔다. 환한 대낮이고 하마터면 부딪힐 뻔했는데도 고문관은 한스 카스토르프를 알아보지 못하고, 연기구름을 모락모락 피우며 힘찬 발걸음으로 지나쳐 버렸던 것이다.

한스 카스토르프는 스키를 타는 데 필요한 기술을 금방 터득할 수 있었다. 그렇지만 스키를 아주 잘 타겠다는 생각은 없었다. 그는 얼굴이 지나치게 상기되거나 호흡이 가빠지지 않게 하면서 필요한 기술을 며칠 만에 습득했다. 그는 두 발을 가지런히 하여 평행으로 달릴 수 있게 연습하고, 활강할 때 스틱을 조종하는 법을 실험하고, 지면에 돌출된 장애물이 나타나면 폭풍을 만난 배처럼 위아래로 넘실거리면서 두 팔을 벌리고 도약하는 법을 배웠다. 스무 번째 연습할 때부터는 전속력으로 활강하면서 한쪽 무릎은 앞으로 내밀고 다른 쪽 무릎은 굽히는 텔레마크 회전법으로 제동을 걸어도 더는 넘어지지 않게 되었다. 차츰 그는 활동 반경을 넓혀 갔다. 그러던 어느 날 세템브리니는 한스 카스토르프가 희끄무레한 안개 속으로 사라져 가는 것을 보고, 두 손을 오목하게 모아 입에 대고 조심하라고 외치고는, 교육자답게 흡족한 마음으로 집으로 돌아갔다.

거울 산 속은 아름다웠다. 온화하고 친근하게 아름다운 것이 아니라 서풍이 휘몰아치는 광활한 북해처럼 아름다웠다. 사실 우레처럼 포효하지 않고 죽음 같은 정적이 지배했지만, 그래도 말할 수 없이 친근한 경외감을 불러일으켰다. 한스 카스토르프의 기다랗고 나긋나긋한 신발 밑창은 그를 온 사방으로 데려다주었다. 왼쪽 비탈면을 따라 클라바델 방향으로 데려다주었고, 오른쪽으로는 암젤플루 산덩어리의 그림자가 뒤에서 안개 속에 언뜻언뜻 모습을 드러내는 프라우엔키르히와 글라리스를 지나가게 해 주었다. 디슈마 골짜기로 내려가기도 하고, 베르크호프 뒤에 솟은, 식물의 경계선 위로 눈 덮인 뾰족한 봉우리가 우뚝 솟아 있는 숲으로 뒤덮인 제호른 방향으로 내려가기도 했다. 그리고 깊은 눈에 덮인 레티콘 연산의 흐릿한 그림자가 뒤에 보이는 드루자차 숲 방향으로 내려가기도 했다. 그는 스키를 둘러메고 케이블카로 샤츠알프의 가파른 꼭대기에 올라가, 2천 미터 높이에서 눈가루가 반짝이는 사면을 한가로이 스키를 타고 돌아다녔다. 전망이 좋은 쾌청한 날씨에는 자신이 모험을 벌이는 웅대한 풍경이 멀리 내다보였다.

그는 자신이 갈 수 없는 곳에 가게 해 주고, 장애물을 거의 무용지물로 만드는 기술을 습득한 것을 기쁘게 생각했다. 그 덕택으로 그는 자신이 바라던 혼자만의 세계에 깊이 잠길 수 있었다. 인간이 생각해 낼 수 있는 가장 깊디깊은 이러한 고독한 세계에 들어서자 인간적으로 생면부지의 감정과 등줄기를 오싹하게 하는 위험한 감정이 마음속에 스쳐 지나갔다. 한쪽으로는 전나무가 우거진 낭떠러지가 뿌연 안개에 뒤덮인 채 눈 속에 희미하게 모습을 드러내었고, 다른 쪽으로는 바위 벼랑이 우뚝 솟아 있어, 그 바위 벼랑에 엄청나고 거대한 눈덩이가 아치형으로 동굴과 천장 모양을 이루고 있었다. 자신의 스키 타는 소리를 듣지 않기 위해 꼼짝 않고 멈추어 서면 주위의 정적은 절대적이고 완전한 것이 되었다. 솜 같은 눈에 뒤덮인 이러한 정적은 알지도 못하고 들은 적도 없으며, 세상 어디에서도 맛볼 수 없는 것이었다. 나뭇가지를 살랑거리게 하는 미풍도 없었고, 어떤 소리도 나지 않았으며, 새 소리도 들리지 않았다. 그는 머리를 갸우뚱하고 입을 벌린 채 스틱에 몸을 기대고 서서 태고 적의 소리에 귀 기울여 보았다. 이러한 정적 속에서 눈은 소리 없이 하염없이 내리고 있었다.

웬걸, 무어라 형언할 수 없는 깊은 침묵에 싸인 이 세계는 손님을 반갑게 맞이하지 않았고, 방문객을 받아들이되 그의 위험 같은 것에는 아랑곳하지 않고 그 자신에게 책임을 맡겼다. 이 세계는 사실 그를 맞아들인 게 아니라 그가 침입해 들어와 있는 것을 무시무시하고 아무것도 보증하지 않는 방식으로 그저 참고 있었다. 그리고 이 세계에서 생겨나는 것은 말없이 위협하는 원초적인 것이라는 느낌, 딱히 적대적이지는 않더라도 무관심하고 치명적이라는 느낌이 들었다. 원래부터 야성적인 자연과는 거리가 먼 이방인인 문명의 자식은, 태어날 때부터 자연에 의지하고 순박하게 자연을 믿고 살아가는 자연의 거친 아들보다 자연의 위대함에 훨씬 더 민감하다. 문명의 자식이 눈썹을 치켜세우고 자연 앞으로 다가서면서 느끼는 종교적인 외경심을 자연의 아들은 거의 알지 못한다. 마음 깊은 곳에서 이러한 외경심이 자연에 대한 그의 모든 감정 상태에 영향을 미치고 있어, 영혼 속에서 변함없이 경건한 충격과 떨리는 흥분을 느끼는 것이다. 소매가 긴 낙타털 조끼를 입고, 각반을 차고, 사치스러운 스키를 탄 한스 카스토르프가 원시의 적막, 죽음을 감춘 소리 없는 겨울의 황량함에 귀 기울일 때는 용감무쌍한 기분이었다. 그리고 돌아오는 길에 처음으로 인가들이 안개 속에 어렴풋이 다시 모습을 드러내면 안도를 느꼈다. 그 안도감은 조금 전까지의 위험한 상태를 상기시켰고, 몇 시간 동안 은밀하고 신성한 공포가 그의 마음을 지배하고 있었음을 일깨워 주었다. 한스 카스토르프는 언젠가 하얀 바지를 입고 커다란 파도가 밀려와 암벽에 부딪쳐 포말이 이는 질트 섬의 바닷가에서, 마치 아가리를 크게 벌리고 무시무시한 이빨을 드러내며 하품을 하는 사자 우리 앞에 섰던 것처럼 안전하고 우아하고 경건하게 서 있었다. 그가 헤엄을 치는 동안, 해안 감시원은 호각을 불어 대담하게 첫 번째 파도를 헤치고 멀리 나아가려는 사람들, 산더미처럼 몰려오는 거친 파도에 너무 가까이 다가가려는 사람들에게 위험을 경고하고 있었다. 폭포수처럼 쏟아지는 파도의 최후의 물결을 온몸에 덮어쓰면 사자의 앞발에 목덜미를 차이는 듯한 기분이었다. 그때부터 젊은이는 자연력과 벌이는 가벼운 사랑의 유희가 감격에 찬 행복을 의미하며, 자연력에 완전히 안기는 것이 파멸을 의미함을 알게 되었다. 하지만 그는 이러한 자연력에 완전히 안길 정도로 치명적인 자연과 감격적인 접촉을 하면 어떤 일이 일어날지 알고 싶었다. 비록 문명의 힘으로 그럭저럭 장비를 갖추긴 했지만 나약한 인간에 불과한 그는 한계를 정하지 않고 위험한 지역으로 뛰어들어 무시무시한 자연의 심장부에 도전해 보거나, 또는 도망치지 않고 오랫동안 그 속에 머무르고 싶었다. 그러다가 파도의 물줄기를 뒤집어쓰거나, 맹수의 앞발에 일격을 당하는 정도가 아니라 급기야는 파도, 아가리 그리고 바다에 삼켜지게 될 때까지 말이다.

한마디로 말해 한스 카스토르프는 용감해졌다. 원초적인 자연에 대한 용감함이 자연력에 대한 둔감한 무관심을 의미하는 것이 아니라, 의식적인 헌신이자 공감에서 우러나온 죽음에 대한 외경심을 의미한다면 말이다. 공감이라고? 물론이다, 한스 카스토르프는 조그맣고 문명화된 가슴에 원초적인 자연에 대한 공감을 품고 있었다. 그리고 그가 썰매를 타는 사람들을 바라보면서 느낀 새로운 자부심, 발코니에서 느끼는 안락한 호텔식의 고독이 아니라 좀 더 깊고 위대한 고독을 바람직하고 소망스러운 것으로 느끼게 하는 새로운 자부심과 이러한 공감은 밀접한 관련이 있었다. 안개에 덮인 높은 산과 미친 듯이 날뛰는 눈보라를 그저 발코니에 누워 편안하게 난간의 보호를 받으며 멍하니 바라보는 자신을 그는 내심 부끄럽게 여겼다. 그 때문에 그가 스키를 연습한 것이지 스포츠 광이거나 선천적으로 스포츠를 좋아해서가 아니었다. 그가 대자연의 위대함 속에서, 눈이 내리는 가운데 죽음과도 같은 정적 속에서 두려움을 느꼈다면 — 문명의 아들인 그는 분명 두려움을 느꼈다 — 이 위에서는 정신과 감각으로 진작부터 으스스한 기분을 맛보았다. 나프타와 세템브리니의 논쟁만 하더라도 무시무시하기 짝이 없는 것이었다. 그 논쟁도 마찬가지로 길이 없고 극히 위험한 세계로 빠져들게 하는 것이었다. 그리고 한스 카스토르프가 겨울의 황량한 풍경에 공감한 까닭은 그것에 경건한 외경심을 품으면서도 자신의 사상적인 문제를 해결하는 데 적당한 무대라고 느꼈고, 물론 어쩌다 그렇게 되었는지는 몰라도 신의 자식인 인간의 본성과 상태에 대해 '술래잡기'를 하기에 알맞은 장소라 느꼈기 때문이다.

이곳에는 무모한 도전을 하는 그에게 호각을 불어 위험을 경고하는 사람이 아무도 없었다. 세템브리니가 시야에서 사라져 가는 한스 카스토르프에게 손바닥을 오목하게 하여 입에 대고 주의하라고 소리치기는 했지만 그가 감시원은 아니었다. 하지만 한스 카스토르프에게는 용기와 호감이 있었고, 언젠가 사육제 날 밤에 쇼샤 부인을 향해 발걸음을 옮길 때 뒤에서 외치는 말에 신경 쓰지 않았듯이, 그는 등 뒤에서 소리치는 말에 더는 아랑곳하지 않았다. "엔지니어 양반, 이성을 좀 차리시오!" 아, 그래, 이성과 반역의 교육자적인 악마 같으니라고, 하고 그는 생각했다. 그래도 나는 당신이 좋아. 당신은 허풍선이이자 손풍금장이이긴 하지만 마음씨가 좋은 사람이야. 당신은 날카롭고 키 작은 저 예수회 회원이자 테러리스트, 안경알이 번득이는 스페인의 고문을 하고 볼기를 치는 형리보다 마음씨가 더 좋은 사람이고, 내 마음에 더 들어. 둘이 언쟁을 벌일 때는 거의 항상 나프타의 견해가 옳기는 하지만 말이야. 신과 악마가 중세에 사람들의 마음을 둘러싸고 그랬던 것처럼 당신들은 교육자적인 입장에서 나의 가련한 영혼을 뺏으려고 서로 맹렬하게 싸웠지.

한스 카스토르프는 두 다리에 눈가루를 잔뜩 묻힌 채 어딘가 알 수 없는 흐릿한 산정을 향해 점점 더 높이 올라가고 있었다. 산은 이불을 깔아 놓은 것처럼 계단식으로 조금씩 높아져 갔는데, 어디로 가는지, 도대체 어디가 끝인지도 모른 채 한없이 자꾸만 올라갔다. 산의 위쪽은 안개처럼 흰 하늘과 어렴풋하게 섞여 어디부터 하늘이고 어디까지 산인지 도무지 분간할 수 없을 지경이었다. 산봉우리와 산등성이도 보이지 않았고, 안개에 덮인 무(無)를 향해 한스 카스토르프는 자꾸만 올라갔다. 그리고 그의 뒤에 있는 세계, 인가가 있는 세계는 이내 닫히고 시야에서 사라졌기 때문에 그곳에서 이제는 어떤 소리도 들려오지 않았다. 그리하여 그의 고독과 적막감은 부지불식간에 더 이상 바랄 나위가 없을 정도로 깊어졌다. "무릇 이 세상의 모든 것은 무상하니라." 그는 언젠가 나프타한테서 들은 인문주의적 정신에 맞지 않는 문구를 라틴어로 중얼거렸다. 그는 발길을 멈추고 주위를 살펴보았다. 사방을 둘러보아도 아무것도 보이는 게 없었고, 하얀 하늘에서 하얀 땅으로 떨어지는 아주 작은 눈송이 하나하나 말고는 아무것도 보이지 않았다. 주변의 정적은 공허하고 무표정하기 짝이 없었다. 눈멀게 하는 하얀 공허를 바라보느라 눈이 부신 동안 그는 위로 갈수록 가슴이 뛰는 것을 느꼈다. 그는 언젠가 뢴트겐실에서 번갯불이 타다닥 하고 튀는 가운데 이 근육 조직의 동물적인 형태와 고동치는 모습을 불손하게도 엿본 적이 있었다. 그리고 지금 자신의 가슴, 이 위에서 완전히 혼자의 몸으로 자신이 품은 의문과 수수께끼를 풀기 위해 얼음처럼 차가운 공허 속에서 고동치는 가슴에 대해 그는 단순하고 경건한 공감과 모종의 감동을 느꼈다.

그는 계속 위로, 하늘을 향해 올라갔다. 때때로 그는 스틱의 끝을 눈 속에 찔러 넣었다가 다시 빼낼 때 푸른빛이 깊은 구멍에서 스틱을 따라 올라오다가 떨어지는 모습을 지켜보았다. 그게 하도 재미있어 그는 오랫동안 발길을 멈추고 자그마한 광학 현상을 자꾸자꾸 실험해 보았다. 그것은 산과 땅 속의 독특하고 부드러운 청록빛이었고, 얼음처럼 투명하지만 그늘이 져 신비할 정도로 매력적인 빛이었다. 그것은 그에게 어떤 눈, 운명적인 시선으로 비스듬히 바라보는 눈빛을 생각나게 했다. 세템브리니는 그 눈을 인문주의적인 입장에서 '타타르인의 눈', '초원의 늑대의 눈빛'이라고 멸시하듯 말했다. 그것은 어릴 때 보았고, 이 위에서 숙명적으로 다시 발견한 히페와 쇼샤 부인의 눈이었다. "좋아. 하지만 부러뜨리면 안 돼. 나사를 돌리면 심이 나오거든." 그는 고요한 가운데 나지막하게 말했다. 그런데 마음속에서는 이성을 차리라는 낭랑한 경고의 목소리가 뒤에서 들려오는 것 같았다.

오른쪽으로 좀 떨어진 곳에서 숲의 모습이 안개 속에 아련히 떠올랐다. 그는 하얀 초현실성 대신에 지상적인 목표를 눈에 담으려고 그 숲 쪽으로 몸을 돌리고는, 지면이 움푹 꺼진 것을 전혀 모르고 돌연 활강하기 시작했다. 흰빛에 눈이 부셔 지면의 형태를 식별하지 못했던 것이다. 아무것도 보이지 않았고, 모든 것이 눈앞에서 희미하게 사라져 갔다. 전혀 예기치 않은 장애물이 그 앞에 불쑥 모습을 드러내기도 했다. 그는 경사가 어느 정도인지 눈으로 살피지도 않고 무턱대고 내리 달렸다.

그를 끌어당긴 숲은 그가 부지불식간에 빠져 들어간 협곡의 건너편에 있었다. 그가 그쪽 방향으로 조금 가다가 알게 되었듯이 푸석푸석한 눈으로 덮인 골짜기의 바닥은 산 쪽으로 급경사를 이루고 있었다. 내려감에 따라 비탈면이 불쑥 솟아 올라왔고, 절벽 사이의 길처럼 산 속으로 주름이 나 있는 것 같았다. 그러다가 스키를 다시 위로 향하자 지면이 높아졌으며, 한스 카스토르프의 정처 없는 방황은 다시 툭 트인 산허리에서 하늘을 향해 계속되었다.

옆으로 뒤와 아래쪽에 침엽수림이 보여, 그쪽으로 몸을 돌리고 재빠르게 내려가 눈에 뒤덮인 전나무 숲에 이르렀다. 쐐기꼴 모양으로 가지런히 서 있는 전나무 숲은 아래쪽으로 안개에 싸인 숲과 연결되어 있었고, 위로는 나무가 없는 지역으로 튀어나와 있었다. 한스 카스토르프는 전나무 가지 아래에서 담배를 피우며 휴식을 취했지만, 깊디깊은 정적과 모험에 가득 찬 고독으로 인해 그의 마음속은 줄곧 답답하고 긴장되며 불안했다. 하지만 이러한 고독을 정복한 것에 자긍심을 느꼈고, 이러한 환경을 누릴 자격이 있다는 자부심에 용기가 샘솟기도 했다.

오후 세 시였다. 점심 식사를 마치자마자 그는 요양원을 출발하여 정오의 안정 요양 시간의 일부와 오후의 차 마시는 시간을 빼먹고 어두워지기 전에 되돌아가려고 했다. 몇 시간 동안 사방천지를 마구 돌아다닐 수 있다고 생각하니 그의 마음은 뿌듯하기 한량 없었다. 그의 승마 바지 주머니에는 약간의 초콜릿이 들어 있었고, 조끼 주머니에는 조그만 포트와인 병이 들어 있었다.

안개가 사욱하게 끼어 있어서 태양의 위치를 거의 가늠할 수 없었다. 뒤쪽으로 눈에 보이지는 않았지만 산이 꺾어지는 골짜기 입구 부근에 검은 먹구름이 몰려 있었다. 안개도 점점 더 짙어지면서 이쪽으로 몰려오는 것 같았다. 마치 절박한 수요를 충족시키기 위해 좀 더 많은 눈이 내릴 것 같았고, 본격적으로 눈보라가 휘몰아칠 듯했다. 그리고 얼마 안 가 정말 조그만 눈송이들이 산허리 위에서 소리 없이 내리기 시작했다.

한스 카스토르프는 숲에서 나와 소매에 눈송이를 받아서는 아마추어 연구가의 전문가적인 눈으로 관찰하기 시작했다. 그것은 아무런 형체가 없는 너덜너덜한 알갱이로 보였지만, 한스 카스토르프는 눈송이를 여러 번 확대 렌즈로 관찰한 적이 있었다. 그래서 그것이 얼마나 정교하고 규칙적인 조그만 보석으로 이루어져 있는가를 잘 알았다. 아무리 솜씨가 뛰어난 보석 세공업자도 이러한 보석, 별 모양의 훈장, 다이아몬드 브로치보다 더 다채롭고 섬세하게 만들어 낼 수 없을 것이다. 그렇다, 숲에 잔뜩 쌓여 있고, 산과 골짜기를 뒤덮고 있으며, 그의 스키를 미끄러지게 해 주는 이 모든 가볍고 푸석푸석한 하얀 눈가루는 고향의 바닷가 모래를 생각나게 해 주는 것 말고도 다른 특성을 지니고 있었다. 잘 알다시피 눈송이를 구성하는 것은 모래 알갱이가 아니고 무수한 물방울이 응결하여 갖가지 규칙적인 결정(結晶)을 이루고 있는 입자였다. 이것은 사실 식물체와 인체의 생명 원형질을 부풀게 하는 무기 성분인 물방울의 입자였다. 육안으로는 보이지 않고, 신비로운 작은 보석인 이러한 무수히 많은 마법의 별꽃들은 어느 하나도 같은 것이 없었다. 거기에는 항상 동일한 기본형, 변과 각이 똑같은 육각형이 조금씩 다르게 극히 정교한 모습으로 무한한 독창성을 발휘하고 있었다. 하지만 자체적으로는 이러한 차가운 작품마다 절대적인 균형과 얼음장 같은 규칙성이 지배하고 있었다. 그렇다, 이 점이 이 꽃의 무시무시하고 반유기적이며 반생명적인 요소였다. 그것은 무척이나 규칙적이었고, 생명을 이루는 유기물이 그렇게까지 정연한 법은 결코 없었으며, 생명은 그러한 정확한 엄밀성에 몸서리를 쳤다. 생명은 그것을 치명적이라고 느꼈고, 죽음 그 자체의 비밀을 감추고 있는 것이라고 느꼈다. 그래서 한스 카스토르프는 고대의 신전 건축가가 기둥을 배열할 때 왜 남몰래 일부러 약간 파격의 미를 추구했는지 이해할 것 같았다.

그는 힘차게 스틱을 짚으며 스키를 타고 미끄러져 나아갔고, 숲 가장자리의 두꺼운 눈으로 덮인 비탈길을 따라 안개에 싸인 곳으로 내려가고 올라가고 미끄러지면서 죽음처럼 고요한 세계를 정처 없이 유유히 돌아다녔다. 초목이 말라붙고 파도처럼 굽이치는 공허한 눈의 평원에는 군데군데 잣나무 숲이 거무스름하게 눈에 띄었고, 시야를 가리는 부드러운 구릉이 있는 이러한 설원은 놀랄 정도로 모래 언덕 풍경과 흡사했다. 한스 카스토르프는 발길을 멈추고 서서 그 유사함에 흐뭇해하며 흡족한 마음으로 고개를 끄덕였다. 그는 얼굴이 상기되고, 손발이 가볍게 떨리며, 흥분과 피로가 야릇하게 뒤섞여 취한 기분을 느꼈지만, 이 모든 것이 신경을 자극하기도 하고 잠들게도 하는 원소를 가득 함유한 바닷바람과 아주 유사한 작용을 은밀하게 상기시켰기 때문에 그는 호감을 가지고 이를 감수했다. 그는 날개 달린 신발을 신고 아무런 구애도 받지 않고 자유롭게 돌아다니는 것을 흡족하게 생각했다. 그의 앞에는 구속을 받는 길이 없었고, 올 때처럼 되돌아갈 때도 따라갈 길이 없었다. 처음에는 말뚝이나 깊이 꽂아 놓은 막대기가 눈세계의 도표 역할을 했지만, 이내 그는 감독 역할을 하는 그것을 의식적으로 무시하게 되었다. 그것은 호각을 든 남자를 생각나게 했고, 겨울의 위대한 황량함에 대한 그의 기분에 적합하지 않아 보였기 때문이다.

그는 눈 덮인 바위 언덕 사이를 때로는 왼쪽으로, 때로는 오른쪽으로 빠져나갔다. 언덕 뒤에는 비탈면이 있었고, 그다음에는 평원이 나왔으며, 그 뒤에는 험준한 산맥이 이어졌다. 눈이 수북이 쌓인 산맥의 협곡과 고갯길은 그에게 충분히 지나갈 수 있다고 손짓하는 것 같았다. 그렇다, 멀리 높이 솟아 있는 산들, 항상 새롭게 펼쳐지는 고독이 그의 마음을 강하게 유혹하여, 그는 늦게 돌아갈 위험을 무릅쓰고 황량한 침묵의 세계, 어마어마한 세계, 아무것도 보증해 주지 않는 세계로 점점 더 깊이 빠져 들어갔다. 아닌 게 아니라 회색의 구름이 베일처럼 이 일대에 드리워져 때이르게 하늘이 어두컴컴해지자 긴장되고 답답하던 그의 마음이 현실적인 두려움으로 바뀌긴 했다. 이러한 공포로 말미암아 그는 골짜기와 인가가 어느 쪽에 있는지 가야 할 방향을 정하는 것을 자기도 모르게 잊고 있었고, 그러한 사실로 또한 자신이 바라던 완벽한 상태에 있음을 깨닫게 되었다. 물론 당장 돌아서서 골짜기를 계속 내려가면, 베르크호프에서 제법 멀리 떨어져 있긴 하겠지만 금방 돌아갈 수 있다고 생각하기는 했다. 지금 돌아가면 너무 빨리 도착하여 시간을 다 써 버리지 않은 꼴이 될 것이다. 물론 눈보라가 느닷없이 엄습하면 돌아가는 길을 한동안 제대로 찾지 못할지도 모른다. 하지만 그렇다고 해서 때이르게 도망치고 싶은 생각은 추호도 없었다. 공포, 원시적인 자연력에 대한 공포가 솔직히 그의 가슴을 죄게 하기는 했다. 이러한 무모함은 스포츠맨다운 행동이라 할 수 없었다. 스포츠맨이란 자연력을 지배하고 제어할 수 있을 때는 그러한 힘과 상대를 해도 되지만, 그렇지 않을 때는 신중히 행동하고 깨끗이 승복하는 것이 좀 더 현명한 행동이기 때문이다. 하지만 한스 카스토르프의 마음에 일어난 것은 한마디로 도전이라고밖에 말할 수 없었다. 그리고 도전이라는 말에 상응하는 불손한 감정이 노골적이고 큰 공포와 연결되어 있긴 하지만 — 또는 그럴 경우 특히 — 그 단어에는 많은 비난이 담겨 있다. 그렇지만 인간적으로 곰곰 생각해 보면 한스 카스토르프처럼 이 위에서 여러 해를 보낸 젊은이, 젊은 사내의 영혼의 밑바닥에는 많은 것이 쌓였음을 대충 짐작할 수 있다. 혹은 엔지니어 한스 카스토르프의 말을 빌리면 '축적되어 있어', 그것이 어느 날 화가 나고 초조한 마음에 '아, 이게 뭐야!' 라든지, 또는 '자, 어디 덤벼 봐!' 와 같은 기분, 요컨대 사실 도전과 거부의 기분이 되어 현명하고 사려 깊은 태도를 그만 포기하게 됨을 대강 이해할 수 있다. 그는 이제 기다란 슬리퍼인 스키를 타고 경사면을 미끄러져 내려갔고, 그에 이어지는 산중턱을 올라갔다. 산중턱에서 조금 떨어진 곳에는 지붕에 돌을 얹어 놓은 건초 더미인지 목동의 오두막인지 알 수 없는 목조 가옥이 서 있었다. 그는 산마루에 뻣뻣한 털처럼 전나무가 들어차 있고, 뒤에 높은 봉우리들이 안개 속에 솟아 있는 가장 가까운 산을 올라갔다. 군데군데 나무들이 모여 있는 산비탈은 가팔랐지만, 그는 계속 가면 뭐가 나오는지 보려고 오른쪽으로 완만한 경사면을 비스듬히 반쯤 돌아 뒤로 가려고 했다. 그래서 한스 카스토르프는 목동의 오두막이 있는 평원에서 방향을 바꾸어 오른쪽에서 왼쪽으로 떨어지는 꽤 깊숙한 협곡으로 내려간 후 이러한 탐구 작업에 착수했다.

그러다가 다시 오르막길에 들어섰을 때, 예상했던 대로 눈이 내리며 눈보라가 치기 시작했다. 한마디로 말해 진작부터 위협하고 있던 눈보라였다. 물론 맹목적이고 아무것도 모르는 자연력에 대해 '위협'이라는 말을 사용할 수 있다면 말이다. 이렇게 생각하면 비교적 안심이 되는 일이지만, 자연력은 우리를 파괴시키려고 노리고 있는 것이 아니라 부수적으로 우리가 파멸하기는 하지만 자연력은 무시무시할 정도로 그런 것에는 아무래도 상관하지 않는다. 한스 카스토르프는 최초의 돌풍이 짙은 눈보라 속으로 불어오며 자신의 얼굴을 때리자, '안녕!' 하고 마음속으로 인사하며 멈추어 섰다. '낌새가 이상하군. 뼛속까지 스며드는데.' 그런데 정말 이 바람은 아주 악질적인 것이었다. 사실 영하 20도의 끔찍한 추위였지만, 평소처럼 건조한 공기가 움직이지 않고 잔잔하면 그렇게 춥게 느껴지지 않고 온화한 기분이 들었다. 그러나 바람이 불자마자 추위는 칼로 살을 에는 것 같았다. 그리고 지금처럼 계속 바람이 분다면 — 최초의 돌풍은 사실 전조에 불과했기 때문이다—일곱 장의 모피를 덮고 있어도 얼음장처럼 섬뜩한 죽음의 공포로부터 온몸을 지키지 못할 것 같았다. 그리고 한스 카스토르프는 일곱 장의 담요는커녕 겨우 양털 조끼만 하나 달랑 입고 있을 뿐이었다. 평소에는 그것만으로도 충분했고, 햇볕이 조금이라도 내리쬐면 그것마저 성가시기만 했다. 게다가 바람이 뒤쪽에서 약간 비스듬하게 불어와 뒤로 돌아서서 바람을 정면으로 맞는 것은 별로 현명하지 못한 일 같았다. 이러한 생각에다 그의 반항심과 철두철미하게 '아, 이쯤이야!' 하는 생각이 마음속에 뒤섞여 고삐 풀린 젊은이는 드문드문 자란 전나무 사이를 지나 앞으로 나아가면서, 오르기로 목표한 산 뒤로 계속 올라갔다.

하지만 이는 결코 만만한 일이 아니었다. 소리도 없이 빽빽하게 소용돌이치며 내려 온 사방을 가득 메우는 눈송이로 한 치 앞도 보이지 않았기 때문이다. 차디차게 불어닥치는 돌풍은 귀가 떨어질 것처럼 아프게 했고, 사지를 마비시켰으며, 손의 감각을 앗아가 스틱을 쥐고 있는지조차 더 이상 느끼지 못할 지경이었다. 강풍에 눈이 뒤에서 목 언저리로 들어와 등을 타고 내리며 녹았고, 그의 양 어깨에 쌓였으며, 강풍이 그의 오른쪽 옆구리에 눈을 퍼부어 댔다. 뻣뻣한 손으로 스틱을 쥔 채 그는 이러다간 여기서 꽁꽁 얼어붙어 눈사람이 되지 않을까 생각했다. 비교적 유리한 상황에서도 이렇게 참기 어려운데 만약 몸을 돌린다면 더욱 처참한 꼴을 당하게 될 것이었다. 돌아갈 때도 악전고투를 하겠지만 이제는 더는 돌아가는 것을 주저할 수 없는 상황이었다.

이렇게 생각하고 그는 멈추어 서서 화가 난 듯이 어깨를 으쓱하고는 스키를 돌렸다. 마침 기다렸다는 듯이 맞바람이 불어와 제대로 숨조차 쉴 수 없어, 그는 호흡을 가다듬고 좀 더 각오를 새롭게 하여 냉담한 적에 맞서기 위해, 불편하지만 또 한 번 방향을 바꾸지 않을 수 없었다. 이번에는 머리를 푹 숙이고 주의 깊게 호흡을 조절하여 맞바람을 맞으면서 그럭저럭 앞으로 나아갈 수 있었다. 눈앞이 보이지 않고 호흡이 가빠 미리 각오는 하고 있었지만 앞으로 나아가는 것이 너무 힘들어 그는 화들짝 놀랐다. 그는 강풍을 맞으며 숨을 고르기 위해, 그리고 머리를 숙이고 눈을 깜박거리며 앞을 내다보아도 어스름한 가운데 흰눈만 보일 뿐 아무것도 보이지 않아서, 또한 나무에 부딪히거나 장애물에 걸려 넘어지지 않기 위하여 계속 멈추어 서지 않을 수 없었다. 눈송이들이 마구 날아들어 녹는 바람에 얼굴이 꽁꽁 얼어붙었다. 눈송이가 입 안에도 들어와 약하게 물맛을 주면서 녹아 내렸고, 눈꺼풀에도 눈송이가 달라붙어 경련하듯 눈을 떴다 감았다 해야 했으며, 눈가에 물이 홍건히 고여 앞을 바라볼 수 없었다. 시야가 두꺼운 베일로 가려져 있어 온통 흰색에 눈이 부셔서 그렇지 않아도 시각 기능이 거의 정지된 상태나 다름없었기 때문에 눈을 뜨고 본다 해도 아무 소용이 없었다. 억지로 본다고 해도 눈에 보이는 것이라고는 무(無), 소용돌이치는 하얀 무밖에 없었다. 때때로 현상계의 유령 같은 그림자가, 잣나무 덤불, 가문비나무 무더기, 아까 지나온 헛간의 흐릿한 실루엣이 그 속에 언뜻언뜻 나타날 뿐이었다.

그는 헛간을 뒤로하고, 그것이 위치하고 있는 산중턱을 지나쳐 돌아가는 길을 찾아보았다. 하지만 길은 나타나지 않았고, 대충 방향을 잡아서 골짜기로 내려간다는 것은 올바른 판단력이라기보다는 오히려 요행의 문제였다. 하여간 손이 겨우 보일 뿐, 스키의 앞 끝도 보이지 않았기 때문이다. 설령 앞이 잘 보였다 하더라도 전진하는 것을 무척 힘들게 하는 방해 요소들이 얼마든지 있었다. 시야는 온통 눈으로 가려져 있었고, 강풍이 휘몰아쳐 아예 숨 쉬는 것조차 불가능했다. 숨을 내쉬고 들이쉬는 것이 힘들어, 매 순간 고개를 돌리고 숨 막히게 하는 눈보라를 피하지 않을 수 없었다. 한스 카스토르프나 또는 다른 더 굳센 사람이라 하더라도 이런 상태에서 어떻게 앞으로 나아갈 수 있겠는가. 그는 멈추어 서서 숨을 헐떡이며 속눈썹에 묻은 물기를 닦아 내렸고, 몸 앞쪽에 잔뜩 쌓여 있는 눈 갑옷을 털어 내리면서 이런 상황에서 전진을 계속한다는 것은 터무니없는 만용이라고 느꼈다.

그러나 한스 카스토르프는 앞으로 나아갔고, 말하자면 움직였다고 할 수 있다. 그것이 과연 합리적인 일인지, 자신이 올바른 방향으로 움직이는지, 그 자리에 멈추어 있는 게 (하지만 그것도 불가능한 일 같았다) 더 나은 일은 아닌지 생각하기도 했지만 이론적인 확률로 볼 때도 그럴 가능성이 희박했다. 그리고 얼마 뒤에 실제로 한스 카스토르프에게는 무언가 완전히 잘못되어 가고 있고, 자신이 올바른 방향으로 가고 있지 않다는 예감이 들었다. 즉 그가 혼신의 힘을 다하여 협곡에서 다시 올라와 평평한 산중턱에 다다른 줄 알았는데, 또다시 그곳을 지나쳐야 할 것 같았다. 평원이 너무 빨리 끝나 버려 그는 다시 올라가고 있었다. 남서쪽의 골짜기 입구에서 불어닥친 광포한 강풍에 그의 진로가 옆으로 밀려난 것이 분명했디. 벌써 꽤 오랫동안 기진맥진하며 움직였지만 엉뚱한 방향으로 간 꼴이었다. 회오리치는 흰 암흑에 휩싸인 채 맹목적으로 냉혹하고 위협적인 곳으로 더욱 깊숙이 들어가고 만 셈이었다.

"아니, 이럴 수가!" 그는 이를 악물고 소리치며 발길을 멈추었다. 언젠가 라다만토스에게 침윤 부분을 들켰을 때와 마찬가지로 일순간 얼음장처럼 찬 손에 심장이 움켜잡힌 듯 경련하여 오그라들면서 갈비뼈 쪽으로 마구 뛰기 시작했지만 더 격한 표현을 내뱉지는 않았다. 도전한 것은 그 자신이며, 온갖 우려스러운 상황도 스스로 초래한 것이기에 격한 표현을 쓰거나 호들갑을 떨 권리가 자신에게 없다는 것을 그도 잘 알고 있었기 때문이다. 그는 "그럴 수 있는 일이지"라고 말은 했지만 얼굴 표정, 얼굴 근육이 굳어 버려 마음대로 되지 않았고, 공포며 분노며 멸시의 감정을 전혀 표현할 수 없음을 느꼈다. "이제 어떡하지? 여기서 비스듬히 내려가 계속 전진하여, 쭉 바람을 안고 달리는 거야. 사실 말이야 쉽지만 실천하기는 어렵지." 그는 다시 움직이기 시작하면서 숨을 몰아쉬고 지리멸렬한 표정으로 나지막이 계속 중얼거렸다. "하지만 무슨 수를 써야지, 주저앉아 기다릴 수만은 없지. 그러다간 규칙적인 육각형에 덮여 버리기 십상이야. 세템브리니가 호각을 불면서 나를 찾으러 쫓아오면 나는 여기서 눈 모자를 비스듬히 뒤집어 쓰고 웅크리고 있겠지." 그는 자신이 혼잣말을, 그것도 아주 이상하게 혼잣말을 하고 있음을 알아차렸다. 그래서 그는 그런 자신을 자책했지만 다시 작은 목소리로 중얼거렸다. 그는 입술이 마비되어 그것을 사용하는 것을 포기했고, 입술을 써야 발음할 수 있는 자음을 사용하지 않으면서 말했다. 그리고 이전에도 그런 적이 있었던 사육제 날 밤을 뇌리에 떠올렸다. "입 다물고 여기서 빠져나갈 궁리나 해야지." 그는 덧붙여 이렇게 말했다. "헛소리를 하고 있어. 머리가 이상해지는 것 같아. 이러다간 정말 큰일 나겠는걸."

하지만 이곳을 빠져나가야 한다는 견지에서 볼 때 상황이 좋지 않다는 것은 순전히 감독 역할을 맡은 이성이 확인한 일이었다. 걱정을 해 주기는 하지만 어느 정도는 아무런 관여도 하지 않는 남남 같은 이성이 확인한 일이었다. 그의 자연스러운 부분인 육체는 점점 더 피곤해져 감에 따라 자신을 손아귀에 넣으려는 혼미한 상태에 몸을 맡기려고 했지만, 그는 이러한 상태를 자각하고 마음속으로 비난했다. "산에서 눈보라를 만나 길을 잃고 헤매게 되는 인간이 이런 종류의 경험을 하는 법이지." 그는 악전고투를 하면서 가쁜 숨을 몰아쉬며 지리멸렬한 심정으로 띄엄띄엄 중얼거렸지만, 신중을 기하며 좀 더 분명한 표현을 하는 것은 삼갔다. "나중에 이런 경험담을 듣는 사람은 소름끼친다고 생각하겠지만, 병이—나의 상태는 어느 정도 병이라 할 수 있어—병에 걸린 사람과 그럭저럭 살아갈 수 있게끔 조정한다는 걸 잊어버린 거야. 병에 걸리면 감각의 감퇴, 마비가 주는 은혜, 고통을 경감시키는 자연의 조치가 있는 것이다, 물론이고말고. 하지만 이에 맞서 싸우지 않으면 안 된다. 그런 현상은 두 개의 얼굴을 지니고 있고, 지극히 모호하기 때문이야. 이 모든 것을 어떻게 평가하느냐 하는 것은 관점의 문제지. 사실 집으로 돌아갈 수 없게 된 한에는 호의로 볼 수 있고 하나의 자선 행위지만, 나처럼 집으로 돌아가는 것이 아직은 중요한 문제인 경우에는 아주 악의를 품은 것으로 보아 전력을 다해 싸워 이겨야 하는 거야. 걷잡을 수 없이 고동치는 나의 이 심장은 이곳에서 터무니없을 정도로 규칙적인 눈의 결정체에 묻히고 싶은 생각이 추호도 없거든."

사실 그는 이미 완전히 녹초가 되어 혼미하고 열에 들뜬 가운데 몽롱해져 가는 의식을 잃지 않으려고 사투를 벌였다. 그래서 그가 평탄한 궤도를 이탈했음을 알았을 때도 평소 같으면 화들짝 놀랐을 텐데 그러지 않았다. 이번에는 다른 방향으로, 산중턱이 내리막이 된 곳으로 나온 모양이었다. 왜냐하면 맞바람이 비스듬히 부는 방향으로 내려갔기 때문이고, 이런 식으로 계속 내려가면 안되는데도 지금 순간은 그게 가장 편했기 때문이다. '뭐 상관없어' 하고 그는 생각했다. '계속 내려가다 보면 방향을 잡을 수 있겠지.' 그리고 그는 이를 실행에 옮기거나 실행하리라 생각했다. 또는 그게 옳지 못하다고 생각하기도 했으며, 그리고 자신이 그것을 실행했는지의 여부에 아무래도 상관없다고 생각하기 시작한 것은 더욱 염려스러운 점이었다. 그리하여 그가 그토록 기진맥진하며 안간힘을 썼지만 의식의 탈락 현상이 일어나고야 말았다. 적응되지 않는 것에 적응함으로써 이 위의 세계에 동화된 손님으로서는, 그에게 늘 친숙한 피로와 흥분이 섞인 상태가 너무 심해져서 의식이 탈락한 현상에 대해 사려 깊은 태도를 취한다는 것은 언어도단이었다. 의식이 몽롱하고 현기증이 나는 가운데 그는 나프타와 세템브리니가 논쟁을 벌인 후와 아주 유사하게 도취와 흥분으로 몸을 떨었지만 그때와는 비교도 안 되게 정도가 심했다. 그리고 의식이 마비되고 탈락하는 현상을 막지 못하는 나태함을, 취한 상태에서 그런 논쟁을 회상함으로써 미화하려고 했다. 그는 육각형의 눈꽃에 파묻히는 것에 경멸을 느끼고 분개하면서도 다음과 같은 의미의, 또는 의미도 없는 말을 헛소리처럼 중얼거렸다. 수상쩍은 의식의 저하 현상에 맞서 그를 싸우도록 하는 의무감은 단순한 윤리에 불과하고, 말하자면 초라한 삶의 시민성이자 비종교적인 속물 근성에 불과하다고 말이다. 발 뻗고 누워 쉬고 싶다는 소망과 유혹이 그의 마음속에 스며 들어와 그는 마치 사막에서 모래 폭풍을 맞고 있는 것 같다고 되뇌었다. 그럴 때면 아라비아인들은 얼굴을 숙이고 모자 달린 외투를 머리에 둘러쓴다고 한다. 물론 그는 어린아이가 아니라서, 여러 가지 경험담으로 어떻게 해서 동사(凍死)하는가를 꽤 정확히 알고 있었다. 자신에게는 모자 달린 외투가 없고, 양모 조끼로는 머리에 제대로 둘러쓸 수 없다는 점을 자리에 드러누울 수 없는 구실로 느꼈다.

얼마 안 가 내리막길이 끝나고 평탄한 곳을 약간 달리다가 다시 오르막길이 나왔는데, 이번에는 꽤 가파른 길이었다. 골짜기로 내려갈 때도 오르막길이 한 번은 있었기에 딱히 길을 잘못 들었다고 할 수도 없었다. 바람은 제멋대로 방향이 바뀌곤 했다. 이제는 바람이 등 뒤에서 불어왔기 때문에 한스 카스토르프는 그 자체로서는 고맙게 생각했다. 강풍이 그로 하여금 몸을 숙이게 했을까, 또는 어스름한 눈보라에 흐릿해진 눈앞의 부드럽고 흰 경사면에 매력을 느껴 그가 그쪽으로 기울어진 것일까? 비탈에 몸을 맡기려면 그저 주저앉기만 하면 되어서, 그러고 싶은 유혹이 컸다. 전형적인 위험한 상태라고 책에 쓰여 있는 그대로 말할 수 없이 유혹이 컸다. 설령 그렇게 위험하다고 하더라도 유혹이 주는 생생하고도 현재적인 힘은 조금도 줄어들지 않았다. 그러한 유혹은 독자적인 권리를 주장했고, 보편적으로 알려진 것에 편입되어 그 속에서 재인식되기를 바라지 않았으며, 전례 없는 일이며 더할 나위 없이 절박한 것임이 드러났다. 물론 그러한 유혹이 특정한 방면에서의 속삭임이라는 것을 부인할 수 없었다. 이는 눈처럼 흰 접시 모양의 주름 잡힌 옷깃이 달린 스페인식 검은 옷을 입은 어떤 존재의 암시였다. 그것의 이념과 원칙적인 관념에는 고문을 하고 볼기를 치는 형리의 각종 특성인 온갖 음산한 것, 예리하게 예수회적이고 반인간적인 것이 결부되어 있어서, 세템브리니는 이에 대해 몸서리를 쳤지만, 그런 것에 비하면 손풍금과 이성을 내세우는 그는 그저 가소로운 존재에 지나지 않았다.

하지만 한스 카스토르프는 성실하게 노력을 계속해 주저앉고 싶은 유혹에 저항했다. 눈앞에 아무것도 보이지 않았지만, 계속 싸우면서 움직여 나갔다. 올바른 방향으로 가는지는 잘 몰라도 아무튼 최선을 다했고, 매서운 강풍에 사지가 점점 무거워져 천근만근은 되는 것처럼 느껴졌지만 계속 움직여 나갔다. 오르막길이 너무 가팔라서 별 생각 없이 옆쪽으로 방향을 돌려 한동안 비스듬하게 달렸다. 뻣뻣해진 눈꺼풀을 치켜뜨고 앞을 내다보는 게 쉬운 노릇이 아니었고, 그래 보았자 아무 소용이 없다는 것을 실험해 보았으므로 새삼 그럴 용기가 나지 않았다. 그런데도 가끔씩 무언가가 눈앞에 보였다. 가문비나무가 무더기로 서 있는 게 보였고, 시냇물인지 도랑인지는 몰라도 눈 덮인 양 기슭 사이에 검은 선을 그어 놓은 모습이 보였다. 게다가 바람을 정면으로 맞으면서 기분 전환을 시켜 주려고 그러는지 다시 내리막길이 나오더니 제법 멀리 떨어진 곳에서 인가의 그림자가 흡사 베일처럼 팔랑거리며 두 둥실 떠 있는 듯한 모습이 눈에 선연히 들어왔다.

아, 이 얼마나 반갑고 고마운 정경인가! 악전고투하며 계속 버텨 온 결과 사람 사는 골짜기가 가까이에 있음을 알려 주는 인가가 드디어 나타난 것이다. 어쩌면 저 집에 들어가 안전한 곳에서 눈이 그치기를 기다리다가, 그러는 사이에 어둠이 깃들면 부득이한 경우 동행이나 길 안내를 부탁할 수도 있을 것이다. 그는 환영처럼 어른거리며, 종종 어둑어둑한 날씨에 완전히 모습을 감추어 버리는 그림자를 향해 나아갔지만, 그곳에 다다르기 위해서는 바람에 맞서 죽을힘을 다해 올라가야 했다. 그리고 마침내 그곳에 도착해서는 거기가 낯익은 오두막, 지붕에 돌을 얹어 놓은 헛간이라는 것을 알고 화를 내고 경악하며 현기증을 느꼈다. 여러 길을 돌고 돌아 악전고투한 끝에 결국 원래 지점으로 되돌아오고 만 것이다.

고약한 일이었다. 한스 카스토르프의 얼어붙은 입술에서는 순음이 생략된 채 심한 저주의 말이 새어 나왔다. 그는 방향을 잡기 위해 오두막 주위를 둘러보면서, 자신이 헛간 뒤쪽에서 이곳에 도달했고, 자신의 추산에 따르면 족히 한 시간 동안 아무 소용 없이 쓸데없는 노력을 했다는 것을 알아차렸다. 책에 쓰여 있는 그대로 일이 진행된 셈이었다. 계속 앞으로 나아가고 있는 줄 알았지만 실은 빙빙 맴돌면서 죽도록 고생만 한 셈이었고, 성가신 일년의 순환과 마찬가지로 어리석게 커다란 호(弧)를 그리며 제자리로 돌아온 것이었다. 이렇게 길을 헤매다가 결국 집으로 돌아가는 길을 잃고 마는 법이었다. 한스 카스토르프는 말로만 듣던 이러한 현상에 끔찍함과 아울러 모종의 만족감도 느꼈다. 그리고 이러한 보편적인 일이 자신의 특수하고 개인적인 경우에 그대로 생생하게 일어나자 분노하고 경악한 나머지 자신의 허벅지를 내리쳤다.

이 외딴 집은 문이 잠겨 있어 어디서도 안으로 들어갈 수 없었다. 하지만 한스 카스토르프는 앞으로 뻗어 나온 차양이 있어 아쉬운 대로 도움을 받을 수 있겠다 싶어 잠시 이곳에 머물기로 결정했다. 그리고 오두막도 한스 카스토르프가 택한 쪽은 산을 등지고 있어 통나무로 만든 벽에 어깨를 기대면 정말 어느 정도 눈보라를 피할 수 있었다. 긴 스키가 방해되어 등을 기대는 건 뜻대로 되지 않았다. 지팡이를 옆의 눈 속에 꽂아 놓고 두 손은 호주머니에 찔러 넣고 양털 조끼의 깃을 올린 채 그는 바깥쪽 다리에 몸을 의지해 비스듬히 서 있었다. 그리고 두 눈을 감고 어질어질한 머리를 두꺼운 널빤지 벽에 기대면서 이따금씩 어깨 너머로 협곡 저편의 절벽이 베일 속에서 가끔 희미하게 모습을 드러내는 것을 눈을 깜박이며 바라보았다.

그러고 있으니 그런대로 좀 편했다. '이 정도라면 만약의 경우 밤새워 서 있을 수도 있겠는걸' 하고 그는 생각했다. '가끔씩 버팀목을 한 다리를 바꾸고, 말하자면 몸의 무게중심을 다른 쪽으로 옮기면서, 그러는 사이에 몸을 좀 움직이면 말이다. 그건 꼭 필요해. 몸 바깥쪽은 얼어붙어 있더라도 몸을 움직이면 몸 안에는 열이 쌓이니까 말이야. 비록 헛간에서 헛간으로 돌아오긴 했지만 이러한 소풍이 완전히 무익한 것은 아니었어. 돌아간다는 말은 무슨 뜻인가? 이 표현은 보통 때는 내게 일어난 일에 잘 사용하지 않는 말이지. 하지만 내 머릿속이 그리 맑지 못해서 아무렇게나 정신없이 사용한 말인데, 나름대로 지금 내가 처한 상황에 꼭 들어맞는 것 같아. 여기서 이렇게 견딜 수 있게 된 것은 참으로 다행스러운 일이야. 밤에 빙빙 돌아다니는 것은 눈보라 속과 마찬가지로 위험스러운 일이기 때문이야. 지금쯤 저녁녘이 되었을지도 몰라, 한 여섯 시쯤 되었겠지. 쓸데없이 돌아다니며 시간을 잔뜩 허비했으니 말이야. 몇 시나 되었을까?' 그는 굳어져 아무 감각이 없는 손가락으로 호주머니를 뒤져, 자기 이름의 머리글자가 새겨진 용수철 달린 뚜껑이 있는 금시계를 어렵게 꺼내 들여다보았다. 시계는 흉곽의 보호를 받아 유기적인 체온을 유지하고 있는 자신의 심장, 감동적인 인간의 심장과 마찬가지로 여기 황량한 고독 속에서도 충실하게 똑딱거리며 움직이고 있었다.

시계를 보니 네 시 반이었다. 이게 어찌된 일인가, 눈보라가 치기 시작한 때가 거의 그쯤이었는데. 그렇다면 자신이 빙빙 도는 데 걸린 시간이 채 15분도 되지 않았다는 말인가? '시간이 나에게는 천천히 흘렀구나' 하고 그는 생각했다. '돌아다니는 게 무척 지루했던 모양이야. 하지만 다섯 시나 다섯 시 반이면 본격적으로 어두워지고, 그 후로 어두운 상태가 지속된다. 그 전에 눈보라가

멈추어 다시 출발해도 빙빙 돌지 않을 수 있을까? 그러려면 포도
주를 한 모금 마시고 기운을 내는 것이 좋겠어.'

그가 이 어중간한 음료를 가지고 온 것은 베르크호프에서 소풍
나가는 사람에게 그 납작한 병을 준비하고 있다가 팔았기 때문이
지만, 물론 허락도 없이 추운 산 속에서 눈보라를 맞으며 헤매다
가 이런 상태에서 밤을 기다리며 마시라는 것은 아니었다. 몸의
감각이 이렇게 떨어져 있지 않았다면, 그는 집으로 돌아간다는
관점에서 볼 때 이것은 가장 삼가야 할 음료라고 스스로에게 타
일러야 했을 것이다. 그는 몇 모금 마시고는 그것을 알아차렸다.
그가 이 위에 온 첫날밤에 쿨름바흐 산 맥주를 마셨을 때와 똑같
은 효과를 금방 나타냈기 때문이다. 그때 그는 생선 소스인가 뭔
가 하는 말을 아무렇게나 내뱉는 바람에 세템브리니, 교육자 로
도비코의 기분을 상하게 했다. 심지어 될 대로 되라는 식으로 미
쳐 날뛰는 자에게 엄한 눈초리를 보내 이성을 지키도록 하는 그
의 듣기 좋은 호각 소리가 공중에서 들리는 것 같았다. 그 소리는
이 언변 좋은 교육자가 골칫거리 제자, 인생의 걱정거리 자식을
미쳐 날뛰는 상태에서 건져 올려 집으로 데려가기 위해 성큼성큼
다가오는 신호처럼 들렸다. 물론 이것은 그가 잘못 마신 쿨름바
흐 산 맥주 때문에 생겨난 말도 안 되는 생각이었다. 첫째로 세템
브리니에게는 호각이 없었고, 가지고 있는 것이라곤 자신의 손풍
금밖에 없었기 때문이다. 그는 가늘고 긴 다리로 보도에 선 채 손
풍금을 능숙하게 타며 집집마다 예의 인문주의적인 눈길을 보냈
던 것이다. 그리고 둘째로 그는 이제는 베르크호프 요양원에 살

지 않고 재단사 루카체크 집의 비단이 깔린 나프타 방의 위층, 물병이 놓인 창고 같은 방에 기거했기 때문에 이 위에서 일어난 일에 대해 아무것도 알지 못하고 알아차리지 못했다. 또한 세템브리니는 언젠가 사육제 날 밤에 한스 카스토르프가 병에 걸린 쇼샤 부인, 즉 프리비슬라프 히페에게 연필을 되돌려주면서 무모하고 아찔한 상태에 있던 때와 마찬가지로 그에게 간섭할 권리와 가능성이 전혀 없었다. 아닌 게 아니라 '상태'란 무엇을 의미하는 것일까? 이 말이 단순히 은유적인 의미를 갖지 않고 제대로 된 정식의 의미를 갖기 위해서는 그는 서 있지 않고 누워 있어야 했다. 수평 상태야말로 이 위에 장기간 체류하고 있는 자들에게 딱 들어맞는 상태였다. 낮이고 밤이고 할 것 없이 눈과 추위 속에서도 바깥에 누워 있는 것에 그는 적응되어 있지 않은가? 그리고 '상태'에 관한 자신의 쓸데없는 생각도 쿨름바흐 산 맥주 탓이고, 책에 쓰여 있는 대로 누워 자고 싶다는 전형적으로 위험한 초개별적인 욕구에서 생겨난 것이어서, 그러한 바람이 궤변과 말장난으로 자신을 우롱하려 한다는 것을 깨닫고 그는 정신이 번쩍 들어, 말하자면 누군가가 그의 옷깃을 잡고 벌떡 일으켜 세운 것처럼 막 주저앉으려던 것을 그만두었다.

'실수를 저지르고 말았다'는 것을 그는 깨달았다. '몇 모금만 마셔도 머리가 무거워져 턱이 가슴에 붙게 하는 포도주를 마시지 말았어야 했는데. 그리고 내 생각도 흐릿하고 김빠진 농담 같아 도무지 믿을 수 없어. 처음에 떠오른 원래 생각뿐만 아니라 그것에 비판적인 입장을 취한 두 번째 생각도 믿을 수 없다는 게 불행한 일이야. 그의 연필이라고! 이 경우에는 그녀의 연필이라고 해야지 그의 연필이라고 해서는 안 되지. 그리고 연필이 남성명사이기 때문에 그의라고 말할 뿐이고, 그 밖의 것은 죄다 농담이야. 내가 그런 데 이렇게 정신을 빼앗기고 있다니! 예를 들어 나의 몸을 지탱하고 있는 왼쪽 다리가 세템브리니의 손풍금을 지탱하는 나무다리를 생각나게 한다는 등의 훨씬 더 절실한 문제가 있는데 말이다. 그는 항상 그것을 무릎으로 밀면서 보도 위에서 앞으로 나아가며 창 밑 가까이 다가가 아가씨들이 동전 몇 닢을 던져 주도록 벨벳 모자를 내밀고 있지. 그런데 무언가 눈에 보이지 않는 현상에 양손이 이끌려 눈 속에 누워 버릴 것 같아. 그걸 막으려면 몸을 움직여야 해. 쿨름바흐 산 맥주를 마신 벌로 나무토막처럼 뻣뻣해진 다리를 유연하게 만들기 위해서라도 몸을 움직여야 해.'

그는 어깨에 힘을 주어 벽에서 몸을 뗐다. 하지만 헛간에서 한 걸음도 벗어나지 못해서 바람이 낫처럼 휘몰아쳐 그를 지켜 주던 벽 쪽으로 되돌려 보냈다. 처마 밑은 의심의 여지 없이 그의 유일한 피난처여서 당분간 그곳에 꼼짝 않고 있는 수밖에 없었다. 그래도 기분 전환을 위해 왼쪽 어깨를 벽에 기대고 오른쪽 다리로 몸을 지탱한 채 왼쪽 다리를 이리저리 흔들어 다리가 저리지 않도록 할 수는 있었다. 이런 날씨에는 집에 가만히 있는 거야, 하고 그는 생각했다. 가벼운 기분 전환은 무방하지만, 크게 일을 벌여 돌풍에 싸움을 걸어서는 안 될 일이다. 아무튼 머리가 너무 무거우니까 잠자코 머리를 숙이고 있도록 하자. 이런 상태에서 온기라고 할 수 있다면 말이야, 어딘지 온기가 나오는 듯한 이 통나무 벽은 참 고마운 존재야. 목재 특유의 은은한 온기가 전해져 오는 것 같아. 물론 이는 주관적인 기분상의 문제겠지만 말이야. 아, 이렇게 많은 나무들! 아, 저 살아 있는 것들의 생기 있는 숨결 말이야! 얼마나 그윽한 향기인가!

그의 눈 아래에는 마치 발코니에서 내려다보는 것처럼 공원, 녹색의 활엽수가 울창하게 자라는 널찍한 공원이 펼쳐져 있었다. 느릅나무, 플라타너스, 너도밤나무, 단풍나무, 자작나무의 널따랗고 싱싱하며 가물가물 빛을 내는 잎사귀 모양의 장식이 가볍게 층을 이루며 색조를 달리하고 있었고, 우듬지에서는 나뭇가지들이 가볍게 살랑거리는 소리를 냈다. 나무의 입김을 실은 향긋하고 축축한 미풍이 불었다. 온기를 담은 한 줄기 소낙비가 지나갔지만, 빗방울은 햇빛에 반사되어 반짝거리며 빛났다. 하늘 저 멀리 높은 곳까지 대기가 안개비로 반짝였다. 이 얼마나 아름다운 정경인가! 아, 오랫동안 접하지 못한 고향의 숨결, 평지의 향내와 생명! 주변에는 새 한 마리 얼씬하지 않는데도 대기 중에는 새 소리로 가득 차, 귀엽고 애틋하고 감미로운 피리 소리가 충만했으며, 구구하며 지저귀고 푸드득거리고 흐느끼는 소리로 넘쳐흘렀다. 한스 카스토르프는 감사한 마음으로 숨을 쉬면서 미소 지었다. 그러는 사이에도 모든 것이 더욱 아름답게 변해 갔다. 무지개가 옆으로 풍경 위에 걸려 완연하고 선명하게 호를 그리고 있었다. 녹색으로 반짝이는 울창한 숲에 반질반질한 기름처럼 걸려 있는 일곱 빛깔 무지개는 그지없이 순수하고 장엄하게, 영롱한 빛을 발하며 촉촉하게 걸려 있었다. 이는 그야말로 음악 소리 같았는데, 플루트와 바이올린 소리가 섞인 하프 소리를 듣는 느낌이었다. 특히 푸른색과 보라색이 그지없이 아름다운 모습으로 흐르고 있었다. 모든 것이 그 속에 마법처럼 은은하게 녹아 들어가, 변화하고 새로운 모습을 펼치면서 아름다움을 더해 갔다. 한스 카스토르프는 몇 년 전에 세계적으로 유명한 성악가의 노래를 들었을 때와 같은 느낌이 들었다. 그때 이탈리아 테너 가수의 목에서 흘러나오는 은혜로운 예술의 힘이 청중의 가슴속을 사정없이 파고들었다. 그는 시종일관 아름다운 고음으로 노래를 불렀다. 그리고 그 열정적인 아름다운 음은 순간순간 꽃봉오리처럼 부풀어 오르면서 조금씩 열렸고, 점점 더 찬란한 빛을 발하며 밝아져 갔다. 아무도 그때까지는 알아차리지 못한 베일이, 말하자면 한 꺼풀 한 꺼풀 벗겨져 나가 가장 바깥쪽의 가장 순수한 빛을 드러내는 마지막 베일, 설마라고 생각한 마지막 남은 베일까지도 벗겨져 광채와 눈물에 아롱거리는 장엄함이 넘쳐흘렀다. 그러자 청중은 거의 이의와 항의처럼 들리는 환희의 신음소리를 뱉어 내었고, 한스 카스토르프 청년도 거의 흐느껴 울 정도였다. 지금 변화하면서 광채를 더해 가며 열리는 풍경도 이와 마찬가지였다. 푸른빛이 사방에 흐르고 있었다. 번쩍이는 안개비의 베일이 벗겨지고 바다가 나타났다. 은빛으로 빛나는 남쪽 바다, 찬란하게 아름다운 쪽빛 바다였다. 먼 바다 쪽은 안개가 피어오르고, 육지 쪽은 멀어질수록 점점 푸른색이 옅어지는 산맥에 넓게 에워싸여 있으며, 점점이 떠 있는 섬들이 보였다. 섬에는 야자나무가 우뚝 솟아 있거나 실측백나무 숲 속에 작고 하얀 집들이 반짝이는 모습이 보였다. 아, 이제 그만, 이걸로도 과분해, 이 얼마나 복된 빛이고 더없이 순수하고 화창한 하늘이며, 신선한 바닷물인가!

한스 카스토르프는 태어나서 이 같은 모습을 한 번도 본 적이 없었다. 방학 때도 남쪽으로는 거의 여행을 가지 않았고, 북쪽의 기칠게 포효하는 담청색 바다만을 알고 있을 뿐이었다. 그 바다에 어린이다운 아련한 감정만을 지니고 있었을 뿐, 지중해, 나폴리, 시칠리아나 그리스에는 한 번도 가 본 적이 없었다. 그런데도 그런 것이 선연히 기억에 떠오르는 것이었다. 그렇다, 그는 특이하게도 그런 것을 다시 만나는 기쁨을 만끽하고 있었다. '아, 그래, 이것이구나!' 그의 마음속에서 외침 소리가 일어났다. 눈앞에 펼쳐진 푸른 바다의 환희를 그가 이전부터 남몰래, 자기 자신에게도 숨긴 채 가슴속에 간직하고 있었듯이 말이다. 그리고 이 '이전'은 연보라색의 하늘이 드리워진 왼쪽의 먼 바다처럼 까마득히 멀고 먼 이전이었다.

수평선은 높이 걸려 있었고, 멀어질수록 높아지는 것 같았는데, 이는 한스 카스토르프가 다소 높은 곳에서 내해(內海)를 내려다보고 있기 때문에 생기는 현상이었다. 울창한 숲이 멀리 뻗어 있는 산들은 바다 쪽으로 튀어나와 있었고, 눈앞에 바라보이는 중간 지점에서 그가 앉아 있는 곳까지, 그리고 뒤쪽으로 반원을 이루며 이어져 있었다. 그가 햇볕으로 따뜻해진 돌계단에 웅크리고 앉은 곳은 앞산이 바다에 접해 있는 바닷가였다. 그의 앞에는 덤불 사이로 이끼 낀 돌계단이 평평한 해안으로 층층이 이어져 있었고, 해안에는 갈대 사이에서 자갈이 푸른빛을 띤 만이자 작은 항구며 내해를 이루었다. 그리고 이 앙시바른, 쉽게 접근할 수 있는 해안의 언덕, 바위로 이루어진 밝게 빛나는 분지며 배들이 오고 가는 섬이 있는 바다에도 어디에나 사람들로 붐비고 있었다. 사람들, 즉 태양과 바다의 자식들, 보기에도 기분 좋은 총명하고 명랑한 멋진 젊은이들이 활발하게 움직이거나 쉬고 있었다. 이 광경을 보자 한스 카스토르프는 가슴이 탁 트였고, 말하자면 가슴이 터질 듯이 부풀어 오르며 사랑의 감정이 복받쳤다.

젊은이들은 말을 몰며 달리고 있었다. 머리를 흔들고 힝힝거리며 내달리는 말의 고삐를 손에 쥐고 나란히 달리기도 하고, 뒷발로 버둥거리는 말의 기다란 고삐를 잡아당기기도 했다. 또는 안장 없이 말에 올라타 맨발의 발꿈치로 말의 옆구리를 차면서 바닷속으로 들어가기도 했다. 그럴 때면 금갈색 피부의 젊은이들의 등 근육은 햇빛을 받아 꿈틀거렸고, 이들이 서로 나누거나 말에게 외치는 소리는 어떤 연유에서인지 매혹적으로 들렸다. 산정 호수처럼 해안을 비추고 있는 바다, 육지로 깊숙이 들어온 만에서는 소녀들이 춤을 추고 있었는데, 이들 가운데 뒷머리를 높이 묶은 한 소녀의 모습이 특히 사랑스러웠다. 그 소녀는 땅이 움푹 파인 곳에 두 다리를 넣고 앉아 피리를 불면서, 부지런히 움직이는 손가락 너머로 춤추는 소녀들을 바라보았다. 길고 헐렁한 옷을 입은 소녀들은 미소 지으며 혼자 두 팔을 벌리기도 하고, 쌍을 이루어 볼을 사랑스럽게 서로 맞대기도 하면서 스텝을 밟고 있었다. 두 팔을 뻗고 있기 때문에 희고 날씬하며 부드러운 등이 옆으로 굽은 피리 부는 소녀의 뒤에는, 다른 소녀들이 껴안기도 하고 춤추는 소녀들을 지켜보며 조용히 대화를 나누기도 하면서 앉거나 서 있었다. 좀 떨어진 곳에서는 청년들이 활쏘기 연습을 하고 있었다. 나이가 좀 많은 청년들이 아직 미숙한 곱슬머리 소년들에게 활시위 당기는 법과 화살 재는 법을 가르치면서 이들과 함께 과녁을 겨냥하고 있었고, 화살이 피융 하며 시위를 떠나는 반동으로 휘청거리는 소년들을 웃으면서 받쳐 주는 모습은 행복하고 정겨운 광경이었다. 낚시를 하는 젊은이들도 있었다. 이들은 해안의 평평한 바위에 배를 대고 엎드려 한쪽 다리를 흔들거리며 낚싯줄을 바닷물에 드리운 채 옆의 젊은이에게 얼굴을 돌리고 유유자적하게 정담을 나누고 있었다. 상대방은 비스듬한 자리에 앉아 상체를 쭉 펴고 힘껏 미끼를 내던지고 있었다. 또 어떤 젊은이들은 돛대와 활대가 달린 뱃전이 높은 배를 바다에 띄우기 위해, 배를 끌어당기고 밀거나 떠받치느라 여념이 없었다. 아이들이 방파제 사이에서 환호성을 지르며 놀고 있었다. 한 젊은 여자가 다리를 쭉 뻗고 엎드려 위를 쳐다보면서, 한 손으로는 화사한 옷을 유방 사이로 끌어당기고 있었고, 다른 손은 잎사귀가 달린 과일을 달라며 허공에 내뻗고 있었다. 그녀의 머리맡에는 허리가 날씬한 젊은이가 두 팔을 뻗어 그녀에게 과일을 줄까 말까 놀리며 망설이고 있었다. 바위의 오목한 틈새에 기대어 앉은 젊은이도 있었고, 두 손을 어깨에 포개고 발끝으로 서서 물이 차가운지 시험해 보면서 물가에서 머뭇거리는 젊은이도 있었다. 여러 쌍의 남녀가 해변을 따라 거닐었고, 한 소녀를 친절하게 데리고 다니는 어떤 청년은 입을 소녀의 귀에 대고 뭐라고 속삭이고 있었다. 털이 탐스러운 산양들이 평평한 바위 위를 이리저리 뛰놀았고, 뒤쪽 챙이 올라간 작은 모자를 갈색 고수머리 위에 쓰고 산양을 감시하는 젊은 목동은 한쪽 손은 허리에 대고, 다른 손으로는 기다란 막대기를 쥐고서 몸을 지탱한 채 높은 곳에 서 있었다.

'정말 매력적인 광경이구나!' 한스 카스토르프는 진심으로 이렇게 생각했다. '이 얼마나 즐겁고 마음을 사로잡는 광경인가! 이들은 얼마나 귀엽고 건강하며, 현명하고 행복한 젊은이들인가! 그렇다, 준수하게 생겼을 뿐만 아니라 내적으로도 현명하고 사랑스럽기 그지없다. 나를 이토록 감동시키고 이들에게 반하게 하는 게 바로 정신과 의식이라고 말하고 싶다. 그것은 이들의 본성 밑바닥에 깔려 있으며, 이들은 그런 현명하고 사랑스러운 본성을 가지고 함께 어울리며 살아가는 것이다!' 그가 이렇게 생각한 것은 태양의 자식들이 대단히 상냥하고, 누구에게나 똑같이 예의 바르게 배려하며 서로를 대한다고 느꼈기 때문이다. 이들의 미소 뒤에는 가벼운 존경심이 숨어 있었다. 모든 사람들의 마음속에 뚜렷이 자리 잡고 있는 의식과 뿌리박은 이념의 힘으로 이들은 한 걸음 한 걸음 옮길 때마다 눈에 잘 띄지는 않지만 서로에게 존경심을 표시하고 있었다. 심지어 위엄과 엄격함마저도 좀 더 밝은 명랑함에 완전히 녹아 내려, 화사한 진지함이며 총명한 경건함이라는 이루 말로 표현할 수 없는 정신적인 형태로 이들의 일거수일투족에 배어 있었다. 그렇다고 물론 의식적(儀式的)인 행동이 없는 것은 아니었다. 갈색 옷을 입은 어떤 젊은 어머니가 둥글고 이끼 낀 바위에 앉아 한쪽 가슴을 풀어헤치고 아기에게 젖을 물리고 있었기 때문이다. 그리고 그 옆을 지나가는 사람들은 독특한 방식으로 그녀에게 인사하는 것이었다. 그 방식에는 태양의 자식들의 일반적인 행동에 의미심장하게 감추어진 모든 특징이 집약되어 있었다. 청년들은 어머니 쪽을 향해 순간 의례적으로 가슴 위에 두 팔을 살짝 포개고 미소 지으며 머리를 숙이고 지나갔고, 소녀들은 참배객들이 높은 제단 옆을 지나갈 때 몸을 살짝 굽히는 것처럼, 확연히 눈에 띄지는 않지만 무릎을 굽히는 시늉을 하며 지나갔다. 하지만 이들은 이와 동시에 활기차고도 명랑하게 진심으로 그녀에게 여러 번 가볍게 머리를 끄덕였다. 그리고 어머니는 집게손가락으로 가슴을 눌러 아기가 젖을 빨기 쉽게 해 주며 젖먹이한테서 눈을 떼고는 위를 쳐다보면서 존경을 표시하는 젊은이들에게 미소 지으며 답례를 했다. 이들의 의례적인 공손함과 명랑한 친절성이 섞인 태도와 유연하고 온화한 태도는 한스 카스토르프를 완전히 황홀감에 사로잡히게 했다. 그는 이 광경을 하염없이 지켜보고 있어도 도무지 싫증이 나지 않았다. 그럼에도 그는 자신이 이런 광경을 지켜보아도 되는지, 스스로 생각해도 저급하고 보기 흉하며 볼품없는 장화를 신은 국외자인 자신이 이러한 태양의 자식들의 예의 바르고 행복한 모습을 엿보는 것이 천벌 받을 일은 아닌지 가슴 죄며 자문을 했다.

그것은 그리 걱정하지 않아도 될 성싶었다. 옆으로 가른 숱 많은 머리칼이 이마 위와 관자놀이에 찰랑거리며 드리워진 잘생긴 한 소년이 바로 한스 카스토르프가 앉은 자리 아래에 멈추어 섰다. 친구들 무리에서 빠져나온 그는 두 팔을 가슴에 포개고 있었다. 슬프기나 반항적으로 보이지는 않고, 따로 떨어져 나왔지만 아주 의젓한 모습이었다. 그런데 이 소년이 눈길을 위로 향하고 그를 지켜보고 있었다. 소년은 한스 카스토르프가 태양의 자식들을 몰래 보고 있는 것을 엿보면서, 정탐꾼과 바닷가의 광경을 번갈아 바라보았다. 그러다가 갑자기 그는 한스 카스토르프의 어깨 너머 저 멀리 뒤쪽을 바라보는 것이었다. 그런데 그 순간 멋지고 단정하며 앳되어 보이던 그의 얼굴에서 서로를 예의 바르게 배려하는 태양의 자식들 공통의 미소가 사라져 버렸다. 그렇다, 미간을 찌푸린 것 같지는 않았지만 그의 표정에는 목석 같은 진지함, 이유를 알 수 없는 무표정함, 죽은 자의 싸늘한 표정이 서려 있었다. 가슴이 채 진정되지 않은 한스 카스토르프는 그 모습을 보고 소스라치게 놀랐지만, 막연하나마 그 의미가 짐작이 가지 않는 것도 아니었다.

한스 카스토르프도 뒤를 바라보았다. 그의 뒤에는 원통 모양의 석재(石材)를 쌓아 올린 거대한 기둥들이 받침대도 없이 우뚝 솟아 있었고, 석재의 이음매에는 이끼가 끼어 있었다. 그것은 신전 성문의 기둥들이었다. 그는 성문 한가운데의 탁 트인 돌계단에 앉아 있었던 것이다. 그는 무거운 마음으로 일어나 계단을 옆으로 내려가서 성문 안으로 깊숙이 들어갔다. 포석(鋪石)이 깔린 길을 따라가니 얼마 안 되어 새로운 열주문(列柱門)이 나와 그것도 통과해 갔다. 그러자 그의 앞에는 비바람에 녹회색으로 풍화한 웅장한 신전이 나타났다. 계단은 급경사를 이루고 있었고, 신전의 정면은 넓었다. 정면을 떠받치고 있는 나지막한 돌기둥은 어마어마하게 넓었고 올라갈수록 가늘어졌다. 가끔씩 세로로 홈이 파인 원통형 석재 가운데 몇 개는 이음매에서 밀려나 대열에서 벗어나 있었다. 그는 가슴이 점점 답답해져 숨을 헐떡이면서 두 손을 사용해 간신히 높은 계단을 올라가 열주가 늘어선 홀에 들어섰다. 그 홀이 하도 깊어서, 그는 의식적으로 가운데를 피하고, 또 피하려고 하면서 담청색 바닷가의 너도밤나무 숲 속을 거닐 듯 홀 안을 이리저리 거닐었다. 그러나 그는 다시 가운데로 돌아와 열주가 좌우로 갈라지는 곳에 어떤 입상이 서 있는 것을 발견했다. 받침대에 세워진 두 여인의 석상은 어머니와 딸 같았다. 나이가 들어 보이는 앉아 있는 여인은 좀 더 위엄 있고 자비로우며 신 같은 모습이었지만, 눈동자가 없는 휑한 눈은 탄식하듯 눈살을 찌푸리고 있었다. 주름이 많은 속옷과 저고리를 입은 그 귀부인은 물결치는 머리칼을 베일로 가리고 있었다. 처녀다운 포동포동한 얼굴을 한 다른 여인은 어머니에게 안긴 채 서서 주름 속에 손과 팔을 집어넣어 숨기고 있었다.

그 입상을 보고 있노라니 한스 카스토르프는 왠지 마음이 더 무거워졌고, 불안하고 불길한 예감이 들었다. 그는 입상 주위를 돌아 그 뒤로 가서 두 줄의 둥근 기둥 사이를 지나갈 용기가 차마 나지 않았지만 그러지 않을 수 없었다. 그곳에는 신전의 신각(神閣) 문이 열려 있었다. 그 속을 들여다본 순간 불쌍한 한스 카스토르프는 몸이 뻣뻣해지며 금방이라도 고꾸라질 것 같았다. 신각 안에서는 흰 머리칼을 풀어헤치고 반나체 차림으로 추악한 유방을 늘어뜨리고 손가락만한 젖꼭지를 드러낸 두 노파가 불이 훨훨 타오르는 화로 사이에서 차마 눈뜨고 볼 수 없을 만큼 소름끼치는 일을 하고 있었다. 두 노파는 몸서리쳐질 정도로 차분하게 어린 아이를 커다란 양푼에다 갈기갈기 찢어서 — 한스 카스토르프는 부드러운 금발이 피로 더럽혀지는 것을 보았다 — 살점을 뜯어먹고 있었고, 연한 뼈가 노파들의 입 속에서 오독오독 소리를 내며 부서졌으며, 이들의 흉물스러운 입술에서 핏방울이 뚝뚝 떨어졌다. 한스 카스토르프는 피가 얼어붙는 것 같은 오싹한 두려움에 꼼짝할 수 없었다. 두 손으로 눈을 가리려고 했지만 그것마저 할 수 없었고, 도망치려 해도 발이 떨어지지 않았다. 노파들은 끔찍한 일을 하면서도 그를 보고 말았다. 이들은 피 묻은 주먹을 그를 향해 흔들며, 음탕하고 야비한 말로, 그것도 한스 카스토르프 고향의 서민들이 쓰는 사투리로 욕을 퍼부었다. 그는 난생처음일 정도로 기분이 좋지 않았다. 그는 필사적으로 그곳에서 빠져나오려다 기둥에 부딪혀 옆으로 넘어진 순간, 머리를 벽에 기댄 채 헛간 옆의 눈 속에 팔을 베고 누워 스키를 신은 두 다리를 뻗고 있는 자신을 발견했다. 노파들이 퍼붓는 끔찍한 욕설이 아직 귓가에 쟁쟁했고, 몸서리쳐지는 전율에 온몸이 잔뜩 얼어붙어 있었다.

하지만 잠이 완전히 깬 것은 아니었다. 소름끼치는 노파들한테서 벗어났다는 생각에 홀가분한 심정으로 눈을 껌벅거리기는 했지만 자신이 신전의 기둥 옆에 누워 있는지, 또는 헛간에 누워 있는지 확실하지 않았고, 또한 그러한 사실이 그리 중요한 것도 아니었다. 그리고 그는 더 이상 영상으로는 아니지만 생각으로는 어느 정도 계속 꿈을 꾸고 있었는데, 영상으로 보는 것 못지않게 모험적이고 혼란스러웠다.

'나도 꿈이라고 생각하기는 했어.' 그는 잠꼬대처럼 중얼거렸다. '무척 아름답고 지독하게 무서운 꿈이었어. 나는 요컨대 그런 사실을 처음부터 끝까지 알고 있었어. 이 모든 건 나 스스로 꾸며낸 거야. 활엽수 공원이며 기분 좋은 습기, 그 밖의 아름다운 모습뿐만 아니라 끔찍한 광경, 나는 이 모든 것을 거의 애당초부터 알고 있었어. 하지만 그런 사실을 알고 있으면서 어떻게 그토록 행복해하고 무서워할 수 있단 말인가? 섬이 있는 아름다운 만과 혼자 서 있던 멋진 소년이 시선으로 가리켜 준 신전 구역을 내가 어떻게 알 수 있었을까? 자신의 영혼으로만 꿈을 꾸는 것이 아니라 자기 나름대로의 방법이긴 하지만 다 함께 익명으로 꿈을 꾸기도 한다고 나는 말하고 싶어. 우리는 하나의 커다란 영혼의 작은 일부분에 불과하며, 그 영혼은 자신이 몰래 늘 꿈꾸어 오던 대상에 관해 우리를 통해, 각기 나름대로 꿈꾸는 것이다. 그 영혼의 청춘이며 희망에 관해, 그 영혼의 행복이며 평화에 관해, 그리고 그 영혼의 피의 향연에 관해 꿈꾸는 것이다. 나는 돌기둥 곁에 누워 내 꿈의 생생한 흔적을 음미하고 있어. 피의 향연의 오싹한 전율과 그 이전의 황홀한 기쁨, 태양의 자식들의 행복과 경건한 예의바름을 바라보는 기쁨도 음미하고 있어. 나에게는 그럴 권리가 있어. 나는 여기에 누워 그런 것을 꿈꿀 어엿한 자격이 있다고 생각해. 나는 이 위의 사람들 곁에서 무모한 모험과 이성에 관해 많은 것을 경험했어. 나는 나프타, 세템브리니와 함께 위험하기 그지없는 산악 지대를 돌아다녔지. 나는 인간에 관한 모든 것을 알고 있어.

니는 인간의 살과 피를 맛보았고, 병에 걸린 클라브디아 쇼샤에게 프리비슬라프 히페의 연필을 돌려주었어. 육체, 생명을 맛본 자는 죽음도 맛본 거야. 하지만 그것으로는 다가 아니고, 교육적으로 말하면 오히려 시작에 불과해. 거기에다 다른 절반, 반대되는 요소를 덧붙여야 해. 의학이라는 인문과학적 학부가 증명하듯, 죽음과 병에 대한 온갖 관심은 생명에 대한 관심의 또 다른 표현에 지나지 않기 때문이야. 언제나 생명과 그 병에게 아주 예의 바르게 라틴어로 말하는 의학은 더없이 절실한 어떤 커다란 관심의 한 형태에 불과해. 그러한 관심사에 전폭적으로 공감하고 말한다면, 그것은 인생의 걱정거리 자식과 인간에 관한 것이고, 인간의 본성과 상태에 관한 거야. 나는 인간에 관해 적지 않은 것을 알고 있고, 이 위의 사람들에게서 많은 것을 배웠어. 평지에서 이 위로 높이 떠밀려 온 나는 가련하게도 거의 숨이 막힐 지경이지만, 이제 돌기둥 밑에서 그리 나쁘지 않은 전망을 얻게 되었어. 끔찍한 피의 향연이 벌어지는 신전을 배경으로 하여 인간의 본성과 인간의 예의 바르고 분별 있으며 공손한 공동체에 관해 꿈꾸었어. 태양의 자식들이 서로에게 그토록 예의 바르고 매력적인 것은 뒤에서 바로 이런 끔찍한 일이 벌어지는 걸 조용히 염두에 두고 있기 때문이 아니었을까? 그렇다면 이들은 아주 우아하고 훌륭한 결론을 끄집어냈다고 할 수 있다! 나는 영혼 속에서 태양의 자식들과 생각을 나누고, 나프타나 세템브리니의 견해에는 물들지 않도록 하자. 이들은 둘 다 수다쟁이에 지나지 않아. 한 사람은 음탕하고 불경스러우며, 다른 한 사람은 언제나 이성의 호각이나 불어 대면서 미친 사람도 제 정신으로 돌아오게 할 수 있다고 큰소리치지. 그건 그야말로 황당무계한 소리야. 그건 속물 근성이고 단순한 윤리며 비종교적인 작태에 불과해. 하지만 나는 키 작은 나프타와 신과 악마, 선과 악이 온통 뒤범벅된 그의 종교에도 동조할 수 없어. 사실 그의 종교는 개인이 머리를 거꾸로 처박고 공동체 속에 신비스럽게 침몰하는 것을 목적으로 하지. 저 두 사람의 교육자들이란! 그들의 논쟁과 대립 그 자체가 뒤범벅에 지나지 않고, 싸움터의 혼란스러운 아우성에 불과해. 머릿속이 조금이라도 자유롭고 마음이 경건한 자라면 그런 것에 현혹되어서는 안 되지. 귀족성에 대한 두 사람의 논쟁, 고귀함에 대한 토론! 죽음과 삶, 병과 건강, 정신과 자연, 이런 것이 서로 모순되는 것일까? 그런 게 과연 문제가 되는지 묻고 싶어. 아니야, 그런 것은 문제가 되지 않고, 어느 것이 고귀한가 하는 것도 문제가 되지 않아. 죽음의 모험은 삶속에 포함되어 있고, 그러한 모험이 없으면 삶이 아닐지도 몰라. 그리고 인간의 상태가 신비스러운 공동체와 미덥지 못한 개별 존재 사이에 있듯이, 신의 아들인 인간의 본성은 그 한가운데, 모험과 이성의 한가운데에 있어. 이 돌기둥 아래서 바라보니 그런 생각이 들어. 이러한 상태에서 인간은 우아하고 정중하게, 친절하고 공손하게 자기 자신을 대해야 해. 인간만이 고귀한 존재며, 대립은 고귀한 것이 아니기 때문이지. 인간은 대립을 다스리는 주인이고, 대립이란 인간으로 말미암아 존재하는 것이므로, 인간이 대립보다 더 고귀한 거야. 인간은 죽음에 종속시키기에는 참으로 고귀한 두뇌의 자유를 가졌기 때문에 죽음보다 고귀한 존재야. 마찬가지로 인간은 삶에 종속시키기에는 참으로 고귀한 정신의 경건함을 가졌기 때문에 삶보다도 고귀하다. 이렇게 나는 하나의 시를, 인간에 관한 꿈결 같은 시를 지었다. 나는 이를 잊지 않을 것이며, 선하게 살고자 한다. 나의 생각에 대한 지배권을 죽음에 넘겨주지 않으련다! 착한 마음씨와 인간애의 본질은 이런 것에 있지, 다른 데 있지 않기 때문이다. 죽음은 하나의 위대한 힘이다. 죽음 앞에서는 우리는 모자를 벗고, 발끝으로 걸으며 살금살금 앞으로 나아간다. 죽음은 과거 위엄을 나타내는 장식 깃을 달고 있으며, 인간 자신은 죽음에 경의를 표하여 엄숙하게 검은 옷을 입는다. 이성은 죽음 앞에서는 속수무책이다. 이성이란 덕에 지나지 않지만, 죽음은 자유이자 방종한 모험이고, 무형식이자 색욕이기 때문이다. 나의 꿈에 의하면 죽음은 색욕이지 사랑은 아니다. 죽음과 사랑 — 이것은 배합이 맞지 않으며, 얼토당토않은 잘못된 운이다! 사랑은 죽음에 대립하고 있으며, 이성이 아니라 사랑만이 죽음보다 강한 것이다. 이성이 아니라 사랑만이 선한 생각을 갖게 한다. 형식도 오로지 사랑과 착한 마음씨에서 생기는 것이고, 분별력 있고 우호적인 공동체와 인간의 아름다운 나라의 형식과 예의바름은 피의 향연을 조용히 염두에 두고 있기 때문에 가능하다. 아, 이렇게 나는 선명하게 꿈을 꾸고, 멋지게 '술래잡기'를 했다! 나는 이를 잊지 않을 것이다. 마음속으로는 죽음을 성실하게 대하겠지만, 죽음과 과거의 것에 대한 성실성이 우리의 생각과 술래잡기를 지배한다면, 그 성실성은 악의와 음산한 육욕과 인간에 대한 적대감이 된다는 것을 확실히 기억해 두기로 하자. 인간은 착한 마음씨와 사랑을 위해 자신의 생각에 대한 지배권을 죽음에 넘겨주어서는 안 된다. 자, 이제 눈을 뜨기로 하자. 이것으로 나는 꿈을 끝까지 다 꾸고 목적을 달성한 셈이다. 벌써 오래전부터 나는 이 말을 찾고 있었다. 히페가 내 마음속에 나타난 장소와 발코니에서, 그 어디에서도 말이다. 눈 덮인 산 속에 들어온 것도 그 말을 찾기 위해서였다. 그렇게 하여 나는 결국 찾아내고 말았다. 내가 그것을 영원히 잊지 않도록 내 꿈이 더없이 선명하게 제시해 주었다. 그렇다, 그 말을 찾은 나는 환희에 사로잡혀 몸이 완전히 따뜻해졌다. 내 심장은 세차게 고동치고 있으며, 왜 그런지 알고 있다. 가슴이 뛰는 것은 신체의 손톱이 자란다고 하는 단순히 생리적인 이유 때문만이 아니라, 인간적인 이유, 행복한 기분 때문이다. 내 꿈의 말은 포도주나 흑맥주보다 더 달콤한 음료수다. 그 음료수는 사랑이나 생명처럼 나의 혈관을 타고 흘러 나를 잠과 꿈에서 깨어나게 한다. 잠과 꿈에 빠지면 내 젊은 목숨이 치명적으로 위험하다는 것을 물론 나도 잘 알고 있다. 아, 일어나라! 눈을 뜨라! 너의 다리와 팔이 여기 눈 속에 빠져 있다! 다리를 끌어당기고 일어나라! 자, 보렴, 날씨가 얼마나 좋은가를!'

　일어나지 못하도록 옭아매고 주저앉히려는 굴레에서 벗어나기란 대단히 힘든 일이었다. 하지만 어떻게 해서든 일어나려는 힘이 더 강했다. 한스 카스토르프는 한쪽 팔꿈치를 짚고 무릎을 용감하게 끌어당겨서는 팔꿈치에 몸을 지탱하고 힘껏 몸을 일으켰다. 그는 스키를 신은 발을 굴러 눈을 털어 내고, 팔로 갈비뼈 주위를 툭툭 쳤으며, 어깨를 흔들어 눈을 털면서 긴장하고 흥분된 눈초리로 주위를 두리번거리다가 하늘을 쳐다보았다. 머리 위에는 살포시 흘러가는 베일처럼 엷은 청회색 구름 사이로 담청색 하늘이 보였고, 가느다란 낫처럼 생긴 달이 모습을 드러냈다. 어둑어둑한 황혼녘이었다. 눈보라도 치지 않았고, 눈도 내리지 않았다. 건너편의 전나무 숲으로 덮인 절벽이 완전하고도 선명하게 평화스러운 모습을 드러내고 있었다. 절벽의 하반부는 어둑어둑했고, 상반부는 그지없이 사랑스럽게 장밋빛으로 물들어 있었다. 도대체 어찌된 일일까? 세상이 어떻게 된 것일까? 아침이란 말인가? 그리고 밤새 눈 속에 누워 있었는데도, 책에 쓰여 있듯이 얼어 죽지 않았단 말인가? 그는 상황이 어떻게 되었는지 알아보려고 마음속으로 노력하면서 발로 땅을 굴러 보고, 몸을 흔들며 두드려 보는 것을 게을리 하지 않았다. 아무 데도 마비된 곳이 없었고, 뿌드득 하며 부러지는 곳도 없었다. 귀와 손끝과 발가락은 감각이 무뎌져 있었지만, 이것도 겨울밤에 발코니에 누워 있을 때 이미 자주 겪었던 일과 별반 다르지 않았다. 시계를 꺼내 보니 아직 가고 있었다. 밤에 태엽을 감는 것을 잊어버렸을 때 가끔 그랬듯이 시계는 멈춰 있지 않았다. 아직 채 다섯 시도 되지 않았고, 다섯 시가 되려면 한참 멀었다. 다섯 시가 되려면 아직 12분에서 13분은 더 있어야 했다. 참으로 놀라운 일이 아닌가! 여기 눈 속에 누워 행복과 공포의 장면을 보고, 그토록 대담한 생각을 많이 했는데도 10분 남짓밖에 흐르지 않았다니 그럴 수 있단 말인가? 그 사이에 육각형의 괴물은 들이닥칠 때와 마찬가지로 그렇게 금방 물러갈 수 있단 말인가? 그렇다면 돌아간다는 관점에서 본다면 그는 자타가 공인할 만한 행운을 잡은 셈이었다. 그의 꿈과 공상은 그가 화들짝 놀라 벌떡 일어날 정도의 전기를 두 번이나 맞이했기 때문이다. 한 번은 너무 무서워서, 두 번째는 매우 기뻐서였다. 어쨌든 인생은 어찌할 바 모르고 헤매는 걱정거리 자식에게 호의를 품은 모양이었다.

어찌됐건 간에 때가 아침이든 오후든 그런 것은 아무래도 상관없었다(의심의 여지 없이 여전히 그날 초저녁이었다). 주변 상황이든 그의 개인적 몸 상태든 그가 집으로 돌아가는 것을 방해하는 것은 아무것도 없었다. 한스 카스토르프는 힘을 내어, 소위 일직선으로 골짜기를 향해 내려갔다. 내려가는 도중에는 남아 있던 일광으로도 충분했지만, 그가 도착했을 때는 벌써 전등의 불빛들이 반짝거리고 있었다. 목장이 있는 숲의 언저리를 따라 브레멘뷜을 내려가 도르프에 도착했을 때는 다섯 시 반이었다. 그는 스키를 가게에 맡기고, 세템브리니의 창고 같은 방에 들어가 휴식을 취하면서 자신이 눈보라에 습격당한 일을 보고했다. 인문주의자는 대경실색했다. 그는 손을 머리에 올리고 휘저으며, 그런 위험하기 짝이 없는 경거망동을 호되게 나무라고는 알코올램프에 불을 붙여 기진맥진한 청년을 위해 커피를 끓여 주었다. 진한 커피도 한스 카스토르프가 세템브리니의 방 의자에 앉은 채 그대로 잠에 곯아떨어지는 것을 막지는 못했다.

그로부터 한 시간 후에 한스 카스토르프는 베르크호프의 높은 문화적 분위기에 잠겨 있었다. 저녁 식사 때 그는 왕성한 식욕으로 엄청나게 먹어 치웠다. 그가 눈 속에서 꿈꾼 것은 어느새 희미하게 사라지기 시작했고, 그가 눈 속에서 생각한 것은 그날 밤에 벌써 무슨 뜻인지 제대로 알 수 없게 되었다.

군인으로 용감하게

요아힘이 떠난 뒤 한스 카스토르프는 사촌으로부터 계속해서 간단한 소식을 받고 있었다. 처음에는 기세등등한 좋은 소식이었다가 점차 신통치 못한 소식으로 변하더니, 결국은 무언가 슬픈 사연을 애써 얼버무리려는 소식으로 바뀌었다. 첫 엽서에서 그는 군 입대와 열광적인 의식(儀式)에 대해 신이 나서 알려 주었다. 그 의식에서 그는 한스 카스토르프에게 보내는 답장에서 밝혔듯이 청빈, 순결, 복종을 맹세했다고 한다. 그런 뒤에도 명랑한 소식이 계속 전해져 왔다. 자신이 좋아서 택한 일이기도 하고 상관들에게도 호감을 얻어 순조롭게 술술 풀려 가는 요아힘의 인생 행로가 희망과 기대에 차 보고되었다. 요아힘은 전에 2, 3학기 대학을 다녔기 때문에 사관학교에 다니지 않아도 되었고, 사관후보생 생활도 면제되었다. 새해에는 하사관으로 진급하여, 수장이 부착된 제복을 입은 사진을 보내 왔다. 엄격하고 빈틈이 없으면서도, 까탈스럽고도 유머러스하게 인간미를 살리고 있는 계급 제도의 정신에 편입되었다는 감격이 짧은 편지의 곳곳에 잘 드러나 있었다. 거칠고 광포한 군인인 그의 상사가 그에게 보이는 낭만적이고 복잡한 태도도 전해 주었다. 그는 요아힘이 지금은 비록 미숙한 부하지만 내일에는 어엿한 상관이 될 것이며, 지금도 이미 장교 클럽에 드나든다는 것을 알고 있었다. 참으로 우스꽝스럽고도 별세계 같은 이야기였다. 그리고 장교 임관 시험을 치른다는 소식을 전하더니, 4월 초에 요아힘은 소위가 되었다.

겉으로 보기에 그보다 더 행복한 사람은 없을 것 같았다. 본성과 소망이 그보다 더 군대라는 생활 방식에 잘 맞는 사람은 없었을 테니까. 그는 소위가 되어 처음으로 보무당당하게 의사당 앞을 지나갈 때, 부동자세로 자신에게 경례를 붙이는 보초에게 좀 떨어진 곳에서 고개를 끄덕이며 신호를 보낸 것에 대해 부끄러워하면서도 감격스러운 심정으로 알려 왔다. 근무상의 사소한 불만이나 만족, 멋지고도 훌륭한 전우애, 자신의 당번병의 교활한 성실성, 훈련과 학과 시간에 벌어지는 우스꽝스러운 사건들, 사열과 회식에 관해서도 소식을 보내 왔다. 또한 초대, 만찬, 무도회 같은 사교적인 일에 대해서도 가끔씩 소식을 전해 주었지만, 자신의 건강 상태에 관해서는 일언반구도 없었다.

여름이 다가올 때까지 건강 상태에 대해서는 한 번도 언급이 없다가, 자신이 침대에 누워 있으며 유감스럽게도 병가(病暇)를 내야 했다는 소식을 전해 왔다. 카타르성 감기열이라 며칠 있으면 회복될 거라는 내용이었다. 그러다가 6월 초에 그는 다시 근무를 했지만, 그 달 중순에 '몸이 축 늘어졌다' 면서 자신의 '불운'에 대해 비통한 심정으로 탄식했다. 그리고 자신이 마음으로부터 고대해 마지않는 8월 초의 기동 대훈련에도 참가하지 못할 것 같다는 불안한 심정을 토로했다. 그러나 이것은 쓸데없는 걱정이었다. 7

월에 그는 몇 주 동인 매우 건강한 상태로 보냈다. 그러나 얼마 안 있어 진찰이라는 말을 언뜻 비추기 시작했다. 망할 놈의 체온이 하도 변화가 심해서 진찰을 받지 않을 수 없었고, 향후의 모든 일이 그 진찰 결과에 좌우될 거라고 했다. 그러고 나서 한스 카스토르프는 이 결과에 대해서 오랫동안 아무런 연락도 받지 못했다. 그러다가 그에게 정작 편지를 쓴 사람은 요아힘 자신이 아니었다. 그가 편지를 쓸 상황이 아니었는지, 또는 그러기가 부끄러워서였는지는 몰라도 그의 어머니 침센 부인이 전보로 알려 왔던 것이다. 의사의 소견에 따르면 요아힘이 몇 주 동안 휴가를 얻는 것이 불가피하다는 내용이었다. '알프스의 고산 지대로 즉각 요양을 떠나라고 함. 방 두 개 예약 바람. 반신료(返信料) 선불함. 발신인 루이제 이모.'

한스 카스토르프가 발코니에 누워 전보를 대충 훑어본 뒤 읽고 또 읽은 때는 7월 말이었다. "그래, 그래, 그럼 그렇지! 그것 봐, 그것 봐, 그것 보라지!" 그는 머리뿐만 아니라 온몸을 가볍게 끄덕이며 이빨 사이로 이렇게 말했다. '요아힘이 다시 돌아오는구나!' 갑자기 그는 기쁨을 주체할 수 없었지만 곧 다시 냉정을 되찾고 이렇게 생각했다. '음, 음, 이건 중대 뉴스야. 어처구니없는 일이라고 말할 수도 있겠어. 빌어먹을, 떠난 지 얼마나 되었다고 벌써 고향으로 돌아온단 말인가! 어머니와 함께 온다니 (그는 '루이제 이모'라고 하지 않고, '어머니'라고 했다. 일가친척에 대한 그의 감정은 어느새 타인에 대한 감정만큼이나 엷어져 있었다) 이거 보통 문제가 아닌데. 그것도 착한 사촌이 그토록 학수고대한 기동 훈련을 바로 앞두고 말이야. 음, 음, 정말 기분 잡치는 일인데, 말도 안 되고, 반이상주의적인 작태야. 육체가 승리를 구가하고, 영혼이 하고자 하는 일과는 다른 일을 꾀하려고 하면서, 자신의 생각을 밀고 나가려고 해. 육체가 영혼에 종속되어 있다고 가르치는 이상주의자들의 코를 납작하게 만들려고 말이야. 그들은 자신이 하는 말의 뜻도 모르는 것 같아. 이들의 견해가 옳다면 사촌의 경우 영혼이 미심쩍은 것이 되기 때문이야. 이해가 빠른 사람에게는 그것으로 족해. 나는 내가 하는 말을 알고 있어. 내가 제기하는 문제는 사실 영혼과 육체를 대립시키는 게 얼마나 잘못된 일인가 하는 점이고, 오히려 양자가 서로 결탁하여 미리 짜고 시합을 벌이고 있다는 점이야. 다행히도 이상주의자들은 이러한 점을 잘 모르는 것 같아. 착한 요아힘, 누가 너와 너의 지나친 열의를 모욕할 수 있단 말인가! 너의 의도는 성실해. 하지만 이제 육체와 영혼이 결탁하고 있다면 성실성이란 대체 무엇인가를 내가 묻는 거야. 슈퇴어 부인의 식탁에서 너를 기다리고 있는 상큼한 향내, 풍만한 가슴 그리고 이유 없이 헤실헤실 웃는 웃음을 잊을 수 없었다는 게 어쩌면 사실이 아닐까? 요아힘이 다시 돌아오는구나!' 그는 요사이 이런 생각을 하며 기뻐서 가슴이 죄어드는 것 같았다. '그가 나쁜 상태로 돌아오는 것이 분명해. 하지만 우리는 또다시 둘이 같이 지내게 되는 것이다. 나는 이 위에서 더는 혼자 힘으로 살지 않아도 된다. 그건 잘된 일이야. 모든 게 옛날과 똑같지는 않을 것이다. 그의 방은 맥도날드 부인이 쓰고 있다. 거기서 그녀는 소리 없이 기침하면서, 물론 어린 아들의 사진을 자기 옆의 책상에 두거나 손에 들고 있겠지. 하지만 그녀는 말기 단계에 있어, 그 방이 아직 예약되어 있지 않다면, 그렇다면…… 당분간은 다른 방을 쓰면 되겠지. 내가 알기로는 28호실이 비어 있어. 당장 관리실에, 특히 베렌스한테 가 봐야겠어. 이것은 뉴스 거리다. 어떤 의미에서는 슬픈 뉴스고, 다른 의미에서는 기쁜 뉴스지만, 좌우간 중대 뉴스임이 분명해! 우선 동지를 기다리기로 하자. 이제 세 시 반이니까 곧 오겠구나. 크로코프스키가 이 경우에도 계속 육체적인 것을 부차적인 것으로 볼 것인지 묻고 싶어.'

차 마시는 시간이 되기 전에 그는 관리실로 갔다. 그가 점찍어 둔, 그와 같은 복도에 위치한 방을 사용할 수 있게 되었다. 침센 부인이 묵을 방도 마련될 것이다. 그는 서둘러 베렌스한테 갔다. 베렌스는 '실험실'에서 한 손에는 시가를, 다른 손에는 뿌연 액체가 든 시험관을 들고 있었다.

"고문관님, 알고 계십니까?" 한스 카스토르프는 이렇게 말을 꺼냈다.

"알고 있습니다, 골치 아픈 일이 그치지 않는군요." 기흉의 명의가 대답했다. "이건 우트레히트 출신의 로젠하임의 담입니다." 그는 이렇게 말하며 시가로 시험관을 가리켰다. "가프키 번호 10입니다. 그런데 공장장인 슈미츠가 와서 고함을 지르며 불평을 늘어놓습니다. 가프키 번호 10이 산책길에서 침을 뱉었다고 말입니다. 그러면서 나더러 그를 야단쳐 달라는 겁니다. 하지만 내가 야단치면 그는 화를 낼 겁니다. 그는 무척 예민한 사람이라 흥분을 잘하고, 가족과 함께 방을 세 개나 쓰고 있으니까요. 나는 그를 혼내 나가게 할 수 없어요. 이사회와 맞붙게 될 테니까요. 아무리 조용하고 의연하게 내 길을 가려고 해도 당장 무슨 분쟁에 말려들지 모릅니다."

"어리석은 이야기입니다." 한스 카스토르프는 사정을 잘 아는 고참 환자다운 통찰력을 가지고 말했다. "나는 두 사람을 알고 있습니다. 슈미츠는 아주 꼼꼼하고 근면한 반면, 로젠하임은 상당히 칠칠찮아요. 아마 그런 위생상의 알력 말고도 다른 요인이 있을 거라고 생각됩니다. 두 사람은 클레펠트 식탁의 바르셀로나에서 온 페레즈 부인과 친하게 지내는데, 아마 거기에 이유가 있을 겁니다. 나 같으면 침을 뱉지 말라는 일반적인 주의 사항을 다시 주지시키고, 그냥 못 본 체하도록 하겠습니다."

"물론 눈을 감고 있습니다. 하도 질끈 감아서 눈꺼풀이 경련을 일으킬 정도입니다. 그런데 이곳에는 무슨 일로 오셨나요?"

그래서 한스 카스토르프는 슬프고도 기쁜 뉴스를 털어놓았다.

고문관은 놀라지 않았다. 그는 조금도 놀라지 않았다. 특히 그가 물어 보기도 하고, 물어 보지 않았어도 한스 카스토르프가 요아힘의 용태에 대해 대강 보고하여, 5월에 이미 사촌이 병상에 눕게 되었다는 것을 암시했기 때문에 그는 놀라지 않았던 것이다.

"아하, 역시 그렇군요. 내가 뭐라 그랬습니까? 내가 그와 당신에게 열 번, 아니 단어 그대로 백 번도 말하지 않았습니까? 그러다가 결국 이렇게 되고 말았습니다. 9개월간 그는 자기 뜻대로 천국을 가졌습니다. 하지만 병독이 완전히 없어지지 않은 천국에는 축복이 있을 리 없습니다. 그 탈주병은 나이 든 베렌스의 말을 들으려 하지 않았어요. 언제나 베렌스의 말을 들어야지, 그렇지 않으면 심지를 잘못 뽑은 후에야 때늦게 깨닫게 되지요. 이제 그는 소위가 되었지요. 물론 잘된 일입니다. 그래서 무엇을 얻었습니까? 신은 인간의 마음을 보지, 지위나 신분을 보지 않습니다. 신 앞에서는 장군이든 사병이든 우리는 벌거숭이 모습 그대로입니다." 베렌스는 실없는 말을 끝없이 늘어놓았고, 손가락 사이에 시가를 쥔 거대한 손으로 두 눈을 비비더니, 오늘은 이것으로 그만 폐를 끼치겠다고 말했다. 요아힘의 방은 잘 마련해 두겠다고, 그가 도착하면 지체 없이 침대에 누울 수 있도록 하겠다고 했다. 베렌스 자신은 아무런 유감이 없으며, 아버지의 심정으로 두 팔을 벌려 탈영병에게 송아지라도 잡아 주고 싶은 마음이라고 했다.

한스 카스토르프는 전보를 쳤다. 그는 만나는 사람마다 자신의 사촌이 다시 돌아온다고 이야기했다. 요아힘을 아는 사람들은 누구나 진심으로 슬퍼하면서도 기뻐했다. 요아힘의 의젓하고 기사다운 인품에 다들 끌렸기 때문이다. 입 밖에 내서 말하지는 않았지만 이 위의 사람들 중에서 그가 가장 좋은 사람이었다는 판단과 느낌이 중론이었다. 우리가 누구를 개인적으로 딱히 염두에 둔 것은 아니지만, 요아힘이 군인 생활에서 수평 생활로 되돌아오지 않을 수 없고, 인품이 의젓한 그가 이 위에서 다시 우리의 일원이 될 거라는 사실에 모종의 만족을 느낀 사람이 있으리라 생각한다. 잘 알다시피 슈퇴어 부인은 즉각 자신의 소감을 피력했다. 그녀는 요아힘이 평지로 출발할 때 야비하게 의혹을 표시한 것이 입증되었다고 생각하며, 거리낌없이 자화자찬했다. "이상했어요, 이상했어요." 그녀는 이렇게 말했다. 그녀는 당시에 그 일을 이상하다고 생각했으며, 요아힘 청년이 고집을 부려 일을 더욱 이상하게 만들지 않기를 바랄 뿐이라고 했다. ("더욱 이상하게"라는 말을 그녀는 말할 수 없이 저속하게 말했다.) 그렇게 될라치면 자기처럼 이 위에 얌전하게 남아 있는 게 훨씬 현명하다는 것이다. 말하자면 칸슈타트에 남편과 두 자식이 있는 그녀로서는 평지에 대한 관심을 끊고 자신을 다스리고 있다는 것이다. 그는 요아힘이나 침센 부인으로부터 아무런 답장도 받지 못했다. 한스 카스토르프는 이들이 도착하는 날도 시간도 까맣게 모르고 있었다. 그래서 그는 정거장에 마중 나가지 않았는데 전보를 보낸 지 사흘 후에 이들이 느닷없이 모습을 나타냈다. 요아힘 소위는 흥분하여 웃으며 사촌의 침상으로 다가왔다.

저녁의 안정 요양이 시작된 뒤였다. 이들은 한스 카스토르프가 몇 년 전에 이 위에 왔을 때 타고 온 것과 같은 열차로 도착했다. 이 몇 년은 짧지도 길지도 않은 시간이며, 그 동안 온갖 체험을 다 했지만 영(零)이나 무(無)와 같아서 시간이 아니라고 할 수 있었다. 계절도 여름이고, 날도 심지어 똑같은 8월 어느 날이었다. 아까 말했듯이 요아힘은 즐거운 마음으로 다가왔다. 그렇다, 지금 이 순간은 의심의 여지 없이 즐거운 마음으로 흥분해서 한스 카스토르프의 방에 들어와, 아니 빠른 걸음으로 방을 통과해 발코니로 나와 웃으면서 인사했다. 가쁜 숨을 몰아쉬면서 목소리를 낮춰 띄엄띄엄 인사했다. 그는 여러 군주들이 다스리는 나라를 통과해 먼 여행을 했다. 바다 같은 호수를 건너고, 험하고 좁은 길을 한없이 올라와 마지 이 위에 쭉 있었던 것처럼 눈앞에 나타나서는 수평 자세에서 놀라 반쯤 몸을 일으킨 사촌한테서 "어이, 이게 누구야?" 하는 인사를 받았던 것이다. 야외 생활을 한 덕분인지, 또는 여행으로 얼굴이 상기되어서 그런지는 몰라도 그의 피부색은 생기가 넘쳐 보였다. 그는 어머니가 몸치장을 하는 동안 자신의 방에 들어가지 않고 이제 다시 현실이 된 지난날의 동료에게 인사하기 위해 34호실로 직행했던 것이다. 10분 후에 물론 식당에서 저녁을 먹을 예정이었다. 한스 카스토르프는 무언가를 함께 먹거나 와인 한 모금을 마실지도 모른다. 요아힘은 옛날 한스 카스토르프가 이 위에 도착한 날 저녁에 그랬듯이 이번에는 그와 사정이 뒤바뀌어 28호실로 건너갔다. 요아힘은 열에 들떠 지껄이면서 번쩍거리는 세면대에 손을 씻었는데, 한스 카스토르프는 그런 그를 물끄러미 지켜보았다. 아닌 게 아니라 그는 사촌이 신사복을 입고 있는 것에 놀라기도 하고 다소 실망하기도 했다. 어디에도 그가 군인이라는 면모가 보이지 않았던 것이다. 한스 카스토르프는 언제나 군복을 입은 장교 모습의 사촌을 상상했는데, 그가 이제 남들과 다르지 않게 회색 신사복을 입고 서 있다. 이 말을 들은 요아힘은 웃으면서 그건 순진한 생각이라고 말했다. 천만의 말씀, 군복은 집에 고이 모셔 두었다고 한다. 아무 데나 군복을 입고 다니는 게 아니라는 걸 알아야지. "아, 그렇구나. 설명 고마워." 한스 카스토르프는 군대식 말투로 대꾸했다. 하지만 자신의 설명에 귀에 거슬리는 구석이 있다는 것을 모르는 듯한 요아힘은 베르크호프의 모든 사람들과 상황에 대해 건방을 떨지 않았을 뿐만 아니라 마치 고향에 돌아온 사람마냥 자못 감격한 어조로 이것저것 물어보았다. 조금 후 침센 부인이 연결 문을 통해 나타나서는, 이럴 때 흔히 사람들이 그러는 것처럼 이곳에서 만난 것에 대해 기쁜 듯이 놀라는 표정으로 조카와 인사를 나누었다. 여행으로 인한 긴장과 가슴에 담고 있는 요아힘에 대한 걱정 때문에 그녀의 목소리는 우울하게 착 가라앉아 있었다. 세 사람은 저녁을 먹으러 승강기를 타고 내려갔다.

　루이제 침센은 요아힘처럼 검고 아름답고 부드러운 눈을 지니고 있었다. 이미 희끗희끗한 검은 머리칼은 망사 그물로 단정하게 감싸고 있었는데, 이는 사려 깊고 상냥하고 신중하며, 부드럽고 차분한 그녀의 본성과 잘 부합되었다. 이러한 본성은 소탈한 정신이 가미되어 그녀에게 기분 좋은 위엄을 부여해 주었다. 이는 분명한 사실이었고, 그녀는 요아힘의 기분이 들떠 있는 것, 숨을 몰아쉬는 것, 집에서와 여행 중에 보이던 모습과 확실히 모순되며 사실 그가 처한 상황에도 어울리지 않는 태도를 이해할 수 없었으며, 어느 정도는 그녀가 이를 언짢게 생각하는 것에 대해서도 한스 카스토르프는 하등 이상하게 생각하지 않았다. 그녀가 볼 때 이 위에 오는 것은 슬픈 일이며, 그러니까 그에 맞게 처신해야 한다고 생각했다. 이 위의 비할 데 없이 가볍고 공허하며 얼굴을 상기시키는 공기를 다시 들이마시게 되자 고향에 돌아왔다고 생각한 요아힘은 마구 들떠 얼큰히 취한 가운데 모든 우울한 기분을 말끔히 날려 보냈다. 그러나 그녀는 이러한 것을 받아들일 수 없었고, 도저히 납득이 되지 않았다. '나의 불쌍한 자식'이라고 그

너는 생각했다. 그러면서 부인은 불쌍한 자식이 사촌과 아무렇지도 않은 듯 즐겁게 대화를 나누고, 온갖 추억을 하나하나 되새기고, 수많은 질문을 하고 대답을 하면서 웃느라 의자에서 몸을 뒤로 젖히는 모습을 지켜보았다. 그래서 부인은 "아니, 애들아!" 하고 말하지 않을 수 없었다. 그러다가 그녀가 마침내 한 말은 기쁘게 들려야 할 텐데 다소 어이없다는 듯 나지막한 질책으로 들렸다. "애야, 너의 그런 모습을 본 것은 정말 오래간만이구나. 네가 소위로 진급하던 날처럼 다시 기운을 찾기 위해서는 역시 이곳으로 올라와야 했구나." 이 말은 물론 들뜬 요아힘에게 찬물을 끼얹은 격이 되었다. 요아힘의 기분이 급변했고, 그는 이성을 되찾았으며, 입을 꾹 다물고 말았다. 식탁에 크림을 얹은 맛있는 초콜릿 수플레가 나왔는데도 입에 대려고 하지 않았다(한스 카스토르프는 엄청 푸짐한 저녁 식사를 마친 후 겨우 한 시간밖에 안 되었는데도 할 수 없이 사촌 대신에 케이크를 먹었다). 그러다가 급기야는 눈에 눈물이 고인 때문인지 더는 고개를 들려고 하지 않았다.

침센 부인이 그런 뜻으로 한 말은 분명 아니었다. 사실 그녀는 이곳이 요양원임을 고려하여 좀 진지한 태도를 갖기를 바랐는데, 이곳에서는 어중간하고 적당한 태도란 없고, 양극단 사이에서 선택을 해야 할 뿐이라는 사실을 모르고 있었던 것이다. 부인은 아들의 풀죽은 모습을 보고 눈물이 왈칵 쏟아지려 했고, 아들의 울적한 기분을 풀어 주려고 노력하는 조카가 고맙게 생각되었다. "그래, 개인 신상에 관해 말하면 여러 모로 변하고 새로워졌어. 반면에 네가 없는 동안 떠났던 사람이 돌아와 예전처럼 되었어. 예를 들면 왕고모가 동반자와 함께 진작에 돌아왔어. 그들은 예전처럼 슈퇴어 부인의 식탁에 앉지. 마루샤는 여전히 잘 웃어."

요아힘은 아무 말이 없었고, 반면에 침센 부인은 이 말에 어떤 사람을 만난 게 생각나서, 그때 부탁받은 전갈을 잊기 전에 알려야겠다고 생각했다. 이들은 혼자 여행 중인 눈썹의 균형이 아주 잘 잡혀 있어 꽤 호감이 가는 어떤 부인을 만났다. 이들이 이틀 밤을 기차에서 보내는 사이 뮌헨에서 그녀가 요아힘의 식탁으로 다가와 인사를 나누었다. "전에 같이 지낸 환자인 모양이던데, 요아힘, 네가 좀 말해 주렴."

"쇼샤 부인이야." 요아힘이 조용하게 말했다. 그녀는 현재 아는 이의 요양지에 머무르고 있는데, 가을에 스페인으로 갈 거라고 했다. 그랬다가 겨울에 다시 이곳으로 온다는 것이다. 그녀가 안부를 전하더라고 했다.

한스 카스토르프는 이제 철부지 어린이가 아니었기 때문에, 얼굴을 창백하게 하거나 붉게 하는 맥관 신경을 제어하는 능력을 갖추고 있었다. 그는 이렇게 말했다.

"아, 그녀 말인가? 그것 보라지, 그럼 다시 코카서스 산맥 저쪽에서 이쪽으로 건너온 셈이군. 그런데 스페인으로 갈 거라고?"

그 부인은 피레네 산맥의 어떤 지명을 말했다고 한다. "예쁘고 매력적인 여자더구나. 목소리도 듣기 좋고 동작도 우아하고. 하지만 행실이 자유분방하고 단정치 못해 보였어." 침센 부인이 말했다. "우리한테 옛날 친구처럼 말하고 묻고 이야기하더구나. 요아힘의 말을 들어 보니 그리 친한 사이도 아니라던데. 참 이상한 여자도 다 있지."

"그것이 병에 걸린 동방 사람의 특징입니다." 한스 카스토르프
가 대꾸했다. "인문주의적 교양이라는 척도로 그녀를 평가해서는
안 됩니다. 나는 지금 쇼샤 부인이 스페인으로 갈 거라는 사실에
대해 곰곰 생각하고 있습니다. 음, 스페인 역시 다른 한편으로 인
문주의적 중용과는 거리가 먼 나라거든요. 부드러운 쪽이 아니라
딱딱한 쪽이지요. 그건 무형식이 아니라 과잉 형식, 형식으로서의
죽음이니까요. 말하자면 죽음에 의한 분해가 아니라, 죽음의 엄격
성, 검은 옷, 고귀함, 피비린내 나는 종교 재판, 풀 먹인 목 칼라,
로욜라*, 에스코리알 궁전입니다. 스페인이 쇼샤 부인의 마음에
든다는 사실이 흥미롭습니다. 스페인에서는 문을 쾅 하고 닫지 못
할 것이고, 어쩌면 두 개의 비인문주의적 진영이 어느 정도 조정
이 되어 인간적인 면모를 지니게 될지도 모릅니다. 하지만 동양인
이 스페인으로 가면 무언가 악의적이고 위협적인 일이 벌어질지
도 모릅니다."

아니, 그는 얼굴이 붉어지거나 창백해지지는 않았지만, 생각지
도 않게 쇼샤 부인의 소식을 듣고 흥분해서 되는 대로 마구 말을
쏟아 냈다. 물론 이 말을 듣고 있는 사람들은 놀라 잠자코 있을 뿐
아무런 대답도 할 수 없었다. 요아힘은 그리 놀라지 않았다. 그는
예전부터 이 위에서 사촌의 두뇌가 명석한 것을 알고 있었기 때문
이다. 하지만 침센 부인은 당혹한 표정을 숨기지 못했다. 부인은
한스 카스토르프가 대단히 실례되는 말을 했다는 반응을 보였다.
그리고 한동안 어색한 침묵이 흐른 후 그녀는 요령 있게 얼버무리

는 말을 하면서 자리에서 일어섰다. 다들 자기 방으로 돌아가기 전에 한스 카스토르프는 고문관이 내일 요아힘을 진찰하러 갈 때까지 침대에 누워 있으라고 한 지시 사항을 사촌에게 전달했다. 앞으로의 일은 그때 가서 결정할 거라고 했다. 그리고 세 친척은 상쾌한 고산 지대의 여름밤에 방문을 열어 놓고 각자 자리에 누워 나름대로의 생각에 빠져들었다. 한스 카스토르프는 6개월 이내에 쇼샤 부인이 이곳으로 되돌아올 거라는 생각을 주로 했다.

이리하여 불쌍한 요아힘은 병후 요양을 권고 받고 다시 고향으로 돌아오게 되었다. 병후 요양이라는 말은 사실 평지에서 쓰는 표현이었지만, 이 위에서도 그런 말을 사용하고 있었다. 베렌스 고문관 자신도 요아힘에게 일단 4주간의 침상 생활을 부과하면서 이러한 표현을 사용했다. 심하게 악화된 부위를 치료하고, 새로운 환경에 적응하며, 당분간 체온 상태를 조절하는 데 그 정도의 시간이 걸린다는 것이다. 그는 병후 요양 기간을 확정하는 것은 교묘하게 피해 갔다. 분별력 있고 눈치가 빠르며, 전혀 다혈질이 아닌 침센 부인은 아들의 침상에서 떨어진 곳에서, 가을이 되면, 가령 10월이 되면 퇴원할 수 있겠느냐고 타진해 보았다. 그러자 베렌스 고문관은 그때가 되면 지금보다는 그럭저럭 더 낫지 않겠느냐고 얼버무리며 대답했다. 게다가 그는 부인의 마음에 쏙 들었다. 그는 충혈 되고 눈물이 괸 눈으로 부인을 진실하게 쳐다보면서 기사답게 '마님' 이라고 불렀다. 그러면서 그는 대학생 조합원 같은 투로 말해서 슬픔에 잠긴 부인을 웃지 않을 수 없게 했다. "저애를 안심하고 맡기고 갈 수 있겠어요." 그녀는 이렇게 말하고, 이곳에 도착한 지 일주일 후에 함부르크로 돌아갔다. 옆에 꼭 붙어서 간호할 필요도 없고, 그렇지 않아도 사촌이 옆에 있었기 때문이다.

"그러니까, 정말 잘되었어, 가을까지라니." 한스 카스토르프는 28호실의 사촌 침대 옆에 앉아서 이렇게 말했다. "노인이 어느 정도는 자기 말에 책임져야 할 테니 말이야. 그 말을 믿고 기다리면 되겠어. 10월은 그런 달이구나. 어떤 사람은 스페인으로 갈 거고, 너도 너의 본분을 다하기 위해 군기 아래로 되돌아가겠지."

요아힘을 위로하는 것, 말하자면 8월에 시작되는 도상 훈련에 참석하지 못하게 된 그를 위로하는 것이 한스 카스토르프의 하루 일과였다. 그는 이런 상황을 견딜 수 없어, 무기력하게 최종 순간에 그만 쓰러진 것에 대해 안타깝게도 거의 자기혐오의 말까지 내뱉었다.

"육체의 반항이라는 거야." 한스 카스토르프는 라틴어로 말했다. "어쩔 수 없는 일이잖아? 아무리 용감한 장교라 해도 어쩔 수 없는 일이잖아. 심지어 성 안토니우스조차도 그런 일에 대해 노래를 부르다시피 했지. 말인즉, 기동 연습은 매년 있는 거야. 그리고 너도 이곳 시간을 잘 알잖아! 그건 시간이라고 할 수 없는 거지. 이곳을 떠난 지 그리 오래되지 않았으니까 금방 이곳의 템포에 맞출 수 있을 거야. 그리고 눈 깜짝할 사이에 너의 병후 요양이 끝날 거야."

어쨌든 요아힘이 평지 생활을 통해 경험한 시간 감각을 쇄신하는 것은 그리 간단한 일이 아니라서 그는 4주간이라는 시간에 대해 두려워하지 않을 수 없었다. 그래서 주위 사람들이 그가 4주간을 보내는 것을 여러 모로 도와주었다. 누구나 다들 요아힘의 단정한 본성에 호감을 느껴 가까이서나 멀리서 그를 찾아왔다. 먼저 세템브리니가 요아힘을 찾아와 관심과 친절을 보였다. 전에 이미 '소위님'이라고 불렀기 때문에, 이번에는 '대위님'이라고 불렀다. 나프타도 찾아와 주었고, 옛날부터 알고 지낸 요양원의 환자들도 요양 근무가 없는 빈 시간을 이용해 하나둘 나타나 그의 침대 옆에 앉아서는 잠깐 병후 요양을 한다는 말과 그의 불운에 관해 들었다. 여자로는 슈퇴어, 레비, 일티스 그리고 클레펠트, 남자로는 페르게와 베잘 등이 그를 찾아왔다. 몇몇 사람들은 심지어 그에게 꽃을 사들고 오기도 했다. 4주가 지나 돌아다닐 수 있을 정도로 열이 내려가 그는 침대에서 벗어났다. 그리고 그는 식당에서 사촌과 양조업자 마그누스 부인 사이, 마그누스 씨 맞은편에 앉게 되었다. 이 구석 자리는 전에 야메스 삼촌과 침센 부인도 며칠 앉았던 자리였다.

이리하여 두 청년은 예전처럼 다시 서로 이웃하여 지내게 되었다. 말하자면 맥도날드 부인이 아들의 사진을 손에 꼭 거머쥐고 마지막 숨을 거두었기 때문에, 옛날 모습을 완전히 재현하려는 듯 요아힘은 원래 자신의 방, 물론 H_2CO로 철저히 소독한 한스 카스토르프의 옆방으로 다시 오게 되었다. 엄밀히 말하면 기분상으로는 요아힘이 한스 카스토르프의 옆방에서 지내게 된 것이지, 이젠 그 반대가 아니었다. 이번에는 한스 카스토르프가 이곳의 붙박이 환자이며, 요아힘은 잠시 이곳을 방문하여 그와 같은 생활을 하는 것이다. 중추신경계의 어떤 부위가 정상 상태를 유지하지 않아서, 피부가 열을 발산해 체온 조절을 방해했지만 요아힘은 10월이라는 기한을 한사코 잊으려고 하지 않았다.

사촌들은 세템브리니와 나프타를 방문했고, 이 두 논쟁 상대와의 산책도 재개했다. 그리고 이 산책에는 페르게와 베잘도 가끔 동행했기 때문에 산책 인원은 도합 여섯 명이 되었는데, 이 정신적인 맞수들은 그칠 줄 모르고 토론을 계속했다. 이들은 몇 사람의 청중 앞에서 날이면 날마다 토론을 벌였는데, 우리가 만약 그러한 토론을 어느 정도 완전하게 소개하려고 한다면 절망적일 정도로 무한한 세계에 빠져 버릴지도 모른다. 한스 카스토르프는 자신의 불쌍한 영혼이 이들의 변증법적 토론의 주 대상이라고 생각했다. 그는 세템브리니가 프리메이슨 회원이라는 사실을 나프타에게서 들어 알고 있었다. 이러한 사실은 나프타가 예수회 회원이고 그 수도회의 지원을 받는다는 말을 그 이탈리아인에게서 들었을 때 못지않은 충격을 주었다. 그러한 프리메이슨이 아직도 정말 존재한다는 말을 듣고 그는 다시 뭔가에 홀린 듯한 기분이었다. 그리하여 얼마 안 있으면 창립 200주년이 되는 이 희한한 조직의 기원과 본질이 무엇인지를 테러리스트에게서 알아내려고 열심히 노력했다. 세템브리니가 나프타의 정신적 본질에 대해 격앙하여 그의 등 뒤에서 경고의 어조로, 무언가 악마적인 것으로 말한 반면, 나프타는 세템브리니의 등 뒤에서 그가 대변하는 세계를 거리낌없이 웃음거리로 삼았다. 그러면서 나프타는 그 세계가 무언가 구식이고 시대에 뒤떨어졌으며, 과거의 시민적 계몽주의와 자유사상을 대변한다는 것을 한스 카스토르프에게 납득시키려고 했다. 그것이 이제 망령이자 혼백에 불과한데도 오늘날에도 혁명적 열기에 가득 차 있는 양 우스꽝스러운 자기기만에 빠져 있다는 것이다. 나프타는 이렇게 말했다. "무슨 말인고 하니 그의 할아버지가 카르보나리, 즉 독일어로 말하면 숯 굽는 당원이었습니다. 그는 자신의 할아버지에게서 이성, 자유, 인류의 진보, 그리고 의(擬)고전주의적이고 부르주아적인 도덕 이데올로기라는 온갖 잡동사니 같은 숯 굽는 당원의 신념을 물려받았습니다. 이것 보십시오, 세계를 혼란스럽게 하는 것은 정신의 민첩성과 물질의 서투름, 더딤, 타성 및 관성력 사이에 존재하는 불균형입니다. 이러한 불균형만으로도 정신이 현실적인 것에 관심이 없음을 당연하다고 인정하지 않을 수 없습니다. 현실에서 혁명을 일으키는 발효 물질이 정신에 벌써 오래전에 구토증을 일으키게 했다는 사실이 정설이 되었기 때문입니다. 사실 살아 있어 역겨움을 느끼는 정신에게 죽어 있는 정신은 생명이기를 아예 포기해 버린 현무암이나 다름없습니다. 현무암보다 못한 존재는 정신이 이미 오래전에 졸업해 버린 현실의 잔재인 것입니다. 정신은 거기에다 현실적이라는 개념을 결부시키기조차 거부하고 있습니다. 그러나 그것은 멍청하고 무감각하게 계속 존재하여, 굼뜨고 죽은 상태를 유지하면서 안타깝게도 자신의 진부함을 느끼지 못하는 웃지 못할 결과를 초래하고 있습니다. 나는 일반적인 이야기를 하고 있습니다만, 나는 당신이 이 말을 저 인문주의적인 자유사상가에게 적용할 걸로 생각합니다. 통치와 권위에 맞서 아직도 영웅적인 저항을 하고 있다고 자처하는 저 인문주의자에게 밀입니다. 아, 그리고 이제 그가 그것으로 자신의 삶의 진가를 입증하려고 하는 파국, 즉 그가 준비하면서 언젠가 축하하려고 꿈꾸는 때늦은 떠들썩한 승리는 무엇이란 말입니까! 그러한 것을 생각하기만 해도 살아 있는 정신은 죽고 싶을 정도로 지루할지도 모르며, 사실 그 살아 있는 정신만이 그러한 파국으로 인해 승리자이자 수익자가 될 거란 사실을 그는 모르는 모양입니다. 과거의 요소를 가장 미래적인 자신의 정신에 융합시켜 진정한 혁명을 실현하는 살아 있는 정신만이 말입니다. 그건 그렇고 당신 사촌의 건강은 어떻습니까, 한스 카스토르프 씨? 당신도 알다시피 나는 그에게 진정으로 호감을 느끼고 있습니다."

"감사합니다, 나프타 씨. 누구나 사촌에게 숨김없이 호감을 보이고 있습니다. 누가 보더라도 훌륭한 젊은이니까 말입니다. 세템브리니 씨도 요아힘의 신분에 담겨 있는 열광적인 테러리즘에는 물론 반대하겠지만, 사촌을 대단히 좋아하고 있습니다. 나는 그가 프리메이슨 회원이라고 들었습니다. 설마 그럴 줄 몰랐습니다. 정말 놀라지 않을 수 없습니다. 그를 새로운 관점에서 보지 않을 수 없게 되었고, 여러 가지 일이 확실하게 보입니다. 그도 때때로 두 발을 직각으로 벌리고 악수에 특별한 의미를 부여할까요? 나는 여태까지 그런 것을 눈치 채지 못했는데요."

"그런 어린애 같은 짓을 우리의 훌륭한 삼점파(三點派) 단원은 하지 않습니다." 나프타가 말했다. "내가 알기로는 프리메이슨의 의식(儀式)은 시대의 분별 있는 국민정신에 옹색하게 적응하고 있습니다. 단원들은 예전의 의식을 비민간인적인 속임수라고 부끄러워할지도 모르는데, 그게 틀린 생각이라고는 할 수 없습니다. 무신론적 공화주의를 비교(秘敎)처럼 떠받드는 것은 사실 조리에 맞지 않는 일이니까요. 나는 세템브리니 씨가 얼마나 끔찍한 담력 시험을 치렀는지는 잘 모르겠습니다. 두 눈을 감긴 채 복도마다 이리저리 끌려 다니다가 어두운 지하실에 한동안 갇힌 뒤, 반사광선으로 가득 찬 본부 홀에서 눈가리개를 뗐을지도 모릅니다. 또는 엄숙하게 비밀 결사 문답을 받고, 해골과 세 개의 촛불 앞에서 벌거벗은 가슴을 검으로 위협받았는지도 모릅니다. 당신은 그에게 직접 물어 보아야 알겠습니다만, 그는 당신에게 그 일을 선뜻 말하려고 하지 않을 겁니다. 의식이 좀 더 시민적으로 행해졌다 하더라도, 어쨌든 그는 침묵을 서약해야 했을 테니까요."

"서약을요? 침묵을요? 그렇다면 과연?"

"그렇습니다. 침묵과 복종을 서약했습니다."

"복종도요. 교수님, 이제 그 말을 듣고 보니, 그는 내 사촌의 직업에 열광과 테러리즘이 담겨 있다고 이러쿵저러쿵 비난할 처지가 못 되는 것 같습니다. 침묵과 복종이라니요! 세템브리니 씨 같은 자유사상가가 그런 스페인적인 인상을 주는 규약과 서약에 복종했을 줄은 꿈에도 생각 못했습니다. 그러고 보니 프리메이슨 단에 무언가 군대식이고 예수회적인 분위기가 느껴지는군요."

"그렇게 느끼는 게 당연하지요." 나프타가 대꾸했다. "당신의 마법의 지팡이가 잽싸게 움직여 광맥을 찾아낸 겁니다. 단(團)이라는 이념 자체가 벌써 절대적인 것이라는 이념과 불가분의 관계에 있으며, 거기에 깊이 뿌리박고 있습니다. 따라서 그러한 이념은 테러적이고, 즉 반자유주의적입니다. 그것은 개인의 양심의 부담을 덜어 주며, 절대 목적이라는 미명 아래 모든 수단, 피비린내나는 수단과 범죄도 정당화하고 있습니다. 예전에는 프리메이슨 단에서도 형제 관계가 상징적으로 피로 맺어졌다고 믿을 만한 근거가 있는 겁니다. 무릇 단이란 결코 명상적인 것이 될 수 없으며 언제나 본질상 절대 정신에 기반을 둔 조직인 것입니다. 한동안 프리메이슨 단에 거의 합병되었던 계명 결사의 창시자도 예전에 예수회 회원이었다는 사실을 모르시나요?"

"모르는데요, 그것도 물론 금시초문입니다."

"아담 바이스하우프트*는 자신의 인도적인 비밀 결사를 전적으로 예수회를 모범으로 하여 조직했습니다. 그 자신은 프리메이슨 단원이었고, 그 시대의 가장 명망 있는 프리메이슨 단원들은 계명 결사 단원이었습니다. 그것은 18세기 후반부의 일입니다만, 세템브리니는 당시가 프리메이슨 단의 타락의 시대라고 인정하는 것을 주저하지 않을 겁니다. 사실은 그때가 모든 비밀 결사의 전성기였고, 그 시기에 프리메이슨 단은 정말 왕성한 활동을 했습니다. 그러한 활동은 나중에 우리 같은 박애주의자들에 의해 다시 정화되었습니다. 세템브리니가 당시에 살았더라면 프리메이슨 단의 예수회적 경향과 비개화주의를 비난한 사람들 중 한 명이었을 겁니다."

"거기에는 그럴 만한 이유가 있지 않았을까요?"

"네, 그렇다고도 말할 수 있습니다. 진부한 자유사상 때문이었습니다. 그때는 우리의 신부들이 프리메이슨에 가톨릭적이고 교권적인 생활을 도입하려고 한 시대였고, 프랑스의 클레몽에서는 예수회에 속하는 프리메이슨이 성행하던 시대였습니다. 더구나 그때는 프리메이슨에 장미 십자회* 사상이 파고들던 시대였습니다. 이는 정말 이상한 단체였습니다. 이는 순전히 합리적이며, 정치적이고 사회적인 개선과 행복 증진의 목표를 지니고 동방의 비술(秘術), 인도와 아라비아의 지혜, 마적인 자연 인식과 독특한 관계를 맺고 있습니다. 당시 엄격한 계율 준수라는 의미에서 프리메이슨의 많은 지부에서 개혁과 수정이 완수되었습니다. 이러한 계율 엄수는 대단히 비합리적이고 신비적이며, 마적이고 연금술적인 의미를 지녔는데, 그 덕택으로 스코틀랜드의 프리메이슨에 계급이 생기게 되었습니다. 이것은 견습공, 직인, 장인이라는 옛날의 군대식 서열에 덧붙여진 기사 수도회의 계급입니다. 이 기사 수도회 총회장의 계급은 교권적 색채를 띠어 장미 십자회의 비술에 충만해 있었습니다. 즉 중세의 성직자 기사단, 특히 신전 기사단이 다시 부활한 셈입니다. 당신도 알다시피 이들은 예루살렘의 장로들의 면전에서 청빈, 순결, 복종을 서약했지요. 오늘날에도 프리메이슨의 고위층은 '예루살렘의 대공' 이라는 칭호를 갖고 있습니다.”

“나에게는 모든 게 처음 듣는 이야기입니다, 나프타 씨. 이제 세템브리니의 술책을 알 것 같습니다. '예루살렘의 대공' 이란 말은 괜찮아 보입니다. 당신은 기회를 보아 농담 삼아 그렇게 한번 불러 봐도 좋을 것 같습니다. 그도 근래 들어 당신에게 '천사 박사'

란 별명을 지어 주었으니까, 복수를 해야지요."

"말하자면 계율 엄수를 주장하는 신전 기사단의 계급에는 이와 유사하게 중요한 칭호들이 대단히 많이 있습니다. 완벽한 스승, 동방의 기사, 대사제장(大司祭長)이라는 칭호가 있고, 31번째 계급은 심지어 '왕처럼 신비한 고귀한 대공'이라는 칭호를 갖고 있습니다. 눈치 채셨겠지만 이러한 모든 칭호들은 동방의 비교(秘敎)와 관계가 있음을 암시합니다. 신전 기사단의 부활 자체는 다름 아닌 그러한 관계를 받아들였음을 의미하고, 사실 합리적이고 유익한 사회 개선이라는 이념 세계에 비합리적인 효소가 들어왔다는 것을 의미합니다. 이로 말미암아 프리메이슨은 새로운 매력과 광채를 띠게 되어 당시에 많은 단원을 확보했습니다. 그 세기의 이성 편중, 인도적 계몽주의와 합리주의에 싫증을 느껴, 좀 더 강력한 삶의 의미에 목말라 하던 사람들을 죄다 프리메이슨으로 끌어들였던 것입니다. 프리메이슨 단의 성공이 매우 눈부셨기 때문에 속인들은 그로 인해 남자들이 가정의 행복과 아내의 고마움을 잊어버리게 된다고 개탄했습니다."

"그렇다면, 교수님, 세템브리니 씨가 프리메이슨 단의 이러한 전성기를 떠올리고 싶어 하지 않는 게 이해가 되는걸요."

"그렇지요, 그는 자유사상, 무신론, 백과사전적 이성이 전에 교회, 가톨릭, 수도사, 중세에 품었던 그 모든 반감을 프리메이슨 단이 깡그리 뒤집어썼던 시기가 있었음을 상기하기 싫은 겁니다. 당신은 프리메이슨이 비(非)개화주의라는 비난을 받는다는 걸 들은 적이 있을 겁니다."

"왜 그럴까요? 그 이유를 좀 더 분명하게 듣고 싶은데요."

"그럼 말씀드리지요. 계율 엄수는 수도회의 전통을 심화하고 확장하는 것, 즉 수도회의 역사적 근원을 비밀스러운 세계, 소위 중세의 암흑기로 되돌리는 것과 같은 의미를 지니고 있습니다. 프리메이슨의 지부장은 신비한 자연 인식에 정통한 사람, 마적인 자연 인식의 소유자, 주로 위대한 연금술자들이 차지하고 있었습니다."

"나는 이제 연금술이란 대체 무엇인지 온 힘을 다해 생각해 보아야겠습니다. 연금술이란 말하자면 금을 만드는 것이며, 지혜의 돌이자 마시는 황금이지요."

"네, 쉽게 이야기하면 그렇습니다. 좀 더 전문적으로 이야기하면 정련, 물질의 변화와 순화이자 성체 변화*입니다. 그것도 좀 더 고귀한 상태로 승화하는 겁니다. 지혜의 돌, 유황과 수은으로 만든 양성적 산물, 양성적인 최고의 물질은 다름 아닌 승화의 원칙, 외부의 영향에 의한 향상 정련의 원칙으로, 이는 말하자면 마술적인 교육입니다."

한스 카스토르프는 아무 말이 없었다. 그는 눈을 깜박거리며 비스듬히 위를 쳐다보았다.

나프타는 말을 계속했다. "연금술적인 성체 변화의 상징은 무엇보다도 묘혈이었습니다."

"무덤 말인가요?"

"그렇습니다. 부패의 장소입니다. 묘혈은 모든 밀봉 연금술의 진수이며, 물질이 최종적으로 변화하고 정화되는 그릇이자 밀봉된 수정 증류기에 다름 아닙니다."

"밀봉 연금술이란 좋은 표현입니다, 나쁘타 씨. '밀봉적'이란 말은 언제나 내 맘에 들었습니다. 그것은 막연히 여러 가지를 연상시키는 정말 마법의 단어입니다. 죄송합니다만, 그 말을 들으면 나는 언제나 우리 함부르크의 가정부, 즉 샬렌 부인도 아니고 샬렌 양도 아닌 그냥 샬렌의 저장실 찬장에 줄지어 늘어서 있는 병조림 유리병을 생각하지 않을 수 없습니다. 밀봉된 그 유리병에는 과일이며 고기 등 온갖 식품이 들어 있었지요. 일년 내내 줄지어 서 있는 유리병들 가운데 한 뚜껑을 열어 보면 그 내용물이 세월의 흐름에도 아랑곳하지 않고 처음 그대로 신선하게 보존되어 있어서, 금방 만든 것처럼 맛있게 먹을 수 있습니다. 그것은 물론 연금술도 정화도 아닌 단순한 보존에 불과합니다만, 그 때문에 병조림이라 불리지요. 하지만 안에 든 병조림이 시간의 흐름에서 벗어나 있다는 것이 불가사의한 현상입니다. 그것은 시간의 흐름으로부터 밀봉 차단되어, 시간은 그 옆을 훌쩍 지나가 버렸지요. 그 내용물에는 시간이라는 것이 없었고, 찬장 위에서 시간의 바깥에 있었던 겁니다. 자, 그럼 병조림 유리병에 대해서는 이 정도로 해 두겠습니다. 뭐 별로 대단한 이야기가 되지 못해 죄송합니다. 아직 나에게 더 가르쳐 줄 것이 있으리라 생각되는데요."

"원한다면 얼마든지요. 견습생은 지식욕에 불타야 합니다. 우리가 이야기하는 대상인 프리메이슨의 말투를 흉내 내면 말입니다. 묘혈과 무덤은 언제나 입단식의 주된 상징이었습니다. 견습생, 즉 지식의 세계로 들어가기를 갈망하는 풋내기는 무덤의 공포에 떨면서 용감성을 입증해야 합니다. 수도회 관습에 따라 견습생은 시험 삼아 무덤 속으로 끌려 들어가, 무덤 안에 머물러 있다가 알지 못하는 단원의 손에 이끌려 밖으로 나와야 합니다. 이 때문에 초심자가 걸어가야 하는 복잡한 복도와 음산한 지하실, 그리고 계율 엄수의 본부 홀에 둘러쳐져 있는 검은 휘장, 입단 의식과 집회 의식에 아주 중요한 역할을 하는 관에 대한 예배 의식은 그러한 기능을 하는 겁니다. 비의(秘儀)와 정화의 길은 온갖 위험에 둘러싸여 있었고, 그것은 죽음의 공포와 부패의 세계를 통과하는 길이었습니다. 그리고 견습생이자 초심자, 즉 생명의 경이로움에 목말라하면서 초월적인 힘에 의해 체험 능력이 일깨워지기를 바라는 젊은이는 비밀의 그림자에 불과한 복면을 한 사람들에 의해 이끌려 가는 겁니다."

"정말 감사합니다, 나프타 교수님. 멋진 말씀입니다. 그러니까 연금술적인 밀봉 교육이라 할 수 있겠군요. 이런 이야기를 들은 것도 가히 나쁘다고는 할 수 없겠습니다."

"더군다나 그것은 궁극적인 것으로 이끌어 가고, 초감각적인 것을 절대적으로 신봉하여 이로써 목표에 도달하는 것입니다. 지부의 연금술적인 계율 엄수는 그 후 몇십 년 동안 수많은 구도자들을 이러한 목표로 이끌어 갔습니다. 내가 그 목표를 굳이 들먹일 필요는 없겠습니다. 스코틀랜드 프리메이슨의 계급이 성직 계급의 대용품에 불과하고, 프리메이슨 지도자의 연금술적인 지식이 변화라는 비의 속에서 실현된다는 것을 당신은 잘 아실 테니 말입니다. 그리고 총회 의식의 상징적인 유희를 우리의 신성한 가톨릭 교회의 전례와 건축의 상징성에서 발견할 수 있듯이, 프리메이슨 지부에서 견습생들을 비밀리에 이끌고 가는 행위를 은총 수단에서도 역시 발견할 수 있다는 겁니다."

"아, 그렇군요!"

"하나 그게 전부는 아닙니다. 아까도 잠시 암시해 드렸습니다만, 프리메이슨 제도가 수공업적으로 존경할 만한 석공 조합에서 생겨났다고 생각하는 것은 피상적인 역사 지식에 불과합니다. 적어도 계율 엄수는 그 분파에 훨씬 더 깊은 인간적인 토대를 마련해 주었습니다. 프리메이슨 집회의 비밀은 우리 가톨릭 교회의 비의와 마찬가지로 원시 인류의 제전적 비의나 성스러운 방일과 분명한 공통점이 있습니다. 내가 말하는 가톨릭 교회의 비의는 만찬과 애찬(愛餐), 육체와 피의 성찬을 염두에 두는 것이지만, 프리메이슨 집회의 비밀은……"

"잠깐만요. 잠깐 주석을 달게 해 주십시오. 내 사촌이 속해 있는 절대적인 군대 생활에도 소위 말하는 애찬이라는 게 있습니다. 그에 대해 그는 종종 나에게 편지로 알려 주었습니다. 물론 약간 취하기까지는 하지만 무척 행실 바르게 행동하며, 학생 조합의 술 모임처럼 그렇게 심하지는 않다고 합니다."

"하지만 프리메이슨 집회의 경우에는 아까 내가 당신의 주목을 끈 것처럼 묘혈과 관에 대한 예배 의식이 있습니다. 교회와 프리메이슨의 어느 경우에도 최종적이고 궁극적인 것에 대한 상징성, 광적인 원시 종교의 요소, 사멸과 생성, 죽음, 변용 및 부활을 찬미하는 심야의 방종한 제식이 중요한 문제입니다. 이시스*의 신비 의식뿐 아니라 엘레우시스*의 신비 의식도 심야에 어두운 동굴에서 행해졌다는 사실은 당신도 생각나겠지요. 그렇습니다, 프리메이슨 집회에는 이집트의 제전을 추억하는 의식이 있었고, 지금도 많이 남아 있어, 그 비밀 결사에는 엘레우시스적인 결사라고 부를 만한 것이 있었습니다. 프리메이슨 집회의 축제, 엘레우시스 신비 의식의 축제와 아프로디테적인 비밀 축제란 게 있었는데, 거기에는 마침내 여자도 한몫 끼일 수 있었습니다. 이것이 소위 장미 축제로, 프리메이슨 단복에 다는 세 송이의 푸른 장미는 이를 암시하고, 그 장미 축제는 결국 술에 취해 마구 날뛰는 소동으로 끝나는 것 같습니다."

"아니, 내가 들은 이야기는, 나프타 교수님, 모두 프리메이슨 단에 관한 것이 아닙니까? 그런데 이 모든 생각을 저 두뇌 명석한 세템브리니 씨와 결부시킨다는 것은……"

"그에게 결부시킨다는 것은 정말 부당한 일일지도 모릅니다! 그렇습니다, 세템브리니 씨는 이 모든 것에 대해 까맣게 모르고 있습니다. 내가 아까 말했다시피 프리메이슨은 결국 후일에 세템브리니와 같은 사람들에 의해 좀 더 고상한 온갖 삶의 요소들이 완전히 제거된 것입니다. 이리하여 아쉽게도 프리메이슨은 인간화되고 근대화되었던 것입니다. 프리메이슨은 그러한 오류에서 벗어나 실리, 이성 및 진보로, 제후와 사제에 대한 투쟁으로, 요컨대 사회적인 행복을 추구하는 결사로 되돌아갔습니다. 거기서는 지금 다시 자연, 도덕, 절제 및 조국을 논하게 되었고, 사업에도 관심을 기울이지 않나 생각됩니다. 한마디로 말해 그것은 클럽 형태의 부르주아적인 참상입니다."

"장미 축제가 없어져서 유감인데요. 세템브리니 씨가 진짜 그것에 대해 아무것도 모르는지 물어 볼 작정입니다."

"그는 목수가 쓰는 자처럼 정직한 기사(騎士)입니다!" 나프타가 비웃듯이 말했다. "당신은 그가 인류의 신전을 짓는 공사장에 들어가는 게 쉽지 않았다는 사실을 염두에 두셔야 합니다. 그는 돈 한 푼 없는 빈털터리이기 때문입니다. 그런데 그곳에 들어가려면 좀 더 높은 교양, 인문주의적 교양뿐만 아니라, 잘 들어 보세요, 적지 않은 가입비와 연회비를 낼 수 있기 위해 자산 계층에 속해야 합니다. 교양과 자산이 있는 자가 바로 부르주아입니다! 이 것이야말로 자유주의적 세계 공화국의 초석입니다!"

"물론입니다." 한스 카스토르프는 웃으면서 말했다. "그 초석이 이제 눈앞에 확연히 드러난 셈이군요."

"그런데 말입니다." 나프타는 잠시 쉬었다가 덧붙여 말했다. "이 남자와 그의 일을 너무 가볍게 보지 말라고 충고하고 싶습니다. 우리가 일단 이런 상황에 대해 이야기를 나누었기 때문에 주의를 기울여 달라고 부탁하고 싶습니다. 진부한 것이라 해서 아직 죄가 없는 것은 아니고, 옹색한 것이라 해서 해가 없는 것은 아닙니다. 이 사람들은 한때 독했던 자신들의 포도주에 물을 많이 탔습니다만, 프리메이슨 단의 이념 자체는 더 많은 물을 타도 될 정도로 아직 되게 독합니다. 그 이념에는 함축성 있는 비밀의 여운이 남아 있습니다. 프리메이슨 집회가 세계의 동향에 영향력을 행사하고 있고, 우리는 이 사랑스러운 세템브리니 씨를 사실 단지 일개 개인 자체로 보아서는 안 되며, 그의 배후에 도사리고 있는 권력의 동지이자 밀사라는 사실은 의심의 여지가 없습니다."

"밀사라고요?"

"그렇습니다, 말하자면 개종 운동가이자 영혼의 사냥꾼입니다."

'그럼 당신은 어떤 부류의 밀사라는 말인가?' 한스 카스토르프는 속으로 이렇게 생각하며 소리 내어 말했다.

"감사합니다, 나프타 교수님, 주의와 경고의 말씀을 해 주신 데 대해 진심으로 감사합니다. 그런데 어떻게 생각하십니까? 저 위의 것도 층이라고 말할 수 있다면, 나는 이제 한 층 더 올라가 복면을 한 비밀 결사원의 속을 좀 떠볼 작정입니다. 견습생은 지식욕에 불타야 하고 두려움을 몰라야 하기 때문이지요. 물론 조심하기도 해야겠지요. 밀사를 상대할 때는 대단히 조심해야 한다는 것은 두말할 필요가 없겠지요."

그는 세템브리니한테서도 또 다른 가르침을 얻는 것을 두려워할 필요가 없었다. 세템브리니도 나프타의 입이 가벼운 것을 탓할 처지가 못 되었기 때문이다. 아닌 게 아니라 그는 그 화목한 결사에 속해 있다는 사실을 딱히 숨기려 하려 않았다. 『이탈리아 프리메이슨 일람』이 그의 탁자에 펼쳐진 채 놓여 있었다. 한스 카스토르프가 사실 이때까지 그것에 주의를 기울이지 않았을 뿐이다. 나프타한테서 방금 들어 알게 되었으면서도, 한스 카스토르프는 세템브리니가 그것과 관계가 있다는 사실을 전부터 믿어 의심치 않았다는 듯한 표정을 지으며 대단한 술수라고 화제를 꺼내자 그는 약간 경계하는 눈빛을 보였을 뿐이다. 사실 그 문사가 밝힐 수 없는 구석이 있어서, 그 점이 화제에 오르자 거드름을 피우며 그만 입을 꾹 다물어 버렸다. 이는 나쁘타가 말한 테러적인 서약과 연관이 있는 게 분명해 보였고, 외적인 관습과 이상야릇한 조직 내에서의 자신의 위치와 관련된 비밀이 있는 척하는 태도 때문임이 분명했다. 하지만 그 밖의 사실에 대해서는 그는 심지어 열변을 토하면서까지 자신의 결사가 세력을 넓히고 있는 것에 대해 호기심 많은 청년에게 중요한 발언을 했다. 약 2만 개의 지부와 150여 개의 대지부가 거의 세계 각지에 세력을 뻗치고 있는데, 하이티나 흑인 공화국 라이베리아같이 문명이 낮은 지역에까지 단원이 포진하고 있다고 말했다. 또한 그는 전에 프리메이슨 단원이었거나 지금도 단원인 유명한 사람들의 이름을 거론하면서, 볼테르, 라파예트, 나폴레옹, 프랭클린, 워싱턴, 마치니, 가리발디의 이름을 일일이 들먹였다. 심지어 생존자로는 영국 국왕의 이름을 들먹였고, 그 외에도 유럽 각국의 운명을 수중에 장악하고 있는 많은 남자들, 정부 각료와 국회의원의 이름을 입에 올렸다.

한스 카스토르프는 이에 대해 경의를 표시했지만 놀라지는 않았다. 그는 대학생 조합도 이와 마찬가지라고 생각했다. 이들도 평생에 걸쳐 결속력을 유지하면서, 서로를 밀어 주고 하기 때문에 학생 조합원이 아닌 사람은 관계와 종교계에서 출세하기가 무척 어려웠다. 이 때문에 세템브리니가 그런 저명인사들이 프리메이슨 단원이라고 자랑하는 것은 전혀 이치에 맞지 않는 일이었다. 역으로 프리메이슨 단원이 그런 중요한 직위를 대거 점령하고 있다는 점은 사실 프리메이슨 단의 세력이 대단함을 증명하는 것에 지나지 않기 때문이다. 그러니 세템브리니가 솔직하게 밝히는 것이상으로 프리메이슨이 세계를 손아귀에 쥐고 흔들고 있는 것이 분명했다.

세템브리니는 미소를 지었다. 심지어 그는 손에 쥐고 있던 책자 『프리메이슨』으로 부채질을 하기까지 했다. 그는 그렇게 해서 자신을 함정에 빠뜨리려는 게 아니냐고 물었다. 단의 정치적 성향, 본질적으로 정치적인 정신에 대해 자신이 부주의한 발언을 하도록 유혹하는 것으로 보인다고 말했다. "그래 봤자 아무 소용 없어요, 엔지니어 양반! 우리는 거리낌없이 공공연히 정치를 표방하고 있습니다. 몇몇 바보들이—이런 바보들은 당신네 나라에나 도사리고 있지, 다른 나라에는 거의 어디에도 없습니다, 엔지니어 양반—이 단어와 명칭에 적대감을 보이는 것을 우리는 전혀 대수롭지 않게 생각합니다. 인류의 친구는 정치와 비정치의 구별을 전혀 인정할 수 없습니다. 비정치란 존재하지 않아요. 모든 게 정치니까요."

"모든 게 말인가요?"

"프리메이슨의 사상이 원래 비정치적인 성질을 띠었음을 지적하면서 이를 좋게 평가하는 사람들이 있다는 것을 나도 잘 압니다. 하지만 이런 사람들은 말장난을 하면서 구분을 짓는데, 이를 공상적이고 무의미하다고 인정할 때가 이미 왔습니다. 첫째로 스페인 지부만큼은 애당초부터 정치적인 색채를 띠었습니다."

"나도 그런 생각이 듭니다."

"당신에게는 그렇게 잘 이해되지 않을 겁니다, 엔지니어 양반. 처음부터 이해가 잘된다고 말하지 말고, 내가 지금부터 두 번째로 하는 말을 잘 받아들여 소화해 보도록 하십시오. 당신네 나라와 유럽의 이해관계에서뿐만 아니라 당신 자신의 이해관계를 따져 생각해 보십시오. 내가 두 번째로 당신에게 인식시키려고 하는 것을 말입니다. 두 번째로 말하면 프리메이슨의 사상은 어느 시대에도 비정치적인 적이 없었고, 비정치적일 수도 없습니다. 만약 스스로 그런 적이 있다고 생각한다면 자신의 존재를 속이는 것입니다. 우리 단원이 무엇을 하는 자들일까요? 건축 공사장에서 일하는 인부들이자 막일꾼들입니다. 우리 모두의 목적은 모든 인류의 최고 행복이라는 한 가지이고, 그것이 단합의 근본 원칙입니다. 이러한 최고의 행복, 이러한 건축물은 무엇일까요? 예술 법칙에 맞는 사회적인 건축물, 인류의 완성, 새로운 예루살렘입니다. 이때 대체 정치나 비정치를 구별할 필요가 있을까요? 사회적인 문제, 공존의 문제 자체가 정치이고, 그야말로 전적으로 정치이며, 정치 외에 아무것도 아닙니다. 이러한 문제에 골몰하는 자는— 그리고 이러한 문제를 회피하는 자는 인간이라는 이름을 들을 가치가 없겠지요—내적으로나 외적으로 정치에 속하는 사람이고, 그러한 자는 자유로운 프리메이슨 단의 술수가 통치술이라는 것을 이해하고 있습니다."

"통치술이라고요."

"계명 결사파의 프리메이슨이 통치자 계급을 알고 있었다는 뜻이지요."

"아주 멋진 말씀입니다, 세템브리니 씨. 통치술, 통치자 계급, 둘 다 내 맘에 듭니다. 그런데 한 가지 알고 싶은 게 있는데요, 당신과 당신의 프리메이슨 단원은 모두 기독교 신자인가요?"

"아니, 그건 무슨 말인가요?"

"실례했습니다, 다른 식으로, 좀 더 일반적이고 간단하게 물어보겠습니다. 당신은 신의 존재를 믿습니까?"

"대답하겠습니다. 그런데 그걸 묻는 이유는 뭡니까?"

"아까 시험해 보려고 물은 것은 아니었지만, 성서에도 그런 이야기가 있습니다. 누군가가 예수에게 로마의 동전으로 시험하려고 하자 황제의 것은 황제에게, 신의 것은 신에게 바치라고 대답했다고 합니다. 이러한 식의 구분이 정치와 비정치 사이에도 있다고 생각합니다. 신이 존재한다면 이러한 구분도 있을 겁니다. 프리메이슨 단원은 신의 존재를 믿습니까?"

"나는 대답하겠다고 약속했습니다. 당신은 우리가 실현하려고 애쓰는 통일에 관해 말하고 있습니다만, 오늘날 아직 그게 실현되지 않아서 모든 뜻있는 사람들이 유감스럽게 생각하고 있습니다. 프리메이슨의 세계 연합은 존재하지 않습니다. 그게 언젠가 실현된다면 ― 거듭 말씀드립니다만, 이 위대한 과업을 실현하기 위해 남모르는 노력을 기울이고 있습니다 ― 의심할 나위 없이 그 세계 연합의 종교적 신조도 통일되겠지요. 그리고 그 신조는 '악을 말살하라'는 것이 될 겁니다."

"강제로 말인가요? 그것은 아무래도 관용적이지 않은 것 같은데요."

"당신은 아직 관용이라는 문제를 감당할 상태에 있지 않습니다, 엔지니어 양반. 좌우간 악에 관용을 베푸는 것은 죄악임을 명심하두록 하십시오."

"신이 악이란 말인가요?"

"형이상학이 악입니다. 형이상학은 우리가 사회라는 전당을 건설하기 위해 들여야 하는 노력을 잠들게 할 뿐이기 때문입니다. 그래서 프랑스의 대 오리엔트 집회는 벌써 30년 전에 자신의 모든 간행물에서 신이라는 이름을 삭제해 버렸습니다. 우리 이탈리아인들은 그러한 예를 따르고 있습니다."

"정말 가톨릭적이군요!"

"당신의 말은……"

"신을 삭제한다는 것이 무척 가톨릭적으로 생각된다는 말입니다!"

"당신이 하려는 표현은……"

"하나도 귀담아 들을 만한 것이 못 됩니다, 세템브리니 씨. 내가 두서없이 지껄이는 말에 그리 괘념하지 마십시오! 지금 이 순간 문득 그런 생각이 들었을 뿐입니다. 무신론이란 지극히 가톨릭적이고, 더욱 더 가톨릭적이 되기 위해 신을 삭제하는 것 같다고 말입니다."

이에 대해 세템브리니는 한동안 아무 말 없이 잠자코 있었지만, 이는 교육자적인 신중함에서 비롯된 것이 분명했다. 그는 적당하게 침묵을 지키다가 대답했다.

"엔지니어 양반, 나는 신교를 믿는 당신을 혼란에 빠트리거나 당신의 마음을 상하게 하려는 의도는 추호도 없습니다. 우리는 관용에 대해 이야기했습니다. 나는 신교를 오히려 관용의 정신으로 대해 왔고, 양심의 억압에 대해 역사적으로 반대한 신교를 무척 경이롭게 생각한 것은 두말할 나위가 없습니다. 인쇄술의 발명과 종교 개혁은 중부 유럽에서 인류를 위해 이룩한 가장 숭고한 두 가지 공적입니다. 이는 의문의 여지가 없습니다. 하지만 당신이 방금 피력한 견해에 비추어 보건대, 그건 사물의 어느 한 면에 불과하며 또 다른 면도 있다고 지적한다면 당신이 내 말을 이해할 걸로 의심치 않습니다. 신교에는 어떤 요소들이 감춰져 있습니다. 당신네 나라의 종교 개혁자의 인격 자체에 어떤 요소들이 숨어 있었습니다. 내가 생각하는 요소는 정적주의의 지복(至福)과 최면 술적인 명상입니다. 이러한 요소는 유럽적이지 않으며, 활동적인 유럽의 생활 원칙에 낯설고 적대적인 것입니다. 루터의 얼굴을 잘 살펴보십시오! 젊을 때와 늙어서의 그의 초상화를 말입니다! 그 두개골과 광대뼈, 눈의 생김새는 얼마나 이상합니까! 이보시오, 그건 아시아적입니다! 거기에 벤트인, 슬라브인, 사르마티아인의 피가 섞여 있지 않다면 정말 이상하다고 할 수밖에 없습니다. 그리고 아무도 이를 부인하려고 하지 않겠습니다만, 이 남자의 엄청난 외모가 당신네 나라에서 아슬아슬하게 균형을 유지하고 있는 저울의 두 접시 중에서 한쪽이 불길하게 우세한 것을 의미하지 않았다면 정말 이상하다고 할 수 있겠지요. 아시아적인 요소의 접시가 하도 무거워서 오늘날에도 유럽적인 요소의 접시는 이에 압도되어 하늘로 높이 튀어 올라가 있습니다."

창가의 인문주의적 사면 책상 앞에 서 있던 세템브리니는 물병이 놓인 둥근 탁자 옆으로 가 자신의 제자 옆으로 바짝 다가섰다.

한스 카스토르프는 팔꿈치를 무릎에 얹고 손으로 턱을 괸 채 벽 가의 팔걸이 없는 안락의자에 앉아 있었다.

"이보시오!" 세템브리니가 이탈리아어로 말했다. "여보시오! 결단을 내려야 할 때입니다. 유럽의 미래와 행복에 엄청난 파장을 미치는 결정입니다. 그리고 당신네 나라에서 이러한 결단이 내려질 거고, 그 결단으로 인해 당신네 나라의 영혼은 결실을 맺을 겁니다. 동방과 서방의 가운데에 위치한 독일이 선택해야 할 것이고, 독일의 본성을 얻으려고 다투는 두 세계 사이에서 최종적이고도 의식적으로 결단을 내려야 할 겁니다. 당신은 젊으니, 이러한 결정에 관여하게 될 거고, 결정에 영향을 미치도록 부름을 받을 겁니다. 그러한 의미에서 우리의 운명을 축복하기로 합시다. 당신이 이러한 끔찍한 장소에 떠밀려 와서, 그다지 미숙하고 무력하다고는 할 수 없는 나의 말로 유연한 당신의 젊은 영혼에 영향을 미쳐, 당신의 청춘과 당신네 나라가 세계 문명에 책임을 느끼게 하는 기회를 준 운명을 말입니다."

한스 카스토르프는 주먹으로 턱을 괴고 앉아 있었다. 그는 다락방의 창으로 밖을 내다보았고, 그의 단순한 푸른 눈에는 반항의 빛이 담겨 있었다. 그는 입을 다물고 있었다.

"침묵하는군요." 세템브리니가 떨리는 목소리로 말했다. "당신과 당신네 나라는 유보적인 침묵을 계속하고 있어, 침묵의 불투명함 때문에 도저히 그 깊이를 판단할 수 없습니다. 당신들이 말을 좋아하지 않는 건지, 말을 소유하고 있지 않은 건지, 무뚝뚝하다 할 정도로 말을 신성화하는 건지 모르겠습니다. 말로 표현하는 세계는 당신들을 어떻게 대해야 할지 알지 못하며, 알 수도 없습니다. 이보시오, 이건 위험한 일입니다. 말이야말로 문명 그 자체입니다. 말은 아무리 모순되더라도 서로를 결합시키는 역할을 합니다. 하지만 무언은 고독하게 만듭니다. 우리는 당신들이 행동으로 고독을 깨뜨리려 한다고 추측합니다. 자코모(세템브리니는 요아힘을 부르기 쉽게 '자코모'라고 부르곤 했다), 당신 사촌인 자코모를 앞에 세워 놓고 아무 말도 하지 말아 보십시오. 그러면 그는 '칼을 마구 휘둘러 우리 둘을 해치워 버리고, 다른 사람들은 도망갈' 것입니다."

한스 카스토르프가 웃기 시작하자 세템브리니도 그 순간 자신이 한 말의 조형적인 효과에 만족한 듯 미소를 지었다.

"좋습니다, 우리 웃읍시다!" 그가 말했다. "나는 언제라도 웃을 준비가 되어 있습니다. '웃음은 영혼의 번쩍임이다'라고 어떤 옛날 사람이 말했습니다. 우리는 본론에서 좀 벗어났습니다. 나도 인정합니다만, 프리메이슨의 세계 연합을 실현하려는 우리의 준비 작업이 봉착한 어려운 문제, 말하자면 신교적 유럽이 제기하는 어려운 문제를 이야기하다가 벗어났습니다." 그리고 세템브리니는 이러한 세계 연합의 사상에 대해 열심히 말하기 시작했다. 헝가리에서 시작된 그 생각이 기대한 대로 실현된다면 프리메이슨단은 세계의 동향을 결정하는 힘을 갖게 될 거라고 했다. 그러는 김에 그는 세계의 힘있는 단원들에게서 받은 편지, 즉 스위스 총회장의 친필 편지, 서른세 번째 등급 수도사 카르티에 라 텐트의 편지를 보여 주었다. 그러면서 에스페란토어를 연합의 세계어로 선포하려는 계획에 대해 상세히 설명해 주었다. 얼이 너해 삼에 따라 그는 고상한 정치의 영역으로 화제를 옮겨, 눈을 이리저리 굴리면서 혁명적이고 공화제적 사상이 자신의 고향 이탈리아와 스페인, 포르투갈에서 얼마나 실현될 전망이 있는가를 검토했다. 또한 그는 군주국 포르투갈의 대 지부의 수뇌부에 있는 사람들과도 편지 접촉을 계속하고 있다고 했다. 포르투갈의 정세로 보아 무언가 결정적인 일이 벌어질 것 같다. 가까운 장래에 그곳에서 무슨 사건이 일어나면 자신이 한 말을 상기하길 바란다. 한스 카스토르프는 그러겠노라고 약속했다.

미리 지적해 두지만 제자와 두 명의 사부 사이에서 별도로 진행된 프리메이슨에 관한 이러한 대화는 요아힘이 이 위로 오기 전에 일어난 일이었다. 하지만 우리가 이제 대면하게 되는 논쟁은 요아힘이 이곳으로 올라와 그가 있는 데서 일어났다. 때는 그가 여기에 올라와 9주가 지난 10월 초였다. 한스 카스토르프는 당시에 요아힘의 용태로 남몰래 걱정을 하고 있었기 때문에, 플라츠의 요양 호텔 앞에서 가을 햇살을 받으며 함께 청량음료를 마시던 때를 두고두고 잊을 수 없었다. 평소 같으면 별로 걱정이 되지 않을 증상과 현상, 말하자면 사촌의 목의 통증과 목 쉰 현상은 성가시긴 해도 해롭지 않은 증상에 지나지 않았다. 하지만 한스 카스토르프는 사촌의 눈빛에서 예사롭지 않은 점을 발견했다. 그는 언제나 부드럽고 큰 요아힘의 눈 깊은 곳에서 무언가 독특한 빛을 확인했다고 생각했다. 하지만 내부에서 나오는 듯한 이러한 조용한 눈초리 말고도, 그날은 무언가 막연히 퀭하고 깊어진 듯한 눈, 생각에 잠긴 듯하고 ― 이 이상한 말을 덧붙이지 않으면 안 되겠다 ― 위협하는 듯한 표정을 띤 눈초리를 느낄 수 있었다. 그러한 눈초리가 한스 카스토르프의 마음에 들지 않는다고 말한다면 완전히 잘못 짚은 꼴이 될지도 모른다. 반대로 그 빛은 그의 마음에 꼭 들었지만, 그는 왠지 불안한 마음을 떨칠 수가 없었다. 그리고 요컨대 그 자체의 속성상 이러한 인상에 대해서는 혼란스럽다고밖에는 뭐라고 표현할 말이 없었다.

이 날의 대화와 논쟁, 물론 나프타와 세템브리니 사이의 논쟁에 관해서 말하면, 그것은 그 자체로 하나의 독립된 논쟁이었고, 프리메이슨의 본질에 대한 전의 특별 논쟁과는 별로 관계가 없었다. 사촌들 말고 베잘과 페르게도 그 자리에 함께 있었고, 모두가 그러한 논쟁을 이해할 만큼 지적 수준이 높은 것은 아니었지만 다들 관심은 대단했다. 예를 들어 페르게는 그럴 능력이 없는 게 분명했다. 마치 생사를 거는 듯한 격렬한 논쟁이 벌어졌지만, 기지에 넘치고 세련되어서 생사를 건 논쟁이 아니라 우아한 시합을 하고 있는 듯이 보였다. 그리고 세템브리니와 나프타 간에 벌어지는 모든 논쟁이 그래서, 그러한 논쟁은 물론 그 자체만으로도 듣고 있는 사람들에게, 그러한 것을 제대로 이해하지 못하고 그것의 의의를 어렴풋하게밖에 파악하지 못하는 사람들에게도 재미를 주었다. 심지어 전혀 관계가 없는 사람들, 주위에 앉아 있는 사람들도 격렬하고 세련된 설전에 사로잡혀 눈썹을 치뜨고 귀를 기울였다.

이미 말했듯이 오후의 차 마시는 시간이 지난 후, 요양 호텔 앞에서 벌어진 일이었다. 베르크호프의 네 명의 손님은 거기서 세템브리니를 만났는데, 나프타가 우연히 거기에 끼이게 되었다. 여섯 사람은 금속제의 조그만 탁자 주위에 둘러앉아 소다수를 탄 아니스와 베르무트를 마셨다. 이곳에서 자신의 오후 간식을 먹는 나프타는 와인과 케이크를 시켰는데, 이는 자신이 기숙사 학교에 다닐 때의 추억 때문임이 분명했다. 요아힘은 아픈 목을 축이기 위해 자연산 레몬 주스를 마셨는데, 그것이 목을 오그라들게 하여 아픔을 덜게 해 준다고 아주 진하고 신 것을 마셨다. 세템브리니는 그냥 설탕물만을 마시고 있었지만, 그럼에도 빨대를 사용하여 아주 비싼 음료수라도 되는 양 우아한 태도로 맛있게 마셨다.

"내가 무슨 소리를 들었는지 아십니까, 엔지니어 양반? 무슨 소문이 내 귀에 들어오는지 아십니까? 당신의 베아트리체가 다시 돌아온다지요? 당신을 데리고 천국을 빙빙 도는 아홉 계단을 빠짐없이 안내해 준 그녀가 말입니다. 그렇다 하더라도 당신은 당신의 베르길리우스가 이끌어 주는 우정의 손길을 냉정하게 뿌리치지 않기를 바랍니다! 이곳의 우리 신부는, 프란체스코파의 신비주의에 대해 그 반대되는 토마스 아퀴나스의 인식이 없었다면 중세의 세계가 완전하지 않았을 거라고 당신에게 확인해 줄 겁니다."

사람들은 세템브리니의 이러한 박식한 농담을 듣고 웃었고, 마찬가지로 웃으면서 '자신의 베르길리우스'를 위해 베르무트 잔을 높이 쳐든 한스 카스토르프를 쳐다보았다. 하지만 비록 허식은 많지만 아무런 악의가 없는 세템브리니의 발언에서 다음 순간 얼마나 끝없는 정신적 알력이 벌어졌는가는 거의 믿을 수 없을 정도였다. 물론 어느 정도 도전받은 형국이 된 나프타는 즉각 공세로 나아가, 누구나 알다시피 셈템브리니가 우상처럼 섬기며 호메로스보다 높이 평가하고 있는 라틴 시인 베르길리우스를 공격했다. 라틴 시문학을 전반적으로 낮게 평가하는 나프타는 벌써 베르길리우스에 대해 여러 번 노골적으로 멸시의 감정을 숨기지 않았는데, 사실 이번에도 기다렸다는 듯이 악의적으로 이 기회를 이용했다. 위대한 단테가 이 평범한 엉터리 시인을 대단하게 평가해 자신의 『신곡』에서 그에게 고귀한 역할을 맡긴 것은 단테가 너무 선량해 시대의 사상에 사로잡혀 있었기 때문이라고 나프타는 말했다. 또한 그는 셈템브리니가 이러한 역할에 어쩌면 프리메이슨적인 의미를 부여할지도 모른다고 말했다. 저 궁정 계관 시인, 율리우스 왕가의 어용 시인, 독창성이라고는 조금도 없는 이러한 세계적 대도시의 문사이자 미사여구가가 대체 무슨 가치가 있다는 말인가? 혼을 갖고 있다고 해도 어쨌든 빌린 혼에 불과하며, 전혀 시인이라 할 수 없고, 아우구스투스 황제 시대의 길게 늘어뜨린 가발을 쓴 프랑스인이 말이다!

이에 대해 셈템브리니는 나프타가 라틴어 교사직을 가지고 있으면서 로마의 찬란한 문명을 멸시하는 것은 모순이며, 나프타 씨는 이 태도를 조화시킬 수단과 방법을 알고 있음을 믿어 의심치 않는다고 응수했다. 하지만 자신이 좋아하는 시대를 그렇게 비판함으로써 그가 좀 더 중대한 모순에 빠지는 것을 지적하는 것이 필요할 듯하다고 했다. 중세는 베르길리우스를 경멸하지 않았을 뿐만 아니라 그를 지혜가 넘치는 마술사라고 생각하면서 그의 위대성을 인정했다는 것이다.

그러자 나프타는 세템브리니가 서 아침의 시대의 단순성을 들고 나오는 것은 아무 소용이 없는 일이라고 반박했다. 중세의 단순성은 정복한 문화에 마적인 성격을 부여한 점에서도 창조력을 보여 주는 승리자이다. 게다가 초창기 교회의 지도자들은 고대 철학자와 시인 들의 기만에 현혹되지 않도록, 특히 베르길리우스의 화려한 웅변에 오염되지 않도록 지칠 줄 모르고 경고했다. 그런데 한 시대가 끝나고 다시 프롤레타리아의 새 아침이 밝아 오는 지금 이들의 경고에 공감하기 딱 알맞은 때라는 것이다! 그리고 모든 질문에 대답하자면, 웅변가인 로도비코 씨가 친절하게도 넌지시 암시한 어느 정도 시민적인 교직을 자신은 유보적인 생각을 갖고 수행하고 있으며, 그리고 아무리 낙천가라 할지라도 기껏해야 몇 십 년밖에 존속하지 못할 고전적이고 수사학적인 교육 제도에 아이러니컬한 마음 없이는 종사할 수 없음을 로도비코 씨도 잘 알고 있을 거라고 했다.

세템브리니가 소리쳤다. "그렇지만 당신들은 그들을, 이 고대의 철학자와 시인을 땀 흘려 연구하여 이들의 귀중한 유산을 자기 것으로 만들려고 노력했습니다. 당신들이 고대 건축물의 석재를 이용하여 당신들의 교회를 지었듯이 말입니다! 당신 자신들의 프롤레타리아적 영혼의 힘만으로는 새로운 예술 형식을 만들어 낼 수 없음을 느끼고, 고대를 고대 자체의 무기로 격파하려고 했던 겁니다. 이런 일은 다시 일어날 것이고, 언제나 일어날 겁니다! 당신들의 다듬어지지 않은 젊음은 당신들이 멸시하고 남에게 그런 멸시의 말을 전하고 싶어 하는 고대 문화의 가르침을 받아야 할 겁니다. 교양이 없이는 인류의 면전에 나설 수 없기 때문입니다. 여러분이 시민적이고 인간적인 교양이라고 부르는 하나의 교양만이 존재할 뿐입니다!" 인문주의적 교육 원칙이 몇십 년 내에 종말을 맞이할 거라고? 예의를 생각하지 않는다면 큰 소리로 웃으며 마음껏 조롱해 주고 싶을 정도라고 세템브리니가 말했다. "자신의 영원한 재화를 계속 존중해 나갈 줄 아는 유럽은 여기저기서 애타게 바라고 있는 프롤레타리아적 묵시록을 묵살하고 고전적 이성이라는 오늘날의 문제로 유유히 넘어갈 겁니다."

그 문제에 대해 세템브리니 씨는 제대로 알고 있지 못한 것 같다고 나프타가 쏘아붙이듯이 응수했다. 당신이 이미 결정된 것이라고 생각하는 문제, 즉 지중해 연안에서 생겨난 고전적이고 인문주의적인 전통이 인류의 유산이라서 인간적이고 영구적인 것인지, 또는 그것이 기껏해야 한 시대, 시민적이고 자유주의적인 시대의 정신 형태이자 부속물에 불과하므로 그 시대와 더불어 사멸하는 것인지의 여부가 바로 오늘날의 문제라는 것이다. 이를 결정하는 것은 역사가 담당할 문제지만, 어쨌든 그 결정이 라틴적 보수주의에 유리하게 이루어지리란 헛된 망상을 품지 않도록 세템브리니 씨에게 권고하고 싶다고 말했다.

진보의 사도를 자처하는 세템브리니를 보수주의자라고 몰아붙이는 키 작은 나프타의 뻔뻔스러움은 이만저만이 아니었다. 모두들 그렇게 느꼈고, 당사자는 물론 분을 참지 못하고 흥분하여 치켜 올라간 콧수염을 말아 올리면서 반격할 말을 찾고 있었다. 그러나 그러는 사이에 나프타는 고전적 인문주의 이상, 유럽의 학교

제도와 교육 제도의 수사학적이고 문학적인 정신, 그것의 문법적이고 형식적인 괴벽(怪癖)을 계속 비방하면서, 이러한 것은 시민적 계급 통치의 이해관계의 부속물에 지나지 않으며, 진작부터 민중의 조롱거리라고 말했다. 그렇다, 민중이 우리의 박사 칭호와 우리의 모든 교육 관리 제도 및 약화된 학자 교육이라는 망상에서 시작된 민중 교육이자 부르주아 계급 독재의 도구인 공립 학교에 대해 얼마나 비웃고 있는지 모른다는 것이다. 민중은 부패한 시민 국가에 맞서 투쟁하는 데 필요한 교양과 교육을 진작부터 관헌 국가적인 강제 시설이 아닌 다른 데서 섭취할 줄 안다. 그리고 중세의 수도원 학교에서 발전한 우리의 학교 유형은 우스꽝스러운 폐단이자 시대착오이고, 오늘날 사람들은 교양을 더 이상 학교에서 얻지 않으며, 공개 강연, 전시회, 영화관 등을 통해 얻는 자유롭고 공개적인 교육이 어떤 학교 교육보다 훨씬 월등함은 삼척동자라도 다 알고 있다는 것이다.

나프타가 자신의 청중들에게 권하는 혁명과 비개화주의의 잡탕은 반(反)계몽주의적 요소가 너무 많이 들어 있어 맛이 좋지 않다고 세템브리니가 응수했다. 민중의 계몽에 신경을 쓰는 것은 마음에 들지만, 오히려 민중과 세계를 문맹 상태에 두려는 본능에 지배되어 있다는 우려 때문에 호감이 상쇄되고 만다는 것이다.

나프타는 미소 지었다. 문맹이라니! 세템브리니는 이러한 끔찍한 단어를 입 밖에 냄으로써 괴물 고르고*의 머리라도 본 것처럼 누구나 당연히 얼굴빛이 창백해질 걸로 확신하는 모양이라고 했다. 그러나 나프타 자신은 문맹에 대한 인문주의자의 공포가 그저

342

흥겨울 뿐이라서 유감스럽게도 자신의 대화 상대인 세템브리니를 실망시키지 않을 수 없다는 것이다. 읽고 쓰는 훈련에 지나친 교육적 의의를 부여하기 위해, 그런 능력이 없으면 정신적 암흑에 잠겨 있는 사람처럼 치부하는 것은 르네상스 시대의 문사, 건방진 자, 세이첸토* 시대의 예술가, 마리노 문체주의자, 능서예찬(能書禮讚)의 어릿광대 들뿐이다. 세템브리니 씨는 중세의 가장 위대한 시인인 볼프람 폰 에셴바흐*가 문맹자였다는 사실을 기억하는지? 당시 독일에서는 성직자가 되려는 자 말고는 소년을 학교에 보내는 것은 치욕적인 일로 간주되었는데, 문학 예술에 대한 귀족과 민중의 이러한 멸시는 언제나 고상한 본질의 특질이었다고 한다. 귀족, 군인 및 민중은 읽고 쓰는 일을 할 수 없었거나 제대로 할 수 없는 반면, 인문주의와 시민 계급의 적자(嫡子)인 문사는 읽고 쓰는 일은 물론 할 수 있었지만, 세상에서 그 밖의 일은 아무것도 할 줄 몰랐고, 여전히 라틴어 학자 같은 허풍선이에 불과했다는 것이다. 그가 할 줄 아는 일이라고는 웅변밖에 없어서 제대로 된 생활은 착실한 사람들에게 맡기는 수밖에 없었다고 한다. 그 때문에 문사는 정치를 속이 텅 빈 것, 말하자면 수사학과 문학으로 바꾸어 버렸는데, 이는 그 당파의 용어로는 급진주의와 민주주의라고 불린다는 등의 말을 했다.

그러자 이번에는 세템브리니가 응수했다! 그는 나프타 씨가 문학 형식에 대한 사랑을 비웃으며 어떤 시대의 광적인 야만주의에 대한 자신의 취향을 매우 대담하고도 노골적으로 드러내고 있다고 소리쳤다. 물론 그러한 사랑이 없다면 인간성이란 가능하지 않고 생각할 수도 없으며, 물론 설대로 불가능하다는 것이다. 문맹이 고귀하다고? 말이 없는 것, 조잡한 거친 행위는 인간에 적대적일 뿐이다. 오히려 내용과 무관한 인간적인 가치를 형식에 부여하는 데서 보이는 관대함과 고상한 사치만이 고귀하다. 기술을 위한 기술로서의 수사학의 예찬, 그리스와 로마 문명의 이러한 유산은 인문주의자들에 의해 라틴 민족, 적어도 라틴 민족에게만 다시 주어졌으며, 이 수사학이야말로 좀 더 광범위하고 내용적인 이상주의의 원천이며, 정치적인 이상주의의 원천이기도 하다는 것이다. "그렇습니다, 이보시오! 당신이 수사학과 생활이 괴리되었다고 비방하고 싶어 하는 것은 아름다움이라는 화관(花冠) 속에서 더 한층 높게 통일되는 것에 다름 아닙니다. 따라서 나는 문학과 야만 가운데 어느 쪽을 택할 것인가 하는 논쟁에서 고매한 젊은이들이 늘 어느 편에 가담할 것인가에 대해 조금도 걱정하지 않습니다."

고귀한 본질의 전사이자 대표자인 요아힘이라는 인물, 엄밀히 말하면 그의 새로운 눈빛에 정신을 빼앗겨 논쟁은 건성으로 듣는 둥 마는 둥하던 한스 카스토르프는 세템브리니의 마지막 말이 자신의 호응을 촉구한 것으로 들려 움찔했다. 하지만 언젠가 세템브리니로부터 '서양과 동양' 사이에서 결단을 내리라는 엄숙한 촉구를 받았을 때와 같은 표정, 그러니까 유보적 태도와 반항심으로 가득 찬 표정을 지으며 잠자코 있었다. 논쟁을 하자면 어쩔 수 없는 일인지 모르겠지만, 이들 두 사람은 사사건건 극단적으로 치달았다. 한스 카스토르프가 볼 때 인간적이나 인간다운 것은 논쟁이 되고 있는 양 극단의 중간, 웅변적인 인문주의와 문맹적인 야만성 사이의 어딘가 한가운데에 있는 것 같았는데, 두 사람은 격분하여 극단적인 경우를 선택하면서 언쟁을 했다. 하지만 그는 두 사람의 정신적 대표자를 화나게 하지 않기 위해 입을 꾹 다물고 있었고, 라틴 문학자 베르길리우스에 대한 세템브리니의 가벼운 농담에서 촉발되어 한도 끝도 없이 이어지는 논쟁과 언쟁을 유보적인 태도를 견지하며 물끄러미 구경했다.

세템브리니는 여전히 말을 끝맺지 않고 말을 휘두르며 승리를 구가하고자 했다. 그는 문학 정신의 수호자로 자처했고, 기념비를 세워 인간의 지식과 느낌을 영원히 남기기 위해 인간이 처음으로 문자를 돌멩이에 새기기 시작한 순간부터 문자의 역사가 시작되었음을 찬미했다. 그는 이집트의 신 토트에 관해 말했다. 헬레니즘의 헤르메스에 해당하는 이 신은 그보다 세 배는 위대한 신으로, 문자 발명의 신, 도서의 수호신, 온갖 정신적 노력을 장려하는 신으로 추앙을 받았다. 그는 인류에게 문학 언어와 격투기적 수사학이라는 고귀한 선물을 안겨 준 거룩한 헤르메스, 인문주의적 헤르메스, 격투기 수호신인 헤르메스 앞에 무릎을 꿇는다고 말했다. 그러자 한스 카스토르프는 이집트 출생인 이 헤르메스도 정치가여서, 특별히 피렌체 시민들에게 정치 규칙에 따라 공화국을 통치하는 기술뿐만 아니라 사교적 매너와 화술을 가르친 브루네토 라티니와 같은 역할을 좀 더 대대적으로 행했을 거라고 지적했다. 이에 대해 나프타는 세템브리니 씨가 약간 속임수를 쓰면서 청년에게 토트 헤르메스를 아주 훌륭하게 그려 주었다고 대꾸했다. 오히려 토트 헤르메스는 원숭이와 달, 영혼의 신이었고, 머리에 초승달을 쓴 비비 원숭이이기 때문이라고 했다. 그리고 헤르메스라는 이름은 무엇보다도 죽음과 망자의 신으로, 영혼의 유괴자이자 안내인이라는 것이다. 이 헤르메스 신은 고대 후기에 벌써 대마법사가 되었고, 유대적인 신비주의가 창궐하던 중세에는 신비스러운 연금술의 대부가 되었다고 했다.

아니, 뭐라고? 한스 카스토르프의 사고와 관념은 일대 혼란을 일으켰다. 푸른 외투를 입은 죽음의 신이 인문주의적 수사학자로 보였고, 교육적인 문학의 신이자 인류의 친구를 자세히 들여다보노라면 어느새 밤과 마법의 상징인 초승달을 머리에 쓴 원숭이 얼굴로 둔갑해 버렸다. 한스 카스토르프는 기절할 듯 손을 흔들고는 눈을 가렸다. 하지만 하도 혼란스러워 어둠 속으로 도망쳐 간 그의 귓전에 계속 문학을 찬미하는 세템브리니의 목소리가 흘러 들어왔다. 그는 문학에는 관조적인 위대함뿐만 아니라 행동적인 위대함도 언제나 결부되어 있다고 외치면서, 알렉산드로스 대왕, 카이사르, 나폴레옹을 들먹였고, 프로이센의 프리드리히 대왕과 그 밖의 영웅들, 심지어 라살과 몰트케의 이름도 거론했다. 그러자 나프타는 우스꽝스러운 문자를 우상화한다는 중국에 세템브리니 씨를 보내야 할 거라고 말했다. 거기서는 4만 개의 한자를 붓으로 쓸 수 있으면 원수(元帥)도 될 수 있다는데, 이는 인문주의자의 마음에 쏙 드는 일일 거라고 말했지만 세템브리니는 끄떡도 하지 않았다. "아, 여기서는 붓으로 쓴다는 게 중요한 문제가 아니라 인류의 본래적 욕구인 문학, 문학의 정신이 문제가 되고 있음을 나프타 씨가 잘 알고 있으면서도 그런 말을 하니 정말로 불쌍한 조롱가군요! 문학 정신은 정신 그 자체이며, 분석과 형식이 결합된 기적입니다. 문학 정신은 온갖 인간적인 것에 대한 이해력을 일깨워 주어, 어리석은 가치 판단과 신념을 약화, 해소시키며, 인류의 교화, 순화 및 향상을 가능하게 해 줍니다. 문학 정신은 최고의 도덕적 세련성과 민감성을 유발하면서, 광적으로 만드는 대신에 회의, 정의 및 인내의 정신을 함양시켜 줍니다. 문학의 정화 작용과 순화 작용, 인식과 언어를 통한 열정의 억제, 이해와 용서, 사랑으로 이끄는 길인 문학, 언어가 지닌 구원의 힘, 무릇 인간 정신의 가장 고상한 현상인 문학적 정신, 완전한 인간이자 성자인 문사." 이렇게 찬란한 어조로 세템브리니는 문학을 옹호하는 송가(頌歌)를 계속 늘어놓았다. 아, 하지만 상대방도 가만있지 않았다. 그는 보존과 생명을 편들고 천사의 탈을 쓴 해체의 정신에 반대하면서, 천사의 송가를 신랄하고도 멋지게 반박하여 방해할 줄 알았다. "세템브리니 씨가 목소리를 떨면서 말한 놀라운 결합이란 사기이자 속임수에 지나지 않습니다. 문학 정신이 탐구와 분류의 원리에 형식을 결합시키려 한다고 자랑하지만 그 형식은 기만적이고 사기적인 형식에 지나지 않으며, 진정하고 성숙하며 자연스러운 형식, 생명의 형식이 아니기 때문입니다. 소위 말하는 인간 개선자는 인류의 정화와 순화를 입버릇처럼 달고 다니지만, 사실 그가 노리는 것은 생명을 거세하고 빈혈에 허덕이게 하는 것에 불과합니다. 그렇습니다, 정신이며 열정적인 이론은 생명을 능멸할 뿐이며, 열정을 파괴하려고 하는 자는 무(無), 순전한 무를 원하는 자입니다. 물론 순전하다고 말하는 이유는, 어쨌든 무에 덧붙일 수 있는 형용사는 사실 '순전한'이라는 형용사밖에 없기 때문입니다. 그러나 바로 이 점에 진보와 자유주의, 그리고 시민적 혁명의 문사인 세템브리니 씨의 본령이 여실히 드러나는 것입니다. 진보란 순전한 허무주의이며, 자유주의적인 시민은 엄밀히 말하면 전적으로 무와 악마의 인간이기 때문입니다. 그렇습니다, 진보란 악마적이고 절대자에 반하는 것을 신봉하고, 죽음과 다름없는 평화주의를 대단하고도 경건하게 여기면서, 보수적이고 긍정적인 의미에서 절대자, 즉 신을 부인하고 있습니다. 그러나 평화주의는 결코 경건하지 않으며, 생명을 파괴하는 중죄인으로, 생명의 종교 재판, 엄중한 비밀 재판에 회부하여 호된 맛을 보여 줘야 할 겁니다."

이렇게 나프타는 핵심을 찔러서 세템브리니의 송가를 악마적인 것으로 뒤바꾸어 버리고, 자기 자신을 보수적인 사랑의 준엄함의 화신으로 치부할 줄 알았다. 그리하여 어느 쪽에 신이 있고 악마가 있는지, 어느 쪽에 죽음이 있고 어느 쪽에 삶이 있는지 구별하는 것이 이번에도 도저히 불가능했다. 그의 논적인 세템브리니도 순순히 물러날 사람이 아니라 멋진 말로 응수했고, 이에 대해 나프타도 다시 멋진 응답을 했다는 우리의 말을 독자도 믿어 줄 것이다. 그런 후 설전은 이런 식으로 계속되다가 앞에서 대충 언급한 문제에 도달하게 되었다. 그러는 사이에 한스 카스토르프는 요 아침이 자신에게 분명히 감기 증상이 있는 것 같은데 이곳에서는 감기가 '인정받지' 못하기 때문에 어떻게 해야 할지 잘 모르겠다고 말해서 더 이상 토론에 귀를 기울이지 않았다. 결투를 벌이는 두 사람은 이에 아랑곳하지 않고 언쟁을 계속했지만, 한스 카스토르프는 아까 말했듯이 자신의 사촌에게 걱정스러운 눈빛을 보내다가, 베잘과 페르게만을 대상으로 논쟁을 계속할 만한 교육자적 열의가 두 논적에게 있는지에 대해서는 신경 쓰지 않고, 토론이 진행되는 가운데 사촌과 함께 슬그머니 그 자리에서 빠져나왔다.

　돌아오는 길에 한스 카스토르프는 사촌의 감기와 목의 통증을 알아보기 위해 정식 절차를 밟자는 데 그와 의견 일치를 보았다. 말하자면 마사지사로 하여금 수간호사에게 승상을 알리도록 하면 고통을 받는 사람에게 무슨 조치를 취해 줄 거라고 말이다. 그것은 썩 잘한 일이었다. 그날 저녁 식사를 마친 후 한스 카스토르프가 사촌의 방에 발을 들여놓자마자 아드리아티카가 요아힘의 방에 노크를 하고는 쇳소리를 내며 젊은 장교의 소망과 하소연에 대해 물어 보았다. "목이 아프다고요? 목이 쉬었나요?" 그녀는 마사지사한테서 들은 내용을 새삼 되물었다. "이보세요, 대체 어찌된 일인가요?" 그녀는 이렇게 말하며 상대방의 눈을 뚫어져라 쳐다보려고 했지만 두 사람의 눈이 마주치지 않았는데 이는 요아힘의 탓이 아니었다. 바로 그녀의 눈길이 옆으로 비스듬하게 미끄러지기 때문이었다. 상대방과 눈을 마주치려고 해도 그게 안 된다는 것을 경험상으로 알 법한데도 번번이 그런 일을 되풀이하다니! 수간호사는 혁대에 차고 있던 가방에서 금속제 구두 주걱 같은 것을 꺼내 그것으로 환자의 혓바닥을 누르고 목구멍 안을 들여다보았다. 그러는 동안 한스 카스토르프는 나이트 테이블의 전기스탠드를 손에 쥐고 목 인을 미추어 주어야 했다. 발끝으로 서서 요아힘의 목젖을 들여다보며 그녀가 말했다.

"이보세요, 지금까지 사레들린 적이 있나요?"

이에 대해 무슨 답변을 할 수 있단 말인가! 지금처럼 그녀가 목을 검사하는 동안은 말을 하는 것이 전혀 불가능했지만, 입을 마음대로 쓸 수 있게 된 뒤에도 답을 하기가 난처한 상황이었다. 물론 요아힘은 지금까지 살아오는 동안 먹고 마시면서 여러 차례 사레들린 적이 있었지만, 이는 사람이면 누구나 경험하는 일이므로, 그녀가 물은 것은 그런 뜻이 아님이 분명했다. 그는 이렇게 말했다. "왜요? 최근에는 그런 일이 없은 것 같은데요."

"아니에요. 좋아요. 그냥 갑자기 생각나서 그래요. 그런데 감기에 걸렸다지요?" 그녀의 이 말에 두 사촌은 화들짝 놀랐다. 이곳에서 보통 감기라는 말은 금기 사항이었기 때문이다. 목을 좀 더 자세히 살펴보려면 고문관의 후두경(喉頭鏡)이 필요하겠다며, 그녀는 방에서 나갈 때 양치용 포르마민트와 취침 때 찜질에 사용하는 붕대와 구타페르카 고무를 두고 나갔다. 요아힘은 이 두 가지를 사용해서 치료한 덕분에 증상이 한결 가벼워진 것 같다고 말했다. 그런데 목의 통증은 때로 거의 느끼지 않게 되었지만 목이 쉰 상태는 사라지려 하지 않았고, 심지어 그 후 며칠 동안 더욱 심해졌다.

아닌 게 아니라 감기 기운은 순전히 그의 기분 탓이었다. 타각(他覺) 증상은 늘 있는 것으로, 사실 이는 고문관의 진찰 결과도 있고 해서 군기 밑으로 다시 달려가기 전에 명예를 중히 여기는 요아힘으로 하여금 이곳에서 잠깐 병후 요양을 하도록 한 증상이었다. 10월이라는 기한은 소리도 없이 슬쩍 지나가 버렸다. 고문관도, 두 사촌도 이에 대해서 아무 말도 하지 않았다. 조용히 눈을 내리깔고 이들은 10월을 흘려보냈다. 베렌스가 10월의 검진에서 정신 분석가 조수에게 받아쓰게 한 내용과 사진 건판에 나온 결과에 따르면 자포자기식의 퇴원은 몰라도 그 밖의 정상적인 출발은 생각할 수도 없는 상태였다. 그리고 평지에서 근무하고 저 아래에서 선서를 끝까지 제대로 이행하기 위해서는 이번에는 불요불굴(不撓不屈)의 극기심으로 요양 근무를 계속하는 것이 필요했다.

이것이야말로 적절한 구호였고, 둘은 이에 대해 암암리에 서로 양해하는 태도를 취했다. 하지만 사실 각자 마음속 깊은 곳에서는 그 구호를 그리 확신에 차서 믿지 않는 듯했다. 두 사람이 시선을 마주친 직후에 서로에게 눈을 내리깐 것은 이러한 의구심 때문이었다. 이런 일은 저 문학에 대한 논쟁을 한 후부터 횟수가 부쩍 잦아졌다. 문학 논쟁을 하는 중에 처음으로 한스 카스토르프는 요아힘의 눈 속 깊은 데서 전에는 보지 못한 새로운 빛과 아울러 독특하게 '위협하는' 듯한 눈빛을 눈치 챘던 것이다. 특히 한 번은 식사 중에 언젠가 서로 눈이 마주친 적이 있었다. 즉 목이 쉰 요아힘이 자기도 모르게 심하게 사레들려 거의 숨을 쉬지 못하게 되었을 때이다. 요아힘은 냅킨으로 입을 누르며 헐떡였고, 옆에 앉은 마그누스 부인이 민간에 내려오는 조치에 따라 그의 등을 두드리는 동안 두 사촌의 눈길이 마주쳤을 때, 한스 카스토르프는 물론 누구에게나 일어날 수 있는 불의의 사건 그 자체보다 눈이 마주친

시실에 끔찍한 충격을 받았다. 요아힘은 곧 두 눈을 감고 냅킨을 입에 댄 채 밖으로 나가 기침이 멎기를 기다렸다.

10분쯤 지나서 그는 얼굴이 약간 창백해지기는 했지만 미소를 띠며 되돌아와서, 소동을 일으켜 미안하다고 말하며 마치 아무 일도 없었던 것처럼 엄청난 양의 식사를 계속했다. 그리고 조금 후에 사람들은 언제 그런 일이 있었더냐 싶게 이러한 사소한 사건에 대해 뭐라고 말하는 것조차 잊어버렸다. 하지만 며칠 후 이번에는 저녁 식사 때가 아니라 푸짐한 아침 샛밥 시간에 똑같은 일이 벌어졌다. 이번에는 한스 카스토르프가 얼핏 그 일에 신경 쓰지 않는 척하면서 자신의 접시 위에 고개를 푹 숙이고 계속 음식을 먹었기 때문에 적어도 두 사촌의 눈길이 마주치는 일은 일어나지 않았다. 그렇지만 식사가 끝난 후 그에 대해 한마디 하지 않을 수 없었다. 요아힘은 저 재수 없는 밀렌동크가 주제 넘는 질문으로 자신의 신경을 건드리는 바람에 이런 일을 당하고 있다면서, 저런 여자는 악마가 좀 잡아가야 한다고 욕을 퍼부었다. 그렇다, 그것은 암시 효과가 분명하다고 한스 카스토르프는 말했다. 언짢은 일이긴 하지만 그것이 실제로 일어나는 것을 확인하니 기분 좋다고 말했다. 요아힘은 그렇게 욕을 퍼붓고 난 후에 수간호사의 마술이 성공하지 못하게 계속 저항했고, 식사하면서 주의하여 결국 마술에 홀리지 않은 사람만큼이나 자주 목이 메지 않게 되었다. 9일인가 10일 후에 비로소 다시 한 번 목이 메었지만 그리 대수로운 일은 아니었다.

그렇지만 요아힘은 차례와 때가 되지 않았는데도 라다만토스에게 불려 갔다. 수간호사가 그에게 보고한 탓이겠지만 이것이 딱히 어리석은 일이라고는 할 수 없었다. 후두경이 요양원에 비치되어 있었고, 목이 쉰 상태가 끈덕지게 계속되어 몇 시간 동안이나 목소리가 나오지 않을 정도로 상태가 악화되었기 때문이다. 그리고 목의 통증도 다시 시작되자마자 요아힘은 침의 분비를 촉진시키는 약으로 목을 부드럽게 하는 것을 소홀히 하지 않았다. 그러니 현명하게 고안된 기구를 장에서 꺼내 볼 요인이 충분하다고 할 수 있었다. 이제 요아힘이 보통 사람들과 마찬가지로 자주 사레들리지 않게 된 것은 식사 중에 대단히 조심했고 남들보다 천천히 식사한 덕택임은 하물며 말할 나위가 없었다.

고문관은 후두경으로 빛을 반사시켜 가며 요아힘의 목 안 깊숙이 오랫동안 관찰했고, 그런 다음 환자는 한스 카스토르프의 특별한 소망에 따라 즉각 발코니로 와서 진찰 결과를 보고했다. 정오의 요양 시간에는 이야기를 나누는 것이 금지되어 있었기 때문에 꽤 성가신 일이었고, 목구멍이 간질거렸다고 아주 나지막한 소리로 말했다. 베렌스는 마지막으로 온갖 염증에 대해 이런저런 실없는 말을 늘어놓으며, 매일 약을 발라야 한다고 했다. 당장 내일부터 화학제로 태워 없애려고 하니 자신은 그 약을 우선 조제해야 한다고 했다. 그러니까 염증이 있으니 태워서 없앤다는 말이다. 한스 카스토르프의 머릿속에는 차례로 여러 가지가 연상되었다. 다리를 저는 문지기와, 일주일 내내 귀를 막고 있어도 전혀 아무렇지 않다는 부인의 일처럼 자신과 별로 상관이 없는 일까지 뇌리에 떠올라, 그는 사촌에게 물어 보고 싶은 생각이 굴뚝같았지만 고문관에게 직접 물어 보기로 마음먹었다. 그리고 사촌에게는 그 성가신 일이 이제 의사의 감독을 받게 되어 고문관이 그 일을 담당하니 적이 안심이 된다는 말을 하는 데 그쳤다. 고문관은 대단한 사람이니 반드시 고쳐 줄 거라고 그가 말하자, 사촌은 상대방의 얼굴은 보지도 않고 고개를 끄덕이고는 발길을 돌려 자신의 발코니로 건너갔다.

명예를 중히 여기는 요아힘에게 어떤 일이 일어났다는 말인가? 근래 들어 그의 눈이 무척 불안하고 겁먹은 표정이 되었다. 얼마 전에도 밀렌동크 수간호사가 그의 부드러운 눈을 똑바로 쳐다보려다 실패로 끝났지만, 그녀가 다시 한 번 시험해 본다면 어떤 결과가 될지 장담할 수 없는 일이었다. 좌우간 요아힘은 눈을 마주치는 것을 피했으며, 어쩌다가 그런 일이 벌어지게 되면 (한스 카스토르프는 자주 그를 쳐다보았기 때문이다) 보는 사람의 마음도 그리 좋지 않았다. 한스 카스토르프는 당장이라도 원장에게 달려가 물어 보고 싶은 마음이 간절했지만 우울한 심정으로 자신의 발코니에 그냥 남아 있었다. 자신이 일어나는 소리를 요아힘이 들을지도 모르므로 그럴 수도 없어서, 꾹 참고 있다가 오후 중에 베렌스를 만나기로 했다.

하지만 도무지 베렌스를 만날 수가 없었다. 정말 이상한 일이었다! 그날 저녁에도 그다음 며칠 동안 아무리 해도 베렌스를 만날 수 없었다. 요아힘 몰래 만나려고 했기 때문에 물론 그가 방해되기는 했지만, 라다만토스와 상담이 이루어지지 않고 만날 수조차 없다는 것이 그것만으로는 충분히 설명되지 않는 일이었다. 한스 카스토르프는 요양원 곳곳을 찾아다니며 그가 있는 곳을 물어 보았고, 어디에 가면 만날 수 있을 거라 해서 가 보면 그는 방금 그곳을 떠난 뒤였다. 식사 때 베렌스가 멀찍이 이류 러시아인 석에 모습을 드러냈지만 디저트를 먹기 전에 사라져 버렸다. 몇 번 한스 카스토르프는 그를 낚아챌 수 있다고 생각한 적이 있었다. 계단과 복도에서 그가 크로코프스키 박사, 수간호사, 어떤 환자와 대화를 나누고 있어서 한스 카스토르프는 그를 주시하며 기다리고 있었는데, 잠시 한눈 파는 사이에 그는 홀연히 사라지고 말았던 것이다.

나흘째에야 그는 목적을 달성할 수 있었다. 한스 카스토르프는 자신이 쫓아다니던 상대가 정원에서 정원사에게 무슨 지시를 내리고 있는 것을 발코니에서 내려다보고 부리나케 담요에서 빠져나와 저 밑으로 득달같이 달려갔다. 사실 고문관은 등을 구부리고 노 젓는 듯한 걸음걸이로 자기 집에 가는 길이었다. 한스 카스토르프는 급히 달리면서 심지어 소리까지 쳤지만 그는 듣지 못한 것 같았다. 마침내 숨을 헐떡이며 달려가 그를 멈추게 할 수 있었다.

"여기서 무슨 용건이 있습니까?" 고문관이 젖은 눈을 하고 그에게 호통을 쳤다. "당신에게 요양원 규칙 사본이라도 한 부 드려야 할까요? 내가 알기로는 지금은 요양 시간입니다. 당신의 체온 곡선과 뢴트겐 사진으로는 남작처럼 돌아다닐 특권이 없습니다. 두시에서 네 시 사이에 정원을 어슬렁거리는 자들을 혼내 주기 위해 여기 어딘가에 허수아비라도 세워 두어야겠군요! 그래, 용건이

뭡니까?"

"고문관님, 잠시 긴히 할 말이 있어서요!"

"당신이 벌써 오랫동안 그런 생각을 품고 있는 것을 눈치 챘습니다. 내가 마치 여자인 양, 마치 성적 쾌락의 대상인 양 내 뒤를 쫓아다니더군요. 나에게 무슨 할 말이 있다는 거요?"

"사촌의 일 때문입니다, 고문관님, 죄송합니다! 그는 이제 약을 바르고 있습니다. 나는 그것으로 일이 잘될 거라 확신합니다. 그건 그리 대수롭지 않은 일 같습니다. 내가 이런 말을 물어 보아도 될는지요?"

"당신은 언제나 무슨 일이든 대수롭지 않게 생각하려고 합니다, 카스토르프 군, 당신은 그런 사람입니다. 당신은 아주 심각한 문제에 관여하면서도, 그것이 대수롭지 않은 일인 양 치부함으로써 스스로 위안을 삼으려고 합니다. 당신은 일종의 비겁자이자 위선자입니다. 당신의 사촌이 당신을 민간인이라고 부른다면 그건 듣기 좋게 완곡하게 표현한 말입니다."

"그럴지도 모르겠습니다, 고문관님. 물론 내 성격에 결점이 많은 것은 두말할 나위도 없습니다. 하지만 지금 이 순간에도 그건 마찬가지입니다. 사흘 전부터 말씀드리려고 한 것은 즉……"

"나더러 달짝지근하고 맛좋은 와인을 따라 달라는 거겠지요! 나를 괴롭히고 성가시게 하면서 파렴치한 위선 행위를 저지르는 당신을 지켜 달라는 거겠지요. 다른 사람들은 깨어서 세상 물정을 경험하는 동안 당신은 세상 모르고 편히 잠이나 자려는 거겠지요."

"하지만, 고문관님, 당신은 나에게 너무 엄격하게 대하십니다. 내가 원하는 것은 반대로……"

"네, 엄격함, 그것은 당신에게 전혀 어울리지 않아요. 그 점에서 당신 사촌은 달라요. 그는 성실하고 강직한 사람입니다. 그는 세상 물정을 아는 사람입니다. 말은 하지 않지만 세상 물정을 아는 사람입니다, 아시겠어요? 그는 남의 바짓자락에 매달려 별것 아니라고 부질없는 거짓말을 해 달라고 애걸하지 않아요. 그는 자신이 한 일과 감행한 일을 알고 있습니다. 그는 의연한 태도로 침묵을 지킬 줄 아는 남자입니다. 어떻게 해서든 요령을 피워 안락을 좇는 당신 같은 사람과는 달리 그는 남성적인 본보기입니다. 미리 말해 두지만, 카스토르프 군, 당신이 여기서 법석을 떨고 소동을 벌여 민간인의 감정에 빠진다면 당신을 내쫓을 겁니다. 여기서는 사나이다운 남자를 원하니까요, 내 말 알아듣겠지요."

한스 카스토르프는 말문이 막혀 버렸다. 그도 이제 안색이 변하면 얼굴에 얼룩이 졌다. 그래도 얼굴이 적동색으로 그을려 있어 아주 창백해지는 일은 없었다. 마침내 그는 입술을 씰룩거리며 말했다.

"대단히 감사합니다, 고문관님. 나도 이제 알 만한 것은 다 압니다. 요아힘의 용태가 심각한 것이 아니라면 이렇게까지 — 뭐라 말할까요 — 이렇게까지 엄숙하게 말하지 않겠지요. 나는 법석을 떨거나 소동을 벌이지 않을 겁니다. 그 점에 있어서는 나를 잘못 보셨습니다. 조용히 있어야 한다면 나도 본분을 다할 것을 약속합니다."

"당신은 사촌에 집착하고 있군요, 한스 카스토르프!" 고문관은 이렇게 물으며 느닷없이 젊은이의 손을 잡고 흰 속눈썹 아래의 자신의 푸르고 충혈된 젖은 눈으로 쳐다보았다.

"그거야 말할 필요도 없지요, 고문관님. 그는 내 친척이고 좋은 친구이자, 이 위에서의 내 동료니까요." 한스 카스토르프는 잠시 흐느끼다가 한쪽 발을 세우고 발길을 돌렸다.

고문관은 황급히 그의 손을 놓아 주었다.

"자, 그럼 앞으로 6주 내지 8주 동안 사촌에게 잘 대해 주십시오." 그가 말했다. "무슨 일이든지 대수롭지 않게 생각하는 당신의 타고난 천성에 의지하십시오. 그러는 게 그에게도 가장 좋을 겁니다. 나도 이곳에 있으니까, 될 수 있는 대로 일이 아무 탈 없이 잘 진행되도록 애쓰겠습니다."

"후두지요?" 한스 카스토르프는 고문관에게 고개를 끄덕이며 말했다.

"후두염입니다." 베렌스는 사실대로 말했다. "파괴 작용이 급격하게 진행되고 있어요. 그리고 기관 점막도 벌써 좋지 않아 보입니다. 군대에서 호령을 한 것이 아마 국부 저항력을 떨어뜨린 모양입니다. 이렇게 다른 데로 번지면 우리는 늘 각오를 해야 합니다. 거의 가망이 없습니다. 사실 전혀 가망이 없습니다. 물론 필요한 조치는 무엇이든 해 보겠습니다."

"어머니는……" 한스 카스토르프가 말했다.

"나중에, 나중에요. 아직은 서두를 필요 없습니다. 자연스럽게 알게 되도록 신경을 써 주십시오. 이제 당신의 자리로 돌아가 주세요. 안 그러면 그가 눈치 채게 됩니다. 뒤에서 몰래 이런 이야기를 나누었다는 것을 알면 그의 기분이 가히 좋지 않을 겁니다."

날이면 날마다 요아힘은 약을 바르러 다녔다. 때는 어느 화창한 가을날이었고, 요아힘은 푸른 상의에 흰 플란넬 바지 차림으로 치료받으러 갔다가 늦은 시각에 식당에 나타날 때가 자주 있었다. 그는 말쑥하고도 군인다운 모습이었다. 그는 늦은 것을 사과하면서 간결하고도 상냥하며 남자답게 인사하고는 그를 위해 특별히 마련된 식사를 하기 위해 자리에 앉았다. 그는 사레들릴 위험이 있어서 보통 사람들과 같은 음식을 들지 않고 수프와 다진 고기와 죽을 먹었다. 식탁 동료들은 사정을 곧 눈치 챘다. 이들은 그를 '소위님'이라고 부르면서 그의 인사에 특별히 친절하고도 따뜻하게 응답했다. 그가 없을 때 이들은 한스 카스토르프에게 그의 용태에 대해 물었고, 다른 식탁에서도 다가와 물어 보았다. 슈퇴어 부인은 두 주먹을 불끈 쥐고 교양 없이 요란스레 탄식했다. 하지만 한스 카스토르프는 두세 마디밖에 하지 않았고, 사태가 심상치 않다는 것을 인정하면서도 어느 정도는 그런 사실을 부인하기도 했다. 요아힘을 미리부터 가망이 없는 사람으로 치부해서는 안 되겠다는 심정으로 그의 명예를 위해서 그랬다.

두 사촌은 함께 산책을 했는데, 하루에 세 번 규정된 산책만을 했다. 고문관이 요아힘의 체력을 불필요하게 소모하지 않도록 산보 횟수를 엄격히 제한했기 때문이다. 한스 카스토르프는 이제 사촌의 왼쪽에서 걸어갔다. 전에는 그때그때 형편에 따라 왼쪽이든 오른쪽이든 상관하지 않았는데 이제는 한스 카스토르프가 주로 왼쪽에서 걸어갔다. 두 사람은 서로 말을 그다지 많이 하지 않았다. 베르크호프에서 평일에 화제에 오를 만한 이야기만 했으며, 그 외에는 아무 말도 하지 않았다. 특히 두 사람 사이에는 점잔을 빼는 예의상의 이유 때문에 특별한 경우를 제외하고는 서로 이름을 부르는 경우가 거의 없었다. 그렇지만 때때로 민간인인 한스 카스토르프의 가슴에는 무언가가 부글부글 끓어올라 당장이라도 쏟아져 나올 듯한 순간이 있었다. 하지만 그럴 수 없는 일이었다. 고통스럽게 부글부글 끓어오르던 것이 다시 가라앉고, 그는 입을 꾹 다물었다.

요아힘은 사촌 옆에서 고개를 숙이고 걸어갔다. 그는 흙을 바라보듯 눈을 땅바닥에 떨어뜨리고 있었다. 참으로 이상야릇한 일이었다. 그는 깔끔하고 단정한 모습으로 걸어가며 마주치는 사람마다 예의 바른 태도로 인사했고, 언제나 그렇듯이 외모와 옷차림에 신경을 쓰면서, 흙으로 돌아갈 운명을 예감하고 있는 듯했다. 물론 우리들은 모두 조만간 흙으로 돌아갈 운명이다. 하지만 그토록 젊은 나이에, 군기 밑에서 근무하기를 그토록 열렬히 기쁘게 갈망하는데도 얼마 안 있어 흙으로 돌아가야 한다는 것은 쓰라린 일이었다. 이는 흙으로 돌아가야 하는 본인보다 그것을 알면서 나란히 걸어가야 하는 한스 카스토르프 자신이 더욱 괴롭고 쓰라린 일이었다. 요아힘이 알고 있으면서도 의연하게 말하지 않고 있는 사실은 실은 비현실적인 성질을 띠고 있어 자신에게는 별로 실감이 나지 않는 일이므로, 요컨대 요아힘 본인보다는 다른 사람들의 문제였다. 사실 우리의 죽음은 우리 자신의 문제라기보다는 살아 있는 사람들의 문제이다. 우리가 이제 제대로 인용할 수 있을지는 몰라도 어떤 재기 있는 현자가 한 말은 어쨌든 정신적으로 전적으로 타당하다 할 수 있다. 우리가 살아 있는 한 죽음은 존재하지 않으며, 죽음이 찾아오면 우리가 존재하지 않는 것이다. 따라서 우리와 죽음 사이에는 어떠한 현실적인 관계도 존재하지 않는다. 그리고 죽음은 우리와 하등 관련이 없으며 기껏해야 우주와 자연하고만 약간 관계가 있을 뿐이다. 그 때문에 모든 생물체들은 죽음을 아주 태연하고 무관심하며 무책임하게, 이기적으로 천진난만하게 바라본다. 한스 카스토르프는 최근 몇 주일 동안 요아힘의 태도에서 이러한 천진난만함과 무책임함을 충분히 느낄 수 있었다. 그리고 사실 자신에게 죽음이 임박했음을 알면서도 이에 대해 의연하게 침묵을 지킬 수 있는 것은 죽음에 대한 그의 내적인 관계가 절박하지 않고 관념적이었든지, 또는 그것이 실제로 고려의 대상이 되고 있다 하더라도 건전하고 예의 바른 감정에 의해 조절되고 규정되기 때문이라고 한스 카스토르프는 생각했다. 그러한 감정 때문에 이러한 사실을 알면서도 다른 수많은 불미스러운 일들과 마찬가지로 이에 대해 왈가왈부하려고 하지 않는 법이며, 생명과 관련된 갖가지 불미스러운 일들을 알고 있으면서도 예의를 지키고 이를 발설하지 않는 법이다.

이런 식으로 이들은 산책을 계속했고, 생명에 어울리지 않는 자연 현상에 대해서는 침묵을 지켰다. 처음에 기동 훈련, 즉 평지에서의 군사 훈련에 참가하지 못한 사실에 흥분하고 화가 나서 한탄하던 요아힘도 요즘에는 한마디도 하지 않았다. 그럼에도 불구하고 천진난만한 표정을 하고 있는네도 그의 부드러운 두 눈이 그토록 자주 슬프고 겁먹은 빛을 띠는 이유는 무엇일까? 수간호사가 또다시 요아힘의 눈을 쳐다보려고 했다면 이번에는 성공을 거두었을 것이라고 생각할 정도로 겁에 질린 눈이었다. 자신의 눈이 퀭하게 커지고 볼이 쑥 들어간 걸 알아서였을까? 이번주 들어 그런 모습이 눈에 띄게 드러났고, 전에 평지에서 돌아왔을 때보다 그 정도가 훨씬 더 심해졌다. 게다가 그의 그을린 얼굴색은 하루가 다르게 누런 가죽과 같은 색으로 변해 갔다. 치욕이라는 무한한 특전을 향유할 생각밖에 하지 않는 알빈 씨처럼, 그는 주위에서 그에게 수치심을 느끼고 자기모멸을 하도록 근거를 마련해 준다고 생각하는 듯했다. 한때는 그토록 당당하던 그의 눈초리가 무엇이, 누가 무서워 움츠리고 숨는단 말인가? 바깥의 자연에서 자신의 고통과 죽음에 대해 어떠한 존경과 경건함도 기대할 수 없을 거라 확신하고, 남이 보지 않는 곳에 기어 들어가 최후를 맞으려는 생물체의 생명에 대한 수치는 얼마나 불가사의한가? 기쁘게 날아오르는 새들의 무리는 병든 동료를 존중하지 않을뿐더러 격분해서 무시하고 부리로 마구 쪼아 대며 괴롭히는 걸로 보아서 이러한 확신은 당연한 것이라 할 수 있다. 하지만 이는 하등 생물계의 일이다. 한스 카스토르프는 가련한 요아힘의 눈에서 본능적인 어두운 수치심을 엿볼 때마다 가슴속에서 말할 수 없이 인간적인 사랑과 연민의 감정이 솟구쳐 올랐다. 그는 사촌의 왼쪽에서 걸었으며, 의식적으로 그렇게 했다. 그리고 이제는 요아힘의 다리의 힘도 많이 떨어졌기 때문에 한스 카스토르프는 경사진 풀밭을 올라갈 때는 평소의 점잔빼는 예의범절을 버리고 그의 팔을 껴안으며 부축해 주기도 했다. 또 경사면을 다 올라가서도 어깨에서 팔을 내려놓는 것을 한동안 잊는 바람에 요아힘은 약간 화난 듯이 그를 뿌리치며 이렇게 말했다.

"아니, 너 왜 이래. 이런 꼴로 가다가는 누가 보면 술주정뱅이로 알겠어."

그러다가 얼마 안 가서 한스 카스토르프 청년에게 요아힘의 슬픈 눈초리가 지금까지와는 다르게 보이는 순간이 왔다. 그것은 요아힘이 침대에서 지내도록 명령받은 11월 초의 일이었다. 사방에 눈이 잔뜩 쌓여 있었다. 그 무렵에 요아힘은 음식을 두 입만 먹어도 목이 메었기 때문에 다진 고기와 죽만 먹어도 속이 무척 거북했다. 그래서 그는 오직 유동식만 섭취하도록 지시를 받았고, 이와 동시에 베렌스는 체력의 소모를 막도록 침대에 계속 누워 지내라는 지시를 내렸다. 그리하여 요아힘이 침대에서 누워 지내게 된 전날 저녁, 두 발로 걸어 다닐 수 있는 마지막 저녁에 한스 카스토르프는 마루샤와 대화를 나누는 사촌을 보았다. 오렌지 향내 나는 수건을 입에 대고, 가슴이 풍만하며 까닭 없이 웃기 잘하는 마루샤와 대화를 나누는 요아힘을 말이다. 저녁 식사 후 사교 모임을 갖는 홀에서였다. 한스 카스토르프는 피아노가 놓인 음악 살롱에 있다가 요아힘을 찾으러 나왔는데, 그때 그는 마루샤가 앉은 의자 옆 타일을 붙인 벽난로 앞에 사촌이 서 있는 것을 보았다. 마루샤는 흔들의자에 앉아 있었다. 요아힘이 왼손을 그 의자 등받이에 대고 몸을 비스듬히 젖히고 있어서 누운 자세가 된 마루샤는 둥근 갈색 눈으로 그의 얼굴을 쳐다보았다. 요아힘이 그녀에게 고개를 숙이고 나지막하게 띄엄띄엄 말하는 동안 마루샤는 때때로 미소를 지으며 흥분하기도 하고 무시하기도 하는 듯 어깨를 으쓱하는 것이었다.

한스 카스토르프는 서둘러 물러났으나, 다른 손님들이 언제나 그렇듯이 그 장면을 재미있게 지켜보는 것을 눈치 챌 수 있었다. 요아힘은 그것을 모르는지, 또는 모르는 척하는지 알 수 없었다. 요아힘이 모든 것을 잊어버리고 황홀하게 가슴이 풍만한 마루샤와 대화를 나누고 있는 이러한 광경은 최근 들어 불쌍한 사촌에게서 나타나는 쇠약의 징조보다도 더 한스 카스토르프에게 충격을 주었다. 이때까지 마루샤와 그토록 오랫동안 같은 식탁에 앉으면서도 한마디도 대화를 나눈 적이 없는 요아힘이 아닌가. 그녀가 화제에 오르면 얼굴이 얼룩지며 창백해졌지만, 그녀의 면전에서는 근엄한 얼굴을 하고 눈을 내리깔면서 분별 있고 명예를 중히 여기는 태도를 취하지 않았던가. '그렇다, 이제 희망을 잃어버렸구나!' 그는 이렇게 생각하고, 이 마지막 저녁 홀에서 사촌에게 허락된 시간을 빼앗지 않기 위해 음악 살롱의 조그만 의자에 조용히 앉았다.

이리하여 이때부터 요아힘은 줄곧 수평 생활을 하며 지내게 되었고, 한스 카스토르프는 이 사실을 이모 루이제 침센에게 알렸다. 훌륭한 접이식 침대에 누워, 그가 전부터 그때그때 알려 주고 있는 보고에 덧붙여, 요아힘이 침대 생활에 들어갔고, 입 밖에 내서 말하지는 않지만 어머니가 찾아와 주었으면 하는 소망을 그의 눈에서 읽을 수 있으며, 베렌스 고문관도 이러한 무언의 소망을 분명히 지지하고 있다고 썼다. 그러므로 침센 부인이 아들을 보기 위해 급행열차를 타고 득달같이 달려온 것은 이상한 일이 아니었다. 한스 카스토르프가 급히 전보를 친 지 사흘 후에 그녀가 도착했고, 한스 카스토르프는 눈보라 속을 썰매를 타고 도르프 역으로 그녀를 마중 나갔다. 그는 열차가 들어오기 전에 승강장에 서서 어머니가 너무 놀라지 않도록 단정한 표정을 지었고, 또한 어머니가 첫눈에 자신의 밝은 표정을 보고 쓸데없는 희망을 품지 않도록 각별히 신경을 썼다.

여기서 벌써 얼마나 많은 만남과 인사가 있었겠는가! 열차에서 내리는 자와 마중 나온 자가 서로를 향해 달려가면서 간절하고도 불안하게 서로의 표정을 살피는 모습이 얼마나 자주 일어났겠는가! 침센 부인은 함부르크에서 여기까지 한걸음에 달려온 듯한 인상을 주었다. 그녀는 상기된 얼굴로 한스 카스토르프의 손을 자신의 가슴 쪽으로 끌어당기고, 다소 겁먹은 표정으로 주위를 둘러보면서 마치 비밀스러운 질문을 하듯 황급히 물었다. 그는 이 질문에 대한 답을 피하고는 이렇게 빨리 와 주셔서 고맙다고 말하면서, 정말, 잘됐어요, 요아힘도 무척 기뻐할 거예요, 라고 말했다. 요아힘은 유감스럽게도 당분간 누워 지내지만 이는 유동식을 한 때문이며, 물론 그 결과 체력에 영향을 주지 않을 수 없다고 일러 주었다. 하지만 필요하다면 여러 가지 방법이 있는데, 예를 들면 인공적인 영양 섭취가 있다고 말했다. 게다가 그녀 자신이 이 모든 것을 직접 눈으로 보게 될 거라고 말했다.

그녀는 직접 보았고, 그녀 옆에서 한스 카스토르프도 보았다. 그

제아 비로소 그는 최근 몇 주일 동안 사촌에게 일어난 변화를, 지금 이 순간, 두 눈으로 확연히 볼 수 있었다. 젊은이들은 그런 변화를 제대로 보는 눈이 없기 때문이었다. 그러나 지금, 외부에서 온 어머니 옆에서 그는 오랫동안 사촌을 보지 못한 것처럼, 마치 어머니의 눈으로 보는 것처럼 찬찬히 살피면서, 어머니도 필시 알아차렸음에 틀림없는 것을 분명하고도 또렷이 보았다. 그리고 세 사람 가운데 요아힘 자신이 가장 잘 알고 있는 사실, 즉 그가 위독한 환자라는 사실을 그녀는 분명히 알게 되었다. 요아힘은 자신의 얼굴처럼 누렇게 말라 있는 손으로 어머니의 손을 꼭 붙잡았다. 그가 건강할 때 가벼운 걱정거리였던 귀는 사실 얼굴이 마르는 바람에 전보다 더 심하게, 보기 딱할 정도로 흉하게 옆으로 튀어나와 있었다. 하지만 이러한 결점을 제외하고는, 고뇌의 흔적과 진지하고 엄격한 표정, 그러니까 당당한 표정 때문에 오히려 남자답게 멋져 보였다. 검은 수염 밑의 입술은 쑥 들어간 그늘진 볼과 현격한 대조를 이루었지만 말이다. 이마의 누르스름한 피부에는 두 눈 사이에 깊은 주름이 패어 있었다. 눈은 뼈가 드러나 보이는 구멍 속에 자리 잡고 있었지만, 전보다 더 멋지고 커서 한스 카스토르프는 그 눈을 보고 어떤 기쁨을 느낄 수 있었다. 요아힘이 침대에 누운 이래로 그의 눈에서 혼란, 슬픔, 불안의 빛이 깡그리 사라졌고, 앞서 말한 광채만이 고요하고 어두운 깊은 곳에서 빛나고 있었기 때문이다. 그리고 물론 예의 '위협' 적인 눈초리도 남아 있었다. 그는 어머니의 손을 잡고 속삭이는 소리로 "안녕하세요, 잘 오셨어요!"라는 인사말을 하면서도 미소는 짓지 않았다. 어머니가 방에 들어

섰을 때도 그는 잠시도 미소를 지어 보이지 않았는데, 움직이지 않고 변화하지 않는 이러한 무표정이 모든 것을 말해 주었다.

루이제 침센은 의지가 강한 여자였다. 착한 아들의 참담한 모습을 보고도 이성을 잃지 않았다. 거의 눈에 띄지 않는 그물망으로 머리칼을 고정시키고 있는 것에서 느껴지는 그녀의 침착하고 야무진 자세로, 알다시피 그녀의 고향 사람들에게서 보이는 냉정하고 힘찬 태도로 그녀는 아들의 간호를 맡았다. 아들의 모습을 보고 그는 어머니로서의 투쟁심을 자극받았고, 지극정성으로 보살피면 아들이 살아날 수 있으리라는 믿음에 차 있었다. 2, 3일 후에 중환자를 돌보는 간호사도 부르는 데 동의했는데, 이는 자신이 편하자고 그러는 게 아니라 체면을 생각해서였다. 그런데 검은 손가방을 갖고 요아힘의 침상에 나타난 사람은 베르타 간호사, 알프레다 쉴트크네히트였다. 하지만 낮이고 밤이고 침센 부인이 간호를 도맡아 하다시피 했기 때문에, 베르타 간호사는 시간이 많이 남아 복도에 서서 귀 뒤에 코안경 줄을 걸고 호기심어린 눈길로 주위를 살피곤 했다.

신교를 믿는 이 교구 간호사는 무미건조한 여자였다. 그녀는 요아힘이 잠자지 않고 두 눈을 크게 뜨고 누워 있는 병실에서 한스 카스토르프에게 이렇게 주책없이 말하는 것이었다.

"나는 두 분 중의 한 분이 죽음을 맞을 때 간호하게 되리라고는 꿈에도 생각하지 못했어요."

깜짝 놀란 한스 카스토르프는 험악한 얼굴을 하고 주먹을 쥐어 보였지만, 그녀는 그 의미를 제대로 파악하지 못했다. 그녀는 당

연히 요이힘의 기분을 달래 주려고 해야 할 텐데 그런 생각조차
하지 못했다. 그리고 이 환자의 용태와 결말에 대해 누군가가, 특
히 가장 가까운 사람이 헛된 망상을 품고 있으리라고 고려해야 할
터인데 그러지 않았다. "이것 보세요." 그녀는 오드콜로뉴 향수를
뿌린 손수건을 요아힘의 코에 갖다 대면서 말했다. "힘을 좀 내세
요, 소위님!" 침센 부인이 힘차고도 감동적인 목소리로 아들의 병
이 낫기를 바라는 말을 할 때처럼 아들을 격려해서 힘을 내게 하
려는 목적에서라면 몰라도, 이제 와서 선량한 요아힘에게 헛된 희
망을 품으라고 하는 것은 현실적으로 의미가 없었다. 왜냐하면 두
가지 일이 확실해서 의심의 여지가 없었기 때문이다. 첫째로, 요
아힘은 의식이 말짱한 채로 죽음에 가까워지고 있으며, 둘째로,
그가 불안과 번민도 없이 담담하게 죽음을 기다리고 있다는 사실
이다. 11월 하순의 마지막 주에 가서 비로소 심장이 눈에 띄게 쇠
약해졌을 때, 그는 몇 시간 동안이나 의식을 잃었다. 그는 혼미한
가운데 자신의 상태에 대해 희망에 차서, 얼마 안 있어 연대로 복
귀할 거라고 말했고, 아직도 훈련이 계속되는 줄 알고 기동 대훈
련에 참가할 거라고 했다. 하지만 바로 이 순간에 베렌스 고문관
은 어머니와 사촌에게 희망을 주는 일을 포기하고, 이제 임종이
시간문제라고 선언했다.

사실 파괴 작용이 치명적인 죽음의 종착지에 가까워지는 순간
에는 기질이 강한 사람도 갑자기 자신의 상태를 망각하고 살아날
수 있다고 자기기만에 빠지는 현상은 으레 있는 일일뿐더러 우울
한 일이다. 이는 동사(凍死)에 직면한 사람이 잠의 유혹에 빠지는

현상이나, 길을 잃은 자가 빙빙 도는 현상처럼 모든 개인적 의식을 뛰어넘는 법칙적이고 비개인적인 현상이다. 한스 카스토르프는 슬프고 마음이 아팠지만 이러한 현상을 객관적으로 파악하고, 나프타와 세템브리니에게 사촌의 용태를 보고할 때 이들과 대화하면서 그런 현상에 대해 예리하기는 하지만 서투르게 관찰한 내용을 연결시켜 말하다가 세템브리니의 꾸지람을 받았다. 세간에서는 흔히 철학적인 낙관과 좋은 쪽을 믿는 확신이 건강함의 표현이고, 반대로 비관과 염세적인 생각이 병의 징후라고 말하는데, 자기가 볼 때 이것은 분명히 잘못된 생각이라는 것이다. 그렇지 않다면 절망적인 최후 상태에 이르러 저렇게 낙관적인 모습을 보일 수 없다는 것이다. 저런 병적인 장밋빛 환상에 비하면 이전의 침울한 상태는 옹골차고 건강한 삶의 표현으로 보인다는 것이다. 다행히도 라다만토스가 절망적인 가운데서도 희망의 여지를 남겨주어, 요아힘이 젊지만 아무런 고통 없이 조용히 숨을 거두게 될 거라고 말했다고 한스 카스토르프는 관심을 갖는 사람들에게 보고할 수 있었다.

"심장의 목가적인 정지 현상입니다, 부인." 베렌스는 삽처럼 커다란 두 손으로 루이제 침센 부인의 손을 잡고, 눈물에 젖고 충혈된 푸른 눈으로 위를 쳐다보면서 말했다. "나로서는 만족, 대단히 만족스럽습니다. 모든 일이 순조롭게 진행되고 있어, 후두의 성문(聲門) 수종(水腫)이나 그 밖의 굴욕적인 증상을 겪지 않아도 된다는 점에서 말입니다. 아드님은 온갖 괴로운 일을 겪지 않아도 됩니다. 심장이 곧 멎어 버리겠지만, 이는 자신이나 우리에게 고마운 일입니다. 우리는 캠퍼 수사를 놓는 등 우리의 본분을 다 하겠지만, 그것으로 번거로운 일들을 당하게 할 희망은 별로 없습니다. 아드님은 마지막으로 곱게 잠들어서 꿈꾸듯이 죽음의 길로 들어설 거라고 약속할 수 있습니다. 그리고 마지막에 가서 잠이 들지 않는다고 해도 자기도 모르는 새 훌쩍 가 버릴 테니까 본인에게는 이나저나 마찬가지일 겁니다. 이 점만은 장담할 수 있습니다. 그리고 사실 이것은 어떤 경우에도 매한가지입니다. 나는 죽음을 알고 있으며, 오래전부터 죽음의 하수인으로 일하고 있는데, 사람들이 죽음을 과대평가한다는 내 말을 믿어 주십시오! 죽음이란 거의 아무것도 아니라고 말씀드릴 수 있습니다. 경우에 따라 죽기 전에 식은땀을 흘리며 괴로워하는 일도 있지만 이는 죽음이 하는 일이라고 볼 수 없습니다. 이 경우는 산 채로 잡혀 팔딱팔딱 뛰는 물고기처럼 살아서 회복될 수도 있습니다. 하지만 다시 살아난 사람이라 하더라도 죽음에 대해 무언가 제대로 말할 수는 없을 겁니다. 우리는 죽음을 경험하지 못하기 때문입니다. 우리는 어둠에서 생겨나 어둠으로 돌아가는 존재입니다. 이러한 두 어둠 사이에서 우리는 많은 경험을 하지만, 시작과 끝, 즉 출생과 죽음은 체험하지 못합니다. 이 두 가지는 주체적인 성격을 갖지 못하며, 자연적 사건으로 객관의 영역에 속할 뿐입니다. 죽음이란 그런 것입니다."

이것이 베렌스 고문관의 위로 방식이었다. 우리는 분별 있는 침센 부인이 이 말로 어느 정도 마음이 진정되었기를 바라기로 하자. 그리고 고문관의 예언은 상당한 정도까지 그대로 적중되었다. 쇠약해진 요아힘이 이 마지막 며칠 동안 많은 시간 잠을 잤는데, 기분 좋은 꿈을 꾸는 것 같기도 했다. 아마 평지에서 군인으로 근무하고 훈련하는 일에 관한 꿈이었을 것이다. 그리고 그가 잠에서 깨어났을 때 기분이 어떠냐고 물어 보면 또렷하지는 않지만 그때마다 기분이 좋고 행복한 느낌이라고 대답했다. 그렇지만 그는 거의 맥박이 뛰지 않아 결국에는 주사 바늘의 통증도 느끼지 못하게 되었다. 몸의 감각이 없어져 불에 데고 꼬집어도 선량한 요아힘은 이제는 더는 아무것도 느끼지 못할 것 같았다.

그래도 어머니가 오고 난 후 요아힘에게는 커다란 변화가 일어났다. 면도하는 게 힘들어서, 8일에서 10일 전부터 면도를 하지 않아 그의 수염은 텁수룩하게 자라 있었다. 그래서 부드러운 눈을 한 그의 밀랍 같은 얼굴은 이제 검은 수염으로 온통 뒤덮였다. 이는 전쟁터에서 자라는 대로 내버려둔 군인 수염 그대로였다. 그리고 이 수염은 모두들 인정하듯이 아닌 게 아니라 그를 멋지고 남자답게 보이게 했다. 그렇다, 요아힘은 이 수염으로 말미암아 별안간 젊은이에서 어른이 되었는데, 어쩌면 단지 수염 때문만은 아닐지도 몰랐다. 그는 태엽이 끊긴 시계처럼 순식간에 일생을 마쳤고, 시간의 흐름 속에서 도달할 수 없는 연령층을 눈깜짝할 사이에 통과해 마지막 24시간 만에 노인이 되어 버렸던 것이다. 그의 심장이 쇠약해져 얼굴이 고통스러울 정도로 부어올라서, 한스 카스토르프는 죽는다는 것이 적어도 대단히 힘든 일이구나 하는 인상을 받았다. 그런데 정작 당사자는 여러 가지 감각이 상실되고 감퇴하는 바람에 이를 잘 느끼지 못하는 모양이었다. 특히 입술 부분이 가장 심하게 부어 올랐고, 입 안이 바싹 말라붙거나 신경이 없어지는 바람에 요아힘은 말을 하려 해도 노인처럼 우물거릴 뿐이었다. 게다가 그 자신도 이러한 장애 현상에 정말 화가 나서 이것만 없어도 모든 일이 잘될 텐데 하고 혀 꼬부라진 소리로 말했다. 이러한 현상은 저주스러울 정도로 성가신 일이라고 했다.

'모든 일이 잘될' 거라는 그의 말이 무슨 뜻인지 그리 분명하지는 않았다. 요아힘과 같은 상태에서는 모호하게 말하는 것이 흔히 눈에 띄는 경향이었는데, 그는 한 번 이상 그런 모호한 말을 입 밖에 냈고, 자기가 하는 말뜻을 아는 것 같기도, 모르는 것 같기도 했다. 그리고 한 번은 무(無)로 해체된다는 생각에 전율을 느꼈는지, 머리를 흔들면서 모종의 회한에 잠겨 이렇게 견딜 수 없는 기분은 난생처음이라고 말했다.

이 일이 있고 난 뒤부터 그는 반항하는 태도를 보였고, 근엄하고 퉁명스럽게, 즉 불손해졌다. 그는 어떤 위로나 미화하는 이야기도 받아들이지 않았고, 그런 말에는 대답도 하지 않았으며, 낯선 눈초리로 앞만 응시할 뿐이었다. 특히 루이제 침센이 부른 젊은 목사는 풀 먹인 빳빳한 칼라가 아닌 가운의 목깃만 달고 있어 한스 카스토르프를 실망시켰는데, 그가 요아힘과 함께 기도를 드린 후로는 요아힘의 태도는 사무적이고 군대적인 색채를 띠었고, 부탁을 할 때에도 짧게 명령조로만 말했다.

오후 여섯 시부터 그는 독특한 행동을 하기 시작했다. 그는 금팔찌를 찬 오른손으로 침대 시트 위의 허리 부근을 자꾸 쓰다듬었다.

그럴 때마다 손을 약간씩 들어 무언가를 끌어당기는 듯, 쓸어 담기라도 하는 듯, 자기 쪽으로 끌어당기는 것이었다.

오후 일곱 시에 요아힘은 숨을 거두었다. 알프레다 쉴트크네히트는 그때 복도에 나가 있었고, 어머니와 사촌만이 그 자리에 있었다. 요아힘은 침대 속에 쑥 들어가 있었기 때문에, 좀 더 높게 올려 달라고 짧게 명령했다. 침센 부인이 그의 두 어깨를 팔로 감싸고 명령을 실행하는 동안 그는 즉각 휴가 연장 청원서를 작성해서 제출해야겠다고 황급히 말했다. 그리고 그 말을 하는 동안 그는 '어느덧 저세상의 경계선'을 넘어서고 말았다. 붉은 천에 덮인 전기스탠드의 불빛이 은은하게 빛나는 가운데 한스 카스토르프는 경건한 마음으로 그의 임종 모습을 지켜보았다. 요아힘의 눈동자가 풀렸고, 자기도 모르게 긴장하던 얼굴 표정이 사라졌으며, 힘들게 부풀어 올랐던 입술이 곧 정상으로 되돌아갔다. 요아힘의 말없는 얼굴에 젊은이다운 아름다움이 은은히 번지더니, 그것으로 끝이었다.

루이제 침센 부인이 흐느끼면서 얼굴을 돌려 버렸기 때문에 그는 꼼짝도 하지 않고 숨도 쉬지 않는 요아힘의 눈꺼풀을 약손가락 끝으로 감겨 주고, 그의 두 손을 시트 위에 가지런하게 모아 주었다. 그러고는 그도 서서 울었는데, 일찍이 영국 해군 장교를 그토록 애태우게 했던 눈물이 그의 두 뺨에 주르르 흘러내렸다. 이 맑은 액체는 세계 어디서나 어느 때고 아낌없이 쓰라리게 줄줄 흘러내려, 어떤 시인은 이 세상을 눈물의 골짜기라고 읊었던 것이다. 이것은 몸과 마음이 심한 고통을 받을 때 신경이 충격을 받아 우리의 몸에서 찌내는, 염분을 시닌 알칼리성 선(腺) 분비물이었다. 한스 카스토르프는 눈물에 점액소와 단백질이 조금 함유되어 있는 것을 알고 있었다.

베르타 간호사로부터 보고를 받고 고문관이 나타났다. 30분 전만 해도 그는 그곳에서 캠퍼 주사를 놓았는데, 요아힘이 어느덧 유명(幽冥)의 길로 들어선 순간에는 정작 그 자리에 없었던 것이다. "자, 드디어 유명을 달리했군요." 고문관은 고동이 멎은 요아힘의 가슴에서 청진기를 떼면서 담담하게 말했다. 그리고 그는 두 친족의 손을 잡고는 고개를 끄덕여 보였다. 그런 후 그는 두 사람과 함께 침대 옆에 서서 수염이 텁수룩하고 꼼짝도 하지 않는 요아힘의 얼굴을 한동안 물끄러미 들여다보았다. "무분별한 젊은이, 멋있는 분이었습니다." 그는 누워 있는 젊은이를 턱으로 가리키면서 어깨 너머로 말했다. "무리하게 강행군을 했습니다. 말할 것도 없이 평지에서의 그의 군 복무는 무리와 강행군의 연속이었습니다. 열이 있는데도 그는 이판사판으로 군 복무를 했습니다. 명예로운 전쟁터에서 말입니다. 우리에게서 달아나 명예로운 전쟁터로 간 도망자였던 겁니다. 하지만 명예가 그에게는 죽음이었고, 그리고 죽음은─어느 쪽을 먼저 말해도 상관없습니다─이제 어쨌든 '뵙게 되어 영광입니다!' 라고 말했습니다. 멋있는 젊은이고, 무모한 분이었습니다." 이렇게 말한 고문관은 큰 키를 구부리고 목덜미를 드러낸 채 가 버렸다.

요아힘의 유해는 고향으로 운반하기로 결정했고, 베르크호프 당국은 그에 필요한 모든 조치와 그 밖에 적절하다고 생각되는 온갖 조치를 취해 주어, 어머니와 사촌은 손 하나 까딱할 필요가 없었다. 다음날 요아힘에게는 비단 셔츠가 입혀졌고, 시트는 꽃으로 장식되었다. 희미한 눈빛을 받으며 조용히 누워 있는 그의 모습은 유명의 길로 들어선 직후보다도 더 멋져 보였다. 긴장의 흔적은 이제 얼굴에서 씻은 듯이 사라졌고, 차가워진 얼굴은 말없이 순수하기 그지없는 형태로 그대로 고정되어 있었다. 짧은 까만 고수머리가 움직이지 않는 누런 이마에 드리워졌고, 그 이마는 밀랍과 대리석 사이의 고귀하지만 미묘한 소재로 만들어진 것 같았다. 그리고 입술 주위에는 마찬가지로 아주 곱슬곱슬한 수염이 텁수룩하고도 당당하게 자라 있었다. 작별 인사를 하러 온 어떤 조문객은 이 머리에는 고대의 투구가 제격일 거라고 말하기도 했다.

슈퇴어 부인은 고인이 된 요아힘의 유해를 보고 감격하여 눈물을 흘렸다. "영웅이었어요! 정말 영웅이었어요!" 그녀는 여러 번 이렇게 소리치며 그의 장례식에는 베토벤의 '에로티카'를 연주해야 한다고 말했다. 교양 없는 그녀는 「영웅교향곡」인 「에로이카」를 '최음제'를 뜻하는 '에로티카'로 잘못 발음했던 것이다.

"좀 가만히 계세요!" 세템브리니가 옆에서 쉿 하며 조용히 하라고 말했다. 그는 나프타와 함께 요아힘의 방에 찾아와 역시 진심으로 감동하고 있었다. 그는 두 손으로 요아힘을 가리키며 그 자리에 있는 사람들에게 애도하라고 촉구했다. "이렇게 호감이 가고 훌륭한 청년을!" 그는 이탈리아어로 연이어 소리쳤다.

나프타는 숙연한 자세로 세템브리니는 쳐다보지도 않고 나지막하고 신랄하게 말했다.

"당신이 자유와 진보 말고 엄숙한 것에도 마음이 동하는 걸 보니 기쁩니다."

세템브리니는 그 말을 잠자코 듣고 있었다. 어쩌면 상황이 상황이니만큼 일시적으로 나프타의 입장이 자신보다 우월하다고 느꼈을지도 모른다. 아마 상대방의 일시적인 우월감을 상쇄하려고 그는 슬픔을 강조하려는 것 같았다. 나프타가 자신의 유리한 입장을 이용하여 다음과 같이 교훈조로 말했을 때도 세템브리니는 그냥 잠자코 듣고만 있었다.

"문사의 오류는 정신만이 품위 있게 만든다고 생각하는 점입니다. 오히려 그 반대가 진실입니다. 정신이 없는 곳에만 품위가 있는 법입니다."

'아니, 이건 수수께끼 같은 발언인걸! 이 말을 한 후에 입술을 다물고 있으면 당분간 주눅 들고 말겠어.' 한스 카스토르프는 생각했다.

오후가 되자 금속제의 관이 운반되어 왔다. 금 고리와 사자 머리로 장식한 화려한 관에 요아힘의 시신이 옮겨질 때 관과 함께 따라온 사나이는 아무의 손도 빌리려고 하지 않았다. 장례를 부탁받은 장의사와 친척 관계인 그 사나이는 짧은 프록코트 같은 검은 옷을 입었고, 무딘 손에는 결혼반지를 끼고 있었다. 그 누런 반지는 말하자면 살 속에 파고들어가, 살에 완전히 파묻혀 있었다. 그의 프록코트에서 시체 냄새가 나는 것 같았지만, 이는 선입견에 의한 생각이었다. 그렇지만 그 사나이는 자신의 모든 작업이 무대 뒤에서 이루어져야 하고, 경건하고 정연하게 끝난 결과만을 유족에게 보여 주어야 한다는 전문가적 자부심을 엿보이게 했다. 바로 이러한 사실이 한스 카스토르프의 불신을 불러일으켰고, 그의 취향에도 전혀 맞지 않았다. 그는 침센 부인에게는 물러가 있도록 했지만, 정작 자신은 나가 달라고 해도 남아서 그 사나이를 도와주었다. 그는 시신의 겨드랑이 밑에 손을 넣어 시신을 침대에서 관으로 옮기는 일을 도왔다. 요아힘의 유해는 관 속의 아마포 시트와 술 달린 쿠션 위에 높다랗고 엄숙하게 놓였고, 관 좌우에는 베르크호프 딩국이 준비한 커다란 촛대가 세워졌다.

하지만 그 다음날 새로운 현상이 나타나 한스 카스토르프는 마음속으로 유해와 작별을 고하고, 전문가, 즉 사악한 경건함의 수호자에게 뒷일을 맡기고 그 자리를 떠나야겠다는 결심을 했다. 왜냐하면 지금까지 그토록 엄숙하고 근엄하던 요아힘의 얼굴이 텁수룩한 수염 속에서 미소 짓기 시작한 때문이었다. 한스 카스토르프는 그 미소가 더욱 심하게 변한다는 것을 알고 있었기에 서둘러 그곳을 떠나야겠다는 생각에 사로잡혔다. 따라서 관이 닫히고 나사못으로 잠긴 후 시신을 운구할 시간이 임박한 것은 차라리 다행이었다. 한스 카스토르프는 천성적으로 예의 바르게 점잔빼는 성격을 잠시 접어 두고 죽은 요아힘의 돌처럼 차디찬 이마에 부드럽게 작별 키스를 하고는, 무대 뒤에서 일하는 사나이를 신뢰할 수는 없었지만 루이제 침센과 함께 고분고분하게 방 밖으로 나갔다.

마지막으로 끝을 맺기 전에 일단 여기서 막을 내리기로 하자. 하지만 막이 천천히 내려가는 동안, 이 높은 지대에 홀로 남게 된 한스 카스토르프와 함께 마음속으로 저 널리 아래, 평지의 축축한 묘지에 눈을 돌리기로 하자. 그리고 그곳에서 군도가 번쩍이며 내려지고, 호령 소리가 찌렁찌렁 울리는 가운데, 나무뿌리가 엉킨 요아힘의 군인 묘지 위에서 열광적인 경의를 표하며 시끄럽게 울려 퍼지는 세 발의 소총 사격 소리에 귀를 기울이기로 하자.

제7장

해변 산책

    우리는 시간을, 순전히 시간 그 자체로 이야기할 수 있을까? 정말이지, 아니다, 그것은 말도 안 되는 바보 같은 짓이다. '시간이 지나갔고, 시간이 경과했으며, 시간이 흘러갔다.' 건전한 상식이 있는 사람이라면 이런 식으로 진행되는 이야기를 결코 이야기라고 부르지 않을 것이다. 그것은 똑같은 음이나 화음을 한 시간 동안 미친 듯이 계속 울려 대고는 이를 음악이라고 말하는 거나 마찬가지이다. 이야기는 시간을 채우고, 시간을 '품위 있게 메우며', 시간을 '잘게 나누고', 시간에 '내용을 부여하여', 언제나 '무언가를 시작한다'는 점에서 음악과 흡사하기 때문이다. 이것은 고인이 된 요아힘이 어떤 기회에 입 밖에 낸 말, 망자가 된 사람의 말을 추억하는 의미에서 슬프고도 경건한 기분으로 인용해 본 것이다. 아득히 오래전에 잊힌 이 말이, 얼마나 오랫동안 잊혀져 있었는가를 독자가 과연 또렷하게 기억하고 있는지 모르겠다.

시간이 삶의 기본 요소이듯이, 시간은 이야기의 기본 요소이다. 시간이 공간 내의 물체와 결부되어 있듯이, 시간은 이야기와도 불가분의 관계에 있다. 시간은 시간을 재고 나누며, 시간을 짧게 하기도 하고 동시에 값지게도 하는 음악의 기본 요소이기도 하다. 그런 점에서 방금 말했듯이 음악은 이야기와 유사하다. 이야기도 음악과 마찬가지로 (조형 예술 작품처럼 단번에 눈에 들어오며, 물체로서만 시간에 결부되어 나타나는 것과는 달리) 연속적으로만, 시간이 경과해야만 자신의 모습을 드러낼 수 있다. 그리고 어느 한 순간에 전체의 모습을 드러내려고 한다 하더라도 이야기로 나타나기 위해서는 반드시 시간을 필요로 한다.

이는 누구나 다 아는 자명한 사실이다. 하지만 이야기와 음악 사이에 차이점이 있다는 것도 역시 분명한 사실이다. 음악의 시간적 요소는 단 한 가지뿐으로, 그것은 인간의 지상의 시간을 잘라내 구분 짓는 일이다. 구분된 부분에 음악이 흘러 들어가, 그것을 말할 수 없이 고상하게 드높이는 것이다. 반면에 이야기는 두 가지 종류의 시간을 갖고 있다. 그 하나는 이야기 자신의 시간, 이야기가 진행되고 나타나는 데 필요한 음악적이고 현실적인 시간이다. 다른 하나는 서술 시점과 관련되는 이야기의 내용에 따른 시간이다. 그런데 이 경우는 아주 달라서, 이야기의 허구적인 시간이 음악적 시간과 거의, 아니 꼭 일치하는 경우도 있지만, 서로 아주 판이하게 다를 수도 있다. 「5분 왈츠」라는 음악 작품은 5분간 지속되는 곡이다. 이런 점에서 시간에 대한 그 왈츠 곡의 관계는 그것밖에 없다. 하지만 내용 시간이 5분인 이야기, 그 5분 동안 일어난 이야기를 나름대로 극단적으로 세세하게 이야기한다면 5분의 천 배도 걸릴 수 있다. 그리고 이때 허구적인 내용 시간 5분에 비해 그 시간이 무척 지루하겠지만, 아주 짧게 느껴질 수도 있다. 다른 한편으로 이야기의 내용 시간이 엄청 길게 지속되는 바람에 이야기를 대폭 줄여서 말하는 일이 생길 수도 있다. 우리가 '줄여서' 말한다고 하는 것은 어떤 환상적인 요소, 아주 명확히 말하면 여기에 분명히 관련되는 어떤 병적인 요소를 암시하기 위해서이다. 즉 이야기가 연금술적인 마술이나 시간을 초월하는 시점을 사용하는 경우가 그렇다고 할 수 있는데, 이러한 경우들은 현실적인 경험의 어떤 비정상적인 사례나 분명히 초감각적인 것을 나타내 주는 사례들을 떠올리게 한다. 그러면 아편 복용자의 수기를 살펴보기로 하자. 아편에 취한 자는 황홀경에 빠져 있는 짧은 시간 동안에 온갖 환상을 두루 겪는다고 한다. 그 환상의 시간적 범위는 10년, 30년, 아니 60년에 달하거나, 또는 심지어 인간이 경험할 수 있는 시간의 한계를 넘는다고 한다. 그러므로 그러한 환상의 허구적인 시공간은 실제로 이야기하는 데 걸리는 시간을 엄청 초과하여, 시간 체험을 믿을 수 없을 정도로 대폭 줄이는 것이 필요하다. 마약인 하시시 복용자의 말에 따르면, 그것에 도취된 자의 뇌에서 '망가진 시계의 태엽마냥 무언가가 제거되기라도' 한 것처럼 눈부신 속도로 온갖 상념이 밀려든다는 것이다.

따라서 이러한 아편 복용자의 환상과 마찬가지로 이야기는 시간을 늘리거나 줄일 수 있으며, 마찬가지로 시간을 다룰 수 있는 것이다. 그러나 이야기가 시간을 '다룰' 수 있기 때문에 이야기의 기본 요소인 시간이 이야기의 대상이 될 수 있는 게 분명하다. 그러니 '시간을 이야기할 수 있다'는 지나친 말이긴 해도 시간에 대해 이야기하려는 생각은, 처음에 그래 보였던 것과는 달리 결코 이치에 어긋나는 시도는 아닌 것으로 보인다. 따라서 '시대 소설'이라는 명칭에는 독특하게 몽상적인 이중적 의미가 담겨 있다. 사실 시간을 이야기할 수 있는가 하는 질문을 던진 것은 현재 진행되는 이야기에서 정말 시간을 이야기하려는 생각이 있음을 고백하기 위해서이다. 그러는 사이에 고인이 된, 명예를 중히 여기는 요아힘이 언젠가 대화 중에 음악과 시간에 대해 불쑥 꺼낸 말이 (아닌 게 아니라 그러한 이야기를 했다는 사실이 착실한 요아힘의 본성에 맞지 않으므로, 그의 본질이 어떤 연금술적인 고양을 한 것으로 볼 수 있다) 지금으로부터 언제 적 이야기인가를, 우리 주위에 모인 독자들이 또렷이 기억하고 있는지 하는 문제를 언뜻 언급한 적이 있었다. 사실 현재 그것을 독자가 제대로 기억하지 못하고 있다고 해도 우리는 그다지 화내지 않을 것이다. 화를 내기는커녕 오히려 만족스럽게 생각할지도 모른다. 이는 모든 독자가 주인공 한스 카스토르프의 체험에 동참하도록 하는 일이 우리의 관심사인데, 정작 한스 카스토르프 자신은 앞에서 언급한 문제에 대해 전혀 기억하지 못하고 있으며, 그것도 벌써 아득히 오래 전에 깡그리 잊어버렸다는 단순한 이유 때문이다. 그의 이야기를 다룬 이 소설은 '시대 소설'이면서 '시간 소설'이기도 하다는 점에서 이중적 의미를 갖는다.

요아힘이 무모한 출발을 하기까지, 또는 모두 합해서 얼마나 오랫동안 이 위에서 한스 카스토르프와 함께 지냈던가? 달력상으로 언제 그가 이러한 첫 번째의 반항적인 출발을 감행했고, 그가 평지에서 보낸 시간은 얼마 동안이었으며, 언제 이곳으로 되돌아왔는가? 그가 이곳에 다시 도착했다가 얼마 안 있어 시간의 바깥 세계로 사라졌을 때까지 한스 카스토르프가 이 위에서 보낸 시간은 얼마나 되었는가? 요아힘의 일은 제쳐 두더라도 쇼샤 부인이 이곳에 없은 시간은 얼마 동안이며, 언제부터, 가령 서기 몇 년부터 그녀가 다시 이곳에서 지내게 되었는가? (말하자면 그녀는 다시 이곳으로 돌아와 있었다.) 그리고 그녀가 이곳에 되돌아왔을 때 한스 카스토르프는 베르크호프에서 얼마만큼 지상의 시간을 보내고 있었는가? 하지만 아무도 그에게 이런 질문을 하는 사람은 없었고, 그 자신도 이런 것을 문제 삼지 않았다. 그는 이런 질문을 제기하는 것을 꺼렸기 때문이다. 그런 질문을 받았다 하더라도 한스 카스토르프는 손가락 끝으로 이마를 톡톡 두드릴 뿐 확실한 대답을 할 수 없었을 것이다. 이것은 그가 이 위에 와서 첫날밤에 겪었던 순간적인 불능 상태, 즉 한스 카스토르프가 자신의 나이마저 제대로 말할 수 없었던 상태 못지않게 마음을 불안하게 하는 현상으로, 아니, 이제는 그보다 더 심한 기능 상실이었다. 이제는 아무리 진지하게 생각해 보아도 자신이 몇 살이나 되었는지 도무지 생각나지 않았기 때문이다!

　이 말은 기상천외한 일로 들릴지 모르지만, 전대미문(前代未聞)의 일이거나 전혀 있을 수 없는 일은 결코 아니었다. 오히려 특정한 조건 아래서는 우리들 중 누구에게나 언제라도 일어날 수 있다. 그런 조건들이 갖추어지면 시간의 흐름, 즉 자신의 나이에 대해 까마득히 모르게 될 수도 있다. 그러한 현상은 우리의 내부에 시간을 감지하는 기관이 없기 때문에, 그러므로 외부의 도움 없이 우리 스스로의 힘으로 시간의 경과를 대충이라도 그럴듯하게 맞힐 능력이 조금도 없기 때문에 생길 수 있다. 탄광의 갱내에 매몰되어 낮과 밤이 바뀌는 것을 보지 못한 광부들이 다행히 구출된 후, 어둠 속에서 희망과 절망 사이에서 보낸 시간이 사실은 열흘이었는데도 사흘이라고 어림잡는 일이 있다. 극도로 긴박한 상황에서는 시간이 길게 느껴지리라고 생각하는 것은 인지상정이다. 그런데 광부들에게는 실제 시간보다 3분의 1 이하로 시간이 줄어들었던 것이다. 이런 사실로 보아 극히 혼란스러운 조건에서는 사람들이 어찌할 바 몰라서 시간을 과대평가하기보다는 오히려 훨씬 짧게 체험하는 경향이 있다.

그런데 한스 카스토르프가 마음만 먹으면 그리 힘들이지 않고 아무것도 모르는 상태에서 빠져나와 제대로 시간을 계산할 수 있으리라는 사실을 물론 아무도 부인하지 않을 것이다. 이와 마찬가지로 독자도 애매하고 모호한 상태가 건전한 상식에 배치된다고 생각하는 경우 조금만 수고해도 정확한 시간을 계산해 낼 수 있다. 한스 카스토르프로 말할 것 같으면, 그러한 애매한 상태에 있는 것이 딱히 기분에 맞았다기보다는, 애매하고 모호한 상태에서 빠져나와 이 위에서 자신의 나이가 얼마나 되었는지 분명히 계산하려는 생각조차 없었던 것이다. 그리고 이를 방해하고 꺼려하는 이유는 양심의 가책 때문이었다. 물론 시간에 주의를 기울이지 않는 것에 가장 양심의 가책을 받았지만 말이다.

그의 의욕이 떨어지게 된—그렇다고 그가 악의로 그랬다고는 할 수 없겠지만—이유가 주위 환경 때문이라고 보아야 할지는 모르겠다. 쇼샤 부인이 돌아온 때는 (한스 카스토르프가 꿈꾸어 온 것과는 다른 귀환이었지만, 이에 대해서는 다른 기회에 이야기하기로 하자) 다시 강림절 기간으로, 천문학적으로 말하면 일년 중 낮이 가장 짧은 날, 그러니까 초겨울이 임박한 무렵이었다. 하지만 실은 이론적인 계절 구분은 별도로 하더라도, 눈과 추위로 보아 사실 벌써 오래전부터 겨울이나 마찬가지라고 할 수 있었다. 아니, 이곳은 늘 겨울이나 다름없었고 간간이 해가 내리쬐는 여름 날씨가 끼어 있을 뿐이었다. 이런 날씨에는 푸른 하늘이 더할 나위 없이 짙어져 거의 거무스름한 색을 띠었다. 그러므로 여름에도 시도 때도 없이 내리는 눈을 제쳐 놓는다면 겨울에도 여름 같은 날이 끼어 있었다. 한스 카스토르프는 사계절을 뒤섞어 뒤범벅으로 만들어 버리는 이러한 뒤죽박죽에 대해 죽은 요아힘과 얼마나 자주 이야기를 나누었는지 모른다. 이러한 일대 혼란은 계절의 구분을 앗아가 버려, 그로 인해 일년을 지루할 정도로 짧게 하거나, 또는 짧다 할 정도로 지루하게 만들기도 했다. 그리하여 언젠가 요아힘이 더는 참지 못하고 내뱉은 것처럼, 도무지 시간이 흐른다고 말할 수 없는 상태였다. 사실 이러한 뒤죽박죽으로 섞이고 혼합된 것은 '아직'과 '벌써 다시'라는 감정이나 의식 상태였는데, 이는 가장 혼란스럽고 복잡다단하며 어리둥절하게 하는 체험들 중의 하나였다. 그런데 한스 카스토르프는 이 위에 도착한 첫 날에 이러한 것을 맛보는 체험을 하고 비도덕적인 애착을 느꼈다. 즉 밝은 줄무늬 벽지를 바른 식당에서, 하루에 다섯 번의 엄청난 식사를 할 때 처음으로 이러한 종류의 현기증 같은 것에 사로잡혔지만, 그때만 해도 아직 비교적 순진무구했다고 할 수 있었다.

그 후로 이러한 감각과 정신의 기만은 도를 더해 갔다. 시간이란 그것을 체험하는 주관적 감각이 약해지거나 없어지더라도, 활동적이고 '변화를 낳는' 한에는 객관적인 현실성을 갖고 있다. 벽의 선반에 놓인 밀봉된 식료품 병조림이 시간의 바깥에 있는지는—그러므로 한스 카스토르프가 언젠가 이런 문제를 언급한 것은 단지 젊은이다운 넘치는 혈기 때문이었다—전문적인 사상가가 생각할 문제이다. 하지만 우리는 잠자는 7인의 성인*에게도 시간이 흐른다는 사실을 알고 있다. 열두 살 난 한 소녀가 어느 날 잠에 빠져 13년 동안이나 깨어나지 않았는데, 그사이에 그녀는 열두 살 난 소녀로 머무르지 않고 성숙한 여인으로 꽃피어 났다는 사례를 한 의사는 증언하고 있다. 그야 그럴 수밖에 없는 일 아니겠는가. 망자(亡者)는 죽어 버려 시간의 축복을 받은 자이다. 그는 시간을 얼마든지 갖고 있는데, 즉 개인적으로 보면 그는 시간을 전혀 갖고 있지 않다. 그렇다고 해서 죽은 사람의 손톱과 머리칼이 자라지 않는 것은 아니다. 그러다가 결국에는…… 하지만 이런 망측한 허튼소리는 되풀이하지 않기로 하자. 요아힘이 언젠가 그와 관련된 말을 하자, 한스 카스토르프는 당시만 해도 평지인답게 이를 못마땅해했다. 한스 카스토르프의 손톱과 머리칼도 자랐는데, 유난히도 빨리 자랐다. 그는 자주 도르프 네거리의 이발소 의자에 앉아, 하얀 천을 두르고 귀밑까지 내려오는 머리를 깎았다. 사실 그는 늘 그곳에 앉아 있었다고 할 수 있었다. 말하자면 그는 의자에 앉아 시간의 작용으로 길어진 자신의 머리카락을 깎아 주는 상냥하고 숙달된 이발사와 잡담을 나눌 때나, 또는 자기 방의 발코니 문 옆에 서서 아름다운 비단 가방에서 꺼낸 작은 가위와 줄로 자신의 손톱을 다듬을 때, 호기심어린 흥겨움이 섞인 일종의 두려움과 아울러 예의 현기증에 사로잡혔다. 이는 황홀과 현혹이라는 뭐라고 규정하기 어려운 이중적인 의미를 지니는 현기증이었다. 그리하여 '아직'과 '다시'를 더는 구별하지 못하게 되고, 그것이 섞여 뒤범벅이 되면 시간이 없는 언제나와 영원이 되는 것이다.

여러 번 말했듯이 우리는 그가 실제보다 더 좋게 보이기를 원치 않으며, 또한 실제보다 더 나쁘게 보이기도 원치 않는다. 따라서 그가 아주 의식적이고 고의적으로 불러일으켰다고 할 수 있는 그러한 신비스러운 유혹에 비정상적인 애착을 느끼기도 했지만, 반면에 그와 반대되는 노력을 하여 이를 속죄하려 했다는 사실도 밝혀 두도록 하겠다. 그는 납작하고 매끄러운 금시계를 손에 쥐고는 그의 이름 머리글자가 새겨진 뚜껑을 열고 들여다보는 일이 간혹 있었다. 사기로 된 문자판 위에는 검고 붉은 아라비아 숫자가 두 줄로 빙 둘러 새겨져 있었다. 아기자기하고 화려하게 여러 가지 무늬로 장식된 두 개의 금바늘이 제각기 방향을 가리키고 있었고, 가느다란 초침은 특히 작은 원 주위를 똑딱거리며 분주히 움직였다. 한스 카스토르프는 몇 분간이라도 시간의 흐름을 막고 멈추게 하여, 시간의 꼬리를 잡기 위해 초침을 유심히 바라보았다. 하지만 초침은 차례로 다가와 맞닿았다가 스쳐 지나가기를 반복하는 숫자에 아랑곳하지 않고 분주히 제 갈 길을 갈 뿐이었다. 초침은 목표며 눈금이며 부호에 도무지 관심이 없었다. 60이라는 숫자가 있는 곳에 일순간 멈추어 서든가, 또는 그렇지 않더라도 적어도 여기서 무언가 임무를 완수했다는 신호를 조금이라도 보내 주었으면 좋을 텐데 말이다. 하지만 초침은 아무런 숫자도 새겨져 있지 않은 곳과 마찬가지로 60이라는 숫자가 있는 곳을 황급히 지나쳐 버렸다. 이런 모양을 보고 있노라면 초침에게는 도중의 숫자나 구분이 단지 밑에 있는 것에 불과해서, 초침은 그에 아랑곳하지 않고 그냥 계속 움직이고 또 움직일 뿐이라는 것을 알 수 있었다. 이리하여 한스 카스토르프는 글라스휘텐제 시계를 다시 조끼 주머니에 집어넣고 시간이 흘러가는 대로 그냥 내버려 두었다.

우리가 이 젊은 모험가의 내면에 일어난 변화들을 평지의 성실한 사람들에게 어떻게 이해시켜야 할까? 현기증이 날 만큼의 동일성이라는 척도가 점점 커져 갔다. 좀 관대하게 말한다면 오늘의 지금을 어제, 그저께, 그끄저께의 지금과 구별하는 것은 쉬운 일이 아니었고, 그에게는 이 모든 것이 달걀처럼 다 똑같아 보였다. 그리하여 지금 현재는 한 달 전, 일년 전의 현재와 구분할 수 없게 되어, 뭉뚱그려 영원한 현재로 녹아 없어져 버릴 것 같았다. 그렇지만 '아직' 과 '다시' 와 '장차' 라는 윤리와 관련되는 의식적인 구분이 행해지는 한에는, '오늘' 을 과거와 미래와 구분지어 생각하는 관계 개념인 '어제' 와 '내일' 의 의미를 확대하여 좀 더 커다란 상황에 적용시키고 싶은 유혹이 슬며시 생겨난다. 지극히 미세한 시간 단위를 토대로 하여 살아가는 '짧은' 일생에서 볼 때, 분망하게 움직이는 우리의 초침을 아주 느릿느릿 움직이는 시침처럼 생각하는 생물체가 좀 더 작은 혹성에 살고 있을지 모른다고 생각해 볼 수도 있다. 즉 자신들이 살고 있는 공간에 시간이 엄청나게 큰 폭으로 흐르고 있어서, '방금', '조금 뒤에', '어제' 와 '내일' 이라는 구분 개념이 그들의 체험에 엄청나게 확대된 것으로 느껴질지도 모르는 생물체를 상상해 볼 수 있다. 말하자면 그러한 상상이 가능할 뿐만 아니라, 관대한 상대주의의 정신으로 판단해 볼 때, 그리고 '고장이 다르면 풍속도 다르다' 라는 명제에 따라 보건대, 이는 정당하고 건전하며 존중할 만하다고 하지 않을 수 없다. 하지만 지구상에 살고 있는 어떤 사람, 게다가 하루, 일주일, 한 달, 한 학기라는 시간이 아주 중요한 의미를 갖고 인생에서 많은 변화와 진보를 가져다주는 연령의 사람이 어느 날 '일년 전' 을 '어제' 로, '일년 후' 를 '내일' 로 말하는 악습에 빠진다든가, 또는 간혹 그러한 기분에 젖는다면 우리는 그를 어떻게 생각해야 할까? 그건 의심의 여지 없이 '과오와 혼란' 이라고 판단하는 것이 적절하고, 따라서 지극히 우려스럽다고 말해야겠다.

이 세상에는 현기증을 일으킬 정도로 단조로운 모양으로 시간과 공간의 구분이 섞이고 뒤범벅이 되어 어느 정도는 그것을 자연스럽고 당연하게 여기게 되는 어떤 생활 상태, 풍경적인 상황이 있다(우리의 눈앞에 아른거리는 경우를 '풍경' 이라고 말해도 된다면). 히여긴 휴가 중이라면 그런 마력에 빨려 들어가도 그럭저럭 보아 줄 수 있지 않을까. 우리는 해변의 산책을 염두에 두고 말하고 있는데, 한스 카스토르프는 이를 떠올릴 때마다 이루 말할 수 없는 애착을 느끼곤 했다. 그렇다, 우리가 알고 있듯이 한스 카스토르프는 길을 잃고 눈 속을 헤매 다닐 때 고향의 모래 언덕을 떠올리고 고마움을 느꼈다. 우리가 이러한 기묘한 망아(忘我)의 기분을 여기서 끌어들인다 해도 독자는 자신의 경험과 추억으로 이에 동감하고 우리를 곤경에 빠뜨리지 않을 것으로 믿는다. 여러분은 걸어가고 또 걸어간다. 여러분은 시간으로부터, 시간은 여러분으로부터 사라져 버려, 여러분은 산책을 하다가 결코 제 시각에 집에 돌아가지 못할 것이다. '아, 바다여, 우리는 그대로부터 너무나 멀리 떨어진 곳에 앉아 이야기하고, 우리는 그대를 생각하며 그리워한다. 지금까지 남몰래 언제나 그랬고, 지금도 그러하며, 앞으로도 그럴 테지만, 그대는 분명히 큰 소리로 불려 나온 것처럼 우리의 이야기 속에 등장해야 한다.' 파도 소리가 쏴쏴 하는 황량한 바다, 칙칙한 연회색 하늘이 아스라이 펼쳐져 있고, 비릿한 습기가 사방을 가득 채우며, 짭짤한 소금 맛이 우리의 입술에 착 달라붙는다. 우리는 자유롭고 평화롭게, 아무런 심술 없이 이 공간을 지나가는 바람, 우리의 머리를 부드럽게 마비시켜 주는 이러한 위대하고 광활하며 온화한 바람에 귀를 감싸인 채, 해초와 조그만 조개들이 여기저기 흩어져 있는 폭신폭신한 모래 위를 걷고 또 걸어간다. 우리는 모래 위를 한없이 거닐며, 너울거리며 밀려왔다가는 다시 물러가는 흰 포말이 혀를 내밀고 우리의 발을 핥으려는 것을 본다. 파도는 부서져 흰 거품을 일으키면서 밝고 둔탁한 소리를 내며 부딪치고는, 평평한 해변에 비단처럼 쫙 깔린다. 이렇듯 여기저기에, 저쪽 모래사장에서, 이렇듯 혼란스럽게 사방에서 들려오며 부드럽게 솨솨 하는 굉음은 우리가 세상의 모든 소리를 듣지 못하게 한다. 우리는 깊은 안도감에 빠지며, 알다시피 망각에 빠진다. 영원의 품에 안겨, 우리 그만 눈을 감도록 하자! 아니, 보라, 저기 거품이 이는 회색과 녹색의 광활한 바다, 아마득한 수평선까지의 거리가 엄청나게 줄어들어 소실되어 버린 것 같은 저 바다에 돛단배 한 척이 떠 있다. 저곳에? 저곳이란 무슨 말인가? 저곳은 얼마나 멀고, 얼마나 가까울까? 여러분은 알지 못하리라. 여러분은 정확한 판단을 내릴 수 없어 머리가 아찔해질 것이다. 이 배가 해변에서 얼마나 떨어져 있는가를 알기 위해서는 그 배 자체가 물체로서 크기가 얼마인지 알아야 할 것이다. 작고 가까울까, 아니면 크고 멀까? 도무지 종잡을 수 없어 여러분의 눈빛이 흐려지고 만다. 여러분 속의 어떤 기관이나 감각도 그 공간에 대한 정보를 알려 주지 않기 때문이다. 우리는 걷고 또 걸어간다. 벌써 얼마나 오래 걸었을까? 얼마나 멀리 걸었을까? 그것도 알 수 없는 일이다. 걷고 또 걸어도 아무것도 변하는 게 없고, 저곳은 이곳과 마찬가지며, 아까는 지금과 앞으로도 똑같을 것이다. 이루 말할 수 없이 단조로운 공간 속에서는 시간이 없어져 버리고, 가도 가도 똑같다면 한 점에서 다른 점으로의 움직임은 더 이상 움직임이 아닌 것이며, 움직임이 더 이상 움직임이 아닌 곳에서는 시간도 없다.

중세의 학자들은 시간이란 하나의 망상에 불과하고, 인과 관계 속에서 연속으로 이어지는 것으로 생각되는 시간의 경과는 우리의 감각 기관의 산물에 지나지 않으며, 사물의 진정한 본질은 영원한 현재라고 설명했다. 가장 먼저 그런 생각을 한 학자는 영원의 쓴맛을 약하게 입술에 느끼며 해변을 산책하던 중이었을까? 거듭 말하지만, 우리는 휴가의 특전에 관해 말하고 있고, 건장한 남자라면 따스한 모래 속에 누워 있는 것에 금방 싫증을 내고 말듯이, 도덕적인 인간이라면 금방 싫증을 내고 말 여가 중의 공상에 관해 말하고 있다. 인간의 인식 방법과 형식에 비판을 가하고 그것의 온전한 타당성을 의문시하는 것은, 이성의 경계선을 드러내 보이려는 의미 외에 다른 의미가 결부되어 있다면 불합리하고 파렴치하며 모순 되는 일일지도 모른다. 만약 이성이 그러한 경계선을 넘어선다면 이성은 자신의 본래적인 과제를 소홀히 한다는 누명을 쓰게 될 것이다. 여기서 우리의 운명에 관계하고 있는 젊은이한테 어떤 기회에 아주 우아하게 '인생의 걱정거리 자식'이라고 말하고, 교육자다운 단호한 어조로 형이상학을 '악'이라고 부른 세템브리니 씨와 같은 남자에게 우리는 그저 고마워할 따름이다. 그리고 우리는 비판적 원칙의 의미와 목표 및 목적은 책임감과 삶의 명령이라는 오직 한 가지일 수밖에 없고 그래야만 한다고 말하면서, 최고의 경의를 표하며 고인이 된 사랑하는 요아힘을 추모하기로 하자. 그렇다, 법칙을 정하는 최상의 지혜는 이성의 경계선을 넘지 못하게 이를 분명히 표시하면서 바로 이 경계선에 삶의 깃발을 꽂아, 그 깃발 아래에서 근무하는 것을 우리 인간의 군인적인 책무라고 천명했다. 우리는 군인인 요아힘이 우울증에 시달리는 수다쟁이 베렌스가 말한 '지나친 열성'으로 치명적인 결말을 맞이했음을 알고 있다. 그러니 엉망으로 시간을 관리하고, 영혼과 심하게 못된 장난을 치는 한스 카스토르프 청년을 관대하게 용서하고 받아들여 주어야 하지 않을까?

민헤어 페퍼코른

'국제'라는 말에 걸맞은 국제 요양원 베르크호프에 민헤어 페퍼코른이라는 중년의 네덜란드 남자가 한동안 머물렀다. 네덜란드의 식민지 자바에서 커피를 재배하는 사람이어서 그런지 페퍼코른은 약간 유색 인종 같다는 느낌을 주었다. 그렇다고 해서 우리가 자기 자신을 피터 페퍼코른이라고 부르기도 하는 그를 이야기의 마지막 부분에 등장시키는 것은 결코 아니다. "이제 피터 페퍼코른은 브랜디로 원기를 돋우고 있습니다"란 말을 그는 입버릇처럼 했다. 여러 나라 언어를 구사하는 고문관 베렌스 박사가 원장으로 있는 유명한 국제 요양원에는 얼마나 각양각색의 손님들이 머무르는지 모른다! 심지어 고문관에게 진기한 커피 세트와 스핑크스의 머리가 새겨진 담배를 선물한 이집트의 공주까지 얼마 전에 이곳에 있었다. 니코틴으로 누렇게 변색된 손가락에 여러 개의 반지를 끼고, 짧게 머리를 깎은 이 공주는 사람들의 이목을 끄는 여성이었다. 주된 식사에는 파리풍 의상을 입고 나타났지만,

그 외에는 신사복 싱의와 다림질을 한 바시를 입고 돌아나섰다. 게다가 남자들에게는 아무런 관심도 보이지 않고, 그냥 간단히 란다우어 부인이라고 불린 루마니아 출신의 유대인 여자에게만 굼 뜬 동시에 격렬한 애정을 보냈다. 반면에 파라반트 검사는 이 공주님 때문에 수학 공부도 등한히 하였는데, 그녀에게 홀딱 반해 버려 완전히 넋나간 사람처럼 되었다. 이목을 끄는 이 공주 말고 도 몇 명 안 되는 그녀의 수행원 중에는 거세된 흑인도 있었다. 그 가 성 불구인 것을 카롤리네 슈퇴어 부인이 자주 흉보기는 했지만 병들고 쇠약한 그 사내는 어느 누구보다 삶에 강한 애착을 품고 있는 모양으로, 자신의 까만 피부를 투시하여 찍은 뢴트겐 사진을 보고 몹시 낙담하였다.

이런 인물들에 비하면 민혜어 페퍼코른은 거의 아무런 특색이 없었다. 이 장(章)도 앞서의 어떤 장처럼 '또 한 사람'이라는 제 목을 붙일 수도 있겠지만, 그러나 여기서 정신적이고 교육적인 혼 란을 일으키는 장본인이 한 명 늘어났다고 해서 걱정할 필요는 없 겠다. 아니, 민혜어 페퍼코른은 이 세상에 논리적 혼란을 일으킬 인물은 결코 아니었다. 앞으로 차차 알게 되겠지만 그는 완전히 다른 부류의 인물이었다. 그런데도 그의 출현에 우리의 주인공이 심한 혼란을 일으킨 것은 다음의 이유 때문으로 볼 수 있다.

민혜어 페퍼코른은 쇼샤 부인과 같은 저녁 열차로 도르프 역에 도착하여, 그녀와 같은 썰매를 타고 베르크호프 요양원으로 올라 와 식당에서 그녀와 함께 저녁 식사를 들었다. 그것도 그녀와 같 은 시각에 도착했다기보다는 그녀와 함께 도착한 것이다. 이를테면 민헤어는 일류 러시아인 석의 의사 석 맞은편 자리, 한때 교사 포포브가 난폭하게 이상 발작을 일으킨 자리에, 다시 돌아온 쇼샤 부인의 옆자리에 좌석을 지정받았다. 선량한 한스 카스토르프는 이런 일이 생길 줄은 꿈에도 상상하지 못했기 때문에 아연실색하지 않을 수 없었다. 고문관이 한스 카스토르프에게 클라브디아의 귀환 날짜와 시간에 대해 특유의 방식으로 귀띔해 주기는 했다. "어때요, 노총각 카스토르프 군." 고문관이 말했다. "성실하게 기다린 보람이 있습니다. 모레 저녁에 우리의 새끼 고양이가 이곳에 다시 살짝 들어옵니다. 전보로 연락받았습니다." 하지만 그녀가 혼자가 아니라는 사실에 대해서는 일언반구도 없었던 것이다. 어쩌면 고문관 자신도 그녀가 혼자가 아니며 동행이 있다는 사실을 까맣게 몰랐을지도 모른다. 두 사람이 함께 도착한 날 한스 카스토르프가 고문관에게 이에 대해 따지듯이 묻자 그도 적이 놀라는 표정을 지어 보였던 것이다.

"그녀가 어디서 그를 만나게 되었는지는 나도 모르는 일입니다." 그가 설명했다. "피레네 산맥을 여행하다가 알게 된 모양이지요. 뭐, 이렇게 된 이상 일단 참고 견디는 수밖에 없습니다. 절망에 빠진 상사병 환자인 당신으로서는 이제 어쩔 도리가 없습니다. 두 사람은 심각한 사이 같더군요. 심지어 여행 경비도 공동으로 부담하는 모양입니다. 내가 들은 바에 따르면 그 남자는 엄청난 갑부라더군요. 은퇴한 커피 왕으로 말레이인 하인을 두고 호사스러운 생활을 한다는 것을 아셔야 합니다. 그렇다고 해서 그가 이곳에 그냥 즐기러 온 것은 결코 아닙니다. 알코올성 점액 과

다 말고도 악성 열대 열에 걸려 있는 것 같습니다. 아시다시피 말라리아열에 줄곧 시달리고 있지요. 그러니 당신이 좀 참아야 할 겁니다."

"아니, 괜찮습니다." 한스 카스토르프는 느릿느릿 말했다. '그럼 당신은?' 하고 그는 생각했다. '당신 기분은 어떤가? 이것저것 생각해 보면 당신도 예전부터 그녀에게 전혀 무관심한 것은 아니었지. 푸른 볼을 한 독신자로 실감나는 그녀의 유화를 그린 당신 말이야. 당신은 나를 고소한 듯이 말하지만, 페퍼코른에 관한 한 어느 정도는 고락을 같이하는 동지잖아.' "기묘한 사나이, 정말 독특한 인물입니다." 한스 카스토르프는 그의 모습을 스케치하는 듯한 동작을 하면서 말했다. "억세면서도 뭔가 모자란다는 것이 그에게서 받은 인상입니다. 적어도 나는 아침 식사 때 그런 인상을 받았습니다. 물론 이 두 형용사는 함께 쓸 수 있는 말은 아닙니다만, 억세면서도 뭔가 모자란다는 두 형용사로 그를 묘사할 수밖에 없습니다. 그는 몸집이 크고 어깨가 넓으며, 두 발을 벌리고 서 있는 것을 좋아합니다. 두 손은 위로 뚫린 바지주머니에 찔러 넣고서 말입니다. 당신이나 나, 그 밖에 좀 높은 사회 계층 사람들의 바지주머니는 옆으로 뚫려 있는데, 그의 경우에는 위로 뚫려 있더군요. 그리고 서서 네덜란드식으로 입에 발린 말을 해 대니 억세다는 느낌이 들지 않을 수 없습니다. 그런데 그의 기다란 턱수염은 듬성듬성 나서 털을 일일이 헤아릴 수 있을 정도입니다. 눈은 작은데다 색이 흐릿해서 거의 없는 듯이 보이더군요. 하지만 이건 사실이니 어찌할 수 없습니다. 그는 늘 눈을 크게 뜨려고 하지만 뜻대로 되지 않아, 이마에 주름만 깊이 파일 뿐입니다. 관자놀이에서는 위로 주름이 나 있지만, 이마에서는 옆으로 있습니다. 그의 높고 긴 이마 주위에는 흰 머리칼이 길고도 듬성듬성 드리워져 있습니다. 두 눈은 아무리 크게 뜨려고 해도 커지지 않고 색도 흐릿합니다. 그리고 그의 프록코트는 체크무늬로 되어 있는데도, 조끼는 무언가 성직자 같은 분위기를 풍깁니다. 이것이 오늘 아침 그에게서 받은 인상입니다."

"보아하니 그를 눈엣가시처럼 생각하는 모양이군요." 베렌스가 말했다. "그리고 그의 특징을 잘 관찰하셨군요. 그래야겠지요. 이제 어쩔 수 없이 그의 존재를 인정해야 하니까요."

"네, 우리는 그래야 할 것 같습니다." 한스 카스토르프가 대답했다. 우리는 뜻하지 않은 이 새로운 손님의 모습을 스케치하는 일을 그에게 일임했는데, 그가 맡은 바 임무를 제대로 수행해서, 우리는 그 일을 그보다 더 잘할 수 없었을 것이다. 물론 그의 자리가 관찰하는 데 가장 유리한 장소였는지도 모르겠다. 우리가 잘 알고 있듯이, 그는 클라브디아 쇼샤가 없는 동안 일류 러시아인 석의 옆 식탁으로 자리를 옮겼다. 그래서 그의 자리가 일류 러시아인 석과 나란히 있게 되었다. 물론 일류 러시아인 석이 베란다 문으로 통하는 쪽과 더 가까이 있기는 했지만 말이다. 그리고 페퍼코른뿐만 아니라 한스 카스토르프도 식당 안쪽으로 좁은 면에 앉아 말하자면 이들은 옆으로 나란히 앉았다. 한스 카스토르프는 네덜란드인의 약간 뒤에 앉아 눈에 띄지 않게 그를 탐색하는 것이 수월했다. 그 자리에서 볼 때 쇼샤 부인은 4분의 3 정도 옆모습을 보이면서 비스듬히 전방에 앉아 있었다. 한스 카스토르프의 훌륭한 스케치를 보충한다면 가령 다음의 내용을 덧붙일 수 있겠다. 페퍼코른의 입술 위는 면도가 되어 있었고, 코는 크고 살집이 많았으며, 입도 역시 큰데다 입술 형태가 불규칙하여 흡사 찢어진 것 같았다. 더구나 그의 손은 상당히 넓적했는데, 손톱은 길고 뾰족했다. 그는 말을 할 때―그는 거의 쉬지 않고 이야기를 했지만 한스 카스토르프는 그 내용을 거의 알아들을 수 없었다―듣는 사람의 주의를 촉구하는 듯 섬세한 손동작, 지휘자처럼 미묘한 뉘앙스를 주고 세련되며 정확하고 깔끔한 문화인다운 손동작을 했다. 집게손가락과 엄지손가락으로 동그라미를 만들거나, 또는 폭이 넓지만 손톱이 뾰족한 편평한 손을 펴서는 사람들을 지켜 주고 감정을 가라앉히며 주의를 촉구하는 듯한 손짓을 했다. 다들 미소를 지으며 주목하지만 그가 단단히 준비한 말뜻을 이해하지 못해 실망하기 일쑤였다. 아니, 오히려 엄밀히 말하면 사람들을 실망시킨다기보다는 즐거움이 섞인 놀라운 감정에 사로잡히게 했다. 단단함과 부드러움, 의미심장한 준비가 이해되지 않는 말뜻을 추가로 충분히 보충해 주는 바람에, 사람들은 그 손짓만으로도 만족하고 즐거워하고 마음이 풍요로워졌다. 간혹 말은 하지 않고 손짓만으로 끝날 때도 있었다. 그는 왼쪽 옆의 어떤 불가리아 학자의 팔이나 또는 오른쪽 옆 쇼샤 부인의 아래팔에 자신의 손을 살짝 댄 다음, 자신이 이제 막 하려는 말을 잠자코 긴장해서 들으라는 듯 자신의 손을 비스듬히 치켜들고는 잔뜩 긴장한 이웃 옆에서 식탁보를 내려다보았다. 그러고는 자신의 이마에서 바깥 눈초리까지 직각으로 꺾인 주름들이 가면처럼 짙게 파일 정도로 눈썹을 치켜올리면서, 무언가 대단히 중요한 발언을 하려는 듯 찢어진 입술을 커다랗게 벌리는 것이었다. 그러나 잠시 후에 한숨을 푹 내쉬고 말을 포기하고는, "쉬어"라고 말하는 듯한 손짓을 했다. 결국 그는 말을 하는 데 성공하지 못하고 자신의 커피 도구로 특히 진하게 끓여 마시는 커피 쪽으로 얼굴을 돌리고 다시 커피를 마시기 시작하는 것이었다.

그는 커피를 다 마신 후 다음과 같은 동작을 취했다. 음을 맞추고 있는 악기들의 잡다한 소리를 잠재우고 연주를 시작하기 위해 자신의 오케스트라를 문화인다운 손짓으로 불러 모으는 지휘자처럼, 그는 손으로 잡담을 막아 조용하게 했다. 흐릿한 색의 눈, 깊게 파인 이마의 주름, 긴 턱수염, 수염이 없어서 그대로 드러난 슬픈 입과 함께 흰 머리칼에 둘러싸인 그의 커다란 머리가 이론의 여지 없이 굉장한 인상을 주었으므로 다들 그의 손짓에 그대로 따랐다. 모두 입을 다물고 미소 지으며 그를 바라보면서 기다렸고, 여기저기서 그에게 기운을 북돋아 주듯 미소 지으며 고개를 끄덕였다. 그는 꽤 나지막한 목소리로 말했다.

"여러분, 좋습니다. 다 좋습니다. 다 끝났습니다. 하지만 주목하시고 한시라도 방심하지 마십시오. 하지만 이 점에 대해서는 이것으로 그만 하겠습니다. 내가 말하지 않으면 안 되는 것은 그보다, 우리가 의무를 지고 있는 이 한 가지밖에 없습니다. 감히 범접할 수 없는 것, 거듭 말하지만 나는 이 표현을 가장 강조합니다. 우리에게 제기된 범접할 수 없는 요구, 아닙니다! 아닙니다, 여러분,

그렇지 않습니까! 그렇지 않습니다, 가령 나는, 어림도 없는 오해일지도 모릅니다. 다 끝났습니다, 여러분! 완전히 끝났습니다. 우리들은 모든 면에서 의견이 일치한 것 같습니다. 그러니 본론으로 들어갑시다!"

결국 그는 아무 말도 하지 않은 거나 마찬가지였지만, 그의 머리는 의심할 여지 없이 대단한 인상을 주었고, 얼굴 표정과 몸짓이 단호하고 강렬하며 의미심장해서 귀 기울이는 한스 카스토르프와 아울러 모두들 무척 중요한 내용을 들었다고 생각했다. 이야기가 끝까지 계속되지 않아 구체적인 내용을 듣지 못했다는 것을 의식하기는 했어도 그런 것이 아쉽게 느껴지지는 않았다. 만약 귀머거리가 이 장면을 보았다면 어떤 기분이 들었을까? 아마그는 말하는 자의 표정에서 무언가 대단한 이야기를 하는 걸로 착각하고, 귀가 들리지 않아 정신적으로 대단히 손해를 본 것으로 생각해 자신의 처지를 비관했을지도 모른다. 그런 사람들은 남을 불신하고 마음이 비뚤어지기 십상이다. 반면에 식탁의 반대편 끝에 앉은 어떤 젊은 중국 남자는 독일어를 아직 잘하지 못하고 알아듣지 못했지만, 귀를 기울이고 쳐다보고는 기쁨에 넘쳐 "대단히 좋았습니다!" 하고 소리치며 만족감을 표시하고는, 심지어 박수까지 쳤다.

그리고 민헤어 페퍼코른은 '본론'으로 들어갔다. 그는 몸을 일으키고 넓은 가슴을 쭉 펴서 단추를 꼭꼭 채운 조끼 위에 입은 체크무늬 프록코트의 단추를 끼웠다. 그의 흰머리는 왕 같은 인상을 주었다. 그는 난쟁이인 식당 아가씨보고 오라고 손짓했다. 그녀는 정신없이 바빴지만 그의 의미심장한 손짓에 곧장 응하여 밀크와 커피를 담은 주전자를 들고 그의 의자 옆으로 왔다. 그녀도 그의 이마의 깊이 파인 주름 밑의 엷은 색 눈, 집게손가락과 엄지손가락으로 동그라미를 만들며 나머지 세 손가락은 창끝처럼 위로 세워 올린 그의 손에 정신이 팔린 듯 주목하며 그의 크고 늦수그레한 얼굴에 미소 지으면서 그의 기운을 북돋우는 듯 고개를 끄덕이지 않을 수 없었다.

"아가씨." 그가 말했다. "좋습니다. 대충 다 아주 좋습니다. 당신은 키가 작습니다. 그게 나에게 어떻다는 겁니까? 그 반대입니다! 나는 그걸 긍정적으로 평가하며, 당신의 현재 모습, 당신의 특색 있는 작은 키에 대해 신께 감사드립니다. 그럼 이제 좋습니다! 내가 당신에게서 원하는 것도 작으며, 작지만 특색 있습니다. 그건 그렇고 당신 이름은 뭔가요?"

그녀는 미소 짓는 얼굴로 더듬거리며 자신의 이름이 에메렌치아라고 말했다.

"멋집니다!" 페퍼코른은 의자 등받이에 몸을 기대고 팔을 난쟁이 아가씨에게 뻗으며 외쳤다. '그것 보라니까! 모든 게 멋지잖아' 라고 강조하려는 듯 그는 외쳤다. "아가씨." 그는 아주 진지하고 거의 엄숙한 어조로 말을 계속했다. "내 기대를 훨씬 넘어섭니다. 에메렌치아, 당신은 겸손하게 말하지만, 그 이름은, 당신 개인과 관련지어 생각하면, 요컨대, 정말 아름다운 환상을 불러일으키고 있어요. 그 이름을 곰곰히 생각하고, 가슴에 담긴 모든 감정을 바쳐 그 이름을 불러 볼 만합니다. 애칭으로 말입니다. 내 말 알아듣겠시요, 아가씨, 애칭으로 말입니다. 렌치아로 불러도 좋겠지만, 엠헨이라는 이름이 훈훈한 느낌을 줄지도 모르겠어요. 이 순간은 주저 없이 엠헨이라고 부르겠습니다. 자, 엠헨 아가씨, 잘 들으시오, 빵을 좀 부탁합니다, 귀여운 아가씨. 잠깐! 그대로 서 계세요! 오해하면 안 됩니다! 당신의 비교적 큰 얼굴을 보니 노파심이 생겨서 말인데, 빵 말입니다, 렌츠헨, 하지만 구운 빵이 아닙니다. 여기에는 갖가지 형태의 빵이 잔뜩 있으니 양조한 빵으로 주세요. 귀여운 애칭으로 말한다면 천사 아가씨, 신의 빵, 투명한 빵 말입니다. 그것도 기운을 돋우기 위해서 말입니다. 이 말의 뜻을 알아들을 수 있을지 모르겠군요. 차라리 '강심제'라고 말하는 편이 나을지도 모르겠군요, 이 말도 흔히 그렇듯 경박한 의미로 오해될 위험이 없다면 말입니다. 끝났습니다, 렌치아. 끝났습니다, 결정되었습니다. 오히려 우리의 의무와 신성한 본분의 의미에서, 이를테면 그러므로 내가 당신에게 지고 있는 명예를 건 빚을 갚는다는 뜻에서, 당신의 특색 있는 작은 키에 대해 진심으로, 제니버*한 잔을 부탁합니다, 귀여운 아가씨! 말하자면 기분을 돋우기 위해서 말입니다. 시담 산의 진으로요, 에메렌츠헨. 퍼뜩 가서 한 잔 갖다 주시오!"

"시담 산 진 한 잔 말이지요." 난쟁이 아가씨는 이렇게 따라 말하고, 손에 든 주전자를 내려놓을 곳을 찾기 위해 몸을 한 바퀴 돌리고는, 한스 카스토르프의 식기 옆에 그것을 내려놓았다. 그렇게 함으로써 그녀는 페퍼코른 씨를 성가시게 하지 않으리라 생각한 것이 분명했다. 그녀는 급히 서둘렀고, 부탁한 사람은 금방 원하는 것을 받았다. '빵'이 유리잔에 넘치도록 가득 담겨 사방으로 줄줄 흘러내리는 바람에 받침 접시가 축축이 젖어 있었다. 그는 엄지손가락과 가운데손가락으로 빵을 집고는 밝은 빛 쪽을 향해 들었다. "자, 피터 페퍼코른은 브랜디로 원기를 돋웁니다." 그가 말했다. 그리고 그는 곡물이 든 증류주를 조금 씹는 듯하더니 이내 꿀꺽 삼키는 것이었다. "이제 여러분을 보는 눈에 생기가 도는군요." 그리고 그는 쇼샤 부인의 손을 식탁보에서 집어 들고 자신의 입술에 갖다 댔다가 도로 내려놓고는, 한동안 자신의 손을 그녀의 손에 가만히 올려놓았다.

알 수 없는 인물이긴 하나 독특한 사람이었고 영향력이 대단한 인물이었다. 베르크호프의 손님들은 그에게 지대한 관심을 보였다. 그는 얼마 전에 식민지에서 사업을 하다가 은퇴해서, 자신의 자본을 굳혀 놓았다고 했다. 헤이그에 있는 화려한 저택과 세베닝겐에 있는 별장에 대해서도 말들이 많았다. 슈퇴어 부인은 그를 '돈 자석'이라고 부르고는(그녀는 부호(富豪)라고 말한다는 것이 끔찍하게도 그렇게 불렀다!)*, 쇼샤 부인이 이곳에 돌아온 후 야회복을 입을 때 달고 다니는 진주 목걸이도 그와 관련이 있을 거라고 입방아를 찧었다. 그 진주 목걸이는 카롤리네 슈퇴어 자신의 견해에 따르면 코카서스 산맥 너머의 남편이 사 준 것이라기보다는 여행 중에 '공동'으로 경비를 쓰면서 페퍼코른한테서 받은 선물일 거라고 추측했다. 그러면서 그녀는 눈을 껌벅거려 보이고, 턱으로 옆의 한스 카스토르프를 가리키며 놀리듯 입을 비쭉이고는 풀죽은 모습을 지어 보였다. 정말 이토록 병으로 고통을 받으

먼시도 그녀는 조금도 고상해질 줄 모르고 그의 불행한 처지를 마구 조롱했다. 그는 의젓한 자세를 유지하며, 심지어 그녀가 잘못 표현한 곳을 진지한 태도로 고쳐 주기까지 했다. "잘못 말했습니다. 부호겠지요. 하지만 돈 자석이라는 말도 그리 나쁘지는 않은데요. 페퍼코른에게는 분명 사람을 끄는 데가 있으니까요." 여교사 엥겔하르트 양도 얼굴을 살짝 붉히고는 한스 카스토르프를 정면으로 바라보지 않고 옆눈길로 바라보면서 미소 지으며 새로운 손님을 어떻게 생각하느냐고 물었다. 이 질문에 대해서도 그는 침착성을 잃지 않고 대답했다. "페퍼코른 씨는 종잡을 수 없는 인물입니다. 대단한 인물이지만 종잡을 수 없습니다." 이러한 정확한 표현은 그의 객관적인 시선과 마음의 평정을 보여 주었으므로 질문을 한 여선생 자신이 도리어 안절부절못하며 어쩔 줄 몰라 했다. 그리고 페르디난트 베잘까지도 쇼샤 부인의 뜻하지 않은 귀환에 대해 입을 비쭉이며 말했다. 이에 대해 한스 카스토르프는 그런 노골적인 표현에 조금도 뒤지지 않는 단호한 눈초리도 있음을 알려 주었다. 만하임 출신의 그 사나이를 바라보는 카스토르프의 눈초리는 '가엾기 짝이 없는 녀석!'이라는 의미를 담고 있었고, 이와 다르게 볼 여지는 눈곱만큼도 없었다. 베잘도 그의 눈초리에 담긴 뜻을 알아차리고 이를 감수했다. 그렇다, 그는 충치가 많은 하얀 이빨을 드러내면서 심지어 고개를 끄덕이기까지 했지만, 그 후부터 나프타, 세템브리니, 페르게와 산보를 하는 길에 한스 카스토르프의 외투를 들어 주는 일은 하지 않았다.

그야 뭐 대수겠는가, 한스 카스토르프는 외투를 스스로 들고 다닐 수 있었고, 심지어 그러는 것을 차라리 더 좋아했다. 그리고 그가 그 비참한 사나이에게 때때로 외투를 맡긴 것은 친절을 베풀기 위한 것에 지나지 않았다. 그러나 한스 카스토르프는 사육제 날 밤의 상대와 다시 만나는 경우를 위해 마음속으로 갖가지 준비를 해두었는데 모든 것이 완전히 수포로 돌아갔고, 정말 생각지도 못한 사정으로 인해 그가 호되게 당한 꼴이 되었음을 우리들 가운데 모르는 사람은 아무도 없으리라. 엄밀히 말하면 그 계획들은 아무 짝에도 쓸모 없게 되었고, 그런 점에서 그는 굴욕적이었다.

　그가 마음속으로 생각한 계획은 거칠고 서투른 격정은 전혀 없는, 이를 데 없이 섬세하고 사려 깊은 것이었다. 가령 역에 나가서 클라브디아를 마중할 생각은 꿈에도 하지 않았다. 그리고 그가 이런 생각을 하지 않은 것은 그나마 다행이었다! 하지만 병 때문에 저토록 자유로움을 부여받은 부인이 먼 옛날에 가면을 쓰고 외국어로 대화를 나눈 꿈같은 밤에 일어난 환상적인 사건들을 아직 기억하고 있을지, 또는 그때 일을 직접 떠올리게 하는 것을 달가워할지 의문이었다. 아니야, 집요하게 굴지 말고, 쓸데없는 요구는 하지 말아야지! 병든 사팔뜨기 부인에 대한 그의 관계가 본질상 서구적인 이성과 교양의 경계선을 넘어섰다손 치더라도, 적어도 형식적으로는 완전히 문명인답게 행동하고, 지금 순간은 심지어 모든 것을 잊어버린 듯한 태도를 취하지 않으면 안 되었다. 당분간은 식탁에서 식탁으로 기사다운 인사를 하는 것으로 그치기로 하자! 그러다가 나중에 기회를 보아서 세련되게 접근하여, 여행에서 돌아온 후의 부인의 건강 상태에 대해 슬쩍 물어 보기로 하지. 기사다운 태도로 잘 참고 있으면 그 보답으로 언젠가는 본격적인 만남이 이루어지겠지.

아까도 말했듯이 이 모든 섬세한 배려는 그의 자발적 의지를 빼앗기는 바람에 칭찬할 만한 일이 아니어서 이제 추켜세울 만한 일이 못 되었다. 민헤어 페퍼코른이 출현하는 바람에 한스 카스토르프는 죽은 듯이 가만히 있는 것 말고는 다른 전략은 생각할 수 없었다. 한스 카스토르프는 쇼샤 부인이 도착하던 날 저녁에 자신의 발코니에서 구불구불한 차도를 따라 썰매가 올라오는 것을 지켜보았다. 썰매의 마부 석 옆자리에는 외투에 털가죽 깃을 달고 실크 모자를 쓴 얼굴이 누런 말레이인 하인이 앉아 있었고, 뒷좌석에는 클라브디아의 옆자리에 모자를 깊숙이 눌러 쓴 낯선 남자가 앉아 있었다. 그날 한스 카스토르프는 밤새 몸을 뒤척이며 거의 잠을 이룰 수 없었다. 다음날 아침 불쑥 나타난 이 동반자의 이름을 알아내는 것은 그리 어렵지 않았고, 게다가 두 사람이 2층의 서로 이웃한 특별실에 들어갔다는 소식까지 덤으로 알게 되었다. 한스 카스토르프는 첫 번째 아침 식사 시간에 제때에 자신의 자리에 앉아 핏기 없는 얼굴을 하고 유리문이 쾅 하고 닫히기를 조마조마한 심정으로 기다렸다. 그러나 문이 쾅 하고 닫히는 소리는 들리지 않았다. 클라브디아가 먼저 들어오고 뒤이어 페퍼코른이 들어오면서 문을 닫았기 때문에 아무 소리도 들리지 않았던 것이다. 몸집이 크고 어깨가 넓으며 이마가 높은 그는, 머리를 앞으로 내밀고 고양이 같은 친숙한 발걸음으로 자기 자리로 살금살금 다가가는 자신의 여행 동반자의 뒤를 따라 하얗게 타오르는 거대한 머리로 걸어왔다. 아, 그렇다, 그녀였다, 변함없는 모습 그대로였다. 원래 계획과는 달리 그는 잠을 이루지 못해 퉁퉁 부은 눈길로 자신도 모르게 그녀를 쳐다보고 말았다. 아무렇게나 땋아 머리 주위에 그냥 친친 동여맨 불그스름한 금발, '초원의 이리의 눈빛', 둥그스름한 목선, 광대뼈가 튀어나와 실제보다 더 도톰해 보이는 입술, 그 광대뼈 때문에 볼이 귀엽게 쑥 들어가 보이는 현상도 예전 그대로였다. '클라브디아!' 하고 그는 전율에 몸을 부르르 떨면서 생각했다. 그리고 뜻하지 않은 그 남자를 쳐다보면서, 가면을 쓴 것처럼 위풍당당한 그의 모습에 조롱과 반항의 기분이 치밀어 오르는 것을 느꼈다. 언젠가 사육제 날 밤에 그녀와 자기 사이에 모종의 사건이 일어난 줄도 모르고 그녀를 자신의 소유물인 양 뻐기고 있는 그 작자를 마음껏 비웃어 주고 싶은 심정이었다. 사실 그날 밤에 일어난 모종의 사건은, 그 자신의 마음을 불안하게 한 아마추어적인 유화에 얽힌 사건처럼 애매하고 모호한 것은 아니었다. 자리에 앉기 전에 식당 사람들을 향해 선을 보이는 쇼샤 부인의 습관도 예전 그대로였다. 페퍼코른은 시중을 드는 하인처럼 그녀 뒤에 비스듬히 서서 그녀가 행하는 조그만 의식이 끝나기를 기다린 후 클라브디아의 옆자리인 식탁 끝에 앉았다.

한스 카스토르프가 계획했던, 식탁에서 식탁으로 기사답게 인사한다는 것은 어림도 없는 일이었다. '선'을 보일 때 그녀의 두 눈은 한스 카스토르프와 그가 앉은 식탁을 지나 식당의 좀 더 먼 곳을 쓱 훑어보았다. 다음에 식당에서 만났을 때도 이와 다르지 않았다. 이리하여 식사가 여러 번 진행됨에 따라 쇼샤 부인은 식시 중에 고개를 아무 생각 없이 무관심한 눈길로 이쪽을 훑어볼 뿐이어서 한스 카스토르프는 그녀의 시선과 맞닥뜨릴 수 없었다. 그러니만큼 기사다운 인사를 보낸다는 것은 점점 더 생각할 수 없게 되었다. 저녁의 짧은 모임 때 두 여행 동반자는 자신들의 식탁 동료들에 둘러싸인 채 작은 방의 소파에 나란히 앉아 있었다. 불길처럼 타오르는 흰 머리칼과 흰 턱수염 때문에 당당한 외모가 더욱 두드러지게 대비되는 페퍼코른은 저녁 식사 때 주문한 적포도주 병을 끝까지 마셨다. 그는 저녁 식사 때는 적포도주를 한 병, 한 병 반, 또는 두 병이나 마셨지만, 그것과는 별도로 '빵'은 벌써 아침 식사 때부터 줄곧 마셔 댔다. 왕 같은 풍모를 한 이 사나이는 남들과 달리 유달리 원기를 북돋워 주는 것이 필요한 모양이었다. 커피도 아주 진한 형태로 하루에 여러 번, 아침뿐만 아니라 정오에도 커다란 잔으로 마셔 댔고, 그것도 식후가 아니라 식사 중에 포도주와 함께 마셨다. 한스 카스토르프는 두 가지 다 열을 내리는 데 좋다고 페퍼코른이 말하는 것을 들었다. 원기를 북돋워 주는 효과는 말할 것도 없고, 간헐성 열대 열에 아주 좋다고 했지만, 이곳에 온 지 이틀도 안 되어 그는 하루에 여러 시간을 방의 침대에 누워 지내야 했다. 네덜란드인이 대략 4일마다 그 열에 시달렸기 때문에 고문관은 이를 4일열이라 불렀다. 처음에는 추워서 이가 덜덜 떨리고, 그다음에는 열에 뜨겁게 달아오르다가 땀에 흠뻑 젖는 것이었다. 그 때문에 그의 비장(脾臟)도 부어 있다고 했다.

카드놀이

이렇게 몇 주일의 시간이 흘러갔다. 우리는 한스 카스토르프의 판단과 짐작을 전적으로는 믿을 수 없기에 스스로 짐작해 보건대 3, 4주일쯤 지나갔을 것이다. 이렇게 시간이 흘러갔으나 새로운 변화는 일어나지 않았다. 우리의 주인공은 그에게 못마땅한 근신을 강요한 예상치 못한 사태에 대해 식을 줄 모르는 반감을 가라앉힐 수 없었다. 브랜디를 마실 때 자신을 피터 페퍼코른이라고 부르는 이 왕 같고 당당하며 애매한 남자의 존재가 눈에 거슬려 참을 수 없었다. 사실 이 인물은 전에 가령 '세템브리니 씨'가 눈에 거슬렸던 것보다 훨씬 더 심하게 눈에 거슬렸다. 한스 카스토르프의 미간에는 반항적이고 언짢은 주름이 세로로 새겨졌고, 이러한 주름진 이마 밑의 눈으로 그는 고향에 다시 돌아온 여자를 하루에 다섯 번 바라보면서, 아무튼 그녀를 바라볼 수 있다는 사실에 기뻐했다. 그러면서 그녀의 과거에 미심쩍은 구석이 있는 것을 조금도 모르는 그 절대자 같은 인물에 대해 경멸감으로 가득 찼다.

그런데 어느 날 저녁 어떤 연유에서인지는 잘 몰라도, 홀과 작은 방에서 벌어지는 저녁 모임이 평소보다 더 활기에 찬 적이 있었다. 음악이 연주되고 있었고, 헝가리 출신의 한 대학생이 바이올린으로 「치고이네르바이젠」을 힘차게 연주하고 있었다. 그리고 크로코프스키 박사를 데리고 이 자리에 15분 정도 참석한 베렌스 고문관이 어떤 손님보고 피아노의 저음부로 바그너 곡의

「순례자의 합창」 멜로디를 쳐 보라고 했다. 그러는 동안 자신은 그 옆에 서서 피아노의 고음부를 솔로 폴짝폴짝 문지르면서 바이올린으로 반주하는 사람 흉내를 냈다. 사람들은 그 모습을 보고 웃음을 터뜨렸다. 박수갈채를 받고 신이 난 고문관은 기분이 좋은지 연방 고개를 흔들면서 휴게실을 떠났다. 하지만 저녁 모임은 계속되었고, 음악도 연주되었지만, 거기에 주의를 집중할 필요는 없었으므로 손님들은 도미노 게임이나 브리지 게임을 하면서 음료수를 마셨고, 광학을 응용한 기구를 가지고 즐기거나 여기저기서 잡담을 나누었다. 일류 러시아인 석의 멤버도 홀과 피아노실의 무리와 한데 섞였다. 민헤어 페퍼코른이 여기저기를 돌아다니는 모습이 눈에 띄었다. 그를 보지 않으려고 해도 보지 않을 수 없었다. 그의 당당한 머리는 사람들 주위에서 단연 눈에 띄었고, 왕 같은 무게와 위엄으로 주위를 압도했기 때문이다. 그리고 주위 사람들이 애초에는 그가 엄청난 부자라는 소문에 끌렸을 뿐인데, 이내 그의 인물과 됨됨이 자체에 끌리게 되었다. 그들은 그를 향해 미소 지으며 격려하고는 자기도 모르게 고개를 끄덕였다. 긴 손톱으로 인상 깊게 문화인다운 손짓을 하는 것을 보면서 긴장을 늦추지 않은 채, 이마에 깊이 파인 주름 아래의 흐릿한 눈빛에 매료되었다. 말이 지리멸렬하여 알아들을 수 없고 의미가 모호하며 사실 쓸데없는 내용이긴 해도 사람들은 그에 대해 조금도 환멸감을 품지 않았다.

이런 상황에서 한스 카스토르프가 뭘 하고 있는지 살펴보니 그는 글 쓰고 책 읽는 방에 있었다. 이곳은 그가 언젠가 (이 언젠가라는 말은 모호한 표현이다. 작가도 주인공도 독자도 그게 언제 이야기인지 더는 확실히 모르게 되었기 때문이다) 인류 진보의 조직화에 대해 중대한 고백을 들은 응접실이었다. 그곳은 다른 방보다 조용했고, 한스 카스토르프 말고는 두서너 사람밖에 없었다. 어떤 사람은 줄에 매달린 전등불 아래 마주 놓인 탁자 중 한 탁자에서 글을 쓰고 있었다. 코안경을 두 개 포개어 얹은 부인이 장서 옆에 앉아 그림이 삽입된 책의 페이지를 넘기고 있었다. 한스 카스토르프는 피아노실로 통하는 복도의 열린 문 가까이에 놓인 걸상에 앉아 등을 커튼 쪽으로 향하고 신문을 읽었다. 긴 털이 있는 벨벳을 씌운 그 르네상스식 의자는 등받이가 반듯하고 높으며, 팔걸이는 없었다. 청년은 신문을 들고 읽는 척했지만 사실 읽지는 않았고, 머리를 비스듬히 기울인 채 말소리에 섞여 지리멸렬하게 들려오는 음악 소리에 귀를 기울였다. 그러나 미간을 잔뜩 찌푸린 것을 보면 음악도 그냥 건성으로 듣는 듯했고, 그는 음악과는 무관한 것을 골똘히 생각하는 모양이었다. 오랫동안 잔뜩 기다렸지만 결국 창피하게도 바보 꼴이 되어 버린 청년의 환멸의 가시밭길, 반항의 쓰디쓴 길을 생각하고 있었다. 그는 어쩌다가 앉게 된 이곳에서 불편하게 신문 읽는 것을 집어치우고, 홀의 문을 지나 내키지 않는 모임을 피해 밖으로 나가서, 살을 에는 추운 발코니에 누워 홀로 마리아 만치니나 피워야겠다고 막연히 생각하고, 이를 막 실행에 옮기려는 참이었다.

　"그런데 사촌은요, 도련님?" 뒤에서 그의 머리 위로 묻는 소리가 들려왔다. 이는 그의 귀에 매혹적인 목소리였고, 그의 귀는 짜릿하고 딜콤하세 흐려지는 이 목소리를 말할 수 없이 기분 좋게 느끼도록 만들어져 있었다. 이는 사실 최고로 기분 좋다는 의미였다. 전에 "좋아. 하지만 부러뜨리면 안 돼"라고 말한 이 목소리는 그의 의지를 마비시키는 운명의 목소리였다. 그가 잘못 듣지 않았다면 그것은 요아힘에 대해 묻고 있었다.

한스 카스토르프는 신문을 천천히 내려놓고 얼굴을 약간 들어올렸기 때문에 머리가 뒤로 젖혀져, 정수리가 반듯한 등받이에 닿았다. 심지어 그는 잠시 눈을 감았다가 곧 다시 뜨고는, 비스듬히 위쪽으로, 즉 그의 머리 자세에서 눈길이 향하는 방향으로 어딘가 허공을 응시했다. 이 선량한 자의 표정은 영(靈)을 보는 자, 혹은 몽유병자와 거의 같은 것이었다고 말해도 좋으리라. 그는 그녀가 또 한 번 물어 주기를 바랐지만 그런 일은 다시 일어나지 않았다. 그래서 그는 아직 그녀가 자기 뒤에 있는지 확실히 알지도 못한 채 한참 후에 뜸을 들여 나지막한 소리로 대답했다.

"그는 죽었어요. 평지에서 근무하다가 죽고 말았지요."

'죽었다'는 바로 이 말이 두 사람 사이에 다시 오간 최초의 대화다운 대화였다. 그리고 그의 뒤와 위에서 들리는 말에서 그녀가 독일어를 잘하지 못해 동정한다는 말로 선택한 것이 너무 가벼운 표현임을 알아차렸다.

"어머나, 가엾어라. 죽어서 묻혔겠군요? 언제 일인데요?"

"꽤 됐어요. 그의 어머니가 유해를 싣고 내려갔지요. 군인 수염을 기르고 있었어요. 그의 무덤 위에서 세 발의 예포가 울렸지요."

"그럴 만하지요. 무척 착실한 사람이었으니까요. 다른 어느 누구보다도 훨씬 착실한 사람이었지요."

"그래요, 착실했지요. 라다만토스는 늘 그의 열성이 대단하다고 말했지요. 하지만 그의 몸이 이를 따라 주지 않았어요. 예수회 회원들은 이를 '육체의 반란'이라고 부르지요. 그는 항상 생각하는 것이 육체적이었어요, 존경할 만한 의미에서 말예요. 하지만 그의 육체는 불명예스러운 요소가 들어오게 해서, 대단한 열성가인 그의 뒤통수를 치게 했지요. 하긴 몸을 망치고 자신을 잃어버리는 것이 자신을 지키는 것보다 더 도덕적이지요."

"보아하니 당신은 여전히 철학적인 무용지물이군요. 라다만토스? 그는 누구지요?"

"베렌스예요. 세템브리니는 그를 그렇게 불러요."

"아, 세템브리니, 알고 있어요. 그 이탈리아인 말이지요. 나는 그 사람을 좋아하지 않아요. 생각하는 게 인간적이지 않아서요. (머리 위의 목소리는 '인간적'이란 말을 나른하고 꿈꾸는 듯이 길게 빼면서 발음했다.) 그는 거만해요. (그녀는 '거만'의 '만'을 강조해서 말했다.) 그는 이제 이곳에 살지 않나요? 나는 멍청해서 라다만토스가 무슨 뜻인지 모르겠네요."

"무언가 인문적인 말이지요. 세템브리니는 이곳에서 나갔어요. 우리는 요즘 들어 장황하게 철학적인 토론을 나누었지요. 세템브리니와 나프타와 나, 이렇게 셋이 말예요."

"나프타는 누군가요?"

"그의 논적이지요."

"그가 세템브리니의 논적이라면 만나 보고 싶어요. 그건 그렇고

딩신의 사촌이 펑시에서 군인이 되려고 한다면 죽을 거라고 내가 말하지 않았나요?"

"그래, 너는 그걸 알고 있었어."

"아니, 너라니요!"

한참 동안 침묵이 흘렀다. 그는 자신의 말을 취소하지 않았다. 그는 정수리를 반듯한 등받이에 지그시 댄 채, 영을 보는 사람의 시선을 하고 목소리가 다시 들리기를 기다렸다. 그녀가 아직 자신의 뒤에 있는지 확실히 알지 못한 채, 지리멸렬한 음악 소리에 멀어져 가는 발걸음 소리가 묻혀 버리지나 않았을까 염려했다. 하지만 이윽고 다시 목소리가 들려왔다.

"그런데 댁은 사촌의 장례식에 참석하지 않았나요?"

그가 대답했다.

"그렇지, 나는 여기서 그와 작별 인사를 나누었어. 그가 미소 짓기 시작했기 때문에, 그를 관에 넣기 전에 말이야. 그의 이마가 얼마나 차가웠는지 너는 상상도 못할 거야."

"또 너라고 그러시네요! 잘 알지도 못하는 숙녀에게 무슨 말버릇이 그래요!"

"나보고 인간적으로 말하지 말고 인문적으로 말하라는 건가?" (그는 자기도 모르게 '인간적'이라는 말을 졸린 듯이 길게 빼면서 했다. 마치 기지개를 켜면서 하품하는 사람처럼 말이다.)

"무슨 그런 말이 다 있어요. 댁은 줄곧 여기에 있었나요?"

"그래, 기다리고 있었지."

"무엇을요?"

"너를."

그의 머리 위에서 "바보!"라는 말과 함께 웃음이 터져 나왔다. "나를요! 사실은 퇴원시켜 주지 않았겠지요."

"그렇지 않아, 베렌스가 한번은 나에게 역정을 내면서 나가라고 그랬어. 하지만 그랬다면 무모한 퇴원이 되었을 거야. 학창 시절부터 남아 있는 오래된 환부 말고도, 알다시피, 베렌스가 발견한 새로운 환부 때문에 열이 사라지지 않기 때문이지."

"여전히 열이 있다고요?"

"그래, 늘 약간. 거의 언제나. 오락가락하지만. 하지만 말라리아 열은 아니야."

"놀리는 거예요?"

그는 입을 다물었다. 그는 영을 보는 자의 몽롱한 시선을 하면서 미간을 찌푸렸다. 한참 후에 그는 이렇게 물었다.

"그런데 너는 어디 있었어?"

그때 의자의 등받이를 손으로 치는 소리가 들렸다.

"꼭 야만인 같군요! 내가 어디 있었냐고요? 여기저기 있었지요. 모스크바에요. (그녀는 '무오스크바'라고 발음했다. 아까의 '인간적'이라는 말과 똑같이 나른하게 길게 끌며 발음했다.) 바쿠에도 있었고, 독일의 온천장들이며, 스페인에도 있었지요."

"아, 스페인에도 있었군. 거긴 어땠어?"

"그저 그랬어요. 여행하기에 좋지 않아요. 사람들이 반쯤 흑인 같아요. 카스티야 지방은 메마르고 살풍경했어요. 그 산맥 기슭의 성이나 수도원보다는 크렘린이 더 아름다워요."

"에스코리알 성 말이지."

"네, 필립 왕의 성이지요. 카탈로니아 지방의 민속춤이 훨씬 맘에 들었어요. 손풍금에 맞추어 추는 사르다나 춤 말이에요. 나도 같이 춤을 추었어요. 다들 손을 맞잡고 빙빙 돌며 춤을 추었지요. 광장에는 사람들로 입추의 여지가 없었어요. 그게 매력적이고 인간적이지요. 나는 그 지방의 남자들과 소년들이 쓰는 푸른색의 조그만 모자를 샀지요. 그건 붉은 터키모자인 보이나와 거의 다를 게 없어요. 나는 안정 요양 때나 그 밖의 경우에 그 모자를 쓴답니다. 그게 나에게 어울리는지는 선생님이 판단할 겁니다."

"어떤 선생님 말인데?"

"여기 의자에 앉은 분 말입니다."

"나는 민헤어 페퍼코른을 말하는 줄 알았지."

"그분은 벌써 평가했답니다. 무척 매력적으로 보인다고 말하더군요."

"그분이 그렇게 말했어? 끝까지 말했다고? 그 문장을 알아들을 수 있게 끝까지 말했다고?"

"어머나, 기분이 상하셨나 보네요. 심술궂게 굴면서 쏘아붙이고 싶겠지요. 당신 자신과 당신의 친구이자 지중해 연안에서 태어난 당신의 스승이신 위대한 웅변가를 합친 것보다 더 훌륭하고 더 위대하며 더 인간적인 그 사람을 비웃어 주고 싶으신가 보지요. 하지만 내 친구를 놀리게 놔두지는 않을 거예요."

"너는 아직 나의 뢴트겐 사진을 갖고 있어?" 그는 우울한 어조로 그녀의 말을 가로막았다.

그녀는 웃었다. "한번 찾아봐야지요."

"네 것은 여기에 지니고 다녀. 그러다가 밤이 되면 서랍장 위의 조그만 사진꽂이에……"

그는 말을 끝마치지 못했다. 그의 앞에 페퍼코른이 서 있었던 것이다. 그는 자신의 여행 동반자를 찾아 나섰다가 커튼을 들치고 이곳으로 들어와 그녀에게 등을 돌리고 이야기하는 청년의 의자 앞에 섰던 것이다. 마치 우뚝 솟은 탑처럼, 그것도 한스 카스토르프의 바로 코앞에 섰다. 한스 카스토르프는 몽유병자 같은 상태에 있으면서도 일어나 인사를 해야겠다고 생각했는데, 두 사람 사이에 끼여 의자에서 일어나느라 애를 먹었다. 의자에서 옆으로 몸을 빼지 않을 수 없어서, 세 사람의 등장인물은 의자를 가운데 두고 삼각형을 이루며 마주 대하게 되었다.

쇼샤 부인은 문명화된 서양의 예의에 따라 '신사'들을 서로 소개했다. 그녀는 한스 카스토르프에 대해서는 전부터, 자신이 전에 이곳에 머물 때부터 아는 사이라고 말했다. 페퍼코른 씨에 대해서는 굳이 상세하게 설명할 필요가 없었다. 그녀는 페퍼코른의 이름만을 말했다. 그 네덜란드인은 가면처럼 이마와 관자놀이에 당초무늬 모양의 주름을 한층 깊게 하고 흐릿한 눈빛으로 청년을 쳐다보면서 악수를 청했다. 솥뚜껑 같은 그의 손등은 주근깨투성이였다. 한스 카스토르프는 손톱이 창처럼 길지 않다면 선장의 손이라고 생각했다. 처음으로 그는 페퍼코른이라는 육중한 인물의 직접적인 영향을 받게 되었다. (그를 대하면 '인물'이란 단어가 어떤 의미인지 납득이 되었다. 그를 보고 있으면 인물이란 게 무엇인지 갑자기 이해되었다. 그뿐만 아니라 인물이란 바로 그와 같은 모습을 하고 있을 거라고 확신했다.) 한스 카스토르프는 동요되기 쉬운 젊은 나이 탓에 어깨가 넓고 얼굴이 붉으며 백발이 불길처럼 타오르는 60대 사나이, 입이 슬프게 찢어지고 성직자처럼 단추를 채운 조끼 위에 가늘고 길게 드리워진 턱수염을 한 이 사나이의 무게에 압도되는 느낌이었다. 게다가 페퍼코른은 무척 점잖은 사람이었다.

"이보시오." 그가 말했다. "단연코. 아니, 죄송합니다. 단연코! 오늘 밤 이렇게 당신을 알게 되어, 신뢰감을 일으키는 젊은이를 알게 되어, 의식적으로 당신과 알고 지내고 싶습니다, 이보시오, 그렇게 되도록 성심성의껏 노력하겠습니다. 당신이 마음에 들어요, 이보시오, 나는, 괜찮습니다! 이제 끝났습니다. 나는 당신이 마음에 드는군요."

이에 대해 한스 카스토르프는 뭐라고 이의를 제기할 수 없었다. 그의 문화인다운 거동은 그야말로 절대적이었다. 한스 카스토르프가 그의 마음에 든 것이었다. 페퍼코른은 그러한 사실에서 결론을 끄집어내어 암시하듯 표현했고, 그 결론은 자신의 여행 동반자의 입을 통해 유효적절하게 보충되었다.

"이보시오." 그가 말했다. "다 좋습니다. 하지만 어때요, 내가 하는 말을 잘 이해하길 바랍니다. 인생은 짧고, 삶의 요구를 제대로 부응할 수 있는 우리의 능력은, 그것은 이제 일단, 그건 사실입니다, 이보시오. 법칙입니다. 가차없는 것입니다. 요컨대, 이보시오, 요컨대 좋습니다." 이렇게 암시를 해 주어도 무언가 중대한 실수를 하는 경우 자신이 그 책임을 질 수 없으며 죄다 떠넘기겠다는 듯 페퍼코른은 의미심장한 제스처를 했다.

분명 쇼샤 부인은 페퍼코른이 원하는 방향이 무엇인지 그의 말을 끝까지 듣지 않아도 잘 구별할 수 있게 된 모양이었다. 그녀는 이렇게 말했다.

"좋아요. 우리 모두 함께 앉아 카드놀이를 하며 와인을 마시는 게 어때요. 왜 그렇게 서 계세요?" 그녀는 한스 카스토르프에게 고개를 돌리고 말했다. "어서 움직이세요! 우리 셋뿐만 아니라 사람들을 불러 모아야 해요. 아직 살롱에 누가 있나요? 카드놀이 할 사람이 있는지 가서 찾아보세요! 발코니에서 몇몇 친구들을 불러오세요. 우리 식탁의 중국인 의사 팅푸(陳富)에게도 청해 보도록 해요."

페퍼코른은 두 손을 비볐다.

"당연히 그래야지요." 그가 말했다. "완벽합니다. 훌륭해요. 어서 서두르시오, 이보시오! 내 말을 따르도록 하시오! 둥글게 모여 앉아 카드놀이를 하면서 먹고 마십시다. 우리는 느낄 겁니다, 우리는, 당연히 그래야지요, 이보시오!"

한스 카스토르프는 승강기를 타고 3층으로 올라갔다. 그는 안톤 카를로비치 페르게의 방을 두드렸고, 페르게는 페르디난트 베잘과 알빈을 아래의 안정 요양 홀의 의자에서 데리고 왔다. 파라반트 검사와 마그누스 부부가 아직 홀에 있었고, 슈퇴어 부인과 클레펠트는 살롱에 있었다. 이 살롱 중앙의 샹들리에 아래에 널찍한 카드용 테이블이 설치되었고, 그 주위에 의자와 음식상을 차릴

직은 탁자를 갖다놓았다. 민헤어 페퍼코른은 모여든 손님들에게 이마에 더 깊게 당초무늬 주름살을 지으며 흐릿한 눈빛으로 공손하게 일일이 인사했다. 총 열두 명이 자리에 앉았고, 한스 카스토르프는 당당한 풍모의 주최자와 클라브디아 쇼샤 사이에 앉았다. 트웬티 원 카드놀이를 몇 판 하기로 의견일치를 보았기 때문에 카드와 칩을 탁자에 올려놓았다. 페퍼코른은 난쟁이 아가씨를 불러 특유의 의미심장한 손짓으로 1806년 산 프랑스 백포도주 샤블리스를 우선 세 병 시키고, 거기에다가 말린 열대 과일과 과자류를 있는 대로 가지고 오라고 일렀다. 자신이 주문한 훌륭한 음식이 나오자 그는 두 손을 비비며 마냥 흡족해했다. 그리고 그러한 느낌을 떠듬거리며 말로도 표현하려고 하여, 그러한 인물이 끼치는 총체적인 영향력만으로도 사실 제법 성공을 거두었다. 그는 자신의 양쪽 옆에 앉은 사람들의 팔에 두 손을 얹고, 손톱이 창처럼 뾰족한 집게손가락을 세우고는 불룩한 잔에 든 백포도주의 찬란한 금빛, 스페인 말라가 산 포도알에 배어 있는 달콤함, 자신이 천하 절미라고 하는 소금과 양귀비 씨를 살짝 뿌린 브레첼 빵, 이런 것들을 찬찬히 음미하라고 촉구하여 상당한 성공을 거두었다. 사람들은 그의 이러한 거창한 말에 반박할 마음이 생긴다 하더라도 그의 장엄한 문화인다운 손짓으로 인해 말이 나오기도 전에 막혀 버리는 것이었다. 그는 처음에 물주(物主) 역할을 했지만, 이내 이를 알빈 씨에게 넘겨 버렸다. 그의 심정을 헤아려 판단해 보건대 아마 물주가 되면 분위기를 마음껏 즐길 수 없으리라고 생각해서 그런 모양이었다.

돈을 따고 잃는 일은 그에게 중요한 문제가 아닌 게 분명했다. 그의 제안에 따라 거는 돈은 최저 50라펜으로 결정했지만, 그의 생각에는 아무것도 걸지 않은 거나 마찬가지였다. 하지만 다른 대부분의 참가자들에게는 그것은 상당한 액수였다. 슈퇴어 부인뿐만 아니라 파라반트 검사는 번갈아가며 얼굴이 붉으락푸르락해졌다. 특히 슈퇴어 부인은 자신이 이미 얻은 카드 점수가 18이 되어 또 한 장을 더 받아야 하는지의 문제가 생기면 말할 수 없는 고민에 빠졌다. 알빈 씨가 능숙하고 침착한 솜씨로 그녀에게 한 장을 던져 주어 그 운명의 한 장으로 그녀의 모험이 산통 깨지게 되었을 때 그녀가 크게 쳇소리를 지르는 것을 보고 페퍼코른은 흡족한 마음으로 웃음을 터뜨렸다.

"마음껏, 마음껏 소리를 지르십시오, 마담!" 그가 말했다. "생기 넘치는 날카로운 목소리입니다. 뱃속 깊은 데서 나오고 있군요. 자, 한잔 하시고, 가슴에 새로 원기를 북돋아 주십시오." 이 말과 함께 그는 슈퇴어 부인의 잔에 포도주를 따라 주고, 자신의 양옆에 앉은 두 사람과 자신의 잔에도 포도주를 붓고 나서 새로 세 병을 시켰다. 그리고 베잘과 몸에서 단백질이 빠져 정신이 황폐해진 마그누스 부인과 잔을 부딪쳤는데, 그가 보기에 이 두 사람은 특히 원기를 회복하는 게 필요한 듯했기 때문이다. 정말 맛이 좋은 포도주를 마시자 사람들의 얼굴이 금방 불그스름하게 달아올랐다. 그렇지만 예외적으로 팅푸 박사만은 변함없이 누런 얼굴 그대로였고, 쥐처럼 짝 찢어진 새까만 눈만 반짝거렸다. 그는 킥킥거리고 웃으면서 고액을 걸었는데, 후안무치하게도 계속 돈을 따고 있었다. 그렇다고 나쁜 사람들도 돈을 잃기만 하는 것은 아니었다. 파라반트 검사는 자신의 카드가 그리 신통치 않자 10프랑을 걸어 놓고 몽롱한 시선으로 자신의 운명에 도전하고는 창백한 얼굴로 겁을 먹고 있었다. 그런데 알빈 씨가 손에 쥔 에이스의 위력을 과신하다가 지는 바람에 다른 사람들이 건 돈을 두 배로 만들어 주었고, 이렇게 해서 검사는 건 돈의 두 배인 20프랑을 벌게 되었다. 이 일은 그것을 초래한 장본인뿐만 아니라 그곳에 모인 모든 사람들을 흥분하게 만들었다. 이렇게 다들 흥분에 빠져, 자신이 몬테카를로 도박장의 단골이라 자칭하면서 냉정하고 신중한 면에서는 도박장의 종업원에 못지않은 알빈 씨조차도 흥분을 감추지 못할 정도였다. 한스 카스토르프도 고액의 돈을 걸었고, 클레펠트와 쇼샤 부인도 마찬가지였다. 트웬티 원에서 '일주 여행'으로 옮아갔고, '철도', '나의 아주머니, 너의 아주머니' 및 '위험스러운 디페랑스'도 했다. 변덕스러운 운명의 신이 신경에 가하는 자극에 영향을 받아, 다들 환성을 올리고 절망해 탄식하며, 분노를 폭발하고 히스테리컬하고 발작적인 웃음을 터뜨렸다. 그리고 이들은 일상생활에서의 화복(禍福)도 이와 다르지 않을 거라 생각하면서 진지하고 신중한 자세로 임했다.

그러나 놀이에 참가하고 있는 이 조그만 무리의 흥분, 숨 막히는 긴장, 순간순간의 거의 고통스럽다 할 정도의 집중이라 할 수 있는 것, 즉 기분을 말할 수 없이 고조시키고, 표정을 상기시키며, 눈을 크게 뜨고 반짝반짝 빛나게 한 것은 카드놀이와 포도주 탓만은 아니었다. 그것은 부수적인 것에 불과했다. 오히려 이 모든 것은 이들 중에서 지배자적인 면모를 지닌 '인물'인 민헤어 페퍼코른의 영향 때문이었다. 그는 다양한 손짓으로 좌중을 이끌었고, 당당한 표정 연기, 이마에 깊이 파인 주름살 밑의 흐릿한 눈빛, 그의 말과 팬터마임 같은 인상적인 몸짓으로 모두를 꼼짝 못하게 만들었다. 그가 무슨 말을 했던가? 그는 모호하기 짝이 없는 말, 술을 마심에 따라 더욱 알쏭달쏭한 말을 했다. 하지만 다들 그의 입술을 지켜보았고, 그가 말을 하는 대신 왕 같은 표정을 지으며 집게손가락과 엄지손가락으로 동그라미를 만들고 다른 손은 창처럼 뾰족하게 세우는 것을 바라보면서 눈썹을 치켜뜨고 고개를 끄덕이며 미소를 지었다. 그리고 그는 사람들이 자신도 모르게 어떤 감정에 빠져들게 해서 평소에 품고 있던 헌신적인 열정의 정도를 훨씬 넘어서게 했다. 이러한 감정은 각자의 힘에 부치는 것이었다. 특히 마그누스 부인은 속이 좋지 않아, 거의 실신할 지경이었지만 방으로 돌아가는 것을 완강히 거부하고, 물을 적신 냅킨을 이마에 대고 긴 의자에 누워 쉬면서 몸을 좀 회복한 후 다시 무리에 끼어들었다.

페퍼코른은 마그누스 부인이 이처럼 기력이 부족한 것을 영양 부족 탓으로 돌리려고 했다. 그는 집게손가락을 치켜세우고 의미심장하게 떠듬거리는 말로 이러한 의미를 나타냈다. 삶의 요구에 제대로 부응하기 위해서는 먹어야 한다, 제대로 먹어야 한다는 것을 납득시키려고 하면서 일동의 원기를 돋우기 위한 간식을 주문했다. 구운 고기, 냉육(冷肉), 소 혓바닥, 거위 가슴살, 비프스테이크, 소시지와 햄 같은 기름기 많은 맛있는 음식이 담긴 접시에

디 공처럼 둥근 버터, 홍당무, 파슬리를 곁들여 마치 울긋불긋한 화단 같았다. 앞서 푸짐한 저녁 식사를 했음에도 다들 부리나케 손을 내밀어 음식을 맛있게 먹었지만 민헤어 페퍼코른은 몇 입 먹어 보고는 '너절한 허섭스레기'라고 평하면서 화를 벌컥 냈다. 지배자적인 면모를 지닌 그의 이러한 괴팍하고 불같은 성질은 사람들의 손에 땀을 쥐게 했다. 아니, 누군가가 감히 간식을 옹호하려고 하자 그는 불같이 화를 냈다. 그의 거대한 얼굴이 부풀어 올랐고, 주먹으로 식탁을 내리치면서 이 모든 게 형편없는 쓰레기라고 선언했다. 결국 한턱 내는 사람이자 주인 격인 그에게는 자신의 요리를 비평할 권리가 있었으므로 다들 난처한 얼굴로 잠자코 있을 수밖에 없었다.

물론 그가 그렇게 화내는 것은 이해할 수 없는 일이긴 했지만 그의 얼굴에 무척 잘 어울렸다는 것을 한스 카스토르프는 인정하지 않을 수 없었다. 그의 분노는 그의 이미지를 왜곡시키거나 초라하게 하지 않았고, 무언가 이해할 수 없는 일이긴 하지만 이를 포도주의 과음과 연결 지어 생각하려는 사람은 아무도 없었으며, 위대하고 왕 같은 분위기를 풍겼으므로 모두들 움츠러들어 감히 고기를 입에 대는 것을 삼가고 있었다. 그러자 쇼샤 부인이 자신의 여행 동반자를 진정시키려고 했다. 그녀는 식탁을 내리친 후 그대로 거기에 머물러 있는 선장 같은 그의 넓적한 손을 쓰다듬으며, 무언가 다른 것을 시키면 되지 않을까, 그가 원한다면 그리고 주방장이 또 무언가를 조리해 줄 수 있다면 따뜻한 요리를 시키면 되지 않겠느냐고 달래듯 말했다. "이봐요." 그가 말했다. "좋아요." 그리고 그는 클라브디아의 손에 입맞춤을 하고는 아주 자연스럽고도 위엄 있게, 심히 분노한 상태에서 온화한 표정으로 넘어갔다. 그는 자신과 일동을 위해 오믈렛을 주문하자고 제안하면서, 삶의 요구를 제대로 충족시키기 위해 모두에게 고급 야채 오믈렛을 시켜 주었다. 이러한 주문을 하면서 그는 100프랑짜리 지폐를 주방에 보내 시간 외의 일을 하는 주방 사람들의 기분을 달래 주었다.

녹색을 띤 야채가 섞인 카나리아처럼 노란 오믈렛이 달걀과 버터의 따스한 향내를 풍기며, 여러 개의 접시에 담긴 채 김을 모락모락 내면서 운반되자 그의 기분도 다시 완전히 좋아졌다. 일동은 떠들거리는 말과 강요하는 듯한 문화인다운 몸짓으로 뜻밖의 선물을 아주 주의 깊게, 그러니까 열과 성을 다해 맛보도록 촉구하는 페퍼코른의 감시를 받으며 그와 함께 맛있게 음식을 먹었다. 그는 네덜란드 산 진을 일일이 따르게 하고는 노간주나무의 은은한 향기와 곡식의 신선한 냄새가 풍기는 투명한 진을 기대에 부푼 경건한 마음으로 맛보라고 모두에게 권했다.

한스 카스토르프는 담배를 피웠다. 쇼샤 부인도 질주하는 삼두마차가 새겨진, 래커 칠을 한 러시아제 담배 케이스에서 필터 담배를 꺼내 피웠다. 그녀는 집어 들기 편하게 담배 케이스를 자기 앞의 탁자에 올려놓았다. 페퍼코른은 자신의 양옆에 앉은 두 사람이 이처럼 담배 피우는 것을 나무라지는 않았지만, 자신은 담배를 피우지 않았고 여태껏 담배를 피워 본 적도 없었다. 그의 말로 미루어 보건대 그는 담배 피우는 일을 지나치게 세련된 향락의 하나로 보는 것 같았다. 담배 피우는 행위를 그는 삶의 소박한 선물, 우리가 혼신의 힘을 다해도 제대로 누릴 수 없는 삶이라는 선물과 삶의 요구에 담겨 있는 품위를 빼앗는 일이라고 생각하는 듯했다. "이보시오, 소박한 것! 성스러운 것! 좋습니다, 당신은 내가 하는 말뜻을 알 겁니다. 포도주 한 병, 김이 모락모락 나는 달걀 요리, 순수한 곡주, 일단 우리 배를 채우고 즐기도록 합시다. 남김없이 마시고, 충분히 그 맛을 본 연후에, 말할 필요도 없습니다, 이보시오. 이제 다 끝났습니다. 나는 코카인 복용자, 하시시 흡연자, 모르핀 중독자 등 온갖 종류의 남녀들을 보아 왔습니다. 좋습니다, 이보시오! 완벽합니다! 저들 좋을 대로 놔두면 됩니다! 우리가 이래라 저래라 가르치고 심판할 필요가 없습니다. 하지만 이것에 선행해야 하는 것, 소박하고 위대한 신의 본래적인 선물에 이 사람들은 깡그리 다, 다 끝났습니다, 이보시오, 유죄 판결이 내려졌습니다. 타기해야 합니다. 이들은 그런 모든 것에 죄를 범했습니다! 이보시오, 당신 이름이 무엇인지 모르나, 좋습니다, 이미 알았는데 다시 잊어버렸군요. 코카인이며 아편이며 악덕이 그 자체로 나쁜 것은 아닙니다. 용서할 수 없는 죄는, 그것은 바로……"

그는 말을 멈추었다. 큰 덩치에다 어깨가 넓은 몸을 한스 카스토르프 쪽으로 돌린 그는 집게손가락을 치켜들고 이상하게 찢어진 입으로 상대방에게 이해시키고 말겠다는 듯 의미심장한 침묵을 계속했다. 붉은 윗입술은 면도를 하다가 상처가 났고, 머리칼이 없어 희게 번뜩이는 이마에는 주름이 깊게 패어 있었으며, 흐릿한 빛의 작은 눈은 부릅뜨고 있었다. 한스 카스토르프는 그가 암시한 범죄, 크나큰 죄악, 용서할 수 없는 무기력에 대한 공포가 그의 두 눈 속에서 번득이는 것을 보았다. 페퍼코른은 무언지 말할 수 없는 지배자적 인물의 사람을 휘어잡는 힘으로 자신이 두려워하는 무기력의 실체를 규명해 줄 것을 말없이 명령하고 있었다. 한스 카스토르프는 이것은 객관적인 성격을 띤 공포라고 생각했지만, 왕과 같은 이 인물에 관계되는, 개인적인 공포라고도 생각했다. 그러므로 두려움이긴 하지만, 보잘것없고 사소한 두려움이 아니라 한순간 그의 눈 속에서 이루 말할 수 없이 급작스러운 공포가 번뜩인 듯했다. 한스 카스토르프로서는 쇼샤 부인의 위세등등한 여행 동반자에게 적대감을 품을 만한 이유가 충분했지만 천성이 경건한 그는 이러한 공포를 목격하고 충격을 받지 않을 수 없었다.

그는 두 눈을 내리깔고, 옆자리의 비장한 인물에게 그 의미를 충분히 이해하겠다는 듯이 고개를 끄덕였다.

"어쩌면 옳은 말씀일지도 모릅니다." 그가 말했다. "그건 죄악일지도 모르지요. 그리고 불충분함을 나타내는 신호일지도 모릅니다. 그토록 위대하고 신성한, 소박하면서도 자연스러운 삶이라는 선물에 제대로 부응하지 않고 세련된 쾌락에 빠지는 것이 말입니다. 당신이 말하려는 바를 내가 제대로 이해했다면 이것이 당신의 견해입니다, 페퍼코른 씨. 그리고 지금까지 나 자신에게 그런 생각이 든 적은 없었지만 당신이 그런 지적을 하는 것을 보니 확신을 갖고 당신의 말에 동의할 수 있습니다. 아닌 게 아니라 이러한 건강하고 소박한 삶이라는 선물이 제대로 정당하게 평가받는 일은 아주 드뭅니다. 분명코 대부분의 사람들은 그것을 제대로 평가하기에는 너무 안이하고 부주의하고 비양심적이며 정신적으로 해이해져 있습니다. 아마 그러리라고 생각됩니다."

엄청난 힘을 발휘하는 그 인물은 대단히 흡족해 마지않았다. "이보시오." 그가 말했다. "완벽합니다. 실례지만, 더는 아무 말도 하지 않겠습니다. 자, 나와 팔짱을 끼고 잔을 끝까지 쭉 들이켭시다. 그렇다고 아직 당신에게 형제로서 '너'라고 부르자고 제의하는 의미는 아닙니다. 사실 나는 막 그럴 참입니다만, 다소 좀 성급한 결정이 아닌가 하고 생각하고 있습니다. 아마 머지않은 장래에 그렇게 제안할 작정입니다. 내 말을 믿으십시오! 하지만 당신이 원하고 주장한다면 지금 당장이라도……"

한스 카스토르프는 페퍼코른이 다음으로 연기하자고 스스로 제기한 말에 암묵적으로 동의했다.

"좋습니다, 이보시오. 좋습니다, 동지. 불충분함, 좋습니다. 좋으면서 섬뜩합니다. 비양심적입니다. 아주 좋습니다. 선물, 좋지 않습니다. 삶의 요구들! 명예와 남성적인 힘에 대한 신성하고 여성적인 삶의 요구들……"

한스 카스토르프는 갑자기 페퍼코른이 몹시 취했음을 깨닫지 않을 수 없었다. 하지만 그가 취했다는 사실도 보잘것없고 창피한 일로 비쳐지거나 추태라는 느낌이 들지 않고, 위풍당당한 그의 면모와 결부되어 그가 대단하고 경외감을 불러일으키는 인물로 생각되었다. 주신(酒神) 바쿠스도 술에 취해 자신을 열광적으로 숭배하는 동반자에게 몸을 기댔지만, 그렇다고 해서 신성을 잃지는 않았다고 한스 카스토르프는 생각했다. 그리고 문제의 관건은 누가 술에 취했는가, 즉 대단한 인물인가 아니면 단순히 아마포 직조공인가 하는 점이었다. 한스 카스토르프는 비록 그의 문화인다운 거동이 맥 빠지고 혀도 꼬부라지기 시작했지만, 자신을 옴짝달싹 못하게 하는 그 여행 동반자에 대한 존경심을 조금이라도 잃지 않도록 마음속으로 단단히 각오를 다졌다.

"서로 말을 트는 것은……" 거나하게 취한 당당한 체구를 마음 편히 뒤로 젖히고 팔을 식탁 위로 쭉 뻗고는 느슨하게 쥔 주먹으로 가볍게 내리치며 페퍼코른이 말했다. "얼마 있다가, 가까운 장래에 하기로 하고, 먼저 신중하게 생각하는 것이, 좋겠지요. 다 끝났습니다. 삶은, 이보시오, 여성입니다. 그것은 탐스럽게 붕긋 솟아 있는 유방, 툭 튀어나온 엉덩이 사이의 펑퍼짐하고 부드러운 배, 날씬한 팔과 부풀어 오른 허벅지, 반쯤 눈을 감고 살며시 누워 있는 여성입니다. 삶은 우리에게 가장 절박한 것, 우리 남성적 욕망의 모든 활력이 자신의 눈앞에서 합격하는가, 또는 패배하는가의 여부를 손아귀에 쥐고 보기 좋게 비웃으며 도발적으로 이를 요구하는 여성입니다. 패배한다는 게, 이보시오, 무슨 뜻인지 아십니까? 삶에 대한 감정의 패배, 그것은 불충분함입니다. 그것에는 어떠한 은총도 동정도 자비도 없으며, 그것은 가차없이 코웃음을 받으며 내팽개쳐질 뿐입니다. 끝장나고, 이보시오, 침이 뱉어질 뿐입니다. 이러한 파멸과 파산, 이러한 견디기 힘든 치욕에는 수치나 불명예라는 말로는 턱도 없이 불충분합니다. 그것은 종말이자 지옥 같은 절망이며 세상의 멸망입니다."

네덜란드인은 말을 히는 동안 거대한 봄을 점점 더 뒤로 젖히면서 이와 동시에 왕 같은 머리는 가슴 쪽으로 기울어지는 것으로 보아 잠이 들려는 모양이었다. 하지만 마지막 말을 하면서 헐겁게 쥔 주먹을 휘둘러 탁자를 쾅 하고 내리치는 바람에 심약한 한스 카스토르프는 카드놀이와 포도주, 이 모든 독특한 정황 때문에 신경이 곤두서 있었으므로 기겁을 하며 놀랐고, 겁에 질려 외경의 눈초리로 이 막강한 인물을 쳐다보았다. "세상의 멸망." 이 마지막 말은 그에게 얼마나 잘 어울렸던가! 한스 카스토르프는 가령 종교 시간 말고는 이런 말을 들은 기억이 나지 않았다. 그리고 이는 우연이 아니라고 그는 생각했다. 그가 알고 있는 모든 사람들 중에서 누구에게 과연 이런 호되게 꾸짖는 말이 어울리겠으며, 누가 그런 질문을 제대로 던질 만한 스케일을 지니고 있겠는가? 키 작은 나프타가 언젠가 그런 말을 한 적이 있는지도 모르겠지만, 그것은 남의 말을 빌려 쓴 것이고 신랄하고 수다스러운 말에 지나지 않았다. 반면에 페퍼코른의 입에서 호되게 꾸짖는 말이 나오면 그것은 완전히 벼락처럼 내리치고 최후 심판의 나팔 소리가 진동하는 듯한 무게, 요컨대 구약성서적인 위대함을 지니고 있었다. '아, 정말 인물이구나.' 그는 마음속으로 골백번도 더 이렇게 생각했다. '나는 정말 인물을 만난 거야. 그런데 하필이면 그가 클라브디아의 여행 동반자라니!' 한스 카스토르프는 상당히 몽롱해진 상태로, 한쪽 손을 바지주머니에 넣고 입에 문 담배의 연기 때문에 한쪽 눈을 가느다랗게 뜬 채 식탁 위의 포도주 잔을 빙글빙글 돌리고 있었다. 이런 호되게 꾸짖는 말이 적임자의 입을 통해 나왔으니 그는 잠자코 있어야 하지 않을까? 이럴 때 자신의 생뚱맞은 소리가 무슨 소용이 있을까? 하지만 그는 자신의 민주적인 교육자들로 인해 토론에 익숙해졌기 때문에 ― 본래 민주적인 두 사람 중에 한쪽은 민주적인 것에 반기를 들려고 했지만 ― 솔직히 자신의 입장을 표명하지 않을 수 없었다. 그는 이렇게 말했다.

"페퍼코른 씨, 당신의 발언을 듣고 (발언이라니 무슨 말인가? 세상의 종말에 대해 어떻게 발언한단 말인가?) 아까 악습에 대해 내린 결론을 다시 한 번 생각하지 않을 수 없습니다. 당신이 말하듯이 소박하고 신성한 삶의 선물, 내가 하는 말로는 고전적인 삶의 선물을 모욕하는 것이 악습이라는 결론 말입니다. 위대한 선물 같으면 '헌신'하고 '신봉'해야 한다고 해야겠지만, 말하자면 나중의 세련된 선물을 위해, 우리 두 사람 중 한 명이 말했듯이 세련된 것에 '빠짐'으로써 위대한 삶의 선물을 모욕하는 것이 악습이라는 결론 말입니다. 하지만 여기에도 사실 변명의 여지가 있는 것 같습니다. 죄송합니다. 내가 분명히 느끼고 있듯이 변명에는 스케일이 없을지도 모르지만 나에게는 변명하는 버릇이 있습니다. 즉 나로서는 악습에도 변명의 여지가 있는 것 같습니다. 특히 그것이 아까 내가 말한 '불충분함'에 기인한다면 말입니다. 당신이 불충분함의 두려움에 대해 대단히 스케일이 크게 말하는 바람에 나는 보시는 바와 같이 솔직히 당혹함을 금할 수 없습니다. 하지만 내 생각에는 악습에 빠지는 인간이 무서움을 느끼지 못하는 것은 절대 아니고, 도리어 고전적인 삶의 선물에 대한 감정의 패배가 악습으로 몰아가면서 이러한 무서움을 공정하게 평가하고 있습니다. 그러므로 그것도 역시 삶에 대한 신봉으로 볼 수 있기 때문에 거기에는 삶에 대한 모욕이 없거나, 있을 필요가 없습니다. 그리고 특히 세련된 수단이 도취제와 흥분제, 감정의 힘을 보강하고 증진하기 위한, 흔히 말하는 자극제를 말하는 한에는, 그런 까닭에 삶은 그러한 것들의 목표이자 의의이고, 감정에 대한 사랑이며, 감정에 대한 불충분함의 갈망인 것입니다. 내가 말하는 바는……"

그가 대체 무슨 말을 하고 있는 걸까? 거물과 자신을 한데 묶어 '우리 두 사람 중 한 명'이라고 말하는 것은 민주적인 몰염치의 극치가 아니겠는가? 그가 이렇게 뻔뻔스러울 정도로 용기를 내는 것은 현재의 모종의 소유권을 의심스럽게 만드는 과거의 그 일 때문이 아니겠는가? 그래서 그가 '악습'에 대해 역시 후안무치한 분석을 하지 않을 수 없을 정도로 거만해진 걸까? 그는 끔찍한 것에 덤벼든 것이 분명하기 때문에 이제 자신이 이 난관을 어떻게 돌파해 갈 것인지 궁금했다.

민헤어 페퍼코른은 한스 카스토르프가 말하는 동안 몸을 뒤로 젖힌 채 머리는 줄곧 가슴 쪽으로 내리고 있었기 때문에 그가 한스 카스토르프의 말을 듣는지 확실히 알 수는 없었다. 하지만 이제 청년의 말이 갈피를 못 잡게 되자 그는 서서히 등받이에서 몸을 일으키더니 꼿꼿이 앉는 것이었다. 이와 동시에 위풍당당한 그의 얼굴이 붉게 부풀어 올랐고, 그의 이마의 당초무늬 주름살은 치켜 올라가 긴장하고 있었으며, 그의 조그만 눈은 위협하듯 흐릿한 빛으로 부릅뜨는 것이었다. 무슨 일이 일어날 것인가? 아까 화를 낸 것은 사소한 불쾌감에 지나지 않을 광포한 분노가 폭발할 것 같았다. 민헤어 페퍼코른의 아랫입술이 윗입술을 무섭게 밀어 올리자 입 가장자리가 축 늘어지고 턱이 앞으로 튀어나왔다. 그리고 그는 식탁에 놓인 오른팔을 서서히 머리 높이로, 그리고 점점 더 높이 올리면서 민주적인 수다쟁이에게 필살의 일격을 가하기 위해 냅다 휘두르려는 듯 주먹을 불끈 쥐었다. 청년은 무서운 공포에 사로잡히면서도 눈앞에 펼쳐진 왕 같은 자의 처절한 분노의 모습에 모험적인 쾌감을 느끼고 용기를 내서 무서움과 도망치고 싶은 기분을 간신히 억눌렀다. 그는 선수를 치며 급히 이렇게 말했다.

"물론 내가 말한 것은 불충분했습니다. 죄다 스케일의 문제이지, 더 이상 아무것도 아닙니다. 스케일이 큰 것을 악습이라 부를 수는 없습니다. 악습에는 결코 스케일이란 게 없기 때문이지요. 세련된 것에는 스케일이 없습니다. 하지만 옛날부터 감정을 얻으려는 인간의 노력에는 보조 수단, 즉 도취제와 흥분제가 손에 쥐여졌습니다. 고전적인 삶의 선물 가운데 하나인 이것에는 소박하고 신성한 성질이 있어, 악습이 아닙니다. 말하자면 그것은 스케일을 갖는 보조 수단이라 할 수 있습니다. 그러므로 이런 언급을 해서 뭣합니다만, 신이 인간에게 주는 선물인 포도주는 이미 고대의 인문적인 민족들도 주장했듯이 심지어 문명과도 관련이 있는 바쿠스 주신(酒神)의 박애적인 발명품입니다. 우리가 듣기로는 포도를 재배하고 짜는 기술의 덕택으로 인간이 야만 상태에서 벗어나 문명인이 되었다고 합니다. 오늘날에도 포도를 재배하는 민족은 예를 들어 키메리오스족처럼 포도를 모르는 민족보다 더 문

명척이라고 일길어서거나, 또는 자기들 딴에는 그렇게 자부하고
있습니다. 이것은 확실히 주목할 만한 사실입니다. 이러한 사실로
미루어 보건대 문명이란 오성과 분명히 말로 표현한 냉철함의 산
물이 아니라 오히려 열광, 도취, 흥겨운 기분과 관계가 있음을 알
수 있으니까요. 외람된 질문을 드리면 이 문제에 대한 당신의 의
견도 그렇지 않은가요?"

이제 보니 이 한스 카스토르프, 호락호락하지 않은 젊은이다.
세템브리니의 문필가다운 세련된 표현을 빌리면 '교활한 악동'
이라 할 수 있다. 인물과 교제할 때 그는 무모하고 뻔뻔스럽기조
차 하며, 궁지에서 빠져나와야 할 때는 교활하기까지 하다. 첫째
그는 극히 까다로운 상황에 빠지자 즉흥적으로 포도주 예찬을 함
으로써 교묘하게 빠져나왔고, 더구나 말하는 김에 민헤어 페퍼코
른의 지극히 끔찍한 자세에서는 물론 조금도 느낄 수 없는 '문
명'에 관해 언급하면서, 주먹을 쥐고 들어 올린 상태로는 머쓱해
서 도저히 대답할 수 없는 질문을 던짐으로써 결국 이러한 자세
를 누그러뜨리고 부적절하게 만들었다. 과연 그 네덜란드인은 노
아의 홍수 이전 시대 같은 말할 수 없이 끔찍한 분노의 몸짓을 누
그러뜨렸다. 팔이 천천히 탁자로 내려졌고, 잔뜩 부풀어 올랐던
그의 얼굴도 서서히 가라앉았다. '운이 좋은 줄 알아!' 하는 위협
적인 표정이 그의 얼굴에 아직 좀 남아 있었지만, 이로써 일단 일
진광풍(一陣狂風)은 지나간 셈이었다. 게다가 이제 쇼샤 부인이
끼어들어 자신의 여행 동반자에게 모임의 분위기가 어색해졌다
고 일러 주었다.

"당신은 손님들을 무성의하게 대하고 있어요." 그녀는 프랑스어로 말했다. "무슨 중요한 용무가 있기는 하겠지만, 너무 이분만 상대하고 있어요. 이제 카드놀이도 거의 끝나고 해서 사람들이 지루해하는 것 같아요. 오늘 저녁은 이것으로 끝마치는 게 어떨까요?"

그러자 페퍼코른은 즉각 둥근 탁자에 둘러앉은 손님들에게 고개를 돌렸다. 쇼샤 부인이 말한 그대로였다. 사기 저하, 무기력 및 따분함이 주변에 번지고 있어서 손님들은 선생님이 감시하지 않는 교실처럼 법석을 떨고 있었다. 몇몇은 꾸벅꾸벅 졸고 있었다. 페퍼코른은 즉각 늦추었던 고삐를 바짝 잡아당겼다. "여러분!" 그는 집게손가락을 치켜세우고 외쳤다. 손톱을 창처럼 뾰족하게 기른 이 손가락은 신호를 보내는 군도나 군기 같았고, 그의 외침은 패주하는 무리를 불러 세우며 '겁쟁이가 아닌 자는 나를 따르라!' 하는 지휘관의 호령 같았다. 그러자 이 인물이 외친 일성은 즉각 무리를 일깨우고 정신을 집중시키는 효과를 가져다주었다. 사람들은 정신을 차렸고, 해이해진 표정을 바짝 긴장시켰으며, 이마의 가면 같은 주름살 밑으로 흐릿한 빛을 띠는 위풍당당한 주인의 눈을 바라보며 고개를 끄덕이고 미소를 지어 보였다. 그는 집게손가락의 뾰족한 끝을 엄지손가락에 대고, 손톱을 길게 기른 나머지 세 손가락을 세우면서 모두의 주의를 끌고는 다시 원래의 상태로 되돌아가도록 했다. 그는 무언가를 제지하고 막는 듯 선장 같은 손을 쫙 펴고는 슬프게 찢어진 입으로 말했고, 분명치 않게 띄엄띄엄 나오는 그의 말은 인물이라는 뒷받침 덕택으로 모두에게 불가항력적인 힘을 행사했다.

"여러분, 좋습니다. ~~육제는, 여러분,~~ 그것은 이제 일단, 끝났습니다. 아닙니다, 이런 말을 해서 뭣합니다만, 성서에도 그것은 '약하다'고 나와 있습니다. '약하다'는 것은 자칫하면 삶의 요구에, 하지만 나는 호소하렵니다. 요컨대 좋습니다, 여러분, 나는 호소합니다. 여러분은 잠이 와서 그런다고 말하겠지요. 좋습니다, 여러분, 완벽하고 탁월합니다. 나는 잠을 좋아하고 존경합니다. 나는 잠의 깊고 달콤하며 원기를 북돋우는 환희를 존경합니다. 잠은, 당신이 뭐라고 그랬던가요, 이보세요? 삶의 고전적인 선물 중의 하나입니다. 최고의, 말하자면, 최상의 선물입니다, 여러분. 마음에 새겨 두고 잊지 마십시오. 겟세마네입니다! '예수께서 베드로와 세베대의 두 아들을 데리고 가셨습니다. 그리고 그들에게 여기에 머무르면서 나와 함께 깨어 있으라고 말씀하셨습니다.' 여러분은 기억이 납니까? '그러다가 그들에게 가서 그들이 자고 있는 것을 보고 베드로에게 너희들은 나와 함께 한 시간도 깨어 있을 수 없느냐라고 말씀하셨습니다.' 강렬합니다, 여러분. 통렬하고 가슴 떨리는 이야기입니다. '그런데 예수께서 또 와서 이들이 다시 자고 있는 것을 발견했습니다. 그래서 이들에게 아, 또 자면서 쉬려는 것이냐라고 말씀하셨습니다. 보아라, 때가 왔느니라.' 여러분, 폐부를 찌르고 가슴 저리게 하는 이야기입니다."

사실 다들 가슴속 깊이 감동을 받고 부끄러워했다. 그는 두 손을 가슴 위의 가느다란 턱수염 앞에 모으고 머리를 비스듬히 기울였다. 그의 찢어진 입술에서 쓸쓸한 죽음의 고통에 대한 이야기가 나왔을 때 그의 흐릿한 눈빛은 몽롱해져 있었다. 슈퇴어 부인은 훌쩍훌쩍 울었고, 마그누스 부인은 깊은 한숨을 내쉬었다. 파라반트 검사는 그곳에 모인 사람들을 대표해서 다들 그를 따르고 있음을 확실히 알리기 위해 잔잔한 목소리로 존경하는 초대자에게 몇 마디 하지 않을 수 없었다. "무언가 오해가 있는 것 같습니다. 모두들 팔팔하고 활기차며 쾌활하고 명랑하고 열과 성을 다하고 있습니다. 매우 아름답고 성대하며, 정말 특별한 밤입니다. 다들 그렇게 이해하고 느끼고 있을 겁니다. 그리고 당분간은 잠이라는 삶의 선물을 이용할 생각을 하는 사람은 아무도 없을 겁니다. 페퍼코른 씨는 손님 하나하나를 믿어도 좋을 겁니다."

"완벽하고 탁월합니다!" 페퍼코른은 이렇게 외치고 자리에서 일어섰다. 한데 모았던 두 손을 풀어 양쪽으로 벌리고, 이교도가 기도할 때처럼 손바닥을 밖으로 향하고 반듯이 위쪽으로 들어올렸다. 조금 전까지만 해도 고딕적인 고뇌의 빛을 띠던 그의 굉장한 인상이 생기 있고 명랑하게 피어올랐고, 심지어 탕아처럼 보이게 하는 보조개까지 그의 볼에 갑자기 나타났다. "때가 왔습니다." 이렇게 외치고 그는 메뉴판을 가져오게 한 후 안경다리가 이마에까지 높이 올라가는 뿔테 코안경을 코에 얹고는 맘 회사의 붉은 리본이 달린 독한 샴페인 세 병과 케이크를 주문했다. 원추형의 작고 맛좋은 이 케이크는 아주 고급스러운 비스킷 종류로 겉에 색깔 있는 설탕이 뿌려지고, 속에는 초콜릿 크림과 피스타치오 크림이 들어 있었는데, 가장자리에 다채롭게 레이스를 두른 종이 냅킨에 싸여 있었다. 슈퇴어 부인은 그것을 먹으면서 손가락을 하나하나 핥고 있었다. 알빈 씨는 익숙한 솜씨로 첫 번째 병의 마개에서 철사로 묶은 깃을 떼어 내고, 장식이 달린 목에서 버섯 모양의 코르크 마개를 장난감 총에서 나는 소리와 함께 천장으로 날려 보냈다. 그런 다음 그는 우아한 관례에 따라 병을 냅킨에 싸고는 사람들에게 따라 주었다. 샴페인의 기품 있는 거품이 식탁을 덮고 있는 리넨의 식탁보를 적셨다. 사람들은 잔을 들어 가볍게 맞부딪치고는 첫 잔을 단숨에 마셔 버렸다. 그러자 얼음처럼 차고 향내 나는 액체가 똑 쏘며 위를 짜릿하게 자극했다. 사람들의 눈이 반짝거렸다. 카드놀이는 끝이 났지만, 카드와 칩을 탁자에서 치워야겠다고 생각하는 사람은 아무도 없었다. 사람들은 거나하게 취해 아무 일도 하지 않으며 밑도 끝도 없는 이야기를 계속 나누었다. 누구나 고양된 기분에서 이야기의 서두를 꺼냈고, 처음에는 이루 말할 수 없이 아름다운 생각에서 출발했지만, 그것을 입 밖에 내어 말하는 동안 단편적이고 혀 꼬부라진 소리로 변해 때로는 좀 더 경솔한 말로, 때로는 무슨 말인지 알 수 없는 황당무계한 말이 되어 갔다. 만일 정신이 말짱한 사람이 그 자리에 있었다면 화를 내고 얼굴을 붉혔을 것이다. 하지만 이야기를 하는 당사자들은 다 같이 무책임한 상태에 빠져 있었기 때문에 이를 자연스럽게 받아들였다. 마그누스 부인은 귀밑까지 붉게 물들이며, 생명이 자기 몸속으로 뚫고 들어오는 것처럼 느껴진다고 고백했지만, 마그누스 씨에게는 이 말이 별로 달갑지 않게 들린 모양이었다. 헤르미네 클레펠트는 등을 알빈 씨의 어깨에 기대고 잔을 내밀어 그에게 샴페인을 따르게 했다. 손톱이 창처럼 뾰족한 손으로 문화인다운 손짓을 하며 바쿠스의 향연을 주도하는 페퍼코른은 술과 음식을 공급하고 보급하는 일에 신경을 썼다. 그는 샴페인을 마신 후 진한 모카커피를 시켰는데, 그러자 다시 예의 '빵'이 따라 나왔고 부인들을 위해서는 아프리코트 브랜디, 카르투지오 주(酒), 바닐라 크림 및 마라스키노 같은 달콤한 리큐어가 따라 나왔다. 나중에는 새콤한 생선 요리와 맥주를 시켰고, 마지막으로는 차가 나왔는데, 샴페인이나 리큐어를 계속 마시거나, 또는 민헤어 페퍼코른 자신처럼 독한 포도주를 마시는 것을 좋아하지 않는 사람들을 위해 녹차와 카밀레 차가 나왔다. 그는 자정이 넘어서 쇼샤 부인과 한스 카스토르프와 함께 순수하고 톡 쏘는 맛이 있는 스위스 산 적포도주로 입가심을 했는데, 정말 목이 마른지 포도주를 꿀꺽꿀꺽 들이켜며 연거푸 술잔을 비웠다.

　주연은 새벽 한 시가 되어서도 끝날 줄 몰랐다. 술에 취해 몸이 납덩이처럼 무거웠을 뿐만 아니라, 취침 시간에도 아랑곳하지 않고 술을 마신다는 색다른 즐거움도 있었다. 그리고 페퍼코른이라는 인물의 영향도 있었고, 경고의 본보기가 되는 베드로와 세베대의 아들들의 예에 따라 육체의 약함에 굴복하지 않겠다는 오기도 있었다. 일반적으로 말해 이런 점에서는 여성 쪽이 더욱 강해 보였다. 남자들은 얼굴이 붉어졌다 파래졌다 하면서 두 다리를 앞으로 내뻗고 숨이 차서 볼을 부풀리면서, 이따금씩 기계적으로만 술잔에 손을 댈 뿐, 진심으로는 더 이상 술을 마실 의향이 없었기 때문이다. 이와 달리 여자들은 아직 힘이 남아 있었다. 헤르미네 클레펠트는 허옇게 드러난 팔꿈치를 식탁에 댄 채 손으로 턱을 괴고는 킥킥거리며 웃는 팅푸 박사에게 자신의 반짝거리는 앞니를 보여 주며 웃고 있었다. 반면에 슈퇴어 부인은 어깨를 굽히고 턱을 잡아당겨 교태를 부리며 파라반트 검사의 환심을 사려 했다. 마그누스 부인은 알빈 씨의 무릎에 앉아 그의 두 귀를 잡아당기는 광경을 연출했지만, 마그누스 씨는 이로써 오히려 마음이 한결 홀가분해지는 것 같았다. 안톤 카를로비치 페르게는 흉막 쇼크 이야기를 멋지게 해 보라는 재촉을 받았지만, 혀가 꼬여 말이 잘 나오지 않았기 때문에 도저히 못하겠다고 솔직히 선언하고 말았다. 이것이 계기가 되어 모두들 더 술을 마시자고 촉구했다. 베잘은 마음속 깊이 무언가 번민이 있는지 한동안 꺼이꺼이 울다가, 동료들에게 자신의 속마음을 털어놓으려고 했지만 그의 혀도 뜻대로 돌아가지 않았다. 하지만 그는 커피와 코냑으로 다시 영혼에 날개를 달았다. 게다가 그가 가슴을 떨면서 흐느끼고, 눈물이 뚝뚝 떨어지는 주름진 턱을 떠는 모양은 페퍼코른의 지대한 관심을 불러일으켰다. 그는 집게손가락을 들어올리고 이마에 당초무늬 주름살을 만들면서 베잘이 처한 상태에 모두들 관심을 가져 달라고 촉구했다.

"이것이야말로……" 그가 말했다. "이것이야말로 이제 그런데, 아닙니다, 실례지만 신성한 것입니다! 그의 턱을 닦아 주세요, 이보시오, 내 냅킨을 가지고! 아니면 차라리, 아니, 그냥 내버려 두십시오! 자신도 그걸 포기했으니까요. 여러분, 신성한 것입니다! 이교도적인 의미에서나 기독교적인 의미에서, 어떤 의미에서도 신성한 것입니다! 하나의 근원 현상입니다! 최고이자 최상의 현상입니다. 아니, 아닙니다, 이것이야말로……"

예의 정확한 문화적 손짓, 점차 다소 우스꽝스러워진 문화적 손짓이 뒤따르기는 했지만 "이것이야말로"와 "이것이야말로 이제 그런데"는 이야기를 이끌어 가고 상세히 설명하는 표현으로 고정되었다. 그는 집게손가락과 엄지손가락을 구부려 만든 동그라미를 귀 위에 올리고, 머리를 비스듬히 장난스럽게 반대편으로 기울이는 버릇이 있었다. 이러한 모양은 가령 이교를 숭배하는 연로한 사제가 옷자락을 걷어 올리고 묘하고도 우아하게 제단 앞에서 춤을 추는 듯한 느낌을 불러일으켰다. 그는 다시 거대한 체구를 의자에 편히 기대고 팔을 옆 의자의 등받이에 걸친 채, 새벽녘의 생생하고 폐부를 찌르는 정경, 차디차고 어두운 겨울 새벽의 정경을 뼛속 깊이 느껴 보자고 촉구함으로써 모두를 어안이 벙벙하게 했다. 우리의 나이트 테이블의 누르스름한 빛이 유리창을 통해 바깥의 얼음장처럼 차갑고 까마귀 울음소리마저 얼어붙게 하는 안개 낀 새벽을 응시하는 을씨년스러운 나뭇가지 사이를 비출 때를 말이다. 그가 이러한 무미건조한 일상의 정경을 넌지시 아주 생생하게 그려 낼 줄 알았기 때문에 모두들 몸을 부르르 떨었다. 또한 그가 그러한 새벽녘에 커다란 해면(海綿)에서 자신이 신성하다고 일컬은 얼음장처럼 차가운 물을 짜내어 목덜미에 댄다는 말을 했기 때문에 모두들 자신이 당하는 것처럼 몸을 부르르 떨었다. 그러나 이는 옆길로 샌 이야기였고, 삶에 주의를 환기시킨다는 의미에서 예로 든 하나의 가르침이었으며, 즉흥적으로 환상적인 생각을 피력해 본 것에 지나지 않았다. 그는 즉시 축제의 밤처럼 들뜬 모임에 열성적으로 봉사하고 이들의 기분을 되살리는 데 전념했다. 그는 자신의 몸이 닿을 수 있는 곳의 여자라면 누구는지 외모를 가리지 않고 반한 척해 보였다. 그가 난쟁이 아가씨에게 구혼 신청을 하자 불구인 그녀는 몸에 비해 커다랗고 약간 늙은 얼굴에 주름을 지으며 히죽 웃어 보였다. 겉치레로 아첨하는 말을 들은 상스러운 슈퇴어 부인은 어깨를 더욱 천박하게 흔들며, 완전히 제정신이 아니라 할 정도로 너스레를 떨었다. 그는 클레펠트에게 자신의 찢어진 커다란 입에 입맞춤을 해 달라고 간청했으며, 절망적인 상태의 마그누스 부인과도 시시덕거렸다. 그렇다고 해서 자신의 여행 동반자에게 헌신적으로 애정 표시를 하는 것을 등한히 하지 않고 그는 쇼샤 부인의 손에 여러 번 정중하고도 공손하게 입맞춤을 했다. "포도주." 그가 말했다. "부인들…… 이것이야말로, 이것이야말로 이제 그런데, 미안합니다만, 세상의 종말…… 겟세마네……"

새벽 두 시경에 '늙은이', 즉 베렌스 고문관이 잰 걸음으로 휴게실로 다가오고 있다는 경보가 날아들었다. 잔뜩 지쳐 있던 손님들은 그 말을 듣는 순간 일대 혼란에 빠졌다. 의자들과 아이스박스들이 우당탕 쓰러졌고, 사람들은 도서실을 지나 부리나케 도망쳤다. 자신이 베푼 삶의 향연이 삽시간에 해체되는 것을 보고 페퍼코른은 노발대발하며 주먹으로 탁자를 쾅 하고 내리치고는 산지사방으로 흩어지는 무리들을 향해 "비겁한 노예들"이라고 욕설을 퍼부었다. 하지만 쇼샤 부인과 한스 카스토르프로부터 향연이 여섯 시간이나 지속되었고, 그렇지 않아도 이제 끝낼 때가 되었다는 말을 듣고 페퍼코른은 어느 정도 양해를 하게 되었다. 또한 잠이라는 신성한 청량제도 생각해야 한다는 말에 귀를 기울이고, 침대까지 모셔다 드리겠다는 말에 동의했다.

"나를 부축해 주오, 여보! 자네는 다른 쪽에서 부축해 주시오, 젊은이!" 그는 쇼샤 부인과 한스 카스토르프에게 말했다. 이리하여 두 사람은 육중한 몸이 의자에서 일어나는 것을 도와주었고, 팔로 그를 부축해 주었다. 그는 두 사람에게 의지한 채 다리를 넓게 벌리고 걸음을 옮겼다. 높이 치켜 올린 한쪽 어깨 쪽으로 커다란 머리를 기울이고, 부축하는 두 사람을 번갈아 가며 옆으로 밀면서 갈지자걸음으로 자신의 침실로 향했다. 요컨대 이렇게 안내를 받고 부축을 받은 것은 왕과 같은 호사를 누리기 위해서였을 것이다. 아마 마음만 먹었다면 혼자의 힘으로도 걸을 수 있었을 테지만 그는 자신이 취한 것을 부끄러워하며 숨기는 사소하고 하찮은 의미밖에 없는 이러한 노력을 가소롭게 여겼다. 반면에 그는 이처럼 취한 것을 전혀 부끄러워하지 않았을 뿐만 아니라 오히려 반대로 필요 이상으로 호기를 부렸고, 자신을 부축하는 두 사람을 비틀거리며 좌우로 밀치는 것을 왕처럼 즐기고 있었다. 그는 걸어가는 도중에 이렇게 말했다.

"이것 봐요, 바보 같으니라고. 물론 결코 아니야, 만약 이 순간에…… 당신들도 알아둬야지. 가소롭기 짝이 없어."

"가소롭기 짝이 없지요!" 한스 카스토르프가 맞장구를 쳤다. "그렇고말고요! 삶의 고전적인 선물에 경의를 표하며 탁 터놓고 비틀거리며 걷는 것은 그 선물에 대한 온당한 대응입니다. 그 반면에 본정신으로 이러쿵저러쿵하는 것은…… 나도 제법 취하여 말하자면 고주망태가 되었지만, 특별한 인물을 침대로 모신다는 특별한 명예를 누리고 있음은 분명히 의식하고 있습니다. 인물의 스케일이라는 점에서는 나 같은 사람은 도저히 비교도 되지 않지만 취했다고 해서 내가 아무 능력이 없는 것은 결코 아닙니다."

"아니, 자네, 무슨 수다가 그리 심한가!" 페퍼코른은 이렇게 말하고 비틀비틀거리며 그를 계단 난간 쪽으로 밀치면서 쇼샤 부인을 자기 쪽으로 끌어당겼다.

고문관이 온다는 정보는 사람을 골탕 먹이려는 터무니없는 거짓말이었다. 어쩌면 피곤에 지친 난쟁이 아가씨가 모임을 해산하기 위해 퍼뜨렸을지도 모른다. 이런 사정을 알고 페퍼코른은 멈추어 서더니 되돌아가서 술을 더 마시자고 했다. 하지만 좌우의 두 사람이 극구 만류하자 그는 다시 움직이기 시작했다.

방문 앞의 복도에서 키 작은 말레이인 하인이 흰 넥타이를 매고 까만 비단 구두를 신은 채 주인을 기다리고 있었다. 그는 가슴에 손을 대고 공손히 절을 하면서 주인을 맞아들였다.

"서로 입맞춤을 하시오!" 페퍼코른이 명령했다. "이 매력적인 부인에게 마지막으로 이마에 입맞춤을 하시오, 젊은이!" 그는 한스 카스토르프에게 말했다. "부인도 이의가 없을 테니 이마에 다시 입맞춤을 해 줄 거요. 내가 허락하는 거니 나의 건강을 위해 해 주시오!" 그러나 한스 카스토르프는 그 말에 따르지 않았다.

"안 됩니다, 폐하!" 그가 말했다. "용서해 주십시오, 그건 안 됩니다."

페퍼코른은 하인에게 몸을 기대고 당초무늬 같은 주름을 치켜

444

올린 채 왜 안 되느냐고 따져 물었다.

"나로서는 차마 당신의 여행 동반자와 입맞춤을 교환할 수 없기 때문입니다." 한스 카스토르프가 말했다. "그럼 안녕히 주무십시오! 안 됩니다, 어느 모로 보나 그건 턱없는 짓입니다!"

쇼샤 부인도 벌써 그녀의 방문으로 걸어가고 있었으므로, 페퍼코른은 할 수 없이 이마의 주름을 깊게 하고 자신과 하인의 어깨 너머로 이 고집쟁이 청년을 한동안 물끄러미 바라보면서 그냥 가게 내버려 두었다. 지배자형(型)인 그는 이처럼 자신의 명령에 복종하지 않는 것을 처음 겪는지라 흠칫 놀랐던 것이다.

민헤어 페퍼코른(계속)

민헤어 페퍼코른은 그해 겨울 내내 베르크호프에 머물렀다─그리고도 아직 겨울이 더 남아 있었다─그리고 봄이 되어서도 머물러 있었기에 플뤼엘라 골짜기와 그곳의 폭포로 함께 놀러갔던 잊을 수 없는 소풍(세템브리니와 나프타도 함께 갔다)에도 마지막으로 같이 끼이게 되었다. 마지막으로라니? 그럼 그 후에는 더 이상 그곳에 없었다는 말인가? 그렇다, 더 이상 그곳에 없었다. 여행을 떠났다는 말인가? 그렇기도 하고 아니기도 하다. 그렇기도 하고 아니기도 하다고? 제발 그런 수수께끼 같은 말은 하지 말기를 바란다! 무슨 말을 해도 놀라지 않을 것이다. 별로 말할 가치가 없는 수많은 죽음의 춤 파트너들은 차치하고서라도, 저 침센 소위도 저세상으로 간 것이다. 그러면 애매모호한 페퍼코른이 악성 말라리아열로 급사(急死)라도 했다는 말인가? 아니, 그렇지는 않다. 하지만 무엇 때문에 그렇게 안달복달하는가? 모든 일이 한꺼번에 일어나지 않는다는 사실을 삶과 이야기의 조건으로서 무시해서는 안 된다. 그리고 아마도 신에게서 부여받은 인간의 인식 형식에 반기를 들려는 사람은 없을 것이다. 우리 이야기의 본질이 허락하는 한 적어도 시간의 흐름을 존중하도록 하자! 그렇지 않아도 많은 시간이 남은 것은 아니고, 얼마 안 있으면 우당탕 끝나 버릴 테니까! 그 말이 너무 시끄럽다면 후닥닥 끝나 버릴 것이다! 초침이 마치 초를 재기라도 하듯 우리의 시간을 재면서 총총걸음으로 지나간다. 그러면서 초침은 냉정하게 정점을 지날 때마다 말할 수 없이 중요한 일을 수행한다. 우리가 이 위에서 지낸 지 몇년은 되는 것이 분명하다. 현기증을 느낄 정도이며, 아편이나 하시시의 힘을 빌리지 않은 악몽이다. 도덕군자 같으면 우리를 비난할 것이다. 그래서 우리는 이러한 부도덕한 몽롱한 상태에 맞서기 위해 이성적인 총명함과 논리적인 날카로움을 듬뿍 담아 놓는다! 가령 애매모호하기 짝이 없는 페퍼코른만 등장시키는 대신에, 나프타와 세템브리니 같은 인물과도 사귀도록 한 것이 우연한 일이 아니란 사실을 인정해 주기 바란다. 그리하여 필연적으로 이들을 서로 비교하게 되어, 그 결과 여러 가지 점에서, 말하자면 스케일이라는 점에서 나중에 등장한 인물에게 유리하게 진행되지 않을 수 없다. 한스 카스토르프도 발코니에 누워 자신의 불쌍한 영혼을 빼앗아 가려는 두 사람의 말 많은 교육자를 피터 페퍼코른과 비교해 보면 이들이 난쟁이에 불과함을 인정하고 마음속으로 페퍼코른에게 후한 점수를 주었다. 그래서 한스 카스토르프는 그가 왕처럼 술에 취해 자신을 '수다쟁이'라고 놀린 것을 흉내 내어 두 교육자를 수다쟁이라고 부르고 싶었다. 그리고 연금술적인 교육 덕분에 누구나 인정할 만한 거물과 접촉하게 된 것을 참으로 행복하고 다행스럽게 생각했다.

이 인물이 클라브디아의 여행 동반자로, 그러니까 막강한 방해자로 등장한 것은 별개의 문제라서, 한스 카스토르프는 그것 때문에 그에 대한 평가를 그르치지는 않았다. 거듭 말하면 그가 마음으로부터 존경하고, 때로는 좀 무모하다 할 정도로 관심을 보이는 스케일이 큰 이 인물이 사육제 날 밤에 한스 카스토르프에게 연필을 빌려 준 쇼샤 부인과 여행 경비를 공동으로 부담한다고 해서 그 인물에 대한 평가를 그르치지는 않았다. 그로서는 도저히 그럴 수 없는 일이었다. 그렇다고 해서 여자든 남자든 우리들 무리 가운데 누군가가 한스 카스토르프의 그러한 '무기력함'을 못마땅하게 생각하고, 그가 페퍼코른을 미워하고 피하면서 마음속으로 늙은 바보나 횡설수설하는 술주정뱅이라고 욕해 주었으면 하고 바라는 것을 우리가 결코 생각 못하는 바는 아니다. 하지만 한스 카스토르프는 페퍼코른에게 말라리아열이 나타날 때마다 병실을 찾아가, 침대맡에 앉아 대화를 나누며, 교양 도상에 있는 젊은이답게 호기심을 가지고 이 인물의 존재에 영향을 받으려고 하였다. 물론 대화라고 해 봤자 그 자신에게 어울리는 이야기일 뿐이지 페퍼코른에게 어울리는 이야기는 아니었다. 하지만 그는 이 일을 했다. 그리고 우리가 이런 이야기를 함으로써 누군가는 한스 카스토르프의 외투를 들고 다녔던 페르디난트 베잘을 상기할지도 모르는데, 그러한 위험성에 대해서는 상관하지 않기로 하자. 이러한 기억과는 전혀 상관없는 일이다. 우리의 주인공은 베잘과는 다른 사람이었고, 깊은 번민에 사로잡힐 사람이 아니었다. 그는 보통의 '주인공'과는 달라서, 즉 여성의 일로 남자 간의 관계가 좌우될 사람은 아니었다. 그를 실제보다 더 낫게도 더 나쁘게도 보지 않으려는 우리의 기본 원칙을 충실히 따라 단단히 말해 두면, 그는 소설적인 영향 때문에 자신과 동성인 남성에 대한 정당한 평가를 내리지 못한다든지, 이러한 남성의 영역에서 유익한 교양 체험을 얻어서는 안 된다는 생각을 거부했다. 그것도 의식적으로 분명히 거부한 것이 아니라 아주 자연스럽게 거부했다. 이러한 생각은 여성들의 마음에는 들지 않으리라. 쇼샤 부인도 그 일로 자기도 모르게 성을 내며 무심코 이런저런 톡 쏘아붙이는 말을 했으리라 생각된다. 이에 대해서는 나중에 또 기회를 보아 언급하기로 하겠다. 하지만 어쩌면 이런 특성 때문에 교육자들이 그를 쓸모 있는 쟁탈 대상으로 삼았을지도 모른다.

피터 페퍼코른은 용태가 많이 악화되어 누워 지내게 되었다. 그가 처음으로 카드놀이를 하고 샴페인을 마신 바로 다음날부터 누워 지내게 되었다는 것은 하등 이상할 게 없는 일이었다. 늦게까지 계속된 긴장된 모임에 가담한 거의 모든 참가자들은 그 일로 몸 상태가 좋지 않았다. 한스 카스토르프도 예외가 아니어서 심한 두통으로 고생했지만 이러한 두통에도 불구하고 전날 밤 연회를 베풀어 준 주인의 침상으로 문병을 갔다. 그가 2층 복도에서 말레이인을 만나 페퍼코른을 문병 왔다고 알렸더니 반가이 맞아 주었다.

그는 쇼샤 부인의 침실과 페퍼코른의 침실 사이에 있는 응접실을 지나 침대가 두 개 놓인 네덜란드인의 침실로 들어갔다. 그가 안내되어 들어간 방은 베르크호프의 평균적인 방에 비해 훨씬 넓고 가구와 장식품이 훌륭했다. 비단으로 장식된 안락의자와 구부러진 다리가 달린 탁자가 있었고, 바닥에는 부드러운 양탄자가 깔려 있었다. 그리고 침대도 병원에서 흔히 보는 위생적인 임종용이 아니라 호화로운 침대였다. 윤이 나는 벗나무로 만들어진 침대에는 놋쇠 장식품이 박혀 있었고, 두 개의 침대에 공통으로 하나의 덮개가 달려 있었는데, 덮개에 커튼이 달리지 않아 두 침대를 한 개의 우산으로 받치고 있는 느낌이었다.

페퍼코른은 이 두 침대 중 한 침대에 누워, 붉은 비단 누비이불 위에 책이며 편지며 신문을 올려놓고, 테가 이마에까지 높이 솟아 있는 뿔테 코안경을 쓴 채 네덜란드 신문 『텔레그라프』를 읽고 있었다. 그의 옆 의자에는 커피 세트가 놓여 있었고, 어젯밤에 마셔 반쯤 빈, 담백하게 톡 쏘는 맛이 나는 적포도주 병이 약병과 나란히 조그만 나이트 테이블에 놓여 있었다. 한스 카스토르프는 그 네덜란드인이 흰 셔츠가 아니라 긴 소매의 양모 셔츠를 입고 있는 것을 보고 다소 의외라고 생각했다. 손목에 단추가 달리고 목깃이 없으며 그냥 둥그스름하게 파여 있는 그 셔츠는 노인의 넓은 어깨와 떡 벌어진 가슴에 착 달라붙었다. 그 의상은 페퍼코른을 서민적이고 노동자처럼 보이게도 했고, 또한 영구 보관되는 기념 흉상처럼 보이게도 했다. 이러한 의상으로 인해 베개 위에 얹은 그의 머리의 인간적인 위대성이 한층 고양되어, 흡사 시민적인 세계를 훨씬 벗어난 느낌을 주었다.

"단연코, 젊은이." 그는 뿔테 코안경의 높다란 다리를 쥐고 안경을 벗으며 말했다. "천만에요, 결코 아닙니다. 그 반대입니다." 한스 카스토르프는 그의 머리맡에 앉아 친절하게 수다를 떨면서 동정심에서 생긴 놀라운 감정을 애써 숨기고 있었다. 공정하게 평하면 누워 있는 그의 모습에서는 사실 놀라운 감정이 전혀 생기지 않았다. 페퍼코른은 지리멸렬하게 떠듬거리며 절박한 손짓으로 대화를 보충하고 있었다. 그는 얼굴이 누런 게 안색이 좋아 보이지 않았고, 무척 괴로운 듯 지쳐 보였다. 새벽녘에 갑자기 열이 심하게 났고, 열로 인해 피곤해진 결과가 이제 숙취의 후유증과 결부되어 있었다.

"어젯밤에 너무 심했습니다." 그가 말했다. "아닙니다, 미안합니다. 너무 과하고 심했습니다! 당신은 아직…… 좋습니다, 괜찮을 겁니다. 하지만 내 나이가 되고 이렇게 위험한 상태에는…… 여보." 그는 막 응접실에서 이쪽으로 건너온 쇼샤 부인에게 고개를 돌리며 부드럽지만 단호한 어조로 말했다. "다 좋습니다, 하지만 거듭 말하지만 좀 더 주의를 기울여 나를 만류했으면 좋았을 것을……" 이 말을 하는 그의 얼굴 표정에는 분노의 먹구름이 잔뜩 끼어 있었다. 하지만 어젯밤에 더 이상 술을 못 마시게 정색을 하고 말렸다면 어떤 비바람이 휘몰아쳤을까를 생각하면 그의 질책이 얼마나 부당하고 말이 안 되는가를 짐작할 수 있었다. 어쩌면 큰 인물에게는 이와 같은 경향이 있는지도 모른다. 그의 여행 동반자는 자리에서 벌떡 일어난 한스 카스토르프에게 인사를 하면서 그 잔소리를 그냥 흘려 버렸다. 게다가 그녀는 인사하면서 한스 카스토르프에게 손을 내밀지 않고 미소 띤 얼굴로 손짓하며, "제발 그대로" 자리에 앉아, "아무 염려 마시고" 민헤어 페퍼코른과 그냥 대화를 계속하라고 부탁했다. 그녀는 방 안을 이리저리 돌아다니며 하인에게 커피 세트를 치우라고 지시하고는 한동안 사라졌다가 다시 발소리를 내지 않고 살금살금 돌아와 선 채로 대화에 약간 끼어들었다. 한스 카스토르프의 막연한 인상을 그대로 재현한다면, 대화에 끼어들었다기보다는 대화를 약간 감시했다고 할 수 있다. 당연한 일이리라! 그녀는 스케일이 큰 인물과 함께 베르크호프 요양원으로 되돌아왔지만 이곳에서 그토록 오랫동안 자신을 기다리고 있던 남자가 이 인물에게 남자 대 남자로서 당연한 듯 존경심을 표시하는 것을 보고 불안감을 느껴 "제발 그대로", "아무 염려 마시고" 하면서 톡 쏘아붙였던 것이다. 그런 사실을 안 한스 카스토르프는 미소를 숨기기 위해 무릎 위로 몸을 숙이면서 미소를 지었는데, 이와 동시에 속으로는 기쁜 나머지 얼굴이 확확 달아오를 지경이었다.

페퍼코른은 나이트 테이블에 있던 병을 집어 들어 그에게 포도주를 한 잔 따라 주었다. 네덜란드인은 오늘과 같은 상황에서는 어젯밤에 그친 데서 다시 계속 이어 가는 것이 최상책이라며, 이렇게 톡 쏘는 맛은 소다수 같은 기능을 한다고 말했다. 그는 한스 카스토르프와 잔을 마주쳤다. 한스 카스토르프는 술을 마시면서 저 건너편으로, 단추를 채운 양모 셔츠의 소매 끝으로 삐져 나온, 손톱이 뾰족한 주근깨투성이의 선장 같은 손이 잔을 쳐들어, 찢어진 듯한 넓은 입술이 술잔의 가장자리에 닿자, 노동자 같고 흉상 같은 그의 목구멍 속으로 포도주가 꿀꺽꿀꺽 넘어가는 것을 지켜보았다. 그러고 나서 이들은 나이트 테이블 위의 약품에 대해 대화를 나누었다. 페퍼코른은 쇼샤 부인의 주의를 받고 그녀가 한 수저 가득 담아 준 갈색의 시럽을 받아 마셨다. 그것은 해열제로, 성분은 키니네였다. 페퍼코른은 쓰면서도 향기로운 약제의 독특한 맛을 보도록 손님에게도 조금 마셔 보라고 했다. 그러고 나서 키니네에 대한 예찬을 몇 가지 죽 늘어놓았다. 키니네는 열의 근원을 뿌리째 뽑고 치유하는 작용을 하는 데 특효일 뿐만 아니라 강장제로도 높은 평가를 받아야 한다는 것이다. 그것은 단백질 대사를 억제하고 영양 상태를 양호하게 해서, 요컨대 진정한 청량제이자 훌륭한 강장제, 각성제, 흥분제라는 것이며, 더 나아가 도취제이기도 하여 자칫하다간 얼큰하고 거나하게 취할 수도 있다고 말하면서 페퍼코른은 어젯밤처럼 손가락과 머리를 호탕하게 움직였는데, 그 모습이 제단 앞에서 춤추는 이교도의 사제처럼 보였다.

"그렇습니다, 근사한 물질입니다, 기나나무의 껍질은! 그런데 유럽의 약리학이 그것을 알게 된 지 채 300년도 되지 않습니다. 그 기나나무 껍질의 유효 성분인 알칼로이드, 즉 키니네가 화학적으로 발견되어 어느 정도 성분이 분석된 지 아직 100년도 되지 않습니다. 화학은 현재까지는 키니네의 성분을 제대로 규명하거나,

그것을 인공적으로 만들어 낼 수 있다고 주장하지 못하기 때문입니다. 유럽의 약리학은 전반적으로 많은 도움을 주었지만 자신의 지식을 불손하게 주장해서는 안 될 것입니다. 키니네와 유사한 경우가 이것 말고도 제법 있기 때문이지요. 가령 약리학은 물질의 역동적인 힘과 작용에 대해서는 많은 것을 알고 있지만, 엄밀히 말해 이러한 작용이 무엇 때문에 일어나는가 하는 문제에 이르면 대답을 못하고 쩔쩔매는 경우가 허다합니다. 독물학(毒物學)을 한번 살펴보십시오. 소위 독성을 일으키는 원소의 특성에 대해 대답할 수 있는 사람은 아무도 없을 겁니다. 예를 들어 뱀의 독에 대해 알고 있는 것이라곤 이 동물성 물질이 단백질 화합물의 일종으로 다양한 단백질로 이루어져 있으며, 어떤 결합인지는 전혀 알 수 없으나 특정한 결합을 통해서만 강한 독성을 띤다는 사실뿐입니다. 사람들은 단백질이 독성을 띨 거라고는 생각하지 못했기 때문에, 이러한 단백질 화합물이 혈액 속에서 순환되었을 때 일으키는 효과에 대해서는 그저 놀라 어안이 벙벙할 따름입니다." 페퍼코른은 흐릿한 눈빛과 이마에 당초무늬의 주름이 새겨진 얼굴을 베개에서 일으키고는, 두 손가락으로 동그라미를 만들고 나머지 세 손가락은 창처럼 세우면서 말을 계속했다. "하지만 물질의 세계에는 삶과 죽음이 모두 공히 내포되어 있습니다. 모든 물질이 약이 되기도 하고 독이 되기도 합니다. 따라서 약리학과 독물학은 본래 동일한 것으로, 독으로 병을 낫게 하기도 하고, 생명을 지켜 준다는 물질이 경우에 따라서는 단 한 번의 경련 발작으로 졸지에 목숨을 앗아 가기도 합니다."

민헤어 페퍼코른은 무척 인상적으로, 보통 때와는 달리 조리에 맞게 약과 독에 대해 이야기했다. 한스 카스토르프는 머리를 비스듬히 기울이고 고개를 끄덕이며 그의 말을 경청하면서, 그에게 중요한 것으로 보이는 말의 내용보다는 그 인물의 영향력을 몰래 탐구하는 데 몰두했지만, 그것도 결국 뱀의 독이 일으키는 작용처럼 수수께끼 같기는 마찬가지였다. 페퍼코른이 말했다. "역동적인 힘이 물질 세계의 전부이며, 여타의 것은 완전히 부수적인 것에 불과합니다. 키니네는 약도 될 수 있고 독도 될 수 있는데, 무엇보다 중요한 것은 힘을 발휘한다는 점입니다. 4그램의 키니네로 사람을 귀머거리로 만들고 현기증을 일으키며, 숨 가쁘게 하고 아트로핀과 마찬가지로 시력 장애를 일으키며, 알코올과 마찬가지로 취하게 만듭니다. 키니네 공장에서 일하는 노동자들은 눈에 염증이 생기고, 입술이 부으며, 피부에 뾰루지가 생겨 고생할지도 모릅니다." 페퍼코른은 다음으로 신초나, 즉 남미의 코르디예라스 산맥의 해발 3천 미터의 원시림에서 자라는 기나나무에 대해 이야기하기 시작했다. 이 나무의 껍질은 나중에 '예수회 회원의 분말'이라는 이름으로 스페인에 건너갔다고 하는데, 남미의 토인들은 진작부터 그 효력을 알고 있었다고 한다. 그는 네덜란드 정부가 자바에서 기나나무를 대규모로 재배하는 일을 묘사했고, 매년 자바에서 계피와 비슷한 수백만 파운드의 불그스름한 대롱 같은 껍질을 배에 실어 암스테르담과 런던으로 보낸다고 한다. 대체로 껍질, 수목의 껍질 조직인 표피에서 형성층까지 힘이 감추어져 있는데, 그곳에는 거의 언제나 치유와 파괴 양면으로 보기 드문 역동적인 힘이 담겨 있다. 유색 인종이 백색 인종보다 약물학 방면에 훨씬 앞서 있다고 그가 말했다. 뉴기니 동쪽의 몇 개의 섬에서는 젊은이들이 자바의 안티아리스 톡시카리아 같은, 독 나무가 분명한 어떤 특정한 나무의 껍질로 사랑의 미약(媚藥)을 만든다고 한다. 이 나무는 만차닐라 나무처럼 독기를 내뿜어 주변의 공기를 오염시키고, 사람과 동물을 마비시켜 실신하게 만든다. 젊은이들은 이 나무껍질을 갈아 분말로 만든 후 거기에 야자열매 으깬 것을 섞고 한 장의 나뭇잎에 둘둘 싸서는 굽는다. 그런 다음 이 구운 혼합물의 즙을 마음에 두고 있는 쌀쌀맞은 여자의 얼굴에 뿌리면 그 여자는 뿌린 청년에 대한 사랑이 불타오르게 된다. 때로는 뿌리 껍질에 효력이 숨어 있기도 하는데, 가령 말레이 군도의 스트리크노스 티우테라고 불리는 덩굴식물 뿌리가 그것이다. 원주민은 그것에 뱀의 독을 섞어 우파스 라자라는 마약을 만드는데, 이를테면 화살에 바른 그것에 맞아 독이 혈관에 들어오게 되면 눈 깜짝할 사이에 죽고 만다. 그러나 어떻게 해서 그런 일이 일어나는지 한스 카스토르프 청년에게 말해 줄 수 있는 사람은 아무도 없다. 다만 우파스는 역동적인 힘이라는 면에서 독성이 강한 알칼로이드인 스트리크닌과 비슷하다는 점만이 밝혀져 있다고 한다. 이제 페퍼코른은 침대에서 완전히 몸을 일으키고는 가볍게 떨리는 선장 같은 손으로 이따금씩 포도주 잔을 자신의 찢어진 입에 갖다 대고 몹시 목이 타는 듯 꿀꺽꿀꺽 들이켜며, 인도의 코로만델 해안 지방의 마전나무에 관해 이야기했다. 이 나무의 오렌지색 열매인 '마전'에서 스트리크닌이라고 불리는 아주 강력한 힘을 지닌 알칼로이드를 얻을 수 있다. 그가 이마의 당초무늬 주름을 치켜 올리며 속삭이듯 나지막한 목소리로 그 마전나무의 회색 가지와 눈에 띄게 번쩍거리는 잎에 대해서, 그리고 황록색의 꽃에 관해 이야기하여, 한스 카스토르프 청년의 눈앞에 그 나무에 관한 음울한 동시에 히스테리컬하고 알록달록한 영상이 떠올라 어쩐지 으스스한 기분이 들었다.

이제 쇼샤 부인이 여기에 개입하여, 환담이 페퍼코른을 피곤하게 하고 새로 열이 나게 할 수 있으니 좋지 않다고 말했다. 그리고 대담을 방해할 생각은 없으나 이번에는 이 정도로 끝내는 것이 좋겠다고 한스 카스토르프에게 부탁했다. 물론 그는 이 말에 따랐지만, 그 후 수개월간 4일마다 되풀이하여 엄습하는 고열이 지나가면 왕 같은 남자의 침대맡에 자주 앉아 있었다. 그럴 때면 쇼샤 부인은 대화 내용을 가볍게 감시하거나, 방 안을 이리저리 돌아다니며 몇 마디 참견하기도 했다. 또 페퍼코른에게 열이 없는 날에는 한스 카스토르프는 그 인물과 진주 목걸이를 한 그의 여행 동반자와 몇 시간 동안이나 함께 보내기도 했다. 그 네덜란드인이 침대에 누워 있지 않은 날에는 저녁을 마치고 때에 따라 사람은 바뀌었지만 처음과 마찬가지로 베르크호프의 손님들을 식당이나 휴게실에 몇 명씩 모아 놓고 카드놀이를 하면서 포도주를 마시거나 힘을 돋우는 각종 음료수를 마시곤 했다. 그럴 때마다 한스 카스토르프는 으레 그렇듯이 칠칠치 못한 부인과 그 위풍당당한 인물 사이에 자리를 잡았다. 그리고 이들은 야외에서도 행동을 같이하고, 산책도 함께했는데, 여기에는 가령 페르게와 베잘이 끼이게 되었다. 그리고 얼마 안 가 정신적인 면에서 맞수인 세템브리니와 나프타도 산책 도중에 맞닥뜨리지 않을 수 없었다. 한스 카스토르프는 페퍼코른과 동시에 클라브디아 쇼샤에게도 이들을 소개할 수 있는 것을 행복하게 느끼기까지 했다. 이들을 소개하고 연결하는 일이 두 논객에게 환영받을 일인지 아닌지에 대해서는 전혀 아랑곳하지 않았다. 두 논객에게는 교육 대상이 필요하였고, 이들은 그 앞에서 토론을 벌이는 것을 포기하기보다는 달갑지 않은 이런 교제를 그냥 감수하는 수밖에 없다고 생각하는 듯했다.

그가 교제하는 이러한 잡다한 구성원들이 서로에게 적응되지 않는 것에 최소한 적응될 거라는 그의 예상은 결코 빗나가지 않았다. 물론 이들 사이에는 긴장과 서먹서먹함, 심지어는 남모르는 적의(敵意) 같은 것도 없지는 않았다. 그런데 우리가 의아하게 생각하는 것은 그리 대단하지 않은 우리의 주인공이 어떻게 이런 사람들을 서로 결속시킬 수 있었느냐 하는 점이다. 그 이유를 우리는 모든 것을 '들을 만한 가치가 있다'고 느끼는 그의 본성, 삶에 대한 교활한 친근성 때문이라고 설명하고 싶다. 그의 본성이 이질적인 사람과 인물을 자기 주위에 모았을 뿐만 아니라 어느 정도까지는 이들을 한데 묶어 주었기 때문에 그러한 친근성을 결합력이라 부를 수도 있다.

정말 기묘하게 얽힌 관계였다! 한스 카스토르프가 이러한 산책을 하면서 교활하고 삶에 친근한 시선으로 이들을 관찰한 것처럼, 우리도 복잡하게 얽힌 이러한 관계를 잠시 들여다보는 것이 흥미롭겠다. 우선 불쌍한 베잘, 이 사나이는 욕정에 이글거리는 눈길로 쇼샤 부인을 탐하면서 페퍼코른과 한스 카스토르프에게 비굴한 존경심을 표했다. 페퍼코른은 현재의 승리자이기 때문에, 한스 카스토르프는 과거의 하룻밤 때문에 존경하고 있었다. 다음으로는 쇼샤 부인, 우아하게 사뿐사뿐 걸어가는 환자이자 여행객인 클라브디아 쇼샤는 나름대로 페퍼코른의 소유물이었으며, 자신도 분명 그렇게 확신하고 있는 모양이었다. 그러나 그녀는 오래전 사육제 날 밤의 기사가 자신의 보호자와 사이좋게 지내는 것을 내심 달갑잖게 생각하며 속으로 토라져 있었다. 이러한 언짢은 감정은 세템브리니에 대한 그녀의 관계를 규정짓는 언짢은 감정을 떠올리게 하지 않는가? 그녀는 말만 번드르르하게 하는 이 인문주의자를 거만하고 인간미가 없다고 혹평하지 않았는가? 세템브리니가 그녀의 모국어를 이해하지 못하고 은근히 멸시했듯이, 그녀도 지중해 연안의 그의 말을 전혀 이해하지 못하고 마찬가지로 멸시했지만, 그의 멸시에 비해 자신감은 덜한 편이었다. 훌륭한 가문 출신으로 약간의 침윤 부분이 있는 호감 가는 이 부르주아 청년이 사육제 날 밤에 자신에게 다가오려 했을 때 그의 교육자적 친구가 지중해 연안의 말로 뒤에서 예의 바른 청년에게 무슨 말로 소리쳤는지 그녀는 그에게 어떻게든 물어서 알아내고 싶었다. 한스 카스토르프의 연정은 흔히 말하듯이 '홀딱 빠져 있는' 그런 종류의 것은 아니어서, 평지의 감미로운 노래에서 나타나는 용납될 수 없고 무분별한 연정은 아니었다. 요컨대 이 청년은 그녀에게 종속되고 예속되어 괴로워하고 봉사하면서도, 즉 그러한 노예 상태에 있으면서도 나름대로 교활함을 충분히 유지하고 있어서, 타타르인처럼 매혹적인 가느다란 눈을 하고 사뿐사뿐 걸어가는 이 여자 환자에 대한 자신의 애착이 어떠한 의미를 지니고 있는가를 아주 잘 알았다. 그리고 그는 괴로워하고 예속되어 있으면서도 세템브리니가 그녀에게 보이는 태도에 대해 그녀도 그 의의를 깨달을 것이라고 생각했다. 세템브리니는 그녀에 대한 의구심을 노골적으로 드러내어 보였다. 말하자면 인문적인 예의를 그럭저럭 보이기는 했지만 무척 냉담한 태도를 취했다. 그나마 희망을 품은 레오 나프타에 대한 관계에서도 제대로 보상받지 못했다고 생각하는 그녀가 그로서는 안타까운 일이었지만, 한스 카스토르프 입장으로 볼 때는 충분했다. 사실 나프타는 그녀의 본질에 대해 로도비코처럼 근본적인 부정을 하지는 않았고, 둘의 대화 조건은 좀 더 형편이 나았다. 클라브디아와 키 작은 신랄한 나프타는 때때로 책과 정치 철학의 제반 문제에 관해 따로 대화를 나누기도 했는데, 둘 다 그런 문제에 과격한 생각을 갖고 있다는 점에서 의견이 일치했다. 그럴 때엔 한스 카스토르프도 진지하게 둘의 대화에 가담했다. 그러나 벼락부자인 나프타는 여느 졸부처럼 그녀에게 신중한 모습을 보였지만, 그녀는 그가 자신을 받아들이는 태도에서 귀족적인 협량(狹量)을 눈치 채지 않을 수 없었다. 사실 그의 스페인적인 테러리즘 역시 문을 쾅 닫으며 각지를 떠돌아다니는 그녀의 '인간성'과 잘 맞을 리가 없었다. 게다가 마지막으로 가장 미묘한 문제는 그녀에 대한 세템브리니와 나프타의 쉽사리 납득하기 어려운 적대적인 감정이었다. 그녀는 여성 특유의 예민한 육감으로 두 논적으로부터 그러한 적의가 자기한테 불어오는 것을 느끼지 않을 수 없었다(그녀의 사은제 날 밤의 기사인 한스 기스토르프도 이를 느낄 수 있을 정도였다). 그리고 그 이유는 한스 카스토르프에 대한 두 사람의 관계 때문이었다. 자신들의 역할을 방해하고 엇나가게 하는 부인에 대한 두 교육자의 불쾌감, 이러한 은밀하고 본래적인 적대감이 이 두 교육자를 결속시켜 이들에게 앙금으로 남아 있는 반감을 해소해 버렸다.

피터 페퍼코른에 대한 두 토론가의 태도에도 이러한 적대감이 반영되어 있지 않았을까? 한스 카스토르프에게는 그렇게 느껴졌다. 어쩌면 그가 이를 심술궂게 기대했기 때문이기도 하지만, 말을 떠듬거리는 왕 같은 페퍼코른에게, 그가 가끔 혼자서 익살스럽게 '정부 고문'이라고 부른 두 교육자를 맞대면시켜 그 결과를 연구하고 싶은 욕구가 대체로 적지 않게 생겼기 때문이다. 민헤어 페퍼코른은 밖에서는 사방이 닫힌 실내에서만큼 그리 당당한 느낌을 주지 못했다. 이마에까지 푹 눌러쓴 부드러운 펠트모자가 불길 같은 그의 백발과 이마에 깊이 파인 주름을 가려 버려 그의 용모를 작게 하고, 말하자면 오그라들게 하여 그의 붉은 코도 당당한 위엄을 잃게 되었다. 그가 걷는 모습도 서 있을 때처럼 그리 훌륭하지 않았다. 그는 짧은 보폭으로 한 걸음씩 내디딜 때마다 육중한 상체와 심지어 머리조차도 사실 앞의 발 있는 쪽으로 약간 옆으로 내미는 버릇이 있었는데, 이는 왕 같다기보다는 오히려 마음씨 좋은 백발 노인 같은 느낌이 들었다. 또한 걸을 때는 대체로 서 있을 때처럼 몸을 완전히 펴지 않고 약간 구부리고 걸었다. 그래도 그는 키 작은 나프타뿐만 아니라 로도비코보다도 머리 하나만큼은 더 컸다. 하지만 한스 카스토르프가 애당초부터 예상하고 있었던 것처럼 그의 존재가 두 정치가의 존재를 완전히 압도한 것은 비단 몸의 크기 때문만은 아니었다.

이것은 두 논적이 이 인물과 비교됨으로써 압도되고 격하되며 과소평가되는 것이었다. 이에 대해서는 빈틈없는 관찰자인 한스 카스토르프는 말할 것도 없이 당사자들, 즉 당당한 체구로 말을 떠듬거리는 페퍼코른뿐만 아니라 빈약한 체구로 수다를 떠는 두 논적도 느끼고 있었다. 페퍼코른은 존경심을 품고 세템브리니와 나프타를 아주 예의 바르고도 정중하게 대했다. 스케일이 큰 인물이라는 개념과 반어적이라는 개념이 양립할 수 없다는 것을 완전히 깨닫지 못했다면 한스 카스토르프는 이러한 존경심을 반어적이라고 불렀을지도 모른다. 왕들은 반어를 알지 못한다. 복잡하게 얽히고설킨 의미에서의 반어는 말할 것도 없이, 수사학의 솔직하고 고전적인 수단이라는 의미에서조차도 반어를 알지 못한다. 그러므로 한스의 친구들에게 보이는 페퍼코른의 태도, 즉 약간 과장된 진지함 뒤에 숨어 있거나 공공연히 드러나 보이는 것은 오히려 우아하면서도 거만한 조롱이라고 부를 수 있다. "그래, 그래요, 그렇지요!" 그는 찢어진 입술에 장난기어린 미소를 띠면서 얼굴을 쳐들고 위협하듯 손가락으로 옆쪽을 가리키며 말했다. "이분은, 이분들은, 여러분, 주목해 주십시오. 대뇌, 대뇌적 존재입니다. 아시겠지요! 아니, 아닙니다, 완벽하고 보기 드문 일입니다. 이것은 말입니다, 척 보면 알 수 있지요." 이 말을 들은 두 사람은 눈빛을 교환하며 복수하려고 했으나, 서로의 시선이 부딪친 후 망연자실한 심정으로 허공을 응시할 뿐이었다. 그리고 한스 카스토르프까지 자기들 시선으로 끌어들이려고 했으나 그는 이에 응하지 않았다.

하루는 세템브리니가 단도직입적으로 제자에게 교육자로서의 우려를 털어놓았다.

"아니, 정말, 엔지니어 양반, 그분은 멍청한 노인네에 불과합니다! 그의 어디가 마음에 든다는 겁니까? 그가 당신을 향상시킬 수 있을까요? 나로서는 도저히 납득이 가지 않습니다! 당신이 그자와 교류하는 게 그의 현재의 애인 때문이라서, 그를 그냥 참고 견디는 거라면 물론 이는 그리 칭찬할 만한 일은 아니지만 그럴 수 있을지도 모르겠습니다. 하지만 당신이 그녀보다 그에게 더 신경을 쓰고 있다는 게 어쩔 수 없이 눈에 들어옵니다. 그 이유를 좀 속 시원히 설명해 주십시오."

한스 카스토르프는 웃음이 나왔다. "단연코!" 그가 말했다. "완벽합니다! 그것은 이제 일단, 용서해 주십시오, 좋습니다!" 그러면서 그는 페퍼코른의 문화인다운 몸짓까지 그대로 흉내 내려고 했다. "그래요, 그렇지요." 그는 계속 실실 웃으며 말했다. "당신은 그것을 멍청하다고 말씀하십니다, 페퍼코른 씨, 좌우간 애매모호한 것은 분명한데, 당신은 멍청함보다 어쩌면 그것을 더욱 나쁘게 볼지도 모르겠습니다. 아, 멍청함에도 아주 다양한 종류의 멍청함이 있고, 영리하다고 해서 최고는 아닙니다. 어떻습니까! 감명을 주는 그럴듯한 명언이 아닌가요. 마음에 들지 않습니까?"

"아주 좋습니다. 당신의 잠언 모음집 처녀 출판을 학수고대하겠습니다. 늦지 않았다면 우리가 제기한 역설의 반인간적인 본질에 대해서도 지면을 좀 할애해 주기를 바랍니다."

"그래야겠지요, 세템브리니 씨. 당연히 그래야겠지요. 아닙니다, 나의 명언은 역설이 주된 목적이 아닙니다. 나에게 중요한 점은 '멍청함'과 '영리함'을 구별하는 것이 얼마나 어려운지를 지적하는 것입니다. 어렵습니다, 그러니까 어렵습니다, 그렇지 않습니까? 이 두 가지는 사실 서로 복잡하게 얽혀 있어 따로 구별해 내는 일이 쉽지 않습니다. 나는 당신이 뭐가 뭔지 불분명한 잡탕을 싫어하고, 가치, 판단, 가치 판단을 중시한다는 것을 잘 알고 있습니다. 그리고 나도 당신의 그러한 견해가 전적으로 옳다는 것을 인정합니다. 하지만 '멍청함'과 '영리함'이라는 문제는 때때로 불가사의하기 짝이 없습니다. 불가사의함이라는 문제를 규명하려고 성실히 노력하기만 한다면 불가사의함과 접해 보는 것도 가히 나쁘지 않을 겁니다. 나는 당신에게 다음과 같은 질문을 드리겠습니다. 당신은 그가 우리들 중의 어느 누구보다도 낫다는 사실을 부정할 수 있습니까? 노골적으로 표현하면 내가 보기에 당신은 그걸 부정할 수 없을 겁니다. 그는 우리보다 나은 사람입니다. 그에게는 우리를 우습게 여길 자격이 어딘가에 있습니다. 어디에, 어째서, 어느 정도라고요? 물론 그가 영리해서 그렇다는 것은 아닙니다. 그가 별로 영리하지 않은 것은 나도 인정합니다. 그러니까 그는 오히려 애매모호하고 감정적인 남자이고, 변덕스러운 감정이야말로 그의 취미입니다. 이런 일상적인 구어를 사용해서 죄송합니다! 그러므로 내가 말하고자 하는 바는 그가 우리보다 더 영리하다는 말이 아니고, 즉 정신적인 이유 때문에 우리보다 낫다는 말은 아닙니다. 당신도 그렇게 생각하겠지요, 사실 그건 문제 밖입니다. 하지만 그렇다고 그가 육체적인 이유로 우수하다는 것도 아닙니다! 어깨는 선장처럼 떡 벌어져 있고, 완력도 대단하여 우리들 중의 어느 누가 덤벼들어도 주먹으로 때려눕힐 수 있겠지만 그 때문은 아닙니다. 그는 자신이 그런 일을 할 수 있다고 생각조차 하지 않을 겁니다. 그리고 그가 설령 그런 생각을 한다 해도 문명화된 몇 마디의 말로 그를 간단히 달랠 수 있을 겁니다. 그러므로 육체적인 이유 때문에 그가 우수하다는 것이 아닙니다. 그렇지만 이때 육체적인 요소가 중요한 몫을 담당하고 있음은 의심의 여지가 없습니다. 완력이라는 의미에서가 아니라 어떤 다른 불가사의한 의미에서 말입니다. 육체적인 요소가 개입하면 즉시 일이 불가사의하게 됩니다. 육체적인 것이 정신적인 것 속에 섞이고, 반대로 정신적인 것이 육체적인 것 속에 섞여, 어느 것이 멍청하고 영리한지 구별할 수 없게 됩니다. 하지만 그 결과는 역동적인 힘으로 나타나게 되어 우리는 꼼짝 못하게 되고 맙니다. 그리고 이를 표현할 수 있는 것은 오직 '인물'이라는 한마디 말뿐입니다. 우리 모두가 인물이기도 하듯이 그 말은 합리적으로 사용되기도 합니다. 도덕적인 인물, 법률적인 인물, 그 밖에도 여러 종류의 인물이 있을 수 있겠지요. 하지만 여기서 말하는 것은 그런 의미의 인물이 아니라, 멍청함과 영리함을 뛰어넘는 불가사의함으로서의 인물이고, 이에 대해서는 생각해 볼 점이 있습니다. 그러한 불가사의함을 될 수 있는 한 규명하는 것이 필요하고, 그게 되지 않는다면 그것에 감동을 받으면 됩니다. 그리고 당신이 가치를 중시한다면 인물도 결국 긍정적인 가치라고 생각되는 바입니다. 멍청함과 영리함보다 더 긍정적이고, 최고로 긍정적이며, 삶처럼 절대적으로 긍정적인 가치입니다. 요컨대 삶의 가치이며 절실하게 따져 볼 만한 가치입니다. 이것이 당신이 멍청하다고 말한 것에 대해 내가 대답해야겠다고 생각한 말입니다."

최근 들어서는 한스 카스토르프가 이러한 심정을 토로해도 이제는 두서없이 횡설수설한다든가 말이 막히는 법이 없었다. 그는 하고 싶은 말을 끝까지 하고, 목소리를 낮추어 끝을 맺고는 자신의 구실을 다하는 사나이 대장부처럼 행동했다. 그렇지만 그는 여전히 얼굴이 빨개져서, 자신이 부끄러워할 시간을 갖도록 자신의 말이 끝나고도 세템브리니가 침묵을 계속하는 걸로 자신을 비판하지나 않을까 조금 두려워했다. 세템브리니는 한참 동안이나 이러한 침묵을 계속하다가 이렇게 말했다.

"당신은 아까 역설을 추구하지 않는다고 말했습니다. 게다가 당신은 나 역시 불가사의함을 좋아하지 않는다는 것을 잘 알 겁니다. 당신은 그 인물을 신비화하면서 우상 숭배에 빠질 위험이 있습니다. 당신이 숭배하는 것은 가면입니다. 속임수에 지나지 않고, 육체와 인상을 지닌 악마가 우리를 속이기 위해 즐겨 사용하는 기만적인 공허한 형식의 하나에 지나지 않는 것을 당신은 신비라고 생각하고 있습니다. 당신은 배우들과 교제해 본 적이 없습니까? 당신은 율리우스 카이사르, 괴테 및 베토벤의 얼굴을 합친 것 같은 용모를 하고 있지만, 그러한 행운을 타고난 소유자들이 입을 떼자마자 세상에서 가련하기 짝이 없는 멍청이로 밝혀지는 이러한 광대들을 모르십니까?"

"좋습니다, 자연의 조화지요." 한스 카스토르프가 말했다. "하지만 이는 불가사의한 자연 현상이자 조롱이라고만 할 수는 없습니다. 이들은 배우이므로 재능이 있음에 틀림없기 때문입니다. 그리고 재능 자체는 멍청함과 영리함을 뛰어넘는 것이고, 하나의 삶의 가치입니다. 당신이 뭐라고 말씀하실지 모르지만 민헤어 페퍼코른도 재능을 지니고 있어서, 그 점에서 우리보다 낫다고 할 수 있습니다. 가령 방 한구석에 나프타 씨를 앉히고 그레고리우스 교황과 신정 국가에 대한 연설을 시켜 보십시오. 무척 경청할 만한 가치가 있겠지요. 그리고 다른 한 구석에 이상한 입을 하고 이마의 주름을 잔뜩 치켜 올린 페퍼코른이 서서 '단연코! 실례지만, 끝났습니다!' 라는 말만 한다고 생각해 보십시오. 그러면 사람들은 모두 페퍼코른의 주위에 몰려들 겁니다. 반면에 신정 국가를 설파하는 똑똑한 나프타 씨는 혼자 우두커니 앉아 있게 될 겁니다. 베렌스가 말하곤 하듯이 골수에 사무치도록 명쾌한 이야기를 늘어놓아도 말입니다."

"성공 지상주의를 부끄러워하십시오!" 세템브리니가 그에게 따끔한 주의를 주었다. "세상 사람들은 속임수에 넘어가기 쉽습니다. 나도 나프타 씨 주위에 사람들이 모여드는 것을 바라지는 않습니다. 그는 사악한 선동가거든요. 하지만 나는 당신이 비난받아마땅할 정도로 갈채를 보내며 그려 내는 가공의 장면에 직면해서는 그의 편을 들 생각입니다. 당신은 분명한 것, 정확하고 논리적인 것, 인간적으로 조리 있는 말을 멸시하는 겁니까! 그런 것을 멸시하고 암시와 감정의 기만이라는 속임수를 존경한다는 말이군요! 그렇다면 당신은 이미 완전히 악마의 손아귀에……"

"하지만 장담하건대 그도 열중하면 간혹 무척 조리 있게 말할 때도 있습니다." 한스 카스토르프가 말했다. "그는 어떤 기회에 나에게 역동적인 힘을 내는 약제와 아시아의 독 나무 이야기를 들려준 적이 있는데, 하도 재미있어서 거의 으스스한 기분이 들 정도였습니다. 재미있는 이야기는 늘 좀 으스스하거든요. 그렇지만 이야기 그 자체가 재미있다기보다는 이야기와 그 인물의 영향력이 결부되어 재미있게 느껴졌습니다. 그 인물에서 발산되는 힘이 이야기를 재미있게도 하고 으스스하게도 했습니다."

"물론 그렇겠지요, 당신이 아시아 하면 맥을 못 추는 게 어제 오늘에 시작된 일은 아니니까요. 사실 나한테서는 그런 경이로운 이야기를 기대할 수 없을 테니까요." 세템브리니가 자못 못마땅한 듯 대꾸했기 때문에 한스 카스토르프는 그의 환담과 교훈의 장점은 물론 말할 것도 없이 이것과는 전혀 다른 방면에 있다고 서둘러 설명했다. 그리고 양자를 비교하는 것은 서로에게 공히 부당한 일이 될 것이기 때문에 아무도 그런 일을 생각하지 않을 거라고 당황해서 말했다. 그렇지만 그 이탈리아인은 이 정중한 해명을 건성으로 들으며 물리쳤다. 그는 계속 이렇게 말했다.

"어쨌든 당신의 객관적이고 침착한 태도에는 놀라움을 금할 수 없습니다, 엔지니어 양반. 약간 그로테스크하다고 할 수 있을 정도인데 당신도 그런 사실을 인정할 겁니다. 결국 현재의 상황을 있는 그대로 말하자면…… 그 멍청이가 당신의 베아트리체를 앗아갔습니다. 나는 사실 그대로 밀하는 겁니다. 그런데 당신은? 그야말로 유례가 없는 일입니다."

"기질의 차이겠지요, 세템브리니 씨. 격한 기질과 기사다운 기질의 차이 말입니다. 물론 남쪽 나라 출신인 당신 같으면 독약을 마시거나 단도를 휘두르거나 해서, 좌우간 사태를 사회적이고 열정적으로, 요컨대 화려하게 만들 겁니다. 이는 확실히 남성적, 사회적으로 남자답고 매력적일 겁니다. 그러나 나의 경우는 이와 좀 다릅니다. 나는 그를 경쟁 상대이자 연적(戀敵)이라 생각할 정도로 남자답지 못합니다. 왜 그런지는 모르겠습니다만 나는 어쩐지 남자답지 못한 것 같으며, 내가 나도 모르게 '사회적'이라고 부르는 의미에서는 결코 남자답지 못한 것 같습니다. 나는 답답한 가슴을 치면서 내가 과연 그 사람을 비난할 수 있는지 스스로에게 물어 봅니다. 그가 나에게 무슨 일을 고의로 저질렀나요? 무슨 일을 고의로 해야 모욕이 되는 것이지, 그렇지 않으면 모욕이 되지 않습니다. 그리고 그가 나에게 무슨 일을 '저지른'다면 나는 그녀를 잃지 않도록 해야 하겠지만, 나에게는 그럴 권리도 없습니다. 그럴 권리가 전혀 없는데다가, 페퍼코른과 관련해서는 더더욱 없습니다. 첫째로 그는 인물이라서 여성들이 맥을 못 추기 때문입니다. 둘째로 그는 나와 같은 민간인이 아니라 나의 불쌍한 사촌처럼 군인이나 마찬가지입니다. 즉 그에게는 명예심이 있어서 그는 감정과 삶을 중시합니다. 이러고 보니 말도 안 되는 소리를 떠든 것 같습니다만, 나는 언제나 나무랄 데 없는 틀에 박힌 말보다는 차라리 다소 되지도 않는 말을 늘어놓으면서 좀 어려운 말을 어느 정도 피력하는 것을 더 좋아합니다. 말하자면 이런 사실로 보아 나의 성격에도 어느 정도 군인적인 요소가 있지 않나 생각됩니다."

"아무튼 그렇게 말할 수도 있겠지요." 세템브리니는 고개를 끄덕이며 말했다. "그건 칭찬할 만한 특징이 분명하니까요. 인식과 표현의 용기, 그것이 문학이자 인문주의입니다."

이런 경우 두 사람은 이렇게 별일 없이 그럭저럭 헤어질 수 있었다. 이때 늘 세템브리니가 화해를 하며 결말을 맺었는데, 여기에도 그럴 만한 이유가 충분히 있었다. 그의 위치가 결코 신성불가침한 것이 아니었기 때문에 청년을 너무 엄격하게 다그치지 않는 것이 자신에게 더 이로웠을 것이다. 가령 질투라는 단어가 화제에 오르면 그로서는 좀 아슬아슬한 상황을 맞이할지도 모를 일이었다. 그 화제를 좀 더 깊이 파고들어, 즉 그의 교육자적 자질에 관해서 살펴보면 남성적인 것에 대한 그의 관계가 결코 사회적이거나 남자답지 못하다는 것을 인정하지 않을 수 없었다. 이 때문에 나프타와 쇼샤 부인이 그랬듯이, 위풍당당한 페퍼코른으로부터도 자신의 영역을 침해받을 것이 불을 보듯 뻔했다. 이리하여 결국 그는 자신의 대뇌적인 논쟁의 적수인 나프타의 영향력과 자연스러운 우월성을 인정하지 못하게 하는 데 실패했듯이, 자신의 제자를 설득하여 이 인물의 영향력과 그의 자연스러운 우월성을 인정하지 못하게 할 수 있다는 기대를 접어야 했다.

두 사람의 논적이 가장 기고만장했을 때는 토론이 벌어져 정신적인 공기가 지배할 때였다. 그럴 때면 산책을 하는 사람들은 으

레 우아하고 열정적인 동시에 힉구적인 어조로 초미(焦眉)의 시
사 문제나 삶의 문제를 다루고 있는 듯한 두 논적의 토론에 주의
를 기울였다. 거의 둘만이 토론에 열을 올리는 동안 '스케일'이
큰 인물은 내내 이마의 주름을 깊게 하고 놀란 표정을 지으며, 불
분명하고 비웃는 어조로 띄엄띄엄 몇 마디를 하는 데 그쳤기 때문
에 어느 정도 무기력한 상태에 머물렀다. 하지만 이러한 상황에서
도 그는 압력을 행사했고, 대화에 암운(暗雲)을 드리우게 해서 대
화의 광채를 잃어버리게 했으며, 왠지 모르게 대화를 황폐하게 만
들었다. 페퍼코른 자신은 의식하지 못했거나, 또는 어느 정도는
의식했을지도 모르지만 두 토론자 중 어느 누구에게도 이롭지 않
은 공기가 감돌게 되어 그로 말미암아 논쟁이 결정적인 중요성을
상실한 것을 모두들 느낄 수 있었다. 아니, 차마 이렇게 말하기는
무엇하지만 이들이 쓸데없는 토론을 하고 있다는 느낌이 들게 했
다. 또는 달리 말하면 생사를 거는 듯한 기지에 찬 논박은 옆에서
걸어가는 이 스케일 큰 인물을 남몰래 막연하나마 계속 의식하고
있어서, 이러한 자력(磁力)에 힘을 빼앗겨 버리고 마는 것이었다.
두 논쟁자를 말할 수 없이 화나게 하는 이러한 불가사의한 현상을
다르게는 어떻게 설명할 수 없었다. 피터 페퍼코른이 옆에 같이
없었더라면 논쟁이 훨씬 과격해졌으리라는 점만은 말할 수 있다.
이를테면 레오 나프타는 세템브리니의 학설에 맞서 교회의 지극
히 혁명적인 본질을 옹호했다. 세템브리니는 교회의 역사적인 권
력을 오로지 음울한 고집과 보수의 수호자로 보았고, 변혁과 혁신
을 옹호하는 삶과 미래에 대한 모든 친근성은 고대의 교양이 다시

태어난 영광스러운 시대에 생겨난 계몽, 과학 및 진보라는 상반된 원칙과 밀접하게 연결되어 있음을 주장했으며, 이러한 주장을 극히 아름다운 말과 몸짓으로 뒷받침했다. 이에 대해 나프타는 선선히 나서서 냉정하고도 날카롭게 응수했는데, 그의 말은 다시 뭐라고 반박할 수 없을 정도로 눈부시고 화려했다. 즉 교회는 종교적이고 금욕적인 이념을 구현하려는 것이므로, 근본적으로는 존속하려는 것을 편들고 지지하려는 것이 결코 아니다. 그러므로 세속적 교양이며 국가의 법질서를 편들고 지지하려는 것이라기보다는 오히려 예로부터 지극히 급진적인 변혁을 근본적인 목표로 삼아 왔다. 그리하여 존속할 만한 가치가 있다고 생각되는 모든 것, 낙오자와 비겁한 자, 보수주의자, 시민이 보존하려고 하는 모든 것, 말하자면 국가와 가족, 세속적인 예술과 학문은 의식적이든 무의식적이든 간에 종교적인 이념, 즉 교회에 대해 이때까지 반대의 입장을 취해 왔다. 이는 교회의 본래적인 성향과 흔들리지 않는 목적이 현존하는 모든 세속적 질서를 해체하고 이상적이고 공산주의적인 신정 국가라는 모범에 따라 사회를 재편성하는 데 있기 때문이다.

다음은 세템브리니가 응수할 차례였다. 그도 자신의 주장을 유효적절하게 펼칠 줄 아는 사람이었다. "나프타 씨가 이처럼 계몽적인 혁명 사상을 모든 추악한 본능의 총 궐기와 혼동하는 것은 그야말로 한탄할 만한 일입니다. 수세기에 걸쳐 계속된 교회의 혁신 운동의 본질은 생명을 낳는 사상을 심문하고 교살하며, 화형장의 연기로 질식시키는 데 있었습니다. 그리고 오늘날의 교회는 자

유, 교양 및 민주주의를 배징하고 천민 독재 정지와 야만 상태를
실현하는 것이 자신의 목적이라는 이유를 내세우면서, 자신의 밀
사들을 동원해 교회가 마치 변혁을 좋아하는 것처럼 선전하고 있
습니다. 아니, 사실 모순에 찬 끔찍한 결론이자 시종일관 말도 안
되는 모순투성이입니다."

나프타가 반박했다. "그러한 모순과 일관성이라는 점에서는 세
템브리니 씨의 주장도 마찬가지입니다. 민주주의자로 자처하고
있지만, 하는 말로 보면 당신은 별로 민중과 평등의 편이라 할 수
없습니다. 오히려 당신은 민중을 대변하여 독재 정치를 하도록 소
명 받은 세계 프롤레타리아를 천민이라고 부름으로써 처벌받아야
할 귀족적인 오만함을 드러내고 있습니다. 하지만 사실 교회에 공
공연히 반대 입장을 취하는 것은 민주주의자답습니다. 물론 교회
가 인류 역사의 가장 고상한 권력을 나타낸다는 것을 자랑스럽게
인정해야 합니다. 궁극적이고 최고의 의미에서, 즉 정신의 의미에
서 고상하지요. 정신이 곧 금욕이므로 같은 의미가 중복되는 말이
긴 하지만, 금욕적 정신, 즉 현세 부정과 현세 말살의 정신은 고귀
성 그 자체로, 순전히 귀족적인 원칙이기 때문입니다. 금욕적 정
신은 결코 민중적일 수 없고, 어느 시대를 막론하고 교회는 사실
대중적이지 않았습니다. 세템브리니 씨도 중세 문화에 대한 문헌
연구를 조금만 해 보시면 그런 사실을 알게 될 겁니다. 민중, 그것
도 가장 넓은 의미에서의 민중은 교회의 본질, 예를 들어 수도사
들의 모습에 대해 언제나 노골적인 혐오감을 보여 왔습니다. 민중
의 시적인 환상에서 생겨난 수도사들은 이미 흡사 루터와 같은 방

식으로 금욕 사상에 경도되어 술, 여자 및 가요를 배척하고 있습니다. 세속적인 영웅주의의 모든 본능과 일체의 호전적 정신, 거기에다가 궁정 문학은 종교적 이념에, 따라서 교권 제도에 공공연하게 대립하여 왔습니다. 왜냐하면 이 모든 게 교회에 의해 대변되는 귀족 정신과 비교해 볼 때 '세속'과 '천민 근성'을 의미하기 때문이었습니다."

"기억을 새롭게 해 주셔서 감사합니다, 나프타 씨. 나프타 씨가 찬미하는 음산한 귀족주의에 비하면 '로젠가르텐'*에 나오는 승려 일잔의 모습은 훨씬 상큼한 느낌을 줍니다. 웅변가인 나는 나프타 씨가 인용한 독일의 종교 개혁가를 좋아하지 않지만, 인격을 억압하려는 모든 종류의 종교적이고 봉건적인 욕구에 맞서 루터의 교설의 민주적인 개인주의의 근저를 이루는 모든 사상을 옹호하는 것에 전적으로 찬성하는 바입니다."

"아니!" 나프타가 갑자기 소리쳐 외쳤다. "세템브리니 씨는 교회에 민주주의 사상이 부족하고, 인격의 가치에 대한 의식이 결여되어 있다는 말입니까? 로마법이 시민권의 유무에 따라 권리 능력의 유무를 결정하고, 게르만법이 게르만 민족에 속하는 자와 개인적 자유가 있는 자에게만 권리 능력을 인정하는 반면에, 교회법은 오로지 교회 공동체와 정교 신앙만을 요구하고 국가적이고 사회적인 모든 조건을 폐기하며, 노예, 전쟁 포로 및 비자유인의 유언권과 상속권을 주장했는데 이러한 인간적인 공평한 처사를 어떻게 생각한단 말입니까?!"

세템브리니가 신랄하게 지적했다. "교회의 그러한 주장은 어쩌면 유언할 때마다 교회에 굴리 들어오는 '교회의 몫'을 셔냥하고 그런 것일지도 모릅니다. 게다가 '신부의 선동주의'는 절대적인 권력욕에서 나온 민중에 대한 아부에 지나지 않습니다. 신들은 당연히 그런 사람들에게 전혀 관심이 없기 때문에 하층 계급을 동원하려고 하는 것이지요. 그리고 교회는 영혼의 질보다 양에 눈독을 들이는 게 분명한데, 이것으로 보아 교회가 정신적으로 얼마나 저급한가 하는 결론을 내릴 수 있습니다."

"저급하게 생각한다고요, 교회가? 교회의 준엄한 귀족주의에 주목하기 바랍니다. 귀족주의란 치욕이 대대손손 계승된다는 이념을 바탕으로 하고 있습니다. 민주적으로 말하면 아무런 죄가 없는 후손에까지 무거운 죄가 계승되어, 예를 들면 사생아는 평생 동안 오점을 짊어지고 권리를 부여받지 못합니다."

"제발 그런 말은 입 밖에 내지 말아 주십시오. 첫째로, 나의 인간적 감정이 그것에 분노하기 때문이고, 둘째로, 그런 평계에는 이제 진저리가 나며, 나프타 씨의 교묘한 변명은 참으로 파렴치하고 악마적인 허무 예찬에 지나지 않기 때문입니다. 이러한 허무 예찬은 정신으로 불리기를 원하면서, 금욕 원칙이 인기가 없다는 것을 인정하면서도 그것을 마치 무언가 아주 정당하고 신성한 것으로 느끼게 하기 때문입니다."

"정말 미안한 말이지만 배꼽 잡고 웃음을 터뜨리지 않을 수 없군요. 교회를 허무주의라고 말하다니요! 세계 역사에서 가장 현실주의적인 지배 체제를 허무주의라고 말하다니요! 세템브리니 씨는 교회의 인간적인 아이러니를 조금도 접해 보지 못한 모양이군요. 이러한 아이러니로 교회는 현세와 육체에 대해 언제나 용인을 해 왔고, 현명하게 양보를 함으로써 금욕 원칙의 최종적인 결론을 감추어 왔습니다. 그리고 자연을 너무 엄격하게 대하지 않고, 정신은 조정하는 역할로만 사용하게 했습니다. 따라서 세템브리니 씨는 관용에 대한 성직자의 우아한 개념을 들어 보지 못한 모양입니다. 심지어 성사(聖事), 즉 혼인성사도 그 중의 하나입니다. 이는 긍정적인 선은 아니고, 다른 성사들과 마찬가지로 죄로부터 인간을 지켜 주는 수단에 지나지 않으며, 오로지 관능적인 육욕과 무절제를 억제하기 위해 부여되었을 뿐입니다. 그래서 육체에 비정치적인 엄격주의로 맞서지 않고 금욕적 원칙, 순결의 이상을 그 속에서 주장하는 겁니다.”

이 말을 듣고 세템브리니는 정치적인 개념을 이처럼 혐오스럽게 사용하는 것과 주제넘게 관대하고 현명한 몸짓을 하는 것에 항의하지 않을 수 없었다. 정신이 — 여기서 정신이라고 지칭되는 것이 — 소위 나프타가 죄악이자 ‘정치적’인 것으로 취급하는 반대의 개념에 맞서 주제넘게 그러한 몸짓을 하는데, 사실 그 반대 개념은 그의 악의적인 관용을 조금도 필요로 하지 않는다는 것이다. 또한 우주를 사악한 것으로 낙인찍는, 즉 삶뿐만 아니라 나프타가 추켜세우는 반대 개념인 정신도 사악한 것으로 낙인찍는 혐오스러운 이원론적 세계관에 항의했다. 삶이 악한 것이라면 그것의 순수한 부정인 정신도 악한 것이 분명하기 때문이다! 그리고 세템브리니는 육욕을 변호하면서 그것은 아무런 죄가 없다고 말했지만, 이 말을 듣고 한스 카스토르프는 다락방의 사면 책상, 짚을 채운 의사와 물병이 있는 인문주의자의 서재를 생각하지 않을 수 없었다. 반면에 나프타는 이렇게 주장했다 "어느 경우에도 육욕에는 죄가 없을 수 없습니다. 그리고 자연은 정신적인 것에 대해 양심의 가책을 좀 가져야 할 겁니다. 금욕 원칙이 허무주의라는 것을 반박하기 위해 교회의 정책과 정신의 관용을 '사랑'이라 규정지을 수 있습니다." 하지만 한스 카스토르프는 신랄하고 깡마른 키 작은 나프타가 '사랑'이라는 단어를 사용하는 것이 정말 묘한 기분을 불러일으킨다고 생각했다.

이런 식으로 토론이 계속되었다. 우리는 두 사람의 토론이 이렇게 진행된다는 것을 알고 있으며, 한스 카스토르프도 그런 사실을 알고 있었다. 우리가 그와 함께 잠시 토론에 귀를 기울인 것은, 이를테면 소요학파적인 그러한 결투가 옆에서 걸어가고 있는 인물의 영향을 받아 어떤 양상을 띠게 되는가, 가령 이 인물의 존재가 어떤 식으로 논쟁을 공허한 것으로 만들어 버리는가를 관찰하기 위해서였다. 다시 말하면 두 논쟁자가 은연중에 그 인물을 의식하지 않을 수 없었으므로 간간이 튀기던 불꽃이 죽어 버리고, 전류가 끊어져 버린 것을 알았을 때 풀이 죽어 말할 수 없는 무력감을 보이는 것을 관찰하기 위해서였다. 그렇다! 예상한 바로 그대로였다. 논쟁을 벌이는 두 사람 사이에는 더는 불꽃이 튀지 않았고, 섬광이 번쩍거리지 않았으며, 전류도 흐르지 않게 되었다. 정신이라고 자칭하는 두 사람이 원하던 대로 정신에 의해 무기력해진 이 인물의 존재가 도리어 정신을 무기력하게 만들어 버린 것이다. 한스 카스토르프는 이러한 사실을 놀라움과 호기심을 가지고 바라보았다.

　혁명과 보수의 두 사람은 페퍼코른에게 눈길을 돌리고, 그가 땅을 내디디며 그리 당당하지 않은 걸음걸이로 걷는 모습을 지켜보았다. 그는 모자를 푹 눌러쓰고 좌우로 흔들거리며 걸어가면서, 불균형하게 넓게 찢어진 입을 열고 장난스럽게 턱으로 논쟁자들을 가리키면서 말했다. "그래, 그래요, 그렇지요! 대뇌, 대뇌적인 존재입니다, 아시겠지요! 이것은, 척 보면 알 수 있지요." 그러자 어찌된 일인가, 불꽃이 완전히 사그라지고 말았던 것이다! 이들은 다른 주제로 불꽃을 올리려고 훨씬 더 강력한 주문(呪文)을 외우면서 '귀족성의 문제', 대중성과 고귀성의 문제를 거론하기 시작했다. 그러나 아무리 해도 불꽃이 일지 않았다. 논쟁은 옆의 인물에 자석처럼 이끌려 갔다. 한스 카스토르프는 쇼샤 부인의 여행 동반자가 목깃이 없는 트리코 셔츠를 입고 붉은 비단 누비이불을 덮은 채 반쯤은 늙은 노동자 같고, 반쯤은 왕 같은 흉상을 한 모습으로 침대에 누워 있는 모습을 생각했다. 그 순간 경련을 일으키면서 토론의 맥이 끊기고 말았다. 그러자 긴장이 더욱 고조되었다! 나프타는 부정을 외치며 무를 예찬했고, 세템브리니는 항구적인 긍정을 외치며 정신이 삶에 애착을 가질 것을 부르짖었다! 하지만 민헤어 페퍼코른을 보기만 하면 토론의 맥, 불꽃 그리고 전류가 끊기고 말았다. 이들은 안 보려고 해도 알 수 없는 힘에 이끌려 그를 보지 않을 수 없었다. 요컨대, 그러한 것이 죄다 끊겨 버렸는데, 한스 카스토르프의 표현을 빌리면 불가사의함 바로 그 것이었다. 그는 불가사의함은 아주 간단한 말로 표현하든지, 안 그러면 아예 입 밖에 내지 말고 그대로 두어야 한다는 사실을 자신의 잠언 선집을 위해 적어 두고 싶었다. 그러나 어떻게 해서든지 이러한 불가사의함을 말로 표현해 본다면 이렇게밖에 말할 수 없을 것이다. 이마에 깊은 주름이 패고 왕 같은 마스크에다 입이 비통하게 찢어진 피터 페퍼코른은 언제나 두 가지 모습을 지니고 있었는데, 두 가지 다 그에게 어울려서 그에게서 하나로 어우러지는 것 같았다. 그를 바라보면 이것이기도 하고 저것이기도 하며, 이쪽이기도 하고 저쪽이기도 했다. 그렇다, 이 멍청한 노인은 지배자의 속성을 지닌 영(零)이었던 것이다! 그는 나프타처럼 혼란과 선동으로 모순의 핵심을 마비시키는 사람이 아니었다. 그는 나프타처럼 표리부동(表裏不同)하지 않았고, 완전히 정반대로 긍정적인 의미에서 파악하기 어려운 사람이었다. 휘청휘청 걸어가는 이 불가사의한 인물은 멍청함이라든가 영리함이라는 개념을 분명히 초월하고 있을 뿐만 아니라, 나프타와 세템브리니가 교육적인 목적으로 고압 전류를 일으키기 위해 끄집어낸 반대 명제들을 뛰어넘고 있었다. 인물이란 교육자적인 존재는 아닌 듯했다. 그렇지만 교양 도상의 청년에게는 이 인물이란 얼마나 좋은 기회였던가! 두 논쟁가가 결혼과 죄, 관용의 성사, 육욕의 죄의 여부에 대해 갑론을박하고 있을 때 왕 같은 이러한 애매모호한 인물을 관찰하는 것은 얼마나 진기한 경험인가! 그는 머리를 어깨와 가슴 쪽으로 기울이고, 비통하게 찢어진 입술을 열고서 하소연하듯 입을 헤 벌리고 있었다. 콧구멍은 긴장한 나머지 고통스럽게 벌어졌고, 이마의 주름은 치켜 올라갔으며, 크게 벌어진 흐릿한 눈에는 고뇌의 빛이 담겨 있었다. 이것은 쓰디쓴 고뇌의 모습이었다. 그런데 보라, 바로 그 순간 고통스러운 표정이 거만한 표정으로 활짝 피어나는 게 아닌가! 비스듬하게 기울인 머리 모양이 장난꾸러기 같은 모습으로 바뀌었고, 아직 벌어져 있는 입술은 음탕하게 미소 지었으며, 전에도 어떤 기회에 나타난 적이 있는 탕아 같은 보조개가 한쪽 볼에 나타났다. 그는 마치 미친 듯이 춤추는 이교도의 사제 같았다. 그는 머리로 장난스럽게 대뇌적인 존재 쪽을 가리키면서 이렇게 말했다. "아니, 그래, 그래요, 그렇지요. 완벽합니다. 이분은, 이분들은, 이제 척 보면 알 수 있습니다. 육욕의 성사입니다, 알겠지요."

전에 말했듯이, 페퍼코른이라는 인물 때문에 빛이 바래긴 했지만 한스 카스토르프의 친구이자 스승은 논쟁을 벌일 때가 그래도 가장 살판나는 순간이었다. 그러면 곧장 이들은 물 만난 물고기와 같은 반면 페퍼코른은 그렇지 못했다. 아무튼 이때 그가 하는 역할은 다양하게 평가할 수 있을 것이다. 이와는 반대로 기지와 말과 정신이 더 이상 분제되지 않고 사실과 지상의 실제적인 일, 요컨대 지배자적인 속성이 힘을 발휘하는 문제와 사실이 문제의 관건이 될 때는 의심의 여지 없이 상황이 그들에게 불리하게 돌아가, 그들은 뒷전에 밀려나고 그늘 속으로 들어가 초라한 꼴이 되고 말았다. 그러면 페퍼코른의 독무대가 되어, 그가 규정하고 결정하며, 지시하고 주문하고 명령하게 되었다. 그가 이런 상태를 초래하기 위해 이론적 분위기를 현실적 분위기로 바꾸려 한 게 뭐가 이상하단 말인가? 이론적인 분위기가 지배하거나, 또는 그것이 길어지는 한에는 그는 고통을 겪었다. 그렇지만 그가 허영심 때문에 그런 분위기에서 고통을 겪은 것은 아니었다. 한스 카스토르프는 그 점은 자신 있게 말할 수 있었다. 스케일이 큰 인물에게는 허영심이란 없으며, 위대함은 허영이 아니기 때문이다. 아니, 페퍼코른이 실제적인 것을 요구하는 것은 다른 이유 때문이었다. 대강 말하면 그것은 '불안'이었다. 한스 카스토르프가 세템브리니에게 시험 삼아 설명하면서 어느 정도 군인적인 성향이라고 말하려 한 열성적인 의무감과 명예심 때문이었다.

"여러분." 네덜란드인은 손톱이 창처럼 뾰족한 선장 같은 손을, 애원하듯 명령하듯 들어올리며 말했다. "좋습니다, 여러분, 완벽합니다, 훌륭합니다! 금욕, 관용, 관능, 나는 그것을 단연코! 극히 중요하고, 극히 논쟁적입니다! 하지만 실례지만, 내가 우려하는 것은, 우리가 중대한 죄를 짓게 될까 봐, 우리는 면하게 될 겁니다, 여러분, 우리는 무책임한 방식으로 면하게 될 겁니다, 가장 신성한⋯⋯" 그는 깊이 숨을 들이켰다. "이러한 공기, 여러분, 오늘의 특색 있는 푄 바람, 부드럽게 신경을 마비시키고, 예감과 추억을 듬뿍 담은 봄 향내가 나는 바람 말입니다. 우리는 이런 공기를 들이마시면 안 됩니다. 그런 공기를 마시면, 간곡히 부탁하는 바입니다. 그것은 모욕이나 마찬가지입니다. 우리는 이 공기에 우리의 모든 주의를 집중시켜, 아, 우리의 최고의 정신을 완전히 집중시켜, 끝났습니다, 여러분! 그리고 이러한 특성을 순수하게 찬미하는 의미에서 그 공기를 다시 우리 가슴 밖으로, 그만 하겠습니다, 여러분! 이것에 경의를 표하는 의미에서 그만 하겠습니다."

그는 머리를 뒤로 젖히고 모자로 햇빛을 가리며 우뚝 멈추어 섰다. 그러자 모두들 그의 행동을 따라 했다. "여러분." 그가 말했다. "하늘을, 저 높은 하늘을 주목해 주십시오. 저 위, 오늘따라 이례적으로 푸르고 거무스름한 하늘 아래서 빙빙 돌고 있는 검은 점을 말입니다. 저것은 맹금, 커다란 맹금입니다. 내 생각이 틀리지 않는다면, 여러분, 그리고, 당신, 여보, 저것은 독수리입니다. 단호하게 촉구하는 바입니다. 저것을 보십시오! 저것은 솔개도 매도 아닙니다. 나이를 먹으면서 원시가 심해져서 잘 안 보입니다만, 그렇습니다, 여보, 확실히, 나이를 먹으면 그렇지요. 내 머리칼의 색이 바랬습니다, 정말입니다. 그렇게 되면 여러분도 나처럼 잘 보일 겁니다, 날개의 둥그스름한 모습이 말입니다. 독수리입니다, 여러분. 수리입니다. 바로 독수리가 우리 위 푸른 하늘에서 빙빙 돌고 있습니다. 날갯짓도 하지 않고 아득히 높은 하늘을 맴돌면서, 튀어나온 눈썹 뼈 밑의 멀리까지 내다보는 시력이 좋은 눈으로 우리들을 염탐하고 있을 겁니다. 독수리입니다, 여러분, 주피터의 새이자 새 중의 왕이며 하늘의 사자입니다! 그 독수리는 깃으로 된 날개와 안쪽으로 날카롭게 구부러진 쇠처럼 단단한 갈퀴 같은 발톱을 가지고 앞 발톱은 뒤쪽 기다란 발톱을 단단히 거머쥐고 있지요. 이렇게 말입니다!" 그러면서 그는 손톱이 기다란 선장 같은 손으로 독수리의 발톱을 만들어 보였다. "친구야, 왜 빙빙 돌면서 염탐하는 거니!" 그는 다시 위를 쳐다보며 소리쳤다. "내리덮쳐라! 무쇠 같은 부리로 놈의 머리와 눈을 쪼아 버리고, 배를 찢어라, 신이 먹이로 준 놈의 배를…… 완벽합니다! 끝났습니다! 너의 발톱은 내장 속에 들어가 있을 테고, 너의 부리에서는 피가 뚝뚝 떨어지고 있겠지."

그는 자못 흥분해 있었고, 나프타와 세템브리니의 이율배반적인 논쟁에 관심을 보이던 산책객들이 그에게 주의를 돌렸다. 그 뒤에 페퍼코른이 주도하는 가운데 무언가를 하자는 논의가 있었는데, 아무도 말을 하지는 않았지만 조금 전의 독수리의 이미지가 머릿속을 떠나지 않아서 결정과 논의에 영향을 끼쳤다. 논의한 결과 음식점에 들어가 먹고 마시자는 결론이 났다. 식사할 시간이 결코 아니었지만 다들 속으로 독수리를 생각하느라 식욕이 자극된 때문이었다. 페퍼코른은 베르크호프 밖에서도 이와 같은 향연과 연회를 여러 번 베풀었다. 사실 그는 플라츠와 도르프에서, 소형 기차를 타고 소풍을 떠났던 글라리스나 클로스터의 음식점에서 자주 그런 대접을 했고, 사람들은 그의 지배자적인 배려에 따라 고전적인 선물을 즐겼다. 시골식 빵에 거품 크림이 든 커피나, 또는 향기로운 알프스의 버터를 바른 빵에 물기가 촉촉한 치즈를 뿌려 맛있게 먹었으며, 방금 구운 따끈따끈한 군밤도 기가 막히게 맛이 좋았다. 거기에다 벨트린 산 적포도주도 마음껏 마셨다. 그리고 페퍼코른은 이러한 즉흥적인 연회에 떠들거리며 인사말을 하기도 했고, 또는 선량한 인내자인 안톤 카를로비치 페르게에게 이야기를 하라고 시키기도 했다. 좀 고상한 것이라곤 전혀 이해할 줄 몰랐지만 그는 러시아의 고무신 제조에 대해 아주 실감나게 이야기할 줄 알았다. 고무 원료에 유황과 다른 물질을 섞어 완성된 신에 래커 칠을 하고 100도가 넘는 열로 '경화(硬化)'한다는 것이다. 그는 출장 여행으로 북극에도 여러 번 가 보았기 때문에 북극권에 대해서도 이야기했고, 노르카프에서 본 한밤중에 뜨는 태양과 영원한 겨울에 대해서 이야기했다. 튀어나온 목젖과 수염에 덮인 입술을 움직이며 그는 어마어마하게 큰 빙벽과 청회색의 넓디넓은 바다에 비해 기선이 엄청나게 작아 보였다고 말했다. 그리고 하늘에 노란색 빛이 베일처럼 퍼졌는데, 그게 극광이었다고 했다. 이 모든 것이 그에게는, 안톤 카를로비치 페르게에게는, 모든 정경과 자기 자신까지 유령처럼 생각되었다는 것이다.

이처럼 자신이 경험한 극지에 대해서 이야기하긴 했지만 페르게 씨는 이 작은 모임에서, 매우 까다롭게 얽혀 있는 관계에서 유일하게 제외된 사람이었다. 이 관계에 관해서는, 우리의 주인공 같지 않은 주인공이 클라브디아 쇼샤, 그리고 그녀의 여행 동반자와 몰래 나눈 두 번의 이상한 짧은 담화를 소개해 둘 필요가 있겠다. 두 번 다 따로따로 단둘이서 나눈 이 대화는, 한 번은 '방해자'가 말라리아열로 침대에 누워 있던 밤에 홀에서, 또 한 번은 오후에 민헤어의 침상에서 이루어졌다.

그날 밤 홀은 어스름한 어둠에 잠겨 있었다. 그날의 사교 모임은 맥이 빠져 금방 끝나 버렸고, 요양객들은 밤의 안정 요양을 위해 일찍 발코니로 돌아가 버렸으며, 그렇지 않은 사람들은 요양 규칙을 어기고 춤을 추거나 카드놀이를 하러 저 아래 마을로 갔다. 적막감이 감도는 홀의 천장 어딘가에 전등이 하나 켜져 있을뿐, 옆의 사교실에도 거의 불이 켜져 있지 않았다. 하지만 한스 카스토르프는 보호자 없이 저녁을 먹은 쇼샤 부인이 아직 2층 자신의 방으로 되돌아가지 않고, 혼자 글 쓰고 독서하는 방에 머무르고 있는 것을 알았기 때문에, 자기도 방으로 올라가지 않고 머뭇거렸다. 그는 홀 구석의 타일을 붙인 벽돌 난로 옆 흔들의자에 앉아 있었다. 이곳은 벽이 판자로 되어 있고 흰 칠을 한 두서너 개의 아치가 서 있어 홀의 중앙부와 격리되어 있었다. 그곳은 낮은 계단을 하나 내려가야 했다. 그 흔들의자는 요아힘이 마루샤와 처음이자 마지막으로 대화를 나눌 때 마루샤가 몸을 흔들며 앉아 있던 것이었다. 그래도 이 시간에는 홀에서 담배를 피우는 게 허락되었으므로 그는 담배를 꺼내 물었다.

이때 그녀가 들어왔다. 그는 뒤에서 발소리와 옷자락 소리가 나는 것을 들었다. 그녀는 옆에 서서 편지의 모서리를 잡고 부채처럼 이리저리 부치면서 프리비슬라프의 목소리로 말했다.

"관리인이 가 버렸어요. 우표 한 장이 필요해서요!" 그녀는 이날 밤 가벼운 검정 비단 옷을 입고 있었다. 목둘레가 둥글게 파이고 소매가 헐거운 옷이었는데, 커프스의 주름 장식에는 단추가 채워져 손목에 착 달라붙어 있었다. 그는 이런 옷이 무척 마음에 들었다. 그녀가 목에 걸고 있는 진주 목걸이가 어스름한 어둠 속에서 흐릿하게 빛났다. 그는 키르키스인의 눈을 쳐다보면서 그녀가 한 말을 반문했다. "우표? 나에게 없는데."

"아니, 없다고요? 도저히 말이 안 되는 일이네요. 숙녀의 마음에 들려면 그런 걸 준비하고 다녀야 하지 않나요?" 그녀는 입술을 삐죽 내밀면서 어깨를 으쓱했다. "실망스러운 일인데요. 최소한 숙녀에게 빈틈없고 믿음직하게 행동하셔야지요. 나는 당신이 지

갑 속에 온갖 종류의 조그만 우표를 가격별로 분류해 넣고 다닐 걸로 생각했어요."

"아니, 무엇 때문에?" 그가 말했다. "나는 편지를 써 본 일이 없어. 누구한테 쓴다는 말이야? 애당초 우표가 인쇄되어 있는 카드는 아주 가끔 쓸 뿐이야. 대체 누구에게 편지를 써야 한다는 말이야? 이제 평지와 더는 접촉이 없어서, 나는 평지에서 사라져 버렸어. 우리나라 민요집에 이런 노래가 있지. '나는 세상에서 사라져 버렸노라.' 나의 상태가 바로 그래."

"뭐 그렇다면 러시아 담배라도 좀 주세요, 세상에서 사라진 도련님!" 그녀는 난로 옆의 리넨 쿠션을 넣은 그의 맞은편 의자에 다리를 꼬고 앉으면서 손을 내뻗으며 말했다. "그건 가지고 있군요." 그녀는 그가 은제 담배 케이스에서 꺼내 준 담배를 고맙다는 말도 없이 무성의하게 받아 들었고, 그는 몸을 숙이고 있는 그녀 얼굴 앞에서 라이터로 불을 붙여 주었다. "좀 주세요!" 하는 나른한 말투와 고맙다는 말도 없이 담배를 받아 드는, 버릇이 잘못 든 부인의 태도에는 거만함이 담겨 있었다. 게다가 거기에서는 인간적인, 좀 더 좋게 말하면 '정감 있는' 공동성과 공동 소유의 정신, 주고받는 것을 당연하게 여기는 거칠고도 부드러운 사고가 느껴졌다. 그는 마음속으로 이를 좋은 의미로 해석하고는 말했다.

"그래, 담배는 언제나 갖고 다니지. 물론 그것은 언제나 줄 수 있지. 그것은 꼭 있어야지. 담배 없이 어떻게 지낼 수 있겠어? 이런 걸 보면 사람들은 내가 열정이 대단하다고 할지 모르겠지만 그렇지 않아. 솔직히 말하면 나는 열정적인 인간이 아니고, 열정이 있다면 냉정한 열정이 있나고나 힐까."

"당신이 열정적인 사람이 아니라는 말을 들으니 무척 안심이 되네요." 그녀는 빨아들인 연기를 뿜어 내면서 말했다. "아닌 게 아니라 어떻게 열정적일 수 있겠어요? 열정적이라면 독일인이 아니라는 말이 될 테니까요. 열정적이라는 것은 삶 그 자체를 위해 산다는 말인데, 잘 알다시피 독일인은 경험을 위해 사니까요. 열정이란 자신을 잊고 살아가는 거예요. 하지만 당신들은 자신을 풍요롭게 하는 것을 중요하게 여겨요. 그래요, 그것이 혐오스러운 이기주의이며, 언젠가 그로 인해 당신네들이 인류의 적이 될 거란 사실을 모르세요?"

"아니, 이봐, 갑자기 인류의 적이라니? 어떻게 그렇게 일반화해 말할 수 있어, 클라브디아? 어떤 특정한 인물을 염두에 두고 독일인은 삶을 위해서가 아니라 자신을 풍요롭게 하기 위해 산다고 말하는 건가? 당신네 여성들은 막연히 도덕론을 펴지는 않을 텐데. 아, 도덕이란, 알다시피, 나프타와 세템브리니가 다투는 쟁점이지. 대단한 혼란을 일으키는 주제지. 우리가 우리 자신을 위해 사는지, 또는 삶을 위해 사는지 우리 자신도 모를뿐더러 아무도 그것을 정확하고 확실하게 알 수 없어. 내 말은 그 경계가 모호하다는 거야. 이기적인 헌신도 있고, 헌신적인 이기주의도 있거든. 사랑의 경우도 대체로 이와 마찬가지라고 생각해. 물론 내가 네가 말하는 도덕 같은 것에는 주의를 기울이지 않고, 전에 딱 한 번 그랬던 것처럼 무엇보다 둘이 같이 앉아 있는 것을 기쁘게 생각하는 것은 어쩌면 비도덕적일지도 모르겠어. 너의 손목을 감싸고 있는 좁은 커프스와 너의 팔을 붕긋하게 감싸고 있는 엷은 비단이 얼마나 잘 어울리는지 너에게 말해 줄 수 있는 걸 기쁘게 생각하면 비도덕적일지도 모르지. 내가 익히 잘 알고 있는 너의 팔 말이야."

"난 이제 가서 자야겠어요."

"제발 가지 마! 나는 지금의 모든 상황뿐 아니라 여러 사람들도 고려할 거야."

"열정이 없는 사람이니 적어도 그것은 믿어도 되겠군요."

"그래, 그것 봐! 너는 나를 놀리기도 하고 나무라기도 하잖아. 내가 뭐라고 하면, 그리고 걸핏하면 가겠다고 하잖아. 내가 뭐라고 하기만 하면……"

"이해를 받으려면 말을 좀 끝까지 해 주었으면 좋겠어요."

"그럼 너는 도중에 끊기는 말을 미루어 짐작하는 훈련을 쌓고 있으면서도 내 말이 끊기면 도저히 알아챌 수 없다는 말인가? 그건 좀 불공평하군. 여기서 공평, 불공평이 중요한 문제가 아님을 내가 모르는 바는 아니지만……"

"아, 아니에요. 질투와는 반대로 공평함이라는 것은 냉정한 열정이니까요. 그러니 냉정한 사람이 질투하면 정말 우습기 짝이 없겠지요."

"그렇지? 우습겠지. 그러니 내가 냉정한 것을 너그러이 봐줘! 거듭 말하지만 내가 냉정하지 않다면 어떻게 참고 지낼 수 있겠어? 내가 냉정하지 않았다면 어떻게 기다림을 참고 견딜 수 있었겠어?"

"뭐라고요?"

"너를 기다리는 것 말이야."

"이보세요, 당신이 바보스럽게도 집요하게 사용하는 '너'라는 호칭에 더는 구애받지 않겠어요. 언젠가는 당신이 그런 호칭에 싫증이 나겠지요. 나도 사실 얌전빼며 그런 일에 발끈하는 양가 댁 규수는 아니니까요."

"아니야, 네가 병을 앓고 있기 때문이야. 병이 너에게 자유를 주고 있는 거야. 병이 너를, 가만있자, 내가 아직 한 번도 사용하지 않은 단어가 방금 생각났어. 병이 너를 천재적으로 만드는 거야!"

"천재 이야기는 다른 기회에 하기로 해요. 내가 말하고 싶은 건 그런 이야기가 아니에요. 한 가지 부탁할 게 있어요. 만약 당신이 기다렸다면, 당신의 기다림에 내가 무슨 관계가 있는 것처럼 꾸미지 말아 달라는 거예요. 내가 그러라고 시킨 것도 아니고, 당신에게 그걸 허락해 준 것도 아니잖아요. 오히려 사실은 그 반대였다는 것을 당장 이 자리에서 분명히 실토하는 게 어떻겠어요."

"좋아, 클라브디아, 그러지. 네가 나보고 기다리라고 한 것이 아니라, 내 멋대로 기다렸어. 네가 그 점을 매우 중요하게 생각한다는 것을 잘 알고 있어."

"당신은 시인을 하면서도 뻔뻔스럽군요. 무슨 사람이 그래요. 누가 뭐래도 당신은 뻔뻔스러운 사람이에요. 나에게뿐만 아니라 다른 사람에게도 그래요. 당신은 경탄할 때나 복종할 때도 뻔뻔스러운 구석이 있어요. 내가 그걸 모를 줄 아세요! 그러니까 당신 같은 사람하고는 대화를 않는 것이 좋겠어요. 게다가 기다렸다는 말을 거리낌없이 하는 사람하고요. 당신이 아직 이곳에 있는 것은 무책임한 일이에요. 당신은 진작 평지로 돌아가 조선소라든가 다른 어딘가에서 일을 하고 있었어야 해요."

"지금 네가 하는 말은 천재적이 아니고 극히 상투적인 말에 불과해, 클라브디아. 그냥 하는 말이지 설마 진심은 아니겠지. 네가 세템브리니처럼 말할 리가 없어, 대체 어떻게 그럴 수 있겠어? 그냥 한 말이겠지, 나도 그 말을 곧이곧대로 받아들일 수 없어. 나는 불쌍한 사촌처럼 무모한 출발을 하지 않을 거야. 너도 예상했듯이 그는 평지에서 군 복무를 하려다가 불귀의 객이 되고 말았지. 그도 자신이 죽으리라는 것을 알았을지 모르지만, 여기서 계속 요양 근무를 하기보다는 차라리 죽는 게 낫다고 생각한지도 몰라. 좋아, 그는 군인이었어. 반면에 나는 군인이 아닌 민간인이고, 내가 그처럼 한다면, 그리고 라다만토스가 못하게 금지하는데도 평지에서 실리와 진보를 위해 직접적으로 헌신하는 일은 탈주가 될지도 몰라. 그것은 병과 천재성, 너에 대한 나의 사랑에 반(反)하는 이루 말할 수 없이 배은망덕하고 불충한 일이 될지도 몰라. 너에 대한 나의 사랑의 결과로 나는 오래된 딱지와 새로운 상처를 달고 다녀. 그리고 그것은 내가 잘 알고 있는 너의 팔에도 반하는 배은망덕하고 불충한 일이 될 거야. 물론 너의 팔을 알게 된 것이 단지 꿈속에서, 어떤 특수한 재능을 가진 꿈속에서였다는 점은 나도 인정해. 그러니까 물론 너에게는 어떤 결과나 책임도, 자유의 제약도 생기지 않을 거야."

이 말을 들은 그녀는 담배를 입에 물고 웃었고, 그 바람에 타타르인의 눈이 가늘게 모아졌다. 그녀는 판자를 붙인 벽에 몸을 뒤로 기대고, 두 손은 나란히 의지를 짚은 채 두 다리를 꼬고서 검은 에나멜 구두를 신은 발을 흔들거렸다.

"참 관대하시기도 하지! 아, 그래, 그래요. 실상은 나도 늘 천재를 바로 이렇게 생각해 왔지, 나의 불쌍한 도련님!" 그녀는 프랑스어로 말했다.

"그 정도로 해 둬, 클라브디아. 나는 물론 원래 스케일이 큰 인물도 아니고 천재도 아니거든, 말도 안 되지, 그런데 나는 우연히도 ─ 우연이라고 부르겠어 ─ 이러한 천재적인 지역으로 아주 높이 떠밀려 온 거야. 요컨대, 너는 아마 잘 모를지도 모르지만, 연금술적인 밀봉 교육, 즉 성체 변화라는 게 있어서, 네가 나를 제대로 이해하려고 한다면 내가 좀 더 높은 수준으로 고양된 거야. 하지만 물론 외부의 영향으로 나를 좀 더 높은 곳으로 떠밀려 올라가게 한 요소가 애당초 나의 내부에 어느 정도 있었어. 그리고 나의 내부에 들어 있는 것이 오래전부터 병이나 죽음과 아주 친숙했다는 걸 나는 정확히 알아. 여기서 사육제 날 밤에 그랬듯이, 나는 이미 소년 시절에 너에게서 무분별하게 연필을 빌린 적이 있었어. 하지만 그 무분별한 사랑이 천재적인 표식이야. 죽음이란 알다시피 천재적인 원칙이고 이원론적 원칙이며 지혜의 돌이자, 교육적 원칙이기도 하기 때문이지. 죽음에 대한 사랑은 삶과 인간에 대한 사랑으로 이끌어 가니까. 발코니에 누워 있을 때 내 마음속에 떠오른 생각이 이런 것이었어. 그리고 너에게 이런 말을 할 수 있다는 게 기뻐 가슴이 벅차. 삶에 이르는 길은 두 가지가 있는데, 한 가지는 평범하고 직선으로 나 있는 반듯한 길이고, 다른 길은 죽음을 통과해 가는 사악한 길인데, 그게 바로 천재적인 길이야!"

"바보 같은 철학자군." 그녀가 말했다. "내가 너의 혼란스러운 독일적인 사상을 죄다 이해한다고 주장하지는 않겠어. 하지만 네가 말하는 것은 인간적으로 들리네. 너는 의심의 여지 없이 착한 사람이야. 아닌 게 아니라 사실 너는 철학자답게 행동했어, 그 점은 인정해야겠지."

"너의 취향으로 보면 지나치게 철학적이었지, 클라브디아, 그렇지 않아?"

"그런 건방진 소리는 그만 해! 이제 신물이 나. 네가 기다렸다는 것은 바보 같고 멋대로 한 일이야. 하지만 기다린 보람도 없으니 내가 원망스럽지 않아?"

"응, 좀 괴로운 일이었어, 클라브디아, 이 냉정한 열정가라도 말이야. 네가 그와 함께 돌아온 것은 나에게 괴로운 일이었어. 너는 참 무정한 사람이야. 내가 이곳을 떠나지 않고 너를 기다리고 있다는 것은 베렌스를 통해 물론 알고 있었을 텐데. 하지만 아까도 말했지만 나는 그날 밤의 일을 꿈속의 일로만 생각하니까, 너는 그 일에 구애받을 필요 없어. 결국 내가 기다린 보람이 없는 것은 아니야. 너는 다시 이곳에 돌아왔고 우리는 그때처럼 나란히 앉아서, 나는 짜릿짜릿하게 쏘아붙이는 너의 목소리를 듣고 있어. 그건 오래전부터 내 귀에 친숙한 목소리지. 그리고 넓은 이 비단 옷 밑에는 내가 잘 아는 너의 팔이 있어. 물론 저 위 2층 방에는 너의 여행 동반자, 너에게 이 진주 목걸이를 선물한 위대한 페퍼코른이 열 때문에 누워 있지만 말이야."

"그런데 댁은 사신의 경험을 풍부하게 하기 위해 그와 사이좋게 지내고 있어."

"나를 나쁘게 생각하지 마, 클라브디아! 세템브리니도 그 일로 나를 야단치기는 했지만, 그건 세속적인 편견에 지나지 않아. 그는 대단히 유익한 사람이고, 정말이지 보기 드문 인물이야! 그가 나이를 먹은 것은 사실이지. 그렇지만 네가 여자로서 그를 사랑한다면 그 이유를 알 것 같아. 그를 무척 사랑하지?"

"너의 철학자 같은 발언에 경의를 표해, 독일 도련님." 그녀는 그의 머리카락을 쓰다듬으며 말했다. "하지만 그분에 대한 나의 사랑을 말하는 것은 그리 인간적이지 않아!"

"아, 클라브디아, 왜 말하면 안 된다는 거야. 천재적이지 못한 사람들이 인간적인 것이 끝난다고 생각하는 곳에서 나는 인간적인 것이 시작한다고 생각해. 그러니 마음 놓고 그분 이야기를 해도 돼! 너는 그를 열정적으로 사랑하고 있지?"

그녀는 몸을 앞으로 숙이고 다 피운 담배를 옆의 난로에 던져 넣고는 팔짱을 끼면서 고쳐 앉았다.

"그분이 나를 사랑하고 있어." 그녀가 말했다. "그리고 그의 사랑은 나를 우쭐하게 만들고 나는 이를 고맙게 생각해. 그래서 나는 그분을 따르고 있는 거야. 내 심정을 이해하겠어? 만약 모른다면 그분이 너에게 쏟고 있는 우정을 받을 자격이 없어. 그의 감정을 생각하면 그의 말에 따르고 그에게 봉사하지 않을 수 없었어. 도대체 그러지 않고 어떻게 할 수 있겠어? 한번 스스로 판단해 봐! 그의 감정을 무시하는 것이 인간적으로 있을 수 있는 일일까?"

"그럴 수야 없지!" 한스 카스토르프는 그녀의 말을 인정했다. "그야 물론 있을 수 없는 일이지. 여성으로서 그의 감정을 무시한 다든지, 감정의 감퇴에 대한 그의 불안에 무관심하다든지, 말하자면 그를 위험하게 겟세마네 동산*에 내버려 둘 수는 없는 일이겠지."

"멍청하지는 않구나." 그녀는 비스듬한 눈초리로 골똘히 생각에 잠겨 말했다. "너는 머리가 참 좋은 사람이야. 감정이 감퇴할까 봐 불안해하는 것이라……"

"네가 그를 따를 수밖에 없다는 것은 머리가 그리 좋지 않아도 충분히 알 수 있어. 그의 사랑에 사람을 불안하게 할 만한 점이 있지만 말이야, 오히려 그러한 점 때문에 더욱 그럴지도 모르지."

"정확한 지적이야. 사람을 불안하게 하지. 그에게는 사람을 걱정하게 만드는 구석이 있어. 너도 알다시피 어려운 점이 한두 가지가 아니야." 그녀는 그의 손을 잡고 자신도 모르게 손목을 만지작거리다가, 갑자기 눈썹을 모으고 그를 쳐다보면서 이렇게 묻는 것이었다.

"잠깐만! 우리가 이렇게 그의 이야기를 하는 게 비열한 일 아닐까?"

"물론 아니야, 클라브디아, 결코 그렇지 않아. 물론 그리 인간적이 아닐지는 몰라. 너는 이 말을 좋아해서, 꿈꾸는 듯이 길게 빼면서 발음하지. 나는 언제나 네가 하는 말을 관심 있게 들었어. 내 사촌 요아힘은 군인다운 이유에서 그 말을 좋아하지 않았지. 그는 그 말이 일반적으로 너절하고 칠칠치 못하다고 생각했어. 그 말이 모든 것을 부비관석으로 감내한다는 것을 의미한다면 나도 그 말에 문제가 좀 있다고 생각해. 하지만 그 말에 자유와 천재성과 선의의 뜻이 담겨 있다면 그것은 사실 두말할 것도 없이 멋진 말이야. 그러므로 우리는 페퍼코른에 대해, 그가 너에게 끼치는 걱정과 어려운 점에 대해 이야기할 때 그 말을 마음 놓고 쓸 수 있어. 물론 그런 걱정이나 어려운 점은 그의 명예심과, 감정의 감퇴에 대한 그의 불안 때문에 생기는 거야. 그가 고전적인 보조 수단과 원기를 돋우는 약제를 그토록 애용하는 것도 그러한 불안감 때문이지. 우리는 더없는 경외감을 갖고 이런 말을 하고 있어. 그에게는 스케일, 왕 같은 대단한 스케일이 있기 때문이지. 그러니까 우리가 그런 이야기를 인간적으로 한다고 해서 그분과 우리 자신을 깎아내리고 업신여기는 것은 아니야."

"우리들 일은 문제가 아니야." 그녀는 이렇게 말하고 다시 팔짱을 꼈다. "네가 말하듯이 스케일이 큰 남자, 감정 때문에, 그리고 감정이 감퇴할까 봐 불안해하는 남자를 위해 체면이 깎이는 것을 감수하려고 하지 않는다면 여자가 아닐 거야."

"그렇고말고, 클라브디아, 아주 말 잘했어. 그렇게 되면 굴욕까지도 스케일을 갖게 되니까. 그리고 이처럼 커다란 굴욕을 맛본 여자는 왕 같은 스케일을 갖지 못한 사람들에게 경멸조로 말할 수 있어. 아까 네가 나에게 우표가 없느냐고 묻고 나서 '최소한 숙녀에게 빈틈없고 믿음직하게 행동하셔야지요!' 라고 말했듯이 말이야."

"민감하게 받아들였어? 그러지 마. 너무 민감하게 받아들이지

마. 알겠어? 나도 때로는 민감할 때가 있었어. 우리가 오늘 밤 이렇게 나란히 마주 앉아 있으니 솔직히 털어놓겠어. 나는 너의 냉정함에 화가 났었어. 그리고 네가 이기적인 경험을 위해 그와 사이좋게 지내는 것도 화가 났어. 그렇지만 기쁘기도 했어. 그리고 네가 그분에게 경외감을 보이는 것이 고맙기도 했어. 너의 태도는 무척 충성스러웠어. 다소 거만한 구석이 없지 않았지만 나는 그것을 관대하게 보아 넘기지 않을 수 없었어."

"거 참 고맙기 그지없는 말이네."

그녀는 그를 쳐다보았다. "너는 정말 개선의 여지가 없는 사람이야. 나는 너를 교활한 청년이라 말하겠어. 네가 총명한지는 모르지만 교활한 사람임에는 틀림없어. 어쨌든 좋아, 교활해도 살아갈 수 있고, 우정을 지켜 갈 수 있으니까. 우리 앞으로 사이좋게 지내기로 하고, 보통은 누구를 공격하기 위해 동맹을 맺지만 우리는 그분을 위해 동맹을 맺기로 해! 그런 의미로 악수해 주겠어? 나는 불안할 때가 자주 있어. 그와 단둘이 있으면서 고독을 느끼는 게 두려워질 때가 가끔 있어. 마음속으로 고독을 느끼는 것이 말이야. 그는 사람을 불안하게 만들어. 그에게 어쩐지 좋지 않은 일이 일어날까 봐 두려워질 때가 가끔 있어. 어떨 때는 등골이 오싹하기도 해. 내 옆에 어떤 좋은 사람이 있었으면 하고 바랐어. 이 말을 들으면 어떻게 생각할지 모르지만 내가 그분과 이곳에 온 것은 아마 그 때문일지도 몰라."

그는 흔들의자를 앞쪽으로 기울여 앉고, 그녀는 걸상에 앉아 둘이 서로 무릎을 맞대고 있었다. 그녀는 그의 얼굴 앞에 바짝 다가앉아 마지막 말을 하면서 그의 손을 꼭 잡았다. 그는 말했다.

"내가 있는 이곳으로? 아, 무척 고맙군. 아, 클라브디아, 정말 있을 수 없는 일이군. 네가 그분과 함께 나한테로 왔다는 말이지? 그러면서도 너는 내가 기다린 게 바보스럽고 제멋대로이며 보람 없는 일이라고 말하려는 거야? 우정을 지키자는 간청을 받고, 그분을 위해 사이좋게 지내자고 하는 데 응하지 않는다면 내가 얼마나 형편없고 미련한 인간이 되겠어."

그러자 그녀는 그의 입술에 입맞춤을 했다. 그것은 러시아식 입맞춤이었다. 저 광막하고 영혼이 깃든 나라에서 기독교의 대 축제일에 사랑을 확인하는 의미에서 교환하는 종류의 입맞춤이었다. 하지만 '교활' 하기로 악명이 높은 젊은이와 역시 매력적으로 살금살금 걷는 젊은 부인이 입맞춤을 나누었기 때문에 우리는 이에 대해 이야기하는 동안, 알게 모르게 먼 옛날 크로코프스키 박사가 사랑에 관해 말한, 이의의 여지가 없다고는 할 수 없는 교묘한 말을 상기하지 않을 수 없다. 그가 약간 애매한 의미로 사랑에 관해 말했기 때문에 그것이 경건한 사랑을 의미하는지, 또는 열정적이고 육체적인 사랑을 의미하는지 아무도 분명히 알 수 없었다. 우리가 크로코프스키 박사처럼 말하고 있는 것일까, 또는 한스 카스토르프와 클라브디아 쇼샤가 나눈 러시아식 입맞춤에 그런 애매한 구석이 있었던 것일까? 하지만 우리가 이 문제를 철저히 규명하는 것을 거부한다면 사람들은 뭐라고 말할까? 우리의 견해로는 사랑의 문제를 경건함과 열정으로 '분명하게' 구별하는 것이 사실 분석적이긴 하지만, 한스 카스토르프의 말투를 흉내 내어 말하면 '말할 수 없이 형편없고 미련한' 짓이며 삶에 비우호적이라고 하겠다. 이때 분명하게란 말은 무슨 뜻인가! 의미가 애매하고 불확실하다는 것은 무슨 뜻인가! 우리는 이에 대해 숨김없이 일소(一笑)에 부치기로 하자. 아주 경건한 사랑에서부터 지극히 육체적이고 관능적인 사랑에 이르기까지 우리가 생각할 수 있는 모든 종류의 사랑에 대해 언어가 하나의 단어만을 갖고 있다는 것은 위대하고 좋은 일이 아닌가? 그것은 애매모호함 속의 완전한 분명함이다. 사랑이란 아무리 경건한 사랑이라 해도 비육체적일 수 없으며, 아무리 육체적인 사랑이라 해도 불경스러울 수 없기 때문이다. 삶에 대한 교활한 친근성으로 나타나든, 최고의 열정으로 나타나든 간에 사랑은 언제나 사랑 그 자체이다. 사랑은 유기적인 것에 대한 공감이며 부패할 운명을 지닌 육체를 감동적일 정도로 관능적으로 껴안는 것이다. 경탄을 금할 수 없는 열정이나 미쳐 날뛰는 열정에도 그 속에는 기독교적인 사랑이 담겨 있음에 틀림없다. 애매한 의미라고? 하지만 사랑의 의미를 제발 애매한 그대로 두었으면 좋겠다! 의미가 애매하므로 사랑에는 삶과 인간성이 담겨 있는 것이다. 그리고 의미가 애매하다고 걱정하는 것은 절망적일 정도로 교활하지 못하다는 걸 드러내는 데 지나지 않는다!

그러면 한스 카스토르프와 쇼샤 부인이 러시아식 입맞춤을 하는 동안 우리의 작은 무대를 어둡게 하고 장면을 바꾸기로 하자. 이제는 우리가 들려주기로 약속한 두 번째 대화를 다룰 차례이기 때문이다. 무대가 다시 밝아져 온 후, 해동기 무렵 어느 봄날 저녁 어스름한 석양이 비치는 가운데 우리의 주인공이 위대한 페퍼코른의 침대맡에 이미 익숙한 태도로 앉아 공손히고도 화기애애하게 그와 대화를 나누는 모습을 발견한다. 쇼샤 부인은 이미 앞서 세 번의 식사 때와 마찬가지로, 네 시의 차 마시는 시간에 식당에 혼자 나타나서 차를 마신 후 곧장 플라츠로 쇼핑하러 내려갔다. 한스 카스토르프는 여느 때 환자를 병문안 갈 때와 마찬가지로 그 네덜란드인에게 미리 찾아간다고 알렸다. 한편으로는 그의 말을 주의 깊게 들음으로써 그를 즐겁게 해 주기 위해서였고, 또 다른 한편으로는 나름대로 그 인물의 영향에 감화를 받기 위해서였다. 요컨대 생동감이 넘칠 정도로 애매한 동기에서였다. 페퍼코른은 읽고 있던 네덜란드 신문 『텔레그라프』를 옆으로 치우고, 안경다리를 코에서 잡아당겨 코안경을 신문에 내려놓고는 방문자에게 선장 같은 손을 내밀었다. 그때 그의 넓게 찢어진 입술은 괴로운 듯 바르르 떨렸다. 으레 그렇듯이 적포도주와 커피가 그의 손이 닿을 수 있는 거리에 놓여 있었다. 커피 세트는 침대 옆 걸상 위에 놓였는데, 사용한 뒤라 갈색으로 젖어 있었다. 민헤어는 으레 그렇듯 설탕과 크림을 타서 진하고도 뜨겁게 오후 커피를 마셨기 때문에 얼굴에 땀이 맺혀 있었다. 백발이 불길처럼 에워싸고 있는 왕 같은 그의 얼굴은 빨갛게 상기되었고, 그의 이마와 윗입술에는 조그만 땀방울이 송글송글 맺혀 있었다.

"땀이 좀 나는군요." 그가 말했다. "어서 오세요. 젊은이, 완전히 달라졌어요. 앉으시오! 몸이 약해졌다는 징표지요. 따끈한 음료를 마시면 금방 이러니, 미안하지만, 아주 좋습니다. 손수건 좀. 고맙습니다." 아닌 게 아니라 그의 얼굴의 붉은 기운이 이내 사라졌고, 말라리아열이 엄습한 후에 얼굴을 뒤덮곤 하던 누르스름한 창백한 빛이 그 위풍당당한 남자의 얼굴에 퍼졌다. 이날 오후의 4일 열은 오한, 고열 및 발한의 세 단계 모두 맹렬했으므로 흐릿한 빛을 내는 그의 작은 눈은 이마의 우상 같은 주름 밑에서 더욱 힘이 없어 보였다. 그는 이렇게 말했다.

"이것은, 정말, 젊은이, 정말 '칭찬할 만하다'는 단어를 쓰고 싶어요. 절대적으로 말입니다. 정말 친절하게도 이 늙은 환자를……"

"방문한 것을 말입니까?" 한스 카스토르프가 물었다. "그렇지 않습니다, 민헤어 페퍼코른 씨. 여기에 앉게 해 준 데 대해 나야말로 감사를 드려야 하겠습니다. 나는 당신에게서 비교가 안 될 정도로 많은 것을 얻고 있거든요. 나는 순전히 이기적인 이유로 이곳에 온 것입니다. 그리고 당신을 '늙은 환자'라고 칭하다니 무슨 그런 당치도 않은 말을 하십니까. 아무도 당신이 그렇다고 생각하지 않을 겁니다. 정말 당치도 않은 말입니다."

"좋아, 좋아요." 민헤어 페퍼코른은 이렇게 대꾸하고, 턱을 치켜들고는 위풍당당한 머리를 베개에 기댄 채 몇 초 동안 눈을 감고 있었다. 손톱이 긴 손가락은 트리코 셔츠 밑으로 두드러져 보이는 넓은 왕 같은 가슴에 깍지 끼고 있었다. "좋아요, 젊은이. 아니, 오히려 당신은 호의로 그렇게 말하고 있소. 나는 확신하고 있어요. 어제 오후는 기분이 좋았어요. 그렇고말고요, 어제 오후만 해도 말입니다. 손님을 환대하는 그곳에서요, 그 이름은 잊어버렸습니다만 훌륭한 살라미 소시지와 계란찜을 먹고, 맛좋은 이 지방

포도주를 마셨지요."

"정말 말할 수 없이 좋았습니다!" 한스 카스토르프가 거들었다. "우리는 모두 정신없이 먹고 마시고 했지요. 베르크호프의 주방장이 그 모양을 보았다면 분명 기분이 상했을 겁니다. 우리는 예외 없이 먹고 마시는 데 혈안이 되어 있었지요! 그것은 진짜 살라미였어요. 세템브리니 씨는 감격한 나머지 먹으면서 눈물까지 글썽거리더군요. 당신도 알게 되겠지만 그는 애국자, 민주적인 애국자입니다. 그는 자신의 시민의 창(槍)을 인류의 제단에 바쳤습니다. 언젠가는 브레너 경계선에서 살라미 소시지에 관세가 붙도록 말입니다."

"그건 그리 중요한 일이 아니오." 페퍼코른이 설명했다. "그는 명랑하게 말하는 예의 바른 사람으로 신사지요. 그런데 옷을 자주 갈아입을 처지가 못 되는 모양이지요."

"그래요." 한스 카스토르프가 말했다. "도저히 그럴 처지가 못 됩니다! 나는 오래전부터 그를 알고 있어 그 사람과 친합니다. 말하자면 그는 나를 '인생의 걱정거리 자식'이라면서 대단히 고맙게도 나를 받아들여 주었습니다. 그 표현은 우리 사이에서만 통하는 말투라서 금방 이해되지는 않을 겁니다. 그리고 그는 나의 잘못을 바로잡아 주려고 심혈을 기울이고 있습니다. 하지만 나는 그가 여름이고 겨울이고 간에 체크무늬 바지에 올이 거친 나사로 만든 더블 상의 말고는 다른 옷을 입은 걸 본 적이 없습니다! 그래도 그는 그 낡은 옷가지들을 남이 흉내 내지 못할 정도로 우아하게, 아주 맵시 있게 입고 다닙니다. 그 점에서는 당신 의견에 전적으로 동의합니다. 옷맵시가 초라함을 이기고 있지요. 나에게는 키 작은 나프타의 우아함보다 차라리 이러한 초라함이 더 마음에 들어요. 나프타의 우아함은 소위 악마적인 것이라 어쩐지 으스스한 느낌을 줍니다. 그리고 거기에 드는 비용을 그는 뒷구멍으로 충당하고 있습니다. 나는 그러한 사정을 어느 정도 알고 있습니다."

"예의 바르고 명랑한 사람이오." 페퍼코른은 나프타에 대한 한스 카스토르프의 지적을 깊이 파고들지 않고 따라 말했다. "하지만 이렇게 말하면 어떻게 생각할지 모르지만 그에게는 편견이 좀 있는 것 같습니다. 당신도 아마 눈치 챘겠지만, 나의 여행 동반자인 마담은 그를 그리 높게 평가하지 않습니다. 그녀는 그에게 호감을 갖고 있지 않더군요. 편견을 갖고 그녀를 대해서 그런 모양입니다. 더는 언급하지 않겠습니다. 젊은이. 나는 세템브리니 씨에 대한 당신의 우정에 금이 가게 하려는 의도는 추호도 없습니다. 끝났습니다! 나는 숙녀를 기사답게 대하는 예의범절이라는 점에서는 추호도 그를 비난할 생각이 없습니다. 완벽합니다, 이보시오, 전혀 비난할 여지가 없습니다! 하지만 거기에는 한계가, 꺼리는 태도와 어떤 경원시하는 분위기가 느껴져서, 그에 대한 마담의 좋지 않은 감정도 인간적으로 봐서 상당히……"

"납득할 수 있고, 이해할 수 있다는 거겠지요. 지극히 당연한 일이라는 거겠지요. 죄송합니다. 당신의 말을 제멋대로 끝맺어서 말입니다, 민헤어 페퍼코른 씨. 당신과 견해가 똑같다는 생각에서 감히 말해 보았습니다. 나 같은 젊은이가 여자에 대해 뭐라고 일반론을 펼치는 게 우스울지 모르지만, 특히 여자란 남자의 여자에 대한 태도에 얼마나 크게 좌우되는가를 생각해 보면, 마담의 기분은 조금도 이상할 게 없습니다. 여자란 독자적인 주도권을 갖지 못하는 반영적인 존재라고 말하고 싶습니다. 수동적이라는 점에서 칠칠치 못하다고 할 수 있지요. 힘든 일이긴 하나 이에 대해 좀 더 상세하게 설명하도록 하겠습니다. 내가 관찰한 바에 따르면 여자란 애정 문제에서 무엇보다도 자신이 사랑을 받는 대상으로 생각해서, 남자가 자기에게 접근하기를 기다릴 뿐입니다. 자기 스스로 자유롭게 선택하지 않고, 남자가 먼저 선택을 해 주어야 비로소 사랑을 선택하는 주체가 됩니다. 이런 말을 덧붙여서 무엇합니다만, 그런 경우에도 여자의 선택의 자유라는 것도 남자가 자신을 선택해 주었다는 사실에 영향을 받고 매료되는 겁니다. 상대방이 가련한 영혼의 소유자가 아님을 전제로 하는 것이긴 하지만, 그것조차도 엄격한 조건이 될 수 없습니다. 물론 내가 하는 말은 진부하기 짝이 없는 것이지만, 젊은 사람에게는 말할 것도 없이 이 모든 것이 신기할 따름이지요. 신기하고 놀라운 일이지요. '당신은 대체 그를 사랑합니까?' 하고 어떤 여자에게 물으면 '그는 나를 무척 사랑해요' 라고 눈을 똑바로 뜨거나 또는 내리깔기도 하면서 대답합니다. 이렇게 우리를 서로 연결시켜 미안합니다만, 그럼 우리 남성들 중 한 명이 그런 대답을 했다고 생각해 봅시다! 어쩌면 그렇게 대답하는 남자들이 있을지도 모르지만, 그들은 그야말로 우스꽝스럽기 짝이 없는 남자들이며, 한마디로 정곡을 찔러 표현하면 사랑의 공처가들입니다. 이렇게 대답하는 여자는 도대체 자신을 어떻게 평가하는지 알고 싶습니다. 자신처럼 보잘것없는 존재를 사랑의 대상으로 선택해 주었기 때문에 그 남자에게 무조건적인 순종을 해야 한다고 생각하는 것 같아요. 또는 자신을 선택해 주었기 때문에 그 남자가 훌륭하다는 확실한 징표라고 생각하는 것 같아요. 나는 혼자 조용히 있는 시간이면 어쩌다가 가끔 이런 생각을 할 때가 있습니다."

"근원적 문제, 고전적인 사실을, 젊은이인 당신이 능숙한 몇 마디 말로 신성한 문제를 언급해 주었습니다." 페퍼코른이 대꾸했다. "남자는 욕망에 도취되고, 여자는 남자의 욕망에 도취되기를 갈망하고 기대하는 겁니다. 그 때문에 남자에게는 감정을 발산할 의무가 있습니다. 그 때문에 여자의 욕망을 일깨우지 못하는 무감각과 무기력은 끔찍한 치욕입니다. 나와 함께 적포도주 한잔 하실까요? 목이 말라 좀 마셔야겠습니다. 오늘은 수분을 너무 많이 발산했어요."

"대단히 고맙습니다, 민헤어 페퍼코른 씨. 사실 술을 마실 시간이 아니지만 당신의 건강을 위해 한 모금 마시는 것이라면 언제나 기꺼이 마시겠습니다."

"그러면 그 포도주 잔으로 드십시오. 여기에 잔이 한 개밖에 없어서요. 나는 임시방편으로 물컵으로 마시겠습니다. 이런 소박한 컵으로 마신다 해도 이 포도주에 그리 실례되지는 않겠지요." 그는 선장 같은 손으로 약간 떨면서 손님의 도움을 받아 포도주를 따라서는, 마치 그냥 맑은 물을 마시듯 다리가 없는 컵에서 흉상 같은 목구멍 속으로 꿀꺽꿀꺽 들이켰다.

"이러면 기운이 납니다." 그가 말했다. "더 마시지 않겠어요?

그러면 실례지만 나는 또 한잔 하겠습니다." 그는 또 한 번 포도주를 컵에 따르면서 조금 흘리는 바람에 침대 시트에 검붉게 얼룩이 졌다. "거듭 말하지만." 그는 손가락을 창처럼 치켜 올리고 포도주가 든 물컵을 쥔 다른 손은 바르르 떨면서 말했다. "거듭 말하지만 그 때문에 감정을 발산하는 것은 우리의 의무, 종교적인 의무입니다. 우리의 감정은, 알겠습니까, 생명을 일깨우는 남자의 힘입니다. 생명이 꾸벅꾸벅 졸고 있습니다. 신성한 감정과 도취적인 결혼을 하기 위해서는 생명이 깨어날 필요가 있습니다. 감정은, 젊은이, 신성하기 때문입니다. 인간은 감정을 느끼는 한 신성한 존재입니다. 인간은 신의 감정 기관이지요. 신이 인간을 창조한 것은 인간을 통해 느끼기 위해서였습니다. 인간은 다름 아닌 신이 깨어나 도취된 생명과 결혼식을 치르는 기관입니다. 인간이 감정 면에서 무기력하게 되면 신의 치욕이 시작되며, 이는 신의 남성적인 힘의 패배이고 우주적인 파국이며 생각할 수 없을 정도로 끔찍한 일이 됩니다." 그는 포도주를 들이켰다.

"실례지만 잔을 이리 주십시오, 민헤어 페퍼코른 씨." 한스 카스토르프가 말했다. "당신의 사고 과정을 따르면서 이루 말할 수 없는 가르침을 받고 있습니다. 당신은 신학 이론을 전개하고 있는데, 그에 따르면 좀 종교적으로 치우친 감이 없지 않습니다만 인간은 극히 명예로운 기능을 부여받고 있습니다. 이런 지적을 하는 게 실례되는 일일지 모르지만 당신의 사고 방식에는 엄격한 점이 있는 것 같습니다. 거기에는 사람을 숨 막히게 하는 요소가 있습니다. 이렇게 말하는 것을 용서해 주십시오! 물론 종교적인 엄격함은 스

504

케일이 크지 않은 사람들에게는 답답하게 느껴지게 마련입니다. 그렇다고 해서 내가 당신의 생각을 고치려는 것이 아니라, 어떤 '편견'에 대해 당신이 말한 것에 화제를 돌리고 싶을 뿐입니다. 당신이 관찰한 바에 따르면 세템브리니 씨가 당신의 여행 동반자인 마담에 대해 갖고 있는 편견에 대해서 말입니다. 나는 세템브리니 씨를 오랫동안, 아주 오랫동안, 오래전부터, 수년 전부터 잘 알고 있습니다. 그리고 그러한 편견이 있다면 그 편견은 결코 좀스럽고 속물적인 성격을 띤 것이 아님을 자신 있게 말할 수 있습니다. 그렇게 생각하는 것은 가소로운 일입니다. 그의 경우 문제가 되는 것은 오직 좀 더 커다란 양식의, 그러므로 비개인적인 성질을 띤 편견이며, 일반적으로 교육적인 원칙이 문제가 될 뿐입니다. 그런 원칙을 내세우면서 세템브리니 씨는 솔직하게 말하면 나의 특성을 '인생의 걱정거리'라고 칭했습니다. 하지만 이것을 설명하자면 이야기가 길어집니다. 아주 장황하게 이야기해야 할 사안이기 때문에 두세 마디로 간추려 말할 수 없습니다."

"그런데 당신은 마담을 사랑하고 있지요?" 느닷없이 민헤어가 이렇게 묻고는 비통하게 입술이 찢어지고 당초무늬 같은 이마의 주름 밑에서 작은 눈이 흐릿하게 빛나고 있는 왕 같은 얼굴을 한스 카스토르프 쪽으로 돌렸다. 한스 카스토르프는 깜짝 놀라 더듬거리며 말했다.

"내가 그런지…… 말하자면…… 말할 것도 없이 그녀의 특성만으로도 벌써 쇼샤 부인을 존경하고 있습니다."

"잠깐!" 페퍼코른은 제지하는 듯한 문화인다운 몸짓으로 손을 내뻗으며 말했다. "거듭 말하지만." 그는 자신이 밀힐 내용에 대해 이런 식으로 뜸을 들이면서 말을 계속했다. "거듭 말하지만 나는 그 이탈리아 신사가 예의에 어긋나는 태도를 보였다고 비난하려는 것은 결코 아닙니다. 나는 아무에게도 이런 비난을 하지 않습니다, 어느 누구에게도 말입니다. 하지만 내가 이상하게 느끼는 것은, 지금 이 순간 나는 기분이 좋지만…… 좋습니다, 젊은이. 단연코 좋고 멋집니다. 내 기분이 좋은 것은 의심의 여지가 없습니다. 정말 기분이 좋습니다. 그렇지만 간단히 말하면 당신이 마담을 안 것이 내가 마담을 안 것보다 더 오래되었습니다. 그녀가 전에 이곳에 있을 때 당신은 그녀와 같이 있었습니다. 게다가 그녀는 아주 매력적인 부인이고, 나는 그저 늙은 병자에 불과합니다. 어쩌다가 이런 일이…… 내가 몸이 좋지 않아서 그녀는 오늘 오후 물건을 사러 동반자 없이 혼자 요양지로 내려갔습니다. 그리 나쁘지 않은 일이지요! 결코 나쁘다 할 수 없는 일이지요! 이건 의심의 여지 없이, 당신이 말했듯이 영향 탓으로, 세템브리니 씨의 교육적 원칙의 영향 탓으로 봐야 하지 않을까요. 당신의 부인에 대한 기사도에, 내가 무슨 말을 하는지 알아듣겠지요."

"충분히 알아듣겠습니다, 민헤어 페퍼코른 씨. 그러나 아닙니다. 결코 그렇지 않습니다. 나는 누구의 간섭도 받지 않고 절대로 자주적으로 행동합니다. 반대로 세템브리니 씨는 심지어 기회 있을 때마다 나에게…… 유감스럽게도 시트에 포도주 얼룩이 묻었군요, 민헤어 페퍼코른 씨. 우리는 얼룩이 마르면 소금을 뿌리곤 했는데, 그래야 하지 않겠어요."

"그건 그리 중요한 문제가 아닙니다." 페퍼코른은 손님에게서 눈을 떼지 않고 말했다.

한스 카스토르프는 차츰 안색이 변했다.

그는 억지로 미소를 띠며 입을 열었다. "여기서는 모든 일이 평지와 좀 다른 식으로 진행되고 있습니다. 이곳의 기풍은 세상의 관습과 다르다고 말하고 싶습니다. 남자든 여자든 환자에게 우선권이 있습니다. 부인에 대한 기사도 정신도 이러한 기풍에 꼬리를 내려야 합니다. 당신은 잠시 몸이 좋지 않습니다. 민헤어 페퍼코른 씨. 급작스럽게 몸이 나빠진 현상으로, 실제로 몸이 좋지 않습니다. 그에 비해 당신의 여행 동반자는 비교적 몸이 건강합니다. 부인이 없을 때 내가 그녀의 일을 대신한다면 나는 전적으로 마담의 입장에서 행동하는 것입니다. 물론 이 경우에 대신한다는 말을 할 수 있다면 말입니다. 하, 하. 그와 반대로 당신을 대신해서 내가 부인과 함께 플라츠에 내려가는 것보다는 낫겠지요. 내가 당신의 여행 동반자에게 어떻게 기사도를 베풀겠다고 나설 수 있겠습니까? 나에게는 그럴 수 있는 법률상의 청구권도 위임받은 권한도 없습니다. 말하자면 나는 실질적인 권리 관계에 대한 의식이 강한 사람입니다. 나는 이곳에 있는 것이 올바른 행동이고, 일반적인 상황에도 합치되며, 즉 당신에 대한 나의 솔직한 느낌에도 부합된다고 생각하고 있습니다. 아까 나한테 질문을 한 것 같으므로, 이것으로 당신의 질문에 대해 만족할 만한 답변을 드렸다고 생각합니다."

"대단히 흡족한 답변입니다." 페퍼코른이 대꾸했다. "나도 모르

게 당신의 능숙한 발언을 귀담아 늘렸습니다, 젊은이. 말이 시원
시원하게 쏟아져서 기분 좋게 마무리되었어요. 그렇다고 해서 만
족한 것은 아닙니다. 당신의 답변은 조금도 만족스럽지 않습니다.
이 말이 당신을 실망시켜 드렸다면 죄송합니다. 이보시오, 아까
당신은 나의 사고 방식과 관련해 '엄격하다'는 단어를 사용했습
니다. 하지만 당신의 발언에도 모종의 엄격함과 부자연스러움이
느껴집니다. 당신의 태도에도 그런 점이 엿보이지만 그건 당신의
기질에 맞지 않는 것 같소. 그런 점이 지금 또 눈에 띄는군요. 말
하자면 그것은 우리가 함께 계획을 꾸미거나 산보를 할 때 다른
그 누구도 아닌 바로 마담에 대해 당신이 드러내 보이곤 하는 부
자연스러움이오. 그것에 대해 당신이 나에게 설명해 주는 것은 책
임이자 의무이기도 하오, 젊은이. 내가 보는 눈이 틀림없소. 여러
번 관찰할 때마다 그런 점을 확연히 느꼈소. 그리고 다른 사람들
도 그런 점을 분명히 느꼈을 것이오. 그런데 그들은 아마 나와는
달리 당신이 그처럼 부자연스럽게 행동하는 이유를 분명히 알고
있을 걸로 짐작되오."

민헤어 페퍼코른은 말라리아열로 몸이 기진맥진해 있었지만 오
늘 오후에는 전에 없이 정확하고도 완결된 문장을 말했다. 예의
더듬거리는 말투는 거의 한 번도 없었다. 침대에 반쯤 일어나 앉
아 떡 벌어진 어깨와 거대한 머리를 방문자한테 향하고 한쪽 팔을
이불 위에 쭉 뻗고 있었다. 그리고 주근깨투성이의 선장 같은 손
을 양모 셔츠의 소매 끝에 반듯이 세운 채, 집게손가락과 엄지손
가락으로 정확히 동그라미 모양을 만들고는 나머지 세 손가락을

창처럼 뾰족하게 세우고 있었다. 그러면서 입으로는 말을 날카롭고도 정확하게, 그러니까 후두음 r를 멋지게 굴리면서 세템브리니가 들었어도 흡족하게 생각했을 정도로 조형적인 표현을 했다.

"당신은 미소 짓고 있군요." 그가 말을 계속했다. "당신은 눈을 깜박이며 머리를 이리저리 돌리고 있군요. 무언가를 아주 열심히 생각하고는 있지만 결과가 별로 신통치 못한 것 같아요. 그렇지만 내가 하고 있는 말의 뜻과 내가 무엇을 문제 삼고 있는지 당신은 분명히 알고 있을 거요. 나는 당신이 가끔씩이라도 마담에게 말을 거는 일이 없었다든가, 또는 마담에게 대답해야 하는 경우에 하지 않았다든가 하는 것을 문제 삼는 게 아닙니다. 하지만 거듭 말하지만 그럴 경우 어딘가 부자연스러운 점이 분명히 눈에 띄었습니다. 좀 더 정확히 말하면 무언가를 회피하고 기피하려는 기색이 역력했습니다. 좀 더 자세히 지켜보면 어떤 호칭을 피하려고 하더군요. 당신의 경우에는 마담과 먼저 말하는 사람이 지는 내기라도 하여 그녀한테 적절한 호칭을 쓰지 못하는 듯한 인상을 받았습니다. 당신은 시종일관 그 호칭을 쓰는 것을 피하고 있습니다. 당신은 그녀한테 '당신'이라고 말하지 않더군요."

"하지만 민헤어 페퍼코른 씨, 대체 무슨 그런 놀이가 있다는 말입니까?"

"그럼 당신도 분명히 느끼고 있을 현상을 지적하겠소. 당신은 금방 입술까지 파랗게 질리고 있지 않소."

한스 카스토르프는 차마 얼굴을 들지 못했다. 그는 고개를 푹 숙인 채 침대 시트의 붉은 얼룩을 쉴 새 없이 만지작거렸다. '아,

갈 데까지 가 버렸구나!' 하고 그는 생각했다. '이렇게 될 줄 알았어. 실은 나 스스로 그렇게 되도록 만들었다고 볼 수 있지. 이렇게 되고 나니 알겠는데 나 스스로 어느 정도는 그걸 노렸다고 할 수 있어. 내 얼굴이 정말 그렇게 새파랗게 질렸나? 그럴지도 모르지. 이제는 죽기 아니면 까무러치기지 뭐. 이제 어떤 일이 벌어질지 모르겠어. 또 뭔가 구실을 찾아낼 수 있을까? 그럴 수도 있겠지만 절대 그럴 생각은 없어. 한동안은 시트에 묻은 이 핏자국, 이 포도주 얼룩이나 만지작거리고 있자꾸나.'

그의 머리 위의 페퍼코른도 아무 말이 없었다. 한 2, 3분 침묵이 흘렀을지도 모른다. 이런 상황에서 이러한 미미한 시간 단위가 얼마나 길게 늘어날 수 있는가를 느끼게 해 주는 정적이었다.

결국 피터 페퍼코른이 다시 말문을 열었다.

"당신과 처음으로 알게 된 그날 밤이었습니다." 페퍼코른은 노래하는 듯한 어조로 말하기 시작하면서, 조금 긴 이야기의 서두를 꺼내듯이 마지막에 가서 목소리를 낮추었다. "우리는 조그만 연회를 벌여 맛있게 먹고 마시고 하다가, 밤이 깊어지자 흥이 나고 인간적으로 자유롭고 대담한 기분이 되어 서로 팔짱을 끼고 우리의 숙소로 돌아갔소. 그때 여기 나의 방문 앞에서 헤어지면서 불현듯 부인의 이마에 입맞춤을 하도록 당신에게 요구하고 싶은 생각이 들었소. 당신은 전에 그녀가 이곳에 있을 때 그녀의 친한 친구라고 소개했지요. 그래서 기분이 좋은 표시로 내 눈앞에서 이 경사스럽고 명랑한 행동에 답하라고 그녀에게 주문했던 겁니다. 그런데 당신은 나의 제안을 일언지하에 거절했습니다. 나의 여행 동반자와 이마에 서로 입맞춤을 교환하는 것은 무의미한 일이라는 이유를 대면서 딱 잘라 거절했어요. 그것은 상세한 설명이 필요한 일임을 당신은 부인하지 않을 겁니다. 여태껏 당신은 그에 대한 설명을 해 주지 않았습니다. 지금 그 빚을 갚을 생각은 없습니까?"

'그렇구나, 그것까지 알고 있었구나.' 한스 카스토르프는 이렇게 생각하고 포도주의 얼룩에 더욱 가까이 몸을 기울이면서 가운데손가락을 구부려 얼룩 하나를 문질러 댔다. '사실 나는 그때 그가 이것을 눈치 채고 기억에 담아 두길 바랐던 거지. 그렇지 않다면 내가 그런 말을 할 턱이 없었으니까. 하지만 이제 어떡하지? 가슴이 마구 뛰는걸. 무시무시한 왕의 진노가 폭발하지 않을까? 어쩌면 나의 머리 위에 떠 있을지도 모르는 그의 주먹을 주의하는 게 좋겠어. 정말 옴짝달싹할 수 없는 궁지에 몰리고 말았구나!'

갑자기 그는 페퍼코른이 자신의 오른손 손목을 잡는 것을 느꼈다. '어이쿠, 드디어 잡혔구나!' 하고 그는 생각했다. '아니, 뭐야, 우습지 않은가, 내가 왜 이렇게 당황해하는 거지! 내가 그에게 무슨 죄라도 지었단 말인가? 아니야, 절대 아니야! 무엇보다 불평할 권리가 있는 사람은 다게스탄에 있는 그녀의 남편이야. 그런 다음에 이런저런 사람이 있고 그다음이 나야. 내가 알기로는 그는 아직 불평할 권리가 없어. 그런데 내 가슴이 왜 이렇게 콩닥콩닥 뛰는 거지? 지금이야말로 고개를 들어 공손히, 그러나 솔직하게 위풍당당한 그의 얼굴을 쳐다볼 절호의 기회야!'

한스 카스토르프는 고개를 쳐들었다. 위풍당당한 얼굴은 누렇고, 이마의 주름 아래에 있는 눈은 흐릿한 빛을 내었으며, 찢어진 입술은 비통한 표정을 짓고 있었다. 위대한 노인과 하찮은 젊은이는, 한 사람이 다른 사람의 손목을 잡은 채로 서로의 표정을 살피고 있었다. 이윽고 페퍼코른이 나지막하게 말을 시작했다.

"당신은 전에 클라브디아가 이곳에 있을 때 애인이었습니다."

한스 카스토르프는 또 한 번 고개를 떨구었으나, 곧 다시 고개를 들고 깊이 숨을 들이마신 후 이렇게 말했다.

"민헤어 페퍼코른 씨! 당신을 속일 생각은 추호도 없습니다. 그리고 당신을 속이지 않을 방법을 찾고 있지만, 그게 쉬운 일이 아닙니다. 당신이 단정하신 것을 인정하면 나는 뽐내는 꼴이 되고, 내가 당신 말을 부인하면 거짓말을 한 꼴이 됩니다. 사실은 이렇습니다. 나는 오랫동안, 아주 오랫동안 클라브디아와 ― 이렇게 말해서 죄송합니다 ― 당신의 여행 동반자와 이 요양원에서 함께 지냈지만 세속적인 사교의 의미로 알고 지낸 것은 아니었습니다. 우리의 관계나, 또는 그녀에 대한 나의 관계에 세속적인 사교의 의미는 없었습니다. 그런 관계가 언제부터 시작되었는지는 분명치 않습니다. 나는 클라브디아를 마음속으로는 '너'라고만 불러 왔고, 실제로도 그렇게 부를 수밖에 없습니다. 아까 잠깐 언급한 적이 있는 교육적인 족쇄를 풀고 이전부터 나와 가까웠다는 핑계를 대면서 그녀에게 다가간 그날 밤, 가장 무도회의 밤, 사육제 날 밤은 무책임한 밤이었습니다. 그녀를 '너'라고 부른 그날 밤이 깊어 감에 따라 '너'라는 호칭은 꿈결 같고 무책임하게 완전한 의미를 얻게 되었습니다. 하지만 그날 밤은 이와 동시에 클라브디아가 이곳을 떠나기 전날 밤이기도 했습니다."

"완전한 의미를……" 페퍼코른은 따라 말했다. "당신은 아주 점잖게……" 그는 한스 카스토르프의 손을 놓고 손톱이 긴 선장 같은 손바닥으로 얼굴의 양쪽을, 눈두덩이며 뺨이며 턱을 마사지하기 시작했다. 그러고 나서 그는 포도주 얼룩이 생긴 시트 위에 두 손을 모으고 머리를 왼쪽으로 기울였다. 그쪽은 손님이 앉아 있는 쪽이 아니라서 얼굴을 돌리고 손님을 외면한 거나 마찬가지였다.

"나는 있는 그대로를 말씀드렸습니다, 민헤어 페퍼코른 씨." 한스 카스토르프가 말했다. "그리고 더도 덜도 말하지 않으려고 양심껏 노력했습니다. 무엇보다 중요한 것은 그녀를 완전히 너라고 부른 날 밤, 즉 헤어지기 전날 밤을 계산에 넣을지 말지 하는 것은 어느 정도는 당신의 자유 재량에 맡겨져 있음을 지적하고자 하는 바입니다. 그날 밤은 모든 질서에서 벗어나 있는, 달력에도 거의 없다고도 할 수 있는 밤으로, 말하자면 특별한 밤이자 덤으로 생긴 2월 29일 밤이나 마찬가지였습니다. 그러므로 내가 당신의 단정적인 말을 부인했더라면 반쯤은 거짓말이었을지도 모릅니다."

페퍼코른은 이 말에 대답하지 않았다.

한스 카스토르프는 잠시 말을 쉬었다가 다시 계속했다. "나는 당신에게 사실대로 말하기로 했습니다. 그로 인해 당신의 호의를 잃을 위험이 있지만 말입니다. 솔직히 말하면 그렇게 되면 나로서는 뼈아픈 손실이 될지도 모르겠습니다. 타격, 엄청난 타격이라고 말할 수도 있겠습니다. 이는 쇼샤 부인이 혼자서가 아니라 당신의 여행 동반자로 이곳에 다시 왔을 때 내가 받은 타격과 비교할 수 있을 정도입니다. 나는 이러한 위험을 무릅쓰고라도 말씀드리려고 하는 것입니다. 내가 이례적으로 존경의 감정을 품고 있는 당신과 나 사이의 관계를 명확히 해 두는 것이 진작부터 나의 소망이었기 때문입니다. 나로서는 그렇게 해 두는 것이 숨기고 왜곡하는 것보다 더 멋지고 더 인간적인 것으로 생각되거든요. 클라브디아가 인간적이라는 단어를 그녀의 매력이 철철 넘치는 목소리로 얼마나 매혹적으로 끌면서 발음하는지는 당신도 아실 겁니다. 그런 점에서 나는 당신이 아까 단정한 말을 듣고 가슴이 한결 후련해져 한시름 놓게 되었습니다."

상대방은 여전히 아무런 대답이 없었다.

"그리고 또 한 가지 있습니다. 민헤어 페퍼코른 씨." 한스 카스토르프는 계속 말을 이어 갔다. "또 한 가지 당신에게 숨김없이 말씀드릴 게 있습니다. 즉 이런 방면에서 사실을 잘 알지도 못하면서 반쯤 추측에 의존하는 것이 얼마나 사람을 화나게 만들 수 있는지를 나의 개인적인 경험으로 잘 알고 있기 때문입니다. 이제 당신은 현재와 같은 실질적인 권리 관계가 확립되기 전에 ─그런 권리 관계를 존중하지 않는다는 것은 말도 안 되는 미친 짓이겠지요─누가 클라브디아와 함께 2월 29일 밤을 체험하고 보내면서, 저질렀는가, 그러므로 일을 저질렀는가를 알게 되었습니다. 나의 경우에는 이러한 관계가 분명하게 규명된 적이 한 번도 없었습니다. 물론 그런 것을 곰곰 생각해야 하는 처지에 빠진 사람이라면 누구나 그러한 선례를, 나의 경우에는 사실 전임자가 있음을 고려해야 한다는 것을 분명히 알고 있었지만 말입니다. 당신도 아마 베렌스 고문관이 유화를 취미삼아 그린다는 것을 알고 계실 겁니다. 그리고 더구나 나는 그가 여러 번에 걸쳐 쇼샤 부인을 앞에 앉혀 놓고 그녀의 훌륭한 초상화를 그렸다는 것을 알고 있었습니다. 초상화에 그녀의 살결이 하도 실감나게 그려져 있어 우리끼리 하는 이야기지만 그야말로 놀라 눈이 휘둥그레질 정도였습니다. 이 때문에 나는 매우 고통스러웠고 머리가 깨질 듯이 아팠는데, 지금도 여전히 그렇습니다."

"아직도 그녀를 사랑하고 있군요?" 페퍼코른은 자세를 바꾸지 않고, 즉 계속 얼굴을 외면한 채 물었다. 널따란 방은 점점 어둠에 잠겨들었다.

"죄송합니다, 민혜어 페퍼코른 씨." 한스 카스토르프가 대답했다. "하지만 당신에 대한 감정, 말할 수 없이 존경하고 경탄하는 나의 감정으로 볼 때 당신의 여행 동반자에 대한 나의 감정을 털어놓는다는 것은 바람직한 일이 아닐 듯싶습니다."

"그렇다면 그녀도 이러한 느낌을 지금까지 갖고 있다는 건가요?" 페퍼코른은 나지막한 목소리로 말했다.

"그런 말은 아닙니다." 한스 카스토르프가 대답했다. "그녀도 그런 느낌을 가졌다는 말은 아닙니다. 별로 그럴 것 같지 않습니다. 우리가 아까 여성의 반응적인 속성에 대해 말하면서 그 문제를 이론적으로 다루었지요. 나에게는 물론 사랑을 받을 만한 점이 별로 없습니다. 나에게 대체 무슨 스케일이 있겠습니까. 한번 평가해 보십시오! 그런 내가 2월 29일의 일을 겪게 된 것은 오로지 남자가 먼저 선택해 줌으로써 여자의 마음을 사로잡은 때문이지요. 내가 '남자'라고 자칭하는 게 어떻게 보면 거들먹거리는 것 같고 돼먹지 못하다고 생각되기는 하지만, 좌우간 클라브디아는 여자니까요."

"그녀는 감정에 따랐소." 페퍼코른은 찢어진 입으로 중얼거리며 말했다.

"당신의 경우에는 그녀가 더욱 순순히 따랐지요." 한스 카스토르프가 말했다. "그리고 그녀가 여태까지 이미 여러 번 그랬다는 것은 불을 보듯 뻔합니다. 이런 괴로운 상황에 처해 보면 그녀가 그랬으리라는 것은 누구나 척 하면 알 수 있지요."

"잠깐!" 페퍼코른은 여전히 얼굴을 돌리고 손바닥으로 상대방을 제지하는 동작을 취하며 말했다. "우리가 그녀에 대해 왈가왈부하는 것은 비열한 짓이 아닐까요?"

"아닙니다, 민헤어 페퍼코른 씨. 아닙니다, 그 점에 대해서는 조금도 걱정할 필요가 없다고 생각합니다. 인간적인 문제에 대해 이야기하고 있으니까요. 자유와 천재성이라는 의미에서 '인간적'이라는 단어를 사용하면 말입니다. 좀 부자연스러운 표현을 해서 죄송합니다만 최근 들어 어쩌다가 그런 표현에 익숙하게 되었습니다."

"좋습니다, 계속하시오!" 페퍼코른이 조그만 목소리로 명령하듯 말했다.

한스 카스토르프도 침대 옆의 걸상 모서리에 앉아 두 손을 무릎 사이에 끼고 왕 같은 늙은이를 향해 몸을 구부린 채 나지막하게 띨했나.

"즉 그녀는 천재적인 존재이기 때문입니다. 당신도 알다시피 코카서스 산맥 저쪽에는 그녀의 남편이 있는데, 나는 그녀의 남편을 알지 못합니다만 그가 무딘 사람이어서 그런지 또는 지적인 사람이어서 그런지는 몰라도 그녀에게 자유와 천재성을 인정해 주고 있습니다. 좌우간 아내의 자유와 천재성을 인정해 주는 것은 잘한 일이라 할 수 있습니다. 그런 것을 부여해 주는 이유는 그녀의 병 때문입니다. 그녀는 병이라는 천재적 원칙의 관할 아래 있습니다. 그러니 이런 괴로운 상황에 처하는 자는 누구나 그녀의 남편의 예에 따라, 이러쿵저러쿵 불평하지 않는 것이 현명한 처사일 겁니다."

"당신은 불평하지 않소?" 페퍼코른은 이렇게 묻고는 한스 카스토르프에게 얼굴을 돌렸다. 어스름한 어둠 속에서 그의 얼굴이 흐릿하게 보였다. 이마의 우상 같은 주름 밑에서 두 눈은 흐릿하고 침침하게 빛나고 있었고, 찢어진 입은 가면을 쓴 비극의 주인공처럼 반쯤 벌어져 있었다.

한스 카스토르프는 겸손하게 대답했다. "나의 경우는 중요한 문제가 아니라고 생각했습니다. 내가 이런 말을 하는 것은 당신이 불평을 하지 않도록 하고, 이전의 사건 때문에 내가 당신의 호의를 잃지 않기 위해서입니다, 민헤어 페퍼코른 씨. 지금 이 순간 나에게 중요한 문제는 그것입니다."

"그런 줄도 모르고 내가 당신에게 커다란 고통을 준 것 같소?"

"그게 질문이라면 말입니다." 한스 카스토르프가 대구했다.

"그리고 내가 그 질문에 그렇습니다, 라고 대답한다 해도 당신을 알게 되어 엄청난 특전을 누렸다는 것을 내가 모른다는 의미는 아닙니다. 이러한 특전은 당신이 말한 실망과 불가분의 관계에 있습니다."

"고맙소, 젊은이, 고맙소. 당신이 하찮은 말을 정중하게 한 것을 높이 평가합니다. 하지만 우리가 알게 된 것을 별도로 친다면……"

"그것을 별도로 치는 것은 곤란합니다." 한스 카스토르프가 말했다. "당신의 질문을 겸허하게 긍정하기 위해서는 그것을 별도로 치는 것은 나에게 전혀 바람직하지 않습니다. 클라브디아가 돌아오면서 스케일이 큰 인물과 같이 왔다는 사실, 좌우간 어떤 다른 남자와 같이 돌아왔다는 사실은 나의 불행을 더욱 크게 하고 더욱 복잡하게 만들었기 때문입니다. 그러한 사실이 나를 무척 고통스럽게 만들었고, 지금도 그렇다는 사실을 부인하지 않겠습니다. 그래서 나는 일부러 힘 닿는 대로 이 일의 긍정적인 면, 즉 당신에 대한 나의 솔직한 존경심에 의지하려고 노력했습니다, 민헤어 페퍼코른 씨. 아닌 게 아니라 거기에는 그 외에 당신의 여행 동반자에 대한 심술궂은 생각이 없는 게 아니었습니다. 왜냐하면 여성들이란 자신을 좋아하는 연인들이 서로 사이좋게 지내는 것을 그리 달가워하지 않기 때문입니다."

"그건 사실이지." 페퍼코른은 이렇게 말하며 미소를 지었지만, 쇼샤 부인에게 들킬 위험이 있는 것처럼 손바닥으로 입과 턱을 쓰다듬으며 미소를 감추었다. 한스 카스토르프도 살짝 미소를 지었고, 그런 다음 둘은 서로 약속이나 한 듯 고개를 끄덕였다.

한스 카스토르프는 말을 계속했다. "이 정도의 조그만 복수는 아마도 내게 허락되리라 생각합니다. 나의 경우에는 사실 불평할 이유가 어느 정도 있기 때문입니다. 클라브디아와 당신에 대해서가 아니라, 민헤어 페퍼코른 씨, 나의 인생과 운명에 대해 전반적으로 말입니다. 그리고 영광스럽게도 내가 당신의 신뢰를 얻고 있고, 오늘은 이처럼 특별한 저녁 시간이 되었으니 적어도 암시적으로나마 나의 인생과 운명에 대해 털어놓고 싶습니다."

"말해 보시오." 페퍼코른이 정중하게 말하자, 한스 카스토르프는 이야기를 계속했다.

"나는 이 위에 온 지 꽤 되었습니다, 민헤어 페퍼코른 씨. 벌써 여러 해가 되었지만 얼마나 오래되었는지는 정확히 알지 못하겠습니다. 그새 몇 번 나이를 먹었기 때문에 '인생'이라 말했고, '운명'에 대해서도 적당한 때가 오면 말씀드리겠습니다. 나는 나의 사촌을 문병하러 이곳에 올라왔습니다. 성실하고 용감한 군인이었지만 그런 것은 아무 소용도 없었고, 결국 그는 나를 이곳에 남겨 두고 불귀의 객이 되고 말았습니다. 그리고 나는 여전히 이곳에 남아 있습니다. 나는 군인이 아니라 당신도 어쩌면 들었을지 모르지만 민간인의 직업을 가지고 있었습니다. 소위 심지어 여러 민족을 결합시킬 힘도 발휘할 수 있는 건실하고 합리적인 직업이었습니다. 하지만 솔직히 말하면 나는 그 직업에 그다지 열성적이지 않았습니다. 그 이유는 여러 가지가 있겠지만 그것에 대해서는 나도 정확하게는 알지 못한다고 말씀드릴 수밖에 없습니다. 그 이유는 당신의 여행 동반자인 클라브디아 쇼샤에게 품은 나의 감정의 근원, 그녀를 너라고 부르는 감정의 근원과 관계가 있습니다. 내가 이런 표현을 분명하게 하는 것은 권리 관계를 적극적으로 규명할 생각이 없다는 점을 표명하기 위해서입니다. 나는 그녀의 눈을 처음 보고 그것에 매혹된 후부터 그녀와 너라고 부를 수 있는 관계임을 한 번도 부인한 적이 없었습니다. 비이성적인 의미에서 나는 그녀의 눈에 매혹당했지요, 무슨 말인지 아시겠지요. 그녀를 위해 나는 세템브리니 씨에게 거역하고 비이성적인 원칙, 병의 천재적인 원칙에 복종하고, 이 위에 남게 되었습니다. 물론 어쩌면 오래전부터 이러한 원칙에 복종해 왔을지도 모르겠습니다. 내가 이 위에 얼마나 오래 있었는지 더는 확실히 알지 못하게 되었고, 모든 것을 잊어버렸으며, 친척이며 평지의 직업이며 나의 장래의 전망이며 이 모든 것과 관계가 끊어지고 말았습니다. 그리고 클라브디아가 이곳을 떠나간 후 그녀를 기다리며 내내 이 위에 있었기 때문에 나는 이제 평지에서 완전히 사라진 존재가 되었고, 그들이 볼 때는 나는 죽은 몸이나 다름없게 되었습니다. 이러한 사실을 염두에 두고 아까 '운명'에 관해 말했고, 현재의 권리 관계에 대해 불평을 늘어놓을 권리가 아무튼 나에게도 있지 않은가 하고 감히 암시적으로 말해 본 겁니다. 언젠가 소설에서 본 적이 있습니다만, 아니, 극장에서 보았습니다. 나의 사촌과 마찬가지로 군인인 어떤 선량한 청년이 매력적인 집시 여인과 관계를 맺게 되었습니다. 그녀는 매력적이었고, 귀 뒤에 꽃을 꽂은 야성적이고 요염한 여자였습니다. 그 여자에게 홀딱 빠진 청년은 완전히 탈선하여 그녀를 위해 모든 것을 희생하고 부대에도 돌아가지 않았습니다. 그는 그녀와 함께 밀수업자한테 가서 모든 점에서 타락하고 말았습니다. 그가 그토록 타락해 버리자 그녀는 그에게 싫증을 느껴, 멋진 바리톤 음성과 불가항력적인 매력을 지닌 사나이인 어떤 투우사한테 가 버렸습니다. 그러자 얼굴이 매우 창백해진 그 군인이 셔츠의 가슴을 풀어헤치고 투우장 앞에서 여자를 단도로 찌르는 것으로 끝납니다. 아닌 게 아니라 그녀는 사실 그렇게 찔려 죽기를 바라고 있었는지도 모릅니다. 어쩌다가 이런 별 관계도 없는 이야기를 하게 되었습니다. 그렇지만 결국 무엇 때문에 이런 이야기가 생각났을까요?"

민헤어 페퍼코른은 '단도'라는 말이 나오자 곧장 손님의 얼굴을 흘낏 쳐다보고 살피는 듯한 눈초리로 상대방의 눈을 들여다보면서 침대에 앉은 자세를 바꾸더니 몸을 약간 옆으로 비꼈다.

"젊은이, 잘 들었소. 그리고 이제 잘 알았소. 당신이 말한 것을 토대로 솔직하게 설명하겠소! 내 머리칼이 흰색으로 바래지 않고, 내가 말라리아열에 시달리지 않는다면 사나이 대 사나이로 손에 무기를 들고 당신을 만족시켜 줄 용의가 있습니다. 나도 모르는 사이에 당신에게 부당한 행위를 하고, 이와 동시에 나의 여행 동반자가 당신에게 고통을 끼쳐 드린 데 대해서도 책임을 져야겠습니다. 완벽합니다. 이보시오, 보시다시피 나는 응할 용의가 있습니다. 하지만 나의 상태가 이러하니 다른 제안을 하려는 겁니다. 그것은 이렇습니다. 우리가 서로 알게 된 날 기분 좋게 먹고 마시던 순간이 생각납니다. 내가 그때 포도주에 잔뜩 취해 있었지만 기억이 생생히오. 그러므로 그때 당신의 본성에 김명받아 당신과 형제처럼 말을 놓자고 제안하려고 하다가, 좀 때이른 감이 없지 않아 그런 생각을 취소한 순간이 기억납니다. 좋소, 오늘 그 순간을 이어받아 지금 그때로 되돌아가고자 합니다. 그때 훗날로 연기한 시점이 지금 찾아왔음을 선언합니다, 젊은이. 우리는 형제입니다, 나는 우리가 형제가 되었음을 선언합니다. 당신은 완전한 의미에서의 '너'에 관해 말했는데, 우리의 관계도 완전한 의미, 감정상으로 형제라는 의미를 갖게 되었습니다. 고령에다 몸이 좋지 않아 무기를 들고 당신을 만족시켜 줄 수 없기 때문에, 이런 호칭으로, 의형제의 형식을 맺어 당신을 만족시키고자 하는 겁니다. 제삼자, 세상, 누군가에 대항해 이런 의형제를 맺는 것이 보통이지만 우리는 감정상으로 누군가를 위해 의형제를 맺도록 합시다. 포도주 잔을 드시오, 젊은이. 나는 이번에도 물컵을 들도록 하겠소. 이 물컵으로 포도주를 마신다 해서 그리 탓할 일은 아니겠지요."

이윽고 그가 선장 같은 손으로 약간 떨면서 잔을 채우는 동안 한스 카스토르프는 당황하고 황송하여 그가 술을 따르는 것을 도와주었다.

"자, 드시오!" 페퍼코른이 되풀이해서 말했다. "나와 팔짱을 끼고 이런 식으로 마십시다! 쭉 다 마셔야 합니다! 완벽합니다, 젊은이. 다 끝났습니다. 여기에 내 손이 있습니다. 이제 만족하셨소?"

"그야 물론 말할 필요도 없습니다, 민헤어 페퍼코른 씨." 한스 카스토르프로서는 포도주를 단숨에 마시는 것이 좀 고역이었다.

그래서 무릎에 조금 흘린 포도주를 손수건으로 닦고는 다시 말을 시작했다. "오히려 기쁘기 그지없다고 말씀드려야 하겠습니다. 그리고 내가 어쩌다가 이런 기쁨을 한꺼번에 누리게 되었는지 어안이 벙벙할 지경입니다. 솔직히 말하면 마치 꿈을 꾸고 있는 것 같습니다. 나로서는 이루 말할 수 없는 영광이지요. 내가 어떻게 하다가 이런 영광을 누리게 되었는지는 모르겠지만, 기껏해야 수동적인 의미에서이지 다른 능동적인 의미에서는 결코 아닙니다. 그리고 처음에는 말을 놓는 게 모험적인 기분이 들어, 말을 더듬거리더라도 하등 이상하지 않겠지요. 특히 클라브디아가 앞에 있을 때는 더욱 그렇겠지요. 어쩌면 여성의 속성으로 볼 때 우리가 이렇게 합의한 것에 그녀는 결코 동의하지 않을지도 모릅니다."

"그것은 나한테 맡겨 두게나." 페퍼코른이 대꾸했다. "그리고 다른 일은 반복 연습과 습관에 맡겨 두도록 하지! 그럼 이제 가게나, 젊은이! 나를 두고 떠나게. 이봐! 날이 어두워졌고, 저녁이 완전히 어둠에 잠겼어. 우리의 연인이 지금 당장이라도 돌아올지 몰라. 사실 자네와 둘이 이렇게 만나는 것을 들키는 게 그리 바람직한 일은 아니야."

"그럼 잘 있게나, 민헤어 페퍼코른!" 한스 카스토르프는 이렇게 말하고 자리에서 일어섰다. "당신도 보시다시피 두렵고 꺼림칙한 생각이 당연히 들기는 하지만 나는 이를 잘 극복하고 벌써 턱없이 무모한 호칭을 연습하고 있습니다. 맞습니다, 벌써 날이 저물었군요! 느닷없이 세템브리니 씨가 들어와 이성과 사회성이 뿌리를 내리도록 불을 켤 것 같은 생각이 드는군요. 그에게는 그런 취미가 있지요. 그럼 내일 뵙겠습니다! 나는 꿈에도 생각하지 못했을 정도로 흡족하고 자랑스러운 마음으로 이곳을 떠납니다. 그럼 몸 조리 잘하십시오! 이제부터 적어도 3일간은 열이 오르지 않겠군 요. 그 동안에 당신은 인생의 모든 요구에 대처할 만한 상태가 되 어 있을 겁니다. 그렇게 된다면 마치 내 일이라도 되는 양 기쁠 겁 니다. 그럼 안녕히 주무십시오!"

민헤어 페퍼코른(끝)

폭포는 산책의 목적지로 언제나 매력적인 장소였다. 떨어지는 물에 특별한 애착을 품고 있었던 한스 카스토르프가 저 플뤼엘라 계곡의 그림처럼 아름다운 폭포에 아직 한 번도 찾아가지 않았다 는 사실은 우리로서는 잘 수긍이 가지 않는 일이다. 이곳에 즐기 러 온 게 아니라고 생각한 요아힘과 같이 지낼 때라면 사촌의 엄 격한 요양 근무 탓이라 생각하여 봐줄 수도 있겠다. 사촌의 실질 적이고 합목적적인 사고 방식 때문에 이들의 행동 반경은 베르크 호프 요양원의 주변 지역에 한정되어 있었다. 요아힘이 저세상으 로 떠난 뒤에도 이곳 경치에 대한 한스 카스토르프의 태도는, 스 키 타러 가는 모험적인 행동을 제외한다면 보수적인 단조로운 성 격을 지니고 있었다. 이러한 단조로움이 그의 내적인 경험과 '술 래잡기' 의무와 확연히 대조되는 것에 청년으로서는 모종의 독특 한 매력을 느끼지 않을 수 없었다. 하지만 그의 주변 친구들, 일곱 명으로 구성된 작은 무리(그를 포함해서)에서 사람들에게 인기가 높은 그곳으로 마차를 타고 소풍을 가자는 이야기가 나왔을 때 그는 쌍수를 들어 환영했다.

5월이 되어, 평지의 단조롭고 감상적인 노래에 따르면 사람을 기쁨에 들뜨게 하는 달이 왔지만, 이곳의 공기에는 아직 차가운 기운이 좀 남아 있어 마냥 감미롭지만은 않았다. 그러나 해빙기는 끝났다고 볼 수 있었다. 사실 최근 들어서는 여러 번 함박눈이 내렸지만 땅에 쌓이지는 않고 약간 축축한 기운만 남겨 놓았을 따름이었다. 겨우내 쌓인 눈은 땅 속에 스며들어 흔적도 없이 사라졌고 군데군데 조금씩 남아 있을 뿐이었다. 다시 걸어다닐 수 있게 된 푸른 세계는 뭇사람들의 모험심을 자극했다.

그러지 않아도 그룹의 사교 모임은 지난 몇 주 동안 수장인 위풍당당한 피터 페퍼코른의 몸이 좋지 않아 그리 활발하지 못했다. 그가 지니고 온 악성 열대 열은 이 위의 보기 드물게 좋은 기후의 작용에도, 베렌스 고문관 같은 훌륭한 의사가 제공하는 해열제에도 물러서려고 하지 않았다. 그는 4일 열이 맹위를 떨치는 날뿐만 아니라 그 밖의 날에도 침대에 누워 있는 경우가 많았다. 고문관이 환자와 가까운 주변 사람들에게 슬쩍 내비친 말에 따르면 그는 비장과 간도 좋지 않고, 위도 정상 상태는 아니었다. 그래서 고문관은 이러한 상태로는 아무리 튼튼한 체질이라 하더라도 만성 쇠약을 초래할 위험이 있음을 지적하지 않을 수 없었다.

요 몇 주 동안 페퍼코른은 밤의 주연을 한 번밖에 주최하지 않았고, 모두가 함께하는 산책도 좀 멀리 가는 것은 한 번에 그치고

말았다. 그런데 우리끼리 하는 말이지만 한스 카스토르프로서는
여럿이 함께 모이는 일이 이처럼 뜸해진 것을 어느 면에서는 한결
홀가분하게 느끼기도 했다. 쇼샤 부인의 여행 동반자와 형제 결의
의 술잔을 나눈 것이 그의 마음에 부담을 안겨 주었기 때문이다.
그는 남들이 있는 데서 페퍼코른과 대화를 나눌 때는 자신이 클라
브디아를 대할 때 느낀 바와 똑같은 '부자연스러움', 동일한 '회
피', 마치 먼저 말하는 사람이 지는 내기를 하는 것 같은 '기피'의
기분을 느꼈다. 페퍼코른의 호칭을 부르는 것을 피할 수 없을 때
는 교묘한 수단을 써서 '자네'라고 부르는 것을 피했다. 이는 그
가 다른 사람의 면전에서 클라브디아와 대화를 나눌 때, 또는 그
녀의 주인과 단둘이 있을 때도 그녀를 '너'라고 부르는 것을 피한
것과 같은 딜레마였다. 그리고 페퍼코른으로부터는 보답을 받았
기 때문에 문자 그대로 완전히 이중적인 딜레마가 되고 말았다.

그러다가 이제 폭포로 소풍 가는 계획이 의사 일정에 오르게 되
었다. 그리고 페퍼코른은 폭포로 갈 수 있을 정도로 몸이 좋아졌
다고 느껴 스스로 목적지를 결정했다. 4일 열이 생긴 후 3일째 되
는 날이었다. 민헤어 페퍼코른은 그날을 이용하고 싶다는 생각을
알렸다. 사실 그날 아침 식사 때 그는 식당에 모습을 드러내지 않
고 최근에 자주 그랬듯이 쇼샤 부인과 자신의 방에서 식사를 했
다. 하지만 벌써 아침 식사 때 한스 카스토르프는 다리를 저는 관
리인한테서 페퍼코른의 지시를 들었다. 그것은 점심 식사 후 한
시간 동안 소풍 갈 준비를 할 것, 더구나 이 지시를 페르게와 베잘
에게 전하고, 세템브리니와 나프타에게 그들의 하숙집으로 마차

로 데리러 간다고 알려 줄 것, 마지막으로 란다우 식 4인승 마차 두 대를 세 시까지 마련해 두라는 내용이었다.

세 시에 한스 카스토르프, 페르게와 베잘은 베르크호프 요양원의 정문 앞에 모여 서로 담소를 나누면서 특별실의 두 손님이 나오기를 기다렸다. 그러면서 이들은 말의 목덜미를 어루만지며, 손바닥에 집어 든 각설탕을 말의 검고 축축하고 이상하게 생긴 입술에 갖다 대었다. 세 시가 약간 지나 두 여행 동반자는 옥외 계단에 모습을 나타냈다. 왕 같은 얼굴이 약간 여위어 보이는 페퍼코른은 저 위에서 약간 낡은 기다란 외투를 입고 클라브디아 옆에 서서 자신의 부드럽고 둥근 모자를 벗어 들었다. 그리고 모두를 향하여 입술을 움직여 딱히 무슨 말인지 알아들을 수 없는 인사말을 했다. 그런 다음 돌계단이 있는 곳까지 걸어온 세 사람과 한 명씩 일일이 악수를 나누었다.

"젊은이." 그는 한스 카스토르프의 어깨에 왼손을 얹고 말했다. "어찌 지내나?"

"대단히 감사합니다. 당신은요?" 질문을 받은 한스 카스토르프는 이렇게 대꾸했다.

태양이 비치는 아름답고 화창한 날이었지만 마차가 달리기 시작하면 분명 시원해질 것이니 춘추용 외투를 입은 것은 잘한 일이었다. 쇼샤 부인도 체크무늬의 올이 굵은 천으로 된 벨트 달린 따뜻한 외투를 입었고, 어깨에는 모피 숄까지 두르고 있었다. 턱 밑에 잡아맨 올리브색의 베일로 펠트 모자의 가장자리를 아래로 구부리고 있는 그녀의 모습은 매력적이라서 대부분의 참석자들은 애가 탈 정도였다. 하지만 유일하게 페르게만은 그녀에게 혹하지 않아서 무덤덤한 모습이었다. 그는 이처럼 아무 생각 없었기 때문에, 4인승 선두 마차에 올라타 요양원 밖에서 하숙하는 두 사람이 일행에 합류할 때까지 임시로 정한 자리인 민헤어 페퍼코른과 쇼샤 부인 맞은편의 뒷좌석에 앉았다. 페르디난트 베잘과 함께 두 번째 마차에 올라타면서 한스 카스토르프는 클라브디아의 비웃는 듯한 미소를 보았다. 말레이 출신의 빼빼 마른 하인도 소풍에 참가했다. 그는 주인들 뒤에 모습을 나타내고는 뚜껑 아래로 두 개의 포도주 병의 목이 삐져 나와 있는 널찍한 광주리를 앞 마차의 뒷좌석에 넣었다. 그리고 그가 마부 옆에서 팔짱을 끼는 순간 말들은 출발 신호를 받았고, 마차는 제동을 걸면서 커브길을 내려가기 시작했다.

베잘도 쇼샤 부인의 미소를 알아차리고 썩은 충치를 드러내며 마차를 같이 탄 한스 카스토르프에게 말했다.

"보셨습니까? 당신이 나하고만 마차를 타게 되어 고소해하는 것을요. 네, 네, 나같이 별볼일 없는 사람은 비웃음 따위를 걱정할 필요가 없습니다. 내 옆에 앉게 되어 화나고 욕지기가 나지 않습니까?"

"정신 차려요, 베잘, 그런 말도 안 되는 소리 하지 마세요!" 한스 카스토르프가 그에게 따끔하게 지적했다. "여자란 아무 때나 잘 웃는 법입니다, 아무것도 아닌 걸 가지고 말입니다. 그러니 웃을 때마다 신경 쓰는 것은 부질없는 짓입니다. 왜 당신은 항상 그렇게 굽실거리며 살아요? 당신에게도 누구나 마찬가지로 장점과

단점이 있습니다. 예를 들어 당신은 「한여름 밤의 꿈」을 기막히게 잘 연주하는데, 누구나 그럴 수 있는 것은 아닙니다. 다음에 다시 한 번 쳐 주세요."

"그래요, 당신은 나를 깔보는 식으로 말하고 있습니다." 비참한 사내가 대꾸했다. "당신이 하는 위로의 말이 뻔뻔스럽기 짝이 없어, 그것이 나를 더욱 굴욕적으로 만들 뿐이라는 것을 당신은 모르고 있습니다. 당신은 좋은 말을 해 주면서 높은 곳에서 내려다보는 말투로 위로하고 있습니다. 지금은 당신이 상당히 우스운 상황에 처해 있지만 언젠가 운 좋게도 천국에서 즐긴 적이 있기 때문입니다. 아, 당신은 그녀의 팔에 목덜미가 감기는 걸 느꼈지요. 아, 나는 그걸 생각하면 목구멍과 명치가 타는 듯합니다. 당신은 전에 경험한 것을 즐겁게 되새기며 나의 비참한 고통을 깔보고 있습니다."

"당신의 그런 표현은 좋지 않아요, 베잘. 그뿐만 아니라 숨기지 않고 말하면 말할 수 없이 혐오스럽군요. 뻔뻔스럽게 나를 비난하니 말입니다. 자신에게 불리한 상황을 조성하고, 끊임없이 비굴하게 구는 게 어쩌면 혐오스럽다고도 할 수 있습니다. 당신은 정말 그토록 그녀에게 홀딱 반해 있습니까?"

"견딜 수 없을 정도로요." 베잘은 머리를 흔들며 대답했다. "내가 그녀에 대한 갈망과 욕구를 얼마나 견뎌야 하는지 말로 표현할 수 없을 정도입니다. 죽을 지경이라고 말할 수 있을 겁니다. 하지만 그렇다고 해서 살 수도 죽을 수도 없습니다. 그녀가 이곳에 없을 때는 지내기가 한결 수월해지면서, 그녀가 차츰 내 마음에서 사라져 갔습니다. 하지만 그녀가 다시 이곳에 나타나고 매일 그녀를 눈앞에 보게 되면서부터 나는 내 팔을 깨물고 허공을 붙잡으며 어떻게 해야 할지 모르는 때가 가끔 있습니다. 이런 일이 있어서는 안 되긴 하지만 그것이 없어지기를 바랄 수도 없습니다. 즉 그것은 생명처럼 딱 들러붙어 있어 그것이 없어지기를 바라는 일은 생명이 없어지기를 바라는 것과 마찬가지이므로, 사실 그럴 수도 없는 노릇입니다. 죽는다 해서 무슨 소용이 있겠습니까? 나중에, 뜻을 이루고 나서는 흡족한 마음으로 죽을 수도 있습니다. 그녀의 팔에 안겨 죽는다면 더할 나위가 없겠지요. 하지만 그 전에 죽는다는 것은 부질없는 짓입니다. 생명이란 갈망이고, 갈망이란 생명이기 때문입니다. 그리고 자기 자신에 맞설 수는 없는 일이며, 그런다는 것은 저주스럽기 그지없는 진퇴양난입니다. 그런데 '저주스럽다'는 말은 남의 일처럼 그냥 상투적으로 해 본 말에 불과하고, 나 자신은 그렇게 생각하지 않습니다. 세상에는 여러 가지의 괴로움이 있습니다. 카스토르프. 그리고 괴로움을 당하는 자는 그것으로부터 벗어나려고, 무슨 수를 써서라도 벗어나려고 합니다. 그것이 그의 목적이지요. 하지만 육욕의 괴로움에서 벗어나려면 그것이 채워져야만 하고, 그런 조건 아래서만 가능합니다. 그렇지 않고서는 안 되지요, 어떤 대가를 치러서라도 불가능합니다! 우리 몸은 그렇게 되어 있습니다. 그리고 괴로움을 당하지 않는 자는 그런 데 별 관심이 없겠지만, 괴로움을 당하는 자는 우리의 주 예수 그리스도를 알게 되어, 눈에 눈물이 가득 고이게 됩니다. 아, 대관절, 육체가 이토록 육체를 갈망하다니, 이는 어찌된 현상이며 어찌된 일인가요? 그것도 단지 자신의 육체가 아니라 남의 영혼이 깃든 육체라는 이유로 해서 말입니다. 육체가 부끄러움을 잘 타는 친절한 기관임을 생각할 때, 이는 얼마나 이상야릇하며, 엄밀하게 보면, 또한 얼마나 소박한 욕구입니까! 그 정도라면 별것 아니니까 좀 들어주지! 라고 말할 수 있을지도 모르겠습니다. 내가 대체 원하는 게 무엇일까요, 카스토르프? 내가 그녀를 죽이고 싶을까요? 그녀를 피 흘리게 하고 싶을까요? 나는 단지 그녀를 애무하고 싶을 뿐입니다. 카스토르프, 이렇게 징징거리는 소리를 해서 죄송합니다. 하지만 그녀가 나의 뜻에 따라 주면 얼마나 좋을까요! 하지만 이러한 요구에는 좀 고상한 요소도 들어 있습니다, 카스토르프, 나는 금수 같은 녀석이 아니고 나름대로 인간이니까요! 육욕이란 이리저리 옮아 다니며, 대상에 묶여 있거나 고정되어 있지 않습니다. 그래서 우리는 육욕을 동물적이라 칭하는 겁니다. 그런데 그것이 얼굴을 지닌 한 인간에 고정되면 우리는 그것을 사랑이라 말하는 거지요. 나는 그녀의 몸통과 그녀 몸의 살만을 갈망하는 것이 아닙니다. 그녀의 얼굴이 조금이라도 달라져 있다면 나는 아마 그녀의 온몸을 전혀 갈망하지 않을지도 모릅니다. 이것으로 보아 내가 그녀의 영혼을 사랑하는 것이 분명합니다. 얼굴을 사랑하는 것은 영혼을 사랑하는 거니까요."

"대체 어떻게 된 거 아닌가요, 베잘? 당신은 완전히 제정신을 잃고 도대체 종잡을 수 없는 이야기를 늘어놓는군요."

"하지만 사실 바로 그렇습니다, 그것이 또한 나의 불행이기도 합니다." 그 불쌍한 사나이가 말을 계속했다. "그녀에게 영혼이 있고, 그녀가 육체와 영혼이 있는 인간이란 사실이 밀입니다! 그녀의 영혼은 나의 영혼에 아무런 관심이 없고, 따라서 그녀의 육체는 나의 육체에 아무런 관심이 없기 때문입니다. 아, 참담하고 괴롭기 그지없는 일입니다. 그 때문에 나의 욕망은 치욕으로 변하고, 나의 육체는 영원히 뒤틀리지 않을 수 없습니다! 왜 그녀는 영혼과 육체 모두 나에게 아무런 관심이 없는 걸까요, 카스토르프, 왜 그녀는 나의 욕망을 그토록 끔찍하게 싫어할까요?! 대체 나는 남자가 아니란 말인가요? 보기 싫은 남자는 남자가 아니란 말입니까? 나는 심지어 아주 남성적입니다. 그녀가 눈부시게 아름다운 팔로 나를 껴안고 나에게 환희의 문을 열어 준다면 나는 여태껏 느끼지 못한 기쁨을 맛보게 해 줄 거라고 맹세할 수 있습니다. 그녀의 팔이 그토록 아름다운 것은 그것이 그녀의 영혼의 얼굴에 속하기 때문입니다! 만일 육체만이 중요하고 얼굴 같은 건 중요하지 않더라도, 나 같은 건 거들떠보지도 않는 그녀의 저주스러운 영혼이 아니라면, 카스토르프, 나는 그녀에게 세상의 온갖 환희를 맛보게 해 줄 겁니다. 하지만 그녀에게 그 저주스러운 영혼이 없다면 나도 그녀의 육체를 전혀 탐하지 않을 겁니다. 그야말로 나는 악마 같은 고약한 궁지에 빠져 영원토록 몸부림치지 않을 수 없습니다."

"쉿, 베잘! 좀 조용히 말하시오! 마부가 당신 말을 듣고 있어요! 의도적으로 머리를 움직이고 있지는 않지만, 등을 보면 그가 우리의 말을 엿듣는다는 걸 알 수 있어요."

"그는 내 말을 이해하기에 귀 기울여 듣고 있어요. 그 점이 중요한 겁니다, 카스토르프! 다시 말하지만 그런 현상과 일이 일어나는 까닭은 그것의 특성과 성격 때문입니다! 내가 만일 환생이나 유체 정역학(靜力學)에 관한 이야기를 한다면 그 사람은 내 말을 알아들을 수 없고 아무것도 알지 못할 것이기 때문에 귀를 기울이지 않고 흥미를 갖지도 않을 겁니다. 그건 통속적인 이야기가 아니니까요. 하지만 최고이자 궁극적이며 몸서리쳐질 정도로 은밀한 문제인 육체와 영혼에 관해서는 누구나 관심을 갖는 통속적인 문제입니다. 누구나 그 일을 이해하고 있으며, 그 일로 괴로워하는 자, 낮에는 육욕에 들볶이고 밤에는 치욕의 지옥에 빠지는 자를 비웃을 수 있습니다. 카스토르프, 징징거리는 소리를 좀 하겠습니다. 내가 밤을 어떻게 보내는지 아십니까! 밤이면 밤마다 나는 그녀 꿈을 꿉니다. 아, 온통 그녀에 관한 꿈뿐입니다. 그걸 생각하면 목구멍과 명치 부분이 타는 듯합니다! 그리고 언제나 그녀가 나에게 귀싸대기를 때리고, 얼굴을 갈기고, 때로는 침을 뱉는 것으로 꿈이 끝납니다. 혐오스러운 나머지 영혼의 창인 얼굴을 잔뜩 찡그리고 그녀는 나에게 침을 뱉습니다. 그런 다음 나는 땀과 치욕과 쾌감으로 뒤범벅이 된 채 잠에서 깨어납니다."

"제발, 베잘, 이제 우리 향료 가게에 도착하여 두 사람이 마차에 탈 때까지 입을 닫고 조용히 있기로 합시다. 이것이 나의 제안이자 부탁입니다. 나는 당신의 마음을 상하게 할 생각은 없고, 당신이 대단히 어려운 상황에 처해 있다는 것을 인정합니다. 하지만 우리나라에는 말을 할 때 입에서 뱀과 두꺼비가 나오는 벌을 받은 사람의 이야기가 있습니다. 말을 할 때마다 뱀이나 두꺼비가 나오는 이야기 말입니다. 그 사람이 이에 대해 어떤 태도를 취했는지는 책에 나와 있지 않지만, 나는 그 사람이 아마 입을 다물었을 것으로 항상 생각했습니다."

"하지만 카스토르프." 베잘이 우는 목소리로 말했다. "나처럼 이렇게 곤경에 처해 있을 때는 말을 해서 마음의 짐을 더는 것이 인지상정입니다."

"그뿐만 아니라 그것은 인권이라 할 수 있겠지요, 베잘. 하지만 내 생각으로는 경우에 따라서는 권리를 행사하지 않는 것이 더 분별 있는 행위일 때도 있습니다."

이리하여 베잘은 한스 카스토르프의 부탁으로 잠자코 있었다. 게다가 마차는 얼마 안 가 포도 넝쿨에 덮인 향료 가게에 도착했고, 나프타와 세템브리니가 이미 거리에 나와 기다리고 있었기 때문에 지체할 필요가 없었다. 세템브리니는 낡은 털가죽 재킷을 입고 있었고, 반면에 나프타는 노르스름한 봄 외투를 입었는데, 그 외투는 솔기마다 누비질이 되어 있고 한껏 쫙 빼입은 느낌을 주었다. 마차가 방향을 바꾸는 동안 일동은 손을 흔들고 인사를 나누었으며, 이윽고 두 사람은 마차에 올라탔다. 나프타는 세 사람이 타고 있는 선두 마차의 페르게 옆 자리에 앉았고, 세템브리니는 기분이 무척 좋은지 경쾌한 농담을 연발하면서 한스 카스토르프와 베잘이 탄 마차에 올랐다. 베잘이 그에게 자신의 뒷좌석을 양보하자, 세템브리니는 꽃마차 행렬의 참가자처럼 아주 늠름한 자세를 취하며 자리에 앉았다.

그는 시시각각으로 변하는 풍경을 바라보며 쾌적하고 유유자적한 가운데 이렇게 흔들리며 마차를 타고 소풍 가는 즐거움을 찬미했다. 그는 한스 카스토르프에게는 아버지처럼 친절한 태도를 보였고, 심지어 불쌍한 베잘의 뺨을 어루만지기까지 했다. 그는 남루한 가죽 장갑을 낀 오른손을 휘두르며 바깥 경치를 가리키면서 이 밝은 세상을 예찬함으로써 호감이 가지 않는 자신은 잊으라고 촉구했다.

정말 최고로 멋진 마차 드라이브였다. 네 필 다 이마에 흰 반점이 있는 팔팔한 말들은 억세고 윤기가 흐르며 영양이 좋아, 아직 먼지가 일지 않는 좋은 길을 일정한 속도로 달리고 있었다. 틈새로 풀과 꽃이 자라고 있는 무너져 내린 암석이 가끔씩 길가에 나타났다. 전신주들이 뒤로 달아났고, 산림지대가 떠올라 왔다. 아기자기한 느낌을 주는 커브가 가까이 다가왔다가 다시 지나가 버려 길의 다채로운 변화에 대한 호기심을 계속 안겨 주었다. 그리고 아직 여기저기 남아 있는 잔설이 햇빛을 받아 번쩍이는 산맥이 멀리서 어렴풋이 보였다. 눈에 익은 골짜기 풍경이 시선에서 사라졌고, 매일 보는 경치가 바뀌는 것이 기분을 상쾌하게 했다. 얼마 안 가 마차는 숲 가장자리에 멈추었다. 여기서부터는 걸으면서 소풍을 계속해 목적지에 도달할 작정이었다. 목적지인 폭포의 물소리가 처음에는 아무도 모를 정도로 약하게 들리다가 점차 모두의 감각에 강하게 들려왔다. 마차가 멈추자마자 먼 곳에 있는 폭포의 물소리가 모든 사람의 귀에 분명히 들렸다. 이따금 들릴 듯 말 듯 아련하고 나지막하게 쉬쉬하다가 와글와글거리고 쏴쏴하는 소리로 바뀌었다. 사람들은 서로에게 잘 들어 보라고 주의를 주면서 발길을 멈추고 그 소리에 귀를 기울였다.

"여기서는 아직 희미하게 들릴 뿐입니다." 이곳을 여러 번 찾아온 적이 있는 세템브리니가 말했다. "하지만 막상 그곳에 가 보면 이 계절에는 굉장합니다. 단단히 각오를 하고 계십시오. 자신이 하는 말조차도 잘 알아들을 수 없을 겁니다."

이렇게 일행은 축축한 침엽수가 깔린 길을 따라 숲 속으로 들어갔다. 선두에는 쇼샤 부인의 부축을 받은 피터 페퍼코른이 그녀의 팔에 기대어, 이마에는 검고 부드러운 모자를 쓰고 좌우로 흔들거리면서 걸어갔다. 이들 뒤에서는 한스 카스토르프가 다른 모든 사람들과 마찬가지로 모자를 쓰지 않고 주머니에 손을 집어넣은 채 머리를 비스듬하게 기울이고 나지막하게 휘파람을 불면서 주위를 둘러보며 걸어갔다. 그 뒤에 나프타와 세템브리니가 걸어갔고, 그 다음에 페르게와 베잘이, 그리고 맨 뒤에는 오후의 간식 바구니를 팔에 든 말레이인이 혼자 걸어갔다. 이들은 숲에 대해 이야기를 나누었다.

이 숲은 다른 숲과는 색다른 점이 있었다. 그림처럼 아름다운, 아니 이국적이면서도 무시무시한 모습이었다. 숲에는 이끼류가 무성하게 번식해 있었고, 그것이 드리워지고 얽히어 숲 속이 온통 이끼로 뒤덮여 있었다. 펠트처럼 엉클어진 그 기생식물은 퇴색한 기다란 수염을 달고 나뭇가지에 쿠션처럼 엉겨붙어 있었다. 그래서 침엽수 잎사귀는 거의 보이지 않았고, 눈에 들어오는 것이라곤 온통 이끼밖에 없었다. 그것은 가슴을 답답하게 짓누르는 기괴하게 이지러진 세계였고, 마법에 걸린 듯한 병적인 광경이었다. 이것은 숲에 좋은 일이 아니었다. 숲은 이처럼 무성하게 번식한 이끼로 병들어 있었고, 이끼는 숲을 질식시킬 것 같았다. 모두들 이렇게 생각하면서 침엽수가 깔린 길을 나아가고 있었다. 목적지에 가까이 다가감에 따라 폭포수 소리가 귀에 세차게 들려왔고, 점차 굉음으로 바뀌면서 세템브리니의 예언이 그대로 실현될 것 같은 조짐이 보였다.

커브길을 돌아서자 숲과 암석에 둘러싸인 협곡에 다리가 걸려 있었고, 훤히 내다보이는 협곡에서는 폭포수가 떨어지고 있었다. 그리고 폭포수가 눈에 보이면서 귓전을 때리는 물소리도 절정에 달했다. 정말 어마어마한 광경이었다. 많은 양의 물이 한 줄기 폭포수가 되어 수직으로 떨어지며 흰 포말을 날리면서 암석 위로 계속 쏟아졌다. 폭포의 높이가 7, 8미터는 족히 되어 보였고, 그 너비도 역시 상당해 보였다. 떨어지는 물은 미친 듯한 굉음을 냈고, 거기에는 천둥소리와 쇳소리, 으르렁거리는 소리, 함성, 나팔 소리, 우지끈 깨지는 소리, 폭발음, 끊임없이 진동하는 소리와 종소리 같은 생각할 수 있는 온갖 종류의 소리와 음정이 섞인 듯해, 정말이지 도무지 정신을 차릴 수 없을 정도였다. 일행은 폭포 아래의 미끄러운 바위에 올라가 이 광경, 물거품과 굉음을 수반한 영원의 파국을 지켜보았다. 이들은 축축한 안개를 맞고 들이마시며 물안개에 휩싸여, 귀청이 떨어질 듯한 소음에 귀가 멍멍한 채 서로 시선을 교환하면서 겁먹은 얼굴로 미소 지으며 머리를 설레설레 흔들었다. 이러한 미친 듯하고 정도를 넘은 굉음에 정신이 마비되는 것 같아 이들은 공포를 느꼈고 청각 기능이 이상해지는 느껌을 받았다. 모두에게 뒤에서, 머리 위에서, 사방에서 위협하고 경고하는 외침 소리, 나팔 소리, 거친 남성의 소리가 들리는 것 같았다.

일동은 민헤어 페퍼코른의 등 뒤에 옹기종기 모여—쇼샤 부인도 다섯 명의 다른 남자들 틈에 끼여 있었다—그와 함께 한꺼번에 떨어지며 미쳐 날뛰는 물을 바라보았다. 이들은 그의 얼굴을 바라보지는 않았지만, 그가 불길과도 같은 흰 머리칼을 덮은 모자를 벗고 상쾌한 공기를 들이마시는 모습이 보였다. 이들은 눈길과 손짓으로 의사소통을 하고 있었다. 귓가에 입을 대고 소리쳐도 떨어지는 물소리로 사람의 말이 제대로 전달되지 않았기 때문이다. 입술 모양을 보면 다들 놀라고 경탄하는 것 같았지만 말소리는 들리지 않았다. 한스 카스토르프, 세템브리니, 페르게는 일동이 서 있는 골짜기 바닥에서 위쪽의 좁은 나무다리로 올라가 물을 구경하려고 서로 신호를 했다. 그것은 별로 어려운 일이 아니었다. 이들은 바위가 파여 생긴 좁고 가파른 계단을 따라 일렬로 올라갔는데, 그것은 마치 숲의 위층으로 올라가는 것 같았다. 이들은 다리에 올라서서는 폭포에 둥글게 걸린 다리 한가운데서 난간에 기댄 채 아래의 사람들에게 손을 흔들었다. 그런 다음 세 사람은 완전히 위로 올라갔다가 다른 편 기슭으로 힘들게 내려가서는, 그 아래에도 다리가 놓여 있는 계곡물 반대편에 이르러 다시 뒤에 남은 사람들의 눈에 들어왔다.

이제 사람들은 손짓으로 간식을 먹자는 신호를 보냈다. 대부분의 사람들은 시끄러운 장소를 피해 약간 이동하여 귀머거리와 벙

538

어리가 되지 않은 상태에서 간식을 먹자고 신호를 보냈지만, 페퍼코른의 생각은 그게 아닌 듯했다. 그는 머리를 흔들고, 집게손가락으로 바닥을 여러 번 가리키면서 찢어진 입을 될 수 있는 한 크게 벌려서는 "여기서!"라고 외쳤다. 이렇게 나오면 어쩔 수 없는 일이 아닌가? 이러한 지휘의 문제가 생길 때는 그는 지배자이자 명령자였다. 언제나 그렇듯이 비록 그가 오늘의 소풍을 계획하고 주동한 것이 아니라 하더라도 인물 됨됨이 때문에 그가 일을 결정했을 것이다. 예로부터 스케일이 큰 인물은 독재적이고 전제적이었는데, 이런 일은 앞으로도 변하지 않을 것이다. 민헤어는 폭포를 바라보고 우레와 같은 소리를 들으며 간식을 들고자 했다. 이것은 권세가 당당한 그의 횡포였지만, 맛있는 음식을 포기하지 않으려면 다들 그곳에 있을 수밖에 없었다. 대다수의 사람들은 볼멘얼굴이 되었다. 세템브리니는 인간적인 의견 교환, 민주적이고 분명한 의사 표현이나 토론이 불가능하게 되자 머리 위로 손을 흔들면서 절망하고 체념한 몸짓을 보였다. 말레이인은 주인의 지시를 이행하기 위해 분주히 움직였다. 그는 주인과 마담을 위해 가져온 접는 의자 두 개를 암벽 옆에 펼쳐 놓은 다음 이들의 발치에 보자기를 펴서 커피 세트와 유리잔, 보온병, 빵과 포도주 같은 광주리에 든 내용물을 꺼내 놓았다. 모두들 자기 몫을 받으려고 몰려들었다. 그런 다음 이들은 따끈한 커피 잔을 손에 쥐고 케이크가 든 접시를 무릎에 올린 채 돌이나 다리 난간에 앉아 끊임없이 물소리가 시끄럽게 울리는 가운데 말없이 간식을 먹었다.

페퍼코른은 외투 깃을 세우고 모자를 바닥에 내려놓은 채 자신의 이름 첫 글자가 새겨신 은잔으로 포르투갈 산 적포도주를 여러 번 마셨다. 그리고 그는 느닷없이 말하기 시작했다. 참으로 알 수 없는 사나이다! 그도 자신이 하는 말을 알아들을 수 없었으니, 다른 사람들이 들리지 않는 그의 말을 한마디도 알아들을 수 없는 것은 말할 필요도 없었다. 그러나 페퍼코른은 집게손가락을 들어 뻗고는 오른손에 은잔을 쥔 채 왼팔을 뻗어서는 손바닥을 비스듬하게 치켜들었다. 사람들은 왕 같은 그의 얼굴이 말하면서 움직이고, 그의 입은 말을 만들면서 소리를 내지 않는 것을 지켜보았다. 그는 마치 공기가 없는 공간에서 말하는 것 같았다. 다들 겸연쩍은 미소를 띠며 그의 행동을 지켜보면서 그가 아무 소용 없는 자신의 행동을 곧 그만둘 거라고 생각했다. 하지만 그는 자신의 왼손으로 사람을 구속하고 주의를 촉구하는 문화적인 손짓을 하면서 모든 것을 집어삼켜 버리는 굉음이 울리는 가운데 한없이 말을 계속했다. 그는 이마에 깊이 파인 주름 밑의 작고 피곤하며 흐릿한 빛을 띠는 눈을 잔뜩 치켜뜨고 이 사람 저 사람을 돌아가면서 바라보았다. 그래서 그의 눈길이 닿는 당사자는 절망적인 사태를 어떻게 해서든 좋게 만들어 보려는 듯, 눈썹을 치켜올리고 그에게 고개를 끄덕이며 입을 벌린 채 손바닥을 오목하게 만들어 자신의 귓바퀴에 갖다 대지 않을 수 없었다. 이제 그는 일어서기까지 했다! 은잔을 손에 들고 거의 발에까지 내려오는 구겨진 여행용 외투의 깃을 세우고 우상처럼 주름진 높은 이마 주위에 불길처럼 물결치는 백발을 드리우고 맨발로 암벽에 섰다. 그리고 두 손가락으로 동그라미를 만들고 나머지 세 손가락은 뾰족하게 창처럼 세워 코앞에 대고는 설교조로 말하면서 얼굴을 움직였고, 분명히 들리지는 않지만 사람을 사로잡는 정확한 손짓으로 건배라는 소리를 외치고 있었다. 사람들은 그의 몸짓과 입술의 움직임으로 그가 입버릇처럼 말하는 몇 가지의 문장인 "완벽합니다"와 "다 끝났습니다"라는 말을 알아채고 읽을 수 있었다. 그 이상 다른 말은 하지 않았다. 그의 머리는 옆으로 비스듬하게 기울어져 있었고, 입술은 비통하게 찢어져 있었다. 이는 그야말로 수난의 그리스도 상이었다. 그러고 나서 그의 볼에 다시 음탕한 보조개가 파이고, 향락적인 장난꾸러기의 표정이 떠오르며, 옷자락을 걷어 올리고 춤추는 이교도 사제의 신성한 음란함이 엿보였다. 그는 은잔을 들어 올리고 손님들의 눈앞에 반원을 그리고 나서 두세 번 꿀꺽꿀꺽 마시고는 바닥이 완전히 위로 향할 때까지 잔을 완전히 비워 버렸다. 그러고는 팔을 뻗어 은잔을 말레이인에게 넘기자, 그는 가슴에 손을 대고 그것을 받았다. 페퍼코른은 곧 출발 신호를 했다.

모두들 그의 지시에 따라 돌아갈 준비를 하면서 허리를 굽혀 그에게 고마움을 표시했다. 바닥에 앉아 있던 사람은 급히 몸을 일으켰고, 다리 난간에 앉아 있던 사람은 그곳에서 내려왔다. 실크 모자를 쓰고 털가죽 목도리를 한 삐삐 마른 자바인은 남은 음식과 식기를 주섬주섬 모았다. 일행은 올 때와 마찬가지로 일렬종대로 침엽수가 깔린 축축한 길을 따라, 이끼가 잔뜩 끼어 있어 숲처럼 보이지 않는 숲을 통과해 마차가 세워져 있는 곳으로 되돌아갔다.

한스 카스토르프는 돌아갈 때는 자신의 스승과 그의 여행 동반자가 탄 마차에 올라탔다. 그는 이 한 쌍의 맞은편으로 좀 고상한 것에는 전혀 문외한인 선량한 페르게의 옆자리에 앉았다. 돌아가는 중에는 다들 거의 말이 없었다. 페퍼코른은 자신의 무릎과 클라브디아의 무릎을 감싸고 있는 담요에 두 손을 살포시 내려놓고 아래턱을 힘없이 내려뜨리고 있었다. 나프타와 세템브리니는 마차가 선로와 시냇물을 건너기 전에 내려서 작별 인사를 했다. 베잘은 뒷마차에 홀로 앉아 구불구불한 길을 올라갔고, 베르크호프의 현관 앞에 도착하자 모두들 마차에서 내려 뿔뿔이 헤어졌다.

이날 밤 한스 카스토르프가 잠을 제대로 이루지 못한 것은 분명히 의식하지는 않았지만 마음속으로 무언가 준비한 바가 있어서였을까? 보통 때의 평화롭던 밤과는 무언가 아주 미미하지만 다른 분위기, 아주 희미하게 들리는 소요, 멀리서 발소리가 들리는 듯 마는 듯한 움직임이 있어 그가 눈을 뜨고 이불 속에 일어나 앉았던 것일까? 사실 새벽 두 시가 된 직후에 그의 방문에서 노크 소리가 나기 얼마 전부터 그는 깨어나 있었다. 그는 잠에 취한 소리가 아닌 힘차고도 또렷또렷한 목소리로 즉각 대답을 했다. 베르크호프에서 일하는 간호사가 높고 당황한 목소리로 쇼샤 부인이 당장 2층으로 와 달라고 한다는 말을 그에게 전했다. 한스 카스토르프는 힘찬 목소리로 그러겠노라고 대답하고 벌떡 일어나서는 황급히 옷가지를 꿰어입고 손가락으로 이마의 머리칼을 옆으로 쓸어 내렸다. 그리고 이 시간에 왜 무슨 일로 자신을 부르는지 궁금해하면서 빠르지도 느리지도 않은 발걸음으로 2층으로 내려갔다.

네덜란드인의 응접실로 통하는 문과 침실로 들어가는 문이 열려 있었고, 침실의 모든 불이 켜져 있었다. 두 의사, 밀렌동크 수

간호사, 쇼샤 부인 그리고 자바인 하인이 그곳에 있었다. 자바인은 보통 때와는 달리 인도네시아 민속 의상 같은 복장을 하고 있었다. 소매가 길고 넓은 굵은 줄무늬가 처진 셔츠 같은 재킷에다가 바지가 아닌 알록달록한 치마를 입고, 머리에는 누런 천으로 된 원추형 모자를 쓰고서 더구나 가슴에는 장식처럼 부적을 달고 팔짱을 낀 채 침대의 왼쪽 머리맡에서 꼼짝도 않고 서 있었다. 침대에는 피터 페퍼코른이 두 팔을 쭉 뻗고 반듯이 누워 있었다. 침실에 들어온 한스 카스토르프는 창백한 얼굴로 이러한 광경을 눈에 담았다. 쇼샤 부인은 그에게 등을 돌리고 있었다. 그녀는 침대 발치의 나지막한 안락의자에 앉아 누비이불에 팔꿈치를 짚고 손으로 턱을 괸 채 아랫입술을 손가락으로 찌르면서, 자신의 여행 동반자의 얼굴을 들여다보고 있었다.

"잘 왔습니다." 크로코프스키 박사와 수간호사와 나지막한 소리로 대화를 나누며 서 있던 베렌스가 이렇게 말하고, 흰 콧수염을 치켜 올리면서 슬픈 표정으로 고개를 끄덕였다. 그는 가슴 주머니에 청진기가 튀어나와 있는 수술복을 입었고, 수놓은 슬리퍼를 신고 있었지만 목 칼라는 하지 않았다. "어떻게 손쓸 도리가 없습니다." 그는 속삭이듯이 덧붙였다. "혼신의 힘을 다 했습니다. 가까이 다가가 보십시오. 경험자의 눈으로 살펴보십시오. 의술의 힘으로는 도저히 손쓸 수 없다는 것을 알 수 있을 겁니다."

한스 카스토르프는 발끝 걸음으로 침대맡으로 다가갔다. 말레이인이 머리를 돌리지 않고 시선으로만 그의 동작을 감시했기 때문에 눈의 흰자위가 드러나 보였다. 그는 쇼샤 부인이 자신에게 신경 쓰시 않는 것을 곁눈으로 확인하고, 특유의 자세로 한쪽 다리에 체중을 싣고 두 손을 아랫배에 모은 채 비스듬하게 머리를 기울이고 경건하게 명상하는 표정으로 서 있었다. 페퍼코른은 한스 카스토르프가 자주 보았던 것처럼 메리야스 셔츠를 입고 붉은 비단 이불을 덮고 있었다. 그의 두 손은 검푸른색을 띠었고, 얼굴도 부분적으로 마찬가지 색을 띠었다. 그 밖에는 그의 왕 같은 용모는 예전 그대로였지만, 이것은 그의 얼굴을 상당히 왜곡시켰다. 머리칼이 하얀 불길처럼 타오르는 높은 이마에는 우상과 같은 주름 너덧 개가 수평으로 달리고 있었고, 이마 좌우에는 그와 직각으로 귀밑머리가 드리워져 있었다. 일생 동안 습관처럼 긴장하면서 살아온 까닭에 지금 눈꺼풀을 닫고 조용히 누워 있는 순간에도 주름이 확연히 눈에 띄었다. 비통하게 찢어진 입술은 약간 일그러져 있었다. 푸른 얼룩이 생긴 것은 급격한 울혈(鬱血), 뇌졸중 때처럼 생명 기능이 강제로 정지된 것을 나타내 주었다.

한스 카스토르프는 사태를 알아보려고 하면서 한동안 경건한 자세로 서 있었다. 그는 '미망인'이 말을 걸어 오기를 기다리면서 자세를 바꾸는 것을 머뭇거렸다. 하지만 말을 걸지 않았기에, 그는 우선 그녀에게 폐를 끼치지 않을 생각으로 뒤쪽 사람들을 둘러보았다. 고문관이 턱으로 응접실 쪽을 가리켜 보이자, 한스 카스토르프는 그를 따라 그곳으로 갔다.

"자살인가요?" 그는 목소리를 낮추어 전문가답게 물었다.

"물론이지요!" 베렌스는 딴청을 부리는 듯한 몸짓을 하면서 대답하고는 덧붙여 말했다. "완전무결합니다. 최상입니다. 당신은

544

유행 장신구점에서 이런 것을 본 적이 있습니까?" 그는 수술복 주머니에서 야릇하게 생긴 작은 케이스를 꺼내더니 그 속에서 작은 물건을 꺼내 청년에게 보여 주었다. "처음 보는 물건인데, 볼 만한 가치가 있습니다. 배움에는 끝이 없는 거지요. 기상천외한 독창적인 물건입니다. 그의 손에서 빼낸 것입니다. 조심하세요. 그것이 피부에 조금이라도 떨어지면 살갗이 타서 물집이 생기게 됩니다."

한스 카스토르프는 수수께끼 같은 이 물건을 손가락 사이에 끼워 돌려 보았다. 그것은 강철, 상아, 금, 그리고 고무로 된 아주 기묘하게 생긴 물건이었다. 그것은 끝이 아주 뾰족하고 강철같이 빛나는 두 개의 굽어진 바늘이었다. 상아에 금을 씌운 그 바늘의 동체는 약간 굽어져 있었고, 바늘은 그 속에서 어느 정도까지는 신축성 있게, 즉 안으로 움직이게 되어 있었다. 그리고 바늘의 끝에는 반쯤 딱딱한 검은 고무로 된 대롱 같은 것이 달려 있었다.

"이게 뭡니까?" 한스 카스토르프가 물었다.

"이것은 정교한 주사기지요." 베렌스가 대답했다. "달리 표현하면 코브라의 이빨을 기계적으로 모방한 것입니다. 알겠습니까? 아직 알아듣지 못하는 것 같군요." 그는 한스 카스토르프가 기묘한 기구를 계속 멍하니 내려다보자 말했다. "이것은 이빨들입니다. 이것은 보통 이빨처럼 속이 차 있지 않고, 내부에 모세관처럼 아주 미세한 구멍이 뚫려 있습니다. 주사기의 바로 위에서 보면 그 구멍이 뚜렷이 보입니다. 물론 그 구멍은 이빨의 위아래로 연결되어 있고, 이 상아의 안으로 들어가 있는 고무 대롱과 연결되어 있습니다. 이빨이 살점을 덥석 무는 순간 무언가가 안으로 들어갑니다, 이는 분명합니다. 그리고 고무 대롱을 압박하여 액체를 구멍 속으로 밀어 내어, 뾰족한 이빨이 살점을 무는 순간 액체는 이미 혈관 속으로 들어가게 됩니다. 아주 간단해 보이지만 이걸 고안해 내기란 대단히 어려운 일입니다. 아마 그가 직접 주문해서 만든 거겠지요."

"그렇겠지요!" 한스 카스토르프가 말했다.

"속에 든 액체는 그리 많지 않았을지도 모릅니다." 고문관이 말을 계속했다. "적은 양을 보충했다고 생각되는 것은……"

"다이내믹한 힘입니다." 한스 카스토르프가 대신 말했다.

"뭐 글쎄요, 액체의 성분은 조만간 밝혀질 겁니다. 결과는 제법 흥미진진할 것이며, 거기에는 무언가 틀림없이 배울 점이 있을 겁니다. 오늘 밤 정장을 하고 저 뒤에서 눈을 번득이고 있는 말레이인은 그게 무엇인지 잘 알지 않을까요? 나는 동물성 물질과 식물성 물질을 혼합했을 것으로 생각합니다. 여하튼 최상의 물질이었을 겁니다. 탁월한 효과를 낸 것으로 보아서 말입니다. 모든 정황으로 볼 때 그는 그 자리에서 숨이 끊어졌을 것으로 보입니다. 호흡 중추가 마비되어, 아시다시피, 순식간에 질식사해서, 아마 고통 없이 편안하게 숨을 거두었을 겁니다."

"정말 그랬기를 빕니다!" 한스 카스토르프는 경건하게 말하고, 한숨을 쉬면서 섬뜩한 작은 기구를 다시 고문관의 손에 돌려주고는 침실로 되돌아왔다.

침실에는 이제 말레이인과 쇼샤 부인밖에 없었다. 한스 카스토르프가 침대로 다가가자 쇼샤 부인이 머리를 들고 젊은이를 쳐다보았다.

"당신을 부를 수밖에 없었어요." 그녀가 말했다.

"불러 주셔서 감사합니다." 그가 말했다. "그리고 당신 생각이 옳아요. 우리는 말을 놓는 사이니까요. 나는 남들 앞에서 말을 놓는 것을 부끄러워하면서 말을 빙 둘러 한 것을 진심으로 부끄럽게 생각하고 있습니다. 당신은 임종 순간에 그의 곁에 있었나요?"

"모든 것이 끝난 다음에 하인이 나에게 알려 주었어요." 그녀가 대답했다.

"그는 스케일이 큰 인물이었어요." 한스 카스토르프가 다시 말을 시작했다. "삶에 대한 감정의 감퇴를 우주적인 파국이자 신의 수치로 느낄 정도로 말입니다. 당신은 그가 자신을 신의 혼례 기관이라고 생각했다는 것을 아셔야 합니다. 왕과 같은 망상이었지요. 감동에 사로잡히면 이런 무례하고 버릇없는 말을 하고 싶어지는 법입니다. 그러나 애도의 말을 하는 것보다 그러는 편이 더 엄숙할 것입니다."

"그는 포기한 거예요." 그녀가 말했다. "그는 우리가 저지른 일을 알고 있었을까요?"

"그럴 가능성이 없지 않습니다, 클라브디아. 그는 내가 그의 면전에서 당신의 이마에 키스하는 것을 거부하자 알아차렸을 겁니다. 지금 이 순간이 현실인 것에 비해 그의 눈앞은 오히려 상징입니다만, 지금 그 일을 해도 되겠습니까?"

그녀는 살짝 윙크라도 하는 듯이 두 눈을 감고 얼굴을 그에게 갖다 댔다. 그는 입술을 그녀의 이마에 댔다. 말레이인은 동물 같은 갈색의 눈을 옆으로 굴려 흰자위를 드러내며 이 장면을 감시했다.

무감각이라는 이름의 악마

우리 또 한 번 베렌스 고문관의 목소리를 들어 보기로 하자. 자, 잘 들어 두기로 하자! 어쩌면 이번이 마지막일지도 모르니까! 언젠가는 이 이야기도 끝날 것이다. 이 이야기는 아주 오래오래 지속되었다. 아니 오히려 이야기의 내용과 관련되는 시간이 쉴 새 없이 그칠 줄 모르고 흘러 이야기하는 동안 음악처럼 흘러가는 시간도 다 끝나 가고 있어, 라다만토스가 말하는 상투어의 경쾌한 억양을 듣고 싶어도 더는 기회가 없을지도 모른다. 그는 한스 카스토르프에게 이렇게 말했다.

"카스토르프, 이보게 자네, 따분해하고 있군요. 볼멘 얼굴을 하고 있어요. 날마다 보고 있는데 당신 얼굴에는 짜증난 기색이 역력합니다. 모든 것을 시시하게 생각하고 있어요, 카스토르프. 자극적인 일에 잘못 길들여져 있어요. 그리고 매일 눈을 뒤집히게 하는 흥미로운 일이 벌어지지 않으면 투덜거리며 시무룩해 있습니다. 어때요, 내 말이 맞지 않나요?"

한스 카스토르프는 아무 말이 없었다. 말이 없는 것을 보면 그의 마음속이 정말 우울한 모양이었다.

"내 눈은 언제나 정확하지요." 베렌스가 스스로 대답했다. "그리고 불만에 찬 독일 시민인 당신이 여기서 짜증스러운 독소를 퍼뜨리기 전에 알아두어야 할 사실이 있어요. 당신은 신과 세상으로부터 버림받은 것이 아니라 요양원 당국에서 당신에게 눈길을 쏟고 있습니다. 그것도 끊임없이 눈길을 주고 있으며, 이봐요 카스토르프, 당신의 기분을 전환시켜 주려고 계속 마음을 쏟고 있어요. 나이 많은 베렌스도 이곳에서 지켜보고 있고요. 자, 이제 농담은 그만두고, 이보게 카스토르프! 당신 일로 생각난 것이 있어요. 잠 못 이루는 밤에 당신을 위해 생각해 냈지요. 커다란 깨달음이라고 말할 수 있겠지요. 사실 나의 생각을 자신 있게 말할 수 있습니다. 말하자면 당신은 병독에서 해방되어 머지않아 개선장군처럼 귀환할 겁니다."

"눈을 크게 뜨고 있군요." 베렌스는 일부러 약간 뜸을 들였다가 말했다. 하지만 한스 카스토르프는 눈을 크게 뜨기는커녕 약간 졸린 듯이 멍하니 바라볼 뿐이었다. "당신은 이 늙은 베렌스가 하는 말을 잘 알아듣지 못하는 것 같군요. 내가 하는 말은 이렇습니다. 당신의 용태에는 무언가 이상한 점이 있어요, 카스토르프. 당신도 당신의 날카로운 감각으로 분명 그걸 느꼈을 겁니다. 당신의 중독 현상이 벌써 진작부터 좋아져 있는 환부와 더는 어울리지 않는다는 점이 이상합니다. 내가 이 문제에 신경 쓰기 시작한 것은 어제오늘의 일이 아닙니다. 이것이 당신의 최근 사진입니다. 이 마법의 사진을 광선에 한번 비추어 보기로 합시다. 우리의 황제 폐하가 늘 말씀하시듯이 아무리 심한 불평꾼이나 비관론자라 해도 아무 소리 못할 정도로 훌륭한 사진입니다. 두서너 개의 병소(病巢)는 완전히 흡수되어 버렸고, 남은 것도 좀 더 작아지고 확실히 굳어졌습니다. 전문가가 다 된 당신도 알다시피 이러한 사실은 병이 다 나았다는 것을 의미합니다. 이러한 소견으로 볼 때 당신의 체온이 오락가락하는 이유를 도저히 설명할 수 없습니다. 그러니 의사로서는 새로운 원인을 찾아보는 수밖에 없습니다."

한스 카스토르프는 머리를 움직여 보았지만 이는 그럭저럭 예의상 호기심을 갖고 있다는 표현에 불과했다.

"이제 당신은 늙은 베렌스가 치료를 잘못했음을 인정해야 한다고 생각할 겁니다, 카스토르프. 하지만 이는 터무니없는 생각이고 사실과도 맞지 않으며, 늙은 베렌스도 잘못 본 것입니다. 당신의 치료는 잘못된 것이 아니라, 어쩌면 한쪽에 너무 편중되었을지도 모릅니다. 나는 당신의 증상이 옛날부터 오로지 결핵 때문만은 아니지 않은가 하고 생각해 왔습니다. 내가 그렇게 생각하게 된 것은 당신의 현재 증상이 더 이상 결핵 탓으로 볼 수 없기 때문입니다. 다른 장애의 원인이 있는 게 분명합니다. 내 생각으로는 당신에게 구균이 있는 모양입니다."

고문관은 한스 카스토르프가 머리를 끄덕이자 힘을 주어 되풀이해서 말했다. "나의 틀림없는 확신에 따르면 당신에게는 연쇄상 구균(連鎖狀球菌)이 있습니다. 그렇다고 해서 금방 얼굴빛을 바꿀 필요는 없습니다."

(얼굴빛을 바꾼다는 것은 말도 안 되는 표현이었다. 오히려 한스 카스토르프는 날카로운 혜안 때문인지, 또는 고문관이 가설을 세워 새로 자신의 위신을 세워 주어서인지 그의 말을 인정한다는 듯 비꼬는 표정을 지었다.)

"뭐 그렇게 공포에 질릴 것은 없습니다!" 고문관은 표현을 약간 달리해서 말했다. "누구에게나 구균이 있습니다. 어떤 바보에게도 연쇄상 구균이 있으니까요. 최근에 들어서야 우리는 연쇄상 구균이 혈액 속에 있어도 이렇다할 감염 현상을 일으키지 않는다는 것을 알게 되었습니다. 우리는 다른 많은 동료들이 아직 알지 못하는 결과에 직면해 있습니다. 혈액 속에 결핵균이 있어도 아무런 결핵 증상이 나타나지 않는 경우가 있다는 결론에 말입니다. 사실이지 우리는 결핵이 혈액의 질환이라는 견해에서 단 세 걸음도 못 벗어나 있어요."

한스 카스토르프는 이 말이 꽤 주목할 만한 견해라고 생각했다.

베렌스는 다시 말하기 시작했다. "그러므로 내가 연쇄상 구균이 있다고 말해도 당신은 물론 익히 아는 중병을 생각해서는 안 됩니다. 이 작은 균들이 과연 당신의 혈액 속에 둥지를 틀고 있는지의 여부는 혈액 내 세균 검사를 해 봐야 압니다. 하지만 당신이 구균 보균자라 하더라도 당신의 열이 그 때문인지는 우리가 실시하는 연쇄상 구균 백신 검사를 해 봐야 알 수 있습니다. 이것이 순서랍니다. 아까도 말했지만 백신 검사를 해 보면 전혀 생각지도 않은 일이 밝혀질지도 모릅니다. 결핵은 치료하기 무척 까다로운 병인 데 반해 이런 종류의 병은 오늘날 금방 치료할 수 있습니다. 좌우간 당신이 주사에 반응을 보이면 6주 이내에 팔팔하게 살아나게 됩니다. 자, 어떻습니까? 이 늙은 베렌스가 자신의 직무에 충실하지 않습니까?"

"그건 일시적인 가정에 불과합니다." 한스 카스토르프는 시큰

둔하게 말했다.

"증명할 수 있는 가정이지요! 지극히 생산적인 가정이지요!" 고문관이 맞받아쳤다. "우리의 배양기에 구균이 자라나면 그 가정이 얼마나 생산적인지 알게 될 겁니다. 우리는 내일 오후에 당신의 혈액을 채취할 겁니다, 카스토르프. 시골 의사가 하는 식으로 당신의 피를 뽑을 겁니다. 그것은 그 자체로 재미있는 일이며, 그것만으로도 몸과 마음에 더할 나위 없는 은총이 될 겁니다."

한스 카스토르프는 그 기분 전환에 기꺼이 응하겠다고 말하고, 자신에게 이토록 관심을 보여 주어 무척 고맙다고 했다. 그는 머리를 어깨 쪽으로 기울이고 노 젓듯이 몸을 흔들며 사라지는 고문관의 뒷모습을 물끄러미 바라보았다. 원장은 위기일발의 순간에 적절하게 말을 꺼낸 셈이었다. 라다만토스는 손님의 표정과 목소리를 꽤 정확하게 꿰뚫고 있었다. 그리고 그의 새로운 계획은 얼마 전부터 이 손님이 빠져 있는 무감각한 상태에서 벗어나게 하려는 목표를 갖고 있었다. 이것은 명백한 사실이라 고문관 자신도 그러한 의도를 굳이 숨기지 않았다. 사실 한스 카스토르프는 고인이 된 요아힘이 모종의 무모하고 반항적인 결심을 마음속에 품고 있을 때를 떠올리게 하는 표정을 또렷하게 드러내고 있었다.

문제는 그뿐만이 아니었다. 한스 카스토르프는 스스로 그러한 무감각한 상태에 빠져 있었을 뿐만 아니라, 이 세상 '전체'가 자신과 같은 상태에 빠져 있다고 생각했다. 아니 오히려 그는 여기서는 특수한 사정을 일반적인 상태와 구별하기 어렵다고 생각했다. 거물 페퍼코른과의 관계가 이상야릇하게 끝났고, 이러한 결말로 인해 요양원에서는 여러 가지 움직임이 일어났다. 클라브디아는 자신의 보호자가 삶을 포기하는 비극에 타격을 받아, 자신과 자신의 보호자의 살아남아 있는 친구 사이의 관계를 경건하게 배려하는 마음으로 얼마 전에 다시 이 위의 공동체에서 떠나갔다. 이러한 전환점이 있고 난 뒤부터 젊은이에게는 세상과 삶이 전혀 겁날 것이 없게 된 모양이었다. 그래서 그는 아주 이상야릇하게 점점 비뚤어져 가고 걱정스러운 모습으로 변해 갔다. 사실 이때까지 오랫동안 불길하고 이상한 영향을 끼치고 있던 악마가 드디어 권력을 잡고, 이제 지배권을 마구 행사하는 것 같았다. 그리하여 신비스러운 공포를 불러일으키고 도망치고 싶은 생각에 사로잡히게 하였다. 그것은 바로 무감각이라는 이름의 악마였다.

무감각이라는 이름을 악마적인 것과 연결시키고, 무감각에 신비적인 공포의 효과를 전가시키는 작가를 독자는 얼굴이 두껍고 낭만적이라고 비판할 것이다. 그렇지만 우리가 허무맹랑한 소리를 하는 것이 아니라 우리의 소박한 주인공의 개인적인 체험을 있는 그대로 전달할 뿐이나. 그의 체험을 우리는 어쩌다가 알게 되었지만, 물론 그 연유를 굳이 조사할 필요는 없었다. 그런데 이러한 체험은 무감각도 경우에 따라서는 악마적인 성격을 띠는 일도 있고, 신비스러운 공포를 불러일으키기도 한다는 확실한 증거가 되고 있다. 한스 카스토르프는 자신의 주위를 둘러보았다. 그의 눈에 보이는 것이라곤 온통 무시무시하고 사악한 것밖에 없었다. 그는 눈에 보이는 현상이 무엇인지 알고 있었다. 그것은 시간이 없는 생활, 아무런 걱정도 희망도 없는 생활, 분주한 것 같지만 정체되어 있는 방종한 생활, 죽어 있는 생활이었나.

그런데 이 죽어 있는 생활이 분주하게 움직여서, 온갖 종류의 활동이 동시에 진행되고 있었다. 그리고 가끔씩은 그 중의 한 가지가 미친 듯이 유행하여 다들 거기에 광적으로 빠져 버렸다. 가령 아마추어 사진은 예전부터 베르크호프 세계에서 중요한 역할을 하고 있었다. 벌써 두 번이나 사진에 대한 열정이 몇 주나 몇 달 동안 모두를 미친 듯이 빠져들게 했다. 이 위에 좀 오래 있는 사람이라면 그러한 유행병이 주기적으로 되풀이되는 것을 체험할 수 있었다. 누구나 할 것 없이 까다로운 표정으로 머리를 기울인 채 명치 부분에 카메라를 갖다 대고 셔터를 누르지 않는 사람이 없을 정도였다. 식탁에서는 인화된 사진을 돌려보는 일이 끊이지 않았다. 그러다가 자신이 직접 사진을 현상하는 것이 갑자기 명예로운 일이 되었다. 현재 준비되어 있는 암실만으로는 도저히 수요를 채울 수 없었다. 그래서 자기 방의 유리창이나 발코니의 유리문에 검은 커튼을 치고, 붉은 전등불 밑에서 한없이 현상액을 만지작거렸다. 그러다가 불이 나 일류 러시아인 석의 불가리아 학생이 하마터면 타죽을 뻔했다. 그러자 요양원 당국은 방에서 사진을 현상하는 일을 금했다. 그러다가 얼마 안 가 사람들은 단순한 사진에 흥미를 잃었고, 플래시 사진과 프랑스의 화학자 뤼미에르가 발명한 천연색 사진이 유행하게 되었다. 사람들은 마그네슘 불빛에 움찔 놀라, 마치 살해되어 눈을 부릅뜨고 꼿꼿이 세워져 있는 시체처럼 핏기 없이 경련하는 듯한 얼굴을 한 사진 속의 인물들을 보고 재미있어했다. 한스 카스토르프도 판지

틀에 넣은 유리판을 하나 가지고 있었다. 그것을 밝은 빛에 비추어 보니, 하늘빛 스웨터 차림의 슈퇴어 부인과 진홍색 스웨터 차림을 한 레비 양 사이에 구릿빛 얼굴을 한 자신이 노란 민들레꽃에 에워싸여, 그 꽃 한 송이를 자신의 단추 구멍에 꽂고 청록색 초원에 서 있는 모습이었다.

그러다가 또 우표 수집이 유행하기도 했다. 평소에도 우표 수집을 하는 사람이 몇몇 있었지만, 간혹 가다 모두 그것에 사로잡히는 때도 있었다. 다들 앨범에 붙이고 사고팔거나 교환했다. 사람들은 우표 수집가를 위한 잡지를 구독했고, 국내외의 우표 전문점이며 전문가 클럽이나 아마추어 수집가와 정보를 교환하면서, 사치스러운 요양원에 몇 달이나 몇 년 동안 체재하기에도 경제 사정이 빠듯한 사람들까지도 진기한 우표를 입수하기 위해 막대한 금액을 쓰기도 했다.

이 일도 얼마 지나지 않아 새로운 오락거리에 자리를 내주고 말았다. 가령 온갖 종류의 초콜릿을 잔뜩 쌓아 놓고 끝도 없이 먹어 대는 놀이가 유행을 이끌게 되었다. 모두가 입술을 갈색으로 물들이며 밀카 누트, 아몬드 크림이 든 초콜릿, 마르키 나폴리탱, 금색 설탕을 뿌린 혀 모양의 초콜릿을 잔뜩 먹어 속이 이상해진 나머지, 베르크호프의 주방장이 내놓은 최고로 맛있는 요리도 내키지 않은 표정으로 투정을 해 가며 먹었다.

베르크호프의 최고 권위자가 옛날 사육제 날 밤에 시작한 실내 유희, 즉 두 눈을 가리고 돼지를 그리는 놀이는 그 후에도 자주 행해졌지만, 과제가 점점 더 복잡해져 기하학적인 그림을 그리는 게

임으로 발전해 갔다. 베르크호프 손님들은 다들 온 힘을 짜내어 여기에 참가했고, 위독한 환자들까지도 꺼져 가는 마지막 사고력과 에너지를 집중해 이 게임에 동참했다. 몇 주 동안 베르크호프 손님들은 어떤 까다로운 도형을 그리는 데 몰두했다. 그 도형은 적어도 여덟 개의 크고 작은 원과 서로 교차된 서너 개의 삼각형으로 이루어져 있었다. 과제는 이 평면도형을 맨손으로 단숨에 그리는 것이었지만, 궁극적인 목표는 결국 이것도 완전히 눈을 가리고 완성하는 것이었다. 그런데 군데군데 잘못된 곳을 눈감아 준다면, 고도의 정신 집중을 요하는 이 게임의 열렬한 팬이던 파라반트 검사만이 이 도형을 그럭저럭 그려 낼 수 있을 뿐이었다.

우리는 그가 수학 공부에 전념하고 있음을 알았으며, 그런 사실을 고문관에게서 직접 들어 알고 있다. 그리고 그가 이처럼 수학에 몰두하는 금욕적인 동기도 알고 있다. 수학 공부는 피를 식히고 육욕을 진정시키는 효과가 있다고 고문관이 칭찬하는 것을 우리는 들어 왔다. 수학 공부가 일반에게 좀 더 널리 퍼져 있었더라면 최근에 취하지 않을 수 없던 모종의 조치가 어쩌면 필요하지 않았을지도 모른다. 그 조치란 주로 발코니의 난간에까지 닿지 않는 우윳빛 유리 칸막이 사이의 통로를 작은 문으로 모두 걸어 잠그는 것이었다. 마사지사는 밤이 되면 손님들의 킥킥거리는 웃음 소리를 들으며 자물쇠를 잠그고 다녔다. 그러자 사람들은 베란다 위의 2층 방들을 애용하게 되었다. 거기서 난간을 뛰어넘은 뒤 작은 문을 이용하지 않고 튀어나온 유리지붕을 지나 방에서 방으로 드나들 수 있었다. 하지만 검사 때문에 규율상의 개혁을 강구할 필요는 없었다. 검사가 이집트 공주의 모습에 매료되어 번민한 것도 이제 과거지사가 되었고, 그녀를 마지막으로 그는 여자 문제로 고민하지 않게 되었다. 그 뒤로 그는 고문관이 윤리적으로 진정시키는 힘이 있다고 말한 순결한 여신인 수학 공부에 더 한층 열을 올렸다. 그리고 그가 낮이나 밤이나 죽기 살기로 매달린 문제는 다름 아닌 원의 구적법(求積法)*이었다. 그는 휴가를 여러 번 연장하여 자칫하다간 완전히 휴직하게 될 우려가 있었는데, 병 때문에 그런 휴가를 받기 전에 운동에 집요하게 매달렸다. 그는 이러한 운동에 보인 집요한 끈기와 범죄사를 복역시키기 위한 끈기를 그 문제를 푸는 데 보였다.

궤도에서 이탈한 이 공무원은 이런 연구에 몰두할수록 그것을 증명하는 것이 설득력이 없다는 확신을 품게 되었다. 그가 구적법을 증명하려고 노력하는 가운데 수학이 해결 불가능한 것을 증명한다고 하는 그 증명 자체가 사실상 잘못된 것임을 알았다. 그리고 이러한 초월적인 목표를 경험적으로 해결할 수 있도록 만드는 천재로서 파라반트를 선택한 것은 바로 신의 섭리이며, 그 사명 때문에 그를 인간이 사는 평지 세계에서 멀리 떨어진 이곳으로 데려온 것이라고 믿게 되었다. 그는 어디를 가든, 어디에 있든 컴퍼스로 재고 계산했으며, 수많은 종이에 도형, 문자, 숫자, 대수 기호로 가득 채웠다. 얼핏 보아 무척 건강한 사람처럼 보이는 검게 탄 그의 얼굴에는 무언가에 열중하는 인간 특유의 몽상적이고 끈질긴 표정이 배어 있었다. 그는 입만 열면 질리도록 판에 박힌 원주율 파이(π) 이야기, 차하리아스 다제*라는 저급한 암산의 천재가 하루는 소수점 이하 2배 단위까지 계산했다는 넌더리나는 분수 이야기를 늘어놓았다. 그렇지만 도달할 수 없는 정확한 숫자의 근사치는 소수점 이하 2천 단위로도 오차가 완전히 없어졌다고 볼 수 없으므로 이는 순전히 사치스러운 놀이에 불과하다고 말할 수 있었다. 모두들 π에 시달리는 사상가인 검사를 슬금슬금 피했다. 누구나 그에게 한번 잘못 붙들리기만 하면 그의 열띤 변설을 들어야 했고, 이러한 신비한 원주율의 절망적인 불합리성으로 말미암아 인간 정신이 오염되는 치욕을 당하는 것에 인간으로서 당연히 의분을 느껴야 한다는 충고를 들을 각오를 해야 했다. 날이면 날마다 직경에 π를 곱해 원주를 얻고, 반지름의 제곱에 π를 곱해 원의 면적을 얻는 일에서 아무런 결과를 얻을 수 없다는 사실에 절망한 검사는 인류가 아르키메데스 시절 이래로 이 문제의 해결책을 너무 어렵게 생각해 온 것이 아닌가, 그리고 이러한 해결책이 사실 유치할 정도로 아주 간단한 일이 아닌가 하는 의혹에 빠졌다. 어떻게 원주의 길이를 재지 못하며, 그러므로 어떻게 직선을 원주로 굽힐 수도 없다는 말인가? 때때로 파라반트는 대단한 발견을 한 것처럼 착각에 빠지기도 했다. 그는 종종 조명이 어둑어둑한 텅 빈 식당에 홀로 앉아 식기가 치워진 식탁에 한 오라기의 작은 끈을 조심스럽게 둥근 모양으로 내려놓았다. 그러다가 갑자기 습격이라도 하듯이 끈을 반듯하게 끌어당겼다가, 맥이 빠진 듯 턱을 괴고는 비통한 표정을 지으며 골똘히 생각에 잠기는 것이었다. 고문관은 검사가 이러한 우울한 장난을 하고 있을 때 이따금 그를 도와주었고, 의기소침해 있는 그의 힘을 북돋워 주었다. 고통에 시달리는 그 사나이는 한스 카스토르프에게도 자신의 비통한 심정을 호소한 적이 있는데, 그가 친절하게도 원의 신비함에 대해 상당한 이해심을 갖고 동감을 표했기 때문에 한 번이 두 번이 되고 세 번이 되면서 이런 일이 여러 번 되풀이되었다. 그는 절망적인 π를 구체적으로 보여 주기 위해 청년에게 정밀한 그림을 그려 보였다. 거기에는 아주 작은 수많은 변을 지닌 두 개의 다각형 사이에 하나의 원이 극도로 심혈을 기울여서 그려져 있었다. 하나는 원에 내접하고 하나는 원에 외접해 있어 두 다각형은 도저히 인간의 작업이라고는 생각할 수 없을 정도로 원에 가깝게 그려져 있었다. 검사는 아래턱을 떨면서 말했다. 그런데 이렇게 계산할 수 있게 원주를 변으로 둘러싸도 공기나 정신처럼 합리적으로 파악할 수 없는 나머지, 만곡부(彎曲部)가 π라는 것이다! 한스 카스토르프는 검사의 말에 충분히 수긍할 수 있었지만 검사만큼 π에 예민하게 반응하지 않았다. 그는 이를 장난짓거리라고 부르며, 도깨비 같은 장난에 너무 진지하게 열을 올리지 말라고 파라반트에게 충고했다. 그러고는 원주상의 가상의 시점에서 가상의 종점까지 원을 이루는 시작도 끝도 없는 변곡점들에 관해 말했고, 이와 마찬가지로 같은 방향으로는 한순간도 지속되는 법이 없이 자체 내에서 달리는 영원 속에 깃든 우울한 기분에 대해 신나게 말했다. 그가 아주 차분하고도 경건하게 말하는 바람에 검사는 이에 영향을 받아 잠시 흥분을 가라앉혔다.

아닌 게 아니라 선량한 한스 카스토르프는 이처럼 어떤 고정 관념에 사로잡혀 있는 검사뿐만 아니라 대충대충 살아가는 대다수의 사람들에게 외면을 당해 시달리고 있는 사람들의 신임을 얻었다. 그런 사람으로 매부리코, 푸른 눈, 흰 콧수염을 한 오스트리아 시골 출신의 중년 환자가 있었는데, 그는 전에 조각가였다. 그는 재정 정책 계획을 세운 후 그 취지를 또박또박 정서하여 핵심적인 부분에는 세피아 그림물감으로 밑줄까지 쳐 놓았다. 이에 따르면 모든 신문 구독자로 하여금 매일 낡은 신문 40그램을 모으게 하여, 그것을 매월 첫 날에 회수한다. 그리하여 일년이면 1인당 14.4 킬로그램, 20년이면 288킬로그램이 되는데, 1킬로그램을 20페니히에 팔면 총 57마르크 60페니히의 금액이 된다는 것이다. 그의 비망록에 따라 신문 구독자 수를 5백만이라 치면 20년 후에는 낡은 신문의 값어치는 2억 8천 8백 마르크라는 어마어마한 액수에 이르게 된다. 이 돈의 3분의 2를 신규 구독료에 돌려 그만큼 싸게 할 수 있고, 나머지 3분의 1, 약 1억 마르크를 인도적인 목적을 위해, 즉 민중 결핵 요양원에 자금을 지원하고, 불우한 인재의 육영 사업 등에 자유롭게 쓸 수 있다는 것이다. 이 계획은 빈틈없이 꼼꼼하게 작성되어 있어, 낡은 신문의 회수 장소라든지, 매달 회수하는 낡은 신문 값을 계산하는 센티미터 자라든지, 대금 영수증으로 사용할 구멍 뚫린 용지까지 도면에 적혀 있었다. 그의 계획서는 모든 면에서 완벽하게 인정받았고 입증되었다. 낡은 신문이 무지몽매한 사람들에 의해 하수구와 아궁이에 던져짐으로써 그것이 아무 생각 없이 낭비되고 폐기되는 것은 우리의 숲과 국민 경제에 막대한 손실을 안겨 준다는 것이다. 종이를 아끼고 절약하는 것은 펄프와 삼림, 그리고 펄프와 종이를 제조할 때 쓰이는 인적 자원을 아끼고 절약하는 것을 의미한다. 이런데도 적지 않은 인적 자원과 자본이 투입된다는 것이다. 더구나 낡은 신문지는 포장지와 판지 제조에 사용하여 수월하게 몇 배의 가치를 내도록 바꿀 수 있기 때문에 중요한 자원이 되고, 국세와 지방세의 효과적인 재원이 되어, 신문 구독자의 세금이 경감된다는 것이다. 요컨대 이 계획은 훌륭한 것이었고, 사실 나무랄 데 없었다. 그런데 여기에는 어쩐지 섬뜩하고 무의미하며, 그러니까 음산하고 어처구니없는 기분이 들었는데, 이는 사실 한때 예술가였던 그 노인이 경제적인 아이디어를 내서 오로지 이것에만 몰두하고 집착하게 한 미심쩍은 광신주의 때문이었다. 또한 그는 이 계획을 마음속 깊이 진지하게 생각한 게 아니라서 그것을 실현하려는 생각이 추호도 없었다. 한스 카스토르프는 그 남자가 열띤 어조로 복리 증진에 대한 자신의 생각을 설파할 때 머리를 기울이고 고개를 끄덕이며 경청했다. 그러면서 지각없는 세상에 대항하는 이 계획의 입안자를 편들어야 할 텐데 오히려 그에게 경멸과 혐오의 감정이 드는 이유를 곰곰 생각해 보았다.

베르크호프의 몇몇 손님들은 에스페란토어를 공부하고 있었는데, 식사 중에 이 알아듣기 힘든 인공어로 대화를 나누는 것을 자랑스럽게 생각했다. 한스 카스토르프는 나름대로 이들이 아주 형편없는 사람들은 아니라고 생각하면서 이들을 음울한 눈초리로 바라보았다. 얼마 전부터 이곳에 영국인들의 클럽이 생겨 사교 놀이를 유행시켰다. 그 놀이란 모두들 둥글게 모여 한 사람이 옆 사람에게 "당신은 나이트캡을 쓴 악마를 본 일이 있습니까?"라고 물으면 질문 받은 사람은 "이뇨! 나이트캡을 쓴 악마를 본 일이 없습니다"라고 대답하고는 다시 옆 사람에게 같은 질문을 반복하면서 계속 빙빙 도는 것이었다. 정말 끔찍한 놀이였다. 더구나 요양원의 곳곳에서 시도 때도 없이 혼자 카드놀이를 하는 사람을 보았을 때 불쌍한 한스 카스토르프는 더욱 참담한 기분이 들었다. 근래 들어 따분함을 달래는 이러한 심심풀이 놀이가 일대 유행이되어 문자 그대로 요양원이 악습의 소굴이 되었기 때문이다. 그리고 한스 카스토르프 자신이 이러한 역병의 희생자가 되어, 그것도 어쩌면 어느 누구보다도 더 열을 올린 탓으로 한층 더 오싹 소름이 끼쳤다. 그는 11이라는 카드 점에 빠져들었다. 그것은 카드를 세 장씩 세 줄로 나란히 놓아 가는 동안 두 장의 합이 11이 되거나, 또는 그림이 그려진 카드가 연속해서 세 장 나오면 그 위에 새로운 카드를 놓을 수 있는 놀이였다. 이렇게 행운을 얻으며 놀이가 끝날 때까지 그것은 계속되었다. 이렇게 단순한 놀이가 얼을 빼놓을 정도로 사람을 매혹시킬 줄은 아무도 생각하지 못했다. 그렇지만 한스 카스토르프는 다른 많은 사람들과 마찬가지로 이러한 가능성을 시험해 보았다. 사실 정상적인 궤도에서 이탈하는 것이 기분 좋은 일은 아니었기에 눈썹을 찌푸리고 시험해 보았다. 어떤 때는 운이 좋게도 카드를 나란히 늘어놓자마자 두 장의 카드의 합이 11이 되거나, 잭, 퀸, 킹이 처음부터 연달아 나와 세 번째 줄을 다 채우기도 전에 벌써 놀이가 끝나는 경우도 있었다(이럴 경우 너무 일찍 행운을 맛보는 바람에 성미가 급한 사람은 금방 다시 카드를 늘어놓기 시작하는 것이었다). 그리고 어떤 때는 세

장씩 세 줄이나 늘어놓아도 그 위에 새로 카드를 놓을 수 없게 되거나, 또는 확실히 성공을 거두었다고 생각한 순간 갑자기 막혀버려 마지막 순간에 파국으로 끝나는 경우도 있었다. 한스 카스토르프는 이렇게 변덕을 부리는 카드 요정의 노리개가 되고, 눈부시게 변하는 운수에 농락되어 하루 온종일 어디에 있거나 카드 점을 쳤다. 밤에는 별빛 아래에서, 아침에는 그냥 파자마 차림으로, 식탁이나 심지어 꿈속에서도 카드를 늘어놓고 있었다. 오싹한 기분이 들기는 했지만 그는 이를 그만두지 못했다. 예전부터 한스 카스토르프의 일을 '방해하는' 사명을 지닌 세템브리니가 그를 찾아왔다가 청년이 혼자 카드 점을 치는 것을 보았다.

"이게 무슨 일입니까!" 그가 말했다. "카드 점을 치고 있군요, 엔지니어 양반."

"뭐, 딱히 그런 것은 아닙니다." 한스 카스토르프가 대꾸했다. "별 생각 없이 카드를 늘어놓으며, 운수를 점쳐 보고 있습니다. 운수가 변덕스럽게 얼굴을 찌푸리다가 애교를 부리고, 그러다가 다시 믿을 수 없이 강짜를 부리며 나를 옭아매고 있습니다. 오늘 아침 일어나자마자 했을 때 세 번 내리 순조롭게 끝났고, 그 중에 한 번은 두 줄 만에 끝나 버렸지요. 가히 기록적이라 할 만합니다. 그런데 이번에는 서른두 번째인데 단 한 번도 절반까지도 오지 못했는데 이건 웬일일까요?"

세템브리니는 이 몇 년 동안 여러 번 그랬듯이 검은 눈으로 청년을 슬픈 듯이 바라보았다.

"어쨌든 당신은 나와는 다른 일에 정신을 빼앗기고 있군요." 그가 말했다. "나는 여기서 니의 거정에 위로를, 나의 마음을 괴롭히는 갈등에 위안거리를 찾을 수 없을 것 같군요."

"갈등이라고요?" 한스 카스토르프는 그의 말을 따라 하면서 카드를 늘어놓았다.

"세계 정세가 나의 머리를 혼란스럽게 하고 있습니다." 그 프리메이슨 단원은 한숨을 쉬면서 말했다. "발칸 동맹이 성사될 것 같습니다, 엔지니어 양반. 내가 수집한 정보로 미루어 보아 확실합니다. 러시아는 동맹을 실현하려 혈안이 되어 있고, 동맹의 창끝은 오스트리아-헝가리 제국을 향하고 있습니다. 이 군주국을 허물어뜨리지 않고는 러시아가 계획하는 어떤 것도 실현될 수 없기 때문입니다. 내가 무엇에 양심의 가책을 받는지 알겠어요? 당신도 알다시피 나는 빈을 말할 수 없이 증오하고 있습니다. 하지만 그렇다고 해서 우리의 고귀한 유럽을 전쟁의 도가니에 빠뜨리려고 하는 사마르티아인의 전제 정치를 정신적으로 지원해야 할까요? 한편, 만일 나의 조국 이탈리아가 오스트리아와 외교적으로 협력 관계를 맺으려고 한다면 나는 명예가 훼손되는 느낌이 들 겁니다. 그것은 양심의 문제입니다, 말인즉……"

"7과 4." 한스 카스토르프가 말했다. "8과 3. 잭, 퀸, 킹입니다. 이거 괜찮은데요. 당신이 나에게 행운을 가져다주었습니다, 세템브리니 씨."

이탈리아인은 갑자기 말문을 닫았다. 한스 카스토르프는 이성적이고 도덕적인 검은 눈이 슬픔이 가득 담긴 눈초리로 자신을 지켜보는 것을 느꼈지만, 한동안 계속해서 카드를 늘어놓았다. 그러다가 손으로 뺨을 괸 채 짐짓 시치미를 떼고 개전의 빛이 없는 악동 같은 표정을 지으며 자기 앞에 서 있는 사부(師父)를 천진난만하게 올려다보았다.

"당신의 눈은 당신의 지금 상황을 알고 있으면서 이를 감추려고 하지만 그래 봤자 아무 소용이 없습니다." 사부가 말했다.

"실험 채택입니다." 한스 카스토르프가 이처럼 뻔뻔스럽게 대답하자, 세템브리니는 그의 곁을 떠나 버렸다. 그러자 홀로 남은 청년은 카드 점을 그만두고 손으로 턱을 괸 채 흰 방의 한가운데 있는 식탁에 마냥 앉아 있었다. 그는 무시무시하고 비뚤어진 상태를 마음속으로 끔찍하게 느끼면서 골똘히 생각에 잠겼다. 그는 '무감각'이라는 이름의 악마와 요괴가 히죽히죽 웃는 가운데 세계가 그러한 상태에 사로잡혀 있음을 보았고, 세계가 속수무책으로 고삐 풀린 이들의 지배를 받고 있다고 생각했다.

무감각이란 무시무시한 재앙을 불러오는 좋지 않은 이름이었고, 은밀한 불안감을 불러일으키는 데 딱 맞는 이름이었다. 한스 카스토르프는 앉아서 손바닥으로 이마와 가슴 부분을 어루만졌다. 한스 카스토르프는 두려움을 느꼈다. '이 모든 것'이 좋게 끝나지는 않을 것이며, 결국 파국이 일어나고야 말 것처럼 생각되었다. 꿋꿋하게 참고 있던 자연이 분노하고, 뇌우가 밀려와 폭풍에 모든 것을 날려 보내며, 세상의 속박을 끊어 버릴 것이다. 삶의 '막다른 궁지'를 타개하고 '침체'에 빠진 삶에 끔찍한 최후의 심판을 내릴 것이다. 우리가 이미 말했듯이 그는 도망치고 싶은 기분이었다. 그리고 앞서 언급했듯이 요양원 당국에서 그에게 '한결같이 눈길을 쏟고', 그의 안색을 읽었으며, 새롭고 효과적인 가설을 세워 그에게 기분 전환을 시켜 주려고 한 것은 그나마 다행이었다!

요양원 당국은 대학생 조합원인 베렌스의 말투로 한스 카스토르프의 체온이 들쭉날쭉한 이유를 규명 중이라고 설명했다. 당국의 학술적인 진술에 따르면 그 이유를 밝히는 일은 그리 어렵지 않아 그는 어느 순간 멀지 않은 장래에 완쾌되어 고향인 평지로 당당하게 돌아갈 수 있을 것 같았다. 피를 뽑기 위해 팔을 내뻗을 때 청년은 이런저런 감회에 젖어 가슴이 마구 고동쳤다. 그는 눈을 껌벅이며 약간 창백한 얼굴로 투명한 용기를 서서히 채우는 생명의 즙액인 홍옥색의 혈액을 바라보며 경탄해 마지않았다. 고문관이 직접 크로코프스키 박사와 간호 수녀의 도움을 받아 간단하지만 파급 효과가 큰 수술을 했다. 그런 후 며칠이 지나갔다. 그러는 동안 체내에서 피를 뽑아 낸 당사자는 자신의 체외에서, 과학의 눈으로는 어떤 결과가 나타날지 궁금증을 떨치지 못했다.

처음에 고문관은 아직은 아무것도 순조롭게 진행되지 않을 수 있다고 말했다. 잠시 후 그는 유감스럽게도 아직은 아무것도 순조롭게 진행되지 않고 있다고 말해 주었다. 그러던 어느 날 아침 식사를 하는 중에 고문관이 이 무렵 일류 러시아인 석, 한때 그의 위대한 친구가 앉았던 상석 끝에 앉은 한스 카스토르프에게 다가와 드디어 연쇄상 구균이 실험 배양기의 하나에 분명히 나타났다고 알려 주면서 특유의 말투로 축하를 해 주었다. 그런데 중독 현상이 전혀 없다고는 할 수 없는 미미한 결핵 때문인지, 또는 아주 적게 존재하는 연쇄상 구균 때문인지는 확률의 문제라는 것이다. 베렌스 자신은 이 사안을 좀 더 면밀하게 시간을 들여 살펴보아야 한다는 것이다. 아직은 배양균이 완전히 자라지 않았기 때문이다. 그는 그것을 청년에게 '실험실'에서 보여 주었다. 젤리처럼 굳은 붉은 피 속에 회색의 조그만 점들이 보였는데, 그것이 구균들이었다. (하지만 결핵과 마찬가지로 어떤 바보라도 구균을 보유하고 있어, 특별한 증상이 나타나지 않는 한 그것을 보유하고 있다 해서 별 문제가 될 것은 없었다.)

한스 카스토르프의 체내에서 뽑아 낸 혈액은 그의 체외에서, 과학의 눈으로 계속 결과를 나타냈다. 어느 날 아침 고문관은 상투적인 흥분한 말투로 한 배양기뿐만 아니라 다른 모든 배양기에서도 구균이 추가로, 그것도 대량으로 나타났다고 보고했다. 그것이 모두 연쇄상 구균인지는 확실하지 않지만 그 때문에 중독 현상이 일어난다는 것만큼은 거의 확실했다. 그렇지만 한때 분명히 존재하고 있었고, 지금도 완전히 나았다고는 볼 수 없는 결핵이 중독 현상에 어느 정도 영향을 미치는지는 물론 알 수 없었다. 그래서 내려진 결론은? 연쇄상 구균 백신 주사를 맞는 것이다! 그럼 예후는 어떠할까? 아주 좋다는 것이다. 특히 아무런 위험 부담이 없으며, 조금도 해를 끼치지 않기 때문이란다. 한스 카스토르프 자신의 피로 혈청을 만들기 때문에 체내에 이미 존재하는 균 외에 다른 균이 주사로 몸속에 들어갈 일이 없다는 것이다. 최악의 경우 아무 소용이 없다고 해도, 효과가 제로에 그칠 뿐이다. 그러나 한스 카스토르프는 그렇지 않아도 어차피 환자로서 이 위에 있어야 하는 몸이므로 이를 나쁘다고 할 수 없었다!

아니, 한스 카스토르프는 사실 이러한 시도까지 할 생각은 없었다! 그는 백신 요법을 우스꽝스럽고 불명예스러운 일이라고 생각했지만 이에 따르기로 했다. 자신의 혈액을 체내에 주입한다는 것은 끔찍하게 정나미 떨어지는 방향 전환으로 생각되었고, 자신에게서 자신에게로 향하는 근친상간적인 끔찍한 일로 본질상 아무런 결실도 희망도 없는 것으로 여겨졌다. 비전문가적인 우울증 환자의 입장에서 이렇게 판단했지만, 결실이 없다는 점에서는 그의 생각이 완전히 옳았다. 방향을 바꾼 이러한 치료는 여러 주일 계속되었다. 물론 착각으로 밝혀지기는 했지만, 이것이 처음에는 해로운 것처럼 생각되었고, 가끔씩은 유익한 것으로 생각되기도 했지만, 이것 역시 잘못 생각한 것으로 드러났다. 확실하게 입 밖에 내어 밝힌 것은 아니었지만 결과는 아무것도 없었다. 이러한 시도는 실패로 끝나고 말았다. 그리고 한스 카스토르프는 머지않아 자신의 감정에 대한 악마의 방자한 지배가 끔찍한 종말을 맞으리라는 예감을 하면서도, 악마와 얼굴을 맞대고 카드놀이를 계속하고 있었다.

아름다운 음의 향연

우리의 오랜 친구인 한스 카스토르프로 하여금 카드놀이를 그만두게 하고, 이에 못지않게 이상한 오락이긴 하지만 좀 더 고상한 다른 오락에 빠져들게 한 것이 있었다. 그것은 베르크호프 요양원에서 새로 구입한 기계였는데 대체 어떤 것이었을까? 우리는 그 기계의 비밀스러운 매력에 푹 빠져 이를 알리고 싶은 마음을 억누를 길이 없어 이야기하고자 한다.

　말하자면 커다란 응접실에 비치된 오락 기구가 하나 더 늘어난 것이다. 그것은 밤낮을 가리지 않고 손님들에 대한 서비스에 만전을 기하고 있는 요양원 당국이 생각해 내서 구입하기로 결정한 기계로, 우리가 계산해 보고 싶지는 않지만 구입하는 데 막대한 금액이 들었을 것이다. 꼭 필요한 거라고 누구나 당국에 추천함직한 기계였다. 그렇다면 실체경 식의 요지경이나 망원경 식의 만화경, 또는 활동사진과 같은 재치 있는 장난감이란 말인가? 물론 그와 같은 것이라고 할 수 있지만, 그와 전혀 다르다고도 할 수 있다. 어느 날 저녁 그것이 피아노실에 설치된 것을 보고 사람들은 두 손을 높이 들고 손뼉을 치거나 허리를 구부리고 무릎 앞에서 손뼉을 쳤다. 첫째로 그것은 광학 기구가 아니라 음향 기기였기 때문이다. 더구나 이것은 지금까지의 가벼운 오락물과는 수준, 등급 및 가치 면에서 비교가 안 될 정도였다. 그것은 3주일만 들여다보면 금방 싫증이 나 버려 다시는 거들떠보고 싶지 않은 어린애 장난감 같은 그러한 단순한 눈속임 기구가 아니었다. 그것은 명랑하고 심원한 예술적 감흥이 솟아오르게 하는 마법의 샘 같았다. 그것은 음악 기계로, 말하자면 축음기였다.

　독자들이 이 말을 듣고 엉뚱하게 지레짐작을 하여 시대에 뒤떨어진 케케묵은 초기 형태를 연상할까 봐 자못 염려스러운 마음을 금할 수 없다. 그런 기계가 눈앞에 아른거리는 게 사실이다. 하지만 지금의 축음기는 뮤즈의 여신이 인도하는 기술이 하루가 나르게 발전한 덕택으로 기막히게 우수한 완성품으로 거듭나게 되었다. 베르크호프에 새로 비치된 이 축음기는 예전의 축음기, 즉 윗부분에 회전반과 바늘이 있고, 놋쇠로 된 나팔 모양의 보기 흉한 확성기가 달려 있어 음식점 테이블에서 콧소리로 돼지 먹따는 소리를 질러 대면서 아무 생각 없는 손님들의 귀를 멍하게 만드는, 작은 손잡이가 달린 보잘것없는 기구가 아니었다. 비단에 싸인 코드가 벽의 소켓에 접속된 그것은 장식대 위에 자못 품위 있게 놓여 있었다. 폭보다 높이가 약간 더 길고 약품으로 새까맣게 표면 처리가 된 이 축음기는 예전의 조잡하고 케케묵은 기계 장치와는 도저히 비교가 되지 않았다. 위쪽으로 갈수록 우아하게 좁아지는 뚜껑을 열면 안쪽 깊은 곳에서 놋쇠로 된 버팀목이 올라와 자동으로 비스듬하게 뚜껑을 고정시키게 되어 있었다. 아래쪽 평평한 곳에는 녹색 보를 깔고 가장자리에 니켈 도금이 된 회전반이 있고, 역시 니켈을 입힌 가운데의 굴대에는 위에 에보나이트제의 레코드 구멍을 끼우게 되어 있었다. 또한 축음기 전면의 오른쪽 옆으로 속도를 조절하기 위해 시계의 문자반처럼 숫자를 새긴 장치가 있었고, 왼쪽에는 회전반을 돌아가게 하거나, 또는 멈추게 하기도 하는 손잡이가 있었다. 뒤쪽 왼편에는 부드러운 접합부를 중심으로 좌우로 움직일 수 있는 곤봉 모양의 니켈로 된 픽업이 있었고, 그것의 끝에는 납작 둥글한 사운드박스가 달려 있었으며, 거기에 달린 나사가 레코드판 위를 돌아가는 바늘을 누르게끔 되어 있었다. 축음기의 앞쪽에 있는 두 개의 덧문을 양쪽으로 열면 그 안에는 까만색으로 부식 처리한 가느다란 판이 차양처럼 비스듬하게 서 있는 것 말고는 아무것도 보이지 않았다.

"이것은 최신 모델입니다." 고문관이 손님들과 방으로 들어서면서 말했다. "첨단 제품입니다, 여러분, 최상이고 최고라, 시장에 이보다 더 나은 제품은 없습니다." 그는 이 말을 가령 무식한 점원이 제품을 칭찬하면서 하는 말투로 이루 말할 수 없이 우스꽝스럽고 기묘하게 표현했다. "이것은 기구나 기계가 아닙니다." 그는 장식대 위에 자리 잡고 있는 알록달록한 함석 상자에서 바늘을 하나 끄집어내어, 그것을 사운드박스에 끼워 넣으면서 계속 말했다. "이것은 스트라디바리우스*나 구아네리와 같은 악기입니다. 굉장히 세련된 공명과 진동이 일어나지요! 뚜껑 안쪽에 있는 마크를 보면 아시겠지만 '폴리힘니아'*라고 합니다. 알다시피 독일제지요. 우리 독일인들은 타의 추종을 불허할 만큼 이런 제품을 월등히 잘 만듭니다. 근대적이고 기계적인 형상의 진정 음악적인 제품입니다. 최신 독일 정신이지요. 저기에 레코드가 있습니다!" 그는 이렇게 말하고 두툼한 앨범이 가지런히 꽂혀 있는 조그만 벽장을 가리켰다. "여러분은 이 마법의 보물을 마음껏 즐기도록 하십시오. 하지만 소중하게 다루어야 합니다. 그럼 시험 삼아 소리를 한번 들어 보기로 할까요?"

환자들의 간청에 못 이겨 베렌스는 내용이 풍부한 말없는 마법의 앨범들 가운데 하나를 꺼내어 묵직한 페이지를 넘겼다. 그리고 그는 가운데를 동그랗게 파내, 제목을 알아볼 수 있게 형형색색으로 인쇄한 마분지 봉투들 중 하나에서 레코드판을 꺼내 회전반에 걸었다. 단번에 회선반이 돌아가게 하여 완전한 속도기 될 때까지 2, 3초 기다린 후 강철로 된 뾰족한 바늘 끝을 조심스럽게 레코드 판의 가장자리에 얹었다. 가벼운 마찰음이 들리기 시작하자 고문 관은 그 위의 뚜껑을 닫았다. 그 순간 열린 덧문을 통해 차양의 틈 새 사이로, 아니 상자 전체에서 악기 소리가 들려왔다. 오펜바흐 의 서곡 첫 부분으로 명랑하게 울려오는 빠른 템포의 멜로디였다.

사람들은 입을 벌리고 미소 지으며 귀를 기울였다. 목관악기의 장식음이 하도 순수하고 자연 그대로여서 귀를 의심할 정도였다. 바이올린이 단독으로 환상적으로 전주(前奏)했다. 활의 움직임, 손가락을 사용하는 트레몰로, 하나의 음정에서 다른 음정으로 감 미롭게 미끄러져 넘어가는 소리를 들을 수 있었다. 이윽고 바이올 린은 「아, 나는 그녀를 잃어버렸노라」라는 왈츠의 멜로디를 연주 하기 시작했다. 이러한 감미로운 선율이 오케스트라의 하모니와 가볍게 어울리면서, 모든 악기가 한꺼번에 물 흐르는 듯한 합주로 이 멜로디를 되풀이하여 듣는 사람들의 마음을 황홀하게 만들었 다. 물론 이 방에서 진짜 관현악단이 연주하는 것 같지는 않았다. 악기의 음들이 조화를 잃은 것은 아니었지만 입체감이 줄어들어 있었다. 청각적인 음악에 시각적인 비유를 해도 된다면 오페라 글 라스를 거꾸로 하여 그림을 바라보는 느낌이라서 선의 날카로움 이나 색채의 선명함은 그대로지만 그림 전체가 멀고 작게 보이는 것과 같았다. 재능이 넘치고 짜릿함을 안겨 주는 악곡은 가벼운 악상을 기지 넘치게 전개하면서 끝을 맺었다. 마지막 곡은 우스꽝 스러울 정도로 머뭇거리며 빠른 원무로 시작하여 얼굴을 화끈거리게 하는 캉캉 춤을 추면서 무척 자유분방하게 출발했다. 실크 모자를 공중에 던지는 광경, 힘껏 들어올리는 무릎, 치켜 올려지는 치마가 연상되는 이 춤은 익살스럽고 의기양양한 기분에 넘쳐 끝날 줄을 몰랐다. 그러다가 찰칵 소리를 내며 회전이 자동적으로 멈추었다. 끝난 것이다. 사람들은 진심으로 박수를 보냈다.

모두의 열화와 같은 소망에 따라 다시 한 장을 더 듣기로 했다. 상자 안에서 남자의 목소리가 흘러나왔다. 관현악의 반주에 맞추어 부드럽고도 힘차게 이탈리아의 유명한 바리톤 가수의 음성이 흘러나왔다. 이번에는 목소리가 멀리서 작세 들리는 느낌은 전혀 들지 않았고, 멋진 목청은 천부적인 성량과 힘을 마음껏 뽐내었다. 말하자면 열려 있는 옆방에서 축음기를 보지 않고 듣는다면 성악가가 저기 살롱에서 악보를 들고 서서 직접 노래를 부르는 것으로 착각할 정도였다. 성악가는 오페라에서 탁월한 기량을 필요로 하는 아리아를 이탈리아어로 부르고 있었다. "아, 이발사, 주인, 주인! 거기 가는 피가로, 저기 가는 피가로, 피가로, 피가로, 피가로!" 청중들은 높은 가성으로 낭독하듯 부르는 노래, 곰처럼 억센 목소리, 혀를 매끄럽게 움직여 발음하기 어려운 말을 능숙하게 해 내는 기량이 매우 대조적이라 배꼽을 잡고 웃었다. 노래를 잘 아는 사람들은 가수의 뛰어난 분절법과 호흡법에 귀를 기울이고 감탄을 금치 못했다. 청중을 사로잡는 대가이자 앙코르에 맞들인 이탈리아의 거장인 이 성악가는 마지막 기본음으로 넘어가기 전에 무대 앞까지 걸어 나와, 손을 높이 들고 마지막에서 두 번째 음을 길게 끌면서 부르고 있는 것 같았다. 그래서 베르크호프의 청중들은 그가 노래를 끝내기 전에 연방 브라보를 외쳐 댔다. 정말 멋진 아리아였다.

계속해서 레코드를 틀었다. 어떤 판에서는 호른이 민요의 변주곡을 아름답고도 신중하게 연주했다. 어떤 소프라노 여가수가 「라 트라비아타」에 나오는 아리아를 스타카토와 트레몰로를 곁들여 이루 비할 데 없이 낭랑하고도 정확하게 불렀다. 또 어떤 판에서는 스피넷*처럼 담백하게 들리는 피아노 반주에 맞추어 세계적인 명성의 바이올린 연주가가 루빈슈타인의 「로망스」를 연주했는데, 이 소리는 마치 베일 뒤에서 울려오는 듯했다. 이렇게 은은하게 끓어오르는 마법의 상자에서 종소리, 하프의 글리산도, 요란한 나팔 소리, 마구 두드려 대는 북소리가 흘러나왔다. 마지막으로 춤곡을 틀었다. 심지어 최근에 외국에서 들여온 레코드도 몇 장 있었다. 예를 들어 항구의 술집 취향의 이국적인 탱고 곡이었는데, 이에 비하면 빈의 왈츠 곡은 벌써 시대에 뒤처진 춤곡 같았다. 최근에 유행하는 이러한 스텝을 알고 있는 두 쌍의 손님이 융단 위에서 춤을 추었다. 베렌스는 한 개의 바늘을 한 번 이상 사용하지 말고, 판을 '완전히 날계란과 똑같이' 다루라고 주의를 주고는 물러갔다. 이제는 한스 카스토르프가 노래를 틀어 주는 일을 맡았다.

하필이면 많은 사람들 가운데 다름 아닌 그가 이 일을 맡게 되었는가? 고문관이 나간 후에 사람들이 바늘과 판을 바꾸고, 전류 스위치를 켜고 끄는 일을 맡아하려 하자 한스 카스토르프가 이들을 향해 나아가며 착 가라앉은 음성으로 무뚝뚝하게 말했다. "나에게 맡겨 주십시오!" 그는 이들을 옆으로 밀쳤다. 그러자 이들은 군말 없이 그에게 자리를 비켜 주었다. 첫째로 그가 이런 기계에 대해 전부터 잘 알고 있는 듯한 표정을 지었고, 하지만 둘째로는 누구나 이러한 쾌락의 원천에 매달려 신경을 쓰기보다는 지루해 질 때까지 부담감 없이 마음 편히 즐기는 게 더 낫겠다고 생각한 때문이었다.

한스 카스토르프의 경우는 그렇지 않았다. 그는 새로 구입한 기기를 고문관이 트는 동안 웃지도, 환호성을 지르지도 않고 뒤에서 잠자코 있었다. 잔뜩 긴장하여 음악 소리에 귀를 기울이면서 가끔 나오는 버릇에 따라 두 손가락으로 눈썹을 배배 꼬았다. 그는 왠지 안절부절못하면서 사람들의 뒤에서 이리저리 자리를 바꾸기도 하고, 도서실에 들어가 귀를 쫑긋 세우기도 했다. 그러다가 나중에는 뒷짐을 지고 과묵한 표정으로 베렌스의 옆에 서서 마법 상자를 지켜보며 기계의 간단한 조작법을 자세히 지켜보았다. 마음속으로 그는 이렇게 외쳤다. '그래! 조심해야지! 전환점이야! 때가 온 거야!' 그의 마음은 새로운 열정, 매혹과 애정을 품을 수 있으리라는 확실한 예감으로 충만했다. 그것은 평지의 젊은이가 아름다운 아가씨를 처음 본 순간 뜻하지 않게 사랑의 갈고리 화살을 심장에 정통으로 맞은 것과 똑같은 기분이었다. 한스 카스토르프는 그만 질투의 감정에 사로잡히고 말았다. 공동의 재산이라고? 열정이 없는 호기심만으로는 그것을 소유할 권리도 자격도 없는 것이다. "나에게 맡겨 주십시오!" 그는 이빨 사이로 말했고, 다들 이에 아무런 이의가 없었다. 한스 카스토르프가 튼 레코드의 경음악에 맞추어 이들은 춤을 추기 시작했고, 또 음악을 틀어 달라고 요구했다. 다음에는 「호프만의 이야기」*에 나오는 「곤돌라 사공의 뱃노래」의 오페라 이중창이 사람들의 귀를 감미롭게 했다. 노래가 끝나 한스 카스토르프가 뚜껑을 닫자 이들은 가벼운 흥분에 취해 잡담을 나누며 안정 요양을 하거나 휴식을 취하러 돌아갔다. 한스 카스토르프는 이들이 물러가기를 기다렸다. 이들은 모든 것을 어질러 놓은 채, 바늘 상자는 열어 놓고 앨범은 꺼내 놓고, 레코드판은 여기저기 흩뜨려 놓은 채 물러갔다. 이들은 그러고도 남을 사람들이었다. 한스 카스토르프는 이들 뒤를 따라가는 척하다가 계단 위에서 살짝 빠져나와 살롱으로 되돌아갔다. 그는 문이란 문은 모조리 닫아 버리고 밤새도록 축음기와 레코드에 정신을 빼앗겼다.

그는 새로 구입한 물품을 잘 연구하고, 여기에 부속되어 있는 악곡의 보고(寶庫)인 묵직한 앨범의 내용을 아무런 방해도 받지 않고 찬찬히 살펴보았다. 앨범은 모두 열두 권이었고, 크기는 크고 작은 것 두 종류였으며, 앨범마다 레코드가 열두 장씩 들어 있었다. 둥근 모양의 원이 빽빽하게 새겨진 검은 음반은 대부분 양면용인데다가, 많은 곡이 뒷면까지 녹음되어 있었을 뿐만 아니라 상당수의 레코드에는 앞뒤로 전혀 다른 곡들이 수록되어 있었기 때문에 이것들을 정복해야겠다는 뿌듯한 생각이 들면서 처음에는 뭐가 뭔지 적이 혼란스러웠다. 밤이 깊어 주위의 다른 사람들에게 폐가 되지 않도록 음을 줄여 주는 부드러운 바늘을 사용하여 그는 스물다섯 장 가량의 레코드를 틀었다. 그래도 이쪽저쪽에서 유혹하듯 차례를 기다리는 레코드 수의 8분의 1에도 채 미치지 못했다. 오늘 밤에는 곡목을 대강 훑어보고, 가끔씩 마음 내키는 대로 말없는 아무 원반이나 꺼내어 소리를 들어 보는 것으로 만족해야 했다. 에보나이트 원반은 눈으로 보기에 가운데의 색깔 있는 레테르로만 구별될 뿐, 그 밖의 다른 것으로는 도저히 구별되지 않았다. 레코드마다 동심이 같은 원들이 중심 부분까지, 또는 중심 가까이까지 촘촘하게 새겨져 있어, 어느 것이나 다 똑같아 보였다. 하지만 이 가느다란 선에는 생각해 낼 수 있는 모든 음악, 세계 각지에서 징선하여 재현한 행복에 겨운 예술적 영감이 담겨 있었다.

유명한 관현악단이 연주한 세계 각지의 훌륭한 교향악의 서곡과 악장(樂章)이 다수 있었는데, 레코드에는 그 관현악단의 지휘자 이름이 새겨져 있었다. 그다음으로 피아노 반주에 맞추어 유명한 오페라하우스 가수들이 부른 긴 가곡들이 여러 장 있었다. 그 중에는 예술가의 고도의 의식적인 작품이나 소박한 민요도 있었으며, 말하자면 이 두 장르 사이의 중간에 위치하는 작품도 있었다. 이 중간에 해당하는 작품은 사실 정신적 예술의 산물이기는 하지만 거기에는 민중의 감성과 정신이 있는 그대로 살려져 경건하게 반영되어 있었다. '인위적'이라는 말이 그 노래들의 깊은 진실성을 해치지 않는다면 그것은 인위적인 민요라고 부를 수 있었다. 특히 그 중의 하나는 한스 카스토르프가 어릴 때부터 익히 잘 아는 노래였다. 하지만 지금 이 위에서 듣노라니 왠지 그 이유를 알 수 없지만 여러 의미가 함축된 애착을 느끼게 되었는데, 그 노래에 대해서는 앞으로 언급할 기회가 있을 것이다. 그 밖에 또 무슨 노래가 있었을까, 아니 엄밀히 말히면 없는 게 뭐가 있었을까? 오페라 곡은 없는 게 없을 정도로 많았다. 명성이 자자한 남녀 성악가로 이루어진 국제 혼성 합창단이 은은한 관현악단의 반주에 맞추어 천부적인 목소리를 고도로 단련시켜 여러 나라와 여러 시대의 오페라를 이중창의 아리아로 불렀다. 기품 있으면서도 경박하게 황홀감에 빠지게 하는 남국의 아름다운 노래, 장난기와 마성이 담겨 있는 독일 민요풍의 노래, 프랑스의 본격적인 오페라와 오페레타도 있었다. 이것으로 끝일까? 천만의 말씀이다. 이것들 말고 3중주와 4중주의 실내악, 바이올린, 첼로 및 플루트의 기악 독주곡, 바이올린 협주곡과 플루트 협주곡, 피아노 독주곡 들도 있었다. 또한 조그만 연주 오케스트라가 자기들 방식으로 만들어 낸 판으로, 나쁜 바늘을 사용하는 게 좋을 듯한 단순히 오락용의 시사 풍자적인 노래도 있었다.

한스 카스토르프는 혼자 열심히 레코드를 선별하고 정리하면서 몇몇 레코드를 기계에 걸어 여태껏 잠자고 있던 소리에 생명을 불러일으켰다. 그는 의형제를 맺은 추억 속의 인물이 된 위풍당당한 피터 페퍼코른과 처음으로 연회를 가졌을 때처럼 밤이 이슥해서야 지끈거리는 머리로 잠자리에 돌아가 두 시에서 일곱 시까지 마법의 상자에 관한 꿈을 꾸었다. 그는 꿈속에서 회전반이 눈에 보이지 않을 정도로 빠른 속도로 소리도 없이 도는 것을 보았는데, 그것은 사실 빙빙 도는 회전 운동뿐만 아니라 물결이 옆으로 튀는 듯한 독특한 파동 운동도 함께 하고 있어서, 회전반 위를 도는 바늘을 받치는 픽업이 탄력 있게 숨 쉬듯 진동하는 것을 볼 수 있었다. 이것은 현악기와 사람 목소리의 떨리는 음과 포르타멘토*를 재현하는 데 무척 효과적으로 보였다. 하지만 음향 효과가 좋은 빈 상자 위에서 바늘이 가느다란 홈을 따라가, 그것이 사운드박스의 엷은 진동 막에 전달되는 것만으로 어떻게 잠자고 있는 자의 정신적인 귀를 가득 채우는 다채로운 음색을 재현할 수 있는지 한스 카스토르프는 깨어 있을 때 못지않게 꿈속에서도 도무지 납득이 되지 않았다.

다음날 아침 한스 카스토르프는 아침 식사를 하기도 전에 벌써 살롱에 나와 안락의자에 앉아 두 손을 모으고, 하프의 반주에 맞추어 훌륭한 바리톤 음성으로 "이 고상한 무리를 둘러보면……" 하고 상자 안에서 나오는 노래 소리에 귀를 기울였다. 하프 소리는 바로 옆에서 들리는 것처럼 자연스러웠다. 넘쳐 오르고, 숨 쉬며 속삭이듯, 또렷하게 발성하는 목소리를 반주하며 상자 속에서 흘러나오는 하프 소리가 순수하고도 우렁차게 울려 퍼졌다. 참으로 놀라운 일이었다. 그 뒤에 한스 카스토르프는 근대 이탈리아의 오페라에 나오는 이중창을 들었는데, 그것은 세계적으로 유명하여 이 앨범의 다른 레코드에도 여러 곳에 수록되어 있는 테너 가수와 유리처럼 투명하고 감미로우며 가냘픈 소프라노 여가수의 겸손하고 마음에서 우러나오는 연모의 이중창이었다. "자, 팔을 주시오, 그리운 당신"이라는 테너의 노래에 답하는 소프라노의 단순하고 감미로우며 간결한 선율의 소악절, 세상에 이보다 더 사랑스러운 것이 또 있을까 싶을 정도였다.

한스 카스토르프는 뒤에서 문이 열리는 소리를 듣고 움찔 놀랐다. 고문관이 방을 들여다보고 있었다. 수술복을 입고 가슴 주머니에 청진기를 꽂은 채 문의 손잡이를 쥐고 잠시 서서 실험 조수에게 고개를 끄덕여 보였다. 한스 카스토르프가 어깨 너머로 고개를 끄덕여 답하자 콧수염이 한쪽으로 치켜 올라가고 뺨이 푸르죽죽한 원장은 문을 닫고 시야에서 사라졌다. 한스 카스토르프는 모습은 보이지 않으나 아름다운 목소리로 노래하는 한 쌍의 연인 쪽으로 다시 고개를 돌렸다.

그날 점심과 저녁 식사가 끝난 후 한스 카스토르프는 들락날락하는 청중들에게 레코드를 틀어 주었다. 노래를 틀어 주는 그는 청중이 아니라 즐거움을 안겨 주는 자로 인식되었다. 그 자신도 이러한 견해에 동조하게 되었고, 요양원 손님들도 그가 공공 비품의 관리자 겸 감독자인 양 결연한 태도를 보인 것을 애당초부터 암묵적으로 찬성했다는 의미에서 그의 견해에 동의하고 있었다. 그렇다고 해서 이 사람들에게 아무런 손해 될 게 없었다. 뭇사람들의 숭배의 대상이 된 테너 가수가 세상 사람들을 기쁘게 해 주는 목소리로 소곡과 대곡을 열정적으로, 현란하고도 우렁차게 부르는 소리에 이들이 황홀해하는 것은 피상적인 것에 불과했고, 입으로는 황홀감을 피력했지만 이들에게는 기구에 대한 사랑의 감정이 없었으므로 누가 레코드를 틀든 전혀 개의하지 않았기 때문이다. 그런 관계로 레코드를 정리하고, 앨범의 내용을 표지 안쪽에 적어서 그때그때 손님의 소망과 신청에 곧장 응하고 기계를 다루는 일은 한스 카스토르프의 몫이었다. 그는 이런 작업에 금방 숙달되어 민첩하고도 매끄럽게 일을 처리했다. 다른 사람들이 이 일을 맡았다면 어떻게 되었을까? 그들은 한 바늘을 여러 번 사용해서 레코드를 손상시켰을지도 모르고, 의자 위에 레코드를 잔뜩 풀어헤쳐 놓았을지도 모른다. 이들은 훌륭한 곡을 110의 속도와 음의 높이로 돌아가게 하여 히스테리컬하게 찌지직하는 소리가 나게 하거나, 바늘을 0에 맞추어 다 죽어 가는 신음소리처럼 들리게 하여 축음기를 하찮은 잡동사니로 만들어 버렸을지도 모른다. 그렇지 않아도 이들은 벌써 이와 같은 짓을 했던 것이다. 이들은 환자였지만 거칠었다. 이 때문에 얼마 후에 한스 카스토르프는 앨범과 바늘을 넣어 두는 조그만 벽장의 열쇠를 보관하게 되었고, 레코드를 듣고 싶으면 그를 불러와야 했다.

밤의 모임이 끝나고 다들 자기 방으로 돌아가고 나면 그의 세상이 되었다. 그러면 그는 살롱에 그냥 남아 있거나 몰래 그곳으로 되돌아와 밤늦게까지 혼자 음악에 귀를 기울였다. 음악을 틀면 요양원의 정적에 방해가 되지 않을까 염려했지만 처음에 생각한 것만큼 걱정할 필요는 없었다. 유령 같은 음악 소리가 그리 멀리까지 들리지 않는 것으로 드러났기 때문이다. 가까이서 들으면 놀랄 정도로 크게 공기를 진동시켰지만, 멀리서 들으면 힘이 떨어졌고 유령 같은 존재가 다 그렇듯이 소리가 약해져서 연기처럼 날아가 버렸다. 한스 카스토르프는 조그만 상자에서 흘러나오는 마법의 음악, 바이올린용의 목재로 만든 이 잘 다듬어진 조그만 관, 이 까만색의 조그만 신전에서 흘러나오는 멋진 음을 네 면이 벽으로 둘러싸인 공간에서 홀로 들었다. 쌍바라지 문을 좌우로 열어 놓고 그 앞의 안락의자에 앉아 두 손을 모으고 입을 벌리고 머리를 기불인 채 흘러나오는 아름다운 가락에 귀를 기울였다.

그 노래를 부른 남녀 가수들의 모습은 보이지 않았고, 그들의 실제 몸은 미국, 밀라노, 빈, 상트 페테르부르크에 있었지만 그들이 어디에 있든 그것은 아무 상관이 없었다. 그가 현재 여기서 가질 수 있는 것은 이들이 지닌 최상의 보배인 목소리였다. 그는 이러한 정화와 추상화 작용을 높이 평가했다. 이러한 추상화 작용에 의해 가수를 가까이서 볼 때의 불리한 점이 모두 사라지고 감각적인 면이 온전히 유지되었다. 그리고 말하자면 가수가 동향인, 즉 독일인인 경우에는 인간적인 면모도 요모조모 따지면서 들을 수 있었다. 가수의 발성이나 사투리를 들어 좀 더 자세한 출신지를 구별할 수 있었고, 목소리의 특색으로 가수 개개인의 정신적인 수준을 어느 정도 알 수 있었다. 그리고 정신적인 영향력을 살리느냐 그렇지 않느냐에 따라 지적 수준이 드러났다. 한스 카스토르프는 가수가 이런 일을 제대로 하지 못하면 화가 났다. 게다가 녹음 기술이 떨어지면 그는 괴로워했고 수치스러워 입술을 깨물기도 했으며, 자주 틀어 주는 레코드의 소리가 날카롭거나 시끄러운 잡음이 들리면 안절부절못했다. 말하자면 극히 미묘한 여성의 목소리일 경우 이런 일이 왕왕 일어났다. 하지만 사랑이란 참고 견디는 것이기에 그는 이런 일을 감수했다. 어떤 때는 라일락 꽃다발 위에 몸을 구부리는 것처럼, 숨 쉬듯 돌아가는 레코드 위에 몸을 구부리고 피어오르는 음의 구름에 머리를 갖다 댔다. 그는 상자의 열린 쌍바라지 문 앞에 서서 트럼펫 소리가 나오려고 할 때 두 손을 들어 신호를 하면서 마치 악단을 지휘하는 지휘자가 된 듯한 기쁨을 맛보기도 했다. 레코드들 중에 그가 특히 아끼는 것이 있었는데, 성악곡과 기악곡으로 된 몇 장은 아무리 들어도 질리는 법이 없었다. 우리는 이러한 것들을 여기서 언급하고 넘어가는 게 좋을 듯하다.

아름답고 독창적인 멜로디가 넘쳐흐르는 화려한 오페라 작품의 마지막 장면이 취입된 여러 장짜리 레코드가 그 중 하나였다. 이 오페라 작품은 세템브리니의 위대한 조국 남부 이탈리아의 가극의 거장이 19세기 후반에 민족 결합의 공학적인 힘에 의해 준공된 대사업을 인류 전체의 손에 넘겨주는 엄숙한 순간에, 동양의 한 군주의 부탁으로 작곡한 것이었다. 교양 있는 유럽인인 한스 카스토르프는 이 가극의 줄거리를 대략 알고 있었다. 그는 마법의 상자에서 이탈리아어로 흘러나오는 라다메스, 암네리스, 아이다의 운명을 대강 알고 있었기 때문에, 이들이, 즉 비길 데 없이 아름다운 테너, 테너 음역의 한가운데서 근사한 목소리로 변화무쌍하게 바뀌는 화려한 알토, 그리고 은방울처럼 낭랑한 소프라노가 부르는 내용도 어느 정도 이해할 수 있었다. 그는 이들이 부르는 가사를 다 알아들은 것은 아니었지만 이 장면들을 알고 있고, 이러한 장면들에 호감을 갖고 친밀감을 느끼고 있어 군데군데 가사를 알아들을 수 있었다. 네댓 장의 레코드를 여러 번 자꾸 듣는 사이에 더욱 친밀해져 정말 그것에 홀딱 빠지게 되었다.

처음에는 라다메스와 암네리스가 서로 노래를 주고받으며 대결했다. 공주인 암네리스는 꽁꽁 묶인 라다메스를 자기 앞으로 오게 했다. 그는 야만인인 여자 노예 때문에 조국과 명예를 버렸지만 공주는 그 죄수를 사랑하고 있어, 그에 대한 연정 때문에 목숨을 살려 주려고 했다. 반면에 물론 스스로 말하고 있듯이 그는 '마음 깊은 곳에서는 명예를 온전히 지키고' 있었다. 죄를 지었지만 마음속이 깨끗하다는 사실은 그에게 아무런 소용이 없었다. 엄연한 사실인 자신의 죄과 때문에 그는 인간적인 면이라고는 조금도 없는 종교 재판에 회부되었기 때문이다. 그가 마지막 순간에 여자 노예를 단념할 것을 맹세하고, 변화무쌍하게 바뀌는 화려한 알토의 품에 뛰어들 생각을 하지 않는다면 중벌을 면키 어려울 것이다. 순전히 청각적인 면에서 보면 라다메스는 충분히 생각을 바꿀 만했다. 비극적인 사랑에 눈이 멀어 살겠다는 생각을 버리고 단지 "저는 할 수 없습니다!"와 "소용없습니다!"라는 노래만 아름다운 목소리로 되풀이하는 테너에게 암네리스는 여자 노예를 단념하지 않으면 목숨을 잃게 된다고 간절하게 애원하면서 갖은 노력을 다해 열심히 그를 설득했다. "저는 할 수 없습니다!" "다시 한 번 생각해 보세요, 그녀를 단념하세요!" "소용없습니다!" 죽음을 불사하는 눈먼 사랑과 이룰 길 없는 사랑의 고통이 한데 어우러져 이루 말할 수 없이 아름답지만 아무런 희망이 없는 이중창이 되었다. 이어서 저 깊은 곳에서 울려 나오듯 둔탁하게 들리는 종교 재판의 끔찍하고 판에 박힌 선고가 내려지자 암네리스는 몇 번이고 고통스럽게 외쳤다. 그렇지만 불행한 라다메스는 눈도 까딱하지 않았다.

"라다메스, 라다메스." 재판장은 간절하게 노래 부르며 조국을 배반한 그의 죄과를 준엄하게 꾸짖었다.

"너의 죄를 해명하라!" 모든 성직자들이 합창으로 요구했다.

라다메스가 계속 침묵하고 있는 것을 재판장이 주지시키자 다들 배신 행위라고 입을 모았다.

"라다메스, 라다메스!" 재판장이 다시 그를 불렀다. "그대는 전투를 앞에 두고 진지를 떠났다."

"너의 죄를 해명하라!" 또 한 번 성직자들의 소리가 들렸다. "보라, 또 아무 말이 없구나." 완전히 편견에 사로잡혀 있는 재판장이 두 번째로 단언하자 이번에도 모든 재판관들이 그와 입을 모아 "배신 행위!"라고 평결했다.

"라다메스, 라다메스!" 세 번째로 가차없는 논고자의 말이 들렸다. "그대는 조국과 명예와 왕에 대한 맹세를 어겼노라." "너의 죄를 해명하라!" 다시금 성직자들의 목소리가 들려왔다. 그래도 라다메스가 입을 꾹 다물고 있다는 지적을 받자 성직자들은 최종적으로 몸을 부르르 떨면서 "배신 행위!"라고 외쳤다. 이리하여 피할 수 없는 파국적인 결과가 와서, 목소리를 들어 보니 한군데에 모여 있는 듯한 합창단이 죄인에게 선고를 내렸다. 그는 중죄인으로 사형에 처해져, 분노한 신의 신전 아래에 있는 무덤에 생매장되는 것으로 운명이 정해졌다.

성직자들의 이러한 무자비한 판결에 암네리스가 얼마나 격분했을까 하는 것은 한스 카스토르프 나름대로 머릿속으로 상상해 보는 수밖에 없었다. 여기서 레코드가 끝나 판을 바꾸어야 했기 때문이다. 그는 조용하고도 능숙한 솜씨로, 말하자면 눈을 내리깔고 판을 바꾸었다. 그리고 다시 노래를 듣기 위해 자리에 앉자 벌써 멜로 드라마의 마지막 장면이 흘러나왔다. 지하 무덤의 바다에서는 라다메스와 아이다의 마지막 이중창이 울려 퍼졌고, 두 사람의 머리 위 신전에서는 맹신적이고 잔혹한 사제들이 두 손을 쳐들고 뭐라고 중얼거리며 제식(祭式)을 올리고 있었다. "그대도…… 이 지하 무덤에?!" 뭐라고 형언할 수 없을 정도로 애틋하게 말을 거는 라다메스의 감미로운 동시에 씩씩한 목소리는 놀라움과 희열에 넘쳐 크게 울려 퍼졌다. 그렇다, 그가 명예와 목숨을 버리고 사랑한 애인 아이다가 곁에 와 있었던 것이다. 그녀는 그와 함께 죽기 위해 이곳에서 그를 기다리고 있었다. 두 사람이 주고받는 노래는 위층에서 사제들이 의식을 치르며 떠들어 대는 소리에 때때로 중단되기도 하고, 또는 이들의 소리와 한데 섞이기도 했다. 밤에 홀로 귀를 기울이고 있는 한스 카스토르프가 마음속 깊이 매혹당한 것은 사실 이 노래였다. 그는 상황 설정뿐만 아니라 음악적 표현에 매료되었던 것이다. 이것은 천국에 관한 노래였지만, 이 노래 자체가 천상의 노래였고, 이 노래들이 천상에서 불렸던 것이다. 라다메스와 아이다의 독창과 환상적으로 어울리는 이중창의 선율, 기본음과 제5음을 중심으로 한 이러한 간단하고 환희에 넘치는 곡선은 기본음에서 차츰 올라가 제8음의 반음(半音) 아래 음에서 길게 강조하며 끌다가 그 음을 벗어나 제8음에 살짝 닿았다가 다시 제5음으로 내려왔다. 한스 카스토르프는 여태까지 들은 선율 중에서 이 음이 가장 성스럽고 훌륭하다고 생각했다. 하지만 그가 배후를 이루는 장면을 모르고 있었다면 그렇게까지 이 선율에 매혹당하지 않았을지도 모른다. 그 내용 때문에 그의 감정은 선율에서 생기는 감미로운 매력에 비로소 완전히 융합되었던 것이다. 아이다가 그와 영원히 지하 무덤에서 지내려고 죽음에 처한 라다메스 곁을 찾아간 것은 정말 눈물겹도록 아름다운 광경이었다! 사형 판결을 받은 라다메스가 이처럼 사랑스러운 애인이 스스로 목숨을 버리겠다는 태도에 반대한 것은 당연한 일이었다. 하지만 그의 애정에 찬 절망적인 "아니야, 아니야! 그대는 참으로 아름다워"란 외침에서는 이 세상에서 다시는 만날 수 없다고 생각한 애인과 최종적으로 합일을 이루었다는 데서 오는 환희가 느껴졌다. 이러한 고마운 마음에서 라다메스가 또렷이 느끼고 있을 환희를 한스 카스토르프는 상상력을 동원하지 않고도 충분히 짐작할 수 있었다. 한스 카스토르프는 작고 검은 덧문 사이에서 이 모든 감동이 피어나는 동안 두 손을 모으고 쌍바라지 덧문을 바라보았다. 그가 최종적으로 느끼고 이해하며 즐긴 것은 음악, 예술 및 인간적인 심성의 의기양양한 이상이었고, 현실에서 일어나는 비열한 추악상에 가하는 고귀하고 반박할 여지가 없는 미화였다. 우리는 이 경우 냉정하게 말해 현실에서 일어나는 일을 눈앞에 상상해 보는 것만으로도 충분하다고 하겠다! 생매장된 두 연인은 지하 무덤에 가득 찬 가스에 숨이 막힐지도 모르고, 또 더욱 나쁜 것은 굶주림에 발버둥치다가 차례로 목숨이 끊어질지도 모른다. 그러면 두 사람의 해골이 지하 감옥에 널브러진 채 썩어 문드러져 차마 눈뜨고 볼 수 없는 몰골이 될 것이다. 이미 해골이 되어 버린 이상 혼자 누워 있든지 둘이 누워 있든지 전혀 상관없는 일이 될 것이고, 그들 자신도 전혀 이를 느끼지 못할 것이다. 이것은 사물들의 현실적이고 실세직인 면으로, 그 자체로 하나의 측면이자 사안이었다. 인간의 심정적인 이상주의는 이런 것을 전혀 문제 삼지 않으며, 미와 음악 정신은 이런 것을 의기양양하게 어둠 속에 처넣어 버렸다. 오페라의 심정적인 인물인 라다메스와 아이다에게 실제로 그런 운명이 들이닥친 것은 아니었다. 이들의 목소리는 이 중창으로 제8음의 반음 아래까지 올라가 거기서 길게 끌다가, 이제 천국의 문이 열리면서 영원의 빛이 이들의 동경에 찬 얼굴에 환하게 비친다는 것을 단언하듯 노래 불렀다. 현실을 미화하여 위안을 주는 이러한 힘이 이례적으로 한스 카스토르프를 즐겁게 해주었고, 그 힘이 그가 이 노래에 특히 애착을 갖고 즐겨 듣도록 하는 데 적지 않게 기여했다.

이 가극으로 공포와 변용(變容)을 맛본 뒤에 한스 카스토르프는 소품이긴 하나 강력한 매력을 지닌 드뷔시의 「목신(牧神)의 오후」를 들으며 휴식을 취하고자 하였다. 이것은 「아이다」에 비하면 내용이 훨씬 온건한 곡이었다. 전원곡이긴 했지만 현대 최신 예술의 특징인 간결하면서도 복잡한 수법으로 그려지고 형상화된 세련된 목가였다. 그것은 노래가 없는 순전한 오페라 곡이자 프랑스에서 생긴 교향악 서곡이었다. 현대 음악치고는 소규모 관현악단으로 연주되지만, 현대 음향 기술이라는 면에서 산전수전을 다 겪어 독보적인 위치를 차지하는 까닭에 사람의 영혼을 꿈의 세계로 이끌어 가는 데 안성맞춤이었다.

한스 카스토르프가 이 노래를 들으면서 꾼 꿈의 내용은 이러했다. 그는 형형색색의 별 모양의 꽃들이 만발하고 햇빛에 눈부시게 빛나는 풀밭에 등을 대고 반듯이 누워, 불룩 튀어 오른 땅바닥을 베개 삼아 한쪽 무릎을 조금 세우고는 다른 쪽 다리를 그 위에 올려놓았다. 그런데 그가 포개 올린 다리는 산양(山羊)의 다리였다. 풀밭에는 자신 말고는 아무도 없었기 때문에 순전히 자신이 즐기기 위해 조그만 목관악기를 입에 물고 부지런히 손가락을 놀리고 있었다. 클라리넷 같기도 하고 갈대 피리 같기도 한 그 악기에서 그는 콧소리 같은 평화로운 음들을 만들어 내고 있었다. 그 음들은 마치 막 나올 준비를 하고 있었던 것처럼 잇달아 나오면서 경쾌한 원무곡(圓舞曲)으로 바뀌었다. 그리하여 느긋한 콧소리는 푸른 창공으로 퍼져 갔고, 그 하늘 아래 군데군데 서 있는 자작나무와 물푸레나무의 가냘픈 나뭇잎이 미풍에 살랑거리며 햇빛에 반짝였다. 하지만 명상적이고 부드러운 거의 선율이라고도 할 수 없는 피리 소리만이 정적을 깨며 들려온 것은 그리 긴 시간이 아니었다. 뜨거운 여름날 풀밭 위를 날아다니는 곤충들이 붕붕거리는 소리, 햇볕, 미풍, 우듬지의 흔들거림, 나뭇잎의 반짝임, 부드럽게 움직이는 이 모든 여름날의 평화로움이 뒤섞여 음을 내고 있었다. 이것이 한스 카스토르프가 부는 단조로운 피리 소리와 어울려 끊임없이 변화하면서 놀랄 정도로 아름다운 화음을 계속 만들었다. 이 교향악의 반주는 때때로 멀어졌다가 끊기기도 했지만 산양 다리를 한 한스는 피리를 계속 불어 대면서 소박하고 단조로운 피리 소리로 자연의 극히 다채로운 마법의 음색을 이끌어 냈다. 그 매혹적인 음은 다시 한 번 잠잠해졌다가 어느 때보다 더 감미로운 선율로 점점 더 새롭고도 높은 기악음을 덧붙이며 그때끼지 억눌려 있던 온갖 음색과 일시에 어울리면서 풍부한 음향을 얻게 되었다. 이는 그야말로 한순간에 불과했지만 그 순간은 환희에 가득 차고 완전한 만족감은 그 안에 영원을 담고 있었다. 여름날 풀밭에 누운 젊은 목신은 그지없이 행복했다. 여기에는 "너의 죄를 해명하라!"도 없었고, 아무런 책임도 없었으며, 명예를 망각하고 잃어버린 어떤 남자를 재판하는 성직자들의 군법 회의도 없었다. 여기에는 망각 그 자체, 환희에 넘치는 정지 상태, 시간을 초월한 천진난만함이 충만해 있었다. 이는 전혀 양심의 거리낌이 없는 방종함이었고, 서양의 행동주의적 호령을 깡그리 부정하는 이상적인 신격화였다. 이에서 비롯하는 진정 작용 때문에 야밤의 음악 애호가는 다른 많은 레코드보다 이것에 특히 애착을 가지게 되었다.

그리고 그가 세 번째로 좋아하는 레코드가 있었다. 그것도 세 장인가 네 장으로 되어 있었다. 테너가 부르는 아리아만도 가운데까지 빽빽하게 홈이 파인 한쪽 면 전부를 차지하고 있었기 때문이다. 이것도 프랑스 것으로, 한스 카스토르프가 극장에서 여러 번 보고 듣고 하여 익히 잘 아는 오페라였다. 언젠가 그는 심지어 대화 중에, 그것도 아주 중요한 대화를 하는 중에 그것의 줄거리를 인용한 적이 있었다. 레코드는 스페인의 주막, 널찍한 선술집에서 벌어지는 제2막 장면이었다. 바닥은 마루로 되어 있고, 주위에 커튼이 쳐졌으며, 시원찮은 무어 양식의 건축물이었다. 카르멘이 열성적이고 약간 거칠지만, 정열적인 목소리로 하사 앞에서 춤을 추고 싶다고 하자 벌써 캐스터네츠 소리가 들리기 시작했다. 바로 그 순간 약간 떨어진 곳에서 트럼펫 소리, 연대의 신호 나팔 소리가 여러 번 울리기 시작했다. 그 소리를 듣고 하사는 흠칫 놀라는 것이었다. "그만! 잠깐만!" 그는 이렇게 외치고는 말처럼 귀를 쫑긋 세웠다. 카르멘이 "왜요? 무슨 일이라도 생겼어요?" 하고 묻자, 그는 "저 소리가 안 들리나?"라고 외치면서 그녀가 자기처럼 놀라지 않는 것에 깜짝 놀랐다. 저것은 막사에서 들려오는 신호 나팔 소리가 아닌가. "귀영 시간이 됐어." 그는 오페라식으로 말했다. 하지만 집시 여인은 이를 이해할 수 없었고, 무엇보다 도무지 이해하려고도 하지 않았다. "그럴수록 더 잘됐네요." 아무것도 몰라서 그러는지 아니면 뻔뻔스러워서 그런지는 몰라도 그녀는 이렇게 말했다. "이제는 캐스터네츠를 치지 않아도 되겠네요. 하늘에서 직접 춤추는 음악을 보내 주니까요. 자, 춤을 춰요. 라라라라!" 하사는 어쩔 줄 몰라 했다. 그는 카르멘에게 실상을 설명하고 아무리 사랑에 빠져 있어도 귀영 나팔은 거역할 수 없다고 애를 쓰며 설명하느라 정작 그 자신의 실망감과 고통은 완전히 사라져 버렸다. 대체 어떻게 그녀가 이렇게 중대하고 절대적인 것을 이해하지 못할 수 있단 말인가! "이제 나는 가야 돼, 부대로, 숙소로, 점호 받으러!" 그렇지 않아도 마음이 무거웠는데 그녀가 아무것도 모르는 것에 절망해 마음이 갑절로 무거워진 그는 소리 내어 외쳤다. 그런데 카르멘이 부르짖는 소리는 정말 가관이었다! 그녀는 분노했고, 마음속 깊이 격분해 있었다. 그녀의 목소리는 사랑에 배반당하고 모욕당한 여자의 목소리였다. 그녀는 이렇게 마구 대들기도 했다. "숙소로요? 점호 받으러요? 그럼 내 마음은?

당신한테 반해 있는 나의 착하고 가련한 마음은요? 그래요, 인성 해요, 당신에게 반한 것을요! 나는 춤과 노래로 당신을 즐겁게 해 줄 준비가 되어 있어요. 트라테라타!" 그녀는 손을 오목하게 하여 입에 갖다 대고는 귀영 나팔을 부는 흉내를 내면서 노골적으로 비웃었다. "트라테라타! 이것으로 충분하지요. 그러면 이 바보는 벌떡 일어나서 가 버리려고 해요. 좋아요, 그럼 돌아가세요! 여기 군모며 군도, 혁대가 있어요. 어서, 어서, 어서 막사로 돌아가세요." 젊은이는 자신의 심정을 이해해 달라고 애원했다. 하지만 그녀는 막무가내로 비웃으며 나팔 소리가 울릴 때 제정신을 잃은 쪽은 그가 아니라 자신이란 듯이 펄펄 뛰었다. "트라테라타, 점호 시간이에요! 아이 어떡하지, 지금 가도 늦을 텐데! 그냥 가세요, 점호 나팔이 울리니까요. 카르멘이 춤을 추려고 하는 순간 나팔 소리를 듣고 바보처럼 놀라 어쩔 줄 몰라 하는군요. 이게, 이게, 이게 나에 대한 당신의 사랑이란 말인가요!"

그야말로 곤혹스러운 상황이었다! 그녀는 이해하지 못했다. 그 여인, 그 집시 여인은 이해할 수 없었고, 이해하려고 하지도 않았다. 그녀는 일부러 이해하려고 하지 않았다. 의심의 여지 없이 그녀의 분노와 비웃음에는 지금 이 순간과 그녀 개인의 문제를 넘어서는 무슨 곡절이 있었다. 거기에는 프랑스식의 신호 나팔, 또는 스페인식의 뿔 나팔을 불어 사랑에 빠진 어린 병사를 불러 가려는 원칙에 대한 증오와 근원적인 적대감이 있었다. 이러한 원칙과 싸워 승리를 거두는 것이 그녀의 최고의 야심이자 그녀가 태어날 때부터 가진 초개인적인 야심이었다. 그녀에게는 이 원칙에 대항할 아주 간단한 수단이 있었다. 그녀는 그가 가려고 하면 자신을 사랑하지 않는다고 주장하기만 하면 되었다. 그리고 상자 속의 호세가 견딜 수 없는 것이 바로 그 소리를 듣는 일이었다. 그는 자신에게 말할 기회를 달라고 애원했지만 그녀는 허락하지 않았다. 그는 어떻게 해서라도 그녀를 이해시키려고 했다. 그야말로 말할 수 없이 심각한 순간이었다. 관현악단에서 파국을 불러오는 음향이 흘러나왔고, 한스 카스토르프가 알고 있었듯이 이러한 음산하게 위협하는 악상은 오페라의 서곡에서부터 파국적인 종말에 이르기까지 오페라 전체를 관통하고 있었다. 이는 이제 새로 틀 레코드에도 이어져 어린 병사가 부르는 아리아의 서곡도 그러한 악상으로 구성되어 있었다.

"이 가슴속 깊이 간직한 시간." 호세는 놀랍도록 아름답게 노래했다. 한스 카스토르프는 평소의 익숙한 순서에 따르지 않고 아리아의 이 부분만을 따로 틀었는데, 그것에 귀 기울일 때마다 깊이 공감하며 주목해서 들었다. 그 아리아는 내용 면에서 깊이는 그다지 없었지만, 그녀가 애원하는 감정 표현은 이루 말할 수 없이 감동적이었다. 병사는 카르멘과 처음에 사귈 때 그녀가 자신에게 던져 준 꽃에 대해 노래했는데, 그 꽃은 그가 그녀 때문에 영창에 들어가게 되었을 때 가장 소중한 보물이었다고 한다. 그는 이 순간 카르멘을 두 눈으로 보게 해 준 운명을 저주했다고 몸을 부르르 떨면서 고백했다. 하지만 그 즉시 그런 불경스러운 말을 한 것을 비통하게 뉘우치며, 무릎을 꿇고 그녀를 다시 한 번 만나게 해 달라고 기도했다. "그러자", 이 '그러자'는 그가 조금 전에 "아, 사랑히는 아가씨"를 부를 때 시작한 것과 똑같이 높은 음으로 노래 불렀다. 이 부분에서 어린 병사의 고뇌, 그리움, 잃어버린 애정, 감미로운 절망감을 조금이라도 표현하는 데 좌우간 적합했을지도 모르는 관현악의 온갖 마술과도 같은 반주가 시작되었다. 그러자 그녀는 더할 나위 없이 요염한 모습으로 눈앞에 나타나 그는 자신이 "끝장났다"("끝장났다"는 말은 제1음절이 온음의 앞꾸밈음으로 불렀다), 자신이 영원히 끝장났다는 사실을 분명하고도 또렷하게 느끼게 되었다. "그대, 나의 기쁨, 나의 희열이여!" 그는 절망적인 심정으로 이 구절을 거듭 하소연하듯 불렀는데, 관현악단도 이 선율을 따라 기본음에서 2음 올라갔다가 거기서 한 옥타브 내려가서 애절하게 제5음으로 또 한 번 연주했다. "내 마음은 당신의 것." 병사는 바로 같은 음형(音形)을 사용하면서 무미건조하지만 아주 사랑스럽게 쓸데없는 맹세를 한 다음, 음계를 제6음까지 올리고는 "영원토록 나는 그대의 것!"이라고 덧붙였다. 그런 후 목소리를 10음 내려서는 몸을 부르르 떨면서 "카르멘, 그대를 사랑해!"라고 고백했다. 이 노래의 마지막 음은 교대로 나타나는 화음으로 지속되면서 고통스러울 정도로 길게 끌다가, "사랑해"라는 마지막 음절은 이전 음과 어울리며 기본 화음으로 넘어갔다.

"그럼, 그렇고말고!" 한스 카스토르프는 우울한 심정으로 만족을 느끼며 이렇게 말하고는 마지막 곡도 듣기로 했다. 거기서는 아까 카르멘이 탈영을 요구했을 때 소스라치게 놀랐던 호세가 장교와 충돌함으로써 귀대가 불가능하게 되어 이제 어쩔 수 없이 탈주병이 되자 다들 젊은 호세를 축하해 주었다.

아, 우리를 따라 바위투성이 협곡으로 오라,

거기서는 사납지만 맑은 바람이 불지.

그들은 그에게 이렇게 합창을 불러 주었는데, 이들의 기분을 아주 잘 이해할 수 있었다.

세상은 열려 있고, 마음을 짓누르는 걱정거리도 없지,

그대의 조국에는 국경선이 없어!

그대의 의지만이 최고의 힘이지,

나아가라, 가장 복된 희열이여,

자유가 웃는구나! 자유가 웃는구나!

"그래, 그렇고말고!" 그는 또 한 번 이렇게 말하고는 네 번째의 아주 사랑스럽고 훌륭한 곡을 틀었다.

이번에도 역시 군인 정신으로 충만한 프랑스 곡이었지만 우리가 선택한 것이 아니므로 우리의 잘못은 아니다. 그것은 삽입곡이자 독창곡으로 구노의 「파우스트」 오페라에 나오는 「기도」였다. 발렌틴이라는 이름의 말할 수 없이 호감이 가는 젊은이가 등장했다. 하지만 한스 카스토르프는 그를 남몰래 다른 이름으로, 좀 더 친근하고 슬픔을 자아내는 이름, 즉 죽은 사촌의 이름으로 불렀다. 상자 속에서 노래 부르는 젊은이는 사촌보다 훨씬 더 아름다운 목소리를 지니긴 했지만, 한스 카스토르프는 그 젊은이를 사촌과 거의 같은 사람으로 느끼고 있었다. 그것은 힘차고도 열정적인 바리톤이있고, 그의 노래는 3절로 되어 있었는데, 두 부분은 서로 비슷한 소절로 이루어졌다. 그렇다, 신교의 찬송가 양식과 거의 흡사하게 경건한 성격을 띠고 있었다. 그리고 가운데 소절은 대담한 기사풍으로 호전적이고 경쾌하면서도 동시에 경건했다. 그리고 사실 거기에 프랑스적이고 군인적인 면모가 담겨 있었다. 눈에 보이지 않는 젊은이는 이렇게 노래 불렀다.

사랑하는 고국을
이제 떠나야 하는 순간에.

그리고 젊은이는 이런 상황에서 자기가 없는 동안 아리따운 여동생을 지켜 달라고 하늘에 계신 하느님께 간절하게 애원하며 노래했다! 전쟁 장면이 되자 리듬은 급변하여 박력 있게 바뀌면서, 비탄과 슬픔은 어느 순간 사라져 버린 듯했다. 눈에 보이지 않는 젊은이는 치열한 전투가 벌어져 가장 위험한 장소에서 대담하고도 경건하게, 프랑스식으로 적과 맞서 싸웠다. 하지만 하느님이 자신을 높은 하늘나라로 부르신다면 그는 저 위에서 '너'를 내려다보면서 지켜 줄 거라고 노래했다. 이 '너'란 말은 자신의 피붙이 여동생을 뜻하는 말이었지만, 그럼에도 한스 카스토르프는 이 말에 마음속 깊이 감동받았다. 그리고 그의 이러한 감동은 노래가 끝날 때까지 조금도 줄어들지 않았다. 마지막에 가서 상자 속의 기특한 젊은이는 힘찬 찬송가의 화음에 맞추어 노래 불렀다.

오, 하늘에 계신 아버지시여, 나의 애원을 들어 주소서,
마르가레테를 지켜 주옵소서!

이 레코드에 관해서는 더는 뭐라고 이야기할 게 없다. 한스 카스토르프가 이 레코드를 각별히 좋아했기 때문에 우리는 그것에 대해 간단하게나마 언급해야겠다고 생각했다. 그런데다가 또한 그 레코드가 나중에 이상한 기회에 모종의 역할을 했기 때문이기도 하다. 그러면 그가 특별히 좋아한 몇 개의 레코드 중에서 다섯 번째이자 마지막 곡을 소개하기로 하겠다. 물론 이제 이 곡은 프랑스 곡이 아니라 심지어 특히 전형적으로 독일적인 곡으로, 오페라도 아니고 가곡이었다. 이 가곡은 민중의 재산인 동시에 걸작이라는 점에서, 이러한 두 가지 성격으로 인해 세계상을 보여 주는 특수한 정신적 특징을 지니고 있었다. 이렇게 빙빙 둘러서 이야기할 필요가 뭐가 있을까? 그것은 슈베르트의 「보리수」로, 누구나 다 알고 있는 다름 아닌 "성문 앞 우물가에……"로 시작하는 가곡이었다.

테너 가수가 이 노래를 피아노 반주에 맞추어 불렀다. 박자 감각과 미적 감각이 있는 그 성악가는 단순한 동시에 심오한 그 노래를 음악적인 섬세한 감정을 가지고 낭송조로 신중하고도 사려 깊게 부를 줄 알았다. 우리가 모두 알고 있듯이 대중과 아이들은 이 훌륭한 노래를 성악가와는 좀 다른 창법으로 부른다. 대중과 아이들이 부를 때는 노래를 단순화해 주된 선율에 따라 각 절마다 동일한 선율이 반복되는 게 보통이다. 반면에 본래 널리 부르던

창법에서는 8행으로 된 절의 제2절에서 벌써 단조로 변조되며, 다섯 번째 시행에서 더할 나위 없이 아름답게 다시 장조로 돌아간다. 이어서 계속되는 "찬바람" 부분과 "머리에서 날아가는 모자" 부분에서는 선율이 극적으로 불협화음에서 협화음으로 바뀌며, 제3절의 마지막 네 개의 시행에서 비로소 본래의 선율로 되돌아간다. 그 네 개의 시행은 노래를 끝낼 수 있도록 두 번 부른다. 엄밀히 말하면 노래에 활기를 불어넣는 선율의 전환은 세 번 일어나는데, 그것도 조바꿈이 일어나는 후반부에 나타난다. 그러므로 마지막 반(半) 소절인 "나는 이제 여러 시간을"이라는 부분을 되풀이함으로써 세 번째로 조바꿈이 일어나는 것이다. "그토록 많은 사랑스러운 말", "나를 부르는 듯이", "그곳에서 멀리 떨어져"라는 구절에서 우리가 감히 말로 이를 손상시키고 싶지 않은 매혹적인 전환이 일어난다. 테너의 성악가는 밝고 열정적이며 교묘한 호흡법으로, 적절하게 흐느끼는 듯한 목소리로 세 번 다 지적인 감정을 살려 아름답게 노래 불렀다. 특히 예술가가 "언제나 그 나무에 끌리는"과 "이곳에서 그대는 안식을 얻으리"라는 구절에서 이례적으로 마음속에서 우러나오는 감정을 실음으로써 자신의 효과를 고조시킬 줄 알았기 때문에, 노래를 듣는 한스 카스토르프는 자신도 모르는 사이에 진한 감동에 사로잡히고 말았다. 마지막에 되풀이되는 시행, 즉 "그대는 그곳에서 안식을 얻으리!"에서 '얻으리'를 처음에는 가슴에 그리움을 가득 담은 채 부르고, 두 번째에 가서야 비로소 아주 부드럽기 짝이 없는 플루트 같은 소리로 불렀다.

「보리수」 가곡과 그 창법에 대해서는 이 정도로 이야기하기로 하자. 지금까지 소개한 예들로 보아 한스 카스토르프가 야간 콘서트에서 몇몇 중요한 레코드에 얼마나 내밀한 애착을 보였는가를 독자들이 대강 이해했을 거라고 우리는 어느 정도 자처하는 바이다. 하지만 이 마지막 가곡인 친근한 「보리수」가 그에게 어떤 의미가 있었는지를 이해시키는 일은 물론 극히 민감한 문제이다. 그리고 자칫 잘못하면 도움이 되기는커녕 그 반대가 될지도 모르는 일이기에 극히 신중하게 대처하는 것이 필요하다고 하겠다.

우리는 이를 다음과 같이 설명하고자 한다. 정신적인 대상, 즉 중요한 대상은 사실 자신을 뛰어넘어 먼 곳을 가리키고, 좀 더 보편적인 정신적인 세계, 감정과 신념의 전체 세계를 표현하고 대표하기 때문에 '중요한' 것이다. 따라서 이러한 세계는 그 대상 안에서 다소간 완전한 상징을 발견하였는데, 그 상징의 정도에 의해 그 대상의 중요도가 결정된다. 그리고 그러한 대상에 대한 사랑 역시 그 자체로 '중요'하다. 그러한 사랑은 그것을 품고 있는 대상에 대해 무언가를 말해 주며, 그 대상이 대표하는 세계, 의식하든 안하든 간에 함께 사랑받는 보편적인 세계와 대상의 관계를 여실히 나타내 준다.

우리는 우리의 소박한 주인공이 몇 년 동안 밀봉 교육을 받아 연금술적인 고양이 일어났기 때문에 자신의 사랑의 중요성과 그 사랑의 대상의 '중요성'을 의식할 정도로 충분히 정신적인 세계로 들어갔다고 생각할 것인가? 우리는 그가 그러한 상태에 도달했다고 주장하고 이야기하는 바이다. 그에게 「보리수」 가곡은 중요한 의미가 있었고, 하나의 전체 세계, 그것도 그가 사랑하고 있었음에 틀림없는 세계를 뜻했다. 그가 그 세계를 사랑하지 않았다면 그 세계를 대표하고 상징하는 가곡에 그토록 푹 빠지지 않았을 것이다. 그의 기분이 감정 세계의 매력, 그 가곡을 그토록 내적이고 비밀스럽게 통합한 보편적으로 정신적인 태도의 매력을 조금도 받아들일 자세가 되어 있지 않았더라면 그의 운명이 지금과는 다르게 흘러갔을지도 모른다. 어쩌면 좀 막연하게 보일지도 모르지만 이런 말을 덧붙인다면 우리는 우리가 무슨 말을 하는지 알고 있는 셈이다. 사실 이러한 운명은 고양, 모험 및 통찰을 가져다주었고, 그의 마음속에 술래잡기의 여러 문제점을 제기했다. 이 문제점들은「보리수」가곡의 세계, 물론 그 세계를 기막힐 정도로 훌륭하게 상징하는 가곡, 그 가곡에 대한 사랑을 불길한 예감을 갖고 비판할 수 있을 정도로 그를 성숙하게 했고, 그 세계와 가곡과 사랑, 이 세 가지를 양심상의 의구심을 가지고 바라볼 수 있게 하였다.

그런데 그러한 의구심이 사랑에 마이너스가 될지도 모른다고 생각하는 사람이 있다면 그는 물론 사랑의 본질에 관해 아무것도 모른다고 말할 수 있다. 반대로 이러한 의구심은 사랑의 맛을 더하는 향료이다. 이러한 의구심이야말로 사랑에 정열의 가시 면류관을 얹어 주는 것이므로, 바로 그 정열을 회의적인 사랑이라고 규정할 수 있을지도 모른다. 그런데 한스 카스토르프가 이 매혹적인 가곡과 그 가곡의 세계에 대한 자신의 사랑이 좀 더 고상한 의미에서 허락된 것인지의 여부에 양심상의, 술래잡기상의 의구심을 품은 까닭은 대체 무엇 때문이었을까? 자신의 양심의 예감에 따르면 금지된 사랑의 세계여야 하는 이러한 배후의 세계는 무엇이었을까?

그것은 죽음의 세계였다.

하지만 이는 말도 안 되는 망상이었다! 그토록 멋진 가곡이! 민중의 정서의 가장 깊고 가장 성스러운 곳에서 생겨난 순수한 걸작으로 최고의 보배이자 내적으로 친밀한 것의 원형이며 사랑스러움 그 자체가 죽음의 세계라니! 이런 추악한 모독이 어디 있단 말인가!

그야 물론 그렇지, 그렇고말고, 이렇게 분개하는 것은 당연지사로, 성격이 올곧은 사람이라면 누구나 분명 그렇게 말할 것이다. 그렇지만 이 사랑스러운 가곡의 배후에는 죽음이 도사리고 있었다. 이 가곡은 사람들이 애착을 가지는 죽음과의 관계를 유지하고 있었지만, 그러한 사랑을 단호하게 금지하는 것에 불길한 예감으로 술래잡기하면서 변명하는 측면도 없지는 않았다. 이 가곡은 자신의 원래 본질상 죽음과의 공감을 나타내려는 것이 아니라 무언가 아주 민중적이고 생기 넘치는 것을 표현하려고 했다. 하지만 이 가곡에 정신적으로 공감한다는 말은 죽음과 공감한다는 뜻이었다. 처음에는 그러한 공감이 순수하게 경건하고 명상적인 성격을 띠었다는 사실 또한 조금도 논란의 여지가 없지만, 가곡에 공감하는 사이에 죽음에 공감하는 음울한 결과를 초래하게 되었다.

한스 카스토르프는 이에 대해 어떤 견해를 가지고 있었을까! 그는 여러분이 아무리 설득해도 이 가곡에 대한 공감이 음산한 결과를 초래힐 거라는 생삭을 바사지 않을지도 모른다. 접시 모양의 주름 장식이 달린 스페인풍의 검정 옷을 입은 고문 형리의 생각과 인간에 대한 적대감, 사랑 대신에 색정, 이것이 진실하게 보이는 경건한 태도의 결과이다.

정말이지, 그는 문사 세템브리니를 사실 절대적으로 신뢰한 것은 아니었지만, 이 명석한 사부로부터 언젠가, 옛날에, 즉 그가 연금술적인 인생 행로를 시작하던 무렵에 '복귀'에 관해 약간의 가르침을 받은 생각이 났다. 그는 당시 모종의 세계로 정신적인 '복귀'를 할 것을 권유받았던 것이다. 그는 이러한 가르침을 자신의 관심의 대상인 「보리수」 가곡과 조심스럽게 연관 지어 보는 것이 좋겠다고 생각했다. 세템브리니는 이러한 복귀 현상을 '병'이라고 지칭했다. 세계상 자체, 이러한 복귀가 행해지는 정신적인 시점이 교육자적 기질이 다분한 세템브리니에게는 병적으로 여겨졌을 것이다. 하지만 도대체 어째서 그렇다는 말인가! 한스 카스토르프가 향수를 느끼는 사랑스러운 가곡, 그 가곡이 속하는 정서적인 영역, 그리고 이러한 영역에 대한 애착이 '병적'이라는 말인가? 그건 말도 안 되는 소리다! 이것들은 이 세상에서 가장 아늑하고 가장 건강한 세계였다. 하지만 이 가곡은 지금 이 순간, 또는 바로 뒤까지는 싱싱하고 윤기를 내며 온전해 보이지만, 얼마 안가 썩어서 상해 버리기 쉬운 과일과도 같다. 싱싱할 때 먹으면 이루 말할 수 없이 기분을 상쾌하게 해 주지만, 조금만 시간이 지나면 그것을 먹은 사람의 몸을 상하게 하고 망쳐 버리는 것이다. 이가곡은 죽음에 의해 태어나 죽음을 잉태한 생명의 과일인 것이다.

그것은 영혼의 기적이었다. 그것은 양심이 결여된 미의 관점에서 보면 미의 축복을 받은 어쩌면 최고의 기적일지도 모르지만, 책임감을 갖고 사색하는 삶의 친근성과 유기적인 것에 대한 사랑의 눈으로 설득력 있는 이유를 가지고 바라볼 때는 미심쩍게 보일지도 모르므로, 이는 최고 재판관인 양심의 판결에 따르면 자기 극복의 대상인 것이다.

그렇다, 자기 극복, 이것이야말로 이러한 사랑을, 음산한 결과를 초래하는 이러한 영혼의 매혹을 이겨 내는 본질일지도 모른다. 한스 카스토르프의 생가, 또는 불길한 예감에 찬 어렴풋한 생각은 밤에 홀로 잘 다듬어 만든 음악 상자 앞에 앉아 있는 동안 높이 날아 올랐다. 그것은 자신의 오성이 미치는 곳보다 더 높이 날아 올라, 연금술에 의해 고양된 사고가 되었다. 아, 영혼의 매혹은 대단했다! 우리 모두 영혼에 매혹된 자식들이며, 우리는 그것에 봉사하면서 지상에서 대단한 일을 해 낼 수 있었다. 우리가 천재가 아니더라도 「보리수」 가곡의 작곡가보다 더 많은 재능만 있으면 영혼에 매혹된 예술가로서 이 가곡에 엄청난 힘을 부여해 세계를 정복할 수 있을 것이다. 필경 우리는 심지어 이 가곡 위에 여러 나라들을 세울 수도 있다. 아주 튼튼하고 진보를 좋아하며 절대로 향수를 앓지 않는 지상적이고 참으로 지상적인 나라들을, 거기서는 가곡이 전기 축음기의 음악으로 변질하지 않는 나라들을 세울 수 있다. 하지만 영혼에 매혹된 최상의 자식은 자신이 아직 말할 줄 모르던 사랑이라는 새로운 말을 입가에 담으며, 그 매혹을 극복하기 위해 목숨을 불사르고 죽는 사람일 것이다. 매혹적인 그 가곡을 위해 죽는다는 것은 참으로 뜻 깊은 일이리라! 하지만 그 가곡을 위해 죽는 자는 사실 이미 더는 그 가곡을 위해 죽는 것이 아니고, 사랑과 미래라는 새로운 말을 가슴에 품고서 요컨대 그 새로운 것을 위해 죽는 것이기 때문에 영웅이다.

아무튼 한스 카스토르프가 특히 애착을 가진 레코드들은 이러한 것들이었다.

참으로 수상쩍은 이야기

에트힌 크로코프스키 박사의 강연은 해가 거듭됨에 따라 아무도 예상치 못한 방향으로 흘러갔다. 정신 분석과 인간의 꿈에 향해 있는 그의 연구는 늘 지하와 지하 무덤을 연상시키는 성격을 떠었다. 하지만 최근 들어 청중이 거의 눈치 채지 못할 정도로 조금씩 변화해서 그의 연구는 마술적이고 아주 신비스러운 쪽으로 방향을 틀었다. 2주일마다 식당에서 열리는 그의 강연은 요양원에서 가장 인기 있는 상품이었고 안내서의 자랑거리였다. 그가 프록코트와 샌들을 신고 식탁보를 덮은 작은 탁자 뒤에서 이국적으로 길게 끄는 악센트로 강연을 할 때 베르크호프의 청중은 꼼짝도 않고 그의 말에 귀를 기울였다. 그는 이제 은폐된 사랑의 활동이라든가 병이 모습을 바꾸어 흥분한 상태로 의식된다는 것에 관해서는 더 이상 다루지 않았다. 그는 최면술이나 몽유병 같은 알 수 없는 이상한 현상, 텔레파시며 정몽(正夢)이며 천리안 같은 현상,

히스테리의 불가사의함에 관해 강연했다. 이러한 이야기를 상세히 설명함에 따라 느닷없이 그러한 수수께끼들이 청중의 눈에는 정신에 대한 물질의 관계라는 수수께끼, 그러니까 생명 자체의 수수께끼처럼 어슴푸레하게 드러나기 시작할 정도로 철학적인 지평이 넓혀졌다. 그리하여 생명의 수수께끼를 밝히려면 건전한 방법보다는 이루 말할 수 없이 무시무시하고 병적인 방법을 택하는 편이 더욱 유망할 것처럼 생각되었다.

우리가 이런 말을 하는 것은, 크로코프스키 박사가 자신의 강연이 지겨울 정도로 단조로워지는 것을 염려하여, 그러니까 순전히 정서적인 목적으로 이러한 눈에 보이지 않는 숨겨진 세계로 방향 전환을 했다고 아는 척하는 경솔한 사람들을 부끄러워하도록 만드는 것이 우리의 의무라고 생각하기 때문이다. 이런 식으로 험담을 하는 사람들은 어딜 가나 있는 법이다. 사실 월요일의 강연 때면 신사들은 이전보다 더욱 귀를 쫑긋 세웠고, 레비 양은 그 어느 때보다 더욱 가슴에 나사 장치가 달린 밀랍 인형과 무척 닮아 보였다. 하지만 이러한 작용은 그 학자의 정신이 밟아 간 발전의 행로와 마찬가지로 정당한 것이었다. 그의 그러한 발전 경로는 수미일관할 뿐만 아니라 더구나 필연적이기도 했다. 그가 여태껏 늘 해오던 연구 분야는 잠재의식이라고 불리는 인간의 영혼의 저 어두컴컴하고 광범위한 영역이었다. 물론 이를 초의식(超意識)이라고 부르는 게 어쩌면 더 나을지도 모른다. 이러한 영역에서는 가끔 개인이 알고 있다고 의식하는 것을 훨씬 능가하는 지식이 번득거려, 개인의 영혼이라는 깊디깊은 어두운 영역과 전지전능한 만유의 혼 사이에 언뜻 관계가 존재할지도 모른다는 생각이 눈앞에 어른 거리며 솟아오르기 때문이다. 원래의 단어 뜻으로 보아 '잠재적' 인 속성을 지니는 잠재의식의 세계는 이 단어의 좀 더 좁은 의미에 서 볼 때 곧 신비적인 것으로 밝혀진다. 그리고 그 세계는 우리가 임시변통으로 잠재적이라고 부르는 현상들을 낳는 원천들 중의 하나인 것이다. 그렇다고 이것이 다는 아니다. 유기체의 병의 증상 이란 억압되어 히스테리컬하게 된 흥분 상태를 정신적인 생활에 서 의식하게 된 결과라고 보는 사람은 물질적인 것 속에서 정신적 인 것의 창조력을 인정하는 셈이다. 우리는 이러한 힘을 마적인 현 상을 일으키는 제2의 원천이라고 말하지 않을 수 없다. 말하자면 병리학적인 관념론자가 아닌, 병리학적인 것을 대하는 관념론자 는 존재 일반의 문제, 즉 정신과 물질이 관계되는 문제와 직결되는 사고 과정의 출발점에 서 있게 된다. 그저 억세기만 한 철학의 아 들인 유물론자는 정신적인 것이란 물질적인 것이 인광(燐光)을 발 하는 산물에 지나지 않는다는 주장을 계속 고수할 것이다. 반면에 관념론자는 창조력을 지닌 히스테리라는 원칙에서 출발하여 정신 과 물질 중에 어느 쪽이 우위에 서는가라는 물음에 정반대의 답을 하는 쪽으로 기울어져 이내 이에 단호한 태도를 보일 것이다. 요컨 대 이것은 옛날부터 쟁점이었던 닭이 먼저냐 달걀이 먼저냐 하는 문제와 하등 다를 게 없다. 사실 닭이 낳지 않은 달걀은 생각할 수 없고, 닭이 낳은 달걀에서 부화하지 않은 닭도 생각할 수 없다는 두 가지 사실로 인해, 닭이 먼저냐 달걀이 먼저냐 하는 논쟁은 이 루 말할 수 없이 혼란스럽게 뒤엉켜 버리게 된다.

요즈음 들어 크로코프스키 박사는 자신의 강연에서 이런 문제를 상세하게 논하기 시작했다. 그는 유기적이고 정당하며 논리적인 경로로 이런 쟁점에 이르게 되었는데, 우리가 이를 강조한다 해서 하등 문제될 게 없을 것이다. 크로코프스키 박사가 이런 문제를 상세히 다루기 시작한 것은 엘렌 브란트 양이 갑자기 등장하여 그런 문제가 경험적이고 실험적인 단계로 들어가기 이전의 일임을 그냥 사족 삼아 덧붙이고자 한다.

　엘렌 브란트란 누구였을까? 우리는 이 이름을 익히 잘 알지만 독자는 그 이름을 모르고 있다는 사실을 하마터면 깜빡 잊을 뻔했다. 그녀가 누구란 말인가? 얼핏 보면 별 특징이 없는 평범한 아가씨였다. 엘리라고 불리는 19세의 그녀는 밝은 금발을 지닌 덴마크 아가씨였다. 하지만 그녀는 코펜하겐 출신이 아니라 퓌넨 섬의 오덴제 출신으로, 그녀의 아버지는 그곳에서 버터 가게를 운영하고 있었다. 그녀 자신은 직장 여성으로 오른쪽 팔목에 소맷부리 커버를 대고 벌써 여러 해 동안 수도 은행의 지방 지점에서 은행원으로 근무했다. 거기서 회전의자에 앉아 두꺼운 장부들을 처리하다가 그녀는 그만 병을 얻었던 것이다. 증세가 그리 심각한 것은 아니었고 물론 몸이 좀 약해 보이긴 했지만 약간 의심스럽다는 정도의 증상에 불과했다. 몸이 약해 겉으로 보기에는 빈혈 증세였다. 이와 동시에 아주 호감이 가는 용모를 하고 있어 누구라도 그녀의 밝은 금발에 손을 얹어 보고 싶을 정도였다. 고문관도 식당에서 그녀와 대화를 나눌 때 언제나 그런 행동을 보였다. 북국 아가씨의 냉정함, 유리처럼 순결하고, 어린애와 처녀 같은 분위기가 그녀 주위를 아주 사랑스럽게 감싸고 있었다. 푸른 눈으로 바라보는 어린이처럼 해맑고 순수한 눈길도, 매력적이고 음이 높은 우아한 그녀의 말씨도 퍽이나 사랑스러웠다. 그녀는 고기(Fleisch)를 '플라이슈'라고 하지 않고 '플라이히'라고 발음하는 북국 특유의 사소한 실수를 저지르며 약간 서투른 독일어로 말했다. 그녀의 용모는 이렇다할 만한 특징적인 면이 없었다. 그녀의 턱은 아주 짧은 편이었다. 그녀는 마치 어머니처럼 자신을 보살펴 주는 클레펠트와 같은 식탁에 앉았다.

그런데 이 어린 처녀 브란트, 엘리 양, 자전거를 타고 다니는 이 상냥한 덴마크 아가씨, 그리고 은행 지점에서 책상에 앉아 사무를 보던 밝은 성격의 그녀에게는 한두 번 보아서는 꿈에도 짐작 못할 특이한 점이 있었다. 이 위에 온 지 3, 4주가 지나자 벌써 그러한 특성이 드러나기 시작했는데, 그녀의 아주 이상한 면을 들추어 내는 일은 크로코프스키 박사의 몫이었다.

밤의 모임에서 다 함께 오락 게임을 하는 기회에 그 정신 분석가는 처음으로 흠칫 놀랄 만한 일을 접하게 되었다. 다들 각종 수수께끼 놀이를 하기도 하고, 피아노 연주에 맞추어 감추어진 물건을 찾아내는 놀이도 하고 있었다. 물건이 감추어진 곳에 가까이 다가가면 피아노 소리가 커지고, 반대로 엉뚱한 곳으로 가면 피아노 소리가 작아지는 놀이였다. 이 놀이 다음으로는, 사람들이 서로 상의를 하는 동안 차례가 된 사람은 문 밖으로 나가게 한 뒤, 여러 개로 연결된 행위를 올바르게 차례로 맞히게 하는 놀이로 넘어갔다. 가령 어떤 두 사람의 반지를 서로 바꾼다든지, 누구에게 세 번 인사를 하고 춤 파트너가 되어 달라고 요구한다든지, 표시가 된 책을 도서실에서 가져와 그것을 누구누구에게 넘겨준다든지 하는 그런 종류의 놀이였다. 이와 같은 종류의 놀이는 평소에 베르크호프 손님들이 흔히 하던 놀이가 아니었다는 점을 지적해 두어야겠다. 대체 누가 이런 놀이를 하자고 제안했는지는 이제 와서 확인할 길이 없으나, 엘리가 아니었다는 것만은 확실했다. 그렇지만 그녀가 이곳에 온 다음에야 비로소 사람들이 이런 놀이에 빠지게 되었던 것이다.

놀이에 참가한 사람들은 거의 다 우리가 옛날부터 알고 있는 사람들로, 한스 카스토르프도 그 중의 한 사람이었는데, 개중에는 과제를 제법 잘 해결한 사람도 있었고, 또는 전혀 손도 대지 못한 사람도 있었다. 하지만 엘리 브란트의 능력은 이례적이고 탁월하며 굉장한 것으로 입증되었다. 사람들은 숨겨진 물건을 금방 찾아내는 그녀의 탁월한 직관에 대해서는 경탄을 금치 못하며 박장대소하고 넘어갈 수 있었지만, 좀 더 복잡한 놀이를 하면서부터는 그만 입을 다물기 시작했다. 그녀 몰래 아무리 어려운 과제를 제시해도 그녀는 이를 해결했다. 그녀는 부드러운 미소를 띠며 방으로 다시 들어오자마자 흔들림 없이 피아노 연주의 도움이 없이도 자신의 과제를 척척 해결했던 것이다. 가령 그녀는 식당에서 한 줌의 소금을 가져와서 그것을 파라반트 검사의 머리에 뿌렸고, 그런 다음 그의 손을 잡고 피아노 앞으로 가서는 「새 한 마리가 날아왔네」라는 가곡의 첫 부분을 그의 집게손가락으로 연주했다. 그러고는 그녀는 검사를 그의 자리로 데리고 가서 그의 앞에 무릎을 꿇고 질을 하고는 그의 발치에 발판을 끌어당겨 최종적으로 그 위에 앉았다. 이처럼 그녀는 사람들이 골머리를 썩여 가며 그녀를 위해 생각해 낸 과제를 그대로 해 내는 것이었다.

그러므로 그녀는 살짝 엿들은 게 분명했다!

이 말에 그녀는 얼굴이 빨개졌다. 그녀가 부끄러워하는 것을 본 이들은 홀가분한 마음으로 입을 모아 그녀를 질책하기 시작했다. 그러자 그녀는 단호하게 말했다. "아니, 아니에요, 그런 게 아니에요, 그런 말씀 마세요! 바깥에서, 문 밖에서 엿듣다니, 절대 그런 일 없어요!"

바깥에서, 문 밖에서 엿듣지 않았다고?

"아, 아니에요, 죄송해요!" 그녀는 여기 방 안에 들어오면서 엿들었다는데, 어쩔 수 없었다는 것이다.

어쩔 수 없었다고? 방 안에서?

"내 귀에 속삭이는 소리가 들렸어요." 그녀가 말했다. "내가 해야 할 과제가 나지막하지만, 아주 또렷하고도 분명하게 내 귀에 속삭여졌어요."

그것은 보아하니 고백한 거나 마찬가지였다. 엘리는 어떤 의미에서는 죄를 짓고 있음을 의식하면서, 모두를 속인 것이었다. 모든 말이 자기 귀에 속삭여지니까 이런 놀이는 자기한테 아무 소용이 없다고 미리 말했어야 했다. 참가자 중의 한 명에게 초자연적인 능력이 있다면 이런 시합은 인간적인 의미를 상실하게 된다. 스포츠 정신에서 보면 엘렌은 갑자기 자격을 상실한 셈이지만, 그녀의 고백에 다들 등골이 서늘해지는 느낌을 받았다. 몇몇 사람이 한꺼번에 크로코프스키 박사를 데리고 오라고 소리쳤다. 누군가가 부리나케 달려가서 그를 데리고 왔다. 그는 힘 있고도 옹골차게 미소 지으며 들어와서 금방 상황을 알아차리고는 자신을 믿어 달라고 촉구하듯 자신만만한 태도를 보였다. 사람들은 숨이 넘어갈 듯한 목소리로 도저히 믿기지 않는 일이 일어났다고 그에게 보고했다. 천리안을 가진 처녀, 모든 목소리를 다 알아듣는 처녀가 나타났다고 말했다. "아니, 아니, 그래서요? 조용히들 하세요, 여러분! 곧 밝혀질 겁니다." 이것은 그의 전문 분야였다. 모두에게는 종잡을 수 없고 수렁처럼 깊이를 알 수 없는 세계였지만, 그는 그 세계에 공감하며 자신만만하게 행동했다. 그는 자신에게 자초지종을 이야기하라고 말했다. 아니, 아니, 이럴 수가! "그럼 당신에게 그런 능력이 있나요, 아가씨?" 그리고 그는 누구나가 하는 것처럼 처녀의 머리에 손을 얹었다. 그는 무척 주목할 만한 현상이기는 하지만, 조금도 경악할 필요는 없다고 말했다. 그는 손으로 그녀의 정수리에서 어깨를 거쳐 팔 쪽으로 부드럽게 쓰다듬어 내려가면서 자신의 이국적인 갈색 눈으로 엘렌 브란트의 담청색 눈을 들여다보았다. 그녀는 그의 눈길에 점점 더 다소곳이 응했다. 말하자면 그녀의 머리가 가슴에서 어깨 쪽으로 서서히 기울어졌기 때문에 점점 더 눈을 내리깔았던 것이다. 그녀의 시선이 초점을 잃기 시작하자 그 학자는 그녀의 조그만 얼굴 앞에서 자연스럽게 손을 흔들어 보이며 이제 만사 걱정할 필요가 없다고 설명했다. 잔뜩 긴장한 손님들에게는 밤의 안정 요양을 하러 가라고 보내고는, 엘렌 브란트 양은 단둘이 좀 '할 이야기'가 있으니 남아 있으라고 했다.

할 이야기가 있다니! 물론 그럴 수 있는 일이었다. 쾌활한 동지인 크로코프스키라면 당연히 할 수 있는 그 말에 다들 기분이 가히 좋지 않았다. 다들 그 말을 듣고 간담이 서늘해지는 느낌을 받았고, 한스 카스토르프도 마찬가지였다. 그는 늦은 시각에 훌륭한 접이식 침대에 누워 엘리가 굉장한 능력을 보이고, 이에 대해 그녀가 부끄러워하며 설명하는 것을 들었을 때 발밑의 바닥이 마구 흔들리는 것 같아, 어쩐지 속이 메스껍고 신체적으로 겁이 나면서 가벼운 뱃멀미를 하는 듯한 기분이 들었다. 그는 여태껏 지진을 한 번도 경험한 적이 없었지만 그때도 아마 이와 똑같은 공포심을 느낄 거라고 스스로에게 말했다. 물론 엘렌 브란트의 불길한 능력에 그는 호기심을 느끼기도 했다. 그리고 이 호기심에는 자체적으로 좀 더 깊은 절망감이 담겨 있었다. 즉 이 호기심의 영역이 정신적으로 도달할 수 없는 곳이라는 의식이 들었고, 그 때문에 이 호기심이 그저 무의미한 것일 뿐이거나 죄악이 될지도 모른다는 의구심이 들었다. 하지만 여하튼 이런 생각이 계속 없어지지 않는 걸로 보아서 이것이 호기심임에는 틀림없었다. 누구나 그렇듯이 한스 카스토르프는 지금까지 살아오면서 은밀한 자연 현상이나 초자연적인 현상에 대해 여러 가지 말을 들어 왔다. 전에도 언급한 일이 있지만 자신의 조상 중에 천리안을 가진 할머니가 있었는데, 그녀에 대한 우울한 이야기가 그에게까지 전해져 왔다. 하지만 그는 이러한 세계를 이론적으로 국외자로서 인정했을 뿐, 개인적으로 직접 접촉한 적은 없었고, 실제로 그런 일을 경험한 적도 결코 없었다. 그런데 그런 경험에 대한 그의 저항, 취향상의 저항, 심미적인 저항, 인간적인 자존심에서 비롯한 저항―단순하기 그지없는 우리의 주인공에게 이런 복잡다단한 표현을 써도 된다면―그의 저항은 이러한 경험으로 그에게 강렬하게 생겨난 호기심과 거의 맞먹을 정도였다. 그는 이러한 경험이 어떻게 진행된다 하더라도 무미건조하고 이해되지 않으며 인간적으로 품위 없게 진행될 거라고 처음부터 분명하고도 또렷하게 느끼고 있었다. 그럼에도 그에게는 이런 경험을 해 보고 싶다는 열망이 불타올랐다. '무의미한가, 아니면 죄악인가' 하는 것은 어느 쪽도 가능하다는 것, 정신이 근접할 수 없는 영역이란 접근이 금지되어 있다는 말을 도덕 외의 다른 말로 표현한 것에 지나지 않는다는 것을 그는 파악했다. 하지만 이러한 실험을 하겠다고 하면 물론 단호히 반대할 것이 분명한 어떤 인물에게서 습득한 실험 채택이라는 사고 방식이 한스 카스토르프의 마음속에 단단히 뿌리박고 있었다. 그의 도덕심은 점차 호기심과 구별할 수 없게 되었는데, 실은 진작부터 늘 그랬을지도 모른다. 교양 과정을 밟고 있는 여행자인 청년의 절대적인 호기심은 거인의 신비한 모습을 경험한 후로 이번에 접하게 된 세계로부터 더 이상 그리 멀리 떨어져 있지 않았고, 금지된 세계가 나타나면 굳이 이를 피하지 않겠다는 태도를 취함으로써 일종의 군인 같은 성격을 드러내게 되었다. 이리하여 한스 카스토르프는 앞으로 엘렌 브란트 양과 더불어 모험을 해야 할 일이 생기면 옆으로 물러서지 않고 당당하게 임할 것을 굳게 다짐했다.

크로코프스키 박사는 이후로 전문가가 아닌 사람이 브란트 양을 상대로 그녀의 숨은 재능을 실험해 보는 것을 엄하게 금지했다. 그는 학문적인 입장에서 그 처녀를 독점했고, 지하의 정신 분석실에서 여러 번 만나면서, 들리는 말로는 그녀에게 최면을 걸었다고 한다. 그리하여 그녀의 내부에 잠들어 있는 가능성을 계발하고 훈련시켜서 그녀의 이제까지의 내면 생활을 조사하려고 애썼다. 게다가 그녀를 어머니처럼 보살펴 주고 있는 여자 친구이자 후원자인 헤르미네 클레펠트도 이와 똑같은 일을 하고 있었다. 그녀는 남에게 절대로 이야기하지 않겠다고 굳게 약속하고 브란트 양에게 이것저것을 캐묻고는 마찬가지로 남에게 절대로 이야기하지 말라는 조건 아래 전 요양원 손님들에게 마구 퍼뜨리는 바람에 결국에는 이 이야기가 관리실 수위의 귀에까지 들어가게 되었다. 가령 그녀는 놀이를 할 때 처녀의 귀에 과제를 속삭여 준 존재가 홀거라는 것을 알게 되었다. 홀거라는 청년은 그녀와 아주 친숙한 영(靈)으로 이 세상의 존재가 아닌 에테르 같은 존재이며, 처녀 엘렌의 수호신 같은 존재라는 것이었다. 그렇다면 그 영이 한 줌의 소금과 파라반트 검사의 집게손가락을 은밀히 알려 주었다는 말인가? "그래요, 눈에 보이지 않는 입술이 내 귀를 애무하듯 부드럽게 간질이는 바람에 나도 모르게 미소가 나왔어요." 영이 그녀의 귀에 속삭였다는 것이다. "그렇다면 예전에 학교에 다닐 때 예습을 해 가지 않았을 경우 그 영이 대신 대답을 해 주었으면 좋았겠구나." 이에 대해서는 엘렌은 아무 말도 하지 않았다. "홀거가 그런 일을 해서는 안 되었을 거예요." 한참 뒤에 그녀는 이렇게 말했다. "그런 중요한 일에는 그가 개입해서는 안 돼요. 게다가 그는 그 답을 제대로 알지 못했을 거예요."

더구나 엘렌에게는 어릴 때부터 가끔이긴 하지만 보이는 현상과 보이지 않는 현상이 일어났음이 밝혀졌다. 눈에 보이지 않는 현상이란 대체 무엇인가? 그것은 가령 이런 현상이다. 그녀는 16세 때 어느 화창한 오후에 부모 집 거실의 둥근 탁자에 홀로 앉아 뜨개질을 하고 있었다. 그녀의 옆 양탄자에는 아버지의 불도그 암컷 프라이아가 누워 있었다. 탁자에는 알록달록한 식탁보가 덮여 있었다. 나이 많은 부인들이 삼각형으로 접어 어깨에 걸치는 터키식 목도리인 그것은 삼각형의 모서리가 식탁에서 밑으로 약간 드리워져 있었다. 이때 언뜻 엘렌은 그 끝이 그녀의 맞은편에서 천천히 말려 올라가는 모양을 보게 되었다. 그것은 소리 없이 차근차근 규칙적으로 탁자의 가운데 쪽으로 상당 부분 말려 올라간 뒤에야 그쳤다. 이런 일이 일어나는 동안 프라이아는 깜짝 놀라 벌떡 일어나 앞다리를 쭉 뻗고 털을 곤두세우며 뒷다리로 서서는, 울부짖으며 옆방으로 냅다 도망쳐서 소파 밑으로 기어 들어갔다. 그 후로 이 개는 꼬박 일년 동안 거실에는 얼씬도 하지 않았다.

클레펠트 양은 목도리 식탁보를 말아 올린 게 홀거였는지 물었다. 브란트 소녀로서는 알 수 없는 일이었다. 그러면 그런 일이 일어날 때 그녀는 대체 무슨 생각을 하고 있었을까? 하지만 그런 일이 일어나리라고는 꿈에도 생각할 수 없었기 때문에 엘리도 그런 일에 대해 더는 생각하지 않았다는 것이다. 그녀는 자신의 부모에게 이 일을 알리지 않았다고 한다. 그것은 이상한 일이었다. 그런 일이 일어나리라고는 전혀 생각할 수 없었지만, 엘리는 이 경우에도 이 같은 사실을 자기 가슴속에만 간직하고 부끄러운 비밀이라는 생각에 아무에게도 털어놓아서는 안 된다고 느꼈다는 것이다. 그럼 이 일을 무거운 부담으로 생각했는가라는 질문에 그리 특별히 부담스럽게 느끼지는 않았다고 했다. 식탁보가 저절로 말려 올라갔다고 해서 마음의 부담을 느낄 필요가 없었다는 것이다. 오히려 다른 일에 더 마음의 부담을 느꼈다고 한다. 예를 들면 이런 경우에 말이다.

그것도 역시 오텐제에 있는 그녀의 부모 집에서 일년 전에 일어난 일이었다. 그녀는 꼭두새벽에 1층에 있는 자신의 방에서 나와 현관을 지나서는 계단을 올라가 식당으로 가려는 중이었다. 자신이 흔히 하던 대로 부모님이 나타나기 전에 커피를 끓여 두기 위해서였다. 계단의 방향이 바뀌는 층계참이 있는 데까지 거의 다다랐을 때였다. 바로 이 층계참에, 계단에서 가까운 층계참의 모서리에 미국에서 결혼한 언니 소피가 서 있는 것을 그녀는 보았다. 분명 언니를 실물 그대로 직접 보았던 것이다. 하얀 옷을 입은 언니는 이상하게도 수련(睡蓮), 갈대와 비슷한 수련으로 만든 화관을 머리에 쓰고 어깨 쪽에 두 손을 맞잡은 채 엘렌에게 머리를 끄덕여 보였다. "아니, 소피 언니 왔어?" 그 자리에 우뚝 서 버린 엘렌은 기쁘기도 하고 놀라기도 한 표정으로 물었다. 그러자 소피는 또 한 번 고개를 끄덕였고, 그런 후에는 모습이 희미해져 갔다. 이윽고 그녀는 투명한 모습이 되었다. 곧 그녀는 아지랑이가 공기 중에서 어른거리는 것 정도로만 보이다가 완전히 사라져 엘렌의 앞에는 아무도 없게 되었다. 하지만 나중에 새벽 그 시각에 뉴저지에 사는 소피 언니가 심장염으로 죽었다는 사실이 밝혀졌다.

한스 카스토르프는 클레펠트 양에게서 이 이야기를 듣고 그것이 아주 황당무계한 이야기만은 아니며 들을 만한 가치가 있다고 했다. 이곳에 언니의 환영이 나타나고, 저곳에서 언니가 죽었다는 사실에는 어쨌든 무시할 수 없는 모종의 연관 관계가 있음을 짐작할 수 있다는 것이다. 그리하여 도저히 참지 못한 사람들이 크로코프스키 박사가 질투심 섞인 감정으로 금지한 규정을 몰래 어기고 엘렌 브란트를 중심으로 교령술(交靈術) 같은 실내 놀이인 '유리잔 움직이기'를 하게 되었을 때 한스 카스토르프도 이에 참가하기로 동의했다.

헤르미네 클레펠트의 방을 무대로 한 이 놀이에는 몇몇의 사람들만이 은밀히 참석했다. 초대자인 클레펠트, 한스 카스토르프, 브란트 처녀 말고 여자로는 슈퇴어 부인, 레비 양과 남자로는 알빈 씨, 체코인 벤첼과 팅푸 박사가 참석했다. 밤 열 시가 되기를 기다렸다가 조용히 모여들어 클레펠트가 준비해 둔 물건들을 서로 속삭이면서 살펴보았다. 방 한가운데는 중간 크기 정도의 식탁보를 덮지 않은 탁자가 놓이고, 그 위에 포도주 잔이 받침을 위로 하고 거꾸로 놓였다. 보통 때 같으면 카드놀이용의 칩들이 놓였겠지만, 이번에는 이 포도주 잔을 중심으로 주변에 적당한 간격으로 조그만 패들이 놓였는데, 거기에는 26개의 알파벳 문자가 한 장에 한 글자씩 적혀 있었다. 먼저 클레펠트 양이 커피를 내오자 다들 고마운 마음으로 마셨다. 동심으로 돌아가서 행하는 이 실험이 전혀 해로운 것은 아니었지만 슈퇴어 부인과 레비 양은 손발이 차시고 가슴이 두근거린다고 하소연했기 때문이다. 차로 몸을 따뜻하게 한 후 모두들 조그만 탁자 주위에 둘러앉았다. 주인인 클레펠트는 분위기를 돋우기 위해 천장의 불을 끄고 덮개로 가린 나이트 테이블의 전기스탠드만 켜 놓아 방이 은은하게 장밋빛으로 빛났다. 모두들 각기 오른쪽 손가락 하나를 유리잔 받침에 살짝 대었다. 이것이 포도주 잔 움직이기 놀이를 하는 방식이었다. 모두들 조마조마한 심정으로 유리잔이 움직이게 될 순간을 학수고대했다.

유리잔은 쉽게 움직일 수 있는 상태였다. 탁자의 표면이 미끌미끌했고 유리잔의 가장자리도 매끄러웠기 때문이다. 가볍게 누르고 있는 손가락이 떨렸고, 이쪽 손가락은 수직으로, 저쪽 손가락은 비스듬하게 누르고 있어 당연히 그 힘이 고르지 않기 때문에 한참 그러고 있다 보면 가운데의 유리잔이 옆으로 이동할 가능성이 다분히 있었다. 유리잔이 이렇게 식탁 위를 움직이다 보면 문자와 부딪치는 일이 생길지도 모른다. 그러다가 만약 이 문자가 조합되어 단어를 이루면서 어떤 의미를 지니게 되면 이는 내면적으로 거의 불결하다고 할 수 있는 복잡 미묘한 현상이 될지도 모른다. 이것은 각자의 의식적이고 반(半)의식적이며 무의식적인 요소가 뒤섞인 산물로, 그들 자신이 그런 행위를 시인하든지 안하든지 간에 각자의 소망에 촉발되어 그런 일이 생길지도 모르는 일이다. 그리고 각자 자신의 영혼의 어두컴컴한 층위를 남몰래 시인하고 지하의 비밀스러운 힘이 서로 협력하여 겉으로 보기에 낯선 결과를 초래하는데, 각자의 잠재의식이라는 비밀스러운 부분이 이러한 결과에 다소간 관여한 것인지도 모른다. 이때 아마 사랑스러운 엘리 처녀의 잠재의식이 이러한 결과에 가장 많이 관여할 것이다. 이러한 사실은 요컨대 다들 진작부터 알고 있었는데, 모두 손을 덜덜 떨면서 앉아 기다리는 동안 한스 카스토르프는 자신의 방식대로 심지어 이러한 비밀을 입 밖에 내서 말하기도 했다. 여자들의 손발이 차지고 가슴이 두근거린 것도, 남자들이 부자연스럽게 들뜬 것도 그들이 이런 사실을 알고 있기 때문이었다. 그러니까 이들은 자신들의 본성과 음험한 놀이를 하기 위해, 자신들의 영혼의 미지의 부분에 대한 끔찍하고 호기심어린 실험을 하기 위해 조용한 밤에 모여, 마적이라고 불리는 사이비 현실적이고 반(半)현실적인 현상을 기다린다는 것을 알고 있었다. 죽은 자의 영혼이 유리잔을 통해 모인 사람들에게 말을 건다고 간주하는 것은 한낱 형식적인 외관을 갖추기 위한 것, 그러니까 상투적인 구실에 불과했다. 알빈 씨는 전에 이미 교령술의 모임에 가끔씩 참가한 적이 있었으므로, 자신이 사회자의 역할을 맡아 가령 영적인 존재가 나타나면 교섭을 맡겠다고 자청하고 나섰다.

20여 분이 흘러갔다. 속삭일 재료가 고갈되었고, 처음의 긴장감도 떨어져 사람들은 오른쪽 팔꿈치를 왼손으로 괴고 있었다. 체코인 벤첼은 바야흐로 잠이 들려는 중이었다. 엘렌 브란트 양은 손가락을 유리잔에 살짝 대고 커다랗고 순수한 어린애 같은 눈망울로 가까이 있는 물건들 너머 나이트 테이블의 전기스탠드 불빛을 응시하고 있었다.

이때 느닷없이 유리잔이 기울어지고 솟아오르면서 주위에 둘러

앉은 사람들의 손아귀에서 벗어나려고 했다. 손가락으로 유리잔을 따라가 잡기가 힘이 들 정도였다. 유리잔은 탁자의 끝까지 미끄러져 한동안 가장자리를 따라 달리다가, 다시 일직선으로 탁자의 가운데 부근까지 되돌아왔다. 여기서 또 한 번 솟아올랐다가 잠자코 그대로 있었다.

다들 깜짝 놀라면서 기뻐하기도 하고 두려워도 했다. 슈퇴어 부인은 차라리 그만두는 게 좋겠다고 울먹이며 말했지만, 그럴 생각이면 진작 마음을 정했어야지 이렇게 된 이상 끽소리 말고 잠자코 있어야 한다고 핀잔만 들었다. 일이 순조롭게 풀려 가는 것 같았다. 사람들은 유리잔이 '네'와 '아니오'로 대답하기 위해 그때마다 문자가 있는 곳으로 미끄러져 가도록 하지 말고, 한 번이나 두 번 솟아오르는 것으로 하자는 데 의견일치를 보았다.

"영이 나타났나요?" 알빈 씨가 엄숙한 표정을 지으며 사람들의 머리들 너머로 허공을 응시하며 물었다. 잠시 주춤하다가 유리잔이 한 번 솟구치며 그렇다고 응답했다.

"당신 이름이 뭐지요?" 알빈 씨는 강한 어조로 머리를 흔들며 거의 퉁명스러운 투로 물었다.

유리잔이 움직였다. 유리잔은 쉬지 않고 탁자 한가운데로 돌아오면서 글자에서 글자로 지그재그 모양으로 활발하게 움직였다. 유리잔은 H와 O와 L로 차례로 달렸는데, 그런 후 지쳤는지 어떻게 해야 할지 망설이다가 다시 정신을 가다듬어 G와 E와 R로 돌아다녔다. 예상한 그대로였다! 홀거 자신으로, 한 줌의 소금 같은 것은 잘 알고 있었지만 학교 선생님이 하는 질문에는 물론 개입하지 않았던 홀거의 영이었다. 그가 출현해서 허공을 떠돌며 주위에서 맴돌고 있었다. 그럼 이제 그를 어떻게 할 것인가? 사람들은 어찌할 바를 몰라 겁을 먹고 있었다. 그에게 무엇을 물어 볼 것인가 하고 소리를 죽여, 마치 몰래 하듯 서로 상의를 했다. 알빈 씨는 홀거 생전의 신분과 직업을 묻기로 했다. 그는 이미 언급한 것처럼 심문하는 투로 눈썹을 찡그리고 엄숙하게 질문을 던졌다.

유리잔은 한동안 움직이지 않았다. 그러다가 비스듬히 기울어져서 비틀거리며 D로 갔다가 다시 I 쪽으로 갔다. 대체 무슨 단어를 만들려는 것인가? 사람들의 긴장감이 고조되었다. 팅푸 박사는 도둑(Dieb)이 아니었을까 하고 킥킥거리며 우려했다. 슈퇴어 부인은 이 말을 듣고 히스테리컬한 웃음을 터뜨렸지만 유리잔은 이에 개의치 않고 계속 움직였다. 비록 비틀거리고 덜컹거리기는 했지만 C와 H로 갔다가, T에 접촉한 후 분명 실수로 문자 하나를 빼먹고는 R로 가서 끝났다. 이리하여 E를 빼먹었지만 '시인 (Dichter)'이라는 단어를 만들었다.

아니 그럼, 홀거가 생전에 시인이었다는 말인가? 이제는 움직일 필요가 없는데도 그냥 자랑삼아 그러는지 유리잔은 다시 기울어지기 시작하더니 그렇다는 의미로 한번 솟아올랐다. "서정 시인이었나요?" 클레펠트가 '서정'을 '시정'으로 잘못 발음하면서 질문하자 한스 카스토르프는 언짢은 표정으로 이를 지적했다. 홀거는 이렇게 상세하게 분류하는 것을 좋아하지 않는지 이에 대해서는 아무런 대답이 없었다. 그는 아까 빠뜨린 E자를 넣어 빠르고도 확실하며 분명하게 다시 한 번 시인이라는 글자를 만들었다.

좋아, 좋아, 그럼 시인이있구나. 사람들은 더욱 당황했다. 자기들 내면의 통제할 수 없는 부분이 이런 식으로 나타난 데 대한 이상야릇한 당혹감이었지만, 이렇게 나타나는 방식이 자신의 본성을 숨기는 반(半)현실적인 형식을 취했기 때문에 당혹감도 또한 외적이고 형식적인 방향을 취하게 되었다. 사람들은 홀거가 자신의 현재 상태를 즐겁고 행복하게 느끼는지 알고 싶었다. 유리잔은 마치 꿈을 꾸듯 '유유자적한(gelassen)'이라는 단어를 만들어 냈다. 아, 그렇구나, '유유자적' 하구나. 그렇다, 사람들은 저절로는 이런 단어를 생각해 내지 못했겠지만, 유리잔이 이런 글자를 만드는 것을 보고 그게 정말 좋은 말이구나 하고 생각했다. 그럼 홀거는 이와 같은 유유자적한 상태에 얼마나 오래 있었을까? 이번에도 아무도 생각하지 못한 말, 꿈꾸듯이 저절로 만들어지는 말을 만들어 냈다. 그의 대답은 '급히 흐르는 짧은 시간(Eilende Weile)'이었다. 아주 좋은 말이었다! '느릿느릿 흐르는 급한 시간(Weilende Eile)'이라고 대답할 수도 있었을 것이다. 시인이 외부에서 복화술로 말하는 것 같아, 말하자면 한스 카스토르프는 이를 명답이라고 생각했다. '급히 흐르는 짧은 시간'이 홀거의 시간 단위였다. 물론 그는 묻는 사람들에게 격언 식으로 처리하는 수밖에 없었고, 지상의 단어와 시간 단위로 대답하는 법을 잊어버린 게 분명했다. 그럼 그에게 또 무엇을 물어 봐야 할까? 레비는 홀거가 어떤 모습을 하고 있는지, 또는 옛날 모습이 어떠했는지 궁금하다고 고백했다. 그가 멋진 청년이었는지? 알빈 씨는 이런 질문은 그의 품위를 해치는 일이라 생각했는지 레비에게 직접 물어 보라고 지시했다. 그래서 그녀는 홀거의 영이 혹시 금발의 고수머리를 하고 있는지 다정하게 물어 보았다.

"멋진, 갈색의, 갈색의 고수머리입니다." 유리잔은 '갈색'이라는 단어를 두 번이나 자세히 만들어 보였다. 사람들은 즐겁고 흥겨운 기분이 되었다. 여자들은 반했다는 말을 털어놓았다. 그들은 입에 손을 대었다가 천장 쪽으로 비스듬히 키스를 보냈다. 팅푸 박사는 킥킥거리고 웃으며 홀거 씨가 꽤 허영심이 있는 것 같다고 말했다.

그러자 유리잔은 화를 내며 길길이 날뛰었다! 미친 듯이 거칠게 탁자 위를 마구 돌아다녔고, 격분해서 뒤집어졌으며 급기야는 슈퇴어 부인의 무릎에 굴러 떨어졌다. 새파랗게 질린 그녀는 두 팔을 벌리고 유리잔을 내려다보았다. 사람들은 조심스럽게 사과를 하고 그것을 집어서는 원래 자리에 올려놓았다. 그 중국인은 질책을 받았다. 어떻게 감히 그런 말을 할 수 있습니까! 보십시오, 그렇게 주제넘은 말을 하니까 이런 꼴을 당하지 않았습니까! 홀거가 화를 내고 가버려 그에게서 더 이상 아무 말도 들을 수 없게 되었으면 어쩔 뻔했습니까! 모두들 열심히 자신의 유리잔을 달랬다. 혹시 무슨 시 같은 것을 지어 볼 수 없겠어요! 유수와 같이 흐르는 짧은 시간 동안 둥둥 떠다니기 전에 시인이었다고 하지 않았습니까. 아, 모두들 당신이 지은 시를 얼마나 보고 싶어 하는지 모릅니다! 모두들 그러기를 진심으로 바라 마지않습니다!

그러자 놀랍게도 착한 유리잔은 '네'라는 응답을 보였다. 그의 동작에는 정말 선량하고 화해적인 요소가 엿보였다. 홀거의 영은 시를 짓기 시작했다. 그는 별로 생각하지 않고 장황하고 자세한 시를 지어 갔다. 도대체 얼마나 오랫동안 계속될 것인지 아무도 알 수 없었다. 그는 마치 다시는 입을 다물지 않을 것처럼 보였다! 복화술처럼 읊어 가는 그의 시는 실로 말할 수 없이 놀라워서, 주위에 둘러앉은 사람들은 감탄해 마지않으면서 그 시를 읊조렸다. 마법적이면서도 구체성을 지닌 시였고, 그것이 주로 다루는 바다처럼 무변광대한 시였다. 모래 언덕이 있는 가파른 섬 해안에 굽어진 만(灣)의 좁다란 백사장을 따라 바다 안개가 기다랗게 자욱이 끼어 있다. 아, 보라, 녹색으로 아른거리는 아스라이 넓은 바다가 영원 속으로 녹아 내리며, 널따란 베일 같은 안개 속에 여름 태양이 머뭇거리며 진홍과 우윳빛의 은은한 빛에 잠겨드누나! 은빛으로 반짝이던 물빛이 언제 어떻게 하여 순전한 진주빛으로 변해가고, 희미하고 알록달록하며 오팔색으로 반짝이는 월장석(月長石) 같은 모든 것을 뒤덮는 색의 유희로 바뀌는 모습은 뭐라고 이루 형언할 수 없을 정도였다. 아, 이 마법은 은밀히 나타날 때처럼 조용히 사라져 버렸다. 바다는 잠에 빠져들었다. 그렇지만 낙조(落照)의 부드러운 흔적은 먼 바다에 그대로 머물러 있어 주위는 밤이 깊을 때까지 어두워지지 않는다. 모래 언덕의 솔밭에는 유령 같은 어스름한 빛이 떠돌고 있어 바다의 흐릿한 모래는 눈[雪]처럼 보인다. 겨울 숲처럼 보이는 숲은 침묵에 잠겨 있고, 나뭇가지 사이를 나는 부엉이의 묵직한 날갯짓 소리만 들릴 뿐이다! 이 시간에 우리가 머물러 있게 해 다오! 발걸음은 더없이 부드럽고, 밤은 높고도 은은하다! 저 아래에서는 깊은 바다가 천천히 숨을 쉬며 꿈속에서 느릿느릿 속삭이고 있다. 그대여, 다시 한 번 바다를 보고 싶지 않은가? 그럼 빙하처럼 흐릿한 빛을 내는 모래 언덕으로 걸어 나가, 구두 속으로 차게 스며드는 부드러운 모래 위에 올라가 보라. 관목이 빽빽이 들어선 육지는 돌투성이의 백사장 쪽으로 급경사를 이루고, 사라져 가는 수평선의 언저리에는 저녁노을의 잔영이 아직 어른거리고 있구나. 여기 높은 모래 언덕에 앉아 보라! 그 얼마나 차가우며, 가루나 비단처럼 곱지 않은가! 손에 쥐었다가 아래로 흘려보내면 무색의 엷은 빛을 내며 옆 바다에 부드럽고 조그만 모래 더미를 이루는구나. 그대여, 미세한 모래가 이렇게 흘러내리는 걸 보고 생각나는 게 없는가? 그것은 은자(隱者)의 암자를 꾸미는 엄숙하고 부서지기 쉬운 도구, 저 모래시계의 좁은 통로를 소리 없이 흘러내리는 모래의 모습이다. 암자 속에는 펼쳐진 한 권의 책, 한 개의 두개골, 그리고 받침대 속에, 가볍게 끼워 맞춘 틀 속에는 유리관이 있다. 그 속에는 영원에서 꺼내 온 한 줌의 모래가 들어 있어 은밀하고 신성하며 불안을 느끼게 하는 그 시간의 영위를 계속하고 있다.

이처럼 홀거의 영은 '서정적인' 즉흥시를 통해 고향 바다를 노래한 뒤 은자와 그의 명상 도구인 모래시계에 대해, 그리고 인간적인 것과 신적인 것에 대해 꿈꾸는 듯이 대담한 말로 계속 노래했다. 유리잔이 문자를 돌아다니며 만드는 말을 보고 둥글게 앉은 일동은 경탄을 금할 길이 없었다. 유리잔이 지그재그 모양으로 눈부신 속도로 달리며 도무지 그치지 않았기 때문에 사람들은 황홀한 마음으로 박수갈채를 보낼 시간마저 거의 내지 못했다. 한 시간이 지나도 시를 짓는 일은 끝날 기색이 보이지 않았다. 시는 분만의 고통, 연인의 첫 키스, 고난의 가시면류관, 신의 근엄하고 자애로운 아버지 같은 사랑에 대해 지칠 줄 모르고 끝없이 노래했고, 피조물을 만들어 내는 일에 몰입했으며, 여러 시대와 나라 그리고 천체에 몰두했는데, 한번은 심지어 칼데아인과 12궁에 대해서도 언급하였다. 그래서 이윽고 혼령을 불러낸 자들이 유리잔에서 손가락을 떼고 홀거에게 깊은 감사의 말을 전하며, 오늘은 이것으로 충분하다고 말하지 않았다면 틀림없이 그는 밤새 시를 짓는 일을 그만두지 않았을지도 모른다. 정말 멋진 시였는데 이 시는 분명 잊히고 말 것이니 그걸 아무도 적어 두지 않은 게 두고두고 유감스러운 일이 될 거라고 이들은 말했다. 그렇다, 꿈을 기억해 붙잡아 두는 것이 무척 어려운 일이듯 그 시의 대부분은 아쉽게도 벌써 잊혀졌다. 다음에는 때맞추어 속기사를 불러 흰 종이에 적어 맥락에 맞게 낭독한다면 얼마나 멋진 일이 될지 지켜보자고 했다. 그러나 오늘 밤에는 홀거가 '급히 흐르는 짧은 시간'으로 유유자적하게 돌아가기 전에 일동에게 한두 가지의 구체적인 질문에 대답하는 것이 더 나을 듯하고, 대단히 고맙겠다는 것이다. 어떤 질문을 할 것인지는 아직 분명하지 않지만 그가 이 경우에 원칙적으로 각별한 호의를 갖고 답변에 임할 용의가 있는지?

'네'라는 답변이 나왔다. 하지만 막상 어떤 질문을 해야 할지 몰라 다들 난감한 상태에 빠졌다. 요정이나 난쟁이에게서 한 번만 질문할 것을 허락받고는 쓸데없는 질문을 해서 귀중한 시간을 망쳐 버릴 위험이 있는 동화 속의 장면 같았다. 세상사와 미래에 관해 알아두어야 할 일이 적지 않을 것 같아, 하나를 택하는 일에는 막중한 책임이 뒤따랐다. 아무도 마음을 정하지 못하고 있어서 한스 카스토르프는 손가락을 유리잔에 대고 왼쪽 뺨을 주먹으로 괸 채 말했다. 그는 자신이 원래 예정한 3주일에서 얼마나 더 오랜 시간을 이 위에서 보내게 될지 알고 싶다고 했다.

좋다, 사람들이 더 나은 질문을 생각해 내지 못한다면 홀거의 영은 이 최초이자 최상의 질문에 자신의 풍부한 지식으로 답해 줄 것이다. 유리잔은 한동안 머뭇거리다가 움직이기 시작했다. 하지만 아무도 그 뜻을 이해할 수 없을 정도로, 그는 아무런 연관 관계가 없어 보이는 아주 이상한 글자를 만들었다. 유리잔은 '가라(Geh)'라는 글자를 만들었다가, '가로질러(Quer)'라는 글자를 만들어, 이 글귀의 뜻을 아무래도 알아낼 수 없었다. 그런 다음 유리잔은 한스 카스토르프의 방을 뜻하는 글자를 만들었으므로 이 짧은 지시 사항을 종합하면, 질문자는 '자신의 방을 가로질러 통과해 가라'는 뜻이 되었다. 자신의 방을 가로질러 가라고? 34호실을 가로질러 가라고? 그게 대체 무슨 뜻인가? 사람들이 앉아서 의논하고 고개를 갸웃거리는 동안 느닷없이 문을 주먹으로 쾅쾅 두드리는 소리가 들렸다.

모두들 놀란 나머지 몸이 얼어붙는 것 같았다. 누가 갑자기 쳐들어온 것일까? 금지된 모임을 못하게 하려고 크로코프스키 박사가 문 밖에 서 있는 것일까? 모두들 당황해서 바라보며 감쪽같이 속은 그가 들어올 것을 각오하고 있었다. 그때 탁자 한가운데서 쾅 하는 소리가 들렸는데, 이번에도 주먹으로 힘껏 내리친 소리였다. 이는 마치 처음에도 밖에서 내리친 것이 아니라 방 안에서 내리쳤다는 것을 확실히 알려 주기 위한 것 같았다.

혹시 알빈 씨의 시시껄렁한 장난이 아니었을까! 그는 명예를 걸고 자신이 아니라고 했다. 아닌 게 아니라 그의 말이 아니더라도 주위에 둘러앉은 사람들 중에서 내리친 것이 아님을 다들 잘 알고 있었다. 그럼 홀거가 한 행동이었을까? 엘리가 입을 다물고 조용히 있는 것이 수상하여 다들 동시에 그녀를 바라보았다. 그녀는 탁자의 모서리에 댄 채 늘어뜨리고 있는 손목의 손가락 끝을 의자의 팔걸이에 대고, 머리를 어깨 쪽으로 갸우뚱하게 기울인 상태로 눈썹을 치켜 올리고 앉아 있었다. 조그만 입술은 작게 오므리고 아래로 약간 끌어내린 채 알 듯 모를 듯한 동시에 천진난만한 미소를 살짝 머금고 있었다. 그리고 어린애 같은 푸른 눈으로 아무것도 보지 않은 채 막연히 비스듬히 허공을 응시하고 있었다. 모두 그녀를 불러 보았지만 그녀는 아무런 반응도 보이지 않았다. 바로 이 순간 전기스탠드의 불이 꺼졌다.

왜 꺼졌을까? 슈퇴어 부인은 더는 참지 못하고 애고머니, 하고 비명을 질렀다. 전기 스위치를 돌리는 소리를 들었기 때문이다. 전깃불은 저절로 꺼진 것이 아니라 낯선 손이라 하면 무척 조심스러운 표현이겠지만 어떤 손이 돌려서 껐던 것이다. 그게 홀거의 손이었을까? 그는 지금까지는 무척 온화하고 절도 있으며 시인다웠지만, 이제부터 그의 행위는 개구쟁이 같고 무척 짓궂어지기 시작했다. 문과 가구를 쾅쾅 두드리고, 개구쟁이처럼 전깃불을 꺼버리는 어떤 손이 누군가의 목을 조르지 않는다고 누가 장담하겠는가? 사람들은 어둠 속에서 성냥불과 회중전등을 켜라고 소리쳤다. 레비 양은 누군가 자기 이마의 머리카락을 잡아당긴다고 소리질렀다. 슈퇴어 부인은 무서운 나머지 부끄러움도 잊고 큰 소리로 기도하기 시작했다. "아, 하느님 아버지, 이번만이라도!" 그녀는 이렇게 외치고, 아무리 큰 죄를 저질렀다 하더라도 관대하게 용서해 달라고 흐느껴 울었다. 이때 정상적인 생각을 품고 실내등을 켠 사람은 팅푸 박사였다. 그리하여 이내 방 안이 환히 밝아졌다. 전기스탠드의 불이 사실 우연히 꺼진 것이 아니라 누군가 스위치를 돌려 껐으며, 다시 불을 밝히기 위해서는 보이지 않는 손에 의해 꺼진 불을 다시 사람의 손으로 켜기만 하면 되는 것을 확인하는 동안, 한스 카스토르프는 남몰래 어떤 놀랄 만한 사실을 알게되었다. 그것은 여기서 활동하고 있는 유치한 비밀스러운 힘이 자신에게 특별한 관심을 쏟고 있다는 사실이었다. 그의 무릎에 무언가 가벼운 물건이 놓여 있었던 것이다. 그것은 언젠가 야메스 삼촌이 조카의 서랍장 위에서 집어 들고 깜짝 놀랐던 '기념품'으로, 클라브디아의 내부 초상을 보여 주는 유리로 된 뢴트겐 사진이었다. 그런데 한스 카스토르프는 분명히 그것을 이 방으로 가져온 기억이 없었다.

그는 이러한 현상을 떠들어 대지 않고 사진을 슬쩍 챙겨 넣었다. 아까 말한 자세로, 멍한 눈초리를 하고 이상야릇하게 알 듯 모를 듯한 표정으로 자리에 앉아 있는 엘렌 브란트에게 모두들 정신을 빼앗기고 있었다. 알빈 씨가 그녀에게 입김을 불어넣으며, 크로코프스키 박사의 손동작을 흉내 내어 그녀의 얼굴 앞에서 손으로 아래에서 위로 부채질하자 그녀의 얼굴에 생기가 돌아왔다. 왠지는 모르지만 그녀는 약간 눈물을 글썽거렸다. 사람들은 그녀를 쓰다듬고 위로하며 이마에 입맞춤을 한 뒤 자러 보냈다. 교양이 부족한 슈퇴어 부인이 오늘 밤에는 무서워서 잠자리에 들지 못할 것 같다고 말하자 레비 양은 그녀의 방에서 밤을 보낼 용의가 있다고 말했다. 사진을 가슴 안주머니에 넣어 둔 한스 카스토르프는 기분이 꿀꿀한 오늘 밤에 다른 남자들과 함께 알빈 씨의 방에 모여 코냑 한 잔을 마시면서 보내자는 제안에 순순히 응했다. 그는 오늘 밤에 일어난 것과 같은 사건은 사실 가슴과 정신에는 별로 영향을 주지 않지만, 어쩌면 위의 신경에는 자극을 줄 거라고 생각했기 때문이다. 그것도 뱃멀미가 난 사람이 뭍에 내려서도 몇 시간 동안이나 몸이 마구 흔들리는 듯해 메스꺼운 기분이 든다고 생각할 때처럼 지속적으로 영향을 줄 거라고 생각했다.

우선은 그의 호기심이 충족되었다. 홀거의 시가 그 순간에는 그리 나쁜 것이 아니었다. 하지만 처음부터 예감했던 대로 전체적으로 내적인 절망감과 무미건조함이 분명히 의식되었기 때문에 자신에게 불어온 이러한 지옥의 불 가루를 맛본 것을 기회로 다시는 이런 실험에 참가하지 않겠다고 생각했다. 한스 카스토르프가 그날 밤의 체험을 세템브리니에게 들려주었을 때 그가 청년의 이러한 결심을 듣고 쌍수를 들어 환영한 것은 충분히 상상할 수 있는 일이었다. "설마." 그가 소리쳤다. "그럴 줄은 몰랐는데! 아, 참담하군, 참담해!" 그러고는 단도직입적으로 어린 엘리를 상종 못할 사기꾼이라고 매도했다.

그의 제자는 이에 대해 찬성도 반대도 하지 않았다. 그는 뭐가 진실인지 분명하게 밝혀지지 않았으므로 마찬가지로 뭐가 사기인지도 분명히 드러나지 않았다고 어깨를 으쓱하며 말했다. 그것의 경계가 불분명할지도 모른다는 것이다. 어쩌면 양자 사이에는 어떤 결정을 내릴 수 없게 하는 과정들, 즉 자연계 내에 말도 평가도 필요 없는 진실성의 단계가 있을지도 모른다. 이러한 결정에는 무언가 도덕적인 요소가 강하게 개입한 듯하다. 세템브리니는 '속임수'라는 말을, 꿈의 요소와 현실성의 요소가 뒤섞인 이 개념을 어떻게 생각하고 있는 걸까? 이러한 혼합은 우리의 조잡한 일상적인 사고보다 자연계에 더 친숙한 것일지도 모른다. 삶의 비밀이란 문자 그대로 그것을 규명할 수 없기에 거기에서 가끔 속임수가 나타난다고 해서 하등 이상하게 생각할 것은 없다. 이렇게 우리의 주인공은 공손하고 타협적이며 대단히 느슨한 방식으로 밑도 끝도 없이 자신의 생각을 털어놓았다.

세템브리니는 적당히 제자를 꾸짖고는 순간적이나마 양심의 가책도 느끼게 하여 앞으로는 이러한 끔찍한 일에 다시는 관여하지 않겠다는 약속을 하도록 했다. "당신은 당신 속에 있는 인간성을 존중하도록 하시오, 엔지니어 양반! 명쾌하고 인간다운 생각을 신뢰하고, 빗나간 생각이나 정신적으로 불결한 것을 혐오하도록 하십시오! 속임수라니까요! 삶의 비밀이라고요? 사랑하는 친구! 사기와 현실을 결정하고 구별하는 도덕적인 용기가 무너지는 곳에서는 삶 그 자체, 판단이며 가치, 혁신적인 행위가 끝장나고, 도덕적인 회의가 끔찍한 분해 작용을 일으키기 시작합니다." 인간이 만물의 척도라고 그는 덧붙여 말했다. 선과 악, 진실과 사기를 인식하고 판별하는 인간의 권리는 포기할 수 없는 것으로, 이러한 창조적 권리에 대한 믿음을 갖지 못하도록 인간을 미혹에 빠뜨리려고 하는 자는 화를 입게 하겠다는 것이다! 그런 자는 차라리 연자 맷돌을 목에 매달고 깊디깊은 우물에 빠뜨려 죽이는 게 더 낫다.*

한스 카스토르프는 이 말에 고개를 끄덕이고 사실 당분간은 이러한 모임을 멀리했다. 크로코프스키 박사가 자신의 정신 분석 지하실에서 엘렌 브란트를 상대로 여러 번 실험을 하고, 손님들 중에서 선발된 몇몇 사람이 거기에 참석했다는 말을 들었다. 그는 그 모임에 참석하는 것을 딱 잘라 거절했다. 하지만 물론 함께 참가한 사람들과 크로코프스키 박사 자신으로부터 실험 결과에 대해 이런저런 이야기를 들을 수 있었다. 저번에 클레펠트의 방에서는 탁자와 벽을 두드리고 전기스탠드의 스위치를 돌리는 등 아무렇게나 거칠게 힘이 표출되었지만, 이번의 모임에서는 동지 크로코프스키가 엘리에게 교묘하게 최면술을 걸어 꿈꾸는 듯한 상태로 옮겨 놓고 체계적으로 불순한 요소를 되도록 제거한 후 이러한 실험을 했다. 음악으로 반주하면 실험이 수월해진다는 것을 알았기 때문에 실험을 하는 날 밤에는 축음기를 그 방으로 옮겨 마법의 무리가 그것을 독점하게 되었다. 이런 기회에 축음기를 담당한 보헤미아인 벤첼은 이 기계를 마구 다루거나 훼손할 위험성이 없는 음악을 아는 남자라서, 한스 카스토르프는 그럭저럭 편안한 마음으로 축음기를 그에게 넘겨줄 수 있었다. 그는 레코드 전체 목록에서 특수한 목적에 맞게 각종 경음악, 춤곡, 짧은 전주곡이며 그 밖에 흥을 돋우어 주는 곡을 정리해서 담은 앨범을 하나 만들어 주었다. 엘리가 결코 더 고상한 음악을 요구한 게 아니었으므로 이 앨범은 그의 목표를 완전히 충족시켜 주었다.

한스 카스토르프가 들은 바로는 이러한 음악의 반주에 따라 손수건이 저절로라기보다는 그 주름에 숨어 있는 '갈고리 발톱'에 의해 바닥에서 허공으로 올라갔고, 박사의 휴지통이 천장으로 둥둥 떠올랐으며, 벽시계의 추가 '눈에 보이지 않는 어떤 손'에 의해 정지되었다가 다시 움직이기 시작했고, 탁상용 종에 손을 '댔는'지 그것에서 소리가 울리기 시작했다는데, 이와 같은 석연치 않은 쓸데없는 일들이 많이 일어났다고 한다. 박식한 실험 지도자는 거창하게 학문적인 의미를 부여하며 이러한 성과를 그리스 학명으로 부르면서 마냥 행복해했다. 그는 강연을 하거나 사적으로 대화를 나누면서 이것을 건드리지 않고 물건을 움직이는 '염력(念力)' 현상이라고 상세히 설명했다. 그리고 박사는 이를 과학이 심령의 현신화(現身化)라는 이름으로 부르는 현상에 포함시켰는데, 그가 사실 엘렌 브란트의 실험에서 의도하고 노린 것은 바로 이러한 현상이었다.

그의 용어를 빌리면 이것은 잠재의식적인 관념 복합체가 물체에 유기적, 심령적으로 투영되는 현상이었다. 그 현상의 원천은 영매(靈媒) 상태, 즉 몽유병적 상태로 볼 수 있으며, 그러한 현상으로 자연이 이념을 현신화하는 능력이 실증된다는 점에서 객관화된 꿈의 표상으로 볼 수 있다. 이념을 구체화하는 능력이란 물실을 끌어낳겨 그 물질에 의해 한동안 자신의 모습을 드리내는 능력으로, 말하자면 어떤 조건 아래서 생각이 얻을 수 있는 힘이다. 이러한 물질은 영매의 몸에서 흘러나와 몸의 바깥에서 생물학적으로 살아 있는 말초 기관, 가령 물체를 움켜잡는 손 같은 것을 일시적으로 형성하여, 이러한 손이 크로코프스키 박사의 실험실에서 보여 준 것과 같은 자그마한 기적을 일으킨다. 경우에 따라 손 같은 이러한 말초 기관은 눈에 보이고 만져 볼 수도 있으며, 파라핀이나 석고 같은 형태를 취할 수도 있다. 더 나아가 손 같은 말초 기관을 형성하는 데 국한되지 않고, 머리나 개인적 특성을 지닌 인간의 얼굴, 몸 전체의 모습이 실험자의 눈앞에 생생하게 나타나 제한적이나마 실험자와 모종의 교제를 할 수도 있다. 그런데 여기서부터 크로코프스키 박사의 이론이 엉뚱하게 변하기 시작했다. '사랑'에 대한 그의 강연에서 보인 것과 유사하게 미심쩍어지기 시작했으며, 변덕스럽고 애매한 성격을 띠기 시작했다. 이제는 영매와 그것의 수동적인 조력자들의 현실에 반영된 주관성이 더는 오해의 여지가 없는 과학적인 모습을 하지 않고, 거기에 막연하나마 어쨌든 외부와 저세상의 자아가 영향을 미치게 된 때문이었다. 실험 순간의 복잡하고 은밀한 기회를 포착하여 물질 속으로 되돌아와 자신을 부르는 실험자들 앞에 모습을 드러내는 생명을 갖지 않은 어떤 존재가 문제의 관건이었다. 이는 어쩌면 의심의 여지가 전적으로 없지는 않은 일일지도 몰랐다. 요컨대 죽은 자를 교령술로 불러내는 일이 문제의 관건이었다.

크로코프스키 동지가 최근 들어 자신의 제자들과 함께 애쓴 결과 얻은 성과였다. 땅딸막한 그 학자는 진흙 구덩이 같고 수상쩍으며 야만적인 세계에도 밝아, 심지어 그쪽 방면의 겁나고 미심쩍은 일에도 지도자로는 제격이어서 힘 있고도 옹골차게 미소 지으며 일동에게 자신에 대한 신뢰를 촉구하면서 죽은 자를 불러내는 것에 애쓰고 있었다. 그는 엘렌 브란트의 재능을 계발하고 훈련하는 일에 힘썼는데, 한스 카스토르프가 들은 바로는 그녀의 탁월한 재능 덕택으로 그 일이 성공할 것 같았다. 실험에 참가한 몇몇 사람들이 현신화한 손과 접촉하는 일이 일어났던 것이다. 파라반트 검사는 초월적인 저세상으로부터 뺨을 세차게 얻어맞았는데, 그는 이에 대해 학구적인 자세로 명랑하게 웃어 넘기며 심지어 호기심에 다른 뺨마저 내밀었다는 것이다. 신사이자 법률가이며 학우회 펜싱 클럽의 대선배라는 자신의 체통에도 불구하고 그가 이 세상의 어느 누구에게 이처럼 얻어맞았다면 전혀 다른 반응을 보였을지도 모른다. 고상한 것과는 관계가 먼 소박한 인내자인 페르게는 어느 날 밤 저쪽 세상의 유령 같은 손을 직접 잡아 보고 손으로 더듬어 그 손의 모양이 정확하고 완전하다는 것을 확인하고는 예의를 잃지 않는 선에서 그 손을 꽉 붙잡자, 그 손은 뭐라고 정확히 기술하기 어려운 방식으로 슬며시 빠져나갔다는 것이다. 이 실험은 두 달 반 동안, 매주 두 번씩 비교적 오랫동안 계속되었다. 그러다가 어느 날 밤 젊은이의 손 같은 저세상의 손이 붉은 갓에 싸인 전기스탠드의 불빛에 불그스름하게 비쳐 탁자 위에 손가락을 움직이며 일동의 눈앞에 드러나, 밀가루가 든 도기 접시에 자신의 흔적을 남겼다고 한다. 그리고 이로부터 일주일 뒤에 크로코프스키의 소수들, 즉 알빈 씨, 슈퇴어 부인, 마그누스 부부가 지정 가까이 되어 흥분해서 일그러지고 황홀한 얼굴로 열에 들떠 한스 카스토르프의 발코니에 나타나는 일이 일어났다. 이들은 살을 에는 추위 속에 꾸벅꾸벅 졸고 있는 청년에게 엘리의 홀거가 드디어 모습을 드러냈다고 앞다투어 보고했다. 최면 상태에 있는 엘리의 어깨 위에 그의 머리가 나타났는데, 그는 정말 '멋진 갈색의 고수머리'를 갖고 있었고, 사라지기 전에 부드럽고 우수에 젖은 미소를 띠었는데 그 모습이 도무지 잊혀지지 않는다는 것이었다!

한스 카스토르프는 이러한 고상한 슬픔이 홀거의 그 밖의 행동, 유치한 어린이 짓거리, 단순하고 파렴치한 행위, 가령 검사가 당한 전혀 우울하지 않은 구타와 어떻게 조화를 이룰지 생각해 보았다. 이 경우에 홀거의 수미일관한 완결된 성격은 분명히 기대할 수 없었다. 어쩌면 노래에 나오는 키 작은 꼽추의 기분처럼 우수에 잠기고 연민을 자아내게 하는 상태에 빠져 있어 홀거가 심술궂게 굴었을지도 모른다. 홀거의 숭배자들은 그런 것에는 아랑곳하지 않는 것 같았다. 그들에게 중요한 문제는 참가를 꺼리는 한스 카스토르프의 마음을 돌리는 일이었다. 모든 일이 대단히 잘되어 가기 때문에 그가 다음 모임에는 꼭 참석해야 한다는 것이다. 엘리가 최면 상태에서 다음 번에는 무리 중에서 원하는 대로 죽은 사람을 불러내겠다는 약속을 했기 때문이라고 한다.

어떤 사람이든 원하는 대로 불러낸다고? 그렇지만 한스 카스토르프는 계속 참석하지 않겠다고 버텼다. 하지만 죽은 사람을 원하는 대로 불러낸다는 말이 그의 마음을 움직여 그 후 3일이 지나는 사이에 결심을 고쳐 먹게 되었다. 엄밀히 말하면 그가 생각을 바꾸게 된 것은 3일 사이가 아니라 3일 사이의 단 몇 분에 불과했다. 그가 밤 시간에 홀로 음악실에서 말할 수 없이 호감 가는 인물인 발렌틴이 새겨진 레코드를 다시 한 번 틀고 있는 동안 심경에 변화가 일어났다. 의자에 앉아 명예로운 전쟁터로 나가려고 고향을 떠나는 용감한 병사 발렌틴의 기도를 듣는 사이에 그의 생각이 변한 것이다. 병사는 이렇게 노래했다.

하느님께서 나를 하늘나라로 부르신다면
그대를 지켜 주면서 내려다볼 거야
오, 마르가레테!

이 노래를 들을 때마다 언제나 그렇듯이 한스 카스토르프의 가슴속에는 커다란 감동이 솟아올랐다. 하지만 이번에는 모종의 가능성으로 인해 감동이 더했고, 소망으로 감동의 농도가 짙어졌다. 그는 이렇게 생각했다. '무의미하고 죄스러운 일이든 아니든 간에 이것은 아주 진기하고 무척 사랑스러운 모험이 될 것이다. 내가 그를 부른다 해도 내가 알고 있는 그는 기분 나빠 하지 않을 것이다.' 그리고 옛날에 뢴트겐실에서 보아서는 안 되는 것을 보아도 되겠느냐고 물었을 때 어둠 속에서 아무렇지도 않다며 관대하게 "괜찮아, 괜찮아!" 하던 사촌의 목소리가 생각났다.

다음날 아침 한스 카스토르프는 그날 밤의 모임에 참석하겠다고 통보하고 저녁 식사를 마치고 30분이 지난 후 무시무시한 것에 익숙해진 단골 손님들이 아무렇지도 않게 담소를 나누며 지하실로 내려가는 데 합류했다. 그가 계단에서 만난 사람들은 팅푸박사, 보헤미아인 벤첼같이 이 위에 옛날부터 뿌리를 박은 정주자들이거나 오랫동안 이곳에서 지낸 고참자들이었고, 크로코프스키박사의 어두운 방에서 만난 사람들은 페르게 씨와 베잘 씨, 파라반트 검사, 레비 양과 클레펠트 양이었으며, 홀거의 머리가 나타난 것을 전해 준 사람들과 영매인 엘리 브란트도 말할 것 없이 그곳에 있었다.

한스 카스토르프가 명함으로 장식한 문에 발을 들여놓았을 때북국 출신의 그 처녀는 이미 박사의 보호를 받고 있었다. 예의 까만 수술복을 입고 마치 아버지처럼 처녀의 어깨를 팔로 감싸고 있는 크로코프스키 박사 옆에서 그녀는 반 지하실의 복도에서 조수의 방으로 내려가는 계단의 발치에 선 채 손님들을 기다리며 그들에게 인사를 했다. 다들 그 인사에 기분 좋게 서슴없이 진심으로답례를 했다. 이들은 일부러 엄숙하고 답답한 기분을 죄다 떨쳐버리려는 것 같았다. 이들은 큰 소리로 농담을 하며 대화를 나누었고, 옆구리를 찌르면서 서로의 기분을 돋우어 주었으며, 온갖방법으로 자신의 마음이 아무렇지도 않다는 것을 드러내 보였다. 크로코프스키 박사는 신뢰를 촉구하는 힘찬 미소를 지으며 수염사이로 누런 이빨을 드러내 보이면서 만나는 사람마다 "안녕하십니까!"를 연발했는데, 머뭇거리는 표정으로 말없이 나타난 한스카스토르프를 보자 누런 이빨을 더욱 노골적으로 드러내며 환영했다. 그는 청년의 손을 아플 정도로 꽉 잡으면서, '용기를 내시오, 친구!'라고 말하려는 듯 머리를 위아래로 마구 흔들어 댔다. '의기소침해하지 마시오! 여기서는 위선자이거나 신앙심이 돈독한 척할 필요가 없고, 편견 없이 탐구하며 남자답게 흥겨워하기만 하면 됩니다!' 그가 팬터마임 같은 몸짓으로 이렇게 말을 걸어 왔지만 그렇다고 해서 한스 카스토르프의 기분이 좀처럼 더 좋아지지는 않았다. 우리는 그가 참석하기로 마음먹을 때 뢴트겐실에서 일어난 일을 떠올리게 했지만, 이러한 연상 작용만으로는 그의 심정을 제대로 드러내기에 충분하지 않다. 오히려 이 기분은 그가 몇 년 전에 학우들과 함께 얼큰히 취한 김에 성 파울리에 있는 매음굴을 처음으로 찾아갔을 때의 혈기, 초조함, 호기심, 경멸감 및 경건한 기분이 뒤섞인, 독특하고도 잊을 수 없는 마음 상태를 생생하게 생각나게 해 주었다.

전원이 다 모이자 크로코프스키 박사는 이날 밤의 조수로 뽑힌 마그누스 부인과 상앗빛 혈색의 레비 양을 데리고 영매의 몸치장을 위해 옆방으로 물러갔다. 그러는 동안 한스 카스토르프는 뒤에 남은 아홉 명의 참가자들과 함께 박사의 진료실 겸 서재로 쓰이는 방에 남아 옆방에서 준비가 끝나기를 기다렸다. 과학적인 정밀성을 요하는 이러한 준비는 규칙적으로 되풀이되었지만 늘 아무런 성과 없이 끝나곤 했다. 한스 카스토르프는 전에 요아힘 몰래 이 진료실에서 정신 분석가와 한동안 대화를 나눈 적이 있어 방의 내부를 잘 알았다. 왼편 안쪽의 창가에는 팔걸이의자와 방문자용 안락의자와 아울러 그의 사무용 책상이 있었고, 옆문의 양쪽에는 항시 집어 드는 책들이 꽂혀 있었으며, 오른편 뒤쪽에는 책상 세트와 납을 칠한 천으로 덮인 비스듬한 긴 의자 사이에 접이식 병풍이 세워져 있었다. 한쪽 구석에는 의료 기구를 넣어 둔 유리장이 있었고, 다른 쪽 구석에는 히포크라테스의 흉상이 놓여 있었다. 그리고 오른쪽 벽의 가스난로 위에는 렘브란트가 그린 '인체 해부도' 동판화가 걸려 있어, 여느 의사의 응접실과 별반 다를 게 없는 평범한 방이었다. 하지만 오늘 밤의 특별한 목적을 위해 방 모양이 약간 달라진 게 눈에 띄었다. 보통은 방 한 가운데의 안락의자에 둘러싸여, 샹들리에 아래 거의 바닥 전체를 덮고 있는 붉은 융단 위에 놓였던 마호가니 원탁이 앞쪽으로 왼쪽 구석의 석고 흉상이 놓인 곳으로 치워져 있었고, 중심에서 벗어나 건조한 열기를 내뿜으며 불타고 있는 난로 쪽으로 좀 더 가까운 곳에 가벼운 보가 덮인 작은 탁자가 놓였다. 탁자에는 붉은 갓을 씌운 전기스탠드가 놓여 있었고, 그 위 천장에는 샹들리에 와는 별도로 역시 붉은 망사 말고도 검은 망사로도 에워싼 전구가 밑으로 드리워져 있었다. 이 작은 탁자의 위와 옆에 악명이 자자한 문제의 물건이 몇 개 놓여 있었다. 그것은 탁상용 종으로, 엄밀히 말하면 구조가 서로 다른 종이었는데, 하나는 손으로 흔드는 종이었고, 다른 하나는 버튼을 눌러 울리는 종이었으며, 이것 말고도 밀가루를 담은 접시와 휴지통이 있었다. 그리고 한 다스 정도의 각기 다른 모양을 한 의자와 안락의자가 반원 모양으로 작은 탁자를 에워쌌다. 그 반원 모양의 한쪽 끝은 긴 의자의 끝부분 가까이에, 다른 한쪽 끝은 거의 방 한가운데의 천장에 달린 샹들리에 아래에 위치하고 있었다. 여기, 마지막 자리 가까이,

옆문까지의 중간 정도 지점에 음악 상자도 자리하고 있었다. 그 옆에는 경음악을 담은 앨범이 의자 위에 놓여 있었다. 그러므로 이게 무대 장치인 셈이었다. 붉은 전등에는 아직 불이 켜지지 않 았지만, 천장의 샹들리에가 대낮같이 환하게 불을 밝히고 있었 다. 사무용 책상의 뒤쪽 측면의 창에는 검은 커튼이 드리워져 있 었고, 그 앞에는 레이스처럼 구멍이 숭숭 뚫린 크림색의 이른바 발처럼 된 흰색 커튼이 드리워져 있었다.

10분 후에 박사는 세 여자와 함께 옆방에서 돌아왔다. 엘리 처 녀의 겉보습이 달라져 있었다. 그녀는 원래의 자기 옷을 입지 않 고 일종의 모임용 의상이라 할 수 있는 하얀 생사(生絲)로 짠 잠 옷 같은 복장을 하고, 허리에는 노끈 같은 허리띠를 두른 채 가느 다란 두 팔을 허옇게 드러내고 있었다. 처녀다운 가슴의 선이 부 드럽게 선연히 드러나는 것으로 보아서 이 의복 아래에 아무것도 걸치지 않은 듯했다.

모두들 활기차게 그녀를 맞이했다. "야, 엘리! 정말 예쁜데! 마 치 선녀 같아! 잘해 봐, 나의 천사야!" 자신의 옷차림이 자기에게 썩 잘 어울린다는 것을 아는 듯 그녀는 이처럼 외치는 소리를 듣 고 미소 지었다. "준비 상태가 안 좋군요." 크로코프스키 박사가 단정하듯 외쳤다. "자, 그러면 시작합시다, 동지들!" 그는 혀를 한 번만 입천장에 치는 외국인다운 방식으로 r를 발음하며 덧붙여 말 했다. 사람들은 왁자지껄 떠들며 서로의 어깨를 치면서 반원 모양 의 의자에 자리를 잡기 시작했다. 한스 카스토르프는 동지라고 불 린 것에 꺼림칙한 기분을 느끼며 다른 사람들과 마찬가지로 어딘가에 자리를 잡으려고 하는데 박사가 그를 향해 말했다.

"이보게, 친구." (그는 친구란 뜻의 '프로인트'를 '프라인트'라고 발음했다.) 그가 말했다. "당신은 손님으로, 또는 신입 회원으로 여기에 참가했으니 오늘 밤은 당신에게 특별히 명예로운 직분을 맡기겠습니다. 당신에게 영매를 감시하는 일을 맡기겠습니다. 우리는 다음과 같이 실험하고 있습니다." 그는 긴 의자와 병풍이 인접하고 있는 반원의 끝 쪽으로 청년을 오라고 했다. 거기에는 엘리가 방 한가운데 쪽보다는 계단이 있는 문 입구 쪽으로 얼굴을 향하고 흔히 보는 등나무 의자에 앉아 있었다. 그녀에게 바짝 붙어 역시 등나무 의자에 그녀와 마주 앉은 크로코프스키 박사는 그녀의 두 무릎을 자신의 무릎에 끼우면서 그녀의 두 손을 잡았다. "이렇게 따라 해 주시오!" 그는 이렇게 명령하고 한스 카스토르프를 자기 대신 등나무 의자에 앉게 했다. "이러면 영매가 꼼짝 못할 겁니다. 굳이 그럴 필요는 없겠지만 조수 한 사람을 붙여 드릴 수 있습니다. 클레펠트 양, 부탁해도 될까요?" 이렇게 공손하고 이국적으로 부탁받은 그녀는 무리에 합류해 연약한 엘리의 손목을 두 손으로 꽉 붙잡았다.

한스 카스토르프는 불가사의한 능력을 지닌 처녀의 손을 꽉 붙들고 있었으므로 아무래도 그녀의 얼굴을 아주 가까이에서 바라보지 않을 수 없었다. 두 사람의 눈길이 마주치자 엘리는 부끄러운 나머지 눈길을 옆으로 돌려 내리깔았다. 그녀의 입장으로서는 충분히 이해할 수 있는 일이었다. 그러면서 그녀는 얼마 전에 유리잔 움직이기 놀이를 할 때처럼 머리를 옆으로 기울이고 입술을 약간 뾰족하게 내밀고는 다소 새침한 미소를 지었다. 아닌 게 아니라 이렇게 얌전빼는 잔잔한 미소를 보고 젊은 감시인은 또 다른 먼 옛날의 기억이 얼핏 떠올랐다. 그와 요아힘이 카렌 카르슈테트를 데리고 도르프 공동묘지의 아직 한 자리가 남아 있던 영원한 안식처에 들어섰을 때 그녀도 지금의 엘리와 비슷한 미소를 지었던 것이다.

반원 모양의 자리에 사람들이 다 들어찼다. 축음기 '폴리힘니아'를 관리하기 때문에 자신의 자리를 늘 비워 두곤 하는 체코인 벤첼을 제외하고 13명이었다. 그는 축음기를 틀 준비를 한 다음 방 한가운데 앉은 사람들의 등 뒤쪽에 있는 축음기 옆에 가서 웅크리고 앉았다. 그는 자신의 기타도 옆에 놓아두었다. 크로코프스키 박사는 붉은 두 개의 전구를 켜고 이어서 천장의 밝은 샹들리에를 끈 다음 말굽 모양의 열이 끝나는 지점, 즉 샹들리에 밑에 가서 자리에 앉았다. 방 안은 이제 어스름하고 은은한 어둠에 잠겼으며, 전등에서 좀 떨어진 곳과 구석은 잘 보이지 않았다. 사실 조그만 탁자 위와 바로 그 부근만이 어렴풋이 불그스름한 빛에 둘러싸여 있을 뿐이었다. 그래서 처음 몇 분간은 바로 옆 사람도 잘 보이지 않을 정도였다. 눈은 서서히 어둠에 적응해 갔고, 난로에서 조그맣게 타오르는 불길의 도움을 받아 현재 켜져 있는 전구의 불빛을 이용하는 법을 배우게 되었다.

박사는 조명에 대해 몇 마디 하고, 그 조명에 과학적으로 부족한 점이 있음을 사과했다. 분위기를 조성하거나 신비화하는 의미로 조명을 해석하지 않았으면 좋겠다는 것이다. 유감스럽게도 아무리 바란다 하더라도 일딘 디는 밝게 할 수 없고, 여기서 문제가 되고 실험하려는 힘은 빛이 밝으면 발현되지 않고 활동하지 않는 속성을 지니고 있다는 것이다. 이는 전제 조건이 되는 사실이라 당분간 이를 받아들여야 한다고 말했다. 한스 카스토르프는 이에 만족했다. 어둠이 전체적인 상황의 독특한 성격을 완화해 주었기 때문에 그로서는 어두운 게 더 나았다. 게다가 그는 어둠을 정당화하기 위해 컴컴한 뢴트겐실에서 경건하게 생각을 가다듬으며, 무언가를 '보기' 전에 눈을 어둠에 적응시킨 기억을 떠올렸다.

크로코프스키 박사는 본론으로 들어가기 전에 서론을 계속했는데, 이는 한스 카스토르프를 특별히 겨냥한 것이 분명했다. 영매는 의사인 자신이 잠들게 하지 않아도 되는 상태에 있음을 알려주었다. 감시인도 곧 알게 되겠지만 영매는 저절로 최면 상태에 들어갔는데, 그래서 그녀의 입으로 말하는 것은 그녀의 수호신인 익히 잘 아는 홀거이다. 그러므로 실험자들은 그녀에게가 아니라 홀거에게 자신의 소망을 주문해야 한다. 게다가 앞으로 일어날 현상에 대해 억지로 의지와 사고를 집중해야 한다고 생각하는 것은 잘못이며 그러다간 실험이 실패로 끝날 수도 있다. 이와 반대로 좀 산만하게 말을 하면서 주의를 흩뜨리는 게 필요하다. 한스 카스토르프는 무엇보다도 영매의 손발을 실수 없이 꽉 붙드는 데 신경을 쓰는 게 좋겠다고 했다.

"모두 서로 손을 잡도록 하시오!" 크로코프스키 박사가 마지막으로 지시를 내렸다. 어두워서 옆 사람의 손을 금방 찾을 수 없는 사람들은 웃음을 터뜨렸다. 헤르미네 클레펠트 바로 옆에 앉은 팅푸 박사는 오른손을 그녀의 어깨에 얹고 왼손은 베잘의 오른손과 맞잡았다. 크로코프스키 박사의 한쪽에는 마그누스 부부가, 다른 한쪽에는 페르게가 앉아 있었고, 한스 카스토르프가 잘못 본 게 아니라면 페르게는 자신의 오른쪽에 앉은 상앗빛 얼굴의 레비 양의 손을 잡고 있었다. 이렇게 다들 서로의 손을 잡고 있었던 것이다. "음악!" 크로코프스키 박사가 명령했다. 그러자 박사와 바로 그의 옆에 앉은 마그누스 부부의 등 뒤에 있던 체코인이 레코드를 걸고 바늘을 얹었다. "잡담!" 밀뢰커의 어떤 서곡 첫 악절이 흘러나오는 동안 박사가 또다시 명령했다. 그러자 다들 그의 명령대로 기운을 내어 두서없이 아무 이야기나 떠들기 시작했다. 한쪽에서는 올 겨울에 눈이 얼마나 내릴까에 대해, 다른 쪽에서는 저녁 식사에 나오는 요리의 코스에 대해, 또 다른 쪽에서는 막 도착한 환자나 무모하게 또는 합법적으로 퇴원하는 환자에 대해 이야기했다. 대화는 음악에 반쯤 묻혀 끊어졌다가는 다시 살아나면서 의식적으로 계속되었다. 이렇게 몇 분이 흘러갔다.

레코드가 아직 끝나기 전에 엘리가 심하게 경련을 했다. 그녀는 몸을 부르르 떨고 한숨을 지었으며, 상체를 앞으로 기울이는 바람에 그녀의 이마가 한스 카스토르프의 이마에 닿았다. 동시에 그녀의 팔은 감시인의 팔에 잡힌 채 앞뒤로 움직이며 마치 펌프질을 하듯 이상한 운동을 시작했다.

"최면 상태!" 이미 실험 경험이 있는 클레펠트가 말했다. 음악이 멎고 대화도 끊겼다. 급작스럽게 정적이 감도는 가운데 박사가 부드럽게 끄는 듯한 바리톤 음으로 질문했다.

"홀거가 나타났습니까?"

엘리는 다시 몸을 떨며 의자 위에서 흔들거렸다. 한스 카스토르
프는 그녀가 두 손으로 자신의 손을 꽉 붙잡는 것을 느꼈다.

"그녀가 내 손을 잡았습니다." 그가 보고했다.

"홀거입니다." 박사가 그의 말을 고쳐 주었다. "그가 당신의 손
을 붙잡은 겁니다. 그러니까 그가 나타난 겁니다. 안녕하세요, 홀
거." 그는 점잔을 빼며 부드럽게 말했다. "진심으로 환영합니다,
친구! 그럼 기억을 떠올려 보시오! 지난번에 우리에게 나타났을
때 당신은 형제든 자매든 상관없이 우리들이 지명하는 죽은 자를
누구든지 불러와 아직 살아 있는 우리에게 보여 주겠다고 약속했
습니다. 이 약속을 오늘 밤 이행할 의향이 있으며, 당신에게 그럴
능력이 있다고 생각합니까?"

엘리는 다시 몸을 떨었다. 그녀는 한숨을 지으며 대답을 주저했
다. 그녀는 천천히 자신의 손을 마주 앉은 청년의 손과 함께 자신
의 이마에 갖다 대고 한동안 그러고 있었다. 그런 다음 그녀는 한
스 카스토르프의 귀에 입술을 바짝 대고 뜨거운 입김을 불어넣으
며 "네!" 하고 속삭였다.

그녀의 뜨거운 입김과 함께 직접 귀에 대고 "네" 하는 소리를
듣고 우리의 친구는 피부에 좁쌀 같은 게 돋아나는 느낌이 들었는
데, 우리는 이를 보통 '소름'이 돋는다고 말한다. 이러한 현상에
대해 언젠가 고문관이 그에게 상세하게 설명해 준 일이 있었다.
우리가 피부에 좁쌀이 돋아났다고 말하는 이유는 순전히 신체적
인 현상을 정신적인 현상과 구별하기 위해서이다. 이 경우 몸이

오싹해졌다고는 말할 수 없기 때문이다. 한스 카스토르프가 생각한 것은 대체로 이러한 내용이었다. '아니, 이럴 수가!' 그는 감동과 동시에 충격을 느꼈다. 그것은 어리둥절한 기분에서 생겨난 감동과 흥분이 뒤섞인 감정이었다. 말하자면 자신이 손을 잡고 있는 젊은 여자가 자신의 귓가에 "네" 하고 입김을 불어넣음으로써 무언가 상황을 착각할 것 같은 데서 오는 어리둥절한 감정이었다.

"그가 '네' 라고 말했습니다." 한스 카스토르프는 이렇게 보고하면서 얼굴이 화끈거리는 것을 느꼈다.

"그럼 좋습니다, 홀거!" 크로코프스키 박사가 말했다. "우리는 당신이 약속을 이행할 것을 부탁합니다. 우리 모두는 당신이 약속한 것을 착실히 이행할 걸로 믿습니다. 우리가 보고 싶어 하는 고인의 이름을 즉시 말하겠습니다. 동지 여러분." 그는 일동을 향해 말했다. "사양 말고 말해 주시오! 불러오고 싶은 분이 있습니까? 우리의 친구 홀거에게 누구를 불러 달라고 할까요?"

한동안 침묵이 계속되었다. 모두들 다른 사람이 발언하기를 기다리고 있었다. 누구나 요 며칠 동안 무엇을, 누구를 부를 것인가 생각해 보았을 것이다. 하지만 죽은 자의 귀환, 즉 그러한 귀환이 바람직한 일인가 하는 것은 언제나 복잡다단하고 미묘한 문제이다. 요컨대 솔직히 말하면 죽은 자의 귀환은 있을 수 없는 일이고, 즉 이를 바라는 것은 잘못된 일이다. 잘 생각해 보면 이를 바란다는 것은 죽은 자가 소생하는 것만큼이나 있을 수 없는 일이다. 일단 죽은 자를 소생시킨다는 것은 자연에서 있을 수 없는 일이기 때문이다. 그리고 우리가 죽은 자를 애도하는 것은 죽은 자를 다시 소생시킬 수 없는 것이 고통스러워서라기보다는 오히려 이런 일을 전혀 바랄 수 없기 때문인지도 모른다.

모두들 막연하나마 이렇게 느끼고 있었다. 그리고 오늘 밤의 경우는 죽은 자가 실제로 살아서 돌아오는 것이 아니라 순전히 감상적이고 연극적인 행사에 불과하며, 따라서 죽은 자를 그냥 보는 것만으로는 그리 우려할 만한 일이 아니었지만, 그래도 이들은 자신들이 생각하고 있는 사람의 얼굴을 직접 보는 것을 두려워하고 있었다. 그래서 다들 자신이 나서서 소망을 말하는 권리를 행사하지 않고 옆 사람에게 이를 미루고 있었다. 한스 카스토르프도 선량하고도 관대하게 '괜찮아, 괜찮고말고!' 하는 사촌의 목소리가 어둠 속에서 들려오는 것 같았지만 적극적으로 나서지 않고, 마지막 순간까지 다른 사람에게 우선권을 양보할 생각이었다. 하지만 이런 상태가 너무 오래 지속되었으므로 그는 모임의 지도자에게 고개를 돌리고 쉰 목소리로 말했다. "나는 죽은 사촌 요아힘 침센을 보고 싶습니다."

그러자 부담감에서 해방된 모두는 안도의 한숨을 쉬었다. 참석한 모든 사람들 가운데 고인을 모르는 사람은 팅푸 박사, 체코인 벤첼, 그리고 영매 자신밖에 없었다. 나머지 사람들, 즉 페르게, 베잘, 알빈, 파라반트, 마그누스 부부, 슈퇴어, 레비, 클레펠트는 기뻐서 큰 소리로 찬성 의사를 밝혔다. 그리고 요아힘이 정신 분석을 달갑지 않게 생각했기 때문에 두 사람의 관계가 늘 냉랭한 편이었지만 크로코프스키 박사 자신도 흡족한 듯 고개를 끄덕였다.

"매우 좋습니다." 박사가 말했다. "들었지요, 홀거? 지명된 고인은 생전에 당신을 몰랐습니다. 당신은 저세상에 가 있는 그를 알아보고, 우리에게 불러다 줄 수 있겠습니까?"

모두들 조마조마한 심정으로 기다렸다. 잠을 자고 있는 처녀는 몸을 흔들고, 한숨지으며, 부르르 떨었다. 그녀는 이쪽저쪽으로 몸을 기울이며 한스 카스토르프와 클레펠트의 귀에 각기 뭐라고 알아들을 수 없는 말을 속삭이면서 무언가를 찾느라 안간힘을 쓰는 것 같았다. 이윽고 한스 카스토르프는 '네'라는 의미로 그녀가 자신의 손을 꽉 붙잡는 것을 느꼈다. 그는 이런 사실을 전달했다.

"그럼 좋습니다." 크로코프스키 박사가 소리쳤다. "일을 시작하시오, 홀거! 음악!" 그가 외쳤다. "대화!" 그러면서 그는 너무 생각을 집중시키거나 나타날 사람을 억지로 생각하지 말고 부담 없이 홀가분한 마음으로 임하는 것이 오히려 실험에 도움이 될 거라고 거듭 엄명을 내렸다.

이제 우리의 젊은 주인공이 지금까지 겪었던 일 중에서 가장 이상야릇한 몇 시간이 흐르게 된다. 그가 이야기의 특정 부분에서 우리의 시야에서 사라져 버리고, 이후의 그의 운명이 우리에게 좀 모호한 상태가 되긴 하지만 그가 앞으로 몇 시간 동안 겪게 되는 일은 더없이 이상한 경험이었으리라 생각된다.

몇 시간이라고 했지만 사실을 말하면 두 시간 남짓한 시간이었다. 이제 시작되는 홀거의 '작업', 아니 실은 엘리 처녀의 작업이 중간에 잠시 중단된 것을 감안하면 두 시간이 넘는다고 할 수 있었다. 이 작업이 엄청나게 지연되는 바람에 급기야는 다들 이 일이 실패하지 않을까 염려했다. 그 외에도 이 작업이 사실 측은한 마음을 불러일으킬 정도로 힘이 드는 듯하고, 연약한 처녀의 힘으로는 버거운 일인 것 같아서, 다들 순수한 동정심에서 실험을 중단하는 게 좋지 않을까 하는 유혹을 여러 번 느낀 적이 있었다. 남성들은 인간적인 것을 외면하지 않는다면 살면서 어떤 특정한 상황에 처하면 이러한 참을 수 없는 연민을 경험하게 된다. 그런데 우스꽝스럽게도 아무에게도 이러한 연민이 받아들여지지 않고, 필경 적합하다는 인정도 받지 못할 것이므로 분노에 차서 "이제 그만!"이라는 외침이 가슴에서 새어 나오게 될지도 모른다. 그럼에도 '그것은' 이제 그만 끝나 버리려고 하지 않고, 끝나 버려서도 안 되기 때문에, 어떻게 해서든 끝까지 진행되어야 하는 일이다. 독자도 이미 알고 있겠지만 우리는 남편과 아버지로서의 입장에 관해, 출산 행위에 관해 말하고 있는 것이다. 사실 엘리의 고투는 불을 보듯이 뻔하게 출산의 진통과 닮아 있었다. 그래서 한스 카스토르프 청년처럼 이런 장면을 한 번도 본 적이 없는 사람도 그것을 연상하지 않을 수 없었다. 그는 삶에서 도피하지 않았기 때문에 그러한 장면을 보고 유기적으로 신비에 가득 찬 행위를 알게 되었는데, 그건 어떤 장면이었는가? 그리고 어떤 목적 때문이었는가? 또 어떤 상황에서였는가? 붉은빛이 감도는 들뜬 분위기의 산실(産室)의 모습, 하늘하늘한 잠옷을 입고 두 팔을 드러낸 산모 같은 처녀의 모습뿐만 아니라 이 밖의 상황들, 즉 쉼 없이 경쾌하게 울리는 축음기의 음악, 박사의 지시로 반원 모양으로 둘러앉은 일동이 의식적으로 나누는 대화, 줄곧 사투를 벌이고 있는 산모의 힘을 북돋우기 위해 명랑하게 "자, 홀거! 용기를 내요! 조금만 더 하면 돼요! 힘을 내세요, 홀거, 조금만 참으면 해 낼 거예요!"라고 외치는 소리, 이러한 모든 광경은 실로 보기 민망하다고밖에는 달리 표현할 말이 없었다. 그리고 우리가 소망을 피력한 한스 카스토르프를 산모의 남편으로 간주해도 된다면 '산모'의 무릎을 자신의 무릎에 끼우고 그녀의 두 손을 자신의 손으로 붙잡고 있는 '남편'의 모습과 상황도 마찬가지로 보기 민망하다고 할 수 있다. 엘리의 이 조그마한 손은 옛날 라일라 소녀의 손처럼 땀에 흥건히 젖어 있어, 그녀의 손이 미끄러져 빠져나가지 않게 하려면 계속 움켜잡지 않을 수 없었다.

왜냐하면 여기 앉아 있는 사람들의 뒤에서 가스난로가 열을 내뿜고 있었기 때문이다.

이러한 모습이 신비롭고 엄숙한 광경이었을까? 결코 그런 것은 아니었다. 눈이 점차 어둠에 적응함에 따라 잘 식별하게 된 어스름한 붉은빛에 비친 방 안의 광경은 시끄럽고 운치가 없었다. 음악과 외치는 소리는 구세군이 흥을 북돋우는 방식을 생각나게 했는데, 한스 카스토르프처럼 이러한 요란한 광신도의 예배에 한 번도 참석한 적이 없는 사람에게도 그런 것을 연상케 했다. 이러한 장면은 유령 같은 의미에서가 아니라 자연스럽고 유기적인 의미에서 신비롭고 불가사의한 작용을 했으며, 감수성이 예민한 사람들에게 경건한 마음을 품게 했다. 이러한 광경이 좀 더 자세하고 내밀한 어떤 연상 작용을 일으키는지는 이미 언급한 대로이다. 엘리의 고통은 진통처럼 사이를 두고 간헐적으로 일어났다. 그러한 고통이 없을 때는 넋이 나간 상태로 의자에서 몸을 옆으로 기울인 채 축 늘어져 있었는데, 크로코프스키 박사는 이를 가리켜 '깊은 최면 상태'라고 불렀다. 이윽고 그녀가 갑자기 벌떡 일어나서는 신음하며 몸부림치고 버둥대면서 감시자로부터 빠져나가려고 애썼다. 그러다가 이들의 귀에 뜨거운 입김을 불어넣으며 뜻 모를 말을 속삭였고, 자신의 몸에서 무언가를 내쫓으려는 듯 몸을 옆으로 홱 내동댕이치는 시늉을 했으며, 이빨을 뿌득뿌득 갈다가 한번은 심지어 한스 카스토르프의 소매를 깨물기까지 했다.

엘리의 이런 상태는 거의 한 시간 이상이나 지속되었다. 그러자 모임의 지도자는 이쯤에서 휴식을 취하는 것이 어느 모로 보나 좋겠다고 생각했다. 마음을 홀가분하게 하고 기분 전환을 위해 축음기를 끄고 능숙하게 기타를 치던 체코인 벤첼은 기타를 옆에 내려 놓았다. 다들 한숨을 돌리면서 잡고 있던 손을 풀었다. 크로코프스키 박사는 벽 쪽으로 걸어가서 천장의 등을 켰다. 갑자기 방이 환하게 밝아지는 바람에 사람들은 눈이 부셔 얼굴을 찡그리며 어둠에 익숙해진 눈을 가늘게 떴다. 엘리는 몸을 앞으로 잔뜩 굽히고 얼굴은 거의 무릎에 묻은 채 꾸벅꾸벅 졸고 있었다. 그녀의 이러한 특이한 동작은 다른 사람들에게는 친숙한 듯했지만 한스 카스토르프는 놀란 눈으로 주의 깊게 이를 지켜보았다. 몇 분 동안 그녀는 손바닥을 오목하게 하여 허리 부근을 이리저리 쓰다듬다가, 손을 앞으로 뻗어 마치 무언가를 끌어당기거나 주워 모으기라도 하듯, 무언가를 퍼내거나 긁어 모으는 동작을 하였다. 그리고 나서 그녀는 여러 번 몸을 꿈틀하다가 제정신을 차리고는, 환한 빛에 눈이 부셔 얼굴을 찡그리고 눈을 가늘게 뜨면서 미소를 지었다.

그녀의 미소에는 귀여우면서도 약간 수줍어하는 기색이 보였다. 힘들어하는 그녀를 측은하게 생각한 것이 쓸데없는 짓은 아니었나 생각되었다. 그녀가 그렇게 기진맥진한 것 같지는 않았다. 어쩌면 아까 일을 전혀 기억 못하는지도 몰랐다. 그녀는 창가 사무용 책상 뒤쪽, 스페인식 벽과 창 사이에 놓인, 크로코프스키 박사의 방문객용 안락의자에 앉았다. 그녀는 팔을 사무용 책상에 기댈 수 있도록 의자의 방향을 바꾸고는 방 안을 바라보았다. 이렇게 그녀는 감동의 눈길로 흘낏 쳐다보는 시선을 받으며, 여기저기서 힘을 북돋워 주려고 고개를 끄덕이는 가운데 15분 동안 계속된 휴식 시간 내내 아무 말 없이 잠자코 앉아 있었다.

제대로 된 휴식 시간이었다. 모두들 긴장감에서 풀려나 지금까지 해 온 작업을 뒤돌아보면서 잔잔한 만족감에 젖어 있었다. 남자들은 담배 케이스를 열어젖히고 느긋하게 담배를 피우며 여기저기 옹기종기 모여 오늘 밤 모임의 인상에 대해 이야기를 주고받았다. 이러한 인상 때문에 낙담하여 오늘 밤의 모임이 결국 아무런 성과 없이 끝날 거라고 생각할 필요는 조금도 없었다. 그러한 소심한 생각을 완전히 불식시켜 줄 징조들이 있었던 것이다. 영매 맞은편의 반원 모양의 끝, 박사 옆에 앉아 있던 사람들은 영매의 몸에서 나오는 차가운 입김을 여러 번 또렷하게 느꼈다고 이구동성으로 말했다. 무슨 현상이 일어나려고 할 때는 한결같이 영매의 몸에서 일정한 방향으로 차가운 입김이 발산된다는 것이다. 또 다른 사람들은 빛의 현상, 흰빛의 반점, 떠돌아다니는 에너지 덩어리가 병풍 앞에 여러 가지 모습으로 나타난 것을 알아챘다고 주장했다. 요컨대, 힘을 내지는 것이다! 의기소침할 필요가 없다는 것이다! 홀거가 약속을 했으니, 그가 자신이 한 약속을 이행하지 않으리라고 의심할 이유는 없었다.

크로코프스키 박사는 실험을 다시 시작하자는 신호를 보냈다. 사람들이 다들 자신의 자리로 찾아가는 동안 엘리의 머리칼을 쓰다듬으며 그가 직접 그녀를 고난의 의자로 데리고 갔다. 모든 일이 아까와 마찬가지로 진행되었다. 한스 카스토르프는 제1감시자의 역할을 교대해 달라고 부탁했지만 모임의 지도자는 이를 일언지하에 거절했다. 그는 영매가 속임수를 쓸 가능성이 원천적으로 봉쇄되어 있다는 것을, 소망을 피력한 사람이 직접 감각으로 확인하도록 하는 것을 중요하게 생각한다고 말했다. 이리하여 한스 카스토르프는 엘리와 함께 다시 이상야릇한 자세를 취하게 되었다. 불이 꺼지고 방 안은 불그스름한 어둠에 잠겼다. 음악이 다시 시작되었다. 몇 분 후에 엘리는 다시 급격한 경련을 일으켰고, 펌프 운동을 시작했다. 이번에는 '최면 상태'를 전달한 사람이 한스 카스토르프였다. 보기 민망한 분만의 고통이 계속되었다.

얼마나 끔찍할 정도의 난산이었던가! 아무래도 순조롭게 해산이 이루어질 것 같지 않았다. 대체 출산이 가능하기나 한 걸까? 이 얼마나 어처구니없는 망상인가? 여기서 어떻게 출산이 가능하다는 말인가? 어떻게, 어떤 방법으로 분만을 한다는 말인가? "도와줘요! 도와줘요!" 처녀가 신음하며 소리치는 동안 그녀의 진통은 박식한 산파(産婆)들이 자간(子癎)*이라고 부르는 저 무익하고 위험한 지속적인 경련으로 넘어가려고 했다. 그녀는 진통하는

654

사이사이에 박사에게 손을 얹어 달라고 소리쳤다. 그는 힘주어 설득하면서 그녀에게 손을 얹어 주었다. 그러자 최면술 같은 작용이 힘을 발휘했는지 처녀는 계속 싸울 수 있는 힘을 얻었다.

이리하여 다시 한 시간이 흘러가는 동안 기타 소리가 울렸고 이와 번갈아 가며 축음기가 경음악의 선율을 실내에 울려 퍼지게 했다. 밝은 불빛에 익숙해진 눈이 다시 방의 어스름한 상황에 그럭저럭 적응되었다. 이때 우발적인 돌발 사건이 일어났다. 이 사건을 일으킨 장본인은 한스 카스토르프였다. 그는 어떤 제안을 했으며, 진작부터, 사실 애당초부터 품고 있던 소망과 생각을 피력했는데 좀 더 일찍 이런 생각을 말하는 게 좋았을지도 모른다. 마침 엘리는 손목을 잡힌 두 손에 얼굴을 묻고 '깊은 최면 상태'에 있었고, 벤첼 씨는 바야흐로 레코드를 바꾸든가 돌리려는 참이었는데 이때 우리의 친구가 결심을 하고 제안할 게 있다고 말했다. 그렇다고 별로 대수로운 제안은 아니었지만 받아들이면 도움이 될지도 모른다는 것이다. 그것은 말하자면 음악실의 레코드 중 구노의 「마르가레테」 가운데 오케스트라의 반주를 받으며 바리톤 음성으로 부르는 「발렌틴의 기도」가 있는데 무척 매력적이라는 것이다. 그는 이 레코드를 한번 틀어 보면 어떨까 생각한다고 말했다.

"그건 무엇 때문이지요?" 박사가 불그스름한 어둠 속에서 물었다.

"분위기와 기분을 돋우기 위해서요." 청년이 대꾸했다. 문제가 되는 곡의 정신이 독특하고 특수하니, 그것으로 한번 실험해 볼

민하다. 자신의 생각으로는 이러한 정신과 성격이 어기시 문제가 되고 있는 진행 과정을 줄여 줄지도 모른다고 설명했다.

"그 레코드가 여기에 있습니까?" 박사가 물었다.

아니, 지금 여기에는 없지만 당장 가져올 수 있다고 한스 카스토르프는 대답했다.

"그건 말도 안 되는 소리요!" 크로코프스키는 단호하게 거부 의사를 밝혔다. 뭐라고요? 갔다 왔다 하여 무언가를 가져와서는 중단된 실험을 다시 시작하겠다고? 아무것도 모르는 소리지. 아니, 절대 그럴 수 없는 일이야. 지금까지 한 모든 일이 수포로 돌아가서 처음부터 새로 시작해야 할지도 모른다. 그렇게 멋대로 들락거릴 생각을 하는 것도 과학적인 엄밀성이 부족한 소치라는 것이다. 문은 잠겨 있고, 열쇠는 박사 자신이 주머니에 보관하고 있다. 요컨대, 그 레코드를 당장 수중에 넣을 수 있다면 몰라도 그렇지 않다면…… 그가 이렇게 말하는 중에 체코인이 축음기 옆에서 끼어들면서 말했다.

"그 레코드 여기 있는데요."

"여기에요?" 한스 카스토르프가 물었다.

"네, 여기 있습니다.「마르가레테」,「발렌틴의 기도」입니다. 자, 보세요." 그것은 분류상 녹색의 아리아 앨범 2에 들어 있지 않고 예외적으로 경음악 앨범에 들어 있었다. 우연히 이례적으로, 부주의하고도 다행스럽게도 격이 떨어지는 레코드에 끼어들어 있어, 축음기에 올려놓기만 하면 되었다.

한스 카스토르프는 이에 대해 무슨 말을 했던가? 그는 아무 말도 하지 않았다. 박사는 그렇다면 "마침 잘되었다"고 했고, 다른 몇 사람도 이 말을 따라 했다. 바늘을 레코드에 올리고 뚜껑을 닫았다. 합창단의 노래에 맞추어 남자의 목소리가 울려 퍼지기 시작했다. "이제 헤어질 시간 다가왔으니……"

아무도 말하는 사람이 없었다. 모두들 노래 소리에 귀를 기울였다. 엘리는 노래가 시작되자마자 자신의 작업을 재개했다. 그녀는 벌떡 일어나서 몸을 부르르 떨고 신음하면서 펌프 운동을 하고는 다시 땀에 젖어 미끄러운 손을 이마에 갖다 대었다. 판이 돌아갔다. 가운데 부분이 되자 선율이 급변하면서 전쟁과 위험이 뒤따르는 용감하고 경건한 프랑스풍 장면으로 넘어갔다. 이 장면이 끝나자 마지막 부분이 이어지면서, 처음의 음이 오케스트라의 힘찬 반주로 우렁차게 되풀이되었다. "오, 주여, 저의 기도를 들어 주소서……"

한스 카스토르프는 계속 엘리의 손을 꽉 잡고 있어야 했다. 그녀는 일어서려고 하면서 목을 들어 숨을 들이쉬었다가 길게 한숨을 토하면서 축 늘어지더니 이내 조용해졌다. 그는 걱정스러운 듯 그녀 위로 몸을 구부렸다. 이때 슈퇴어 부인이 흐느끼며 신음하듯 말하는 소리가 들렸다.

"침……센!"

한스 카스토르프는 몸을 일으키지 않았다. 입 안에는 쓴 맛이 감돌았다. 다른 목소리가 저음으로 차갑게 대답하는 소리가 들렸다.

"나에게는 아까부터 그의 모습이 보였습니다."

레코드는 다 돌아갔고, 취주악기의 마지막 화음도 사라졌다. 하시만 아무도 시계를 멈추려 하시 않았다. 조용한 실내에서는 마늘이 판의 한가운데서 헛도는 소리만 들릴 뿐이었다. 이때 한스 카스토르프가 머리를 쳐들었고, 그의 눈은 두리번거릴 필요도 없이 마땅히 가야 할 방향으로 향했다.

방 안에는 조금 전보다 한 사람이 더 늘어났다. 일동과는 떨어져 저기 깊숙한 곳, 사무용 책상의 긴 쪽과 병풍 사이, 아까 휴식 중에 엘리가 앉았던 의자, 방 쪽으로 향하고 있는 박사의 방문자용 안락의자에 요아힘이 앉아 있는 것이 아닌가. 그쪽에는 붉은 빛이 거의 미치지 못해 어두컴컴했기 때문에 사물이 거의 보이지 않았다. 죽을 때처럼 쑥 들어가 그늘진 볼과 군인 수염을 한 요아힘, 수염 속에 자랑스러운 듯 입술이 불룩하게 나온 요아힘이 그곳에 있었다. 그는 등을 의자에 기댄 채 두 다리를 포개고 앉아 있었다. 머리에 쓴 것으로 얼굴이 그늘져 있었지만 수척한 얼굴에서 고통스러운 빛을 엿볼 수 있었고, 임종 때 남자답고 멋있어 보이던 진지하고 엄격한 표정도 다시 찾아볼 수 있었다. 뼈마디가 휑하니 드러난 움푹한 두 눈 사이의 이마에는 두 줄의 주름이 아로새겨져 있었지만, 크고 검은 아름다운 눈의 부드러운 눈초리는 옛날 그대로였다. 그는 몰래 살피듯이 잔잔하고 상냥한 눈길을 한스 카스토르프에게만 보내고 있었다. 예전에 그의 조그만 걱정거리였던 튀어나온 귀는 모자를 썼어도 알아볼 수 있었다. 그의 머리에 쓰고 있는 것은 이상하게 생겨서 무슨 종류의 모자인지 알아낼 수 없었다. 사촌 요아힘은 사복 차림이 아니었다. 포갠 두 다리의 정강이에 군도를 찬 듯 두 손을 손잡이에 대고 있었고, 권총 주머니 같은 것도 그의 허리띠에서 눈에 띄는 것 같았다. 하지만 그가 입고 있는 것이 정식 군복도 아니었다. 그의 옷에서는 번쩍거리는 것도 색깔 있는 것도 보이지 않았고, 회색 군복 상의의 칼라와 옆주머니가 달려 있었으며, 훨씬 아래쪽에 십자훈장이 달려 있었다. 요아힘의 발은 커 보였으나 다리는 아주 가늘어 보였다. 다리에는 각반 같은 것을 매고 있었는데 그 모습은 군인이라기보다는 운동선수처럼 보였다. 그럼 머리에 쓰고 있는 것은 무엇일까? 요아힘은 야전 식기인 냄비 같은 것을 머리에 뒤집어쓰고 그것을 끈으로 턱에 맨 듯했다. 그런데 이상하게도 그것이 고풍스럽고 용병 같아 군인에 잘 어울려 보였다.

한스 카스토르프는 두 손 위에서 엘렌 브란트의 숨결을 느낄 수 있었다. 자신의 옆에서는 클레펠트의 쌕쌕거리는 거친 숨소리도 들렸다. 이 밖에는 다 돌아갔는데도 아무도 멈추지 않아 레코드가 바늘 아래서 계속 헛돌면서 내는 잡음밖에 들리지 않았다. 그는 자신의 동료를 아무도 둘러보지 않았고, 이들에 관해 아무것도 보려고도 알려고도 하지 않았다. 그는 자신의 무릎에 놓인 엘리의 두 손과 머리 위에서 비스듬한 자세로 몸을 앞으로 잔뜩 숙인 채 안락의자에 앉아 있는 방문객을 어스름한 붉은빛을 통해 응시했다. 순간 그의 위가 뒤틀리는 것 같았다. 목구멍이 죄어들면서 네댓 번의 흐느낌이 속에서 경련처럼 터져 나왔다. "용서해 줘!" 그는 목소리를 속으로 삼키며 흐느꼈다. 그의 눈에서 눈물이 하염없이 쏟아져 아무것도 보이지 않게 되었다.

한스 카스토르프는 "그에게 말을 걸어 보시오!"라고 속삭이는 소리를 높었다. 크로코프스키 박사가 바리톤의 음성으로 엄숙하고도 명랑하게 그의 이름을 부르고 이 요구를 다시 한 번 되풀이했다. 한스 카스토르프는 이 지시를 따르는 대신에 자신의 두 손을 엘리의 얼굴 밑에서 빼고 일어섰다.

크로코프스키 박사가 이번에는 엄격하게 경고하는 어조로 다시 그의 이름을 불렀다. 하지만 한스 카스토르프는 몇 발짝 걸어가 입구 문의 계단 있는 데로 가서 단호한 동작으로 불을 켰다.

브란트는 심한 쇼크를 받아 기겁을 하고 놀라며 클레펠트의 두 팔에 안겨 몸을 부들부들 떨었다. 안락의자에는 아무의 모습도 보이지 않았다.

한스 카스토르프는 서서 항의하는 크로코프스키 박사 쪽으로 걸어가 바로 그의 코앞에까지 다가섰다. 무슨 말을 하려고 했지만 그의 입술에서는 한마디도 나오지 않았다. 그는 거칠게 요구하듯 머리를 흔들면서 손을 내밀었다. 그는 열쇠를 받자 여러 번 위협하듯 박사의 얼굴을 노려보며 머리를 끄덕이고는 몸을 홱 돌려 방에서 나가 버렸다.

과도한 흥분 상태

이렇게 세월이 흘러감에 따라 베르크호프 요양원에는 어떤 유령이 배회하기 시작했다. 한스 카스토르프는 이 유령이 우리가 언젠가 그것의 사악한 이름을 들먹인 적이 있는 악마의 직계일 거라고 막연히 느꼈다. 그는 교양의 도상에 있는 젊은이의 무책임한 호기심으로 이 악마를 연구했을 뿐만 아니라, 주위 사람들이 그에게 바치고 있는 터무니없는 봉사에 자신도 모르게 말려들지나 않을까 하는 위험 가능성을 알게 되었다. 아닌 게 아니라 이러한 정신 상태는 예전의 무감각한 상태와 마찬가지로 여기저기서 삐죽삐죽 얼굴을 내밀며 암시하듯 이미 주위에 만연하기 시작했지만, 그의 기질로 보아 지금 번지기 시작하는 그러한 흥분 상태에 빠져들 위험성은 별로 없었다. 그럼에도 그는 자신을 제대로 다스리지 못하면 금방 주위의 모든 사람들과 마찬가지로 표정이며 말투며 거동이 전염될지도 모른다고 생각하고 소스라치게 놀랐다.

대체 무슨 일이 있었단 말인가? 무슨 일이 일어날 기미가 있었단 말인가? 그것은 싸움을 벌일 듯한 상태였고, 위기로 치닫는 흥분 상태였으며, 뭐라고 이름 붙일 수 없는 초조 불안 상태였다. 다들 걸핏하면 서로에게 독설을 퍼부어 댔고 분노를 폭발했으며, 거의 격투를 벌일 듯한 기세였다. 매일같이 개인끼리 또는 전체 집단 사이에 격한 언쟁이나 걷잡을 수 없는 고함이 오고갔으며, 거기에 가담하지 않는 사람들은 싸움 당사자들의 행위를 언짢게 여긴다거나 중재에 나서려고 하는 대신에, 오히려 거기에 공감하고 가담하여 내적으로 함께 흥분에 빠져드는 점이 특색이었다. 사람들은 얼굴이 창백해지며 몸을 부들부들 떨었다. 눈은 도발적으로 번득였고, 입은 흥분한 나머지 무참히 일그러졌다. 사람들은 눈앞에서 아우성치고 싸울 수 있는 권리와 기회를 갖게 된 능동적인 사람들을 부러운 눈으로 바라보았다. 이들을 따라 하고 싶은 생각에 나를 몸과 마음이 근질거려 미칠 지경이었고, 조용히 고독 속으로 도피할 힘이 없는 사람은 어쩔 수 없이 그러한 소용돌이에 휩쓸려 버리고 말았다. 베르크호프 요양원에는 하찮은 충돌, 서로 간의 진정서 제출이 끊이지 않아 요양원 당국이 그것의 조정에 심혈을 기울였지만, 아우성치는 거친 행동에 당국 자신이 놀랄 정도로 쉽게 물들어 버렸다. 그리고 그럭저럭 건강한 정신으로 이곳을 떠나는 사람은 자신이 어떤 상태로 되돌아오게 될지 알 수 없었다. 일류 러시아인 석의 멤버로, 민스크 출신의 젊고 증세가 가벼운 ─ 그녀는 고작 3개월의 선고를 받았을 뿐이다 ─ 꽤 우아한 시골 부인이 어느 날 쇼핑을 하러 프랑스인이 경영하는 플라츠의 블라우스 가게로 내려갔다. 거기서 그녀는 가게 여점원과 언쟁을 벌인 후 매우 흥분해서 요양원으로 돌아와 객혈을 했는데, 그 후로 그녀는 불치의 환자가 되고 말았다. 전보를 받고 부랴부랴 달려온 그녀의 남편은 앞으로 아내가 이 위에서 영원히 머물러야 한다는 통고를 받았다.

이는 주위에 만연한 현상 중의 한 가지 예에 지나지 않았다. 내키지는 않지만 이러한 실례를 몇 가지 더 들기로 하겠다. 독자들 중에는 잘로몬 부인의 식탁에 앉았던 동그란 안경알을 낀 학생, 또는 예전에 학생이었던 청년을 기억하는 사람이 있을 것이다. 몸이 빈약한 이 청년은 자신의 음식을 곤죽이 되게 잘게 으깨서는 식탁에 팔꿈치를 짚고 허겁지겁 입에 집어넣으면서, 때때로 냅킨으로 두꺼운 안경알 뒤를 쓱 문지르는 것이었다. 지금도 학생인지 또는 옛날에 학생이었는지는 모르지만 이 청년은 여전히 그 식탁에 앉아 꾸역꾸역 먹어 대며 안경알을 닦았지만, 잠깐 관심을 끌다가 이제는 거의 아무런 주의도 끌지 못하고 있었다. 그런데 어느 날 첫 번째 아침 식사를 하다가 전혀 뜻하지도 않게, 말하자면 청천벽력과도 같은 일이 일어났다. 그가 갑자기 발작을 일으키며 흥분해서 모두의 이목을 끌게 되어, 식당 안에 있던 사람들이 다들 무슨 일인가 하고 일어섰다. 그가 앉아 있던 곳이 시끄러워졌다. 그는 새파랗게 질린 얼굴로 앉은 채 자기 옆에 서 있는 난쟁이 아가씨에게 호통을 치고 있었다. "당신이 거짓말했어!" 그는 숨넘어가는 소리로 바락바락 고함을 질렀다. "무슨 차가 이렇게 차요! 당신이 가져온 내 차가 얼음처럼 차단 말예요. 나는 이런 차는 질색이라고요. 당신이 거짓말하기 전에 직접 한번 마셔 보란 말예요. 이런 구역질나는 구정물 같은 차를 품위 있는 사람이 도대체 어떻게 마실 수 있단 말이오! 어떻게 감히 나에게 이런 얼음 같은 차를 가져올 수 있어요! 나를 뭐로 보고 이런 구정물 같은 음료를 들이미는 거예요! 내가 이 따위를 마실 줄 알았단 말인가요?! 이 딴 건 안 마셔요! 절대 안 마신단 말이에요!" 그가 쇳소리를 내어 소리치고는 두 주먹으로 식탁을 내리치기 시작해서 식탁 위의 그릇들이 달그락거리며 마구 춤추는 것이었다. "따끈한 차를 줘요! 펄펄 끓는 차를 말예요. 그게 신과 인간들 앞에 내세우는 나의 권리란 말예요! 이런 건 싫다고요. 내가 필요로 하는 건 한 모금만 마시고도 그 자리에서 즉사할 정도로 펄펄 끓는 것이란 말예요. 병신 주제에 말이야!" 그는 마치 마지막 남은 자제심마저 홀랑 내던져 버린 양 흥분한 나머지 광란이라는 극단적인 자유를 향해 치날으며 느닷없이 이 말을 뱉어 버리고 말았다. 그러면서 그는 에메렌치아를 향해 주먹을 쳐들었고, 문자 그대로 거품을 문 이빨을 그녀에게 내보였다. 그러고는 식탁을 계속 두드리고 발을 구르며, "해 달라"와 "싫다"를 외쳐 대는 동안 식당 안의 사람들은 언제나 그렇듯이 똑같은 반응을 보였다. 사람들은 잔뜩 긴장한 채 끔찍할 정도로 공감하며 미쳐 날뛰는 학생을 지켜보았다. 몇몇 사람은 벌떡 일어나서 그와 마찬가지로 두 주먹을 불끈 쥐고 이빨을 악물고는 이글거리는 눈으로 그를 지켜보았다. 어떤 사람은 창백한 얼굴로 앉아 눈을 내리깔고는 벌벌 떨었다. 그 학생이 벌써 진작부터 자기 앞에 갖다 놓은 뜨거운 차를 마시지도 않고 기진맥진한 채 축 늘어져 있는데도 사람들은 마냥 그러고 지켜만 보았다.

이것은 도대체 어찌된 영문일까?

이 무렵 베르크호프 요양원에 한 남자가 새로 들어왔다. 상인이었던 서른 살 가량의 이 남자는 오랫동안 열이 내리지 않아 요양원을 이리저리 전전하고 있었다. 그는 유대인에 적대적인 남자로 반유대주의자였다. 그는 그런 주의(主義)를 지니고 무슨 스포츠에 빠져 있듯 거기에 열중했다. 몸에 밴 이러한 유대인 배척은 그의 삶의 자랑거리이자 주된 내용이었다. 그는 전에 상인이었지만 이제는 더는 그런 일을 하지 않아, 세상에 하는 일이라곤 하나도 없었지만, 그래도 반유대주의자인 점만은 여전히 변함이 없었다. 그의 병은 아주 심각해서 속에 뭐가 잔뜩 든 것처럼 기침을 했으며, 그러는 사이에 폐로 재채기를 하듯 높은 소리로 한 번 무시무시한 소리를 냈다. 그가 유대인이 아니라는 사실이 그의 긍정적인 점이었다. 그의 이름은 비데만이라는 기독교적인 이름으로, 부정(不淨)한 이름은 아니었다. 그는 『아리아인의 등불』이라는 잡지를 구독하고 있었는데, 그는 가령 이런 식으로 말했다.

"나는 A 고원에 있는 X 요양원으로 옮겼습니다. 안정 요양 홀에 자리를 잡으려고 하는데 말입니다, 내 왼쪽 옆의 의자에 누가누워 있는지 아십니까? 히르슈라는 사람입니다. 내 오른쪽에는누가 누워 있었겠어요? 볼프 씨였습니다! 말할 것도 없이 나는 당장 짐 싸들고 나와 버렸습니다" 등등.

'꼭 그래야만 하나!' 한스 카스토르프는 혐오를 느끼며 이렇게생각했다.

비데만은 흘낏 쳐다보는 게 무언가 숨은 뜻이 있는 눈초리를 했다. 사실 문자 그대로 바로 눈앞에 가시가 있는 것 같은 표정을 지었는데, 그는 그것을 심술궂게 흘끔 훔쳐보면서 그 이외의 것은 아무것도 보이지 않는 듯한 시선이었다. 그는 망상에 시달리며 남을불신하지 않고는 못 배겼고, 자신을 끊임없이 몰아대는 병적인 박해 충동에 시달렸으며, 자신의 주변에 숨어 있거나 모습을 은폐하고 있는 불순한 것을 끄집어내어 창피를 주는 데 선수였다. 그는가는 곳마다 빈정거렸고 중상 비방했으며 욕설을 퍼부었다. 요컨대 그는 자신이 유대인이 아니란 것을 유일한 장점으로 삼았는데,그런 이점이 없는 사람을 헐뜯는 것이 그의 일과나 다름없었다.

우리가 아까 넌지시 암시한 이곳의 정신 상태는 이 남자의 고질병을 말할 수 없이 악화시켰다. 그는 이곳에서도 자신에게는 없는단점을 지닌 사람을 만날 수밖에 없었으므로 이러한 정신 상태의 영향을 받아 참혹한 장면이 연출되고 말았다. 한스 카스토르프도 그 장면을 목격하게 되었지만, 우리가 기술할 만한 또 다른 실례로 이에 대해 보고하기로 하겠다.

여기에는 정체가 분명해서 굳이 밝힐 필요가 없는 또 다른 사나이가 있었기 때문이다. 이 남자의 이름은 존넨샤인으로 이보다 더 불결한 이름은 있을 수 없었으므로 이 존넨샤인이라는 인물은 이곳에 온 첫날부터 비데만에게 눈엣가시와 같은 존재였다. 그는 이 가시를 흘끔 심술궂게 곁눈질하면서 손으로 치려고 했다. 하지만 그는 이를 손으로 쳐 내려고 하기보다는 오히려 시계추처럼 움직이게 함으로써, 그것으로 더욱 더 자극을 받으려는 듯했다.

비데만처럼 원래 상인 출신인 존넨샤인도 역시 꽤 중병을 앓았고, 병적으로 예민한 상태에 있었다. 상냥한 성격에 천성이 둔하지 않고 농담도 좋아하는 존넨샤인은 비데만이 자신을 빈정거리고 눈엣가시 취급을 하기 때문에 그의 쪽에서도 이내 비데만을 병적일 정도로 미워하게 되었다. 그러던 어느 날 오후 두 사람이 홀에서 서로 엉겨붙어 짐승처럼 처절한 싸움을 벌였기 때문에 다들 홀로 몰려갔다.

그것은 차마 눈뜨고 볼 수 없을 정도로 끔찍하고 참담한 광경이었다. 이들은 사내아이들처럼 맞붙어 싸웠는데, 하나 싸움을 벌이는 당사자가 어린이가 아니고 어른이었으므로 더욱 절망적이었다. 이들은 서로의 얼굴을 할퀴고 코와 목을 잡으면서 치고받고 싸웠다. 그리고 서로 엉겨붙어 땅바닥에 뒹굴면서 끔찍하고도 처절하게 싸웠고, 침을 뱉고 걷어차고 밀고 잡아당기고 내리치며 입에서 거품을 내뿜었다. 급히 달려온 사무실 직원이 깨물고 할퀴며 드잡이를 하는 두 사람을 간신히 떼어놓았다. 비데만은 침과 피를 흘리며 분노로 얼빠진 얼굴을 하고 머리털을 곤두세우고 있었다. 한스 카스토르프는 이런 모습을 여지껏 본 적이 없었고, 그런 일이 과연 벌어지리라 생각한 적도 없었다. 비데만은 머리털을 뻣뻣하게 곤두세운 채 그곳에서 쏜살같이 달아나 버렸고, 반면에 한쪽 눈이 검푸르게 부어 오른 존넨샤인은 숱이 무성한 검은 고수머리에서 피를 흘리며 직원을 따라가 사무실 의자에 풀썩 주저앉아서는 얼굴을 두 손에 파묻고 엉엉 울었다.

비데만과 존넨샤인의 싸움은 이런 식으로 진행되었다. 이 장면을 본 사람들은 다들 몇 시간 동안이나 치를 떨며 몸서리를 쳤다. 이러한 참혹한 사건과는 달리 역시 이 무렵에 일어난 참다운 명예 문제에 관해 이야기하는 것은 비교적 다행스러운 일이다. 이는 형식상으로 격식 있게 처리되었기 때문에 물론 명예 문제라는 이름에 우스꽝스러울 정도로 걸맞은 사건이었다. 한스 카스토르프는이 사건의 단계마다 목격한 것이 아니라 까다롭고 극적인 경위를 이에 관한 문서, 성명서 및 사건 기록의 도움으로 알게 되었다. 이 사건은 베르크호프 요양원 내외에서, 즉 이 지역, 이 주, 이 나라뿐만 아니라 외국과 미국에도 사본이 유포되어 분명 이 사안에 조금도 관심을 가질 수 없었을뿐더러 가지려고도 하지 않은 사람들에게도 연구용으로 배포되었다.

이것은 최근 베르크호프에 모여든 폴란드인 그룹에서 생겨난 명예에 관련된 문제였다. 이들 폴란드인들은 일류 러시아인 석을 점령하여 조그만 식민지를 이루고 있었다. (여기서 한마디 해 두면 한스 카스토르프는 이제 그 자리에 앉지 않고 시간이 흐름에 따라 클레펠트의 식탁, 잘로몬 부인의 식탁에 앉았다가, 이제는 레비 양의 식탁으로 옮겨 가 있었다.) 이 폴란드인들은 아주 우아하고 기사답게 차려 입고 있어서 누가 눈썹만 찡그려도 모든 것을 걸고 결투를 신청할 정도였는데, 부부 한 쌍과 신사들 중 한 사람과 각별한 관계에 있는 아가씨 한 명, 그 밖에 멋쟁이 신사들로 이루어졌다. 이들 이름은 폰 추타프스키, 치스친스키, 폰 로진스키, 미카엘 로디고프스키, 레오 폰 아자라페티안 등이었다. 그런데 베르크호프의 식당에서 샴페인을 마시는 중에 야폴이라는 사나이가 다른 두 신사의 면전에서 폰 추타프스키 부인에 관한 일과 로디고프스키 씨와 가까운 관계에 있는 크릴로프라는 이름의 아가씨에 대해 입 밖에 내서는 안 될 말을 발설했던 것이다. 이로 말미암아 여러 가지 절차와 조치가 취해졌고, 문서로까지 만들어져 그 내용이 외국으로 배포되고 발송되었다. 한스 카스토르프가 읽은 내용은 이러했다.

"성명서, 폴란드 원문에서 번역한 것임.

19××년 3월 27일, 슈타니슬라프 폰 추타프스키 씨는 안토니 치스친스키 박사와 슈테판 폰 로진스키 씨를 대리인으로 하여 카지미르 야폴 씨를 방문하도록 하고, 명예권에 관한 법률이 정한 바에 따라 야폴 씨에게 결투를 신청하도록 의뢰함. 이는 '카지미르 야폴 씨가 야누스츠 테오필 레나르트하고 레오 폰 아자라페티안

씨와 대화를 나누는 중 추타프스키 씨 부인에게 가한 중대한 중상 모욕'의 책임을 묻기 위한 것임.

11월 말에 발생한, 앞에서 언급한 대화를 수일 전에 전해들은 폰 추타프스키 씨는 그때 가해진 모욕의 진상과 사실 내용에 대한 완전한 확증을 입수하기 위해 행동을 개시함. 그리하여 19××년 3월 27일 이 대화의 직접적인 증인인 레오 폰 아자라페티안 씨의 증언에 의해 중상 모욕과 비방이 행해진 것이 확인됨. 이에 따라 슈타니슬라프 폰 추타프스키 씨는 즉각 야폴 씨를 상대로 명예권에 관한 소송 절차를 밟을 전권을 위임하기에 이른 것임.

서명자들은 아래와 같이 성명서를 발표함.

1. 19××년 4월 9일 카지미르 야폴 씨에 대한 라디슬라프 고두레즈니 씨의 소송 사건에 대해 상대방 당사자인 츠드치스타프 치굴스키 씨와 타데우스츠 카디 씨에 의해 렘베르크에서 작성된 조서 및 19××년 6월 18일에 행해진 당해 사건에 대한 렘베르크 명예 재판소의 판결은 카지미르 야폴 씨가 '신사로서의 자격에 합당하지 않은 언동을 한 점에 비추어 동씨를 신사로 인정할 수 없다'고 확인한 점에 일치를 보았음.

2. 서명자들은 이상의 두 가지 사실에 의거하고 앞의 사실에서 귀납될 결론을 전적으로 인정하여 카지미르 야폴 씨가 어떤 식으로든 결투 신청에 응할 자격이 없는 자로 판정함.

3. 서명자들은 명예의 개념을 이해하지 못하는 자에 대해 명예 문제의 소송을 제기하거나 같은 문제에 대해 중재를 하는 것이 불가능하다고 생각함.

따라서 서명자들은 카시미르 야폴 씨에 대해 명예권에 의거한 소송 절차에 따라 권리 회복을 요구하는 것이 무의미함을 슈타니슬라프 폰 추타프스키 씨에게 주지시키는 동시에, 카지미르 야폴 씨처럼 결투 신청에 응할 자격이 없는 인물에게 앞으로 다시 명예 훼손을 당하는 일이 없도록 본 사건을 형사 재판에 회부할 것을 권고함.

(년 월 일 서명:)

안토니 치스친스키 박사, 슈테판 폰 로진스키."

한스 카스토르프는 계속 읽어 내려갔다.

"다보스에 있는 요양원의 바에서 19××년 4월 2일 저녁 7시 반에서 45분 사이에 슈타니슬라프 폰 추타프스키 씨, 미카엘 로디고프스키 씨와 카지미르 야폴 씨, 야누스츠 테오필 레나르트 씨 사이에 일어난 사건의 전말에 관한 조서.

슈타니슬라프 폰 추타프스키 씨는 자신의 대리인인 안토니 치스친스키 박사와 슈테판 폰 로진스키 씨의 성명서에 의거하여, 19××년 3월 27일에 회부된 카지미르 야폴 씨의 사건에 대해 심사숙고한 결과, 아내인 야트비가 부인이 대리인의 권고로 자신에 대한 '중대한 중상 모욕'을 행한 카지미르 야폴 씨에 대해 제기한 형사 소송이 다음 두 가지 이유로 만족할 만한 결과를 얻지 못하리라는 확신에 이르게 됨.

1. 카지미르 야폴 씨는 지정한 시각에 법원에 출두하지 않을 가

능성이 농후할 뿐만 아니라, 또한 그가 오스트리아 국적을 지니고 있음을 고려할 때 그에 대해 추가적인 징계 조치를 취하는 것은 매우 곤란한 문제일 뿐만 아니라 불가능한 것으로 사료됨.

2. 카지미르 야폴 씨가 슈타니슬라프 폰 추타프스키 씨와 그의 아내 야트비가 부인의 명예와 가문에 대해 중상 비방하며 가한 모욕은 형사상의 처벌로 보상받을 성질의 것이 아님.

슈타니슬라프 폰 추타프스키 씨는 카지미르 야폴 씨가 다음날 이곳을 떠날 의향이 있음을 전해듣고, 자신의 확신에 따라 제반 사정에 비추어 가장 간단하고 가장 철저하다고 생각되는 적절한 조치를 취하기로 작정함.

그리하여 19××년 4월 2일 저녁 7시 30분에서 45분 사이에 슈타니슬라프 폰 추타프스키 씨는 야트비가 부인, 미카엘 로디고프스키 씨, 이그나츠 폰 멜린 씨 등이 입회한 가운데, 이곳 요양원 내의 바에서 야누스츠 테오필 레나르트 씨와 미지의 두 여성과 술을 마시고 있던 카지미르 야폴 씨의 안면을 수차례에 걸쳐 가격하기에 이름.

그런 직후 미카엘 로디고프스키 씨도 카지미르 야폴 씨의 안면을 가격하면서, 이는 크릴로프 양과 자신에게 가해진 중대한 모욕에 대한 정당한 응징이라고 주장함.

그런 직후 미카엘 로디고프스키 씨는 야누스츠 테오필 씨의 안면도 수차례 가격하면서, 이는 슈타니슬라프 폰 추타프스키 씨 부부에 가해진 부당한 모욕에 대한 응징이라고 주장함.

또한 슈타니슬라프 폰 추타프스키 씨도 자신과 자신의 부인 및 크릴로프 양에 대한 중상 보복에 대해 쉬지 않고 여러 차례 야누스츠 테오필 레나르트 씨의 안면을 가격함.

카지미르 야폴 씨와 야누스츠 테오필 레나르트 씨는 이러한 구타를 계속 감수하고 있었음.

(년 월 일 서명:)

미카엘 로디고프스키, 이그나츠 폰 멜린."

  한스 카스토르프는 여느 때 같으면 연속적으로 벌어진 이러한 공적인 구타 사건에 대해 웃어넘기고 말았겠지만 현재 요양원의 정신 상태는 그에게 그럴 여유를 주지 않았다. 그는 이 성명서를 읽으면서 몸을 부르르 떨었다. 한쪽의 나무랄 데 없는 예의범절과 다른 쪽의 파렴치하고 너절한 철면피가 성명서 구절에서 두드러지게 나타나, 이러한 양쪽의 대조적인 모습이 무언가 진부하기는 했지만 인상적이어서 그를 말할 수 없이 흥분하게 만들었다. 다들 한스 카스토르프와 마찬가지였다. 폴란드인의 명예에 관한 문제는 어디서나 열정적으로 연구되었고 사람들이 이를 악문 가운데 논의되었다. 그런데 카지미르 야폴 씨의 반박 팸플릿이 사람들의 흥분된 기분에 다소 찬물을 끼얹는 작용을 하였다. 이에 따르면 야폴이 전에 렘베르크에서 교만한 멋쟁이들에 의해 결투 신청에 응할 자격이 없다고 선언된 사실이 있음을 폰 추타프스키 씨가 아주 잘 알고 있었다는 것이다. 그는 자신이 결투를 벌일 필요가 없음을 애당초부터 알고 있었으므로 그가 지체 없이 행한 즉각적인 조치들은 순전히 우스꽝스러운 연극에 불과하다는 것이다. 게다가 폰 추타프스키가 야폴을 고소하는 것을 단념한 이유는 다른 모든 사람들뿐만 아니라 그 자신도 야트비가 부인이 몇몇 신사들과 내통하고 있음을 잘 알기 때문이라는 것이다. 이에 대해 야폴 자신은 크릴로프 양의 일반적인 행실을 법정에서 피력하는 것이 별로 명예로운 일이 아니라 하더라도 손쉽게 진실을 입증할 수 있다는 것이다. 게다가 결투 신청에 응할 자격이 없는 걸로 확증된 사람은 자기 자신인 야폴뿐이고, 자신의 대화 상대였던 레나르트는 그렇지 않은데도 폰 추타프스키는 일신의 안전을 도모하기 위해 야폴의 무자격을 핑계로 내세웠다는 것이다. 전체 사건에서 아자 라페티안 씨가 행한 역할에 대해서는 그는 말하고 싶지 않다고 했다. 하지만 요양원 내의 바에서 일어난 장면에 대해 말하면 야폴 자신은 말 잘하고 기지에 찬 인물이지만 허약하기 짝이 없는 인간이라는 것이다. 특히 야폴 자신과 레나르트와 자리를 함께한 두 여성은 쾌활한 아가씨들이긴 하지만 암탉처럼 겁이 많기 때문에, 친구들과 엄청 힘이 센 부인이 있는 폰 추타프스키가 육체적으로 우월한 상태에 있다는 것이다. 그래서 자신은 꼴사납게 난투극을 벌여 남들 앞에서 추태를 부리는 것을 피하기 위해 저항하려는 레나르트를 말려서 조용히 있게 하고, 폰 추타프스키 씨하고 로디고프스키 씨와 잠깐 사교적으로 접촉하는 것을 감내하도록 했다는 것이다. 그런데 그러한 사교적 접촉도 별것 아니어서 주위 사람들은 친구들끼리 서로 놀리는 것 정도로 생각했다는 것이다.

이것이 야폴 씨의 반박문 내용이었지만 이것으로 물론 그의 명예를 회복할 수 있는 정도는 되지 못했다. 그의 반박문으로는 상내방의 확언에서 느낄 수 있는 명예와 비열함의 선명한 대조를 근본적으로 허물어뜨리지 못했을 뿐만 아니라, 추타프스키 쪽처럼 다양한 선전 수단을 갖고 있지 못했고, 자신의 반박문을 먹지를 대고 타자기로 쳐서 겨우 몇 장의 복사물을 돌릴 수 있을 뿐이었다. 반면에 추타프스키의 조서는 아까 말했듯이 누구나 받아 보았고, 심지어 이 사건과 아무런 관계가 없는 사람들도 이를 받아 볼 수 있었다. 가령 나프타와 세템브리니도 역시 그것을 배달받았던 것이다. 한스 카스토르프는 두 사람이 그 문서를 가지고 있는 것을 보았고, 놀랍게도 이들도 이를 악물고 이상하게 황홀한 표정으로 그것을 내려다보는 것이었다. 한스 카스토르프 자신은 주위에 만연한 정신 상태 때문에 그럴 용기를 내지 못했지만 세템브리니는 적어도 그것을 쾌활하게 조롱해 주기를 기대했다. 하지만 한스 카스토르프가 목격한 주위에 번져 가는 전염병이 프리메이슨 단원의 명석한 정신에도 분명 강력한 힘을 미친 모양으로, 그는 비웃기는커녕 구타 사건의 자극적인 유혹에 심각하게 말려 들어가 있었다. 게다가 놀리기라도 하듯 서서히 좋아지는 듯하다가 끊임없이 악화되어 가는 그의 건강 상태가 삶을 주창하는 그의 기분을 어둡게 했다. 그는 자신의 이런 건강 상태를 저주했고, 울분을 참지 못하고 스스로를 경멸하며 부끄러워했다. 그는 요즈음 들어서는 자꾸 자리에 눕는 일이 잦아졌다.

그의 동숙자이자 논적인 나프타의 용태도 더 나을 것이 없었다. 수도사로서의 삶을 중도에 그만두게 한 신체적 원인, 또는 표면적 이유였을지도 모르는 병이 그의 유기체 내부에서도 계속 진전되는 바람에, 고원 지대의 희박한 공기도 그의 병의 진행을 막아 낼수 없었다. 그도 가끔 자리에 눕는 신세가 되었다. 말을 할 때는 금이 간 접시에서 나는 듯한 목소리가 더욱 심해졌고, 열이 높아짐에 따라 말을 더욱 많이 했으며, 말투가 예전보다 더 날카롭고 신랄해졌다. 세템브리니는 병과 죽음에 정신적인 저항을 계속하면서, 천한 자연의 압도적인 힘에 패배해 가는 것을 무척 고통스럽게 생각한 반면, 키 작은 나프타는 그런 것에 관심이 없는 모양이었다. 건강 상태가 나빠져 가는 것에 대해 그가 보인 태도는 슬픔과 번민이 아니라 조롱 섞인 쾌활함이자 더할 나위 없는 호전성이었으며, 정신적인 의심, 부정 및 혼란에 대한 병적인 집착이었다. 이러한 태도는 세템브리니의 우울증을 극도로 자극했고, 두 사람의 지적인 논쟁은 날이 갈수록 날카로워졌다. 물론 한스 카스토르프는 자신이 그 자리에 참가한 논쟁에 대해서만 말할 수 있었다. 하지만 그는 둘이 논쟁을 벌일 때마다 늘 현장에 있었다고 확신했고, 교육적인 대상인 자신이 그 자리에 참가해서 중요한 논쟁에 불을 지피는 것이 꼭 필요하다고 굳게 믿고 있었다. 그리고 그가 언젠가 나프타의 신랄한 표현을 들을 만하다고 하는 바람에 세템브리니의 걱정을 자아내게 한 적이 있었지만, 그도 나프타의 신랄한 말투가 점차 절도를 잃어 가고 있으며 정신적으로 건강한 것의 한계를 넘어서는 일이 빈번함을 인정하지 않을 수 없었다.

이 환자에게는 병을 이겨 낼 힘도 의지도 없었으며 세상을 병의 모습과 상징에서 보고 있었다. 그가 물질은 정신을 그 속에서 실현하기에는 너무 형편없는 재료라고 설명하자, 세템브리니는 이에 분개하여 나프타의 말에 귀를 기울이는 세사를 방 밖으로 나가게 하든가, 또는 제자의 귀를 틀어막아 버리고 싶은 생각이 간절했다. 물질에 의해 정신에게 형태를 부여하려는 생각은 바보 같은 짓이라고 나프타는 말했다. 그것으로 인해 무엇이 생긴다는 말인가? 추한 몰골일 뿐이다! 찬미되고 있는 프랑스 대혁명의 현실적인 결과가 자본주의적인 부르주아 국가라는데, 아니, 이렇게 멋진 선물일 수 있단 말인가! 이 선물이란 세상을 개선하려고 하지만 그 결과 끔찍한 괴물을 온 세상에 퍼뜨릴 뿐이다. 세계 공화국, 그것은 행운일 것이다, 암, 그렇고말고! 진보라고? 아, 그건 눕는 자세를 계속 바꾸면 고통이 줄어들 거라고 생각하는 유명한 환자의 이야기와 마찬가지이다. 입 밖에 내서 말하지는 않지만 은밀하게 전 세계에 퍼져 있는 전쟁에 대한 욕구는 이러한 소망의 한 표현이라는 것이다. 전쟁이 일어날 것이다. 그로 인해 전쟁을 획책하는 자들이 기대하는 것과는 다른 결과가 초래되겠지만, 어쨌든 전쟁은 좋은 것이다. 이렇게 나프타는 안전 위주의 시민 국가를 경멸했다. 어느 가을날 모두들 함께 큰 거리를 산보하고 있는데, 느닷없이 비가 내리기 시작하자 다들 약속이라도 한 듯 우산을 펴들기 시작할 때 그는 이 말을 입 밖에 낼 기회를 잡았다. 그는 이런 태도를 문명의 결과라고 하는 비겁함과 흔히 보이는 유약화의 상징이라고 생각했다. '타이타닉' 호의 침몰 같은 돌발 사건과 재앙의 징후*는 전대미문의 사건이었지만, 사실인즉 기분을 후련하게 해 주기도 했다. 이 사건이 일어난 후 '교통'의 안전을 요구하는 소리가 거세게 일어났던 것이다. 무릇 안전이 조금이라도 위협받는다 싶으면 언제나 말할 수 없이 격앙된 목소리가 터져 나왔다. 이는 딱한 일로, 시민 국가의 인도적인 해이함은 시민 국가가 초래하는 경제적인 전장의 탐욕스러운 야만성이나 비열함과 극명하게 대조를 이룬다. 전쟁, 전쟁인 것이다! 그는 전쟁에 찬성하며, 온 세상이 전쟁 열기에 들떠 있는 것이 자기가 볼 때는 그래도 존중할 만한 일이라고 했다.

하지만 곧 세템브리니가 '정의'라는 말을 입 밖에 내면서 이러한 고매한 원칙이 파국적인 내우외환을 예방해 주는 수단이라고 추천하자마자 나프타의 말이 앞뒤가 달라지기 시작했다. 방금 전까지만 해도 정신적인 것을 매우 훌륭한 것으로 치부하면서 그것에 현세적인 외형을 부여하려는 시도가 성공할 수 없을 거라던 나프타가 이제는 정신적인 것을 회의적으로 바라보면서 이를 비방하는 데 열을 올렸다. 정의가 말이다! 그것이 숭배할 만한 개념이란 말인가? 신성한 개념이란 말인가? 제일급의 개념이란 말인가? 신과 자연은 불공평한데, 이들에게는 총아가 있어 은총을 베풀면서 어떤 인간에게는 위험스러운 훈장으로 장식해 주고, 어떤 인간에게는 수월하고도 평범한 운명을 준비해 준다. 그럼 의욕적인 인간은 어떠한가? 그에게는 정의가 한편으로는 의지를 꺾는 장애물이고 회의 그 자체이며, 다른 한편으로는 무모한 행동으로 내모는 진군 나팔 소리이다. 이런 관계로 윤리성을 잃지 않기 위해서는 전자의 의미의 '정의'를 통해 후자의 의미의 '정의'를 계속 수정하지 않으면 안 되는데, 그렇게 되면 이 개념의 절대성과 급진성은 어떻게 되는가? 아닌 게 아니라 우리 인간들은 한 입장에 대해

'공성'한가, 또는 이와는 다른 입장에 대해 '공정'한가 하는 관계에 있다. 이제 마지막으로 남은 것은 자유주의로, 오늘날에는 개도 더는 그것에 군침을 흘리지 않는다. 말할 것도 없이 정의란 시민적 수사학의 공허한 낱말에 지나지 않으므로, 행동을 하기 위해서는 무엇보다도 어떤 정의를 일컫는지 알아야 한다. 즉 각자에게 자신에 맞는 몫을 주려는 정의인지, 또는 모두들에게 똑같은 것을 주려는 정의인지 알아야 한다는 것이다.

우리는 나프타가 이성을 교란하는 데 얼마나 전념했는가 하는 수많은 실례들 중에서 그냥 아무렇게나 하나의 예를 들었을 뿐이다. 하지만 그가 자신이 신봉하지 않는 과학에 대해 말하게 되었을 때 혼란은 더욱 심해졌다. 그는 과학을 믿지 않는다고 말했다. 과학을 믿는가, 믿지 않는가 하는 것은 전적으로 인간의 자유이기 때문이라고 했다. 과학이란 다른 모든 신앙과 마찬가지로 하나의 신앙인데, 다만 다른 어떤 신앙보다도 형편없고 우매하며, '과학'이라는 단어 자체는 어리석기 짝이 없는 사실주의의 표현이다. 즉 객체가 인간의 지성에 투영하는 미심쩍은 상을 곧이곧대로 맹신하거나 진실이라고 주장하면서, 인류가 지금껏 경험한 가장 우둔하고 절망적인 독단적 사고를 거기서 끄집어내는 것을 부끄러워하지 않는 사실주의 말이다. 가령 그 자체적으로 존재하는 현상계라는 개념은 온갖 자기모순들 가운데 가장 우스꽝스러운 개념이 아닌가? 하지만 근대 자연과학은 유기체의 인식 형식, 시공간, 인과율을 인간의 의식과는 독립하여 존재하는 실재적인 관계라고 주장하는 형이상학적인 전제에 의거하여 오로지 도그마로서 살아갈 뿐이다. 이 일원론은 인간의 정신에 행해진 뻔뻔스럽기 짝이 없는 파렴치한 주장이다. 시공간 및 인과율은 일원론적으로는 발전이지만, 이것이야말로 자유사상적이고 무신론적인 사이비 종교가 지니는 핵심적 도그마이다. 이러한 도그마로 사람들은 모세의 제1경을 폐기하고, 천지창조를 할 때 헤켈*이 마치 그 자리에 있기라도 한 것처럼 사람을 우롱하는 우화에 대항하여 계몽적 지식을 내놓으려고 한다는 것이다. 경험적 지식이라니! 우주의 에테르를 정확하게 계산할 수 있다고? 원자, 즉 '더 이상 나눌 수 없는 최소 단위'라는 이러한 산뜻한 수학적 농담이 증명되었다고? 시간과 공간이 무한하다는 설은 확실히 경험에 기반을 두고 있는 것인가? 시실 약간이라도 논리적으로 생각한다면, 시간과 공산의 무한성과 실재성이라는 도그마로 유쾌한 경험과 결론에, 즉 무(無)라는 결론에 이르게 될 것이다. 말하자면 사실주의란 진정한 허무주의라는 인식에 도달할 것이다. 무엇 때문에? 아무리 큰 것이라 해도 무한한 것에 비하면 영(零)과 마찬가지라는 간단한 이유 때문이라는 것이다. 무한한 공간 속에는 크기란 없고, 영원한 시간에서는 지속도 변화도 없기 때문이다. 무한한 공간 속에서는 거리란 것도 수학적으로 영과 같기 때문에, 나란히 선 두 점도 존재할 수 없으며, 물체나 운동 같은 것은 더구나 말할 것도 없다. 이런 것을 특별히 주장하는 것은 유물론적인 과학이 뻔뻔스럽게도 '우주'에 관한 허황된 수다에 불과한 천문학적인 헛소리를 절대 인식이라고 내세우는데, 이러한 몰염치한 작태에 맞서기 위해서라고 나프타가 말했다. 공허한 숫자를 자랑하듯 내세우다가 자신이 아무것도 아닌 존재임을 통감하고, 자신이 중요한 존재라는 열정을 상실해 버린 가련하기 짝이 없는 인류! 인간의 이성과 인식이 현세적인 것에 머물러 있고, 이러한 영역에서 주관적이고 객관적으로 체험한 내용을 실재적이라고 칭한다면 그럭저럭 참아 줄 수 있다. 하지만 이를 넘어서서 영원한 신비를 규명한다고 소위 말하면 우주론, 우주 개벽론을 거론한다면 이는 그냥 웃어넘길 일이 아니라, 도를 넘어서는 불손하기 짝이 없는 짓이다. 지구에서 어떤 별까지의 '거리'를 영이 몇십 개 달린 킬로미터나 광년(光年)으로 계산하여, 그러한 어마어마한 숫자로 인간의 정신이 무한과 영원의 본질을 들여다보게 한다고 우쭐대는 것은 요컨대 얼마나 한심하고 가당찮은 난센스란 말인가! 무한은 크기와는 전혀 관계가 없고, 영원은 지속이나 시간적 거리와는 아무런 관계가 없어, 무한도 영원도 결코 자연과학의 개념이 될 수 없으며, 오히려 이는 우리가 자연이라고 부르는 것의 지양을 의미한다! 진실로, 일원론적인 과학이 '우주'에 관해 논하는 공허하고 비상식적이며 불손한 온갖 수다에 비하면, 오히려 별들을 하늘이라는 천막에 난 구멍들이라 생각하고, 이 구멍들을 통해 영원한 빛이 새어 나온다고 생각하는 어린아이의 단순성이 수천 배는 더 자신에게 공감이 간다는 것이다!

그러자 세템브리니는 나프타 씨 자신도 별에 대해 그런 생각을 품고 있느냐고 물었다. 이에 대해 나프타는 자신은 겸손과 회의의 자유를 지니고 있다고 대답했다. 이런 대답으로도 다시 그가 '자유'를 어떤 의미로 생각하고, 그런 개념이 어떤 결과로 이어질지

미루어 짐작할 수 있었다. 한스 카스토르프가 이 모든 것을 경청할 만한 가치가 있다고 생각하는 것을 걱정스럽게 생각할 근거가 세템브리니에게 없었으면 좋으련만!

악의적인 생각을 품은 나프타는 자연을 정복하려는 진보의 약점을 들추어내어, 진보의 신봉자와 개척자 들이 비합리적인 태도로 되돌아가는 실례를 입증할 기회를 호시탐탐 노리고 있었다. 그의 말에 따르면 비행사와 조종사 들은 대개 불쾌하고 수상쩍은 인물인 경우가 많으며, 무엇보다도 미신을 철두철미하게 믿는 사람이 많다. 이들은 행운의 마스코트로 돼지 모형이나 까마귀를 비행기에 싣고서 세 번 여기저기에 침을 뱉는다든가, 운이 좋았던 조종사의 장갑을 얻어 끼기도 한다. 이런 원시적인 미신이 어떻게 자신의 직업의 토대가 되어 있는 세계관과 조화를 이룬다는 말인가? 나프타는 자신이 지적한 이러한 모순에 흥겨워하고 흡족한 모습을 보이면서, 오랫동안 이에 대해 비웃는 태도를 보였다. 하지만 우리는 나프타의 악의에 찬 무수히 많은 언동들 가운데 몇 개를 표본으로 삼아 끄집어내 보았지만, 무척이나 구체적인 한 가지 사건을 지적하지 않고 넘어갈 수는 없다.

2월의 어느 날 오후 일동은 몬슈타인으로 소풍을 가기로 합의를 보았다. 그곳은 그들이 일상적으로 지내는 장소로부터 썰매로 한 시간 반 정도 걸리는 거리에 있었다. 일행은 나프타와 세템브리니, 한스 카스토르프, 페르게와 베잘로 다섯 명이었다. 이들은 한 필의 말이 끄는 두 대의 썰매를 타고 출발했는데, 한스 카스토르프는 인문주의자와 함께 탔고, 나프타는 마부 옆자리에 앉은 베

질과 페르게하고 같이 탔다. 일행은 오후 세 시에 옷을 따스하게
입고 요양원 바깥에 사는 나프타와 세템브리니의 하숙집을 출발
하여, 눈 덮인 조용한 풍경 속에 호젓하게 울리는 방울 소리를 들
으며 오른쪽 경사면을 따라 가면서 프라우엔키르히와 글라리스
기슭을 지나 계속 남쪽으로 달렸다. 어느새 남쪽 하늘은 눈으로
덮이기 시작하여 이내 뒤쪽 레티콘 연봉의 상공은 연한 푸른색의
띠처럼 보일 뿐이었다. 살을 에는 듯한 추위였고, 연이은 산은 안
개에 뒤덮였다. 썰매가 달리는, 암벽과 협곡 사이의 난간이 없는
좁고 높은 길은 전나무가 빽빽하게 자라는 황무지로 가파르게 올
라갔다. 썰매는 천천히 달렸다. 가끔 1인승 썰매를 타고 내려오는
사람들을 만나기도 했는데, 그럴 때면 일행은 썰매에서 내려야 했
다. 커브길 뒤에서 부드럽게 경고하듯 낯선 방울 소리를 울리면서
두 필의 말을 세로로 연결한 썰매가 지나갔는데, 이럴 경우 썰매
를 피할 때 특별히 조심해야 했다. 목적지가 가까워지자 취겐슈트
라세의 암벽 부분의 멋진 풍경이 눈앞에 펼쳐졌다. 일행은 몬슈타
인의 '요양 호텔'이라고 불리는 여관 앞에서 담요에서 빠져나와
썰매를 내려 기다리게 하고, 몇 발자국 걸어가 남동쪽의 슈툴제그
라트를 바라보았다. 해발 3천 미터의 거대한 암벽은 안개에 싸여
있었다. 하늘을 찌르는 뾰족한 바위 끝이 이 세상을 초월한 모습
으로, 발할*처럼 멀리서 성스럽게 접근을 허락하지 않는 모습으로
안개 속에 우뚝 솟아 있었다. 이러한 광경을 보고 감격한 나머지
한스 카스토르프는 다른 사람들도 자신처럼 감격한 모습을 보이
라고 부추겼다. 이러한 모습에 압도당해 그가 "접근할 수 없다"는

말을 꺼내자, 세템브리니는 저 암벽이 지금까지 여러 번 정복되었을 거라고 강조해 말했다. 무릇 접근할 수 없는 대상이란 없고, 인간이 아직 발을 들여놓지 않은 자연이란 존재하지 않는다는 것이다. 그러자 나프타는 그것은 좀 과장되고 허풍스러운 말이라고 응수했다. 그는 에베레스트 산을 들먹이며, 이 산은 지금까지 인간의 건방진 접근을 차다차게 거절해 왔으며, 이러한 매몰찬 태도를 앞으로도 계속 고수할 것 같다고 했다. 이 말에 인문주의자는 화를 냈다. 일동이 '요양 호텔'로 되돌아와 보니 문 앞에는 자신들의 썰매 옆에 말을 풀어 놓은 서너 대의 낯선 썰매가 서 있었다.

이 호텔은 숙박하고 싶을 만한 곳이었다. 2층에는 호텔방처럼 번호가 달린 객실이 죽 이어져 있었다. 식당도 2층에 있었는데, 구조는 촌스러웠지만 난방은 잘되었다. 행락객들은 손님 접대를 잘하는 안주인에게 간식으로 커피, 꿀, 흰 빵과 이 지방의 특산품인 배를 넣은 빵을 주문했다. 마부들에게도 적포도주를 보내 주었다. 스위스와 네덜란드에서 온 방문객들은 다른 식탁에 앉아 있었다.

우리는 한스 카스토르프의 일행인 다섯 명의 손님이 자리에 앉아 따끈하고 아주 맛 좋은 커피로 몸을 데우면서 좀 더 고상한 대화로 이야기꽃을 피웠다고 말하고 싶지만, 실상은 그렇지 못했다. 다른 사람이 몇 마디를 거든 후에는 나프타 혼자 거의 시종일관 떠들었기 때문이다. 이 독백은 상당히 이상하게, 사교적으로 예의에 어긋나는 방식으로 행해졌다. 즉 예전의 예수회 회원은 얼굴을 한스 카스토르프에게 향하고 그에게만 상냥하게 무언가를 가르쳐 주었고, 다른 한편에 앉은 세템브리니에게는 등을 돌리고 있었으며, 다른 두 사람은 완전히 무시하듯 했다.

한스 카스토르프는 건성으로 찬성하며 고개를 끄덕였지만 나프타의 즉흥적인 독백의 주제를 제대로 따라가기가 쉬운 일은 아니었다. 사실 그의 독백은 일관된 대상을 다루는 게 아니었고, 막연하게 정신 세계를 돌아다니며 가볍게 이것저것을 다루었을 뿐이다. 전반적으로는 정신 생활의 여러 현상들의 모호한 속성이며, 거기에서 얻어진 위대한 개념들의 확정된 성질과 호전적인 부적합성을 회의적인 방식으로 지적하고 주의를 환기시킴과 아울러, 절대자가 지상에 올 때 얼마나 오색영롱한 옷을 입고 나타날까 하는 데 이야기가 향해졌다.

나프타의 강연이 자유의 문제에 초점이 맞춰진 것은 틀림없었지만 그는 이 문제를 혼란시키려는 의미로 다루었다. 특히 그는 낭만주의에 대해, 19세기 초 유럽에서 일어난 이 운동의 매력적인 두 가지 의미에 대해 언급했다. 이 운동 앞에서는 반동과 혁명이라는 개념이 좀 더 고차적인 개념으로 통합되지 않는 한 그 의미를 잃어버릴지도 모른다는 것이다. 혁명적인 것의 개념을 오로지 진보와 승리를 향해 내달리는 계몽주의와 결부시켜 생각하려고 하는 것은 말할 것도 없이 극히 우스꽝스럽기 때문이다. 유럽의 낭만주의는 뭐니 뭐니 해도 자유 운동으로, 프랑스의 의고적 (擬古的) 취향과 이성을 주창하는 낡은 학파에 반대하는 반(反) 의고주의이자 반학술주의라는 것이다. 낭만주의는 이러한 이성주의의 대변자를 가리켜 가발을 쓰고 분탕질을 한 얼굴이라고 비웃었다고 한다.

계속해서 나프타는 나폴레옹에 대항한 독일의 해방 전쟁, 피히테의 열광, 참을 수 없는 전제 정치에 대항한 열광적인 민중 봉기에 대해 언급했다. 그런데 이 전제 정치로 유감스럽게도 헤헤, 자유가, 말하자면 혁명의 이념들을 구현했다는 것이다. 정말 우습게도, 낭만주의자들이 반동적인 군주 지배를 옹호하고 혁명적인 전제 정치를 분쇄하기 위해 큰 소리로 노래 부르며 주먹을 휘둘렀지만, 이것도 자유를 위한 것이었다.

이것으로 한스 카스토르프 청년은 외면적 자유와 내면적 자유의 차이점, 또는 대립되는 점도 알아차렸을 것이고, 이와 동시에 어떠한 부자유가 한 민족의 명예와 가장 잘 조화를 이룰 수 있는가, 헤헤, 가장 조화가 안 되는가 하는 미묘한 문제도 알아차렸을 거라고 나프타가 말했다.

자유란 사실 계몽적인 개념이라기보다는 오히려 더욱 더 낭만적인 개념일지도 모른다. 자유의 개념은 인간의 자기 확충 본능과 열정적으로 죄며 몰아치는 자아의 강조를 다시는 풀릴 수 없는 상태로 결합시킨다는 점에서 낭만주의와 공통점이 있기 때문이다. 개인주의적인 자유 본능은 민족적인 것에 역사적이고 낭만적인 예찬을 하도록 했지만, 이는 호전적인 것으로, 인도적인 자유주의는 이러한 예찬을 몽매하다고 부른다는 것이다. 인도적인 자유주의도 마찬가지로 개인주의를 주장하고 있기는 하지만, 그 방법이 약간 다를 뿐이다. 개인주의는 개인의 무한하고 우주적인 중요성을 확신한다는 점에서 낭만적이고 중세적인데, 이러한 사실에서 영혼 불멸설, 지구 중심설 및 점성술이 생겨난다. 다른 한편 개인주의는 자유주의적 인문주의의 경향을 띠는데, 이러한 인문주의는 무정부주의적으로 나아가려는 성향이 있지만, 아무튼 개인이 집단의 희생물이 되는 것을 막으려고 한다. 어느 쪽의 개인주의도 다 개인주의인 것으로, 이런 사실에서 볼 때 내용이 다른 것을 동일한 명칭으로 부르고 있는 셈이다.

하지만 자유에 대한 열정이 자유의 막강한 적들을, 즉 무분별하게 파괴를 일삼는 진보와 싸우면서 과거의 재기발랄한 기사들을 낳게 했음을 인정해야 한다. 이렇게 말하고 나프타는 산업주의를 저주하고 귀족 계급을 찬미한 아른트의 이름을 들었고, 『기독교의 신비주의』를 저술한 괴레스의 이름을 들먹였다. 도대체 신비주의는 자유와 아무런 관련이 없다는 말인가? 신비주의는 가령 반(反)스콜라적이고, 반도그마적이며, 반교권적인 것이 아니었을까? 교권 제도는 무제한의 군주 독재에 저항했기 때문에 이를 당연히 자유의 세력으로 보지 않을 수 없다. 그러나 중세 말기의 신비주의는 자유주의적인 본질로 종교 개혁의 선구임을 보여 주었다. 이 종교 개혁은 헤헤, 그 나름대로 자유와 중세적 반동이 풀어질 수 없게 긴밀하게 짜인 직물 같은 것이었다.

루터의 행위, 그럼, 그렇고말고, 그의 행위는 행위 그 자체, 행위 일반의 의심스러운 본질을 아주 강렬하고도 구체적으로 드러내 보인다는 장점을 지니고 있다. 한스 카스토르프 청년은 행위란 무엇인지 알고 있는지? 예를 들어 행위란 대학생 조합원 잔트가 추밀원 고문관 코체부에를 암살한 것과 같은 것이다. 범죄 수사학적인 표현을 빌리면 무엇이 잔트 청년에게 '흉기를 손에 쥐게' 했는가? 말할 것도 없이 자유에 대한 열광 때문이다. 하지만 좀 더 자세히 살펴보면 사실 자유에 대한 열광이 아니라, 오히려 도덕적 광신 때문이며, 반민족적인 경솔성에 대한 증오 때문이다. 물론 코체부에는 러시아의 앞잡이, 그러므로 신성 동맹의 앞잡이이므로, 잔트는 그래도 자유를 위해 찌른 것이었지만, 물론 그와 가까운 친구들 중에 예수회 회원이 있었다는 사정을 생각하면 다시 황당무계해진다. 요컨대 어떤 행위든 간에, 신념을 명백히 하는 수단으로는 적당하지 않고, 정신적인 문제를 해결하는 데도 별로 기여하지 않는다.

"실례되는 질문이지만 당신의 애매한 강론을 이제 좀 끝내는 게 어떻겠습니까?"

세템브리니는 이렇게 완곡한 어조로 물었지만, 말투는 날카로웠다. 그는 손가락으로 탁자를 톡톡 두드리고, 콧수염을 배배 꼬면서 앉아 있었다. 이제 참을 만큼 참아서 더는 참을 수 없었던 것이다. 그는 반듯이, 아니 몸을 조금 뒤로 젖히고 앉아 있었다. 매우 창백한 얼굴로, 소위 발돋움을 한 상태로 앉아 있었기 때문에 그의 허벅지만 의자에 닿아 있었다. 이런 자세로 검은 눈을 번득이며 논적을 노려보자, 나프타는 짐짓 놀란 표정을 지으며 세템브리니 쪽을 바라보았다.

"지금 뭐라고 그랬습니까?" 나프타가 응수했다.

"내 말은." 이탈리아인은 이렇게 말하며 침을 꿀꺽 삼켰다. "내 말은 당신의 애매한 말로 무방비 상태에 있는 청년을 더 이상 괴롭히지 못하게 말릴 작정이라는 겁니다!"

"이보시오, 말조심할 것을 촉구하는 바입니다!"

"그렇게 촉구할 필요 없습니다, 이보시오. 나는 언제나 말조심하고 있으니까요. 말하자면 나는 사실 그대로 말하는 겁니다. 그렇지 않아도 흔들리기 쉬운 청년을 정신적으로 혼란에 빠뜨리고, 유혹하며, 윤리적으로 무력하게 만드는 당신의 태도는 파렴치하며 아무리 엄한 말로 징계해도 부족할 정도입니다."

'파렴치'라는 말을 하면서 세템브리니는 손바닥으로 탁자를 두드리고 자신이 앉은 의자를 뒤로 밀치며 일어섰다. 이는 다른 사람들도 자신을 따라 일어서라는 신호였다. 다른 탁자의 손님들이 귀를 곤두세우며 이쪽을 건너다보았다. 스위스 손님들은 떠나고 없었으므로, 한 개의 탁자에만 사람들이 앉아 있었는데, 이 탁자의 네덜란드인들이 당혹한 표정을 지으며 돌발적인 언쟁에 귀를 기울이고 있었다.

다섯 사람 모두 탁자를 사이에 두고 꼿꼿이 서 있었다. 한스 카스토르프와 두 논적, 이들 맞은편의 페르게와 베잘, 이들 모두는 눈을 동그랗게 뜨고 입술을 떨며 하얗게 질려 있었다. 언쟁의 당사자가 아닌 세 사람이 두 사람을 달랜다든가, 농담으로 긴장을 풀어 준다든가, 인간적으로 설득해서 이 모든 일을 원만하게 해결할 시도를 할 수 없었던가? 아무도 시도하지 않았다. 내적인 정신 상태 때문에 그런 일을 할 수 없었다. 이들은 선 채로 몸을 떨면서 자신도 모르게 두 주먹을 불끈 쥐었다. 좀 고상한 것이라면 아무것도 모른다는 페르게, 이 논쟁의 파급 효과를 판단하는 것을 애당초부터 완전히 포기한 그도 이제 갈 데까지 갔다고 생각하고,

자신도 거기에 휩쓸려 들어가 사태를 그냥 지켜보는 수밖에 별 도리가 없음을 확신했다.

주위는 정적이 감돌았다. 그래서 나프타가 이빨 가는 소리가 들렸다. 한스 카스토르프에게는 이것이 비데만의 머리털이 곤두선 것을 본 체험과 유사하게 느껴졌다. 그는 예전에 이를 간다는 것은 말로만 가능하지 실제로는 있을 수 없는 일이라고 생각했다. 하지만 나프타는 정적이 감도는 가운데 정말 이를 갈았던 것이다. 소름끼칠 정도로 불쾌하고 난폭하며 기상천외한 소리였지만, 어쨌든 이는 나프타가 나름대로 무서울 정도로 자제하고 있다는 표시이기도 했다. 그가 큰 소리로 외치지 않고, 나지막한 소리로 헐떡거리듯 반쯤 웃는 소리로 말했기 때문이다.

"파렴치하다고? 징계한다고? 도덕군자도 드디어 뿔이 났나요? 문명의 교육자적 경비대가 칼을 뽑는 지경까지 되었습니까? 시작으로서는 성공을 거두었다고 생각합니다. 멸시의 감정으로 덧붙이자면 가볍게 해 냈지요. 감시하는 도덕가를 살살 놀려서 화나게 하는 데 성공했으니까요! 앞으로 어떤 일이 벌어질지 잘 알 겁니다. 이보시오. '징계'라는 말, 이것도 말입니다. 시민으로서의 원칙이 있는 당신이 나에게 어떤 의무를 지고 있는지 모를 리 없다고 생각합니다. 만일 모르고 계시다면, 나는 당신의 원칙을 모종의 수단으로 시험해 보지 않을 수 없습니다."

세템브리니가 험악한 몸동작을 하자 나프타는 하던 말을 계속했다.

"아, 그래요, 시험할 필요도 없어요. 나는 당신의 방해물이고,

당신은 나의 빙해물입니다. 아무튼 좋습니다, 이러한 조그만 분쟁을 적절한 장소에서 해결하도록 합시다. 현재로서는 단 한 가지만 말해 두겠습니다. 당신은 자코뱅 당 혁명의 스콜라 철학적 관념 국가에 대해 성자와도 같은 불안을 느끼고, 청년에게 회의를 심어 주고, 기본 개념을 뒤엎으며, 이념들에서 아카데믹한 도덕적 품위를 박탈하는 것을 교육자적 범죄라고 생각하고 있습니다. 당신의 이러한 불안에는 그럴 만한 이유가 충분히 있습니다. 당신의 인도주의는 끝났기 때문이지요. 그 점을 확실히 말씀해 주십시오. 다 끝나고 희망이 사라졌음을 말입니다. 그것은 오늘날에는 시대착오이자 의고전주의적 몰취미이며 정신적 권태에 불과한 것으로, 수시로 하품만 나게 할 뿐입니다. 우리의 새로운 혁명은, 이보시오, 이러한 것을 바야흐로 쓸어 버리려고 하고 있습니다. 우리들 교육자가, 당신들의 온건한 계몽주의가 여지껏 꿈꾸었던 것보다 더 심각하게 의심을 불러일으킨다면 이는 남몰래 생각하는 바가 있어서 그러는 겁니다. 시대가 요구하는 절대주의 사상, 신성한 공포는 급진적인 회의와 도덕적인 혼란에서만 생기는 겁니다. 이런 말을 하는 것은 나 자신을 변호하고 당신을 훈계하기 위해서입니다. 더 이상의 이야기는 다음 기회로 미루기로 하고, 다음에 또 인사를 드리도록 하겠습니다."

"당신이 연락을 받을 겁니다, 이보시오!" 세템브리니는 탁자를 떠나 자신의 털가죽 외투를 가지러 옷걸이 쪽으로 바삐 가는 나프타의 뒤에 대고 소리쳤다. 그러고 나서 프리메이슨 단원은 의자에 털썩 주저앉으며 자신의 가슴을 두 손으로 눌렀다.

"파괴자! 미친 개! 피에 굶주린 흡혈귀!" 세템브리니는 숨을 헐떡이며 이렇게 부르짖었다.

다른 세 사람은 탁자 옆에 그대로 서 있었다. 페르게의 콧수염은 계속 위아래로 움직이고 있었고, 베잘은 아래턱을 비스듬히 일그러뜨리고 있었으며, 한스 카스토르프는 목이 떨렸기 때문에 자신의 할아버지를 흉내 내어 턱을 가슴 쪽으로 잡아당기고 있었다. 모두들 이곳에 올 때는 이런 일이 일어날지 꿈에도 예상하지 못했다. 세템브리니를 포함하여 모두들 한 대의 썰매를 타지 않고 두 대의 썰매에 나누어 타고 온 게 얼마나 다행스러운 일인가 하고 생각했다. 이 때문에 일단 홀가분한 마음으로 돌아갈 수 있었다. 하지만 그다음에 무슨 일이 있었던가?

"그가 결투를 신청했지요?" 한스 카스토르프가 답답한 심정으로 물었다.

"물론입니다." 세템브리니는 이렇게 대답하고, 옆에 서 있는 한스 카스토르프를 흘끗 쳐다보았지만, 이내 그에게서 시선을 돌리고 손으로 머리를 받쳤다.

"결투에 응하실 겁니까?" 베잘이 궁금해서 물어 보았다.

"그걸 말이라고 하는 겁니까?" 세템브리니는 이렇게 대답하고, 그도 흘끗 쳐다보았다. "여러분." 그는 말을 계속하면서 완전히 냉정을 되찾고 몸을 일으켰다. "우리의 즐거운 소풍이 이런 식으로 끝나게 되어 마음이 아픕니다. 하지만 누구나 살다 보면 이런 불상사가 일어날 수 있다는 걸 각오해야 합니다. 나는 이론적으로는 결투에 반대하고, 법률을 존중합니다. 하지만 실제 문제가 되면 이야기기 달라집니다. 경우에 따라서는 반대로 생각할 수 있습니다. 요컨대, 나는 그 사람의 요구에 응할 생각입니다. 젊을 때 펜싱을 좀 배워 두길 잘했습니다. 두세 시간 정도 연습하면 손목이 다시 유연해질 겁니다. 자, 갑시다! 자세한 사항을 협의해야 하니까요. 보나마나 저 사람은 이미 말에 썰매를 달도록 지시했을 겁니다."

한스 카스토르프는 요양원으로 돌아오는 도중에, 또 그 후에도 앞으로 일어날 엄청난 일 때문에, 말하자면 나프타가 베고 찌르고 하는 결투에는 관심이 없고 권총 결투를 주장한다는 것을 알고서 현기증이 일어나는 순간이 여러 번 있었다. 그리고 명예권에 관한 개념으로 볼 때 모욕을 당한 장본인은 나프타였기 때문에 사실 그에게 무기 선택권이 있었다. 한스 카스토르프 청년은 주위의 내적인 정신 상태로 인해 혼란스럽고 몽롱한 상태로부터 자신의 정신을 어느 정도 해방시켜, 이건 그야말로 미친 짓이니 어떻게든 이를 저지해야겠다고 마음먹었다.

"실제로 모욕을 가한 사건이 있었다면 모릅니다." 그는 세템브리니, 페르게, 베잘과 대화를 나누면서 소리쳤다. 요양원으로 돌아가는 중에 나프타로부터 이미 결투 입회인 역할을 부탁받은 베잘은 쌍방간의 연락을 맡고 있었다. "민사 사건에 관련된 사회적인 종류의 모욕이라면 몰라도! 한쪽이 상대방의 명예에 관련되는 이름에 먹칠을 했다든가, 여자 문제가 관련되어 있거나, 물고 뜯고 싸우는 그러한 사활이 걸린 숙명적인 일이 개재되어 있어 화해할 가능성이 전혀 없다면 또 몰라도! 좋습니다, 그럴 경우에는 결투가 최종적인 해결책이 될 수 있을지도 모릅니다. 그러고 나서 명예가 어느 정도 회복되고 사건이 원만히 해결된다면, 즉 당사자들이 화해를 하고 헤어진다면 결투는 분쟁의 종류에 따라 유익하고 실용적인 좋은 수단이라고 할 수 있겠습니다. 하지만 그가 무슨 일을 했습니까? 나는 그를 두둔할 생각은 없습니다만, 그가 당신에게 어떤 모욕을 가했는지 묻고 싶을 뿐입니다. 그는 기본 개념들을 뒤엎었습니다. 그의 표현을 빌리면 그는 모든 개념에서 아카데믹한 품위를 박탈했습니다. 당신은 이것으로 모욕을 당했다고 느꼈습니다. 당연한 일이지만, 우리 한번 생각해 보도록 합시다."

"생각해 본다고요?" 세템브리니는 한스 카스토르프의 말을 따라 하면서 ㄱ를 쳐다보았다.

"당연한 말이지요! 당연하고말고요! 그는 그 말로 당신을 모욕했습니다. 하지만 그가 당신을 비방한 것은 아닙니다! 실례되는 말이지만 그게 다른 점입니다! 문제의 관건은 추상적인 문제, 정신적인 문제입니다. 정신적인 문제로 모욕은 할 수 있지만, 그것으로 비방은 할 수 없거든요. 어떤 명예 재판소에서도 이런 원칙을 받아들일 거라고 나는 맹세코 단언할 수 있습니다. 이 때문에 당신이 그에게 '파렴치' 니 '엄한 징계' 니 하고 답변한 것도 모욕은 아닙니다. 그것도 정신적인 의미로 한 말이니까요. 모든 것이 정신적인 영역에 머물러 있어 개인적인 일과는 전혀 관계가 없습니다. 개인적인 일에만 비방 같은 것이 존재하기 때문이지요. 정신적인 것은 결코 개인적인 일일 수 없습니다. 이것이 내가 단언한 원칙의 완전한 보충이자 상세한 설명입니다. 그렇기 때문에……"

"낭신은 잘못 생각하고 있이요, 이보시오." 세텐브리니는 두 눈을 감고 대꾸했다. "당신은 첫째로 정신적인 것이 개인적인 성격을 띨 수 없다고 여기는 데서 잘못 생각하고 있습니다. 그렇게 생각해서는 안 됩니다." 그는 이렇게 말하고는 그 특유의 우아하고도 고통스러운 미소를 지었다. "그러나 당신은 무엇보다도 정신적인 것을 평가하는 점에서 잘못을 범하고 있습니다. 당신은 현실 생활에서는 결투 말고는 다른 해결책이 없을 듯한 갈등이나 열정이 있지만, 정신적인 문제는 그런 갈등이나 열정을 일으키기에는 너무 약하다고 생각하고 있습니다. 오히려 그 반대입니다! 추상적인 것, 순화된 것, 이념적인 것은 동시에 절대적인 것이기도 하므로, 이로써 사실 엄격한 것입니다. 그리고 이것에는 사회적 생활보다 훨씬 더 심원하고 과격한 증오의 가능성, 절대적이고 화해할 수 없는 적대의 가능성이 숨어 있습니다. 추상적이고 정신적인 문제 쪽이 사회적 생활보다 심지어 더 직접적이고 더 가차없이 '너 아니면 나'의 상황, 엄밀히 말하면 과격한 상황, 육체적으로 부딪치는 결투의 상황으로 몰고 간다면 당신은 의아하게 생각하십니까? 이보시오, 결투란 이 세상에 흔히 있는 것과 같은 '제도'는 아닙니다. 그것은 최종적인 것이고, 자연의 원시 상태로 복귀하는 것이며, 아주 피상적이나마 기사도적인 종류의 어떤 규정을 통해서 약간 완화될 뿐입니다. 상황의 본질적인 것은 전적으로 본래적인 것, 육체적인 투쟁으로 남아 있습니다. 그리고 남자라면 누구나 자연적인 것으로부터 아무리 멀리 떨어져 있어도 이러한 상황을 감당할 만한 태세를 갖추고 있어야 합니다. 남자는 언제라노 그러한 상황에 빠져들 수 있으니까요. 이념적인 것을 위해 자신의 몸, 자신의 팔과 피를 걸 수 없는 자는 그런 것을 입에 올릴 자격이 없습니다. 그리고 아무리 정신적인 존재라 하더라도 남자로 머물러 있는 것, 이것이 중요한 일입니다."

이리하여 한스 카스토르프는 오히려 설교를 당한 꼴이 되고 말았다. 이에 대해 무슨 할 말이 있었던가? 그는 침울하게 곰곰 생각에 잠겨 잠자코 있었다. 세템브리니의 말은 차분하고 논리 정연했지만, 어쩐지 그에게서 낯설고 부자연스럽게 울려 나왔다. 그가 입 밖에 낸 말은 그의 생각이 아니었다. 결투에 관한 것도 그 자신이 스스로 생각해 낸 것이 아니라 키 작은 테러리스트인 나프타의 생각을 받아들인 것이었듯이 말이다. 그는 자신의 명석한 두뇌를 노예로, 도구로 만들어 버린 주위의 정신 상태에 휩쓸린 나머지 이런 표현을 하게 된 것이다. 정신적인 것은 준엄하기 때문에 가차없이 동물적인 것으로, 육체의 투쟁에 의한 해결로 나아갈 수밖에 없다는 말인가? 한스 카스토르프는 이런 생각에 반기를 들었다. 또는 반기를 들려고 했다. 하지만 그것조차 불가능함을 알고 그는 흠칫 놀라지 않을 수 없었다. 주위의 정신 상태가 그의 내부에서도 강력한 힘을 발휘하고 있어, 그 자신도 이러한 상태에서 빠져나올 수 있는 남자가 아니었다. 비데만과 존넨샤인이 속수무책으로 두 마리 짐승처럼 싸우며 뒹굴던 기억이 끔찍하고도 생생하게 떠올라, 한스 카스토르프는 마지막으로 매달릴 수 있는 것은 결국 이빨이나 손톱 같은 육체적인 것밖에 없다고 생각하고는 소스라치게 놀랐다. 그래, 그렇고말고, 서로 치고받는 수밖에 없어.

그래야 적어도 기사도적인 규정을 통해 원시적인 상태를 완화할 수 있기 때문이지. 한스 카스토르프는 세템브리니에게 결투의 입회인을 맡겠다고 자청했다.

그의 제안은 거절되었다. 아니, 그것은 적합하지 않고, 온당하지 않기 때문이라는 답변을 받았다. 처음에 세템브리니가 예의 우아하고 고통스러운 미소를 띠면서 거절했고, 그다음으로는 페르게와 베잘도 잠시 생각한 후 이렇다 할 이유도 들지 않고 입회인으로 이러한 결투장에 나가는 것은 안 된다고 말했다. 가령 중립적인 심판으로 결투장에 나가는 것은 무방하지만 말이다. 그런 심판의 존재로 야수성을 기사도적으로 완화하는 것은 규정에도 있기 때문이다. 나프타조차도 자신의 명예 대리인인 베잘의 입을 통해 그러한 의견을 전해 왔으므로, 한스 카스토르프는 그것이 좋겠다고 생각했다. 입회인이든 심판이든 간에, 좌우간 그는 결투 방식을 결정하는 데 영향력을 행사할 기회를 얻게 되었는데, 이는 대단히 중요한 일로 드러났다.

왜냐하면 나프타가 상규를 벗어난 제안들을 했기 때문이다. 그는 다섯 발짝 떨어진 거리에서 결투를 하고, 필요하다면 세 번씩 총을 쏠 것을 요구했다. 그는 충돌이 있던 날 밤에 이러한 정신 나간 제안을 베잘을 통해 전달해 왔다. 베잘은 나프타의 야만적인 이해관계의 대리인이자 대변자가 되어, 일부는 그의 위임에 의해, 반은 확실히 자신의 취향에 의해서도 말할 수 없이 완강하게 그러한 조건을 주장했다. 물론 세템브리니는 이를 비난할 생각이 없었지만, 입회인인 페르게와 심판인 한스 카스토르프는 이에 격분했고, 심지어 한스 카스토르프는 고약한 베잘에게 호통을 치기까지 했다. 구체적인 명예 훼손이 있었던 것도 아니고 순전히 추상적인 결투를 하는 마당에 그런 꼴사납고 흉한 조건을 내건다는 것은 부끄러운 일이 아닌가 하고 물었던 것이다! 권총으로 쏘는 것만 해도 야만스럽기 짝이 없는데, 이런 잔인한 세부 조건을 내건다는 것은 말도 안 된다. 그렇게 되면 기사도적인 규정도 아무 소용이 없게 된다. 차라리 서로 얼굴을 맞대고 쏘는 게 낫지 않을까! 베잘 자신이 그러한 거리에서 총을 쏘는 것이 아니니까, 그의 입에서 피에 굶주린 말이 그렇게 술술 나오는 것이라고 한스 카스토르프는 말했다. 베잘은 어깨를 으쓱하며 사태가 사실 그 정도로 극단적이라고 말없이 암시하는 바람에, 이러한 사태를 잊어버리고 싶은 심정인 상대방은 이것으로 기세가 꺾였다. 다음날 한스 카스토르프는 그럭저럭 절충에 성공하여, 무엇보다도 세 번 쏘는 것을 한 번으로 줄이기로 했다. 결투를 벌이는 두 사람은 15보 떨어져 대치하고 있다가 총을 쏘기 직전에 5보 전진할 수 있는 권리를 갖도록 조정이 되었다. 하지만 이러한 조건도 절대 화해의 시도는 하지 않는다는 확약을 하고서야 겨우 얻어 낼 수 있었다. 그러나 권총이 있는 사람이 아무도 없었다.

알빈 씨에게 권총이 있었다. 그는 여자들을 겁주기 위해 갖고 있는 번쩍거리는 회전식 연발 소형 권총 말고도, 케이스 속에 비단으로 싸인 장교용 쌍권총도 지니고 있었다. 그것은 갈색 목재의 손잡이 안에 탄창이 있는 벨기에제 브라우닝 자동 권총으로, 강철제의 총포는 푸르스름한 색을 띠었고, 회전식의 총신은 번쩍거렸는네, 총구 부분에 작고 정밀한 가늠자가 달려 있었다. 한스 카스토르프는 언젠가 한번 허풍선이 알빈 씨의 방에서 그런 권총을 본 적이 있기 때문에, 결투에는 반대하지만 순전히 공정을 기하기 위해 권총을 빌리는 일을 맡겠다고 자청했다. 그는 알빈 씨에게 권총을 사용하는 목적을 굳이 숨기지 않았지만, 개인적인 은밀한 명예 문제가 걸린 것처럼 위장하고는 허풍선이의 기사도 정신에 호소하여 수월하게 권총을 빌릴 수 있었다. 알빈 씨는 심지어 그에게 장전하는 방법도 가르쳐 주었고, 야외에서 한스 카스토르프와 두 정의 권총으로 목표물을 정하지 않고 아무렇게나 시험 사격도 해 보았다.

이런저런 일로 시간이 걸렸으므로, 결투를 벌이기까지는 이틀 낮과 사흘 밤이 지나가게 되었다. 대결 장소는 한스 카스토르프가 생각해 낸 곳에서 하기로 하였다. 그는 술래잡기를 위해 홀로 은둔하는 장소, 여름에 푸른 꽃이 만발하는 그림같이 아름다운 장소를 제안하여 그곳에서 하기로 했다. 언쟁이 있고서 사흘째 되는 날 아침에 이곳에서 동이 트자마자 사건의 결말을 보게 되었다. 자못 흥분한 한스 카스토르프는 전날 밤, 그것도 밤늦은 시각이 되어서야 비로소 결투 장소에 의사를 데리고 가는 게 필요하다는 생각을 하게 되었다.

그는 즉각 페르게와 상의했는데, 이는 아주 난감한 문제임이 드러났다. 라다만토스는 사실 대학생 조합원 출신이었지만 요양원 원장의 입장으로 특히 환자들끼리 결투를 벌이는 그런 불법적인 일을 지원할 수 없는 처지였다. 어쨌든 중환자끼리 결투를 하다가 다치면 치료해 줄 용의가 있는 의사를 이곳에서 구할 희망은 거의 없었다. 크로코프스키로 말하면, 심령계의 의사인 그가 상처를 제대로 치료할 줄 아는지조차 의심스러웠다.

베잘을 불러 의논했더니 나프타는, 말하자면 의사를 원하지 않는다는 식으로 벌써 의사를 표시했다는 것이다. 그가 결투장에 가는 것은 약을 바르거나 붕대를 감기 위해서가 아니라 서로를 쏘기 위해서, 그것도 목숨을 걸고 타격을 가하기 위해서라는 것이다. 나중에 무슨 일이 벌어질지는 자신에게 아무 상관이 없고 그때 가서 알게 될 거라고 했다. 이는 어딘지 불길한 성명처럼 생각되었지만, 한스 카스토르프는 나프타의 은밀한 생각으로는 의사를 필요로 하지 않는다는 뜻으로 해석하려고 노력했다. 세템브리니도 자신에게 파견된 페르게를 통해, 자신은 의사를 부르는 일에 관심이 없으므로 이 문제를 거론하지 말았으면 좋겠다고 나프타에게 통고하지 않았던가? 요컨대 서로에게 피를 흘리게 할 의향이 없다는 점에서 두 논적의 견해가 같으리라고 기대하는 것이 전적으로 잘못된 생각은 아니었다. 그날 언쟁이 있은 후로 사람들은 이틀 밤을 잤고, 이제 하룻밤을 더 잘 것이다. 특정한 기분이란 시간의 흐름에 좌우되게 마련이므로, 점차 흥분이 가라앉고 머리가 맑아질 것이다. 내일 새벽 권총을 손에 들었을 때는, 대결하는 두 사람은 서로 말다툼을 벌이던 날 밤과는 다른 남자가 되어 있을지도 모른다. 다툼이 있었던 날 밤이라면 기분에 이끌려 신념을 갖고 행동했을지도 모르지만, 내일 아침이 되면 그 순간의 자유 의지에 따라 행동하지 않고, 기껏해야 체면상 할 수 없이 기계적으로 행동할지도 모른다. 그리고 한때의 기분에 구애받아 실제적인 기분을 부정하는 일은 어떻게든 방지해야만 하지 않겠는가!

한스 카스토르프의 이러한 예상은 아주 빗나간 것은 아니었고, 유감스럽게도 그가 꿈에도 생각하지 못한 방식이긴 하지만 세템브리니에 관한 한 그대로 적중했다. 하지만 그는 레오 나프타가 결정적인 순간까지, 또는 최후 순간에 이르러서 자신의 결심을 어떻게 바꿀 것인가를 예상했다면, 이 모든 일을 초래한 주위의 정신 상태가 어떠했든 간에 눈앞에 다가온 결투를 그냥 놔두지는 않았을 것이다.

아침 일곱 시가 되었을 때 해는 산 위에 떠오르기 한참 전이었지만 한스 카스토르프가 불안하게 밤을 보낸 뒤 약속 장소로 가기 위해 베르크호프 요양원을 나섰을 때는 자욱한 안개가 가까스로 걷히며 날이 밝아 오기 시작했다. 홀을 청소하던 하녀들이 일손을 멈추고 놀란 눈으로 그를 쳐다보았지만 현관문은 이미 열려 있었다. 페르게와 베잘이, 따로 또는 둘이 같이 갔는지는 몰라도, 전자는 세템브리니를, 후자는 나프타를 결투장으로 데려가기 위해 이미 이곳을 지나간 것이 틀림없었다. 한스 카스토르프는 심판이라는 자신의 특성 때문에 어느 쪽에도 가담하지 않고 혼자 갔다.

그는 현재의 상황을 생각하니 마음이 무거워져 체면상 할 수 없이 기계적으로 갔다. 그가 결투에 입회하는 것은 자명하고 불가피한 일이었다. 거기에 참가하지 않고 침대에서 결과를 기다릴 수는 없었다. 첫째로, 하지만 그는 첫째 이유를 드는 것을 피하고, 두 번째 이유로 넘어가 사태를 그대로 방치해서는 안 된다고 생각했다. 아직은 다행히도 불미스러운 일이 일어나지 않았고, 좋지 않은 일이 꼭 일어난다고 장담할 수 없으며, 심지어 그럴 가능성도 희박했다. 전등불을 켜야 하는 시각에 일어나 아침도 먹지 않고, 공기가 몹시 찬 새벽에 야외에서 만나야 했는데, 이는 일단 그렇게 약속한 것이니 어쩔 수 없었다. 하지만 자신의 영향으로, 자신이 그곳에 있음으로 해서 미리 예상할 수는 없는 일이지만 어떻게든 모든 일이 좋고 밝은 쪽으로 전환될지도 모른다. 아무리 사소한 사건이라도 미리 예상한 것과는 다른 방향으로 흐를 수 있다는 것을 경험상 알고 있으므로 이를 예단하려고 하지 않는 것이 더 현명한 일일지도 모른다.

그럼에도 그날 아침은 그가 기억하고 있는 것 중에서 가장 불유쾌한 아침이었다. 수면 부족으로 피로한 한스 카스토르프는 초조한 나머지 이가 덜덜 떨렸고, 마음 깊은 곳에서는 이미 방금 스스로에게 달래 준 말이 잘 먹혀들지 않았다. 아주 특별한 순간들이 있었다. 다툼으로 인생이 망가진 민스크 출신의 부인, 차 때문에 미쳐 날뛴 학생, 비데만과 존넨샤인, 뺨을 가격한 폴란드인의 사건이 기분 나쁘게 그의 뇌리를 스쳐 갔다. 그는 자신의 눈앞에서, 자신이 현장에 입회한 가운데 두 사람이 서로 총을 쏘고 피를 흘린다는 것은 상상도 할 수 없었다. 하지만 비데만과 존넨샤인이 자신의 면전에서 벌인 일을 생각하면 자기 자신과 자신의 주변 세계를 믿을 수 없어, 털가죽 재킷을 입었는데도 몸이 오싹하는 한기가 돌았다. 그런 반면에, 더구나 이 모든 것에도 불구하고, 자신이 처한 상태로 인해 이상하고 비장한 기분이 힘을 돋우는 새벽 공기와 결합하여 그를 일으켜 주고 힘이 솟구치게 했다.

이렇게 뒤숭숭하고 변덕스러운 기분과 생각에 잠겨 한스 카스
토르프는 어스름한 가운데 점차 밝아 오는 새벽길을 올라갔다. 도
르프에 있는 쌍 썰매 코스의 종착지에서 아주 좁은 오솔길을 따라
비스듬히 비탈길을 올라가 잔뜩 눈에 덮인 숲에 도달했고, 쌍 썰
매 코스 위에 걸린 나무다리를 건너갔다. 그리고 삽이 아니라 사
람들의 발로 만들어진 길을 힘차게 디디며 나무줄기들 사이를 계
속 걸어갔다. 그는 빠른 걸음으로 갔기 때문에 금세 세템브리니와
페르게를 따라잡았다. 페르게는 둥글고 넓은 망토 아래에 한 손으
로 권총 케이스를 잡고 있었다. 한스 카스토르프가 주저하지 않고
이들과 합류하여 나란히 얼마쯤 걸어가자 조금 앞에서 걸어가는
나프타와 베잘의 모습이 눈에 들어왔다.

"쌀쌀한 아침인데요. 적어도 18도는 되겠어요." 그는 일부러 좋
은 의미로 한 말이었지만 자신의 경솔함에 깜짝 놀라고는 이렇게
덧붙였다. "여러분, 제가 확신하기로는……"

다른 사람들은 말이 없었다. 페르게는 선량한 인상을 주는 콧수
염을 위아래로 움직였다. 얼마쯤 가다가 세템브리니는 발걸음을
멈추고 한스 카스토르프의 손을 잡고는 자신의 손을 그 위에 얹고
이렇게 말했다.

"이보시오, 나는 죽이지 않을 거요. 그러지 않을 거야. 나는 그의
탄환에 맞서겠지만, 명예가 나에게 명할 수 있는 전부가 그것입니
다. 하지만 나는 그를 죽이지 않을 겁니다, 내 말을 믿어 주시오!"

그는 손을 풀고 계속 걸어갔다. 한스 카스토르프는 깊은 감동을

받았지만 몇 발짝 걷다가 이렇게 말했다.

"정말 잘 생각하신 일입니다, 세템브리니 씨. 그렇지만 상대방이…… 그쪽에서……"

세템브리니는 그냥 머리만 흔들 뿐이었다. 그래서 한스 카스토르프는 한쪽이 쏘지 않을 테니 상대방도 감히 쏠 수 없을 거라 생각하고 모든 일이 만족스럽게 진행되어, 자신이 예상한 대로 될지도 모른다고 생각했다. 그래서 그의 마음은 한결 홀가분해졌다.

이들은 협곡에 걸려 있는 통나무 다리를 건너갔다. 여름에는 그림같이 아름다운 모습을 더해 주는 이 폭포가 지금은 얼어붙어 아무 소리 내지 않고 흘러내려 있었다. 나프타와 베잘은 눈이 수북하게 쿠션처럼 쌓인 벤치 앞 눈 위를 이리저리 걸었다. 한스 카스토르프는 예전에 그 벤치에 누워 코피가 멎기를 기다리던 때가 아주 생생하게 떠올랐다. 나프타는 담배를 한 대 피워 물었다. 한스 카스토르프는 자신도 담배를 피우고 싶은지 곰곰 생각해 보았지만, 그럴 마음이 조금도 없음을 알고 나프타가 마음을 진정시키려고 허세를 부리는 게 분명하다고 결론지었다. 한스 카스토르프는 이곳을 찾아올 때마다 느끼는 희열을 맛보며 이 장소의 친밀하고 웅장한 경치를 둘러보았다. 눈에 덮인 이러한 겨울 풍경은 여름에 푸른 꽃이 만발할 때 못지않게 아름다웠다. 눈앞에 비스듬히 튀어나와 있는 전나무의 줄기와 가지 위에도 눈이 수북이 쌓여 있었다.

"안녕히 주무셨습니까!" 한스 카스토르프는 무거운 분위기를 자연스럽게 하고 험악한 공기를 날려 보내기 위해 애써 명랑하게 인사했으니 이 무런 효과가 없었다. 아부도 그의 인사에 내딥하지 않았기 때문이다. 인사라고 해 봐야 눈에 거의 띄지 않을 정도로 뻣뻣한 자세로 고개를 숙이는 둥 마는 둥 말없이 어색하게 인사를 교환했을 뿐이다. 그럼에도 한스 카스토르프는 그곳에 도착한 흥분과 겨울 새벽에 빨리 걸은 탓으로 몸 안에 축적된 열과 가쁜 호흡을 지체 없이 좋은 목적에 활용하기로 단단히 마음먹고 입을 뗐다.

"여러분, 제가 확신하기로는……"

"당신의 확신은 다른 기회에 피력하기 바랍니다." 나프타가 차갑게 그의 말을 가로막았다. "나는 무기를 받았으면 합니다." 그는 역시 오만한 어조로 덧붙여 말했다. 말문이 막힌 한스 카스토르프는 페르게가 자신의 외투 아래에서 치명적인 케이스를 꺼내고, 그에게 다가온 베잘에게 권총 한 자루를 넘겨주어, 베잘이 그것을 다시 나프타에게 전해 주는 것을 지켜보는 수밖에 없었다. 세템브리니는 페르게의 손에서 다른 권총을 넘겨받았다. 그런 다음 결투 장소를 만들어야 했으므로, 페르게는 중얼거리며 옆으로 좀 비켜 달라고 했다. 그는 발걸음으로 거리를 계산하고 눈으로 표적을 정하기 시작했는데, 15보를 나타내는 바깥 선은 구두 뒤꿈치로 눈 속에 짧은 선을 그어서 만들었고, 5보를 나타내는 간격선은 페르게 자신과 세템브리니의 지팡이를 가로놓아 표시했다.

선량한 인내자인 페르게는 지금 무슨 일을 하고 있는 걸까? 한스 카스토르프는 자신의 눈을 믿을 수 없었다. 다리가 긴 페르게는 다리를 최대한 벌려 걸었기 때문에 적어도 15보의 간격은 그런대로 상당한 거리가 되었다. 하지만 그 사이에는 저주스러운 두 개의 지팡이가 놓여 있어, 그 간격은 사실 그리 멀지 않았다. 확실히 그는 성실한 자세로 그 일에 임하고 있었다. 그러나저러나 이런 끔찍한 일을 태연히 준비하는 이 사내는 대체 어떤 악마에 홀려 있기라도 한단 말인가?

밍크 털가죽이 보이게 자신의 외투를 눈 속에 던진 나프타는 권총을 손에 쥐고, 구두 뒤꿈치로 바깥 선이 그어지자마자 그 한쪽 선이 있는 곳으로 다가갔다. 그러는 동안에도 페르게는 계속 선을 긋고 있었다. 선이 다 그어지기를 기다렸다가 세템브리니도 다 낡아 빠진 털가죽 재킷을 열어젖힌 채 자신이 설 자리로 이동해 갔다. 그러자 멍하니 지켜보고 있던 한스 카스토르프는 정신을 차리고 서둘러 또 한 번 앞으로 나아갔다.

"여러분." 그는 숨이 넘어가는 목소리로 말했다. "서두르지 마십시오! 이 모든 일에도 불구하고 그게 나의 의무입니다."

"입 닥치시오!" 나프타가 날카롭게 외쳤다. "신호를 해 주시오."

하지만 아무도 신호를 하지 않았다. 이에 대해서는 제대로 약속이 되어 있지 않았다. '시작'이라는 신호를 해 주어야 했지만, 그런 끔찍한 말을 하는 것이 심판의 일임을 미리 생각하지 못했고, 어쨌든 그 문제에 대해서는 아무런 언급이 없었던 것이다. 한스 카스토르프는 말없이 잠자코 있었고, 아무도 그를 대신해 호령을 내리지 않았다.

"우리 시작합시다!" 나프타가 선언했다. "앞으로 나오시오, 이 보시오, 그리고 쏘십시오!" 그는 상대방을 향해 소리치고는, 팔을 뻗어 가슴 높이에서 세템브리니를 향해 권총을 겨누면서 앞으로 나아가기 시작했다. 믿을 수 없는 광경이었다. 세템브리니도 앞으로 나아가기 시작했다. 나프타가 방아쇠에 손을 대고 이미 안쪽 장애물이 있는 데까지 도달했을 때, 세템브리니는 세 발자국 앞으로 나가 총구를 하늘로 향하고 방아쇠를 당겼다. 날카로운 총성에 여러 번 산울림이 되풀이되었다. 주위의 산들에 총성이 울리면서 일대에 산울림이 퍼지는 바람에 골짜기가 시끄러워졌다. 한스 카스토르프는 사람들이 달려 나오지나 않을까 걱정했다.

"당신은 공중에다 쏘았습니다." 나프타는 권총을 내리면서 분노를 억누르고 말했다.

세템브리니는 이렇게 대답했다.

"나는 쏘고 싶은 곳에다 쏩니다."

"또 한 번 쏘시오!"

"나는 그럴 생각이 없습니다. 이번에는 당신 차례입니다." 세템브리니는 머리를 들어 하늘을 바라보면서 나프타를 정면으로 향하지 않고 옆으로 약간 몸을 돌리고 있었는데, 이는 자못 감동적인 모습이었다. 결투할 때는 상대방에게 가슴을 정면으로 향하지 않는다는 것을 어디서 들은 적이 있어서, 이러한 지시를 실행한 모양이었다.

"비겁자!" 나프타가 소리쳤다. 그는 이러한 외침으로 총을 맞는 사람보다 총을 쏘는 사람에게 더 많은 용기가 필요하다는 사실을 인정한 셈이었다. 그는 결투와는 더 이상 관계가 없는 방식으로 총을 들고는 자신의 머리를 쏘았다.

참으로 처참하고 잊을 수 없는 광경이었다! 그의 범죄 행위로 인해 주위의 산들에서 날카로운 총성이 메아리치는 동안, 나프타는 두 다리를 앞으로 차올리며 두세 걸음 뒤로 비틀거리더니 푹 고꾸라졌다. 그는 몸 전체를 오른쪽으로 내동댕이치듯 비틀며 고꾸라져서는 눈 속에 얼굴을 파묻었다.

일순간 모두 멍하니 서 있었다. 세템브리니는 권총을 내던지고 가장 먼저 나프타 곁으로 달려갔다.

"이게 무슨 짓이란 말인가!" 그가 소리쳤다. "신을 사랑한다는 행위가 고작 이것이란 말인가!"

한스 카스토르프는 세템브리니를 도와 나프타의 몸을 반듯하게 눕혔다. 그의 관자놀이 옆에 검붉은 구멍이 보였다. 이들은 그의 얼굴을 들여다보면서, 나프타의 가슴 주머니에서 흰쪽 귀퉁이가 삐죽 나와 있는 비단 손수건으로 그의 얼굴을 잘 덮어 주었다.

청천벽력

한스 카스토르프는 이 위의 사람들 곁에 7년간 머물렀다. 7이라는 수는 십진법을 신봉하는 사람에게는 어중간한 수이지만, 이것은 나름대로 훌륭하고 알맞은 수로서, 신화적이고 그림 같은 시간 단위라고 말할 수 있다. 가령 무미건조한 6이라는 수보다는 기분을 더 만족시켜 준다. 그는 식당의 일곱 개의 식탁 중에서 앉아 보지 않은 식탁이 없었고, 어느 것에나 대략 일년 정도씩 앉았다. 마지막으로 그는 두 명의 아르메니아인, 두 명의 핀란드인,

한 명의 부하러인, 한 명의 쿠르드인과 함께 이류 리시아인 서에 앉았다. 그는 언젠가부터 그냥 자라게 내버려 둔 약간의 수염을 기르고 거기에 앉아 있었다. 뭐라고 규정할 수 없이 아무렇게나 자란 연한 금발의 턱수염이었다. 우리는 이를 자신의 외모에 대한 어떤 철학적인 무관심의 산물이라고 생각하지 않을 수 없다. 그렇다, 우리는 더 나아가서 그 자신이 스스로에게 무관심하게 된 것과 마찬가지로 주위 사람들도 그에 대해 무관심하게 되었음을 보고해야겠다. 요양원 당국은 그의 기분을 전환시켜 줄 일을 생각해 내는 것을 포기했다. 고문관도 '잘' 잤습니까 하는 아침 인사 말고는 그에게 더 이상 특별히 말을 걸지 않았다. 이 인사도 겉치레 말로 간단히 줄여서 하는 데 지나지 않았다. 그리고 아드리아티카 폰 밀렌동크도 (그녀는 우리가 말하는 이 시간에도 예의 커다란 다래끼를 달고 있었다) 며칠에 한 번 정도밖에 말을 걸지 않았다. 사실을 좀 더 정확하게 말한다면 아주 드물게 말을 걸거나 아예 전혀 말을 걸지 않았다고 할 수 있었다. 사람들은 그를 조용히 내버려 두었다. 그는 낙제가 결정되어 더 이상 고려의 대상이 되지 않아 질문에 대답할 필요가 없고, 더 이상 아무것도 할 필요가 없어 묘하게도 통쾌한 특전을 향유하게 된 학생과 거의 비슷한 상태에 있었다. 이는 방종한 형태의 자유라고 덧붙이고 싶지만, 그러나 자유라는 것에 이와는 다른 형태와 종류가 있을 수 있는지 자문해 본다. 아무튼 한스 카스토르프는 무모하고 반항적인 출발을 감행할 염려가 없는 환자로 낙인찍혔기 때문에 당국에서는 금후 그를 염려하며 눈여겨볼 필요가 없었다. 그는 이곳을 떠나 어디로 가야 할지를 오래전부터 더 이상 알 수 없게 되었고, 평지로 돌아간다는 생각도 더는 할 수 없게 된 안전하고 종신적인 존재였다. 그가 이류 러시아인 석으로 옮겨졌다는 사실만 보더라도 당국에서 그에 대해 아무런 염려를 하지 않는다는 것을 알 수 있지 않을까? 그렇다고 해서 소위 이류 러시아인 석을 깎아내리려는 생각은 추호도 없다! 일곱 식탁 사이에는 이렇다할 만한 구체적인 우월 관계가 없었기 때문이다. 좀 과감하게 말한다면 어느 식탁이나 똑같이 대우받는 민주제였던 것이다. 어느 식탁에나 똑같이 풍성한 식사가 제공되었다. 라다만토스 자신도 순번이 되면 가끔 그 식탁에 와서 접시 앞에 커다란 두 손을 모으고 앉아 있었다. 그 식탁에서 식사하는 사람들은 라틴어를 할 줄 모르고 식사할 때 지나치게 체면을 차리지는 않았지만, 그래도 모두 인류의 명예로운 일원이었다.

시간, 그것은 역에 걸린 시계처럼 장침이 5분마다 생각난 듯 꿈틀하고 움직이는 것이 아니라, 오히려 움직이는 게 거의 눈에 띄지 않는 아주 작은 시계의 움직임과 같은 것이다. 또는 마치 비밀리에 자라고 있는지 자라는 모습이 눈에 보이지 않다가 어느 날비로소 확연히 눈에 띄는 풀과 같은 것이다. 시간이란 순전히 연장(延長)이 없는 점으로 구성되어 있는 선과 같다(이렇게 말하면 불행하게 죽음을 맞이한 나프타라면 연장이 없는 점으로 이루어진 것이 어떻게 선이 될 수 있느냐고 분명 물어 볼지도 모르겠다). 즉 시간은 살금살금 눈에 띄지 않게 몰래 움직이긴 했지만, 그래도 활동을 계속하며 변화를 낳았다. 한 예를 들면 테디 소년은 어느 날―그렇다고 물론 '어느 날'은 아니고 아주 막연히 어떤 날 부터―이미 소년이 아니었다. 그가 가끔 자리에서 일어나 잠옷을 운동복으로 갈아입고 아래층에 내려가도 여자들이 더는 그를 무릎에 안을 수 없게 되었다. 어느 순간부터 상황이 일변하여, 그런 기회에 그가 여자들을 자기 무릎에 안게 되었다. 그러면 양쪽 다 여태까지와 마찬가지로, 심지어 훨씬 더 흡족해했다. 그렇다고 그가 활짝 피어난 미남으로 자랐다고 할 수는 없지만 키가 훌쩍 자란 청년이 되었다. 한스 카스토르프는 어느 순간 그런 사실을 알아차리게 되었다. 아무튼 시간이 흘러 키는 자랐지만 그게 테디 청년에게는 아무런 소용이 없었다. 그런 성장이 그에게 맞지 않았던 것이다. 그는 시간적인 것의 축복을 누리지 못했다. 즉 21세의 나이로 그는 약한 몸에 침투한 병에 걸려 죽고 말았다. 그리하여 그의 방은 소독되었다. 지금까지의 수평 상태와 앞으로의 영원한 수평 상태가 별로 다를 게 없기 때문에 우리는 이를 차분한 목소리로 말하고 있는 것이다.

하지만 좀 더 중대한 의미를 갖는 죽음이 있었다. 우리의 주인공과 좀 더 가까운 관계에 있던, 또는 전에 그와 좀 더 가까운 관계에 있던 평지 사람이 죽은 것이다. 즉 이제 우리에게 기억이 아마득해진 한스의 종조부이자 양아버지이기도 한 티나펠 노 영사가 얼마 전에 저세상 사람이 되었다. 노인은 참을 수 없는 기압 상황을 극히 조심스럽게 피하고, 그런 기압 속에서 수모를 당하는 일을 야메스 삼촌에게 맡겼지만 언제까지나 뇌졸중을 피할 수는 없었다. 이리하여 어느 날 한스 카스토르프의 훌륭한 접이식 침대로 노인의 부음을 알리는 전보, 간결하지만 다정하고 조심스러운—전보를 받는 사람보다 오히려 고인이 된 사람을 고려하여 다정하고 조심스러운—전보가 왔던 것이다. 전보를 읽은 한스 카스토르프는 검은 테가 있는 종이를 사서 사촌이나 다름없는 삼촌에게 편지를 썼다. 어려서 부모를 잃은 자신이 이번에 또 한 번, 세 번째로 고아가 되었다고 생각하지만, 종조부의 장례식에 참석하기 위해 이곳을 떠날 수 없고, 떠나서는 안 되는 몸이므로 한층 슬픔이 크다는 내용이었다.

슬프다고 한 것은 그럴듯하게 둘러댄 말이었지만, 이즈음 한스 카스토르프의 두 눈은 어쨌든 평소보다 더 생각에 잠긴 듯한 빛을 띠었다. 종조부가 사망한 사실은 그의 기분에 그다지 키다란 영향을 미치지는 않았고, 요 몇 년 동안 모험적인 세월을 보내며 그와 소원하게 지낸 관계로 거의 아무런 느낌이 없었다. 하지만 노인이 죽음으로써 평지 세계와 그를 이어 주던 끈이 또 하나 끊어진 셈이어서, 한스 카스토르프가 당연히 자유라고 부른 상황이 이것으로 최종적으로 완전하게 되었다. 정말이지 우리가 지금 이야기하고 있는 시점에는 평지와의 그의 관계가 완전히 끊어진 상태였다. 그는 평지로 편지를 보내지도 받지도 않았다. 마리아 만치니도 더이상 평지에서 조달하지 않았다. 그는 이 위에서 마음에 드는 상표를 발견해 한때의 여자 친구와 마찬가지로 이제 그 시가에 충성을 바쳤다. 그것은 얼음으로 뒤덮인 극지에서 탐험가가 온갖 고초를 겪을 때 그를 도와 그것에서 벗어나게 해 주었을지도 모르는 제품으로, 그것만 있으면 해변에 누워 있는 것과 마찬가지로 어떤 일이라도 견뎌 낼 듯했다. 담배 나무의 아래잎을 특히 잘 손질하여 만든 '뤼틀리의 서약*'이라는 이름의 그 제품은 마리아보다 좀 뭉툭하고, 허리에 푸르스름한 띠가 둘러져 있는 쥐색의 담배로 맛이 부드럽고 순했다. 백설처럼 흰 재는 떨어지지 않아 겉말이 잎의 이파리 결이 그대로 드러나 보였다. 일정한 속도로 타들어 가기 때문에 이를 즐기는 사람은 모래가 일정하게 흘러내리는 모래시계 대신에 사용할 수도 있어서, 더구나 그에게 이제 회중시계가 없었기 때문에 필요에 따라 그것을 시계 대신 사용하기도 했다. 시계가 어느 날 나이트 테이블에서 떨어졌는데, 그것을 다시 가도록 고치지 않고 내버려 두었기 때문에 그 후로 시계는 멈춰 있었다. 이것은 그가 달력을 매일 한 장씩 떼어 낸다든가, 날짜나 축제일을 미리 체크해 두는 일을 진작 그만둔 것과 똑같은 이유에서였다. 그러므로 이는 자유를 위해서라는 이유 때문이었다. 다른 말로 하면 해변 산책, 정지해 있는 영원을 위해서였으며, 인생에서 이탈한 그가 걸리기 쉬운 것으로 드러난 연금술적인 마술을 위해서였다. 이 마술은 그의 영혼의 모험의 핵심을 이루고 있어, 소박한 실험 재료인 한스 카스토르프의 온갖 연금술적인 모험은 모두 그 속에서 행해졌던 것이다.

이렇게 그는 누워 있었다. 이리하여 그가 이 위에 올 때의 시점인 한여름이 다시 돌아왔고, 그는 모르고 있었지만 그사이 세월이 일곱 번이나 순환했던 것이다.

이때 천지가 요란하게 울리는 소리가 들렸다.

하지만 그때 울려 퍼지고 일어난 사건에 대해 허풍을 떨며 이야기하기에는 부끄러움과 두려움이 앞선다. 여기서는 호언장담과 허풍은 어울리지 않는다! 목소리를 낮추어 조용조용 말하면, 그러니까 우리가 모두 알고 있는 청천벽력이 울려 퍼졌던 것이다. 오랫동안 차곡차곡 쌓인 무감각과 병적 흥분이라는 불길한 혼합물이 폭발하면서 우리를 귀먹게 만들었던 것이다. 외경심을 갖고 차분하게 말하면 지구의 기반을 뒤흔들어 버린 역사적인 청천벽력이었다. 이는 마의 산을 폭파하고, 7년 동안이나 단잠에 빠져 있던 한스 카스토르프를 성문 밖으로 거칠게 내동댕이쳐 버린 청천벽력이었다. 그는 여러 차례 주의를 받았으면서도 신문 보는 것을 게을리 한 남자처럼 풀밭에 앉아 당혹스러운 표정으로 두 눈을 비볐다.

지중해 출신인 그의 친구이자 사부인 세템브리니는 언제나 그의 잘못을 조금이나마 고쳐 주려고 했고, 자신이 교육을 떠맡은 걱정거리 자식에게 평지의 사건을 대강이나마 가르쳐 주려고 관심을 보여 왔지만 제자인 한스 카스토르프는 그의 말을 그리 귀담아 듣지 않았다. 그 제자는 사물의 정신적인 그림자에 관해서는 '술래잡기'에 의해 이런저런 꿈을 꾸었지만, 사물 그 자체에 관해서는 신경을 쓰지 않았다. 그것은 그림자를 사물이라고 생각하고, 사물을 그림자로 볼 뿐인 그의 오만한 성향 때문이었다. 그러나 사물과 그림자의 관계가 최종적으로 해명된 것은 아니므로 그를 가혹하게 야단칠 수도 없는 일이다.

전에는 세템브리니가 느닷없이 한스 카스토르프 방의 불을 켜고 들어와 수평 생활을 하는 그의 침대맡에 앉아 삶과 죽음의 문제에 대한 그의 생각을 고쳐 주며 영향을 미치려고 했지만, 이제는 더 이상 그런 관계가 아니었다. 이제는 반대로 한스 카스토르프가 두 손을 무릎에 얹고 인문주의자의 작은 방의 침대 옆에 앉거나, 또는 카르보나리 당원이었던 할아버지가 쓰던 의자와 물병이 있는 다락방, 격리되어 있어 아늑한 느낌을 주는 다락방의 휴식용 침대에 앉아 그에게 말동무를 해 주며, 세계 정세를 논하는 스승의 말에 다소곳이 귀 기울였다. 로도비코 씨가 이제는 자리에서 일어나 있는 시간이 별로 없었기 때문이다. 나프타의 극단적인 최후, 독하게 자포자기한 그 논쟁가의 테러 행위가 세템브리니의 민감한 체질에 크나큰 충격을 안겨 주었다. 이러한 충격에서 헤어나지 못한 그는 그 후로 완전히 쇠약해져 금방이라도 쓰러질 것 같았다. '사회학적 병리학'이라는 인간의 고통을 대상으로 삼는 모든 문학 작품의 백과사전을 편찬하는 그의 공동 작업도 정체 상태에 있어, 일이 더 이상 진척되지 않았다. 진보 촉진 국제 연맹은 백과사전 중에서 문학 부문의 책이 완성되기를 고대하고 있었지만 이는 헛수고였다. 이리하여 세템브리니는 진보 촉진 조직에 말로만 협력하는 수밖에 없게 되었다. 그리하여 사실 한스 카스토르프의 우정 방문이 유일한 기회를 제공했는데, 한스 카스토르프의 방문이 없었다면 그는 말로나마 협력할 기회마저 갖지 못했을 것이다.

세템브리니는 사회적 수단에 의한 인류의 자기완성에 대해 연약하긴 하지만 가슴에서 우러나오는 아름다운 말로 많은 이야기를 했다. 그의 말투는 비둘기의 발걸음처럼 부드러웠지만, 이내 보편적인 행복을 실현하기 위해 해방된 여러 민족의 통합에 관해 말할 때는, 스스로는 이를 알려고도 하지 않았고 알아차리지도 못했지만, 독수리의 날갯짓과 같은 우렁찬 느낌을 주었다. 이는 의심의 여지 없이 할아버지의 유산인 정치와 아버지의 인문주의적 유산인 아름다운 문학이 로도비코 자신의 내부에서 하나로 통합된 것이었다. 이는 인도주의와 정치가 문명이라는 고상하고 화려한 사상 속에 서로 통합되었던 것과 마찬가지였다. 비둘기의 부드러움과 독수리의 용맹함으로 가득 찬 이 사상은 고집불통의 원칙이 타도되고, 시민적 민주주의라는 신성동맹이 성사되는 날을, 여러 민족들의 아침을 기다리고 있었다. 요컨대 여기에는 여러 가지로 모순점들이 있었다. 세템브리니는 인도주의자였지만, 이와 동시에 사실 반쯤 표명한 자신의 견해로 볼 때, 그는 호전주의자이기도 했다. 그는 극단적인 나프타와의 결투에서는 인간답게 처신했지만, 인간성이 감격에 겨워 정치와 함께 문명이라는 승리의 이념이며 지배적인 이념과 결합하는 경우, 시민의 창을 인류의 제단에 바치는 중요한 경우에는, 즉 개인적인 문제를 떠날 때는 그가 손에 피를 묻히는 것을 계속 꺼려하리라고는 단언할 수 없었다. 그렇다, 주위의 정신 상태의 영향을 받아 세템브리니의 훌륭한 신조에도 비둘기의 부드러운 요소가 점차 사라지고 독수리의 용맹한 요소가 강하게 배어들고 있었다.

복잡한 세계 정세에 대한 그의 관계가 모순을 보이고, 양심의 가책으로 혼란과 곤경에 빠지는 일이 드물지 않았다. 2년이나 1년 6개월 전의 일이기는 하지만, 최근에도 그의 조국 이탈리아가 알바니아에서 오스트리아와 외교적으로 협력을 했기 때문에 그의 말은 안정을 잃어 가고 있었다. 이러한 협력은 라틴어를 모르는 아시아적 러시아, 태형(笞刑)과 슐뤼셀부르크*에 반대해 행해졌다는 점에서는 그를 감동시켰으나, 사실 그것이 불구대천의 원수, 보수와 민족 예속의 원칙과의 야합이라는 점에서는 그를 괴롭혔다. 작년 가을 폴란드에 철도망을 부설하도록 프랑스가 러시아에 거액의 자금을 융자해 준 것 역시 비슷하게 그에게 모순 된 기분을 불러일으켰다. 세템브리니는 자신의 조국 이탈리아의 친 프랑스적인 당파에 속해 있었기 때문에, 그의 할아버지가 7월 혁명의 수일간을 천지창조의 6일간과 똑같이 보았다는 점을 염두에 둔다면 그러한 생각은 하등 놀랄 일이 아니다. 하지만 개화된 프랑스 공화국이 비잔틴적인 스키타이 문명을 양해하자 그는 도덕적으로 혼란을 일으키게 되었다. 그렇지만 러시아가 계획하고 있는 철도망의 전략적인 의미를 생각하자 그의 가슴을 옥죄던 답답함이 다시 숨을 가쁘게 하는 희망과 기쁨으로 바뀌려고 하였다. 그 후에 황태자 암살 사건이 일어났다. 이는 7년 동안 단잠에 빠져 있는 독일 사람들을 제외하고는 모두에게 폭풍 경보였고, 사정을 익히 아는 사람들에게는 위협 신호였는데, 이들 중의 한 사람으로 우리는 당연히 세템브리니 씨를 꼽아야 할 것이다. 한스 카스토르프는 그가 사적 개인으로는 그런 끔찍한 행위에 대해 치를 떠는 것을 보았지만, 그 행위가 자신이 증오하는 반동의 아성인 빈에 반대해 일어난 민족 해방 행위라는 점에서 그의 가슴이 다시 높이 뛰는 것도 보았다. 이 행위가 모스크바 위정자의 책동에 의한 산물이라고 평가하지 않을 수 없었기에 다시 그의 가슴이 답답해졌다. 3주일 뒤에 오스트리아가 세르비아에 최후 통첩을 보냈을 때는 이를 인류에 대한 모욕이자 끔찍한 범죄라고 부르는 것을 서슴지 않았다. 그런데 그는 그 통첩의 결과를 예견하는 눈을 가지고 있었기에 숨을 가쁘게 몰아쉬면서 이를 환영했다.

요컨대 세템브리니의 기분은 급속도로 파국으로 치닫는 유럽의 불길한 운명처럼 복잡 미묘했다. 그는 일종의 민족적인 예의와 연민 때문에 제자에게 자신의 의견을 완전히 털어놓는 것은 자제했으나 반쯤 암시하는 말로 그의 눈을 뜨게 하려고 했다. 최초의 동원령이 내려지고, 최초의 선전포고가 행해지던 때에 그는 자신을 찾아온 한스 카스토르프에게 두 손을 내밀어 청년의 손을 꽉 쥐곤 했다. 어리벙벙한 청년은 그게 잘 이해되지는 않았지만 진심으로 감동을 받았다. "이보시오!" 이탈리아인이 말했다. "화약과 인쇄술, 부인할 수 없습니다, 당신네가 예전에 그걸 발명했지요! 하지만 우리가 혁명의 나라를 향해 진군할 거라고 생각하면…… 친구……"

무슨 일이 일어날까 숨 막힐 정도로 기대되는 나날이 계속되는 동안, 유럽이 초긴장 상태로 애를 태우고 있을 때 한스 카스토르프는 세템브리니를 찾아가지 않았다. 이제 피비린내 나는 내용을 담은 신문들이 평지에서 그의 발코니까지 직접 배달되어 베르크호프를 뒤흔들었고, 식당뿐만 아니라 중환자와 위독한 환자의 방에까지 숨 막히게 하는 유황 냄새가 진동했다. 이 순간 7년간 단잠에 빠져 있던 한스 카스토르프는 자신에게 무슨 일이 일어났는지 알지도 못한 채 느릿느릿 몸을 일으켜서는 자리에 앉아 눈을 비볐던 것이다. 그의 마음에 일어난 감정의 동요를 이해하기 위해 이 장면을 끝까지 그려 보기로 하자. 그는 두 다리를 끌어당기고 일어나 주위를 둘러보았다. 그는 자신이 마법의 저주에서 풀려나 구원되고 해방된 것을 알았다. 자신의 힘으로 풀려난 것이 아니라 원초적인 외부의 힘에 의해 내쫓긴 셈이지만, 그는 이런 사실을 인정하고 얼굴이 붉어지지 않을 수 없었다. 외부의 힘에게는 그가 풀려난 것이 아주 보잘것없는 부차적인 일에 불과했다. 하지만 그의 하찮은 운명이 세계의 보편적인 운명에 가려 사라져 버리긴 했어도, 그럼에도 불구하고 무언가 그를 개인적으로 생각해 주는 신의 자비와 정의가 그 속에 표현된 것이 아니었을까? 삶이 죄 많은 걱정거리 자식을 다시 받아들이기 위해서는, 수월한 방법으로가 아니라 역시 이렇게 심각하고 준엄한 방식으로, 어쩌면 삶을 의미하는 것이 아니라, 이 경우에는 죄인인 그에게 세 발의 예포(禮砲)를 쏘아 올리는 것을 의미할지도 모르는 시련의 형태로 일어날 수 있었다. 그리하여 그는 두 무릎을 꿇고, 유황 냄새가 진동하는 어두운 하늘이지만 더 이상 죄 많은 마의 산의 동굴 천장이 아닌 하늘을 향해 얼굴과 두 손을 쳐들었다.

세템브리니는 한스 카스토르프가 이렇게 두 무릎을 꿇고 있는 것을 보았다. 물론 이는 자명하게도 지극히 비유적인 표현이다. 정말이지 우리가 알기로는 예의범절을 중시하는 우리의 주인공이 그런 연기를 할 리 만무하기 때문이다. 실제 현실에서는 사부는 제자가 짐을 꾸리는 것을 보았다. 잠에서 깨어난 순간부터 한스 카스토르프는 요양원 사람들이 평지의 폭발적인 청천벽력에 혼비백산해 혼란의 와중에서 무모한 출발의 소용돌이에 휩쓸려 들어가는 것을 보았기 때문이다. '고향'은 공황 상태에 빠진 개미 떼 같았다. 이 위의 사람들은 5천 피트의 높이에서 시련을 겪고 있는 평지로 곤두박질하여 추락해 갔다. 승강대에는 소형 열차를 타려고 몰려든 사람들로 발 디딜 틈이 없었으며, 플랫폼에 산더미처럼 줄지어 쌓여 있는 짐을 버리고 떠나는 사람도 속출했다. 탄내 나는 후텁지근한 바람이 평지에서 사람들이 우글거리는 역의 상공으로 불어오는 것 같았다. 한스 카스토르프도 이들과 함께 추락해 갔다. 혼잡한 가운데 로도비코는 그를 껴안았다. 문자 그대로 그를 두 팔로 껴안고, 남국인처럼 (또는 러시아인처럼) 두 뺨에 입맞춤을 하여, 무모한 출발을 감행하는 청년은 말할 수 없이 불안한 가운데 적지 않게 난처해했다. 하지만 기차가 떠나는 마지막 순간에 세템브리니는 그를 이름으로, 즉 '조반니'라고, 개화된 서구 문명사회에서 흔히 사용하는 '당신' 대신에 '너'라고 불러서 한스 카스토르프는 하마터면 마음의 평정을 잃을 뻔했다!

"드디어 돌아가는군." 그가 말했다. "이제야 떠나는군! 잘 가, 조반니! 네가 이와는 다른 방식으로 떠나길 바랐는데. 하지만 그게 다름 아닌 신의 뜻이라면 어쩌겠나. 나는 네가 일하러 가기를 바랐는데, 이젠 네 형제들 틈에서 싸우겠지. 아, 우리의 소위가 아니라 네가 싸우게 되다니, 이 무슨 운명의 조화란 말인가. 피로 맺어진 편에 서서 용감하게 싸우게! 이제 더 이상 무얼 할 수 있겠나. 하지만 우리나라도 정신과 이기심이 명하는 편에 서서 힘껏 싸우도록 나에게 남겨진 힘을 다 쓰더라도 나를 용서해 주게나, 살 가세!"

한스 카스토르프는 사람들이 빼곡히 머리를 내민 차창 밖으로 얼굴을 내밀었다. 그는 이들 위로 손을 흔들었다. 세템브리니도 왼손 약손가락 끝으로 부드럽게 눈시울을 누르며 오른손을 흔들었다.

우리가 있는 곳이 어디일까? 저것은 무엇일까? 꿈이 우리를 어디로 데려간 걸까? 어스름, 비와 더러운 진창, 흐릿한 하늘을 붉게 물들이는 불꽃, 쉴 새 없이 하늘을 울리고 축축한 공기를 채우는 묵직한 포성. 갈기갈기 찢긴 날카로운 소리와 지옥문을 지키는 개*처럼 미친 듯이 날뛰며 으르렁거리는 소리가 귀청을 때린다. 그 소리는 갈라지고 뿜어져 나오며, 꽝 하고 터지고 활활 불타오르는 것으로 끝이 난다. 신음소리와 비명소리, 터질 듯이 요란하게 울리는 나팔 소리, 점점 빠른 템포로 두들겨 대는 북소리가 공기를 가득 채우고 있다. 저기에 숲이 있다. 숲에서는 무색의 무리들이 쏟아져 나오며, 달리고 넘어지고 뛰어오른다. 저기에는 언덕의 열이 줄지어 있고, 멀리 그 뒤에는 화염이 피어오른다. 그 불길은 바람에 나부끼며 때때로 하나의 불길로 활활 타오르기도 한다. 우리들 주변에서 물결처럼 출렁이는 밭은 포탄에 파헤쳐져 푸석해져 있다. 진흙투성이의 국도는 부러진 나뭇가지로 뒤덮여 있어 마치 숲을 방불케 한다. 깊이 패어 흙탕 구덩이가 되어 버린 들길이 국도에서 갈라져 활 모양을 이루며 언덕 쪽으로 사라져 가고 있다. 잎이 떨어지고 가지가 꺾인 나무 그루터기들이 찬비를 맞으며 휑하니 솟아 있다. 여기에 도로 표지판이 있다. 읽어 보려 해도 아무 소용이 없다. 어스름한 저녁 때라 글씨가 잘 보이지 않고, 표지판도 포격으로 찢겨 있다. 여기가 동쪽인가, 아니면 서쪽인가? 여기는 평지이고 전쟁터이다. 그리고 우리는 겁먹고 길가에 서 있는 그림자들이다. 안전하게 그림자 상태로 있는 것이 부끄러워, 호언장담하거나 허풍을 떨고 싶은 생각은 조금도 없다. 하지만 우리가 이야기의 영(靈)에 이끌려 이곳에 온 것은 저 숲 속에서 무리 지어 달려 나와 넘어지며, 북소리를 따라 앞으로 나아가는 무색의 전우들 중에서, 우리의 시야에서 그의 모습이 영원히 사라지기 전에 우리가 오랜 세월 알고 지냈으며 자주 그의 목소리를 들었던 우리의 길동무, 선량한 죄인의 얼굴을 다시 한 번 보기 위해서이다.

카스토르프의 전우들이 이곳으로 온 것은 하루 종일 계속된 전투에 최후의 일격을 가하기 위해서였고, 이틀 전에 적에게 빼앗긴 저 언덕 위의 진지와 그 뒤의 불타는 마을들을 탈환하기 위해서였다. 이들은 지원병으로 편성된 연대인데, 대부분이 대학생인 젊은 이들로 일선에 온 지 얼마 안 되었다. 이들은 밤에 비상 출동 명령을 받고 아침까지 기차를 타고 왔으며, 빗속에 오후까지 차마 길이라고 할 수 없는 진흙탕을 행군했다. 도로는 온통 막혀 있었다. 이들은 비를 흠뻑 맞아 무거워진 외투를 입고 돌격 장비를 지닌 채 밭과 질척거리는 땅을 일곱 시간 동안이나 강행군했다. 이는 요양원의 기분 좋은 산책과는 전혀 다른 것이었다. 장화를 진흙탕에 빼앗기지 않으려면 거의 한 발 내디딜 때마다 엎드려 손가락으토 구두의 허 기죽을 잡고 질처거리는 진흙탕에서 발을 빼내야 했다. 이리하여 작은 풀밭을 지나가는 데 한 시간이나 걸렸다. 이렇게 하여 이들은 이제 이곳에 도착했다. 젊은 혈기로 온갖 장애를 극복했던 것이다. 흥분하고 기진맥진한 상태였지만, 마지막 남은 에너지를 다해 긴장하고 있는 육체는 자지도 먹지도 못했지만 잠과 음식을 바라지 않았다. 턱에 가죽 끈을 두르고, 비와 땀에 젖은 데다 흙탕물로 뒤범벅이 된 얼굴은, 회색 천으로 붙잡아맨 옆으로 비뚤어진 철모 아래에서 벌겋게 상기되어 있었다. 이들의 얼굴이 붉게 상기된 것은 긴장 때문에, 그리고 숲 속의 진창길을 행군하는 동안에 아군이 입은 손실을 목격했기 때문이다. 이들의 진격을 알고 있는 적이 유산탄과 구경이 큰 수류탄을 퍼부어 이를 저지했기 때문이다. 숲을 지날 때부터 이들에게 저지 포격이 가해져 으르렁거리는 소리를 내며 파편 조각이 산지사방으로 튀어 올랐고, 잔뜩 파헤쳐진 넓은 밭이 온통 화염에 휩싸였다.

흥분한 3천 명의 소년병들은 빗발치는 포탄을 뚫고 돌진해야 한다. 증원병인 이들은 총검을 들고 언덕 전후의 참호와 불타고 있는 마을을 향해 돌격해야 하고, 지휘관의 호주머니에 들어 있는 명령서에 적힌 대로 특정한 지점까지 돌격하는 것에 협조해야 한다. 3천 명으로 증원병을 편성한 것은 언덕과 마을에 도달할 때면 이들이 1천 명으로 줄어들 것으로 예상했기 때문이다. 이것이 3천 명으로 편성된 의미이다. 이들은 아무리 많은 인명 피해가 나더라도 싸워서 이겨야 한다. 대오에서 떨어져 나가 낙오하는 자가 있어도 계속 1천 명의 목소리를 합하여 승리의 만세를 외치지 않으면 안 된다. 이들은 그러한 의도로 편성된 하나의 거대한 육체인 것이다. 강행군을 하는 가운데 벌써 여러 사람이 낙오하여 떨어져 나갔다. 그런 자는 너무 어리고 약해 강행군을 견딜 수 없음이 증명되었다. 그런 자는 얼굴이 창백해지고 비틀거리면서, 이를 악물고 버티려고 하지만 결국 낙오하고 마는 것이다. 이들은 행군 대열 옆에서 한동안 몸을 질질 끌면서 걸어가지만, 대열에서 점점 처지다가 어느덧 모습이 사라지고는 진흙탕 속에 쓰러져 죽음을 기다렸다. 그러면서 포탄이 작렬하는 숲에 당도한 것이다. 그래도 숲에 떼 지어 모여드는 인원이 아직 적지 않다. 3천 명은 약간의 사상(死傷)에는 꿈쩍도 않고 견디며 여전히 밀집 부대를 이루고 있다. 이들은 비를 맞으며 포탄이 퍼붓는 도로, 들길 그리고 진흙탕이 되어 버린 밭으로 쏟아져 나온다. 그리하여 길가에서 구경하는 우리는 이들 한가운데로 들어가게 된다. 숲 가장자리로 나가자 이들은 익숙한 솜씨로 부리나케 총에 검을 꽂는다. 요란하게 나팔 소리가 울리고, 북소리가 좀 더 저음의 천둥소리처럼 들린다. 청년들은 요란한 함성을 지르며, 밭의 진흙이 볼품없는 이들의 장화에 납덩이처럼 달라붙어 있기 때문에 악몽에서처럼 떨어지지 않는 무거운 발을 끌며 무작정 돌격해 간다.

이들은 으르렁거리며 날아오는 포탄들 앞에서 몸을 엎드렸다가 다시 일어나서는, 포탄에 맞지 않는 한은 젊은이답게 요란한 함성을 지르며 계속 돌격해 간다. 이들은 포탄에 이마며 심장이며 복부를 맞아 팔을 허우적거리며 쓰러진다. 이들은 진흙탕에 얼굴을 파묻고 누워 다시는 꿈쩍도 하지 않는다. 어떤 자들은 배낭을 등에 깔고 뒷머리를 땅에 처박은 채 쓰러져 누 손으로 허공을 붙잡으려고 한다. 그래도 숲에서는 새로운 병력이 쏟아져 나와, 엎드렸다 일어나며 고함을 지르거나 말없이, 쓰러진 전우들 사이를 뚫고 비트적거리며 앞으로 계속 전진해 간다.

배낭을 메고 검을 꽂은 젊은 피들, 진흙투성이의 외투와 장화를 신은 젊은 피들! 우리는 인문주의적이고 심미적인 방법으로 이들의 다른 모습도 그려 볼 수 있다. 만(灣)에서 말을 어루만지며 씻겨 주는 모습, 애인과 해변을 거니는 모습, 사랑스러운 신부의 귀에 대고 속삭이는 모습, 행복하고 다정하게 활 쏘는 법을 가르치는 모습도 그려 볼 수 있다. 그러나 여기선 그렇지가 않다. 그들은 지금 포탄이 쏟아지는 진창에 코를 처박고 쓰러져 있다. 끝없는 불안과 어머니에 대한 절절한 그리움을 뒤로하고, 이들이 이곳으로 기꺼이 달려온 것은 그 자체로 우리를 부끄럽게 하는 숭고한 행위이다. 그렇다고 해서 이들을 그런 상태에 빠뜨릴 이유는 되지 않을 것이다.

저기에 우리의 낯익은 친구, 우리의 한스 카스토르프가 있다! 이류 러시아인 석에 있을 때부터 자라게 내버려 둔 턱수염으로 우리는 아주 멀리서도 대번에 그를 알아볼 수 있다. 그는 다른 모든 전우들과 마찬가지로 비와 땀에 흠뻑 젖은 얼굴이 붉게 상기되어 있다. 그는 착검한 총을 든 손을 내려뜨리고 밭의 진흙이 달라붙어 무거워진 발로 달리고 있다. 보라, 그는 쓰러져 있는 전우의 손을 밟았다. 찢긴 나뭇가지가 흩어져 있는 진창에 깊이 파묻힌 손을 징이 박힌 장화로 밟은 것이다. 그럼에도 그는 한스 카스토르프가 분명하다. 그런데 대체 웬일일까, 그가 노래를 부르고 있지 않은가! 멍하니 아무 생각 없이 흥분한 가운데, 자신도 모르게 혼자 중얼거리듯, 가쁘게 숨을 몰아쉬며 조그마한 소리로 노래를 흥얼거리고 있다.

가지에 새겨 놓았노라,
수많은 사랑의 말을—

그는 쓰러진다. 아니, 지옥문을 지키는 개가 으르렁거리기 때문에, 즉 폭발하며 터지는 대형 수류탄, 넌더리나는 지옥의 원추형 포탄이 날아오기 때문에 몸을 납작 엎드린 것이다. 그는 차가운 흙탕물에 얼굴을 파묻고 두 다리를 벌린 채 발끝을 비틀어 뒤꿈치를 땅에 대고 엎드린 것이다. 포악해진 과학의 산물이 무시무시한 힘을 싣고 날아와 그의 앞으로 비스듬히 30보 떨어진 지점에 악마처럼 땅 속 깊숙이 들이박히며, 그곳에서 무시무시한 힘으로 폭발하여, 흙덩이며 불이며 철이며 납이며 산산조각이 난 인체를 집채만큼 높이 분수처럼 솟구치게 한다. 거기에는 두 명의 친구가 엎드려 있었다. 이들은 다급한 나머지 한데 엉겨붙어 있다가, 이제 포탄에 맞아 뒤범벅이 된 채 사라져 버린 것이다.

아, 안전하게 그림자 상태로 지켜보는 게 얼마나 부끄러운 일인가! 이제 이야기를 그만 하기로 하겠다! 우리가 잘 아는 친구가 맞을까? 그는 순간 당했다고 생각했다. 커다란 흙덩이가 그의 정강이에 부딪쳐 좀 아팠지만, 그 정도야 별거 아니었다. 그는 몸을 털고 일어서, 흙이 달라붙어 무거운 발을 이끌고 다리를 설며 살시사로 계속 걸어가면서, 자신도 모르게 노래를 흥얼거린다.

가지가 살랑거리네,
나를 부르는 듯이 —

이리하여 그는 아비규환 속으로, 빗속으로, 어스름 속으로 우리의 눈에서 사라져 간다.

잘 가게나, 한스 카스토르프, 인생의 진실한 걱정거리 녀석이여! 너의 이야기가 다 끝났어. 우리는 너의 이야기를 끝마친 셈이야. 짧지도 길지도 않은 연금술적인 이야기였지. 우리는 이야기 자체를 위해 너의 이야기를 한 것이지, 너를 위해 그 이야기를 한 것은 아니었어. 너는 평범한 청년이었기 때문이야. 그러나 결국 이건 너의 이야기였어. 이런 이야기가 너에게 일어난 걸 보면 보기와는 달리 네가 보통내기가 아닌 게 분명해. 그리고 우리가 이야기를 하는 가운데 너에게 교육자적인 애착을 느낀 것을 부정하지는 않겠어. 그리고 이러한 애착으로 말미암아 우리가 앞으로 너를 볼 수도 없고 너의 목소리를 들을 수도 없다고 생각하니, 손가락 끝으로 눈시울을 살짝 누르고 싶어지는구나.

잘 가게나. 네가 살아 있든 그대로 사라지든 간에 말이야! 너의 앞날이 밝지만은 않을 거야. 네가 말려 들어간 사악한 무도회에서 앞으로 몇 년간은 죄 많은 춤을 출 것이기 때문이지. 네가 살아 돌아오리라고는 크게 기대하지 않겠네. 솔직히 말하면, 우리는 별로 걱정하지 않고 이 질문을 해결하지 않은 상태로 놓아둘 거야. 네가 겪은 육체와 정신의 모험은 너의 단순성을 고양시켜, 육체 속에서는 그렇게 오래 살 수 없겠지만 정신 속에서는 오래도록 살아남게 했어. 너는 예감에 가득 차 '술래잡기'에 의해 죽음과 육체의 방종에서 사랑의 꿈이 생겨나는 순간들을 체험했어. 온 세상을 뒤덮는 죽음의 축제에서도, 사방에서 비 내리는 저녁 하늘을 불태우는 열병과도 같은 사악한 불길 속에서도, 언젠가 사랑이 샘솟는 날이 올 것인가?

29 "석류": 구약성서 아가 서에서 솔로몬은 처녀의 몸을 석류에 비유함.

30 "라치 마우지 팔리": 이탈리아인이 발명한 쥐덫으로, 여기서는 세템 브리니를 비꼬는 의미와 자신이 쉬넬에 걸려 꼼짝 못하게 되었다는 뜻을 함께 내포함.

59 "오일렌슈피겔": 14세기 독일의 시골 사기꾼. 그의 여러 가지 유쾌 한 장난은 수많은 민간설화와 문학의 원천이 됨.

64 "아레티노": Pietro Aretino(1492~1556). 르네상스 시대 이탈리아 의 문필가이자 작가.

65 "시에나": 이탈리아 중부 토스카나 자치주에 있는 도시 이름.

69 "클레르보의 베르나르": Bernhard de Clairvaux(1090?~ 1153). 중 세의 대 수도원장으로, 십자군 원정 설교사이자 신비가, 시토 교단 수도사.

79 "브레너": 이탈리아 북부의 국경 지방으로, 북쪽의 볼차노 주와 남쪽의 트렌토 주로 이루어져 있음. 제1차 세계대전 후에 이탈리아에 합병됨.

94 "헬라스": 그리스, 특히 고대 그리스를 일컫는 말.

107 "코페르니쿠스": Nicolaus Copernicus(1473~1543). 폴란드의 천문 학자로 지동설을 주장함.

"프톨레마이오스": Ptolemaeos Claudios(85?~165?), 그리스의 천문학자이자 지리학자로 천동설을 주장함.

"아우구스티누스": Aurelius Augustinus(354~430). 알제리 연안 출신의 철학자로, 당시 서방 교회의 지도자이자 고대 그리스도교의 가장 위대한 사상가. 45세 때 쓴 『고백록』은 12년 전 로마 가톨릭에 귀의함으로써 끝난 그의 방황과 유년 시절을 기록한 책임.

108 "주의주의": 의지와 지성의 관계에 대한 좀 더 정교한 심리학적, 형이상학적 분석을 통해 의지의 자율성과 능동성을 증명하는 데 주된 관심이 있었던 주의.

109 "콘스탄티누스 대제": Constantinus(274?~337). 고대 로마 황제(재위 306~337)로, 그의 개종에 힘입어 로마 제국은 그리스도교 국가로 변모하기 시작했으며, 그의 추진력 덕분에 형성된 그리스도교 문화는 비잔틴 제국과 서유럽의 중세 문화가 발전할 수 있는 길을 열었음.

137 "폴리크라테스의 반지": 신동이었던 코른골트(E. W. Korngold)가 19세 때 발표한 오페라 이름.

144 "리비도": 성욕이나 성적 충동.

151 "전설에 따르면 …… 호수": 독일과 스위스 사이에 있는 보덴 호수가 그곳에 있음.

154 "템푸스": Tempus. 시칭.

"템페라투어": Temperatur. 체온.

175 "상 파울리": 함부르크의 환락가.

190 "경건한 기능 시험": 유대교에서는 가축을 때려죽이는 것을 금지하고 경동맥, 기관 및 식도를 칼로 따고 피를 빼서 죽게 함.

191 "모세 오경": 구약성서의 창세기, 출애굽기, 레위기, 민수기, 신명기를 말함.

194 "성무 일과서": 가톨릭에서 기도의 말과 찬송가를 모은 책을 말함.

198 "시신의 사원": 연극 공연장을 일컫는 말.

199 "무어인": 서북 아프리카의 흑인.

205 "신전 기사 수도회": 1119년 제1회 십자군 원정 후 순례자들을 보호하고 이교도를 격퇴할 목적으로 창설됨.

219 "베잘 씨는 …… 용서해 주기 바랍니다": '슬픔'이 독일어로 베잘(Wehsal)이기 때문에 베잘이 자신을 가리키는 말로 오해할 소지가 있음.

227 "원수는 내가 갚으리라": 로마서 12장 19절 참조.

251 "메르쿠리우스": 사자(使者)의 신, 상업의 신. 그리스 신화의 헤르메스에 해당함.

310 "로욜라": Ignacio de Loyola(1491~1556). 1534년에 설립된 예수회 교단의 창시자.

318 "바이스하우프트": Johann Adam Weishaupt(1748~1830). 계명 결사 창시자인 바이스하우프트는 예수회 교단의 반대자로 종교적, 정치적 견해가 점차 자유주의적으로 변함. 이신론과 공화제를 선호함.

319 "장미 십자회": 접신술, 자연과학, 연금술 지식을 함양하던 17세기 초에 생긴 단체.

321 "성체 변화": 성체 성사에서 빵과 포도주가 그리스도의 몸과 피로 변함.

324 "이시스": 이집트의 저승의 신 오시리스의 아내.
"엘레우시스": 고대 그리스에서 가장 유명한 비밀 종교 의식.

342 "고르고": 그리스 신화에서 자신을 보는 사람을 돌로 변하게 했다는 세 괴물 중 하나.

343 "세이첸토": 17세기 이탈리아 바로크 시대의 미술 및 문예 양식.
"볼프람 폰 에셴바흐": Wolfram von Eschenbach(1170?~1220?). 중세 독일의 기사이자 작가로, 대서사시『파르치팔』을 쓴 것으로 알려짐.

386 "7인의 성인": 기독교도에 대한 박해를 피해 200년 동안 바위굴 속에서 잠들어 있다가 깨어났다는 전설 속 7인의 성인을 말함.

402 "제니버": 네덜란드의 화주로, 진의 일종.

403 "'돈 자석'이라고 …… 불렀다!": 자석(Magnet)과 부호(Magnat)라는 단어가 비슷함.

473 "로센가르텐": 기사 문학에 니오는 동회품이 장미 정원.

493 "겟세마네 동산": 예루살렘 근방의 감람 동산으로, 예수 그리스도가 체포된 곳.

557 "구적법": 평면기하도형의 넓이와 부피를 계산하는 방법.
"차하리아스 다제": Zacharias Dase(1824~1861). 독일의 유명한 계산가.

571 "스트라디바리우스": Stradivarius(1644~1737). 이탈리아의 유명한 바이올린 제작자로, 여기서는 그가 제작한 바이올린을 가리킴.
"폴리힘니아": 아홉 명의 여신들 중 서정시와 찬가의 여신.

574 "스피넷": 16~17세기에 사용된 건반이 달린 발현 악기의 일종.

576 "「호프만의 이야기」": E. T. A. 호프만의 세 가지 단편들을 기초로 오펜바흐가 작곡한 3막의 오페라.

579 "포르타멘토": 한 음에서 다른 음으로 부드럽게 옮아가는 창법이나 연주법.

632 "연자 맷돌을 …… 더 낫다": 누가복음 17장 2절 참조.

654 "자간(子癎)": 임신, 분만 및 산욕기에 경련 발작과 의식 상실을 일으키는 질환으로, 신장염이 있는 임산부가 잘 걸림.

676 "재앙의 징후": 메네테켈(Menetekel). 바빌론의 몰락을 천사가 경고한 고사에서 비롯함.

679 "헤켈": August Haeckel(1834~1919). 다윈의 진화론을 독일에 알린 동물학자, 의사 및 철학자로, 인간의 특수한 계통수를 작성함.

682 "발할": 북구 신화에서 용감하게 싸우다 죽은 전사자가 사는 혼령의 사당. 보통의 사망자는 헬(Hel)이라는 명부에 들어감.

712 "뤼틀리의 서약": 1291년 오스트리아에 대항하여 스위스 건국의 기초를 이룩한 슈비츠, 우리, 운터발덴 세 지방의 맹약.

716 "슐뤼셀부르크": 러시아의 네바 강 어귀의 한 섬에 있는 요새.

720 "지옥문을 지키는 개": 지옥문을 지키는 머리가 셋 달린 개 케르베로스. '무덤의 악마'라는 뜻임.

삶과 정신의 아이러니스트 토마스 만의 생애와 작품

홍성광

1. 토마스 만의 생애

1) 제1차 세계대전 이전(1875~1913)

파울 토마스 만은 1875년 뤼베크에서 곡물상인 토마스 요한 하인리히 만의 아들로 태어났다. 작가 하인리히 만(1871~1950)은 그의 형이다. 그의 어머니 율리아는 독일인 아버지와 포르투갈계 브라질인 어머니 사이에서 태어났다. 아무런 부족함이 없는 가정에서 자란 토마스 만은 나중에 자신의 유년 시절을 "잘 보살핌 받아 행복했다"고 썼다.

부유한 사업가이자 네덜란드 영사로 부와 권력, 명예를 함께 누린 아버지는 시(市) 의원을 지내다가 부시장이 된 인물이었고, 어머니는 『부덴브로크 가의 사람들』에 나오는 게르다 부덴브로크처럼 음악적 재능이 뛰어났다. 만은 아버지에게서는 엄격하고 철두철미한 시민적 기질을, 어머니에게서는 예술가적 기질을 이어받았다고 볼 수 있다. 『부덴브로크 가의 사람들』에 나오는 하노처럼 19세기 말의 군국주의적이고 강압적인 학교를 싫어한 그는 음악, 시, 연극의 세계에 경도되었다. 이런 모습은 아들에게서 시민적 활력을 기대하던 아버지에게 실망을 안겨 주었다.

1891년 아버지가 세상을 뜬 후 가족들은 뮌헨으로 이주하였으나, 토마스 만은 다니던 고등학교를 마치기 위해 뤼베크에 남았다. 이때 고등학교 교사인 팀페의 집에 하숙하면서 그의 아들 빌리 팀페에게 사랑의 감정을 느끼게 되는데, 이러한 경험이 『마의 산』에서 프리비슬라프 히페로 형상화된다.

토마스 만의 아버지가 사망하자 유언에 따라 사업체와 뤼베크의 집도 팔리게 되었고, 남은 가족은 거기에서 나오는 이자로 생계를 꾸려 나갈 수 있었다. 어려서부터 작가가 되고자 한 토마스 만은 지루한 학교 수업에 흥미를 느낄 수 없었다. 그는 일찍부터 글을 쓰기 시작했고 1893년에는 산문 습작을 했으며, 자신이 발간하는 『봄의 폭풍우』라는 잡지에 글을 기고했다. 그가 문필가라는 자신의 직업을 얼마나 진지하게 생각했는지는 "서정시적이고 드라마적인 작가 토마스 만"이라고 서명한 1889년의 편지에서 잘 드러난다. 그는 뤼베크에서 김나지움 11학년까지 다니다가 1894년에 이미 일년 전에 뮌헨으로 이주한 가족들 곁으로 가서 화재 보험 회사에서 일했다. 1894년에 발표한 단편 「타락」은 문학계에서 호평을 받았다.

1895년에 만은 지긋지긋한 보험 회사를 그만두고 뮌헨 공과 대학에서 미학, 예술 문학, 경제 및 역사 강의를 들었다. 하지만 그에게는 초기의 독서 체험이 더 중요했다. 이미 고등학교 때부터 그를 사로잡았던 하이네나 슈토름에서 시작하여 크누트 함순, 헤르만 바르, 폴 부르제, 헨릭 입센, 그리고 1895년 이후에는 프리드리히 니체가 그에게 중요한 영향을 끼쳤고, 1899년에 쇼펜하우어의 주저 『의지와 표상으로서의 세계』를 읽는다.

하인리히 만과 함께 이탈리아에 갈 생각을 한 그는 즉각 이를 실행에 옮겼다. 목적지는 이탈리아의 로마였다. 1897년에 두 형제는 마침내 로마의 동쪽에 있는 팔레스트리나에 방을 얻었다. 만은 이때 「키 작은 프리데만 씨」를 썼고, 장편 『부덴브로크 가의 사람들』을 쓰기 시작했다. 그리하여 그는 뮌헨 시절 이후의 단편을 모아 『키 작은 프리데만 씨』(1898)라는 표제로 출판하였다. 그 후 만은 1898년 일년 동안 『짐플리치시무스』지의 편집에 가담했다.

만은 1900년 후반기 석 달 동안 명성이 높은 뮌헨의 친위 연대에서 군 복무를 했지만 부적합 판정을 받아 제대했다. 이러한 체험은 나중에 『사기꾼 펠릭스 크룰의 고백』에 반영되었다. 1901년에 두 권으로 나온 『부덴브로크 가의 사람들』은 별로 호응을 얻지 못했지만, 1903년 한 권으로 나온 책은 성공을 거두어 토마스 만의 이름이 세상에 알려지게 되었다. 이 작품은 소설에 나오는 많은 인물들이 뤼베크의 동시대 사람들을 모델로 했음을 알 수 있어서 뤼베크 시민들의 분노를 샀지만, 토마스 만은 작품이 나온 지 28년 후인 1929년 이 소설로 노벨문학상을 수상했다. 이 무렵에 역시 자전적 색채가 강하고 나중에 그가 가장 아끼는 소설이라고 한 명작 「토니오 크뢰거」와 『대공 전하』, 「베네치아에서의 죽음」

등이 발표되었다.

1903년에 두 형제간에 처음으로 불화의 조짐이 보이기 시작했다. 토마스 만은 형이 예술가로서 뒤처진다고 느꼈고, 그의 책들을 '지겹도록 후안무치한 것'이라고 비판했다. 1904년 카타리나(카챠) 프링스하임을 알게 된 만은 그녀에게 구혼해 다음해에 결혼했다. 1912년 결핵 증상을 보인 카챠는 다보스의 요양원에 입원하게 되었다. 하지만 요양원에서는 그녀에게서 폐결핵의 징후를 찾지 못했고, 증세는 더욱 나빠져 그녀는 6개월 후에 그냥 퇴원하고 말았다. 그녀는 이를 마음의 병이 육체로 옮아간다는 심신의학적인 질병이라고 말했다.

1912년 5월과 6월 사이의 몇 주 동안 아내를 문병 간 토마스 만은 요양원의 분위기와 그곳에 체류하는 손님들의 모습뿐만 아니라 자신이 직접 겪은 인상에도 매료되었다. 이런 체험을 삽화로 모으려고 했는데, 이것이 점점 방대해져서 12년 후에 완성된 것이 소위 그의 문학의 정점을 이루는 『마의 산』이다. 1913년 그는 『마의 산』을 쓰기 시작하여 1915년에 중단했다가 제1차 세계대전이 끝난 후에 다시 쓰기 시작하여 1924년에야 완성하게 되었다.

2) 제1차 세계대전과 바이마르 공화국 시대

1914년 제1차 세계대전이 발발하자 독일 제국의 일반적인 분위기에 편승한 작가들은 이를 환영하고 환호하기까지 했다. 당시까지 비정치적이고 보헤미안적인 예술가 입장을 취하면서, 정치적인 문제에 공개적으로 견해를 밝힌 적이 없는 토마스 만은 「전쟁

중의 생각」이라는 에세이에서 국수주의적이고 보수적인 편에 서서 전쟁을 옹호함으로써 사람들을 놀라게 하였다. 이 에세이는 야만에 대항하는 문명의 전쟁이라는 영국과 프랑스의 전쟁 슬로건에 자극을 받아 쓴 것이다.

제1차 세계대전이 발발하자 그는 창작을 중단하고, 「프리드리히 대왕과 대동맹」, 『비정치적 인간의 고찰』, 「독일 공화국에 관해서」 등의 정치 평론을 발표하여 자기의 정치적 자세를 밝힘과 동시에 시민적 자유를 옹호하였다. 『비정치적 인간의 고찰』에서 문명과 정치를 비판하고 보수주의와 문화를 변호하는 글을 쓴 그는 종전 후 「독일 공화국에 관해서」에서는 이러한 견해를 버리고 민주주의적 입장을 밝혀 시대의 추세에 발을 맞추었다. 1922년에 발표된 「독일 공화국에 관해서」에서 처음으로 토마스 만의 정치적 견해가 변화했음이 드러난다. 그는 비정치적 태도를 지양하고 교화적, 비판적 사회 참여의 태도를 취하게 된다. 그는 고답적인 입장에서 정치, 사회적 영역을 경시하는 것을 옳지 못한 태도로 보았다. 그는 새로운 관점에서 국수주의를 유럽 개개 민족의 변덕스런 감정이라고 비판했고, 게르만 민족의 이교 숭배인 보탄 숭배를 낭만적 야만성이라고 비판했다.

토마스 만이 바이마르 공화국을 옹호한 것은 독일에서 정신과 권력의 대립, 사상과 행동의 불일치에 융화를 꾀하고, 독일의 문화적 고답성과 정치적 후진성의 모순을 해소하고, 독일이 고립적인 자부심을 버리고 유럽의 민주주의에 참가할 것을 열망했기 때문이었다.

1929년에 노벨문학상을 받은 그는 나치스의 세력 확장에 위협을 느끼고 파시즘을 희화화한 「마리오와 마술사」를 발표하였고, 이어 강연을 통해 나치스의 위험성을 경고하였다. 1933년 히틀러가 정권을 장악하자 토마스 만은 히틀러의 바그너 우상화를 공격하였다. 그는 「리하르트 바그너의 고뇌와 위대함」에 대한 강연 여행을 하러 외국으로 떠난 후 망명 생활에 들어가 프랑스, 스위스 등지에서 머물렀다. 그 동안 그는 나치스로부터 귀국할 것을 종용받았으나 응하지 않았기 때문에 독일 국적과 아울러 본 대학에서 받은 명예박사 학위도 박탈당했다.

3) 제3제국 시대

토마스 만은 처음에는 독일에서 자신의 책이 출판 금지되는 것을 피하기 위해 히틀러의 제3제국을 공개적으로 비판하는 일을 주저했다. 그래서 그는 망명 초기에는 망명가들과 연대하지 않고 개인적으로 반 나치스 투쟁을 하려고 했지만 나중에 생각을 바꾸어 그들의 입장에 동조했다. 이리하여 토마스 만은 독일 망명자들 중 가장 핵심적인 인물이 되어 1935년 4월 1일에 처음으로 나치 정권에 대해 공개적 반박을 하기에 이르렀다.

히틀러가 권력을 잡음으로써 독일공화국이 붕괴되고 민주주의가 다시 사라지게 되자 토마스 만은 독일 국민과 정치에 대해 회의에 빠진다. 그는 독일의 편협한 지방주의와 반유럽적이고 이기적인 민족 공동 의식 말고도 독일인의 몽상적인 이상주의가 독일인들로 하여금 범죄를 저지르게 한다고 단정지었다.

4) 독일 귀국 문제

1938년 미국 캘리포니아로 이주한 토마스 만은 후에 프린스턴 대학의 객원 교수가 되어 강연이나 라디오 방송을 통해 인류의 적 나치스의 타도를 부르짖었다. 그리고 이 기간에 그는 『바이마르의 로테』, 『파우스트 박사』 등을 발표하였고, 1944년에는 미국 시민권을 얻었다.

전쟁이 끝나자 독일에서는 그에게 귀국하라고 요청하는 소리가 높았다. 그러나 언어가 다른 나라에서 작가로서 가혹한 운명을 겪은 그에게 조국에서 쫓겨난 상처는 너무나 깊어 모국이 이질적으로 생각되었다. 1947년 1월 『파우스트 박사』의 집필을 끝낸 토마스 만은 4월부터 여름에 걸쳐 아내 카차, 장녀 에리카와 함께 유럽을 방문했다. 도중에 그는 5월 23일 런던에서 독일이 어려움에 처해 있는 것은 이해하고 동정하지만 당분간은 독일에 돌아가지 않겠다는 메시지를 발표했다. 그리고 1949년 7월 23일 토마스 만은 괴테 탄생 200주년 기념 강연 청탁을 받아 무려 16년 만에 다시 독일 땅을 밟았다.

76세 때인 1951년에 그는 근친상간을 저지른 죄를 속죄하고 은총을 받게 되는 교황을 묘사한 장편 『선택된 인간』을 집필하였다. 토마스 만은 사회주의의 기본 이념인 사회적 평등을 존중했지만 현실의 공산주의에 대해서는 찬성하지 않았다. 그는 구동독 정권에 대해서는 분명히 거부 의사를 밝혔지만 당시 공산주의자를 사냥하던 미국의 매카시 위원회는 이를 무시하고 그를 공산주의자로 몰았다. 토마스 만 부부는 1952년 드디어 미국을 떠나 스위스의 취리히로 향했다. 그는 동서독 중 어느 한쪽을 택하지 않고 통합 독일을 고대하면서 독일과 가까운 중립국 스위스를 안식처로 정하고 그곳에서 1955년 일생을 마쳤다.

토마스 만은 죽은 지 20년 후에 자신의 일기를 공개해도 좋다고 유언해, 그의 일기는 1977년부터 1991년에 걸쳐 멘델스존과, 그가 죽은 후 엔스에 의해 10권으로 편집되어 나왔다. 그는 학창 시절부터 쭉 일기를 써 왔는데 1896년 뮌헨에서 자신의 일기를 처음으로 불태웠다. 그리고 1945년에는 1933년 이전의 일기를 또 소각하는 바람에 현재 남아 있는 것은 1918~1921년과 1933~1955년의 일기들뿐이다. 이는 자신의 동성애적 성향을 은폐하거나, 자신의 정치적 이미지를 훼손하지 않으려는 의도로 보인다. 그의 동성애적 사랑의 대상들은 그의 문학 작품에 등장해 영원한 생명을 얻게 된다. 아르민 마르텐스는 「토니오 크뢰거」에, 빌리 팀페는 『마의 산』에, 파울 에렌베르크는 『파우스트 박사』에, 클라우스 호이저는 암피트리온에 관한 에세이 서문에 등장한다. 특히 1950년의 일기에 따르면 토마스 만은 취리히의 한 호텔에서 마주친 웨이터 프란츠 베스터마이어에 대한 사랑에 빠졌는데, 그는 『사기꾼 펠릭스 크룰의 고백』에서 호텔 웨이터 펠릭스의 모습으로 형상화되고 있다. 또한 그의 일기를 살펴보면 『베네치아에서의 죽음』에서 구스타프 아셴바흐는 깊은 의미에서 토마스 만의 문학적 자아라는 사실을 새삼 확인할 수 있다. 이처럼 토마스 만은 앙드레 지드나 아들 클라우스 만과는 달리 자신의 성적인 성향을 밝히지 않고, 평생 자신의 비밀인 동성애적 욕망을 억누르면서

이를 성적 탐미주의로 승화시켜 작품 창작의 커다란 원동력이자
자극으로 삼았다.

2.『마의 산』 해설

1) 생성사 및 줄거리

1912년 토마스 만은 아내가 가벼운 폐렴 증상으로 스위스의 다
보스 요양원에 입원하자 그녀를 찾아가 3주 가량 묵은 적이 있었
다. 요양원 의사가 그에게도 폐렴 증세가 있으니 그곳에 입원하
라고 권유했지만 그는 카스토르프와 달리 하산하여, 1912년 이
때의 경험을 바탕으로 「베네치아에서의 죽음」에 대응하는 작품
으로 명랑하고 아이러니컬한 사티로스극(비극 다음에 등장하는
익살극)을 계획하여 단편으로 쓰려고 했다. 그런데 그것이 점점
방대해져서 12년 후에 완성된 것이 소위 그의 문학의 정점을 이
루는『마의 산』이다.

『마의 산』은 제1차 세계대전이 일어나기 일년 전인 1913년 7월
에 처음 시작되어 1915년 8월에 일단 집필이 중단되었다. 그사이
토마스 만은 전쟁에 대한 자신의 보수적인 견해를 담은『비정치적
인간의 고찰』을 집필했다. 그러다가 전쟁이 끝난 후인 1919년에
이미 쓴 것까지 고쳐서 1921년 5월에 절반가량을 썼다. 1923년 초
에 유명한 '눈'의 장(章)을 썼으며 1923년 말에 '페퍼코른' 장을
쓰고 1924년 9월 27일에 집필을 마쳤다.

'나의 산'은 스위스 고산 지대인 다보스에 있는 폐결핵 요양원 '베르크호프'이다. 대학에서 조선 공학을 전공하고 이제 막 조선 기사 시험에 합격하여 곧 함부르크의 조선소에 취직할 23세의 청년 한스 카스토르프가 이곳에 도착한다. 환자로 입원하기 위해서가 아니라 이미 입원해 있는 사촌을 문병하기 위해 3주 예정으로 온 것이다. 사촌 요아힘 침센은 사관후보생이었으나 폐병이 들어 다보스 요양원에서 요양 중이다.

이곳에 도착한 카스토르프는 자기도 폐결핵의 징후가 있어 침센과 같이 요양 생활을 하게 된다. 그는 점차 고원 지대에 있는 요양원의 마적(魔的)인 분위기에 휩쓸려 죽음과 병에 대해 어떤 친근감을 갖게 되고, 그곳에 요양 중인 러시아 출신의 클라브디아 쇼샤 부인에게 마음을 빼앗겨 7년간 요양원에 머무르게 된다. 그녀는 남편을 고향 다게스탄에 남겨 두고 유럽 각지의 요양원과 온천장을 전전하는 방종하고 퇴폐적인 분위기의 여성이나 이상한 매력을 지니고 있다.

이곳에 입원해 있던 이탈리아 출신의 인문주의자 세템브리니는 카스토르프에게 '죽음'의 세계에 흘러 들어와 아까운 시간을 허비하지 말고 당장 '저 아래'의 시민 세계로 복귀하라고 충고한다. 그러나 매혹적인 쇼샤 부인에게 빠져 있는 카스토르프는 그의 충고를 받아들이지 않는다. 7개월 후 사육제 날 저녁에 카스토르프는 쇼샤에게 사랑을 고백하고 그날 밤 그녀에게 연필을 돌려주러 가서 사랑의 관계를 맺는다. 그러나 그녀는 다음날 산을 내려가 버린다.

그러다가 카스토르프는 유대인 나프타를 알게 된다. 그는 예리한 이론을 펼치며 독재를 찬양하고 테러를 긍정하며, 반개인적 전제 정치를 옹호하고 공산주의적 이상향의 도래를 확신하는 예수회 회원이다. 그래서 개성을 존중하는 진보주의자 세템브리니와 자주 충돌하고 논쟁을 벌인다.

요아힘 침센은 호전되지 않는 병세에 지친 나머지 하산하여 군무에 종사한다.

사촌을 떠나보내고 혼자 요양원에 남은 카스토르프는 스키를 배운다. 어느 날 그는 스키를 타고 산으로 갔다가 눈보라 때문에 오두막에 갇혀 꿈을 꾸는 중에, 지금까지의 체험을 바탕으로 자신의 삶에 대해 반성한다. 그리고 인간이 착하고 올바르게 살기 위해서는 죽음에 대한 공감에서 벗어나 삶을 사랑해야 한다는 것을 깨닫는다.

요아힘 침센은 병이 악화되어 다시 요양원에 돌아왔다가 얼마 안 있어 죽고 만다.

그 후 요양원을 떠났던 쇼샤 부인이 은퇴한 커피 왕 페퍼코른을 데리고 다시 나타난다. 카스토르프는 이 현세적인 생의 거인에게서 많은 교훈과 감동을 받는다. 그 사람은 개념적이 아니고 감각적이며 현실적인 삶을 중시하는, 힘을 부르짖는 인간이다. 그러나 그도 생에 패하여 자살을 하고, 쇼샤는 다시 하산한다. 쇼샤가 떠난 후 카스토르프는 허탈 상태에 빠진다. 요양원에는 히스테리 환자가 속출한다. 세템브리니와 자유에 대해 논쟁을 벌이다가 '파렴치하다'고 모욕을 당한 나프타는 그에게 결투를 신청한다. 결두깅에서 세템브리니가 하늘을 향해 권총을 쏘자 나프타는 비겁자라고 흥분하며 자기 머리를 권총으로 쏘아 버린다.

이와 같이 카스토르프가 7년 동안 산지에서 온갖 체험을 하며 무의미한 생활을 하고 있을 때, 갑자기 청천벽력과도 같이 제1차 세계대전이 발발한다. 카스토르프는 마의 산을 내려와 전쟁에 참가해 「보리수」 노래를 중얼거리며 혼란 속으로, 어스름 속으로 사라져 간다.

『마의 산』은 제1차 세계대전을 전후하여 정치 및 사회 의식의 대전환점을 맞이한 시기에, 토마스 만이 작가로서 그의 정신적 삶의 궤적을 기록한 '교양 소설'이자 '입문 소설'이며 '성년식 소설'이다. 성배를 찾는 주인공 한스 카스토르프의 의식화를 둘러싸고 여러 인물들이 이념의 각축전을 벌이는 이 작품에서 특히 우리의 관심을 끄는 인물은 주인공 카스토르프와 그의 교육자인 세템브리니이다.

이 소설의 중심 모티프는 삶과 죽음, 정신과 감성의 문제이다. 즉, 평범한 한 청년이 죽음에 애착을 느꼈다가 다시 삶으로 돌아오는 정신적인 변화를 그린 것이다. 『부덴브로크 가의 사람들』의 하노나 「베네치아에서의 죽음」의 아셴바흐가 그랬듯이 죽음에 친근감을 느꼈던 토마스 만의 주인공이 여기서는 그것을 탈피하고 삶의 세계로 발을 내딛게 된다. 말하자면 이 소설은 죽음의 애착에서 조화로운 삶에 이르기까지의 과정을 그린 교양 소설이다. 카스토르프는 인간은 형식, 논리, 건강, 시간 등으로 대표되는 생에만 몰두해서도 안 되고, 자유, 위험, 병원 등으로 대표되는 죽음에 빠져서도 안 된다는 것을 깨닫는다. 토마스 만의 죽음에 대한 애착은 바그너와 쇼펜하우어의 영향이고, 죽음의 극복은 니체의 생에 대한 긍정과 깊은 연관이 있다. 그리고 이 소설에는 19세기 후반부터 20세기 초에 걸친 유럽 문명 세계의 정신이 총체적으로 드러난다.

2)『마의 산』의 문제성

『마의 산』은 20세기 최고의 고전의 하나로 평가받고 있는 토마스 만의 문제작이다.『마의 산』은 흔히 시대 소설, 교양 소설, 철학 소설 등으로 일컬어지지만 딱히 어느 것이라고 단정짓기에는 어려운 점이 있다.『마의 산』을 시대 소설로 파악하여 리얼리즘적인 관점에서 보는 사람들은 토마스 만이 주인공의 입을 빌려 제1차 세계대전 이전 사회를 비판하고 특히 세템브리니를 통해 계몽주의를 주창한다고 주장한다.『마의 산』을 교양 소설로 보는 연구자들은 1950, 60년대에 행해진 탈정치적인 형식 분석을 근거로 작품의 시도 동기, 서술 태도, 인용의 해석을 중시한다.

그리고『마의 산』을 철학 소설로 보는 사람들은 시대 소설이나 교양 소설과는 무관한 쇼펜하우어적인 철학 소설로 보고 작품의 구조가 하강한다고 말한다. 그러므로 이 소설은 주인공이 결국 시민 사회에 편입하도록 하는 것이 아니라 오히려 세상의 온갖 요구로부터 자유로워지게 한다. 처음에는 시민적 정체성이 존재하지만 마지막에는 전쟁에서 정체의 지양이 일어나기 때문에『마의 산』연구자인 크리스티안젠은 이 소설을 탈교양 소설이라 칭한다. 바이마르 공화국을 신봉하게 되면서 토마스 만은 작품의 하상 구조를 막아 보려고 하지만 이는 카스토르프의 사고에 아무런 영향을 끼치지 못한다. 전통적인 교양 소설에서는 독자에게 결정적인 지침을 안겨 주는 전지적 서술자가, 『마의 산』에서는 이러한 역할을 포기한다. 그리하여 자신이 신뢰하지 못하는 것을 추천하는 서술자의 모호함이 독자에게 전달된다.

일반적으로 시대 소설이란 시대의 현실을 그대로 묘사하여, 다소간 리얼리즘의 원칙에 따르는 소설로 간주된다. 『마의 산』을 제1차 대전 이전 사회의 정신적 근거로 볼 수 있는 점들은 충분히 존재하며, 토마스 만의 자기해석도 이러한 입장을 취하고 있다. 하지만 이러한 해석은 소설을 겉으로 볼 때는 맞다고 할 수 있다. 카스토르프가 애연가인 것은 북독일에 애연가가 많기 때문이라고 볼 수 있다. 하지만 그가 애연가인 사실은 함부르크 시민의 특성을 보여 주기 위한 것이라기보다는 오히려 소설의 시도동기적 구조에서 볼 때 비시민적 충동성, 성애, 무형식이나 죽음과 연결되고 있다. 흡연은 바닷가에 누워 있는 것과 마찬가지로 탈개인적인 시공 상실의 체험이고, 쇼펜하우어적인 정지된 현재이며, 의지로서의 세계 편에 서서 표상으로서의 세계를 지양하는 것이다.

토마스 만은 쇼펜하우어가 『의지와 표상으로서의 세계』 서문에서 그랬듯이 시도동기적인 암시들을 제대로 이해할 수 있도록 소설을 두 번 읽으라고 요구한다. 이는 소설의 줄거리보다 시도동기 구조가 더 중요하다는 암시를 내포한다. 그럴 적에 사실적인 외부 묘사는 가상으로 드러나고 그 배후에 제2의 차원이 드러난다. 심층 세계에는 알레고리 구조가 자리 잡고 있지만 표면적으로는 줄거리가 사실적으로 드러나게 하는 점이 토마스 만의 뛰어난 작품 기법이다.

작품에서 카스토르프가 7년 동안 머무르는 요양원이 아주 사실적으로 묘사되지만, 그것은 암시, 은유, 비유, 지시, 인용을 통하여 동화 속에 나오는 마법에 걸린 산이 되기도 하고, 바그너의「탄호이저」에 나오는 비너스 산이 되기도 한다. 또 고대 신화 세계의 저승인 하데스가 되기도 하고, 괴테의『파우스트』에 나오는「발푸르기스 밤」의 마녀 산이 되기도 하며, 일반적으로는 시간을 상실하고 의무를 잊어버린 반시민적인 세계가 되기도 한다.

3)『마의 산』의 상징성

베르크호프 요양원이라는 무대는 지리적으로 고산 지대일 뿐만 아니라 밀폐되고 외부와 차단된 세계를 나타내기도 한다. 이는 한스 카스토르프의 고향인 무미건조하고 사회적인 평지와 반대되는 개념이기도 하다. 또한 요양원은 바그너의 오페라「탄호이저」에 나오는 지옥 같은 천국인 비너스 산을 떠올리게 한다. 그곳은 육욕과 방종한 생활이 지배하는 장소이다. 그곳의 시간은 세상 시간과 다르게 진행된다. 방문자는 그곳에서 단 몇 시간밖에 있지 않았다고 생각하는데, 어느새 7년의 세월이 흐른 것이다. 한스 카스토르프도 원래 베르크호프 요양원에 3주간 머무르려고 했다가 결국 7년간 머무르게 된다.

요양원의 주민들은 삶에서 이탈한 신비한 분위기에서 살아간다. 특히 동화와 전설에 대한 인용이 두드러신나. 베렌스 고문관이 염라대왕인 라다만토스로 군림하는 진료실과 특히 뢴트겐실은 그리스 신화의 하데스로 비유되는 반면, 카스토르프는 처음에 오디세우스라는 임시 방문객으로 격하된다. 베렌스 고문관은 두 사촌을 제우스의 쌍둥이 아들 카스토르와 폴리데우케스에 비유하고, 세템브리니는 자신을 프로메테우스에 비유한다. 또한 아둔한 슈퇴어 부인은 시시포스와 탄탈로스 이야기를 꺼내며 이를 요양원 생활에 비유한다.

환자들의 푸짐한 식사는 '티슈라인-데크-디히(Tischlein-deck-dich)'로 주문을 외우면 음식이 차려진다는 그림 동화의 마술 식탁으로 비유된다. 엥겔하르트 양이 쇼샤 부인의 이름을 알아내려고 여러 가지를 불러 보는 장면은 그림 동화의 『룸펠슈틸첸』을 생각나게 한다. 평범한 주인공 한스라는 이름은 동화 『행운아 한스』에서 이름을 따고 있을 뿐만 아니라 한스 카스토르프는 그의 쾌활한 순박성도 함께 지니고 있다. 결국 행운아 한스와 마찬가지로 카스토르프는 7년간 쌓은 다양한 교양에도 아무 보람 없이 전쟁에 나가 무의미한 죽음을 맞게 된다. 물론 여기에는 기독교도의 박해 때 동굴에 갇혀 200년 동안 잠자다가 깨어난 일곱 순교자의 모티프도 들어 있다. 한스 카스토르프가 수간호사한테 온도계를 사는 장면도 입문 의식이 되어, 그는 어엿한 베르크호프 주민으로 받아들여진다. 아드리아티카 폰 밀렌동크라는 수간호사 이름에도 중세적인 분위기가 난다.

게다가 신화적인 숫자 7이 일관된 흐름으로 소설을 관통하고 있다. 우선『마의 산』은 일곱 개의 장으로 구성되어 있고, 체온계를 입에 무는 시간도 7분이며, 카스토르프는 일곱 개의 식탁에 일년 꼴로 앉아 보며 7년간 머무른다. 요양원에 온 지 3주째가 되어서야 마리아 만치니의 맛이 제대로 나기 시작하고, 제 맛이 나기까지는 65일에서 70일이 걸린다. 그리고 밀폐된 양철통에서 만치니는 7일 만에 죽으며, 브레멘에서 가져오게 한 만치니의 수도 700개이다. 7개월이 지나 소설의 정점인「발푸르기스의 밤」장면이 나오고 소설의 절반(상권)이 끝난다. 두 사촌의 이름도 일곱 개의 알파벳으로 되어 있고, 카스토르프의 방 번호도 34호실이다. 세템브리니라는 이름은 7이라는 수를 의미하며, 페퍼코른이 자살을 생각할 때 일곱 명이 함께한다. 이처럼『마의 산』에서는 완성을 의미하는 7이라는 숫자가 다양하게 나타나며 중요한 기능을 담당한다.

4) 세 교육자

카스토르프는 다보스 요양원에서 세템브리니, 나프타, 페퍼코른, 이 세 명의 교육자를 만난다. 세템브리니는 문명 문사를, 나프타는 무신론적 혁명주의자를, 페퍼코른은 힘에 대한 의지를 대변하는 인물이다. 세템브리니는 처음부터 카스토르프의 정신을 번쩍 들게 하고, 그의 방에 들어오면서 전등을 켜는 행위로 계몽주의를 설파한다. 그는 요양원의 의사들을 미노스와 라다만토스로 지칭함으로써 요양원은 하데스가 되고 의사들은 저승의 재판관이 된다. 그리하여 카스토르프는 저승 세계에 온 오디세우스가 되어, 결국 발푸르기스의 밤에 환자들은 눈을 가리고 돼지 그림을 그리

며 꿈꿈거린다

하지만 프리메이슨 단원으로 일과 자본주의 세계를 옹호하는 세템브리니의 견해들은 처음부터 신용을 잃고 말 뿐만 아니라 그의 행동도 우스꽝스럽게 묘사된다. 생각과 사상이 육체적으로 희화화되기 때문에 그러한 방법은 환멸만 안겨 준다. 소설 상권의 마지막에 나오는 「발푸르기스의 밤」 이후부터는 쇼샤 부인이 소설의 무대를 지배한다. 세템브리니가 지적하는 신화적 알레고리에 의해 카스토르프는 파우스트가 되고, 쇼샤는 아담의 첫 번째 아내 릴리트가 되며, 세템브리니는 계몽주의자 메피스토펠레스 역을 맡는다.

나프타는 시도동기적 구조에서 볼 때 세템브리니의 반대편에 위치한다. 동유럽 출신의 유대인인 그는 무위와 정관을 옹호함으로써 아시아적 영역과 연결되고, 스페인의 로욜라가 창시한 예수회 회원이라는 그의 신분 때문에 과잉 형식의 나라인 스페인과 연결된다. 헝가리 출신의 문예평론가 죄르지 루카치의 외모를 닮은 그에게는 보수적인 혁명의 여러 모순들이 형상화되어 있고, 그 속에는 니체와 쇼펜하우어의 견해도 들어 있다. 그에게는 시민적 자본주의 시대에 종말을 고하고, 테러, 규율 및 철저한 복종을 뜻하는 공산주의가 혼재해 있다. 하지만 이러한 견해와는 달리 그는 예수회 교단의 지원으로 비단 카펫이 깔린 방에서 부르주아적인 생활을 한다. 그의 견해는 존재에 의해 굳건히 떠받쳐지지 않고, 그는 이론으로만 실천할 뿐이다.

이렇게 하여 세템브리니와 나프타의 역할이 끝나자 페퍼코른이 등장한다. 토마스 만은 1923년 가을 극작가 게르하르트 하우프트 만을 만난 후 그의 인상을 따서 페퍼코른에 대한 상세한 묘사를 했다. 그는 견해가 아닌 하나의 인물이라서 달변가가 아니라 말을 더듬는다. 나중에 이런 사실을 알게 된 하우프트만은 토마스 만에게 화를 내고, 토마스 만이 사과를 하지만 둘 사이는 서먹해진다.

하지만 페퍼코른은 현실적인 인물이라기보다는 그러한 인상을 줄 뿐이다. 소설에서 그는 두 교육자를 왜소하게 만들고, 쇼샤의 방종한 위험성을 중화시키며, 카스토르프의 독자성을 강화시키는 기능을 가지고 있다. 하지만 마지막에 가서 자살함으로써 그의 주장은 우스꽝스럽게 된다. 그의 성격과 사고의 정신사적인 배경은 생의 철학이다. 그는 생, 축제, 도취, 신화 같은 원초적 자연을 사랑하며 자신을 독수리와 같다고 여긴다. 니체처럼 자신을 디오니소스 및 그리스도와 비교하는 그는 열두 명의 요양원 손님들과 마지막 만찬을 갖는다. 그럼에도 그는 살아 있는 인물이라기보다는 생과 고통의 알레고리이며, 확신이 있는 주지주의에 반대하는 복음이라기보다는 오히려 생의 철학의 비판이다.

5) 에로틱과 동성애

『마의 산』은 토마스 만의 작품 중에서 가장 에로틱한 작품이다. 특히 토마스 만은 여성 혐오자인 쇼펜하우어의 저서에서 에로틱한 점을 받아들여 자신의 작품에서 형상화하고 있다. 쇼펜하우어처럼 그는 여성에 관심이 없어 자신의 손녀들은 별로 좋아하지 않았지만, 손자는 끔찍이 아껴 막내 미하엘 만의 아들 프리도를 『파우스트 바사』의 주인공 아드리안이 사랑하는 미소년 소가토 형상화하고 있다. 비너스의 산이자 쾌락의 유원지인 베르크호프 요양원에서 결핵에 걸린 환자들은 욕정에 불타 문란한 생활을 하고, 레즈비언도 등장하는데 한 여자는 파트너가 자신을 배신했다고 볼썽사납게 한바탕 소동을 벌이기도 한다. 한마디로 요양원은 늘 성적으로 흥분된 상태에 있다.

카스토르프는 요양원에 처음 도착해서 공교롭게도 러시아인 부부와 금욕주의자 요아힘의 방 사이에 묵게 된다. 카스토르프의 옆방에 묵는 러시아 부부는 환자인데도 시도 때도 없이 음란한 짓거리를 벌인다. 카스토르프가 피우는 시가인 마리아 만치니, 체온계, 크로코프스키 박사의 강연에도 에로틱한 모습이 보이고, 기침과 재채기 및 동상에서도 근질거리는 육체가 묘사된다. 크로코프스키 박사에 따르면 물질이 갖는 음란한 속성이 생명이며, 생명의 음란한 형태가 바로 질병이다. 카스토르프는 질병을 일으키는 힘으로 작용하는 사랑, 형질의 초감각적인 본질, '옛' 환부와 '새' 환부, 사랑의 미약, 무의식의 규명, 정신 분석의 효능에 대해 그와 대화를 나눈다.

주인공 한스 카스토르프는 작가 토마스 만과 마찬가지로 양성애적인 성향을 지니고 있다. 그의 동성애적인 기질은 어린 시절 학우인 프리비슬라프 히페를 짝사랑하는 데서 드러나고, 활력이 강한 페퍼코른에게 매혹되는 것에서도 드러난다. 심지어 사촌인 요아힘과 계몽주의자 세템브리니와의 관계에서도 카스토르프의 동성애적 애착이 은밀하게 숨겨져 있다. 다른 한편으로 그는 러시아 여자인 쇼샤를 열정적으로 사랑하는데, 키르키스인 같은 그녀의 눈과 목소리에서 카스토르프는 곧장 히페를 떠올린다. 그런데 '뜨거운 암고양이'라는 뜻을 지닌 쇼샤에게는 남성적인 면모도 함께 보인다. 소년 같은 외모, 작은 가슴, 좁은 골반으로 볼 때 그녀는 오히려 중성적인 면모를 지니고 있다. 카스토르프가 히페와 쇼샤한테서 연필을 빌리는 행위로 둘은 서로 연결된다. 여기서 '얇고 부서지기 쉬운' 연필은 남성의 성기를 암시하고, '프리비슬라프'라는 이름은 '동침'의 뜻을 지닌다. 카스토르프는 연필을 깎은 부스러기, 즉 성적인 은유가 담긴 그것을 자신의 책상 서랍에 몰래 애지중지 보관한다.

토마스 만은 아내와 평생 각방을 쓸 정도로 여자에 관심이 없어, 1920년의 일기에 보면 이러한 문제로 그는 고통스러워하기도 했다. 하지만 클라우스 프링스하임과 쌍둥이 남매인 카차 만이 남성적인 면모를 지니고 있다는 점에서 쇼샤와 연결되기도 한다. 토마스 만은 아내가 자전거를 타고 운전을 하며, 대학 공부를 하고 남성적인 지성을 가졌다는 점에서 자유롭고 해방된 여성의 특성을 지니고 있다고 말했다.

소설이 진행되는 가운데 이러한 주제는 여러 번 아이러니컬하게 굴절된다. 사육제 날 밤에 카스토르프가 쇼샤에게 하는 사랑의 맹세는 우스꽝스러운 면이 있다. 뢴트겐실에서 베렌스 고문관은 연구 목적으로 카스토르프에게 여성의 팔을 보여 주며 이렇게 말한다.

젊은이에게 유익한 시청각 교육이지요. 빛에 의한 해부, 아시겠어요, 근대의 승리입니다. 저것은 여성의 팔입니다. 귀여운 모습으로 알 수 있겠지요. 연인과 밀회할 때 그것으로 누군가를 껴안을 겁니다. 아시겠어요.(상권 415쪽)

사육제 날 밤에 카스토르프는 세템브리니에게 '너'라고 호칭해서 그를 깜짝 놀라게 만들며, 쇼샤 부인에게도 '너'라고 부르며 외국어인 프랑스어로 대화를 나눈다. 자유로움과 칠칠치 못함을 특성으로 지닌 쇼샤도 결국 카스토르프와 '너'로 대화를 나누고, 연필을 빌려 주며 돌려주러 오라고 유혹한다. 그녀는 임파선 결핵성 전색을 앓고 있다고 하지만 카스토르프와 마찬가지로 실제로 아픈지조차 의심스럽다. 카스토르프의 체온이 불안정한 것도 사실은 성적인 흥분에 따라 오르내리기를 반복하는 것에 불과하기 때문이다. 여성인 쇼샤에 대한 카스토르프의 사랑이 비이성적이고 생식 불능적이며 금지된 사랑인 이유는 그것이 깊은 차원에서는 이성애가 아니라 동성애적 코드를 은폐하고 있기 때문이다.

쇼샤가 요양원을 떠났다가 페퍼코른의 애인이 되어 그와 함께 돌아온 후 카스토르프와 쇼샤, 페퍼코른은 이상한 삼각관계에 빠져든다. 호모에로틱과 결혼 사이의 대결은 토마스 만의 전기에서 드레스덴 출신의 화가인 파울 에렌베르크와 만의 아내 카차 프링스하임 사이의 택일 관계에 근거하고 있음이 분명하다. 전기상으로는 카차가 승리하지만 실제 생활에서는 다만 억압되어 나타날 수밖에 없었던 호모에로틱한 에너지들이 정신적으로 문학 작품의 중요한 충동력과 자극이 된 점에서 시문학적으로는 파울 에렌베 그┐ ⋯니란 셈이었다. 파울 에렌베르크는 훗날 『파우스트 박사』에서 형상화된다.

클라브디아 쇼샤와 한스 카스토르프의 관계에서뿐만 아니라 한스와 요아힘의 관계에서도 동성애적인 요소가 발견된다. 카스토르프는 진찰실에서 사촌의 벗은 상체를 보고 감탄하며 벨베데레의 아폴로 상과 닮았다고 생각한다. 카스토르프가 군대와 군복을 동경한다는 점에서 요아힘은 그러한 조건을 잘 충족시켜 주며, 요아힘이 죽은 후 홀거에 의해 그의 영이 불러졌을 때 요아힘의 영은 군복을 입고 앉아 있다. 그리고 요아힘이 병이 낫지 않은 상태로 요양원을 떠나면서 카스토르프에게 처음으로 '한스'라고 이름을 불렀을 때 카스토르프는 흥분해서 어쩔 줄 몰라 하는 모습을 보인다. 요아힘의 장례식에서 교양 없는 슈퇴어 부인은 그가 '영웅'이었다면서 베토벤의 「영웅교향곡」인 「에로이카」를 '최음제'를 뜻하는 '에로티카'로 잘못 말하는데, 이는 카스토르프의 은밀한 심정을 대변해 주는 것이 아닐까?

이뿐만 아니라 스승 격인 세템브리니와의 사이에도 긴장된 애정 관계가 감지된다. 세템브리니는 베네치아 방언으로 '9월의 남자들'을 뜻하는데 이는 관광 시즌이 끝났을 때 와서 그 지역 소년들을 헐값에 사는 소년 취향의 동성애자를 말한다. 세템브리니는 한스와 클라브디아의 관계에 대해 계속 경고하면서, 한스와 페퍼코른의 관계에도 신경을 곤두세운다. 결국 제1차 세계대전이 일어나 카스토르프가 요양원을 떠나는 장면에서 세템브리니는 평소와 달리 그를 '너'라고 부르며 아쉬워해서, 카스토르프는 하마터

이제야 떠나는군! 잘 가, 조반니! 네가 이와는 다른 방식으로 떠나
길 바랐는데. 하지만 그게 다름 아닌 신의 뜻이라면 어쩌겠나. 나는
네가 일하러 가기를 바랐는데, 이젠 네 형제들 틈에서 싸우겠지. 아,
우리의 소위가 아니라 네가 싸우게 되다니, 이 무슨 운명의 조화란
말인가. 피로 맺어진 편에 서서 용감하게 싸우게! 이제 더 이상 무얼
할 수 있겠나. 하지만 우리나라도 정신과 이기심이 명하는 편에 서서
힘껏 싸우도록 나에게 남겨진 힘을 다 쓰더라도 나를 용서해 주게나.
잘 가게!(하권 719~720쪽)

소설의 마지막에 가서 두 병사가 포탄에 맞아 누워 있는 장면에
서도 동성애적 분위기가 감지된다. 서술자는 이렇게 묘사한다.

거기에는 두 명의 친구가 엎드려 있었다. 이들은 다급한 나머지 한
데 엉겨붙어 있다가, 이제 포탄에 맞아 뒤범벅이 된 채 사라져 버린
것이다.(하권 725쪽)

한편 카스토르프는 식물을 연구하면서 자웅동체인 알프스 오리
나무에 관심을 기울이고, 역시 자웅동체인 미나리아재비를 특히
매혹적이라고 여긴다. 또한 크로코프스키 박사는 강연에서 그물
우산버섯에 대해 말하는데, 라틴어로 '음란한'이란 뜻을 갖고 있
으며 오늘날 사랑의 미약으로 통하는 이 버섯은 그 생긴 모양은

사랑을, 그것의 냄새는 죽음을 생각나게 한다.

이처럼 자신의 동성애 내지는 양성애적 성향을 은폐하면서도 은밀히 드러내는 토마스 만은 자신의 평범하고 진부한 경험을 작품에서 상징적으로 그려 낸다. 어릴 적 동급생 빌리 팀페에 대한 동성애적 감정을 클라브디아 쇼샤를 통해 이성애적 사랑인 것처럼 은폐하고 있지만, 그것도 결국 일종의 동성애적 사랑임이 드러난다. 토마스 만은 헤르만 헤세처럼 13세 때부터 서정시인이나 극작가가 되려고 했는데 이는 그가 그때부터 자신이 평범한 사람이 아니라 비정상적이고 일탈된 인간임을 자각하고, 창작 활동을 통해 자신의 동성애적 성향과 죽음에 대한 공감을 펼쳐 보이며 그러한 행위를 통해 나름대로 구원을 모색하지 않았나 생각된다.

6) 존재와 시간

삶과 죽음의 주제와 얽혀 있는 것은 소설의 중심 주제인 시간의 개념이다. 사건이 일어나는 순서로 소설이 구성되어 있지만 줄거리는 똑같은 속도로 흘러가지 않고 점점 빨라진다. 처음에는 시간이 매우 천천히 흘러가 세 장이 끝날 때까지 이틀밖에 걸리지 않는다. 한스 카스토르프가 요양원 사람들과 함께 지낸 첫 3주일에 관해 이야기하는 데는 엄청난 수의 페이지가 필요하지만 그다음 3주간은 금방 지나가고 만다. 그리하여 소설의 첫 다섯 장에서 7개월이 지난 반면, 후반의 두 장에서는 6년 반의 세월이 후딱 지나가 버린다. 이러한 불일치는 주인공의 시간 개념이 일그러졌음을 암시해 준다.

소설의 끝에 가서 카스토르프는 이류 러시아인 식에 있게 되고, 손목시계마저 잃어버려 시가를 시계 대신으로 이용하며, 낙제가 결정된 학생처럼 아무렇게나 방치된 채 시민적 형식에 대한 무관심의 표현으로 수염을 기른다. 청천벽력과도 같은 전쟁에 의해 그는 겨우 마의 산에서 벗어나게 된다. 전쟁은 또 다른 죽음의 세계 축제이며 하나의 열병이다. 노골적인 죽음의 세계에 접하자 서술자의 어조도 달라지며, 그림자와 같은 세계에서 자신이 안전하게 살고 있다는 사실에 부끄러워한다. 카스토르프는 전쟁터에서 돌진하며 무의식적으로 「보리수」 노래를 부른다. 이제 평지도 죽음의 영역이 되어 카스토르프는 존재와 시간에서 사라지게 된다.

우리가 있는 곳이 어디일까? 저것은 무엇일까? 꿈이 우리를 어디로 데려간 걸까? 어스름, 비와 더러운 진창, 흐릿한 하늘을 붉게 물들이는 불꽃, 쉴 새 없이 하늘을 울리고 축축한 공기를 채우는 묵직한 포성. 갈기갈기 찢긴 날카로운 소리와 지옥문을 지키는 개처럼 미친 듯이 날뛰며 으르렁거리는 소리가 귀청을 때린다.(하권 720쪽)

7) 영향사

(1) 『마의 산』과 바이마르 공화국

토마스 만의 초기 작품에서는 좁은 의미에서의 시대사가 별로 드러나지 않는다. 토마스 만은 초기 작품에서 사실 과격하게 시대를 비판하는 입장에서 출발하여 시민 사회를 전적으로 무시하고,

그 사회를 물질주의적인 것으로 간주하지만, 이는 개별적으로는 구체적인 관점이 없는 낭만적인 속물 비판에 불과하다. "나는 정치적인 것에는 전혀 관심이 없습니다"라고 그는 1904년 2월 27일 형 하인리히에게 편지를 썼지만, 제1차 세계대전으로 말미암아 그의 삶에 일대 전환이 오게 되었다.

전쟁의 패배와 바이마르 공화국 선포는 그에게는 경미한 쇼크였다. 그는 소위 보수적 혁명이라는 형식을 대변한다. 비독일적이고 서구적이며 자본주의적인 것에 대한 거부로 말미암아 그는 러시아 혁명에 공감하는 견해를 보이기도 한다. 1919년 4월 5일의 일기에서 토마스 만은 연합국측에 적대적인 한 그는 공산주의도 사랑한다고 고백한다. 도스토예프스키에게서 지대한 영향을 받은 그는 1918년 4월 5일의 일기에서 공산주의를 러시아적인 영혼, 즉 무형태성과 무형식으로 기우는 경향의 표현으로 파악하기도 하는데 이러한 시각이 『마의 산』에도 반영되었다.

『마의 산』의 변화 과정은 토마스 만의 변화와 궤를 같이하여 심미주의에서 출발하여 국수 보수적인 입장을 지나서 공화주의에까지 걸쳐 있다. 그의 정치 의식의 발전은 나치스의 발흥과 시기적으로 밀접하게 연관되어 있다. 하지만 토마스 만은 완만한 작업 방식으로 인하여 정치적인 시대사를 제대로 좇아가지 못하고 있다. 그렇게 볼 때 결국 『마의 산』도 제국 시대적 산물의 소산이다. 그는 제1차 대전이 끝난 후 공화제를 신봉하는 입장으로 변화하지만 『마의 산』은 구조적으로 볼 때 여전히 변화의 흔적이 미약하다. 장기간에 걸친 작업으로 말미암아 이 소설은 자신의 기질과는 달리 바이마르 공화국을 지지하는 입장에 서는 작품이 된다.

그는 뮌헨 소비에트 공화국의 운명이 러시아 혁명과 닮으려는 흔적이 보이면 관심 있게 지켜보지만 그것이 서구적이고 유대적이며 국제주의적인 것으로 평가되는 한에서는 혐오한다. 이내 그것이 붕괴함으로써 그는 비로소 안도의 한숨을 쉰다. 그의 생각으로는 뮌헨 소비에트 공화국 치하보다는 차라리 군부 독재가 낫다는 것이다.

토마스 만은 에세이 「독일 공화국에 관해서」에서 "내 뜻이 변화된 것이 아니라 아마 내 생각이 바뀌었을지도 모른다"라고 말한다. 토마스 만은 계몽적, 민주적인 의미에서 공화국을 옹호하는 것이 아니라 노발리스, 니체, 하우프트만이나 휘트만적인 의미에서, 낭만주의적이고 생기론적인 전통에서 그것을 운명, 생이나 고향으로 옹호하고 있다.

1922년의 바이마르 공화국 연설에서 토마스 만은 『비정치적 인간의 고찰』에서처럼 전쟁을 낭만적이고도 시적이라고 보고 있지만, 오늘날에는 전쟁이 아주 나쁜 낭만주의, 구역질나는 시문학이 되었다고 말한다. 전쟁은 이제 그에게서 긍정적인 요소를 상실한 것이다. 물론 전쟁은 평화적이거나 사회주의적인 입장에서보다는 보수적인 입장에서 비판된다. 그는 전쟁이 위엄을 지녔던 영웅 시대를 여전히 향수어린 마음으로 회고하고 있다. 그는 현대전을 거부하지만 그에게는 평화에 대한 희망도 없다. 이러한 탈출구 없는 비관적인 입장이 『마의 산』의 전쟁 묘사에서도 지배적이다.

게다가 공화국 연설의 끝은 "인간은 선과 사랑을 위해서 자신의 사고(思考)의 지배권을 죽음에 내맡겨서는 안 된다"는 카스토르프의 '눈'의 장에서 꾸는 꿈을 받아들이고 그것을 공화제적인 복음으로 나타낸다. 소설이 그러한 꿈이 주는 복음을 재빨리 지워버리고 상대화하여 '눈'의 장의 비전에도 불구하고 전쟁으로 끝이 나는 반면에, 새로 공화주의자로 변모한 토마스 만은 명백하게 그 소설을 상승 구조를 지닌 교양 소설로 해석하고 있다. 이러한 유형의 자기해석은 그때부터 빈번하게 행해진다.

공화국으로 전환한 후에 쓰인 소설의 하권은 죽음과 결부된 동성애적 경향에서 벗어나 새로운 삶에 대한 의지의 표현이기도 하다. 그러나 그의 전체 작품에서 두드러지게 나타나는 에로틱한 사랑의 전기적이고 심리적 뿌리들은 아마 완전하게 해명될 수 없을지도 모른다. 토마스 만은 거부인 유대인 학자 가문의 딸과 결혼함으로써 아버지의 옛 시민적 신분으로 복귀하게 된다. 그는 단편 「벨중 족의 혈통」에서 쌍둥이 남매가 서로 끌리는 심리를 묘사하고 있는데, 이는 그의 아내 카차와 쌍둥이 남자 형제인 클라우스 프링스하임 사이의 미묘한 관계로 오해받을 소지가 있어 발표를 보류했다가 토마스 만 사후인 1958년에야 전집에 수록되었다.

(2) 제3제국

제3제국 시절 나치스는 토마스 만의 『마의 산』을 데카당스를 조장하는 작품으로 보고, 자신들이 선전하는 군인적인 영웅 정신을 폄하한다고 여겼다. 그렇지만 이 작품이 괴벨스 제국 선전상의 국민 계몽과 선전을 위한 금서 목록에 포함되지는 않았다. 1933년 5

월 10일 나지스가 책틀을 불태울 때 도마스 민의 각품이 어느 정도 포함되었는지에 대해서는 아직도 논란이 분분하다.

(3) 전후 독일

1955년 사망한 후에 토마스 만은 시민적 작가로 분류되었고 그의 주된 작품들도 마찬가지였다. 『마의 산』은 '47그룹'이나 '내적 망명'의 작가들에 의해 점차 비판을 받게 되었다. 그러다가 이러한 경향이 특히 68혁명의 영향으로 토마스 만 탄생 100주년인 1975년에 정점에 달했다.

그러나 그 후에 독일에서 영향력이 큰 문예 비평가 마르셀 라이히 라니츠키에 의해 토마스 만의 르네상스가 도래하게 되었다. 그는 한 인터뷰에서 괴테의 『친화력』과 토마스 만의 『마의 산』보다 더 나은 소설은 없다고 하면서, 작가들이 토마스 만을 비판하는 것은 그를 능가할 수 없기 때문이라고 말했다.

이 소설은 오랫동안 영화화되지 않았다가 1981년 뮌헨의 영화감독 프란츠 자이츠에 의해 영화로 만들어졌다. 그리고 가이센도르프의 연출로 독일, 프랑스, 이탈리아가 공동 제작하여 두 시간 반 분량의 영화와 일곱 시간 분량의 텔레비전용 드라마가 만들어졌다.

토마스 만을 안 지 어언 30년이 되었다. 대학 1학년 인문대 계열별 시절에 「토니오 크뢰거」 텍스트를 처음 읽었다. 생각해 보면 지금 내가 읽기에도 만만치 않은데 독문과 학생도 아닌 아무것도 모르는 계열별 학생들에게 이 소설을 독일어 원문으로 읽게 했다는 것은 퍽이나 무모한 일이었다. 학기 중간에 시위로 휴교하는 바람에 끝까지 강의가 이루어지지도 못했지만, 「토니오 크뢰거」는 그때까지 수험용으로 또는 심심풀이로 읽었던 국내외의 소설과는 달리 묘한 느낌과 알 수 없는 감동을 안겨 주었다. 학부 과정 때는 주로 프란츠 카프카에 관심이 있었지만 그의 글을 밤에 읽으면 정신이 온전치 못해지는 것 같아 그 후 석사 및 박사 과정에서 토마스 만의 『마의 산』을 공부하면서 니체, 쇼펜하우어, 바그너, 하이네와 가까워지게 되었다. 석사 논문은 니체의 자기 극복과 관련하여 썼고, 박사 논문은 소설의 형이상학적 현상과 관련하여 썼다.

그 후 『부덴브로크 가의 사람들』을 번역하고, 「토니오 크뢰거」, 「베네치아에서의 죽음」이 수록된 토마스 만의 중단편을 우리말로 옮기면서 토마스 만이 대단한 문장가임을 알게 되었고, 그가 목숨을 걸고 언어에 천착한 거장임을 어렴풋이나마 깨닫게 되었다. 『마의 산』은 인간이 이런 작품을 쓸 수 있을까 싶을 정도로 대단한 작품이다. 이야기를 풀어 가는 그의 힘, 산문 정신은 그야말로 숨이 막히게 한다. 19세기 이래의 유럽의 소설 기법을 집대성해서 최고의 수준에 도달했기 때문에 다른 사람들은 그를 능가할 수도, 추종할 수도 없으며 오로지 그를 비판할 수만 있을 뿐이다. 그의 글은 쉽게 읽히지 않고, 또한 여러 가지 의미가 담겨 있기 때문에 그 뜻을 쉽게 파악하기 어려운 점이 있다. 그는 니체의 원근법주의를 받아들여 멀리서도 바라보고, 가까이서도 바라보기 때문에 바라보는 지점에 따라 글이 여러 가시 모습으로 눈에 들어온다.

토마스 만은 외적인 층위에서는 리얼리스트이지만 내적인 층위에서는 포스트모더니스트이기도 하다. 그런 점에서 그는 아직 살아 있고, 이제야 그를 제대로 이해하기 위한 첫 걸음을 떼는 것일지도 모른다. 그는 슈퍼에고로 자신의 이드를 계속 억압했지만 표상의 세계에서와는 달리 의지의 세계에서는 이드의 초점인 리비도가 맹위를 떨치게 된다. 성적 충동에 대한 억압이 강할수록 절대적이고 순수한 미를 향한 그의 성적 탐미주의는 마구 날뛰며 문학 창작의 원동력으로 변하였다. 그러나 토마스 만의 외설적인 묘사는 노골적이지 않고 은은하며 아슬아슬하다. 그는 그림을 보듯이 미의 대상을 좋아가고, 취한 듯 반쯤 꿈꾸는 듯이 음악 소리에 빠져든다.

육체적, 정신적, 언어적 능력이 부족해『마의 산』번역은 쉽지 않았고, 따라서 많은 시간과 노력이 필요했다. 한스 카스토르프가 요양원 생활에 적응되지 않아 '적응되지 않는 것에 적응해 간다'고 말했듯이, 아무래도 토마스 만의 문장에 적응되지 않는 나도 그와 마찬가지였다. 어차피 인생이란 '적응되지 않는 것에 적응해 가는' 과정이 아닐까? 특히 신지영 선생과 을유문화사 편집진이 방대하고 난해한 이 원고를 끝까지 꼼꼼하게 읽고 여러 가지 지적과 유익한 충고를 해 준 결과 이 작품이 좀 더 나은 모습으로 변모하게 되었다. 카스토르프는 결국 집에 돌아가지 못했지만 나는 언제나 제대로 집에 돌아가려나.

판본 소개

 토마스 만의 장편 『마의 산』의 초판본은 1924년 S. Fischer 출판사에서 두 권으로 처음 발간되었다(Thomas Mann, Der Zauberberg. 2 Bände. Berlin, S. Fischer, 1924). 그 후 토마스 만의 작품들은 1955년 동독에서 12권으로 전집이 발간되었고 (Thomas Mann, Gesammelte Werke in 12 Bänden. Berlin-DDR, S. Fischer, 1955. 1965년 제2판 발간), 서독에서는 1960년에 12권으로(Thomas Mann, Gesammelte Werke in 12 Bänden. Frankfurt, S. Fischer, 1960), 1974년에는 증보된 한 권을 보충해 13권으로 전집이 발간되었다(Thomas Mann, Gesammelte Werke in 13 Bänden. Frankfurt, S. Fischer, 1974). 그런 다음 1980년에 멘델스존에 의해 20권으로 전집이 발간되었다(Thomas Mann, Gesammelte Werke in Einzel-bänden. Frankfurter Ausgabe der Werke Thomas Manns. Herausgegeben von Peter de Mendelssohn. 20 Bände,

Frankfurt, S. Fischer, 1980 ff). 그리고 역사는 토마스 만 작품 전문 출판사인 S. Fischer 출판사에서 1986년에 문학작품만 엮어 8권으로 발간한 전집을 토대로 번역 작업을 했다(Thomas Mann, Der Zauberberg, Frankfurt am Main, S. Fischer, 1986).

토마스 만 연보

1875 6월 6일 뤼베크의 부유한 곡물상 토마스 요한 하인리히 만의 차남 으로 태어남.

1893 부친 사망. 요한 지크문트 만 회사가 청산, 해체됨. 『봄의 폭풍우 (*Frühlingssturm*)』지의 간행 위원. 김나지움 11학년을 중퇴하고 뮌헨으로 이사해 화재 보험 회사의 견습 사원으로 입사.

1894 견습 사원을 그만두고 뮌헨 대학의 청강생으로 들어감. 처녀작 「타락(Gefallen)」발표.

1895 뮌헨 공과대학에서 수학(1896년까지).

1896 형 하인리히와 함께 로마와 팔레스트리나에서 머무름.

1897 장편 『부덴브로크 가의 사람들. 한 가문의 몰락(*Budden-brooks. Verfall einer Familie*)』을 쓰기 시작.

1898 뮌헨으로 귀환. 『짐플리치시무스(*Simplicissimus*)』지의 편집위 원. 『키 작은 프리데만 씨(*Der kleine Herr Friedemann*)』출판.

1900 군 복무.

1901 첫 장편 『부덴브로크 가의 사람들』출판. 이 작품의 출판으로 문명 을 얻고 점차 부유해짐.

1903 단편집 「토니오 크뢰거(Tonio Kröger)」, 「트리스탄(Tristan)」을 씀.

1905 뮌헨 대학 수학 교수 프링스하임의 딸 카디아니와 결혼. 딸 에리카 태어남.

1906 희곡「피오렌차(Fiorenza)」를 씀. 아들 클라우스 태어남.

1909 자신의 결혼 생활을 암시하는 자전적 장편「대공 전하(*Königliche Hobeit*)」를 씀. 바트 퇼츠(Bad Tölz)에 별장 구입. 아들 골로 태어남.

1910 장편 『사기꾼 펠릭스 크룰의 고백(*Die Bekenntnisse des Hochstaplers Felix Krull*)』을 일부 쓰기 시작. 딸 모니카 태어남.

1912 「베네치아에서의 죽음(Der Tod in Venedig)」을 씀.

1913 이 해 여름부터 『마의 산(*Der Zauberberg*)』을 쓰기 시작.

1914 뮌헨 포싱거 가 1번지의 저택에 입주. 형 하인리히에 반대하여 정신 예술의 정치화에 항의함.

1918 반민주주의 평론집 『비정치적 인간의 고찰(*Betrachtungen eines Unpolitischen*)』을 2년 반쯤 쓰면서 하인리히와 소위 '형제 싸움'을 시작. 그러나 결국에는 민주주의에 대한 저항이 잘못임을 깨달음. 딸 엘리자베트 태어남.

1919 단편 「주인과 개(Herr und Hund)」를 씀.

1920 서사시 「어린이의 노래(Gesang vom Kindchen)」를 씀.

1922 10월 「독일 공화국에 관해서(Von Deutscher Republik)」라는 주제로 강연하면서 민주주의자로 변신하기 시작.

1924 『마의 산』 출간. 독일의 낭만주의적인 '죽음과의 공감' 을 민주주의적인 '삶에 대한 봉사' 로 전환함으로써 중년의 만이 갖는 세계관의 전환을 나타낸 교양 소설.

1926 「무질서와 젊은 날의 고뇌(Unordnung und frühes Leid)」를 씀. 장편 『요셉과 그의 형제들(*Joseph und seine Brüder*)』을 쓰기 시작.

1929 『부덴브로크 가의 사람들』로 노벨문학상 수상.

1930 「이성에 호소함(Appell an die Vernunft)」을 강연하여 시민 계급에게 사회민주당과 손을 잡고 나치스에 대항할 것을 호소. 단편 「마리오와 마술사(Mario und der Zauberer)」 집필.

1933	1월 히틀러가 총리로 임명되자, 2월 국외로 강연 여행을 떠난 채 망명.
1936	독일 국적과, 아울러 본 대학 명예박사 학위도 박탈당함.
1937	격월간지 『척도와 가치(*Mass und Wert*)』를 간행(1939년까지)하여 독일 문화를 옹호함.
1938	정치 평론집 『유럽에 고함(*Achtung, Europa!*)』을 내어 파시즘의 타도를 위해 휴머니즘은 전투적인 자세를 취해야 한다고 설파. 이 해에 미국으로 이주하여 2년간 프린스턴 대학의 객원 교수를 지냄. 한편 「다가올 민주주의의 승리(*Vom zukünftigen Sieg der Demokratie*)」를 15개 도시를 순방하며 강연함.
1939	장편 『바이마르의 로테(*Lotte in Weimar*)』를 집필, 괴테를 주인공으로 하여 천재의 내면을 그리면서 히틀러 독재와는 다른 괴테적인 독일을 그림.
1940	단편 「바뀐 머리(*Die vertauchten Köpfe*)」를 집필. 인도의 전설을 빌려 생과 정신과의 조화적 종합의 어려움을 그림. 이 해부터 1945년까지 『독일의 청취자 여러분(*Deutsche Hörer!*)』으로 히틀러 타도를 호소함.
1943	『요셉과 그의 형제들』 완간.
1944	「율법(Das Gesetz)」을 씀. 미국 시민권 획득.
1947	『파우스트 박사. 친구가 이야기하는 독일의 작곡가 아드리안 레버퀸의 생애(*Doktor Faustus. Das Leben des deutschen Tonsetzers Adrian Leverkühn, erzählt von einem Freunde*)』를 집필. 천재적인 작곡가가 악마와 결탁하여 몰락하는 비극을 그려 추상적이고 신비적인 독일혼을 파헤쳤으며, 이성과 철학주의 정신에 대한 절망적인 반항이었던 나치즘이라는 악마적인 비합리주의가 독일에 대두하게 된 원인과 과정을 추구. 전후 처음으로 유럽 여행.
1949	『파우스트 박사의 생성 과정. 소설의 소설(*Die Entstehung des Doktor Faustus. Roman eines Romans*)』 17년 만에 독일을 방문하여 프랑크푸르

브와 바이마르에서 괴테 탄생 200주년 기념 연설을 함. 아들 클라우스 자살.

1950   형 하인리히 만 사망.

1951   장편 『선택된 인간(*Der Erwählte*)』 집필, 근친상간 죄를 속죄하여 은총을 받게 되는 인간성을 묘사함.

1952   스위스로 이주.

1953   단편 「속은 여자(Die Betrogene)」.

1954   마지막 장편 『사기꾼 펠릭스 크룰의 고백. 회고록 제1부(*Die Bekenntnisse des Hochstaplers Felix Krull. Memoiren erster Teil*)』 출간(결국 미완성으로 남음). 취리히 근교의 킬히베르크에 저택 구입.

1955   뤼베크 시 명예 시민 칭호 수여식에서 연설함. 실러 사망 150주년 기념 강연 「실러 시론(Versuch über Schiller)」에서 세계 평화와 독일 통일을 염원함. 이 해 8월12일, 심장병으로 사망. 취리히 근교에 묻힘.

새롭게 을유세계문학전집을 펴내며

을유문화사는 이미 지난 1959년부터 국내 최초로 세계문학전집을 출간한 바 있습니다. 이번에 을유세계문학전집을 완전히 새롭게 마련하게 된 것은 우리가 직면한 문화적 상황에 적극적으로 대응하기 위해서입니다. 새로운 을유세계문학전집은 세계문학의 역할이 그 어느 때보다 중요해졌다는 인식에서 출발했습니다. 오늘날 세계에서 타자에 대한 이해는 우리의 안전과 행복에 직결되고 있습니다. 세계문학은 지구상의 다양한 문화들이 평등하게 소통하고, 이질적인 구성원들이 평화롭게 공존할 수 있는 문화적인 힘을 길러 줍니다.

을유세계문학전집은 세계문학을 통해 우리가 이런 힘을 길러 나가야 한다는 믿음으로 만들어졌습니다. 지난 5년간 이를 준비하기 위해 많은 노력을 기울였습니다. 세계 각국의 다양한 삶의 방식과 문화적 성취가 살아 있는 작품들, 새로운 번역이 필요한 고전들과 새롭게 소개해야 할 우리 시대의 작품들을 선정했습니다. 우리나라 최고의 역자들이 이들 작품 속 한 문장 한 문장의 숨결을 생생히 전하기 위해 심혈을 기울였습니다. 또한 역자들은 단순히 번역만 한 것이 아니라 다른 작품의 번역을 꼼꼼히 검토해 주었습니다. 을유세계문학전집은 번역된 작품 하나하나가 정본(定本)으로 인정받고 대우받을 수 있도록 최선을 다했습니다. 세계문학이 여러 경계를 넘어 우리 사회 안에서 주어진 소임을 하게 되기를 바라며 을유세계문학전집을 내놓습니다.

을유세계문학전집 편집위원단(가나다 순)
김월회(서울대 중문과 교수)
박종소(서울대 노문과 교수)
손영주(서울대 영문과 교수)
신정환(한국외대 스페인어통번역학과 교수)
정지용(성균관대 프랑스어문학과 교수)
최윤영(서울대 독문과 교수)

을유세계문학전집

을유세계문학전집은 계속 출간됩니다.

을유세계문학전집 연표